U0134515

【劉再復文集】㉔〈劉再復詩文集〉

漂流手記

劉再復 著

題贈知己摯友再復兄

古今中外，洞察人文。
睿智明澈，神思飛揚。

——高行健，著名作家，諾貝爾文學獎獲得者。

煌煌大著，燦若星辰。
光耀海南，特此祝賀。

——李澤厚，著名哲學家、思想家。

一枝巨筆，兩度人生。
三十大卷，四海長存。

——劉劍梅，劉再復長女，香港科技大學人文學部教授。

出版説明

劉再復

香港天地圖書有限公司即將出版我的文集，二零二二年出齊三十卷，這是何等見識、何等作為、何等氣魄呵！天地出「文集」，此乃是香港文化史上的盛舉，當然也是我個人的幸事、大事，我為此感到衷心的喜悦。

我要特別感謝天地圖書有限公司。「天地」對我一貫友善，我對天地圖書也一貫信賴，我曾為天地圖書的傳統題詞：「天地遼闊，所向單純，向真，向善，向美。 圖書紛繁，索求簡明，求質，求精，求好。」天地圖書的前董事長陳松齡先生和執行董事劉文良先生都是我的好友。和我情同手足的文良好兄弟雖然英年早逝，但他的夫人林青茹女士承繼先生遺願，繼續大力支持我的事業。此文集啟動之初，她就聲明：由她主持的印刷廠將全力支持文集的出版。三四十年來，「天地」歷經多次風雲變幻，對我始終不離不棄，不僅出版我的《漂流手記》十卷和《潔白的燈芯草》、《尋找的悲歌》等，還印發了《放逐諸神》和八版的《告別革命》，影響深遠。現在又着手出版我的文集，實在是情深意篤。此次文集的策劃和啟動乃是北京三聯前總編李昕（現為商務顧問）和天地圖書的董事長曾協泰二兄，他們怎麼動起出版文集的念頭我不知道，但我知道他們都是性情中人，都是出版界老將，眼光如炬，深知文集的價值。協泰兄和李昕兄商定之後，請我到天地圖書和他們聚會，決定了此事。讓我特別高興的是協泰兄拍板之後，天地圖書的全部脊樑人物，全都支持此事。天地圖書總經理陳儉雯小姐（陳松齡的女兒）直接代表天地掌管此事，編輯主任陳幹持小姐擔任責任編輯。其他參與「文集」編製工作的「天地」同仁經驗豐富，有責任感且好學深思，具體負責收集書籍、資料和編輯、打字、印刷、出版等事宜，讓我特別放心。天地圖書全部精英投入此事，保證了「文集」成功問世，在此我要鄭重地對他們說一聲謝謝。

閱讀天地圖書初編的文集三十卷的目錄之後，我的摯友、榮獲諾貝爾文學獎的著名作家高行健特寫了「題贈知己摯友再復兄：古今中外，洞察人文。睿智明澈，神思飛揚。」十六字評價，一言九鼎，讓我高興得好久。爾後，著名哲學家李澤厚先生又致賀，他在「微信」上寫道：「煌煌大著，燦若星辰。光耀海南，特此祝賀。」我的長女劉劍梅（香港科技大學人文學部教授）也發來賀詞：「一枝巨筆，兩度人生。三十大卷，四海長存。」我則想到四五十年來，數十卷書籍，至今之所以不會過時，多年不衰，值得天地圖書出版，乃是因為三十卷文集都是純粹的學術探索與文學創作，而非政治與時務。政治以權力角逐和利益平衡為基本性質，即使民主政治也改變不了政治的這一基本性質。我的所有著述，所有作品都不涉足政治，也不涉足時務，所以站得住腳，贏得相對的長久性。

我個人雖然在三十年前選擇了漂流之路，但我一再說，我不是反抗性的政治流亡，而是自然性的美學流亡。所謂美學流亡，就是贏得時間，創造美的價值。今天我對自己感到滿意的就是這一選擇沒有錯。追求真理，追求價值理性，追求真善美，乃是我永遠的嚮往。我對此無愧無悔。我的文集分兩大部份，一部份是學術著述，一部份是散文創作。無論是人文學術還是文學創作，我都追求同一個目標，持守價值中立，崇尚中道智慧，既不媚左，也不媚右；既不媚上，也不媚下；既不媚俗，也不媚雅；既不媚東，也不媚西；既不媚古，也不媚今。所謂中道，其實是正道，是直道，是大道。

最後，我還想說明三點：一是本「文集」，原稱為「劉再復全集」，後來覺得此名不符合實際，因為收錄的文章不全。尤其是非專著類的文章與訪談錄。出國之前，特別是上世紀七十年代末與八十年代初的文字，因為查閱困難，幾乎沒有收錄集子之中。所以還是稱為「文集」較好，可留有餘地。待日後有條件時再作「全集」。二是因為「文集」篇幅浩瀚，所以成立了一個編委會，我們不請學術權威加入，只重實際貢獻。這編委會包括李昕、林崗、潘耀明、陳松齡、曾協泰、陳儉雯、梅子、陳幹持、林青茹、林榮城、劉賢賢、孫立川、李以建、葉鴻基、劉劍梅、劉蓮。「文集」啟動前後，編委們從各自的角度對「文集」提出許多很好的意見，所有的意見都非常珍貴。謝謝編委們！第三，本集子所有的封面書名，全由屠新時先生一人書寫完成。屠先生是《美中郵報》總編。他是很有才華的追求美感的書法家。他的作品曾獲國內書法比賽中的金獎。

「文集」出版之際，僅此說明。

於美國科羅拉多州波德
二零一九年十二月三日

目錄

《漂流手記——域外散文集》

《漂流手記——域外散文集》目錄

漂泊的故鄉（自序）

兩年前，我開始在異國漂流的時候，好像不是生活在陸地上，而是生活在深海裏，時時都有一種窒息感。這種感覺無邊無際，彷彿就要把我淹死。我知道，產生這種感覺唯一的原因就是因為失落了故鄉。

故鄉的一切都是我需要的，無論是森林、草原、沃野還是沙漠、洪水、荒灘，也無論是慈母、親朋還是敵人，哪怕是山林裏那些被我追趕過的醜陋的野豬和被我捕殺過的小老鼠，也是我需要的。我愛故鄉，包括愛故鄉的貧窮，我永遠不會嫌棄貧窮的父老兄弟。

然而，我卻被故鄉逼走了。我意識到自己開始漂流。故鄉橫貫東方的大陸，非常遼闊，人群多得像沙粒、小草和螞蟻，它決不在乎減少一粒沙、一株草和一隻螞蟻。故鄉告別動物界後的歷史很長很長，但仍然很野蠻，至今還常常玩着原始的遊戲，還會殺戮和逼走自己的兒女，但我仍然愛故鄉。當然，我不是愛那些殘酷的遊戲。

忘記過了多少日子，我的窒息感消失了。再也沒有被淹死的恐懼。這也和故鄉有關，因為我在另一個世界裏又發現了故鄉。這個故鄉，就是漂泊的故鄉。

故鄉在很早以前就開始在西方漂泊了。這裏的土地埋着許多漂泊者的屍首。在這個同樣也很遼闊的地面上，到處都有我熟悉的黑頭髮和黃皮膚，到處都有故鄉的小鎮、書籍、衣飾、大瓷瓶和花生糖，還有孔子、孟子、莊子和數不盡的來自故國的滿臉憂思的照片和學說。故鄉昨天就開始漂泊，今天又同我一起漂泊。

今年五月，我和歐梵等幾位朋友在洛杉磯觀賞了一個德國現代藝術展覽會。在法西斯橫行的時代裏，這些被納粹稱為「墮落藝術」的作品也曾展覽過，而創作這些藝術的畫家被迫流亡。然而，時移境遷，當年納粹眼裏的「墮落藝術」和精神污染，今天卻變得光彩奪目。了解這群由德國漂泊到北美的藝術天才，才知道他們想的和我想的很不一樣。他們不是覺得失落了故鄉，而是認為自己帶着故鄉到海的另一岸，而且帶着的是故鄉最高潔的部份。本世紀最傑出的作家之一托馬斯・曼（Thomas Mann）的一句話放在展覽品的前列，像是展覽的序文，他說：「我雖漂流到國外，但祖國文化就在我身上。」此時我才領悟到，故鄉和故鄉文化也在我的潺潺流動的血脈裏，它也和我一起浪跡天涯。我的用象形文字構築的書籍，我的書籍中的象形文字，也是故鄉。難怪，當我的文字被禁止的時候，我聽到了故鄉躁動的聲音。我是故鄉的一部份，生活在故土的朋友和敵人都與我息息相關，或緬懷，或仇恨，都在證明故鄉和故鄉文化也在我身上。

我背負着黃土地漂流的時候，也像在故國那樣，照樣在圖書館裏尋找荷馬、但丁和歌德，尋找托爾斯泰、陀斯妥也夫斯基與福克納，也尋找柏拉圖、孟德斯鳩、康德與馬克思。女兒讀着英文版的莎士比亞，我則讀着中文版的莎士比亞。他們的書籍，也是我的根、我的精神家園，這是和長着稻麥的家園不同的哲學家園和藝術家園。這個家園不是坐落地上，而是飄浮在我的頭頂和我的眼中，它沒有泥土的香味，但有乳汁與果實。我從小就在這些家園裏採集過童話、文采和思想。安徒生的賣火柴的小姑娘早就是我兒時的朋友，我知道要給人間一點光明和溫暖，自己一定會站在黑暗與寒冷的雪地裏，這個道理就是她告訴我的。進入少年時代之後，哈姆雷特、浮士德、娜塔莎好像就生活在我的村莊裏，為了替安娜・卡列尼娜辯護，我確實和同學打過架。即使到了一九八九，當我在被死神追趕的路上，於恐懼之中，還想到基督和浮士德。可見，在我生命的深處，他們也是我的理性的泉水。我的根不僅連着莊子的鯤鵬與蝴蝶，也連着海明威的老人與海。泉水、蝴蝶、海、王子、美麗的藝術之星，伴隨着我作精神的流浪，他們全是我的漂泊的故鄉。

對於故土，我已不再像兒時那樣混混沌沌——只會在母親的身上爬動，除了尋找母親的乳房之外，甚麼也不懂；一旦離開了母親，就哇哇大哭。其實，到處都有漂泊的母親，到處都有靈魂的家園。

峽谷之子

這兩年，我在海外作精神浪跡，常聽到一些移居西方的朋友們説，他們是邊緣人：既生活在中國文化的邊緣，也生活在西方文化的邊緣。有的朋友還問我，你是否也算邊緣人？我回答説，我覺得自己既不是邊緣人，也不是中心人，而是隙縫人。我的文化，是隙縫文化。我的散文，也是隙縫中硬生長出來的草葉，所以總是帶着在隙縫中掙扎的斑痕和掙扎出來之後的快意與笑意。

今年六月，香港《明報月刊》開始連載我的《人論二十種》，這是我對大陸的許多人產生絕望之後才寫的。一個對人類抱有深刻信念的人同時又對人類產生絕望的人，生存意義就在於對絕望的反抗。我正是生活在希望與絕望的隙縫之中。寫了傀儡人、閹人、酸人、末人等二十種人；如果讓我對自己作個界定，那麼我要説，我是隙縫人。

很奇怪，早在童年時代，我對於人生就有一種隙縫感，只是當時這種感覺是簡單的，沒能意識到隙縫正是我的存在方式。那時的隙縫感，也許是大自然的暗示。我的故鄉遍地是山野，我的村莊就叫做高山村。因此，我生來就在一種靜止的、不透風的峽谷裏，谷內常常很陰冷，空氣彷彿是凝固的。那時，我不知道山外還有廣闊的流動的世界，不知道我與父老兄弟生活在這個山村，就像螞蟻爬行在一個很小的洞穴裏，忙忙碌碌，生生死死，與歷史並不相關。歷史對於他們，無所謂記憶，也無所謂遺忘。但我以母親賦予的悟性，卻感到我的村莊就存活在兩脈高山之間的峽谷與隙縫裏。我就是峽谷之子和隙縫之子。隙縫很小，從東邊的山下跑到西邊的山下，只要兩分鐘，不過，我的裏着小腳的祖母大約必須走二十分鐘，所以她一直覺得家鄉很大，有走不完的小路和大路。

長大而進入社會之後，故鄉的峽谷一直伴隨着我。峽谷成了靈魂的影子。我覺得峽谷在我周遭不可思議地向上伸延，童年時代所見的兩脈山巒變成兩堵高牆，天空愈來愈小，我和我的同類就擁擠在高牆的夾縫之間，像無數蠕動着的螞蟻。螞蟻繁殖得很快，峽谷裏也愈來愈擁擠，而且，螞蟻之間不知互讓，又沒有距離，因此便不斷互相廝殺。對於這種充滿喧囂的隙縫，我開始很不習慣，常有莫名的躁動，後來慢慢無可奈何了，權充一隻馴良的螞蟻。但許多螞蟻兄弟開始感到峽谷的狹小和高牆的龐大。於是，他們開始逃離。這也許能找到出路，但我一直沒有這個念頭，因為我覺得在八十年代，峽谷在變化，隙縫在擴大，開始有許多新的好的故事，而且，峽谷畢竟是自己的故土。

然而，在一九八九年夏天，我突然被拋出了峽谷，不知道為甚麼，也許是天意吧。峽谷外的紛紛世界確實另有一番景色：天是藍的，不像我過去見到的天空那麼灰；風是自由的，風中有各種搖曳的花草。這裏很少山野，到處是平原，我想，我該是可以任意馳騁的平原之子和大地之子了。於是，我興奮地四處走動。然而，一走，才發現這裏也沒有路，也到處是高牆。這裏，人們到處都在忙碌，也像螞蟻般生活。不過，這是比較有法度的螞蟻，不崇仰鬥爭哲學與吃的哲學，但彼此也隔着一堵牆，彼此好像沒有多大關係。而且，他們早已認定，這個世界本來就是只有隙縫的世界，人類本來就是隙縫人，每個孩子都是從母親肉體的隙縫中爬出來的，用不着害臊和隱諱。所以，他們並不像我們故國的同胞，總是喜歡唱大路歌，生活在心造的金光大道的夢幻裏。此時，我才意識到這裏是另一種更實在的隙縫人的生涯。我也是他們當中的一個，但我不像他們那麼快活，也不像往日那麼瘋狂，只是真實地生活着，在高牆與高牆之間，在堡壘與堡壘之間，在摩天大樓與摩天大樓之間，在這一文化群落與那一文化群落之間，思考着，掙扎着，仍然在希望與絕望之中。

唯一可感到快慰的，是今天的隙縫與昨天的隙縫相比有一值得提起的差別。在昨天的隙縫裏，我們雖然也是微小的螞蟻，但還是嗜殺、嗜鬥，常常廝咬他人或被他人所廝咬；確實太辛苦了，不僅勞其筋骨，而且苦其心志。螞蟻本來就沒有多少心志，但還要不斷交心洗心，毀志辱志，這就更加令人絕望。而且，隙縫本來就很窄，隙縫兩邊的高牆上偏偏又有炯炯的目光巡視着與照射着，名義上自然是給予溫暖，但也使我難受，我真不喜歡這種覆蓋一切的精神雷達，時時探視着我內心那些明亮而高貴的生活。

既然知道自己是隙縫人，便知道自己無法擺脫這種難以擺脫的生存形式，因此也就平靜、安寧、從容，不再有任何矯情，也不再奢望虛構的廣闊天地。於是，我便蟄居在自己的生命之中。能發現自己生命中有平靜的坐處和乾淨的寫處，真是幸福。有這種坐處和寫處，時間才流入血脈，情感、語言、生命才屬於自己，而因此，我也就有了屬於自己靈魂的家園和屬於自己的心事。把這些心事一點一滴地寫出來，可慰藉為我擔憂的朋友，也可慰藉自己隙縫中的人生和峽谷中的靈魂。

心靈的孤本

我喜歡讀書，書本是我的救星。到了海外，精神曾陷入危機之中，又是書本拯救了我。書本悄悄地調節我的一切，幫助我構築一個屬於自己的世界。每次到芝加哥大學遠東圖書館，總有一種奇異的感覺，覺得這裏是一個躲藏的天堂，我來到了一個天堂般的避難所，遠離了地獄的熔岩，遠離了骯髒的喧囂與骯髒的騷動。

圖書館裏有許多好書，有被稱為「珍本」和「善本」的許多好書。我常常被一些精彩的書本所震盪。但也發現有一種東西，是書架上所沒有的，也許永遠不會有，這就是我的心靈的孤本。這種心靈的孤本，是我自己獨特的人生體驗，他人不可替代的體驗。也許前人與後人都會經歷與我相似的行為，但不可能具有與我相同的體驗，在內心最神秘的深處，我和他們一定有許多區別。我的體驗不重複前人，也決不會被後人所重複，它只屬於我自己。在人世間，不會有第二部這種精神的版本。

這種孤本儲藏於我的心中，我無法展示它的全部內涵。但我知道，這是一個獨特的存在，一個未被恐怖所撕毀和未被死神所剿滅的存在，一個在難以生長的地面上硬是生長起來的存在，一個不允許存在但仍然存在下去的存在，一個曾是香果曾是苦果曾是禁果但幾乎是無樹可依的存在，一個熱愛滄海閱覽滄海但差些被滄海所吞沒的存在，一個主張泯滅仇恨消解仇恨卻收穫到無數仇恨的存在，一個總是生活在他人送來的夢中然而在夢破之後又繼續尋找失落的夢的存在，一個不喜歡聽戰歌聽歡歌聽酸歌但又說不清喜歡聽甚麼歌的存在，一個喜歡共工又討厭共工喜歡女媧又討厭女媧喜歡刑天又討厭刑天的存在，一個找不到坐處找不到寫處又喜歡坐着思索坐着冥想坐着抒寫的存在。我確信我的孤本乃是自在之物，它可以為躲藏的天堂增添一些甚麼。

我很珍惜我的孤本。我認定人生中最可靠的東西是自己體驗過的東西，是久久煎熬過自己然後從自己心中流出來的東西。有人說，歷史的經驗值得注意，但歷史的經驗畢竟是前人他人的經驗，它不能代替自己的經驗。當一顆子彈穿越我的靈魂，然後靈魂流出血並以血寫下的體驗，確實比前人他人給我留下的墨寫的文字深切得多。

其實，每個人都擁有只屬於自己的心靈的孤本，這是無價的財富。我因為意識到這一點，所以在欽佩他人時並不自悲，總是讀着、想着、寫着，把孤本一頁一頁地展示於人間。

瞬間

在芝加哥大學的校園，已經歷了第二個秋天。

兩個秋天都來得非常突然，都在我沒有任何心理準備的時候突然展示在我的面前。

今年的秋天是在一個週末來到的。昨天，屋前的大樹還在陽光下閃着綠，而夜裏一陣秋風之後，今天早晨，卻突然滿樹是黃黃紅紅的葉子。有些葉子還在枝上抖擻，有些葉子則已開始了第一次秋的飄落。在依舊蒼翠的草地上，已有第一群秋的使者。

秋是在一剎那間到來的。就在一瞬間裏，生命更換了一個季節，世界呈現出另一種風貌。我既沒有為夏天的消失而傷感，也沒有為秋天的突然降臨而狂喜，只是驚訝於昨天與今天之間的一瞬。神奇的一瞬，改變了大自然生命形式的一瞬。瞬間的魅力，常帶給我永恒的激動。

我想到，人的生命也如大自然的生命一樣，常在瞬間完成了精彩的超越，生命的意義就蘊含在一剎那的超越之中。在一剎那間，生命突然會奇蹟般地湧出一個念頭、一種思想、一股激情。這種不知來自何方的念頭與情思，強迫你立即作出判斷和抉擇。在那一瞬間，你並沒有意識到此時此刻的判斷和選擇如此重要，然而，正是這一時刻的選擇，使你的生命意義和生命形式發生了巨大的變動。也許，就在這一瞬間，你的靈魂已經跪下，成為魔鬼的俘虜和合作者；也許就在這一瞬間，你的靈魂往另一方向飛升，穿越了龐大的痛苦與黑暗，甚至穿越了殘酷的死亡，實現了靈與肉的再生。這一剎那，就是偶然，就是命運。

我常常感到瞬間的神秘。這種難以描述也難以測量的力，可以摧毀一切，包括摧毀堅固的秩序和被稱為「必然」的許多龐大的規範和權威，也可以摧毀自己在內心中營造多年的全部精神建築。然而，這種力也會把智慧之門突然打開，讓我的生命增加許多奇氣。很多長久折磨過我的困惑和許多長久煎熬過我的書本上的難題，就在瞬間中消解了，明白了。我覺得自己對於自身的存在和自身之外的其他無窮存在的領悟，就實現於瞬間之中。

瞬間，還常常改變自然時空與現實時空的程序，使過去、現在、未來，全躍動在我的思緒裏。瞬間中，我可以馳騁於古往今來的滄桑之中，感悟到生命的短暫，也感悟到生命的永久。近代大哲人海德格爾關於存在與時間的學說，最初是否也發生在瞬間的感悟之中呢？他對宇宙、社會、人生暫時的關懷和永久的關懷，以及兩種關懷之間的思辨，是否就在一個頃刻之中萌動呢？

我常常感到我的周遭到處是圍牆，我就生活在圍牆的籠罩之中。然而，就在一剎那間，我突然會完成一次勇敢的突圍和穿越高牆厚壁的嘗試。此時，我沒有意識到危險，更沒有意識到死神已逼近我的身邊。只是在這一瞬間過後，我才意識到危險已被我戰勝，死神已被拋在遠處，我的生命已獲得了一種新的證明。我為自己高興，並感到生命並不脆弱，就像從夏樹飄落而下的葉子：不是死亡，而是進入厚實的大地給秋作證。秋是美麗的，值得我為她作證。

當我發現自己沒有被他人他物所確定的時候，真是高興，因為我知道被確定的生命是沒有活力的。只有不被他人他物所確定的生命，才有屬於自己的綠葉、黃葉與紅葉，才有屬於自己的生長、發展、飄落以及再生的故事。我真高興，我將繼續經歷許多突然降臨的春夏秋冬和突然而來的一剎那。既然能看到瞬間的飄落，就能看到瞬間的萌動和瞬間的大復甦。瞬間雖然無定，但我信任它。

孤獨的領悟

去年我經歷了很長時間的孤獨。

這是在異鄉的孤獨。這次孤獨，特別沉重。

儘管被真誠的朋友包圍着，儘管妻子就在身邊，但總是感到孤獨。人的生命現象真是奇怪，任何安慰，任何溫情，任何美麗的故事都無法抹掉籠罩於心中的孤獨感，而且愈想抹掉它，它就愈顯得沉重，常常沉重得令我喘不過氣。夜闌人靜之時，會突然感到精神的窒息。拉開窗簾，想看看夜空，我總覺得星星是我故鄉的星星，從童年時代開始就一直伴隨着我。然而，此次孤獨，閃爍的星星們竟不能援助我，面對星空，又是一陣精神窒息。此時，我才悟到孤獨的龐大。穿越孤獨，就像穿越巨大的、無邊的宇宙，一切努力都是徒勞的。

孤獨真會使人頹廢，也許頹廢正是對孤獨進行抗爭的形式。難怪孤獨的人那麼喜歡女人和酒。

孤獨可以使人頹廢，但也可以使人深刻。當我的心靈足以支撐龐大的孤獨時，我發現在最孤獨的時候，同時也是擁有最豐富的內心生活的時候。說不出甚麼原因，在這個時候，心靈中許多埋藏得很久的思緒突然復活了，一切思緒都湧向孤獨中的主人，無盡的回憶，無盡的思念，無盡的辯護，無盡的悲憤，全都一湧而上。此時，我感到思想在膨脹，心胸在伸延，靈魂展示出無數新鮮的綠葉。也是在此時，我才想到過去的生命太繁華了，賓客如雲，熱熱鬧鬧，時間被切割，生命被肢解，心理節奏被破壞，深邃的精神生活被擱淺在熙熙攘攘之中。

我是一個無神論者，我不相信絕對的神秘體驗，但我相信相對的神秘體驗。在孤獨中，許多神秘的、不可思議的東西，在我的心靈中集合，使我感到人的內在宇宙真是無比奇妙，我甚至懷疑在這個宇宙中真有我們肉眼看不到的千百萬微小的、活潑的藍精靈。

近來，我又感到孤獨的力量。在孤獨中，我發現自己是以獨立的生命支撐着人生的。我在一種特殊的人文環境中長大，一切都期待着外在力量的安排和肯定，因此，我常常沒有力量自己肯定自己，自然也沒有力量獨立支撐人生的壓力。但是，在此次孤獨中，我意識到，以神聖的名義生活的人才是最沒有力量的人。我自己過去就是這樣的人。想起以往我的許多文章，以人民的名義說話，聲音雖大，其實並無個體的承擔力量。我不知道為甚麼心靈何以變得如此脆弱。現在仍有許多以神聖的名義在說話的大人物和小人物，但我一概看到他們的脆弱。而我自己相信，唯有能在孤獨中駕馭孤獨並展開更深的思索的生命，才是強大的生命。

一個人的一生，如果總是風風火火，不管風雲如何變幻，總是不會感到孤獨，這大約不是深刻的靈魂。在中國現代文化史上，魯迅和郭沫若的差別，就在於一個有孤獨感，一個沒有孤獨感。郭沫若晚年的悲劇，就是在應當孤獨的時候卻沒有孤獨；所以他把自己的才華消耗在給「百花」作註和給領袖的詩詞作註，以及其他頌體的文章中，真是可惜。而魯迅，卻把他的孤獨真實地展示出來，至今，我們仍然闡釋不盡他那些「孤獨」所包含的深廣內涵。

生命的空缺

這兩年，我常感到一種生命的空缺。

空缺像個巨洞。這是心內誰也看不見的巨洞，但我感覺到它，知道這是很深的巨洞。巨洞使我煩躁不安，使我沒有理由地生氣、埋怨、遷怒於他人。我的生命的傾斜，包括夢的傾斜，都因為有這巨洞的存在。

我感到本來構築着生命的許多東西在巨洞裏沉淪，但沉淪些甚麼，我說不清，只覺得確有東西在沉淪。而且，我不知道這種沉淪好不好。

沉淪的也許是未知的天堂，也許是已知的地獄，也許是實在的真誠，也許是虛假的美，也許是那擁抱過我又企圖埋葬我的整片黃土地。對了，就是這片莽莽蒼蒼的黃土地。我和這片土地連結着太緊了，一旦失落了它，就覺得生命太輕，好像在空中飄蕩。

然而，在故國的那些日子裏，又覺得自己的生命太重，靈魂被黃土地壓着。洪水、黃沙、風暴、泥濘，還有出奇的貧窮，全堆積在心中。我知道我和我的同一代人注定要和故國一起承受這些重壓，所以沒有埋怨過。然而，我沒有想到，後來在我身上又壓着許多骯髒的腳，他們瘋狂地踐踏着我；更沒想到，這之後又壓上許多乾淨的然而更加沉重的同胞的屍首。於是，血在心中淤積、凝固，生命變得密密匝匝，重得讓我喘不過氣。此時，我真希望在淤積的物質中有點空缺。

人生真奇怪，沒有空缺時覺得過於沉重，有了空缺又覺得過於輕飄。昨天想逃避沉重，今天卻想逃避輕飄。有與無，重與輕，都使我焦慮。該怎麼辦呢？只覺得世界真的沒有路，更沒有金光大道。然而，沒有路也得走下去，活下去。活着，至少可以讓那些製造屍首的屠伯少一分製造的快樂。想到走下去和活下去，就想到應當反抗空缺，於是，總是讀着、想着、寫着，在生命的巨洞裏扔下一個又一個的文字，企圖填補無底的神秘的深淵——儘管我知道，這有如遠古的精衛鳥，口銜微小的木石去填補遼闊的東海，但還是要填下去、填下去。我總覺得，我的生命的意義正是在反抗空缺與填補空缺之中。

草地

在芝加哥大學，除了喜歡到圖書館之外，就是喜歡看看校園的草地。校園內到處是草地，其實，校園外也到處是草地。然而，我就喜歡看看，已經看了兩年了，還是喜歡看看。

草地上除了青草之外，別的甚麼也沒有。我的根在故國的土地上扎得太深了，不容易喜歡異邦，然而，我卻很喜歡異邦的草地。

我在西方的享受，就是看看這些草地，這些青青的、青青的草地。

我愛躲在屋裏讀書，讀得累了，突然會想起，屋外是一片草地，登時就有點精神。一旦走出門口，聞到草香，就更有精神了。這種體驗多了，才意識到草地也是我生命的一部份，它天天在給我注入一種精神的液汁。只要有草地在，我的生命就不會變成一片赤土。

記得童年時代的故鄉，也到處都有草地。可是，前幾年我回家鄉時，才知道草地和森林都消失了。不知道在甚麼時候，故鄉被剝了一層皮。

在北京生活，因為很難見到草地，就在自己樓前小院裏種了一些小草。可是，街道委員會的老太太們組織大掃除時，總是把它拔得乾乾淨淨。在京城裏散步，總覺得缺少點甚麼。到了美國之後，才意識到是缺少草地。

我的生命太需要草地了。如果故國也到處都有草地，天天都可以看看草地，我的心境一定會安靜得多。對於我，這些飄動的小草，比挺立的旗幟還重要。

夏日裏，我更離不開草地。晚飯後我一定要到草地上坐坐，看看，想想。坐在草地上，想甚麼都特別順暢。

對着眼前的青青翠翠，我想到，人生其實也很簡單，只要有一簞食，一瓢飲，一片草地，就可以生活得很有味，用不着那麼激烈，那麼多憂煩，更用不着那麼多旗幟、火藥和無謂的喧囂。

「身無彩鳳雙飛翼」的悲哀

前十年，我就感到一種前行的沉重——一種「身無彩鳳雙飛翼」的悲哀，然而，我對這兩翼是甚麼，並不清楚。後來才逐步明白：我和我的同一代人所缺少的兩翼，一翼是外國語言，一翼是本國舊學根柢。

我們這一代人也學外語，但學的是俄語。學到大學畢業，正值「半桶水」的水平時，恰好政府與「蘇聯老大哥」翻了臉，於是俄語的身價一落千丈，甚至斷了中蘇文化交流。本來可以勉強讀一讀的《遠東問題》也成了「反動刊物」，看也看不到，以後呢？以後自然是連「半桶水」也沒有了。

至於舊學，我也讀了一些古書，特別是古詩、古散文和古小說。此外，為了批判（例如為了「評法批儒」）也讀孔孟和思想史上的其他文章。然而，和我們的老一代學者相比，真正是屬於「淺嘗輒止」，底子實在是薄得可憐。

前些年我意識到自己缺乏這「雙翼」時，感到心慌，便努力補讀一些古書，特別是思想史上的基本著作。讀了一些書之後，心慌病便好了一些。現在到了海外，為了使心慌病更好一些，我又開始學英語。想補上這兩翼，除了知道這是做學問所必須的之外，還有一點則是屬於「私心所謀」的，也許朋友們想不到。這就是希望獲得這兩翼之後，自己能真正擺脫「爬行動物」的隊伍。

我一直覺得自己和周圍的許多人，因為沒有「雙翼」，所以都在爬行。沒有翅膀，本來也可以行走的。然而，因為飛不起來，眼光就有限，只能摸着石頭過山過水過江過河。而這樣又太累，於是，就得爬行，時而跟着蘇聯人爬，時而跟着南斯拉夫人爬，時而跟着美國人爬。如果志向遠大，爬行也不算甚麼。但是，爬行中心術不正的人太多，結果就繁殖了許多「小爬蟲」。

「小爬蟲」是文化大革命時報刊上大量使用的稱號。平心而論，當時確實「爬蟲滿天下」。那時候，如果沒有雙翼，是很難保險不落入「小爬蟲」隊伍的。說實在的，我愛讀書，並非有甚麼學術雄心，只是害怕當「小爬蟲」，羞與「小爬蟲」為伍，目的渺小得很，憎恨我的人用不着害怕。

有了雙翼，翺翔於高遠處，看到的世界自然就寬廣一些。人生的樂趣常常就在於可以看得寬廣一些。而且，很奇怪，心和眼常連着，眼界放寬了之後，心界也會跟着放寬；反之亦然，眼窄了，心也窄，而心窄，眼則更窄，這是一種惡性循環。

近幾年讀大陸的小說，發現「窺伺」主題發達了起來。殘雪是寫「窺伺」的能手，她發現大陸到處都有「窺伺狂」和「被窺伺狂」。韓少功也寫窺伺，他的《謀殺》的女主人公就是一個被窺伺狂。

作家們注意到這種現象，絕非杜撰，我相信今後有這種主題的作品還會不斷產生。這是很自然的，因為人們失去了雙翼，全部本領都用在從事階級鬥爭和政治運動，而這種無休止的鬥爭和運動的「社會效應」之一，就是使人們失去良心和信任感，而沒有信任感的社會，自然就會繁殖「窺伺狂」和「被窺伺狂」的家族。人類真奇怪，眼睛一旦不能投向五湖四海的大千景象，就會在門縫裏尋找最卑鄙的東西。

這樣說來，培育自己的雙翼，除了想避免落入「小爬蟲」的行列之外，只是還想避免落入「窺伺狂」的行列，仍然沒有雄心壯志。

到了我女兒和她的同齡人這一輩，運氣就比我們好多了。她們在大學畢業後大體上就有了「外國語言」的一翼。她們的目標自然不像我輩那麼卑微，大可壯志凌雲一番。然而，也很難說，此時仍然風雲變幻無常，說不定諸如和蘇聯老大哥翻臉的事一發生，青年時代剛剛長出來的嫩翅膀也會退化的，退化得徹底一點，也會成為「小爬蟲」，別太大意。

遙遠的狼嚎

這是異邦的夜。窗外是旋轉的繁華。我看到繁華，也看到繁華的乏味。其實對於知識者來說，現代社會是一種很乏味的社會，繁華總是以犧牲人的精神為代價，人往往變成肉人，變成技術的奴隸和廣告的奴隸。

在東方，人是渺小的，說句真話都很費心思，所以人必須有兩副或兩副以上的面孔才能生活。我正是為了保持一副面孔才不得不離開難以離開的土地的。可是在西方，人雖然可以用一副面孔生活，但這一副面孔也夠沉重、夠冰冷的，因為這是穿過金錢冰箱而凍出來的面孔。然而繁華總比蕭條和貧窮好，所以還得為繁華而努力，而吶喊。只是想到吶喊之後要麼得到仇恨，要麼迎來一種到處是肉人的乏味的社會，就很懊喪，很寂寞，感到心間是一片荒野。

到海外來，常常感到心間是一片荒野。這不是消沉，而是理性地感到世界上並沒有路，有的只是高牆與隙縫，人只能在隙縫中生存。也許對於知識者來說，西方的隙縫比東方的隙縫大一些，所以許多優秀的學子都往西方流動。到了美國，才知道美國是中國的人才庫，才感到中華民族生命之質（不是量）的流失是多麼嚴重。

我現在也在隙縫中生活，也感到這個隙縫比國內大一些，然而讓我失望的也太多。不說別的，就說人與人之間，屋宇與屋宇之間，就像一座堡壘與一座堡壘之間的關係，光這一點，我就很不喜歡。這裏雖然沒有互相射擊，但互相防範卻是很緊嚴的，這與中國那種「繃緊階級鬥爭這根弦」的意思其實差不多。這種狀況真使我感到寂寥。

身處寂寥的堡壘之中，又想到去國萬里，遠離自己酷愛的故鄉故國，自然就更加寂寥。然而，一想到故鄉故國，就想到許多自己看到的老人和年輕人。許多老人和自己那麼隔膜，中國活潑的思維那麼少，而他們的搖頭又搖得那麼多。對於年輕的朋友，我始終敬重他們，還常常當他們的尾巴，但是他們一旦身強力壯就趕緊斬斷尾巴；我發現他們骨子裏冰冷的自私，在熱烈擁抱權利的時候並不熱烈擁抱責任。而在我的同一代人中，我又看到太多的互相貶抑，互相廝殺。熟悉的陌生了，親近的疏遠了，這一切都使我失望，使我感到心間沒有光點，沒有路，只有一片荒原。因此，我又墮入孤獨，墮入大寂寥之中。

在無邊的寂寥中，我常常產生一種奇怪的感覺——感到需要野獸的聲音，感到狼嚎是可愛的。有一位朋友告訴我，如果狼對你嚎叫的時候，你千萬不要像兔子那樣豎起耳朵，而應當像大象那樣垂下耳朵，走自己的路。我一直記住朋友的話，知道一旦豎起耳朵，生命就會變得很輕。但在極端孤獨的荒原中，我卻禁不住豎起耳朵，而且一豎起耳朵，馬上就聽到狼嚎。這是遙遠的狼嚎。狼群在嚎叫中呼喚着我的名字和聲討着我的罪惡，我還聽到狼牙齒批判我的靈魂時發出的怪響，每一聲都帶着吞噬的焦急。然而，這一切都使我高興，因為有這狼嚎，我便確知荒原中還有一種與我密切相關的生命——儘管這些生命是兇殘的，但畢竟是生命。而且，我又因此發現自己的存在並非虛假。我活着。狼的嚎叫顯然是發現我的存在，我的靈與肉的顫動可以清除牠們的飢渴。有對立才有密切，荒野中的人與狼並非仇敵，乃是在荒涼中互相慰藉的生命。在大寂寞中，唯有遙遠的狼嚎會讓我遺忘孤獨。我的荒原需要牠們，一點也不覺得牠們的嚎叫是徒勞的。

還是異邦的夜，還是窗外旋轉的繁華，然而，我更喜歡遙遠的狼嚎。我彷彿覺得，我不該遠離狼嚎，不該遠離荒野中那些生命的顫動。

接近死亡的體驗

人生的體驗自然是多種多樣的。但是，對於一個作家，接近死亡的體驗可能是最寶貴的體驗。

陀斯妥耶夫斯基本來被判處死刑，臨刑前突然被改判為流放。但是，他當時不知道自己還可免於一死，因此，他和其他死囚一起等待着最後時刻的到來，並由此獲得了一次接近死亡的體驗。

他在《白癡》裏通過梅什金公爵談到自己最後五分鐘的體驗，他覺得死神到來之前的五分鐘很長很長。他安排了很多事，最重要的有三件：一是懺悔；二是向友人和親人告別；三是好好地看看這個自己生存過的世界。在這五分鐘裏，他走過漫長的精神之路，無數思緒都湧入他的即將化作灰燼的腦中與心中，每一分鐘都長得像一個世紀。心理世界無邊無沿的廣闊和瞬息萬變的神秘，在那一頃刻間，展示得那麼豐富，那麼令人難以置信。

我沒見到陀斯妥耶夫斯基直接描述這次死亡體驗對他的影響，然而，我通過他此後的作品，便知道此次死亡體驗使他實現了一次偉大的超越。從此之後，他的每一部小說都是人間的精神奇蹟，都使得那些只會「反映現實」的作家作品顯得十分蒼白。至今，讀陀斯妥耶夫斯基的小說，還覺得這不是一個常人所作，而是一個死而復生的超人所作。他提供給世界的，並非世俗的語言，而是超驗的語言，永遠讀解不完的語言。我們感到他的作品和別的許多作家的作品不同，它多了一個精神層面，甚至兩個、三個精神層面。我相信，他的這種奇異的天才，得益於那一次在斷頭台上的擁抱死神的體驗。

一切深刻的哲學家文學家都曾面對無可逃避和無可替代的死亡作出自己的領悟。因為有這種領悟，所以他們才深刻。古希臘哲學家領悟到人的有限性，領悟到人一生下來既開始成長也開始走向死亡，即人生的起點也是通向死亡的起點，於是人生的悲劇感便紛紛產生。現代哲學家、文學家對於死亡更有一些獨到的、非常深邃的見解，如海德格爾認為，一切都是虛假的，唯有死亡是真實的；而加繆則認為，哲學最根本的問題是死亡的問題。如果我們不去計較他們表述的極端形式，那麼，就會承認，這種強調對死亡的體驗和領悟，對於我們把握宇宙人生的意義，是絕對必要的。

今天認真想想，覺得現代的一些哲學家把死亡意識強調到這個地步，是很有道理的。確實，正是因為人一定會死，所以我們才忙於設計自己的人生和把握人生的價值，才與死神爭奪生命並通過各種形式去逃避死亡和伸延必死的生命，包括作家的寫作，事實上，也是通過自己的詩歌、散文、小說這種不滅的文字和死亡抗爭。所謂忙碌、掙扎、奮鬥、追求，都與死的前景相連。如果我們作出一個大膽的假定，即假定人是不會死的，或者一個人至少可以活到十萬歲，那麼，人生的意義就會整個改觀。相應的，一切價值系統也都會發生巨變。

假如人不會死，人將進入極大的不自由：人自身的積壓。幾百代、幾千代的同堂。世界沒有足夠的土地。人沒有蒼老，也沒有青春，沒有歷史，沒有對生的熱愛和迷戀，沒有伸延生命的努力和追求。自然也沒有冒險精神和創造精神。沒有人想去發明武器，沒有人想去發明醫藥。迎着炮火刀劍不算勇敢，登上險峰危崖也很平常。任何勤勞都帶荒唐，一切都可以變得慢悠悠。愛情是無休止的跋涉，時間變得沒有價值。倘若能睡，一覺可以睡上一個季節，秋天睡着了，春天再醒來。生活沒有色彩，沒悲喜劇，沒有崇高，沒有偉大，自殺等於白費力氣，最鋒利的寶劍也刺不死任何一個侏儒。過去、現在、未來的時間界限變得一片模糊，一切都很乏味。

作了這樣的假設，我們就會了解，人會死亡，這是多麼重要。因為人會死，才有關於生的規定和想像，才有精彩的戲劇和故事。因此，對死的體驗乃是對生的體驗。接近死亡的一剎那，往往可以突然領悟到生的全部意義。難怪陀斯妥耶夫斯基擁抱了一次死神之後，對人生、對精神世界、對文學藝術的把握會變得那麼深刻。

中國作家不少被打成「右派分子」、「反革命分子」，有的並因此坐牢、被流放和被剝奪做人的權利，其中一定有接近死亡的體驗。去年以來，還有不少作家流亡國外，一路上和死神搏鬥，真的接近了死亡。這對於作家來說，真是寶貴。有心的作家，此次擁抱死神而幸存，將會給他的心中注入無窮無盡的精神資源。這比掌聲、獎金、桂冠要珍貴千百倍。懂得生命本體價值和藝術本體價值的人們，將永遠不會為自己丟掉鮮花和掌聲而哀傷，而會為自己的生命獲得一次飛升而沉浸於別人所沒有的幸運之中。

時時心存感激

在國內的時候，讀過《荒漠甘泉》，這是一位女基督信仰者考門夫人（Mrs. Charles E. Cowman）所寫的日記。這部日記記錄了她在丈夫病重期間（直到痊癒）的心理過程。在這個過程中，支撐着她戰勝一切艱難困苦的內在信念，就是「時時心存感激」。

她感激惠臨一切的深摯的愛心，感激通體浸潤着仁慈的救主。我是無神論者，因此未能完全理解她的感激的內涵。但是，她的「時時心存感激」的靈魂，卻使我深深地感動。

我發現自己也是一個「時時心存感激」的人，我時時感激着我的母親、我的妻子、我的老師、我的真誠的具有大義大勇的友人，還有我的故鄉和我的土地。我曾寫過散文詩感激故鄉那條滋潤過我乾旱的心胸的小河，還感激擁抱過我的那一片蒼翠的草地，和總是在我家園裏遊戲和唱歌的小麻雀。大約因為我時時心存感激，所以我消解了心中的許多憂慮、痛苦和仇恨，在內心經歷過煎熬之後，仍然選擇以善去對待人間，恢復人生應有的情感，在社會不斷動盪中仍贏得一個恬靜的內在世界。

這一年來，我身居異邦，精神上又發生了一次裂變。這是我內心的一次大雪崩，只有我自己能感到它的震撼。這次雪崩，使我經歷了一次從未有過的恐懼。瘋狂的恐懼不知道從甚麼地方突然而來，突然而去。它有時把我從睡夢中搖醒，有時則把我思索的邏輯全部打碎，使我眼前只留下一片迷惘、一片大荒山。然而，在瘋狂的恐懼襲擊之後，我又恢復了平靜。我驚嘆這種還我平靜的神秘的力量，並因此又產生感激，而且是比以往更加深刻的感激。這不僅是感激以往我曾感激的那一切，而且還感激一種我說不清的東西，一種使我在雪崩中仍然保持着身體健康和靈魂健康的神秘的存在，一種使我不僅沒有被恐懼所吞沒，反而在恐懼中重新燃燒起生命之火的「怪物」。我本來會隨着內心的雪崩而倒下，或在瘋狂的恐懼中撕毀自己，甚至會粉碎對於人類的全部信念。然而，我沒有。我發現降臨於我身上的有一種比恐懼更加強大的力量，它好像是超自然的、一定要把我引向一種奇妙的精神境界上的力量。我說不清這一存在的面貌，但我知道這是數千年來人類文明所積澱成的一種偉大的存在，我因為恐懼而敬畏這種存在，對它抱着刻骨銘心的感激。

正因為有這種存在，所以一種似乎平常的，然而卻是不可思議的情感總是不會死亡。就在我的書桌上，我看到一張一張飄着白雪的聖誕卡，一封一封飄着火光的信件。其中的語言似乎是世俗的語言，又似乎是超驗的語言；這些語言彷彿來自人間，又彷彿來自天上。因為這種語言與我曾經聽得爛熟的半真半假的語言是完全不同的，它的每一個字都蘊含着人類社會所以不會毀滅的最平常而且也是最重要的理由。我把「光榮」年代裏的一切信件懸擱在大海的那一邊，而把這些聖誕卡和信件保存於心中。這是我時時心存感激的根據，這是我能夠穿越瘋狂的恐懼、戰勝生命危機和精神危機而繼續走向光明之路的根據。因為有了這根據，我作出了「頑固」的良知拒絕：拒絕和魔鬼合作，拒絕拋棄人生的意義，拒絕鄙視仁慈、善良和愛，拒絕一切關於價值虛無和意義虛無的學說與童話。

最後的偶像

人生似乎是一個不斷逃亡的過程，有時是肉體的逃亡，有時是精神的逃亡。或逃避死，或逃避地獄，或逃避黑暗，甚至有時還得逃避表揚和獎賞，例如被劊子手表揚和獎賞，獎品自然帶有血腥味，這不逃避恐怕不行。難怪契訶夫說，與其被昏蛋表揚，還不如戰死在沙場。

這樣說來，對於知識者來說，不斷地發生精神逃亡，其實是常態，直到死，可能還得逃避。我也是一個匆匆惶惶的逃亡者。這也許是生性脆弱所致，奇怪，對於地獄的黑暗我總有一種特別的敏感，害怕在地獄中與黑暗動物為伍，不喜歡聽地獄中鬼的空話與廢話，任何言語都缺少人的蒸氣。

不過，最近我有一個幾乎要讓朋友們沮喪的發現，這就是我自己也是自己的地獄。由於這個發現，我此時正在逃避自我。我發現，以往的自我其實也是一個大荒謬。降生於世界，在嬰兒時代自然是在母親身上爬動，以後自然是在床上或地上匍匐，但是我的人生卻爬行和匍匐得太久，靈魂總是直不起腰桿。直到近幾年，才開始像猴子似地學着直立，這自然是靈魂的直立。然而，直立之後，又是渾身的「氣」：革命氣、戰士氣、三國氣、水滸氣、牛氣，甚麼氣都有。不過，現在「氣」的名目好多了，或稱激情，或稱豪情，美妙得很。滿身氣固然是受故土的那一股凜然之氣和戰鬥之氣所感染，但自己也有責任。「氣」一多，就缺少理性、智慧，也缺乏冷靜和從容。到了國外之後，自己覺得「氣」少了一些，但還是太沉重，老是像蝸牛似地負載着全中國的苦惱；於是，又像蝸牛似地爬行，這等於回到兒時在母親身上的原始狀況，除了尋找母親的乳房，甚麼也不懂，不能把眼光放遠，也不能把心靈放鬆。吃了一番苦以後，才明白這蝸牛殼正是自我的地獄，這是最後的地獄，也是最難逃出的地獄。

人類自從走出動物界之後，路途也很艱辛，總有一種巨大的陰影籠罩着和一種無形的地獄伴隨着。人類希望逃離陰影和地獄，於是，就研究種種無形的地獄和怪物。人類之子出現過許多天才的作家、思想家和哲學家，他們在古希臘，就發現這種大陰影就是命運，人總是逃不出命運的籠罩。命運正是無所不在的地獄，哪怕是身為帝王，也逃脫不了命運之獄的掌握，這就是《俄狄浦斯王》的故事。到了本世紀，又有薩特，發現這個陰影和地獄就在你身邊，就是「他人」——與你生活在同一星球的同類，我們總是逃不出這一地獄。「他人是自我的地獄」這一命題，對中國的年青人確實震動了好一陣，所以七、八十年代的中國，出現一股逃離他人控制的潮流，發生了一次精神大逃亡：逃避偶像；逃避權威；逃避主義；逃避大一統；逃避教條的病毒。我自然也是其中的一個逃亡分子，所以努力地肯定自我，肯定主體性。現在看來，這種逃亡也是需要的，否則，我們還會呼吸在他人的口號與指示之中，沒有別人的指示，簡直不知道怎麼活，沒有請示彙報，也不知道怎麼活。

可現在，我發現又有一個陰影和地獄，這就是我自己。而且覺得最難逃出的地獄就是自我的地獄。很奇怪，人從小就喜歡照鏡子欣賞自己。鏡子裏的自我，便慢慢地成了自己的偶像。這個偶像正是最後的偶像。這個偶像現在有了著作，有了桂冠和名聲，還有被論敵稱為「體系」的理論建築。然而，這種建築恰恰是自己的高牆。有的朋友說，你應當打破自己的體系，讓自己的靈氣更自由地放射出來，但我總是捨不得，覺得那個「體系」正是自己的紀念碑，而沒想到，紀念碑是一堵牆，一堵精緻的凝固的屏障。這堵牆使我滿足，把我緊緊地封閉起來。這高牆，正是自我的地獄之牆。人類比獅子、老虎聰明，會建築鐵欄柵把牠們困死，但有時也很愚蠢，常常給自己築起了鐵欄柵而不自知，當人透過欄柵鑒賞自己的時候，自己也覺得自己乃是偶像。

然而，朋友的話還是起了作用，我還是意識到牆和屏障，於是，我決定超越最後的牆壁，告別最後的偶像。這麼一想，我突然有所領悟，氣又消了不少，心緒又從容冷靜得多，並覺得多年來對他者地獄的反思之後，應當對自我的地獄進行反思，這也就是「思我思」，即把自己作為靜觀對象，對自己的建築進行批評，把自己的偶像打破，然後撿起有用的碎片，又找新的路。因此，也就有〈魯迅研究的自我批判〉的產生，這也許是我走出自我之獄的第一步。

發現自己無故事

存在主義學說的草創者薩特，他的第一個最重要的人生發現，竟是發現沒有屬於自己的故事。他是一個具有大腦袋的哲學家，在他的學說尚未建立之前，總是想着人生存在的理由。他覺得自己的肚子被填得飽飽的，整天忙忙碌碌的，固然在社會人生的舞台上扮演了一個角色，跑上跑下，口裏唸唸有詞，然而，在這個舞台上有他沒有他都一個樣。他得到外祖父的寵愛，然而，當他不在的時候，他的外祖父並不覺得世界減少了甚麼，馬上會對着別的孩子嘖嘖稱讚。他到這個世界完全是多餘的、偶然的，這一切現象使他終於發現：他沒有屬於自己的故事。這個發現對他來說非常痛苦，但也非常重要。從此他開始尋找屬於自己的故事，尋找自己存在的理由，並由此建立他的不管別人贊成與否但蘊含着許多人生思索的哲學系統。

有沒有屬於自己的故事，確實是估量自己人生價值的一個尺度。有故事的人生，一定是具有生命獨立形式的人生。這種人生一定是活潑的，一定是他人不可代替和不可重複的。也許這些故事有點怪，也許這些故事使你成為人們心目中的「怪人」。然而，它將會證明，你的存在不是一個平庸的存在，不是一個為別人跑龍套和抬轎子的存在。反之，如果沒有屬於自己的故事，那就說明你不屬於你自己。在這個世界上，你只是生活在他人的陰影之中，你不過是附麗於某大樹的青藤，一個讓人感到乏味的異化性動物。

我從小就喜歡聽故事，特別喜歡聽科學家、作家、詩人、教授的故事。然而，我在八十年代的某一瞬間，忽然發現當代的教授學者無故事——無屬於自己的故事。有的只是千篇一律的生活，千篇一律的臉孔和千篇一律的批判別人和自我批判的文章。這個發現，是一個非常危險的發現，可是當時我沒有意識到危險。

上半個世紀，北京的幾所大學的教授，不說魯迅、胡適這些闖將，就說辜鴻銘、吳宓、梁漱溟、顧頡剛、金岳霖等，哪一個不是身掛一串故事。他們每一個人都是一個活生生的個性，都在想自己之所想，都在說自己的話，儘管他們政治立場不同，但都自然地表現出自己的天性。就以辜鴻銘來說，他的「怪癖」實在太多：你們剪辮子，我偏留長辮；你們要廢除多妻制，我偏說多妻好；你們說白話文好，我偏覺得古文好；你們愛浪漫，我偏愛古典。儘管他的脾氣怪，但他照樣教書、譯書，把中國的古經典譯成西方文字。他有屬於自己的故事。其他的教授亦然，不管他們的學術見解是否帶真理性，但他們首先是把學術作為自己生命的一部份，決不是作他人的工具而生活在他人的概念與範疇的掌握之中。他們參與文化藝術活動，是以獨立人格的資格，而不是以黨派成員的資格，因此，無論他們是文雅，是粗暴，是彬彬有禮還是愛發脾氣，總是有自己的語言和自己的獨特的創造物，即都有屬於自己的故事。然而，到了下半世紀，同樣是教授，則變得圓圓實實，說話作文皆落入一種「套式」，個個成了「套中人」。在一九五七年「反右」鬥爭中，我發現沒有當右派的幾十個很有名的、原屬不同個性的作家，都寫一樣的批判文章，其口氣都一樣的暴虐和不講理。這時，如果說有故事，也不是屬於自己的故事，而是屬於革命運動的故事，他們只是革命故事中的幾個可憐的標點。本來還有點故事的作家，大半都當了右派，被送到邊疆或鄉下，成為啞巴，倘若寫甚麼「材料」，那也是清算自己的舊故事，而不是創造新故事。

當然也有些詩人作家津津樂道自己怎樣和領袖握了手，自己怎麼在「五七幹校」幹革命，然而，不僅千篇一律，而且常常故作「小兒態」。他們的敍述，是對被奴役和自我奴役的讚賞和撫摩，倘若這也算有故事性，那也屬於「撲滅自己」的故事，而不屬於「證明自己」的故事，兩者大有區別。

八十年代之後，我和我的同代人才開始發現薩特在青年時的發現。很可惜，我們發現得太遲了。因此，一旦發現便非常痛苦又非常着急。結果，常常急於創造自己的故事，而不是執着於一種態度，於是，故事往往顯得過於浮躁。然而，發現總比沒有發現好，一有發現，就有用各種形式說破這一發現的慾望，於是，便有精彩的故事產生。可惜，創造屬於自己的故事的時間太短，現在，又要進入一個沒有故事的時代了，這該怎麼辦？

面對小女兒的照片

在海外，總是想念剛剛小學畢業的小女兒。一九八九年夏天之後，我遠遠地離開她了。國愁家愁，竟讓我傷感到說出一句偏激的話：我愛我的女兒超過愛我的「祖國」。

這句話恐怕要受批判，而且批起來一定是義正辭嚴。

這些年，我已深感到「愛國」容易而愛國之孩子不容易。我們的祖國，一時有一時的代表者，只要擁護那位代表者就是愛國者。因此，所謂「愛國」，就是「表」一個愛代表者的「態」就行了，既輕鬆又安全。但愛一個國家之孩子卻是很難的。兩年前，有的孩子被殺，有的孩子被囚，有的孩子被迫逃亡，我沒有力量去拯救任何一個孩子，此刻，才知道要愛一個具體的孩子是多麼難呵。

現在面對小女兒的照片，看到她是那麼真，那麼美。一看到這模樣，就會斷定她的心內擁有倫理學所規定的一切的善。然而，看了又看之後，我卻感到恐懼。這不是我害怕遭受甚麼危險，而是想到，這樣的孩子再過十年八年之後就要踏上人生之路了，如果她的人生之路也像我和我的同代人一樣，那是多麼可怕，多麼值得憐憫。

我想，這樣美好的生命，如果等待她的人生前景也像我和我的同一代人，即不斷改造，不斷檢查，不斷自我批判，為改造不好而日夜煎熬，為檢查不深刻而寢食不安，為自我批判不能過關而悄悄哭泣，生命總是處於自我奴役之中，這是多麼可憐。倘若再進一步，還必須上山下鄉，進「五七」幹校，住在一個和牛棚差不多的房間裏，勞動的汗水還沒擦乾就得參加清查運動，既虐待別人又被別人虐待，生命總處於虐待狂和被虐待狂的角色轉換之中，這又是多麼可悲。倘若又進一步，也像我一樣投身於社會改革事業，真誠地證明「人等於人」的公式，然後又遭到無數鐵牙鋼齒的批判，然後又是書被禁，名被辱，到了海外還擺脱不了野獸利爪，那就更加不幸。

想到無辜無邪的孩子的明天可能有這麼多的磨難等着她，冷汗就冒了出來。朋友們大約會說，時代變了，她恐怕不會像你們這一代人那麼苦。是的，時代變了。然而當我處於她這樣的年齡的時候，人們也對我說，時代變了，你們絕對不會像父輩那麼苦。沒想到，我所經歷的恰恰是父輩嚐不到的另一種苦——心靈不斷地被拷打、撕毀，撕成碎片後，自我咀嚼又讓他人咀嚼。倘若自己嚼出苦味，偏得說嚐到甜味；倘若他人嚐到甜味，偏又說是嚐到苦味。靈魂的碎片也無安寧之所。

說到這裏，突然又想到前些年，我那麼賣力地反對「以階級鬥爭為綱」的思維模式，那麼賣力地說明人既然是人就不可以隨便批鬥、隨便殺戮、隨便戴帽子等，可能正是因為自己的潛意識裏想到女兒的人生前景，想到她還有遭到戴高帽子遊街的可能。這樣想來，自己著書立說竟不是為國家為人民，而是為自己的女兒，出發點又是個人主義，這未免太自私了。難怪現在批判我的戰士們總是說我「個人主義」。然而，我實在不忍心看到我的小女兒和她的同齡人再過我和我的同輩人那種老是伴隨着恐懼的日子。不管怎樣說，我不能接受這種事實：在一個上帝塑造的非常美麗的生命之上強加一頂非常醜陋的高帽。仔細想想一下過去，我的心靈從來沒有接受過任何一次「批鬥會」，也沒有接受過任何一頂侮辱人的高帽。而今天，難道我能接受這種高帽去籠罩我們的孩子和我們的未來嗎？

再看看女兒的照片，她是那麼真，那麼美。世界上有真而美的少女，世界才不會乏味。我真不忍心為了「革命事業」讓少女們長大之後再去接受「改造」，改得面目全非。她們有「美」有「真」就夠了。這個世界，需要一些不懂得「革命事業」但懂得真而美的少男少女。

小金魚的寬容度

童話的力量是很大的，一個深刻的童話，往往會影響人的一生。就我自己來說，普希金的童話《小金魚和漁夫的故事》給我一種至今尚未消失的印象，而且常常使我想起在童年時代因這個故事而產生的簡單而重要的人生信念：做人不可像那位老婦人。

現在，我已年近五十，但很奇怪，普希金這條小金魚仍然常在我心中游來游去，而且激起我許多奇妙的游思。近日，我甚至悟到一個很重要的道理，就是小金魚的心靈儘管善良、慷慨，而且非常寬容，但她的寬容還是有一條最後的界線，這就是不能被企圖建立霸權的貪婪狂支配和主宰。

小金魚為了報答老漁夫的放生之恩，願意奉獻一切。貪得無厭的漁夫的妻子，便利用小金魚的許諾向小金魚無窮盡地索取。她開始只要一個新的小木桶（因為老木桶已經破得不能用了），小金魚連忙獻給她；之後，她又要一座好房子，小金魚也立即獻給她；這之後，她又要當個貴婦人，即要求有皮衣、皮帽、項鏈、戒指和服侍自己的丫環等，小金魚也獻給她；這之後，這位老婦人又要求要當女皇，即要求有皇宮、侍衛和最華麗的擺設以及擁簇着自己的大群的臣子和女皇所需要的各種威風。直到這裏，小金魚還是容下這一要求，立即獻給她一切。然而，這個貪婪而內心黑暗的老婦人，到此還不滿足，她進而要求要當海上的霸王，要把專制從陸地推向大海，要統治一切和支配一切，包括統治和支配獻給她皇位的小金魚。這個忘乎所以的老婦人吆喝道：「讓小金魚也聽我的使喚！」然而，就在這一瞬間，小金魚憤怒了，遠走了。而這個老婦人的皇冠、皇宮和豪華的一切，連同身上的衣飾、戒指，突然也全部消失了。老婦人還像以前那樣貧窮，身邊除了破爛不堪的小木桶之外，甚麼也沒有。

小金魚最後難以容忍的是，這個老婦人不僅不滿足於皇冠，還要進而攫取霸權——攫取可主宰自由心靈的統治權和支配權，甚至連幫助她登上最高寶座的生命也要在她的壓迫之下。到了這個時候，小金魚的寬容便到了極限，於是，她終於作出抉擇：別了，老漁夫；別了，老婦人，你這種貪婪的心靈不配享有人間美好的一切，更不配戴上皇冠。

領悟到小金魚寬容的最後界限，我便因此領悟造物主創造的生命，最不能忍受的是甚麼東西。身在皇位的人和身不在皇位的人，要是能理解小金魚，也許會找到自己行為的界限。

心所難容之物

最近，見到一位旅美多年的中國作家。這是一位很懇切的人。他似乎不需要長時間離開故土。於是我問他：「為甚麼不喜歡住在國內？」他回答說：「其實我僅僅為了一個簡單的理由，就是我不喜歡老是聽廢話。」

聽了這句話，我真的震動了一下，而且很敬佩他能說出這樣的話。能說出這樣的話，就證明他的心靈是高貴的。

一顆高貴的心靈，它每天都應該生活在自己所選擇的正常的社會生活中，尤其是一個作家，他的心靈應該生活在深邃的精神生活中，時時可吸收人類最美好的精神果汁。他的心靈應該像阿拉伯神話故事中的那一個公主的金杯，裝着她最心愛、最寶貴的東西。一個作家的尊嚴，首先就是他能自由地選擇自己的心靈容納甚麼和鄙視甚麼。他敢於愛也敢於鄙視。

如果一顆心靈，總是在裝廢話，而且也習慣容納廢話，那麼，這顆心靈豈不是就像一個可以隨意裝廢物的垃圾箱！這位作家不能容忍自己的心靈變成垃圾箱，為了這一點，他寧可多年離鄉背井。仔細想想，這確實是聖潔的理由。

我的心靈大約已經鄙俗化了，多年來竟培養了一種承受廢話、空話、套話的力量，習慣於在這種廢話形式中呼吸。這種麻木不仁，意味着甚麼呢？今天想起來，明白是習慣於語言的奴役，習慣於高貴心靈的受辱。這位作家認真逃避廢話的思想啟迪了我，使我知道一個作家保衛心靈的聖潔是多麼重要。一切都可以丟掉，但不能丟掉心靈的尊嚴。我確信只有不能容納廢話的高貴的心靈——拒絕任何精神廢物的心靈，才能創造出有別於廢物的作品。

重人的輕夢

認識自我，確實是需要他者的。

在國內時，我在文章中就說過，自己往往不認識自己，也許，最不認識自己的正是自己。文中雖這麼說，真正了解這一點，還是在國外這兩年。

這兩年，生活在他鄉，也就是生活在另一種關係和另一種他者群中。異邦的他者，個個是我的鏡子，甚至整個他國，都是我的鏡子。

在陌生的他者群中，才知道自己焦急些甚麼，心中煎熬着甚麼，自己最懷念的是哪些人，最不能離開的是哪些朋友，而且明白，對於過去的自己，最不能原諒是充當哪種角色，最急須償還的是哪些債，最該遺忘的是哪些事。

更有意思的是，在他者群中，我才知道自己是甚麼人。例如，我和朋友合寫過《傳統與中國人》，對中國文化心理作過許多批判，可是，一到異國的鏡子中，卻發現自己是一個十足的中國人，所言所思所愛全是中國，連喝的茶葉都請大洋彼岸的故國友人一包一包地帶出來。喝了故國的茶，筆下就順暢，茶簡直就是創作的唯一源泉。這才知道自己不僅有顆「中國心」，而且還有個「中國胃」。

前些天，有位異國的朋友，讀了我的《人論二十五種》初稿後說，你應補充兩種人：一種是「重人」，一種是「輕人」。他說：你是重人，整天憂國憂民的；而我是輕人，只管瞬間的飄動。經他一說，我就明白，而且立即就承認，我不僅是一個中國人，而且是一個中國的重人。出國後，首先有一種飄浮感，想想為甚麼飄浮，是因為感到沒有根，無根感的背後，是因為自己在故國土地上的根扎得太深了。這才明白飄浮感是重人的明證。想起國內的生活，自己的根實在太多太多。這些根有的是革命前輩傳下，有的是非革命的祖輩傳下，新根、老根、紅根、藍根，甚麼根都有，這些根形成巨大的網結，把我纏得緊緊，捆得死死，真是盤根錯節，非常沉重。因此，我常常嘗試着從根鬚的大網中解脫出來。美國人或者其他外國人，就不會有這種沉重的「根感」。前些時，讀到德國大作家托馬斯．曼（Paul Thomas Mann）的一句話，他說他走到國外，把故國的文化也帶出來了。他不是感到無根，而是感到根就在自己身上。他的這種思想為我抹掉一些精神重負，使我注意到關於根的另一種道理。也許因為思路逐步向廣闊處展開，所以作為重人的我，已不像一年前那麼沉重。我也慢慢地把自己的根伸向新的原野，在另一個巨大的世界中去作精神浪跡。

奇怪的是，我又發現，自己雖是中國的重人，但又是一個不喜歡「重」的重人。例如，我一見到遍佈於美國的小草就傾心，就沉醉。我非常嫉妒異鄉的處處可見的草地。小草其實輕得很，但每一棵小草都不一樣，每一棵我都非常喜歡。它不僅使我覺得悅目，而且幾乎改變了我的心理狀態，化解了我心中的許多焦慮。現在，我一見到小草就高興，有如在國內時見到女兒的微笑。由此，我才明白自己為甚麼那麼不喜歡階級鬥爭，其實，骨子裏就是戀着這些小草和小草似的其他大自然和大社會的小生命。我不僅覺得我們的國家不應該老是鼓動很重很重的階級鬥爭，而且覺得也不應該老是急於蓋很高很高的高樓大廈。應當停一停，應當在自己廣闊而貧瘠的土地上，多種一些小草，多種一些小樹，多養育一些森林和草地。如果我們的國家不突出政治，而突出這些小草小樹該多好呵。在異國他鄉，產生這種想法可算是想入非非，但從這種非非之想中，我更準確地明白自己骨子裏並非重人。在重的焦慮中其實是蘊含着輕的幻想。因此，說我是輕人也可以，形重實輕之人也可以。

發現自己是道地的中國人，又發現自己是不喜歡重的中國重人，這都因為有他國他鄉這面鏡子。可見，出國看看，也是需要的；否則，總是不認識自己，以為自己早已是非常先進的人，其實，落後得很，到異國他鄉，還帶着一個中國胃，還只會戀着青青的小草。

大森林的輓歌

一

記憶被滄海切斷了。
記憶被染上了波濤的黑藍色。

然而，記憶還在記憶。

我又記起我的大森林，在滄海那一邊曾經也像波濤一樣洶湧過生命的大森林。那一片原始大森林，那一片坐落在我家鄉的榕樹群與松樹群，已存活過很久很久，至少吞吐過五個煊赫一時的王朝。然而，它卻在這個世紀的一個歷史瞬間潰滅了。一大片鬱鬱葱葱的生命，就被砍殺在我們這一代人手裏。

我們這一代，人生伴隨着貧窮與恐懼，但也伴隨着野蠻與瘋狂。我們這一代，真是好鬥、嗜殺、罪行纍纍的一代。每個人的心中都藏着一部罪錄，那裏有別人留下的鞭痕，也有自己給別人留下的鞭痕。

可是，我要為我的同一代人辯護，因為我們吃進去的精神食糧，不僅粗糙，而且全是沾上火藥的革命詞句，全身都帶着語言的病毒與硝煙味。我們的胃裏裝滿帶刺的概念，沒有砍殺的傾洩，我們就會窒息而死。

砍殺了大森林之後，便去掐死那些清澈的小河與小溪。這些清漣漣的小溪是我故鄉的金項鏈。兒時我上學，總是沿着清溪走。小溪在地上流，也在我身上流。我的脈管裏跳着小魚，飄着小草，積澱着渾圓的鵝卵石。我的心思是小溪洗淨的，洗柔軟的，所以它一直不能容納冷酷而骯髒的東西。然而，小溪被掐死了，乾涸了。掐死的理由是神聖的。我駁斥不了神聖的理由，但也接受不了理由的神聖，只記得小溪的乾涸的屍首。從那時起，我的心裏就充滿着乾涸的悲愴的歌聲。

離開故土的前一年春節，我又一次回到家鄉。

家鄉被淘盡了蒼翠，故園已非故園。所有的山野都被開墾，記憶中的青山變成一片赤紅。鄉親們告訴我：土地太少，不能不開墾。

我明白，兇惡的貧窮就要吸乾故鄉，兄弟姐妹們有理由毀滅祖先留下的森林、河流與草地。然而，畢竟太殘忍了。

貧窮使人殘忍，使人敢於吞食醜陋的老鼠，也敢於吞食美麗白樺樹，甚至還敢吞食同類的肉與靈魂。

我想憤怒，但無法憤怒；我想悲傷，但無法悲傷。譴責砍殺，譴責乾涸，難道能譴責擺脱貧窮的求生慾望嗎？然而，我無法接受眼前一片混亂的赤紅，我不相信擺脱貧窮需要付出如此巨大的美的代價，以至使我的故土面目全非。

二

我不敢想像我的兄弟姐妹沒有那一片大森林，該怎麼活。幾乎被貧窮吸乾了生命的弟兄，吃着填不滿肚子的三餐稀飯，住着蛇蠍可以隨意出入的土屋，整天在南方的炎熱中曝曬，唯一的避難所就是樹蔭。我的世世代代的祖先，如果沒有這些大樹蔭，早就被燒焦了。

我的走不出鄉土的兄弟姐妹都是一些被尼采稱作「末人」的農民，他們不知道甚麼是愛甚麼是創造甚麼是期待甚麼是星球。他們口裏唸着革命但不知道甚麼是革命，他們心裏想着高樓大街但不知道甚麼是高樓大街。我是從這群末人弟兄中解脱出來而完成了人的進化的幸運兒。但我深深地愛他們，因為我和他們一起像烙餅似地被故鄉的烈日煎烤過十幾個年頭。

他們雖然麻木，但對於煎烤的感覺還是有的。他們酷愛這片大森林，知道要在貧窮中存活，是需要大森林的綠傘的。因此，當人們在説階級鬥爭是生命線的時候，他們總是固執地相信唯有這些大森林才是生命線。於是，當砍伐大軍以三面紅旗的名義開始毀滅這片森林時，我的一個奇窮的、名字偏叫「富翁」的鄰居伯伯瘋狂地抗議，之後就吊死在一棵幸存的柏樹上。這是一個真實的、可以經得起社會學家調查的故事。我的鄉親就是一些可以為這些大森林而死的人群。

我知道我的鄉親只是本能地爭取一種可憐的權利，那就是喘息的權力。沒有樹蔭，他們就無處喘息，生命就會在烈日下蒸發掉血和水份。

我的「富翁伯」就是一個為爭取喘息權而獻身的莊稼漢。

三

那一年，誰都記得是一九五八。

歷史學家應當寫一本《一九五八》的大書。

那一年，所有的人都成了詩人、革命家和瘋狂的紅螞蟻。

到處是民歌、紅旗、土高爐和螞蟻的歌聲。

我也是一隻扛着紅旗唱着戰歌的瘋狂的紅螞蟻。

我和我的螞蟻群瘋狂地湧到山上，幾個白天和幾個夜晚就吃掉我故鄉的全部小樹林。

我還朗讀着郭沫若的《向地球開戰》的詩句，煽動着已經發瘋的螞蟻同伴。

在山野裏，我們聽到縣委書記在大喇叭裏的廣播演説，那幾乎是戰爭的動員。他説，為了煉出一千零七十萬噸鋼，我們要把全縣的樹木砍光、燒光、用光。我們全都為書記歡呼。呼聲震動着連綿的群山。

我是執行「三光」政策的一隻瘋狂的紅螞蟻。

這個世紀真是神經病的世紀。所有的人都嗜好砍伐，嗜好洗劫，嗜好造反，人人都變成革命的甲蟲和瘋狂的紅螞蟻，在燒殺同類之後又在燒殺異類中領略着革命的快意。

從那一年起，故鄉的小樹林就在我的心裏凝成一塊廢鐵，於是，我的心中又沸騰起熾烈的血腥的歌聲。

紅螞蟻雖有鐵甲，但沒有靈魂。靈魂在剝奪大森林之前就被剝奪了。被剝奪者也成了兇惡的剝奪者。沒有靈魂的紅螞蟻橫掃一切。一切都顯得格外怪誕。到處是歡樂的忙碌，到處是紅與黑的轉換。我雖然也當過紅螞蟻，但直到今天，我還參悟不透紅螞蟻世界的謎，神聖而古怪的謎。

我記起古希臘的一個神話，那是天神送來的一個夢。為了實現這個夢，兩個城邦國家進行了一場戰爭。螞蟻雖然沒有靈魂，但也有天神送來的夢，夢裏展示着未知的輝煌的天堂。為了實現天堂之夢，一切殘忍都是合理的。砍殺與剝奪，物質掃蕩與精神掃蕩，奴役他人與自我奴役，都是神聖的。為了這個夢，甚麼都可以做，一切瘋狂都富有詩意，一切浩劫都符合經典，把大森林化作廢墟也是偉大的凱旋。渺小的螞蟻與偉大的戰士沒有界線，崇高與殘忍沒有界線。我的大森林無處伸寃。我的被殘忍所屠殺的小河與青山無處伸寃。

四

我記得我的大森林中的每一棵古樹都是生命的奇觀。高達數十丈的巨松與巨榕曾使我的童年充滿夢幻和想像力。我一讀這些樹枝與樹葉，就知道我故鄉壯闊的歷史，就想到遙遠的王朝的騎兵和大森林的滄桑之路。我在青年時代對着來自城市的高傲的同學，也有自己的驕傲，這就是我在兒時就擁有大自然的全部神奇。

樹上的鳥啼，使我熱愛詩與音樂；樹下的虎吟，在我生命中注入了勇敢。從小學的第一篇作文開始，我就覺得故鄉的大森林是我的靈感。一個生於偏遠鄉村的農家子，學會認字讀書和著述，就因為有家鄉這些無言的參天巨木。大森林的奇氣，從小就注入我的生命。每次寫作，這種奇氣就會搖動我的手臂。我的作文全憑這股奇氣。這是我的秘密，我的心靈的孤本。然而，我從來不告訴老師。我知道他們一定會笑我荒唐，並且一定會認為我違背甚麼理論法則。其實，我在寫作時總是反抗沉重的法則，常常把這些法則拋得遠遠。我知道那些法則全是陷阱，全是魔招和廣告，我不會把大森林賦予我的奇氣葬送在這些嚴嚴實實的陷阱之中。現在我也製造理論，但製造理論僅僅是為了反抗理論和超越理論。我不知道這個製造紅螞蟻的世界，從甚麼時候開始，把他人的主義和法則抬得那麼高，還製造了那麼多籠中詩人與套中作家，他們只會在乾枯的概念中呼吸，唱出來的東西，多半是三流的梟鳴，儘管直着脖子放聲歌唱，也遠不如我的大森林中的喜鵲與貓頭鷹。

然而，此刻當我懷念那一片森林那一條清溪和那一群青山的時候，被緬懷者已經死亡。死者沒有墳，死得無影無踪。自從知道他們死亡之後，我變得呆板、愚蠢得多。我幾乎可以感覺到這種歷經數十年光陰的呆板和愚蠢，如今，當我在異邦的青草青樹面前恢復關於那一片大森林的記憶之後，才覺得那一片大森林是我靈魂的一角，我變得呆板和愚蠢就因為我的靈魂缺了一個角。我其實是一個靈魂的殘缺人。

我真不喜歡人們稱讚我的呆板與愚蠢，把殘疾人當作完人加以謳歌決不會使殘疾人舒服。聽到頌揚我的呆板與愚蠢的歌聲時，我的心裏就升起悲愴的歌聲。他們謳歌傻子和老黃牛，其實是好讓我總是愚蠢而馴服地讓他們牽着鼻子走。

我已聽夠了讚歌，聽夠了無數天之子和地之子的讚歌。我討厭那些坐着唱讚歌和站着唱讚歌的詩人，特別是討厭那些跪着趴着唱讚歌的詩人。他們早已滿頭白髮，還老是裝着小孩的模樣唱着酸溜溜的頌歌。我真受不了這些沒完沒了的酸歌。當然，我更不能忍受歌頌砍殺大森林和砍殺小孩子的戰歌。我覺得狼的嚎叫比這種殺手的戰歌好聽得多。我寧願聽輓歌，我現在寫的就是大森林的輓歌，我的青山綠樹和我的清溪綠水的輓歌。

五

我真想知道我的那一片大森林，特別是那些大榕樹死亡的細節。大榕樹具有強大的生命，每一棵榕樹都是一部生命進行曲。他們是不會輕易死的。他們的身上灌滿了自我保衛的白血，一旦被砍傷，白血就會湧流而出，迅速地癒合自己的傷痕。可是，他們抵抗不了大規模的砍殺。他們手無寸鐵，只有生命的乳汁和生命的葉子。葉子不是盔甲。除了療治自己的創傷之外，沒有抗暴的力量。

我來到異邦，心裏本來就灌滿了故國大街上的血，而且常被血堵得慌。我的心只習慣於容納自己的血，不習慣容納他人的血，特別是孩子的血。因為這些血的沸騰，我的脈管總是流動着悲哀的歌聲。我知道歌者大多是年青的鬼魂。歌聲沒有顏色，但鬼魂的血也是紅的。我看得清清楚楚。

紅的血已使我夠難受的了，如今又想起那一片被剿滅的大榕樹群，心裏又增加了白的血。紅的血流與白的血流在體內匯聚、混合、碰撞，血腥的歌聲就變得十分怪誕，體內變成一片混濁。我已說不清歌者群裏有沒有家鄉的樹魂，倘若有，他們也會唱歌的。我兒時就常聆聽他們在風中的輕歌，可是沒有聽過他們唱出來的血腥的歌聲。此時我的心裏只是一片混濁。我必須唱一唱混濁的輓歌，紅的血與白的血混流的輓歌。

六

到海外兩年了。儘管在異域生活於真誠朋友的摯愛之中，但是仍然感到孤獨。因為我總是懷想故國那一片愛我又拋棄我的黃土地。

在故國的土地上時，我就覺得根太深也太多，以至把我纏得喘不過氣，那時，我覺得自己是一個重人。為了從太多的根鬚中解脫，我不斷掙扎。艱辛的掙扎幾乎耗盡生命的能量與智慧的能量。如今，我在異鄉浪跡，又覺得自己沒有根，生命彷彿在雲空中飄動，此時，我又覺得自己變成了一個輕人。

時間真可以改變一切，包括改變我的沉重。我開始沉醉於很輕很輕的小草，沉醉於無所不在的草地。我相信每一棵小草都是上帝的作品，都是造物主的一筆一畫。這些草地就在校園裏，就在街道兩旁。很奇怪，這些草地神奇地化解了我的孤獨與寂寞，使我獲得一種壓倒一切的恬靜。也許因為我嗜好形而上的冥想，貪婪於精神上的追求，所以常常敏感到現代社會的乏味，然而，在乏味感中，我卻發現了草地、森林與湖泊。我相信，唯有草地、森林與湖泊，能夠拯救我的被火藥污染的靈魂，能拯救那將被洪水與黃沙吞沒的沉淪的國土。碧溶溶的草地真是一面鏡子，由於它，我才發現自己曾經是瘋狂的紅螞蟻，也是由於它，我才發現自己的生命更需要一種顏色，這就是：綠色。而不是紅螞蟻身上和紅旗上那種紅顏色。我發現我的生活要求是那麼簡單，只要有窗內的鹽和麵包，只要有窗外的綠色，就能生活得很好。

然而，我已經永遠失去我的那一片大森林。異邦的森林固然很多，它能賦予人們許多生命的快樂，但不能賦予我生命的奇氣。不能像故鄉的那一片大森林，每一片葉子都與我相關。我相信，這顆星球上再也不會生長出我故鄉的那一片大森林。生命是一次性的，一種有價值的生命毀滅之後，是永遠不可彌補與不可替代的。死的永遠死了。消失的永遠消失了。我的生命只能留下永恆的空缺。那條青溪，那群青山，那一片大森林，那些遙遠的夢，只能閃現在我的空缺的記憶裏，催生我的第一首輓歌。

感謝無言的鮮花和草木

到美國後，才知道它有好多文化性的節日，如「鬼節」、「感恩節」、「情人節」、「母親節」、「退役軍人節」等，這些節日人情味濃，而且還別開生面。

感恩節時，我和妻子菲亞被一位朋友邀請到他家去。傍晚，他們一家的朋友、親戚和幾個在大學讀書的孩子們，聚在閃爍的燈光下正式地舉行了一個「感恩」的儀式。這位朋友是個醫生，並不注重講究甚麼文采，但是，他在致「感恩辭」的時候卻使我感動。

感謝上帝的賜予，感謝親朋好友的情誼，都是我預料到的，甚至「感謝孩子給我們家庭的溫馨、和睦和希望」也是預料之中的。唯有一點，我沒有想到，他鄭重地說：「感謝大地上的鮮花和草木，感謝你們給我們美麗的恩情，感謝你們帶給我們的家庭以春天的綠色和滋潤生命的清香；感謝山上和山下的大動物與小動物，感謝你們和我們和睦相處，感謝你們帶給我們許多快樂和趣味；感謝大地和大地上的泥土、石頭和沙粒，感謝你們和我們一起生存在上帝創造的星球之中。」

最後這一段感恩辭，使我想起了在西方常常感受到的人與自然關係中的許多情景和故事，想起我屋前屋後那些一點也不驚慌的小松鼠，想起和我在草地上一起玩耍的鴿子和麻雀，想起愛荷華小山坡上的那群姍姍的野鹿和在窗下覓食的浣熊，想起到處可見的如茵的綠草。我感到這一切都和我的朋友的感恩辭相關。

我在國內曾多次鼓吹不僅要把愛推向人際，而且應當推向大自然，推向每一棵樹木和每一株花草，但是，我沒想到另一面，即應當感謝他們。他們也把愛賜與人類也給人類以「恩情」。沒有想到這一面，說明還沒有意識到人類與大自然是平等的。道家早有「天人不相勝」的思想，早有莊子可夢蝴蝶，蝴蝶也可夢莊周的「齊物」思想，可是我總是沒想到應當感激自然物的一面。許多朋友和同胞大約和我一樣，可接受莊周夢蝶，難以接受蝶夢莊周。所以，我的祖國便發生了全民圍剿小麻雀和無情砍伐樹林的大悲劇。細心想想，在我們的廣袤的土地上，如果沒有麻雀，我們的生活會減去多少生機。不用說這種活潑的生命和美麗的花草，即使是無言無機的石頭，如果大地上沒有它們，地球該會如何減色。所以，歡度感恩節的人們，在感謝造物主的時候，把感激之情注入石頭並不是沒有道理的。

我想，如果中國的數億孩子從小就懂得感激大自然的一切，我相信我們的國土將不會沉淪。

死得其時的落葉

去年，我在美國度過第一個秋天。到了秋末，一連接到幾位朋友盛情的邀請，而且全是邀我去觀賞落葉。

接到第一個電話，我馬上婉言謝絕了，落葉有甚麼好看！然而，接連不斷、不約而同的邀請，使我驚訝：他們為甚麼都這樣喜愛落葉呢？

我終於在一個星期日和歐梵兄等幾個朋友到愛荷華去看將逝的秋色，這一去，真是飽覽了一次落葉的壯觀。

落葉竟有如此宏大的氣魄，層層疊疊，一望無邊，從眼前一直伸展到看不見的遠處，整個山坡，整個樹下的大地，全被它所覆蓋。微風一吹，葉浪翻捲着，像是緩緩躍動着的海洋，真令人心動。我踩着落葉，往林間走去，落葉輕彈着我，發出一種秋的響聲。許多紅艷的葉子尚未枯萎，在陽光下閃爍，像是不滅的靈魂在報告生命完成的信息。樹下的空氣格外清新，我飲着秋的清香，如同飲着清茶。一路踩着，一路飲着，我的心竟撲騰撲騰地跳着——

哦，生命飄落的時候竟是這樣美！生命及時死亡的時候竟是這樣動人！

就在樹下，我想起了許多美麗的死亡的故事，還想起尼采的《查拉圖斯特拉如是說》的那句著名的話：「死得其時！」

尼采呼籲人們要死得其時，感慨有些人死得太早，有些人又死得太晚。他告訴人們，一個死得其時的人，就是一個能夠掌握自己生命的人。有力量駕馭自己的生命，是值得讚頌的。凡是珍惜名譽的人，應當在光榮尚在的時候及時離去。一個人在最富有韻味的時候，應當知道如何防止自己被品嚐盡。他特別告訴一些衰老而生命趨於敗壞的人說：毒蟲正在噬着你的心靈，死對於你倒是好些的。即使不死，也不要多說話：一張沒有牙齒的嘴，是不再具有說出真理的權利的。尼采把死亡看作人生的慶典，所以他把能否把握死亡，視為能否掌握生命的標誌。

我於是又想到落葉，覺得秋葉及時而死，也證明大地是有力量駕馭自己的生命的。秋葉的死，不是着意的，而是自然的消亡，是自然的生命節奏，因此，它顯得更美。我終於明白了，朋友們讓我觀賞的，原來是這種天然的偉大的生命節奏。

虎氣已從故園消逝

我的故鄉——福建閩南山村，到處都是高山。在我的童年時代，山中有密林，有茂草，有翠竹，有巨洞，而且還有老虎。

老虎常常下山覓食，還曾想推開我家的大門。我的祖母常常撫摸着門上老虎留下的爪痕，深深的，每一道痕都像刀刻似的。祖母喜歡講述老虎的故事，和鄉親們與老虎周旋於山中的故事。深夜裏，我好幾次聽到虎吟，悶雷般的聲音從遠山隱隱傳來，我感到小屋與山谷都在晃動，連忙緊縮在祖母的懷裏。

我祖母和我的鄉親不怕虎，談起老虎時總是興致勃勃，和我讀書時遇到的那個成語——「談虎色變」決不相干。至今我還記得鄉親們談論老虎時臉上的高山氣派。他們不怕虎，明知山有虎，還照樣獨自上山砍柴。他們説，如果遇到老虎，就從容地蹲下，慢慢地從腰間取下斧頭，老虎未必敢逼近。如果真的撲過來，也不要慌，拚殺一番，便可把美名傳遍山裏山外，輸贏不在乎。

我喜歡故鄉，完全是因為童年時代給我留下的這種與強大生命緊連着的印象。無論是高山，是森林，是茂草，是虎吟，還是祖母和鄉親們的神色，都使我感到故鄉有一種不同尋常的生命之氣。對於這種生命氣息直到我遠離故鄉很久之後，才悟出這就是「虎氣」——能夠壓倒乾旱壓倒貧窮和膽怯的虎氣。

然而，前年春節我回到故鄉之後，故鄉已面目全非。山被開墾完了，樹被砍光了，茂草剷除得快乾淨了。老虎既然無存身之所，也就自然滅絕。總之，我的故鄉再也沒有令人神往的虎吟，也沒有關於老虎和人相逢的故事。

和年青的鄉親説起家鄉當年曾經有老虎，他們根本不信。他們説只聽見鬥「走資派」時有人罵「地頭蛇」和「地老虎」，此外，還看過一次猴子戲。這時，我突然感到自己是一個曾經在原始荒野時代和猛獸一起生活過的猿人，和他們距離得多麼遙遠。

我很後悔這一次返回家鄉。因為回鄉，我發現了故鄉失去了虎吟，失去了和強健的大生命相連的人生氣概。前幾年，我就知道故鄉的森林已經被洗劫盡了，但我不知道，隨着大生命消失的是故鄉那一股高山氣象和那一種讓人提起精神的大自然的聲音。

黑色的雞冠花

一九八六年盛夏的時候，我和謝冕、何西來、陳駿濤等三位好友應新疆作家協會邀請，到了西北邊陲的吐魯番盆地。接待我們的友人兼領路人說，你們是在最熱的時候來到中國最熱的地方。當時的氣溫是攝氏四十五度。

坐着越野車在大戈壁灘上急馳，真有點悲壯感。我們都感到隨時可能被酷暑所吞沒，因此不停地吃着西瓜，生怕突然暈死過去。

到了吐魯番自治州政府所在地之後，我們停下來喘息。地委書記接見不怕遙遠不怕炎熱的客人，指着院子裏的雞冠花說，你們真是耐高溫的知識分子，雞冠花本是紫紅色的，現在全被曬成黑色的了。真的，我在吐魯番見到的全是黑色的雞冠花。他說，這樣酷熱的天氣，還得天天上班，不過，每天可以補助兩角錢的消暑費。我想，兩角錢的消暑費實在太少，在北京只夠買一杯帶顏色的糖水。我實在敬佩他，就說，吐魯番以前稱作火州，你就算是火州刺史了。他因此笑着說，你們已到了火州，自然就得到火焰山下看看。

於是，我們又奔向火焰山。汽車又在大戈壁灘上繼續急馳，很快就見到火焰山。烈日下連綿的群山是一派燒焦的赤土，山上只有蒸騰的熱氣，沒有一棵草，沒有一隻鷹，沒有任何生命的痕跡。所有的山脈都像巨大的凝固的火焰。這真是令人恐懼的奇特的土地，難怪《西遊記》中那些神魔的故事會連着它的名字。

我們來到火焰山下的一個村莊。因為這裏有一條小水渠，人們可以靠這條水渠存活，所以便成了村莊。這裏的土地是大戈壁的一部份，貧瘠得很不值錢，唯有水是最珍貴的。誰掌握了水，誰就掌握了生命，誰就是權威。所以五十年代初期土地改革時，這裏沒有地主，只有「水霸」。農民們揪出水霸並把他們槍斃，其實水霸的全部家當就是可憐的這麼一條小水渠。革命革到火焰山下，已經變得相當乏味，連作為革命對象的地主資產階級也只是佔有一段小水渠的可憐人，稱之為「霸」，實在是太浪漫。因為革命對象也貧窮，所以這裏也缺乏革命戰士英勇對敵的悲壯故事。

我們來到這個革命已成功近四十年的地方，看到的竟是一群全身赤條條的孩子，而且都呆呆地向我們伸手，連一句話也說不出來。看見這一個個黑雞冠花似的臉，我們都趕緊把身上帶的零用錢掏給他們。只要拿到一角錢，他們就滿足了，但絕對沒有笑容。我實在想不到這裏如此貧窮，否則一定會從北京帶點糖果給這些渾身乾旱氣的孩子。如果不是走到這裏，真不知道邊陲的艷陽天竟是這樣單調。一切都充滿焦味：雞冠花，火焰山，田野，房屋，孩子的身體，女人的頭髮。一泓水，一片綠葉，一瓣哈密瓜，都成了奢侈品。

我四處張望，看看有沒有文字的陳跡。眼睛轉來轉去，終於看到一座有字跡的土牆。這就是學校的牆壁，上面寫着隱約可見的「階級鬥爭，一抓就靈」和「把無產階級文化大革命進行到底」的標語。顯然是文化大革命期間寫的，經過十幾年的風風雨雨，字跡已經模糊了。

看到這兩條標語，我一面感到革命的偉大——從遙遠的都城發出的偉大口號竟然可以進入這種生命難以存活的大戈壁；一面又覺得淒涼，這麼偉大的口號竟然被擱置於如此破爛的小土牆上，而且這些革命口號與火焰山下的村莊其實沒有甚麼關係。因為這裏的水霸和水霸的家族早已死滅，剩下的全是赤條條的一無所有的無產階級，絕對的赤貧戶，徹頭徹尾的窮弟兄，根本沒有甚麼階級之分，更談不上甚麼階級鬥爭，因此，階級鬥爭無論怎麼抓都是不靈的。此外，這些赤條條的生命，也沒有甚麼命好革的，例如正在領導這些赤條條的生命而自己也幾乎赤條條的所謂生產隊長，就蹲在我的身邊，他用舊報紙捲了足有十分鐘的煙捲之後才慢悠悠地說了一句話：革命是革山上那些菩薩的命。果然有革命對象。沿着小水渠我們上山去參觀革命史蹟。原來，著名的絲綢之路曾經穿過這個村莊和這條山路，路邊是密密麻麻的小洞窟，每一個洞窟都有一尊菩薩，這大約是佛教全盛時代的作品。我們興奮地爬上山坡，想好好地觀賞這些洞窟。但是，我們全都沮喪得很，因為，所有的菩薩都被砍了頭，都被革了好幾回命了。領路人說，革命把這些菩薩的頭橫掃了，先是伊斯蘭的宗教革命，以後是反封建迷信的民主革命，最後是反資產階級的文化大革命。我們的革命真是革到頭了，革到火焰山上這些小菩薩的頭，因此，那條「把革命進行到底」的標語，也並非空話。

在紫紅色雞冠花被曝曬成黑色雞冠花的時候，我們從遙遠的都城來到火焰山下，真不容易，總得留個影。可是找來找去，實在找不到一個適當的背景，最後還是選擇寫着革命標語的牆壁，以表示革命的決心。然而，同伴們反對，他們為我選了一座被稱為「馬扎」的墳墓，說這才有邊陲文化的特點，但我覺得「馬扎」形如地獄，照相時心裏非常緊張，當朋友們沖洗好相片給我時，我發現我滿臉呆相和死相地坐在「地獄之門」前，一點也不像一個革命戰士。

山那邊的小鹿

——獻給保羅·安格爾

到愛荷華參加美國著名詩人保羅·安格爾先生的葬禮之後，我和朋友們回到詩人的家中，詩人的屋宇，坐落在山坡上，背後是叢林，面前是小河。

我來到這座山邊小樓已有好幾回了，山不在高，有仙則靈。因為有詩人和聶華苓大姐，愛荷華這個地方和愛荷華國際寫作計劃名聲傳得很遠，中國作家沒有不知道愛荷華的。我參加編寫的《中國大百科全書·中國文學卷》裏，還有安格爾、聶華苓和艾青在這間小屋裏的照片。

每次來到這裏，我總愛看看窗外的山坡和遠處的叢林。今天，我帶着惆悵的心情照樣依窗眺望着。突然，幾隻小鹿從林間走出，順着山坡一直走到窗口，我看到牠們不安地徘徊着，若有所思，顯然是在尋找着甚麼，眼裏充滿失落的惶惑。

我相信萬物有靈，相信眼前這群被詩人深深愛過的小鹿也有靈性。牠們一定知道這個星球上最愛牠們的人死了。山鹿是最敏感的動物，牠們能敏感到任何威脅與敵意，也能敏感到人間的善良、慈祥和溫暖。此時，牠們一定知道，最愛牠們的人遠去了，遠遠地離開這個山坡。牠們失去了一種和牠們的生命息息相通的人間懷愛，牠們顯然在尋找失落的慈祥與懷愛。

我第一次到安格爾先生和聶華苓大姐的家，是一九八九年三月。我熟悉安格爾的名字，因為從愛荷華歸去的作家朋友，常常提起這位詩人，我自己又早在八、九年前就讀過他的《中國印象》。這部詩集是在我家鄉福建出版的，我忘不了其中的詩句：「中國的孩子們，你們的昨天，是美、恐怖、歡樂和叫人震顫的痛苦。」我覺得安格爾先生很理解中國的年輕人，所以對安格爾先生早有一種好感。現在，到了他家中，看到他完全像個小孩，和我童年時代所想像的詩人一個樣。因為我覺得自己故國的詩人身上太多戰士氣，所以一旦見到孩子氣的詩人，就特別高興，並很快地感到這個「美國孩子」是一個無須提防的人，一個在他身邊只會感到輕鬆的人。我當時還不會說英語，又老想和他說點話；他不會說中文，也老想硬說幾句給我聽。

我們正在說着時，突然，他指着窗外：看，山那邊的小鹿，牠們來了。這是我第一次看到野生的鹿，我好奇地看着這活潑的一群。牠們徜徉着，等待着。一會兒，安格爾先生給牠們送去麵包片，小鹿便從容地嚼食起來，眼裏沒有一點驚慌。鹿是動物群中最膽小的，我很奇怪牠們為甚麼這麼從容。我看到安格爾先生嘴唇動着，好像在和小鹿說話，小鹿翹首傾聽着，好像也在微微地點頭。此時我感到他們之間有一種可以互相溝通的語言，只是這語言是甚麼，我說不清，也許是眼睛的光波，也許是心靈的微響。第一次見到這種情景，我內心掠過一陣激動。

為了看個仔細，我竄到門邊。可是我一出現，幾隻小鹿不約而同地全都震顫了一下，有兩隻小鹿竟馬上跑入叢林，接着，另外四隻也姍姍而去。我當時馬上感到這些小鹿害怕我。難道這些小鹿也知道我曾經是一個追捕過小麻雀的殺手嗎？難道牠們也知道我是來自一個不斷砍伐森林的國土嗎？這些敏感的小動物，難道感到我身上還殘留着對於大自然的敵意嗎？我有些愧然。安格爾先生大約理解我的心情，微笑着對我說：明天牠們還會來的，牠們一定也會喜歡你。

華苓大姐告訴我，保羅和牠們天天見面，他一出門，最不放心的就是這些小鹿，還有浣熊，每次臨走前總是要叮嚀守屋子的丹丹：別忘了牠們。他已八十高齡，還自己到麵包店裏去提麵包上山。這幾年，無論到歐洲，到中國，還是到南美，他總是放不下對這些小鹿的牽掛。從遠方回來，他第一件事就是打開後門，看看遠處的山坡，對他的朋友發出一種無言的通知。

我羨慕安格爾先生有一群小鹿做朋友，但並不埋怨小鹿對我的防範。因為我確實曾經是一個追捕過麻雀的殺手，曾經想當捕雀的英雄。一九八七年我和作家代表團到巴黎，和劉心武到公園玩時，一群麻雀和鴿子突然飛到我們的肩上，我激動得哭了。從那時起，我才知道小麻雀的心理也像人類一樣，會積澱，會集結細微的經驗，麻雀不怕人，不知道積澱了多少代的經驗了，如果牠們遇到一次如我們在一九五八年那樣的大圍剿，膽子一定也會很小。

眼前這些小鹿，心裏一定也積澱了許多保羅．安格爾詩人的微笑，這些印象對於牠們，一定像秋天的陽光和春天的嫩葉一樣美好。安格爾先生在美國文學史上有着重要的地位。有一本當代美國文學史在「當代詩人」一章裏，把他作為第一流的詩人。然而，他並不需要世界了解這一點，那些不了解他這一切的小鹿，是他最好的朋友。

第一次見了小鹿之後不久我就回國了，回國之後，學生運動正熱火朝天，可是家裏還是寧靜的。小女兒蓮蓮要我講點美國印象，我就和她說起海那邊的詩人和山那邊的小鹿，她聽得入迷，說她也想到愛荷華去看看那些小鹿和那位愛小鹿的老爺爺。看到女兒愛大自然的心靈還活蹦蹦地跳着，真是高興，我最怕的就是心愛的女兒失去熱愛大自然的天性，只要這種天性在，她將永遠是美麗的。也許是這種心思的驅使，我連忙拿出安格爾先生送給我的《美國孩子》的詩集，翻出最後一頁唸給女兒聽：

沒有孩子是用人工的仇恨餵養的，
也不是用揚起的旗幟、集體操和大遊行。

沒有孩子需要學會一張嘴有許多方式的談話：說謊、欺騙、威脅，
直到今天她為所玩的遊戲所發出的呼喊，
仍不是政治演說的標語，
而是所有時日孩子們古老的呼喚，
舌頭振奮時生動的勝利。

我用安格爾先生的詩句祝福自己的女兒。我希望她不要像我和我的同一代人，缺乏大自然的撫愛，而被太多的旗幟、集體操和大遊行所餵養，心靈裏積蓄着太多人工的仇恨。我最後參加那次五月的大遊行，本是希望能結束大遊行的生活，讓孩子多一些小鹿，多一些花草，多一些允許缺陷和頑皮的寬容，「擁有自由，一如擁有麵包。」（安格爾的詩句）

然而，我終於因為參與那一次大遊行受到懲罰，像被逐的小鹿，辭別故土，在同年的秋天再次來到愛荷華詩人的家中。

安格爾先生正是把我當作一匹受傷的小鹿。我發現他為我焦躁不安，還發現他和前幾個月相比，老了很多。華苓大姐說，大陸的事真使他難過。我相信。我讀《中國印象》時就知道，這位美國詩人愛世界上的每一片土地，但因為他有聶華苓大姐，所以對中國的土地又有了一份特殊的感情，也因為這種緣由，中國的土地也是他的心，他的夢，他的靈感。所以，當文化大革命傷害了那麼多好兒女時，他受不了，娓娓地責問：「為甚麼傷害那位可愛的女人／她擺動那嬌小的身體／像小鳥振翅／她像精雕的玉石／是中國的裝飾／她怎麼會成為中國的敵人？」

我相信，一九八九年夏天，酷愛小鹿和酷愛中國的詩人，心和我一樣，也中了子彈。

然而，他不願意讓我繼續感傷。他告訴我，一會兒小鹿就會來。果然不到一個小時，小鹿來了。這回小鹿已不怕我。我不再是牠們的陌生人。大約牠們知道這位異鄉人，確實是詩人的朋友，他已走出捕殺麻雀的時代。而這次見到小鹿，我也不再驚奇，只是想到，要是我的女兒的人生不是總和旗幟、集體操和大遊行相連，而是和這些小鹿息息相通，該有多好啊！

一九九一年三月　愛荷華——芝加哥

不該消失的歌音

沒想到漂流在遙遠的海外時，竟會聽到施光南的死訊。妻子和女兒在報紙上看到這一消息時，不敢告訴我，她們知道我會怎樣傷心。她們知道我和光南之間有着怎樣的友情。

當我從報紙上看到給光南開追悼會的消息時，我真的承受不住了。我發呆，除了發呆，我不知道該做甚麼。其實我甚麼也不能做。彷彿應當送一個花環，我知道，死者在所有的花環中一定最喜歡我的花環。但是，我不能夠。因為我是「罪人」，我所做的一切將會帶給朋友意想不到的麻煩與不幸。

幾個月前，當我聽到王瑤先生去世的消息時，同樣受不了。這位老先生很早的時候，就真誠地、多次地推薦我，在近幾年的政治風波中，他悄悄地告訴過我許多誠摯的話。他死了，我不加思索地打電話給尚在北京大學讀書的女兒，她也是王瑤先生所在的中文系學生，讓她替我送個花環。然而，過了些天，女兒告訴我，主持追悼會的朋友説，還是不要以我的名義送，以免讓生者遭麻煩。折中之後，以我的女兒「劍梅」的名義送了一個。對於此事，我不會怪任何人，我能理解一切悲哀，包括死者的悲哀，也包括生者的悲哀。

我不能送花環了。我不能給光南的妻子和女兒招惹麻煩。然而，奇怪的是，恰恰在我知道光南逝世的這一天，我客居的後花園裏，開滿了白色的玫瑰花。開得那麼多，那麼密。對着這一片白花，我又發呆起來，久久地呆看着、呆想着。我只能用呆看和呆想來悼念和送別我的朋友。我相信光南一定知道我呆想些甚麼。

我真不應該在敏感的一九八九年的五月中旬給他打電話。那時我剛從美國回去，有一位朋友告訴我，説光南在全國青聯的座談會上批評學生運動。我有些急，便打電話去問他。沒想到，他一聽説就委屈得哭了起來。過去，我只是不斷地聽見光南唱歌，沒有聽見他哭過。我熟悉他的歌聲，但不熟悉他的哭聲。一聽這陌生的抽泣，我的心便震顫起來。接着，他又一連説了半個小時的話，努力向我解釋：他的發言不是反對學生運動，而是希望學生適可而止，不要弄得兩敗俱傷。他愈説愈急，而且還要立即到我家裏來。沒想到我的問題引起光南這麼大的激動。我了解光南，拚命安慰他，並告訴他：我只是道聽途説，別這麼「神經質」，而且，我也贊成你的意見：學生運動應當適可而止。

這是我最後一次和他的談話。他所作的解釋，是那麼急切、真誠，又是那麼焦慮、痛苦和迷惘。我知道，這位滿懷信心譜出《在希望的田野上》的朋友，現在正在被強大的學生運動震撼得手足無措。他是一個真正的藝術家，大自然的任何聲音經過他的內感覺的轉化，便會變成非常美好的音符。然而，此時在他耳邊是三千個絕食孩子的呼籲，是救護車的喇叭聲，是大街上幾十萬人的吶喊。他完全迷惘了。

他告訴我：不用說三千個孩子絕食，就是三個孩子，政府的領導人也應當走出來看望呵！他的聲音幾乎是絕望的。和《在希望的田野上》的歌聲相比，完全是另一個世界的聲音。我真後悔，我真不該打那一個電話，真不該讓這位總是創造着希望之聲的友人放出哭聲，而且，這哭聲將和他的歌永遠留在我的心裏——在他的甜蜜的歌聲中滲出苦汁。

我真的沒有理由懷疑他。如果別的朋友可以懷疑他，我也沒有理由懷疑。因為，我最了解他，他也最了解我。他在人生中贏得一次最重要的投票權利時，曾投我一票，他以這一票證明他的友情和他的信念。

此事發生在一九八七年「反自由化」運動的年頭，這一年，他被推選為中國共產黨第十三次黨代會的代表，在選舉黨中央委員會時，我這個並沒有參加會議的人竟得了一票，這就是施光南着意投的一票。

這一年的年初，全國展開了「反資產階級自由化」的運動。我也被當作思潮中一分子被批判和折騰而到南方「避難」。深知我的光南，為此而感到不平和憤怒。因此，就在運動的「熱潮」中，他到處找我，可是幾次到我家都不遇而返。有一次他在我家裏的小桌子上留下一封信，最後一段這樣寫着：「你是一個思想成熟的人，也是一個正直、勇敢的人。朋友們都尊敬和愛你。我，作為一個經常從你這裏得到教益的友人，衷心希望你保重身體，事業還在期待着你將來放出更大的光和熱。」我知道這是光南在安慰我，因為我知道自己並不是一個成熟的人。但我感謝光南在社會給我投入陰影的時候，他總想用天真的歌聲和語言來為我抹掉陰影，最後甚至用黨代會上天真的一票企圖為我抹掉陰影。此時，我還記得那天夜裏，他在黨代會結束後匆匆地來到我家敍述投票經過的情景。我覺得我的這位朋友真像個大孩子，一點也不懂得黨的規矩。然而我知道，正因為他永遠懷着這麼一顆超越勢利的童心，所以他的歌音才那麼真純動人。我覺得，所謂美，就是超勢利。

我喜歡光南，也正因為他雖然長得像個彪形大漢，但總是像個小孩，總是沒有學會算計。儘管他作一首曲子，只有七塊錢的稿費（後來提高到十塊），包括《祝酒歌》、《潔白的羽毛寄深情》這樣的名曲。但他決不會想到歌曲的價格，還是拚命地寫。人類聰慧的祖先發明1234567這些數字，是給他作音符用的，不是作算計金錢用的。「四人幫」垮台後，他高興得很久，靈感的閘門打開了，歌像激流似地日夜往上湧。到了一九八三年，他告訴我，已寫了一千多首曲子。直到那時候，他才開始發愁。

頭一次見到他發愁的呆樣，真是開心。他告訴我，寫了這麼多，僅發表了兩百多首。全國只有幾家音樂雜誌，即使每期都發表他的一首曲子，一年也只能發表二、三十首。後來他想到應當出集子，可以把未能發表的作品放進去。但北京沒有一家出版社可以接受他的集子，音樂出版社也無法接受，編輯部說：許多老音樂家都無法單獨出集子，青年音樂家更輪不上。我急他之所急，請上海文藝出版社副社長鄭煌先生幫忙，這位社長愛音樂，也愛光南。《施光南歌曲選》終於在上海出版。第一本自然屬於我。每每想到他那時高興的樣子，就知道他寫《在希望的田野上》這類歌，絕對是真誠的。

沒有學會算計，把一切時間都用於培育音樂的耳朵與音樂的心靈，使他贏得成功。也因為沒有學會算計，他才一步一步地邁向新的境界。他寫歌劇《傷逝》，如果會算計，一定寫不出來。歌劇院請他譜這一部歌劇曲子的時候就告訴他，可能沒有稿費。但他不在乎。拿到劇本之後，他就全身心地投入。一投入就是整整一年。

一九八三年夏天，他約我和他一起去青島參加全國青聯夏令營，說路上好一起研究《傷逝》的劇本。可是火車票不好買，他就拿着小椅子到火車站排隊，排了整整一夜，在火車上，他一點睡意也沒有，強風吹進窗口，他用力地談着自己的計劃，聲音非常大，生怕我聽不見。我告訴他，魯迅的原作裏寫了小狗阿隨「被放逐」之後自己又跑回家，激起了主人的許多情感，可說是神來之筆。他聽了非常高興，後來他為此寫了幾段很漂亮的曲子。

《傷逝》演出時，他請我和他一起去觀看。演出的地點在西郊，離我們倆的家有幾十里之遠。我們在公共汽車上抖得骨架都發疼，可他還是滿心高興，而且還說，中國的現代歌劇已經快滅種了，應當拯救一下。我因被公共汽車擠得又累又悶，只是冷冷地對他說，你想當救世主，可是這麼窮，我的骨架都快被抖掉了。

大約因為光南覺得經常擠公共汽車確實不是一個辦法，就買了一輛摩托車，而且還買了一頂鐵甲大帽。有一回他到我家來，一打開門，見到他戴着這頂大帽，真把我嚇了一跳，以為是個「外星人」。不過，他開摩托並不高明，有一次我和他及他的妻子洪如丁準備上街，他踩了半天油門總是發動不起來。小洪在路邊就怪他，而他又不服氣，便和小洪拌起嘴來，賭氣地讓小洪也試試。不過，小洪也不爭氣，踩了半天毫不動彈。兩口子吵架時完全像小孩。而我則認為他不應當騎摩托，瞧他踩油門的樣子，費了多大的氣力呵，老是這樣消耗生命，還有氣力作曲嗎？然而無論公共汽車怎麼擁擠，摩托車怎麼不爭氣，他的美好的曲子還是一首一首地湧出來。光南呀光南，你真是上帝特地為我們這一代苦命的中國弟兄製造出來的歌者。

光南匆匆走了。我相信在我漂流海外的日子裏，光南一定也曾在花前草前呆想過我，為我擔心。此時，就在我身邊的一盤磁帶，裏頭錄有我們合作的一首歌，其中有兩句：「此去五湖四海日，一樣冰心懷故鄉。」這曲子的詞是我寫的，曲是他作的。他作完了曲子之後，便到我家裏自彈自唱，他唱得那麼好，真沒想到，這曲子竟是他給我的永別曲。此時，他在地底，而我卻漂流於五湖四海之中。我還有甚麼可說的呢？現在，除了呆想之外，只想聽聽這曲子，這曲子不像《祝酒歌》那樣，屬於全社會，它只屬於光南和我。

一九九零年九月於芝加哥大學校園

最後一縷絲

聶紺弩於一九八六年三月去世。他生前以深摯的愛和奇特的學識，在我身上注入一些非常寶貴的東西。每次想到他的名字，我就在心中增添一些美好的東西和抹掉一些無價值的陰影。

聶老作為一個傑出的左翼作家，在一九四九年之後還經歷了那麼沉重的痛苦和危險是令人難以置信的。他有奇才，但才能既是他的成功之源，也是他的痛苦之源。他既不懂得掩蓋才能的鋒芒，也不懂得掩蓋良知的鋒芒。每次政治運動，他都要說真話，真話不一定就是真理，但它是一通往真理的起點。愛講真話，這就決定他要吃虧。反「胡風」時，他當了「胡風分子」；反「右派」時，他當了「右派分子」；反「走資派」時，他又因為說了輕蔑江青的話而當了「現行反革命分子」，最後這一次非同小可，被判了「無期徒刑」送進監獄。直到一九七六年十月才釋放回北京。

我和聶老真是有緣。他出獄後不久，我們便成了近鄰，同住在北京市的勁松區。十年之間，我們成了忘年之交。我說不清到過他家多少回，不過，每一次見到的幾乎都是同一種情景：他靠在小床背上，手裏拿着夾紙板和筆，想着寫着。我一到那裏，就悄悄地坐在他的小床對面的另一張小床上，呆呆地看着他想着寫着。

一日復一日，一年復一年，都是如此。只是慢慢覺得他的露出被單的雙腳愈來愈細，最後細得和他的手臂一樣，只剩下皮和骨，絕對沒有肉。

屋裏是絕對的安靜，他的心跳也是絕對的平靜。人世間的一切苦楚都品嚐過了，和死神也打了幾回交道，此時，死神對他已不感興趣，他對死神也滿不在乎了，至於別的：貧窮、榮譽、名號、專制、反自由化，那就更不在乎了，然而，他還在乎一點，就是寫作。天天寫，決不浪費一分一秒幸存的生命。他的身體已被摧殘得沒有多少氣力了，但他還是用殘存的氣力去提起那一支圓珠筆。他贈給我的詩說：「彩雲易散琉璃碎，唯有文章最久堅。」他相信一切都會消失，唯有藝術是永存的。對於被迫害，對於坐牢，他唯一感到遺憾的是，失去了許多時間，少寫了很多很多。我相信，只要有紙和筆，他坐一輩子牢也會滿不在乎的。

他的雙腳不能動了，自然到不了圖書館，因此，也只能利用家裏有限的藏書，把精力放在古代幾部長篇小說的研究上。他自嘲說：「自笑餘生吃遺產，聊齋水滸又紅樓。」他沒想到自己在七十三、四歲之後，還有「吃遺產」的機會，他真是傾心、迷醉於「遺產」。從最痛苦的地獄黑暗中走出來，能贏得一個機會，靠在小床上，欣賞自己心愛的藝術，感悟祖先的創造，這不正是天堂嗎？昨天夢中的天堂不就是眼下這張小床和這些文字嗎？

一九八五年夏天，他處於病危之中，發燒，昏迷，發脾氣，我一見到這情景就非常着急：「為甚麼還不送醫院？」他的夫人周穎老太太說：「他就是不肯走，早晨好幾位朋友要他上擔架，他卻用手死死地抓住小床，就是不肯走。他就是這麼犟。」我們只好乾着急，不知道怎麼辦。他的夫人和朋友都走出屋了，我還站着呆看着。突然，他張開眼睛對我說：「只要讓我把〈論賈寶玉〉這篇文章寫出來，你們要把我送到哪裏都可以，送到閻王殿也可以。」我一下子全明白了。我知道這對於他確實是最重要的事。他的最後的生命脈搏全部連着對《紅樓夢》人物的思考，這些思考凝聚着他對宇宙人生和文學藝術的種種見解。這是他最後最真實的心願。就像一隻蠶，他必須吐出最後的也是最美麗的一縷絲，才心甘情願死去。只要最後一縷絲能吐出來，確實可以死而瞑目。這個九死一生的學人與詩人，其人生的最後希望已變得非常具體，具體到吐出一條可以稱作「賈寶玉論」的絲。

聶老去世之後，我常常想起他最後的心願和最後的遺憾，想到他抓住床架不肯離開這個世界僅僅為了吐出最後一縷絲，真有無限的感觸。想到這裏，我就更懂得珍惜，懂得該珍惜那些最該珍惜的東西。同時，我也不能不感慨，人與人的差別實在太大了，那麼多人最後眷戀的，是金錢，地位，或者一頂戴得太久的桂冠。他們也像聶老抓住床沿一樣緊緊地抓住自己的桂冠，然而，這是多麼不同的眷戀，多麼不同的境界呵。

聶老臨終前，留給我許多非常寶貴的東西，包括他在監牢裏讀過的《資本論》和書中的數千張小批條，還有九箱的線裝書，但是，朋友們不一定知道，他還留給我這一價值無量的最後的一縷絲。

人的精彩

西方文藝復興時代人文主義崛起，作家都在講人的精彩，而二十世紀之後現代主義勃興，作家則注重人的荒謬。我是一個多元論者，對兩個時期的文學都喜歡。有些年輕朋友批評我落後，沒有進入二十世紀，從某一層面說，這種批評是對的。但因我感受到東西方文化需求的時代落差，所以仍然不得不用很大的氣力去證明「人等於人」的公式，重複一些人的尊嚴、價值、風骨等舊話，這可以說是一面追隨先進的二十世紀，一面又堅持落後的十九世紀，甚至是更落後的十四、十五世紀。

一堅持，就想到人的精彩，並進而想到可以欣賞人的精彩。「欣賞」和「精彩」兩個詞，一般都用於對待文學藝術作品，但也可以用於對待人。

我這裏所說的欣賞，還不是指人的美貌（如人的長頭髮黑頭髮之類，這自然也是重要的），而是指整個人：人的智慧，精神，風骨，氣質等。歷史上有一些人，如嵇康、阮籍，他們作的詩文並不多，但一千多年來，人們一直欣賞着他們，這除了欣賞他的「文」之外，還欣賞他們的「人」。他們有許多怪癖，但在污濁的社會裏，能有那種獨特的與「污濁」劃清界線的怪癖，實在令人激賞。阮籍專給權勢者吊「白眼」，僅此一點，就足以使我們叫絕。可惜，我學了好久，也沒有學會吊白眼。

近現代人也有許多可欣賞的，例如已經去世的老作家聶紺弩，他的人生不僅富有故事性，而且富有欣賞性。像他這樣一個「老革命」、「老左翼作家」，香港《文匯報》的老「總主筆」，不僅詩文極為漂亮，而且為人極精彩。他評價一位朋友，說這朋友不僅是「詩人」，而且是「人詩」，其實，他自己正是真正的「人詩」。不管風雲如何變幻，他總要直言，總是要表現一種良知拒絕和良知關懷的力量，結果總是吃虧。晚年我有幸成了他的忘年朋友，每次到他房裏，我總是靜靜地看着他，他真正是「瘦得皮包骨」，雙腿的肌肉已經枯萎。但我喜歡坐在面對着他的另一張小床上靜靜地看着他，有時整整看了好幾個小時。現在我才意識到，這是在欣賞他，欣賞的自然不是「皮包骨」，而是那種不被任何艱難命運所擊倒的精神，在任何壓力下靈魂都未曾跪下的精神。聶老在我的《性格組合論》書上寫下幾句勉勵我的話：「文如其人／人如其文／文如其行／斯為真／斯為善／斯為美／斯為文人行。」這是勉勵我，也是要求我。我常記在心裏，然而，我相信這正是他自己的精神，值得欣賞的人的精彩的精神。

去年夏天，我又有機會欣賞了一番人的精彩。我所以在大熱天裏走上大街，走向天安門廣場，除了心靈上承受不了三千個孩子絕食之外，還有一個原因，就是想欣賞一種人的熱情和精神，這大約是二十世紀的中國所缺少的和平的、理性的、非暴力的精神。所以，與其說我是從政治上支持學生運動，還不如說我是從美學上去支持。而使我欣賞的還有許多新老作家、藝術家，在普遍犯有良知麻痹症的時代裏，他們卻表現出良知的美麗。在香港，沒想到又有一些社長、總編輯讓我欣賞，其中有一位就是李子誦先生，他主持的《文匯報》作出了一整版的「痛心疾首」四個字的社論，這實在是神來之筆，其「精彩」已讓我欣賞了一年有餘。與李子誦先生相似，金庸先生的揮淚而去，岑建勳先生的見義勇為，還有許多大義凜然的仁人志士冒死救出數百被追捕的中華之子，真是感天動地。這種行為和精神，只能用「精彩」二字來形容。未來的中國史學家如何用科學之筆來評論這些人物，我且不說，但從美學的角度，我相信，將會有許許多多的作家描述和昇華這些精彩的人生和精彩的故事。

還不清的滿身債

我當文學研究所所長之後不到一個月，就有一種奇怪的感覺，覺得我們的政府和我們的研究所滿身是債。一次政治運動，欠了一筆債，三、四十年來，運動連綿不斷，債也連綿不斷，到了此時，可以說是「負債纍纍」了。

幸而在改革，在平反冤案假案，也就是在還債。但償還到我當所長時，還是滿身債。這不是我個人的債，但我作為政府學術機關的負責人，覺得有一份責任，應當繼續還債。建國之初，就把俞平伯先生打成「反動學術權威」，這筆債已欠了三十多年了。因此，就召開紀念俞平伯先生從事學術活動八十五週年紀念會，借此給俞平伯先生重新評價。還債不容易，要還俞先生的債，就必須否定「最高指示」和否定許許多多大小人物的「義正辭嚴」的批判，而涉及到領袖的指示和全國性的批判就是大事，自然必須寫報告層層請示。為了寫紀念會（實際上也是平反會）的報告，雖僅三千字，卻必須讀俞先生的著作和許多批判文章，又花去兩個月的時間。

讀了俞先生的著作和批判他的文章，我的感覺並不是憤怒，也不是悲哀，只是感到可惜。真可惜，像俞先生這樣有才華的人，在批判之後的三、四十年中，幾乎沒有寫甚麼詩文。精神金子的流失，人們是很難意識到的，一旦意識到，就會覺得異常可惜。由於感到可惜，更覺得應當還債，以免在日後長久的歲月中再造成新的流失。於是，又想到應當還孫楷第先生的債，還鍾惦棐先生的債，還王叔文先生的債，除了政治債之外，還有經濟債、房子債、出版債，例如吳世昌先生政治上雖早已恢復名譽，但是，他的著作因太專深，老是壓着，總得想辦法「解決」。幸而被打成「右派分子」和「反革命分子」的人，早已調走或早些時平反了，否則債就更多了。至於被當成「白旗」拔過的或被當成資產階級個人主義討伐過的，就算不得債了，時過境遷，諒解就行。反正，白旗已不像先前那麼臭了，正如「紅旗」也沒有先前那麼香了。

有些債實在無法償還，恐怕只能永遠欠下了。至今還使我不安的是孫楷第先生的一筆債。他是一個馳名海內外的中國古代文學研究家，他的著述，資料之豐富是世所公認的。這是因為他本身是一個酷愛書本的藏書家，擁有一萬多冊非常寶貴的書，其中有許多珍本、善本，他讀書勤奮，在許多書中都有眉批，然而，文化大革命中他被打成反動學術權威之後，於一九六九年被送到河南幹校改造。那時，他雖已是七十高齡，但對於下鄉改造還是誠心接受的，不過，也提了一個很低的要求，就是房子上交後請「領導同志」撥一間小房讓他「堆」書。但是，當時主持社會科學院工作的工、軍宣傳隊，立即給予拒絕，並要他把書賣掉，然後收回他的房子。下鄉的號令非常緊急，來不及多考慮，他只好把這些貴重的書，以每斤幾分錢或幾角錢的價格賣給中國書店和廢紙收購站，因為他的書數量大，竟賣了四百多元人民幣。下幹校兩、三年之後，沒想到，政策變了，他和其他老少知識分子們又回北京了。回來之後，他分到了一套有兩間小臥室的房子，屋裏空空蕩蕩，一本書也沒有。此時，他才感到巨大的失落與虛空，頓時墜入書的「苦戀」中，想得發呆起來。他面對牆壁，手裏拿着一張白紙死死盯着，硬是要從空白中讀出文字來。然而，他只能久久面壁長嘆。一九七七年，我去看他時，他已病臥在床。見到他時，他緊緊地拉着我的手說：「再復同志，他們對我太不人道了。」我把他說的這句話轉告給當時主持社會科學院的領導人，他回答說：「我們過去做的不人道的事太多了。」我在當所長之前，就為找回孫先生的書努力過，但沒有成功。當了所長之後，我仍不死心，想了結這筆債，但是想來想去，還是毫無辦法，革命的強大風暴早已把他的書籍全部掃進造紙廠了，誰也沒有挽回之力。孫先生晚年一直苦戀着他的書籍，一直面壁哀嘆，直到一九八七年他臨終之前，還在自己的手掌心上寫着一個「書」字。在他逝世前的半個小時（在協和醫院的小病房裏），我在他的身邊。他的夫人對我說，這十年他就唸着一個「書」字，這個「書」字也就是他的全部遺囑。他去世後，我和他的夫人按照孫先生生前的意願，把他的骨灰撒到他的母校北師大的校園，並在上面種了一棵小樹。當時，我心裏除了有一種淒涼感之外，還有一種負疚感；我沒有力量和社會一起還給孫先生這筆債，是書債，也是心債。他寫在手心中的「書」字，是永恆的請求和永恆的呼喚，這是瞬間的遺囑，也是永恆的遺憾。

內債還沒有還清，又有許多外債提到面前。當文學所所長還必須兼任《文學評論》主編。這才記得我們的刊物批判過許許多多作家、詩人，先不用說胡適、林語堂、梁實秋這些「資產階級文人」了，就是無產階級文人，如馮雪峰、胡風、邵荃麟、鄧拓等等，就夠頭痛的。一個嚴肅的刊物，總得面對真理和面對自己的錯誤，巴金早已寫文償還胡風的債了，我們的刊物能不還嗎？於是，我們又連忙組織了一批還債文章和召開一些還債座談會。每一次座談會的結果，是覺得還了一點債，卻發現更多未曾還的債，與會的學者們提醒說：別忘了，就是像張資平這樣的作家，也不能簡單地扣個「墮落文人」就行了。想想，覺得有道理。又有些朋友提醒說：別忘了，就是貴刊沒有專門文章批判的，但扣下的「反動」、「叛徒」等等帽子，是非摘不可的。想想，覺得也有道理，此時，才覺得真是欠債纍纍。

現在我身居海外，只想到個人尚有些私債，但已不必再想到永遠還不清的公債了，於是輕鬆多了。看到別人正在批判自己，其中自然有許多骯髒的作者和骯髒的文字，但我總覺得自己良知是清白的，因此也就輕鬆，因為我知道，這是別人在欠債。歷史總有一些卑鄙而愚蠢的重複，我很明白。此時我只私心祝願別的一些被污辱的朋友，不要沉重，而應當繼續思索與寫作，別像俞平伯先生那樣，在被批判後幾乎擱下了筆，讓智慧的金子悄悄流失，讓後人又感到惋惜。

丸山與伊藤

今年秋天，東方的兩個國家，我的故國和日本，又在紀念魯迅。一個作家，老是被紀念，並不是好事。顯學很容易變成俗學，偉人也很容易變成俗人，紀念多了，作家被各種人所塑造，包括被佞人、閹人、巧人、小人所塑造，就會變得面目全非。

今年人們又記起魯迅的亡靈時，我就替魯迅擔心，我知道，魯迅這幾十年被當作救世藥方，但被用得太狠，快要變成藥渣了。魯迅在生前就寫過〈藥渣〉一文，難道他也該演出化為藥渣的悲劇嗎？

我是十年前北京紀念魯迅誕辰一百週年活動的籌備委員；五年前，我又是紀念魯迅逝世五十週年紀念學術討論會的主持人，加上看熟文化大革命的種種吃魯迅世態，對於魯迅紀念的因因果果，實在太清楚了。

紀念的人群就是一個社會：有學者，有作家，有官僚，有民眾，也有痞子和騙子。紀念的動機也有種種：有的想媚上，有的想媚俗，有的想藉偉人之名宣傳「主義」，有的想以權威之名抬高自己，有的想以魯迅這一敲門磚去敲開宦門和宮廷之門，有的則完全是為了混個「魯迅研究學會」的理事當當；自然，也有許多是出自於愛和景仰，以及對知識和真理的追求。總之，目的有偉大的，也有渺小的，有乾淨的，也有骯髒的。真誠與做戲，思索與表演，混成一團，但在「一團」中，我明明白白地看到來自東鄰的兩位學者是乾淨的，單純的，執着的；這兩人，一個是東京大學的丸山昇教授，一個是東京女子大學的伊藤虎丸教授。此次到了日本，才知道無論在東京還是在京都、大坂，這種單純執着的學者和朋友還有不少，我新結識的尾上兼英教授，也是一個。當尾上兼英知道北京文化部幾個官僚阻止我到日本時，他憤然辭去仙台紀念活動「學術委員會」委員長的職務。他把學術尊嚴和學術道義看得高於一切，不愧是《魯迅私論》的作者。前些年讀他的〈魯迅與尼采〉時絕沒有想到這位學者有這種德性的力量。

丸山昇和伊藤虎丸是我和文學研究所的老朋友，我們所的刊物發表過伊藤教授〈魯迅與終末論〉和丸山昇教授的研究三十年代中國文學的論文。在丸山昇教授的主持下，《魯迅全集》被譯成日文，工程浩浩，真使我們佩服。他們倆人的年紀大約都比我大十歲左右，而且都是名教授，但很奇怪，我很喜歡和他們交談，而且也喜歡和他們開玩笑。儘管他們的中國話講得不算流利，但我們的玩笑卻玩得很開心，這大約是因為他們身上都有一種天真的書卷氣和認真勁。我以往生活的環境太多革命氣與政治氣，所以就喜歡有書卷氣和認真勁的朋友。使我感到有意思的是，丸山昇是日本的老共產黨員，但沒有半點黨氣；我雖然也是共產黨員，但也喜歡隨便些，不喜歡黨氣，所以老被認為是自由化分子。這回到了東京，伊藤虎丸才告訴我，丸山昇是日本共產黨內公認的一個很直率、很純潔的共產黨員，他常常對共產黨提出非常尖銳甚至非常尖刻的批評，但誰都相信他有一種很純潔的願望和期待，決不忍心整他。政治集團也有不忍之心，這是我以前沒想到的。伊藤虎丸則是一個基督教徒，愛心中不滲半點假。一個是共產黨員，一個是基督教徒，但他們卻是很好的朋友，還合作編撰《中國現代文學事典》。伊藤虎丸說，這就因為他們的內心有一種東西是相通的，他們都拒絕暴力，而且都崇仰中國的革命文學與革命文化，這種文學與文化是他們年青時代的夢。也許夢得太真切，所以，當一九八九年天安門事件發生以後，他們便痛苦到極點，無論如何也不能接受。他們實在受不了，於是這兩年，他們寫了許多批評天安門事件的文章。丸山昇送我一本剛剛出版的《中國社會主義的反省》，其中就對「六四」進行很坦率的批評。讀了這些書和文章，才知道他們是那麼痛苦，心疼的東西和破碎的東西是那麼多。我分明看到字裏行間有許許多多夢的碎片。

但是，他們關懷中國文學的心總還是那麼堅韌。記不得哪一位日本朋友笑着說，我們是熱心，灰心，又不死心。真的，他們的心還是那麼熱。一九八九年秋天，伊藤虎丸掛念大陸的朋友，特地自費到北京去看他們，他顯然是為了去撫慰朋友受驚的靈魂，而且，他還協助高筒光義先生準備資助中國辦一所大學。高筒光義先生是一個很有才能又很有正義感的企業家，他因為獲得一種重要發明的專利而擁有一筆巨款，並想用這筆巨款在大陸辦學和辦刊物。此次，我見到高筒光義先生，他對中國文化的純正的懷愛真使我感動。他告訴我，你隨時都可以到日本，不過，你別那麼辛苦地準備學術論文，就來玩玩，純粹玩玩。他知道，離開故土的中國知識者的靈魂太沉重了，需要大自然的花香草香。不過，我也知道，在舊夢破碎之後，他們又在編織新的夢。不管在未來的時日裏還會不會有新的破碎，但此時，我真是尊重和欣賞他們的夢。

也是因為不死心，所以伊藤虎丸和丸山昇兩位教授就特別賣力地參加仙台的紀念魯迅誕辰的籌備活動，並到處尋找我的地址。今年春天，我突然接到伊藤教授的信，信的第一句話就使我感到他的天真勁和真摯情感還似以往，他說：「兩年前，我們每天都在電視前面盯住，突然間，在畫面裏的天安門廣場上，遇見了戴着麥桿帽子的您的勇姿，從那以後，我和日本中國學術界的同仁們一直十分關懷您的處境⋯⋯」讀了信，我笑了，我竟然有過「勇姿」。但我感到欣慰，一個在異國他鄉漂泊的遊子，知道在大洋的另一方有嚴肅的學者如此赤誠的牽掛和尋找，是應當感到欣慰的。他的信還附上仙台以東北大學校長的名義發出的邀請函。從那以後，我們便等待着秋天的見面，這也是小小的夢。沒想到，北京文化部的幾個敵視我的官員得知邀請我的信息時，便阻撓我去日本。這一下真把這幾位熱心的教授氣壞了。連這點小夢也不許做，豈有此理！尾上兼英教授辭職並宣佈解散仙台紀念活動的「學術委員會」，作為學術委員的伊藤虎丸、丸山昇、丸尾常喜、藤井省三等教授決定在東京大學另組織國際學術討論會，再次邀請我和李歐梵、林毓生、蔡源煌諸友參加。這一回，可把這幾位教授累壞了。日本可沒有我們中國方便，一開會有國家出錢、出力、出車、出人，他們全得靠自己，重新籌款，重新安排會議程序，組織論文，當接待員，事事「親躬」。九月二十一日傍晚，煙雨濛濛，伊藤教授和他的女兒到機場去接我們，從機場到城裏路上來回折騰了五個小時。見到伊藤教授時，我真是不安，覺得文化部的干擾對我這種久經勞動鍛煉過的人其實甚麼也不會損失，不過倒真的苦了友邦這些熱心的老教授了。本該我挨整，變成他們挨了整，心裏實在過意不去。不過，也因此，我真切地感到日本學者對中國和中國文化的關懷，真是大大地超過我們對日本和日本文化的關懷，我感到慚愧。

回美國後，我就給伊藤教授打電話，他已累得病倒了。而丸山昇教授在早一個星期就病了。我深深地感到不安，我知道，這回他們的病，大半是因為我的緣故。他們太累了，但他們畢竟用全部真誠證明了日本學者的良知與尊嚴，比起那些喊着魯迅之名而與魯迅精神相去萬里的各種人物，他們真是高尚多了。我相信，唯有這種高尚，魯迅的亡靈才有微笑。

訪箱根

應日本東京大學文學部的邀請，我又一次訪問日本。第一次訪問日本是在一九八四年秋天。兩次訪問都在秋天，而且都在九月、十月之交。然而，兩次的訪問感受很不一樣。第一次我是作為中國青年代表團的團長，在統一安排下生活，儘管日本的朋友非常熱情，但總是帶着一種「國家」的集體感覺。集體的感覺，總是有點遲鈍和籠統。

此次訪問則完全是個人的學術訪問，個體的感覺器官輕鬆、自由得多。因為輕鬆，總想到處玩玩，雖是參加學術活動，還是想藉機遊山玩水，觀賞一下鄰邦的風光。到東京之前，就知道因為中國文化部的幾個小官僚閒極無聊而把手伸向日本學界，引起日本學界的魯迅紀念活動組織分裂成兩半；此事，要是在以前，我大約會氣憤、抗議，忙乎一陣子，但此次我卻滿不在乎。我已不像以前那麼愚蠢了，拿一些蒼白乏味的官僚當作自己的對手，這與拿一些家畜當對手其實差不多。所以，仍然只想玩玩。

日本的朋友伊藤虎丸教授和丸山昇教授理解我，便請兩位年青教授陪我和歐梵兄去參觀著名的遊覽區箱根。兩位年青教授雖是書生，但對遊覽卻很內行，他們把我們帶到著名的火山口——大涌谷。這裏真是個奇異的地方，到處是火山爆發後留下的痕跡，而且，地火還在燃燒，濃煙還在往地上冒，風一吹，煙霧瀰漫了整個山谷，霧氣裏含着很濃的硝煙味，使人想像到噴火時的恐怖。因為地火還在地下奔突，所以地上的山泉水是滾燙的，善於經營的日本人就利用這熱泉把雞蛋煮熟，並起名叫做「黑油子」賣給遊客。好奇的遊人自然都要嚐嚐黑油子，我也不例外。一邊吃着黑油子，一邊觀看着被濃煙襲擊着的山峰，真有一種怪誕的感覺。大約是因為老是生活在千篇一律的環境中，所以就喜歡怪誕，喜歡怪人、怪景、甚至怪物。見到眼前這種怪味的景色，自然是高興，絕不會想到腳下的火山可能再次爆發，我將和山上草木同歸於盡。

大約因為覺得老是生活在政治意識形態的籠罩下太累，所以總是企圖逃避文化而去欣賞造化，選擇到箱根，自然也是嚮往造化。沒想到，躲藏在箱根的造化中，卻有日本文化與來自西方卓越的文化。畢加索的美術館就在這裏。我在巴黎、芝加哥、紐約都見過畢加索的畫展，但未見過其名字 Picasso 如此巨大地挺立在大自然之中，一見到這個名字，才知道東方對西方文化的尊重，也有一種大氣魄。

畢加索美術館位於箱根國立公園的中心，它僅僅是「野外雕塑美術館」的一角。整個雕塑美術館範圍非常寬，在綠得令人醉倒的草地上，有來自世界各地的現代雕塑群。其中最使我吃驚的是它竟有那麼多莫爾（Henry Moore）的著名作品，其中有一些是大富豪洛克菲勒臨終前捐贈的，他相信，日本民族是懂得珍惜應當珍惜的東西的。見到碧茸茸的草地上挺立着的雕塑，我才感到造化與文化是可以非常和諧地交織在一起的，也使我知道，不管對日本文化作何種評價，但它確實在努力使自己的文化世界化，努力擴大自己的文化視野。它絕對不會用一種神聖而愚蠢的理由去拒絕享受人間的藝術大智慧。

作為中國人，看到日本土地上有這些世界公認的藝術精品，我真的有點嫉妒了。日本是個島國，而有一部份富人肯用巨大的財富去吸引藝術品，也真是聰明。不管他們在購畫中有甚麼利益原則在支配，但人類世界的精品畢竟一幅一幅地流入這個東方的國家。當我知道他們的富豪用數十億日元買了一幅梵高的畫之後，我的思緒是很複雜的。我不知道甚麼時候，我的故國也會有一群具有文化心靈的富豪，他們也有足夠的文化素養去珍愛世界上一些最值得珍愛的東西，也願意建設一個野外的文化公園，也懂得欣賞畢加索與莫爾，也給這些大藝術家留下一點美的空間。

本想只是玩玩，又想到故鄉故國，真是不可救藥。趕緊打住，否則，該又要沉重起來。

香港，我向你問候

為了探望年邁的慈母，我從日本返回美國的途中，經過了香港。

這是我第一次感受香港。兩年前我曾匆匆惶惶路過，那時，死神緊追着我，只能匆匆惶惶。匆惶之中，倒是香港看我，而不是我看香港。但我知道，香港是用含淚的眼睛看我的。

這一次，我真的看到了香港。經歷過許多風波劫難，如今看甚麼都比以前冷靜得多，從容得多。劫難使人成熟，使人由熱變冷。正是劫難使我抹掉文章中殘餘的學生腔，也抹掉對於世界的狂熱的激情。然而，我見了香港，仍然禁不住要使用「激動」二字，我真的掩蓋不住內心的歡喜。看到香港的海，香港的山，香港的繁華的大街與燦爛的夜色時，我都有一種在西方世界裏所沒有的心跳。

這種心跳也許是因為潛意識世界裏的土地感情在波動，也許是遠古時代就出現的一個鬼魂似的基因在我的血脈中作祟，也許不是，我說不清楚其中的原因。如果讓我用平常的語言來表述，我要說，香港比我夢中所想像的要美得多，有秩序得多，自然也是可愛得多。看過芝加哥和紐約的地下鐵路，才知道香港的地下世界是多麼整潔、寬敞、明亮，相比之下，我才相信，儘管美國正在稱雄於天下，然而，經濟上確實的有點衰敗氣象。

到香港之前的兩個月，在芝加哥大學的一次學術會議上，聽到一位來自香港的朋友說，香港是一隻巨獸身上的乳房，它被另一隻巨獸拚命吮吸，愈是吮吸愈是膨脹，最後膨脹成這樣豐滿的繁榮。這兩隻巨獸，大約一隻是中國，一隻是英國。我今天並不想去闡釋巨獸的意象，但我想說，香港的確是一個很奇特的文明。很奇怪，近百年前一種令人恐懼的「野蠻」，竟會孕育出今天這種奇特的文明，我怎麼想也想不太清楚。

然而，我眼前確實是一種奇特的景觀：相映成趣的時髦樣式和非時髦樣式的高樓；相安無事的東方廟宇與西方的宗教建築；並置於校園的中國文字和異國文字；沒有火藥味的五星紅旗與青天白日旗在中國式的建築物前各自飄動。我曾在西方見到過的各種名貴服飾；我想觀賞而未曾觀賞的海洋公園中的海豚表演；海岸上運行着的最先進的飛機和很落後的、在北京早已淘汰了的有軌電車；英語、法語、漢語、粵語、閩南語、菲律賓語、馬來語；西方的交響樂與中國的古樂、民樂；以及中國畫大師的作品與西方畫大師的作品，都在這個明麗的島上和平共處，找到自己的位置。這一切，都使我感到香港這一奇特的文明中有一種奇特的非常寬廣的文化情懷，它能兼容並蓄許多別的地方很難相容的東西。過去常聽一些朋友說，香港沒有文化，這種說法太簡單了。文化情懷，其實也是一種文化。

很奇怪，喜歡了香港之後，我對於「兩隻巨獸」也跟着喜歡起來。因為我見到的文明是兩隻巨獸共同創造的文明。首先是我的同胞，我的同胞太勤勞、太肯幹了。到了西方之後，我仔細留心各種民族的人，發現世界上三種人最勤勞，這就是中國人、日本人和猶太人。在美國，見到自己的華僑和留學生那種創業的勁頭，就不相信這樣的民族沒有美好的前景。但是，願意努力也需要「得力」，需要有可用武的體制，沒想到，英國人竟然可以讓我的同胞把力量充份展示。英格蘭民族真是具有政治天才和管理天才的民族。這匹西方保守的、理性的巨獸，把牠在東方吸進去的乳汁，哺育出這樣的文明，真是值得佩服。

在香港的朋友們說起香港，也都覺得香港好，然而，說來說去，總是談到未來的歲月裏有一個歷史關口，而且對這個關口總有一種深深的憂慮。「明天就要來臨」，這一意念籠罩着所有的香港人，明天是烏雲還是陽光，是碧波蕩漾還是黑風倒海，誰也沒有把握。我雖然沒有身處其境的朋友想得那麼多，但是，我不相信，明天會有一種陌生的巨大力量忍心毀掉這一文明的寶石。我只確信：誰毀掉它，誰將是千古罪人。我真的不相信誰會毀掉它，哪怕是那些對香港懷着又恨又愛的複雜感情的人，也不會輕易毀掉它。至於像我這種沒有力量的知識者，儘管抵擋不了一點狂風暴雨，但也會用全部殘存的良知來保護它的繁榮和安寧，而現在，我只有遊子真誠的問候：

香港，你好。

思維的活性

最近又讀了康德的一些傳記和著作。放下這些書，所獲得的一個難忘的印象，是康德的思維的活性。所謂「思維的活性」，就是那種和僵死的思維特點相對立的非常活潑的思維狀態。然而，這種活性，只能感悟，不可能有確切的定義。

康德的外在行為是很刻板的，一點也不活。他一直沒有家屬，只和一個男僕生活在一起，每日的生活簡直像一個機器人：從早上五點到晚上十點，起床，吃飯，工作，散步，鐵一樣的規律。他的鄰居常常以他的散步時間來調整自己的鐘錶。可是他的內心世界，卻翻捲不息，活潑得十分驚人。那裏，不斷地質疑着人類已有的思想，也不斷地質疑着自己已有的思想；那裏不斷有新的發現、新的邏輯、新的語言，充滿着思維的奇氣和奇觀。這個世界沒有鐘點，沒有現實的時空結構，宇宙、歷史、社會、人生，全部融入其中。這個世界是一個原創的世界，它不斷地創造着人類精神史上未曾有過的最初的顆粒，使人不得不承認這個世界就是大海，就是星空。康德這個人本身，不是「禁果」，而是生長「禁果」的大樹。

前幾年，我在大陸提倡拓展文學研究的思維空間，正是嚮往思維的活性。但是，嚮往的結果，是被視為「異端」和莫名其妙地獲得種種罪名。於是，我從羨慕康德這個人變成羨慕康德的思維的外在條件，即思維活潑的可能性首先必須有一個可供進入深邃精神生活的環境。倘若康德也老是得參加政治運動，老是去接受批判或批判別人，或者是三代人擠在十六平方米的房子裏，心理節奏老是被打斷，他還能像鐘錶一樣地吃飯、工作、散步和思索嗎？難怪有幾位朋友嘲諷我：你講「拓展思維空間」自然是對的，但還要注意拓展「生存空間」。真是一語中的的批評。

除了吃穿問題的干擾之外，還有許多麻煩事，例如，保持思維的活性必須像康德那樣打破現實的時空邏輯不斷地想，包括玄想、冥想、奇想甚至空想。但我們如果真的這樣做，就真是違背「理論聯繫實際」的教導，可能要獲得逃避現實的罪名。所以，直到今天，大陸還稱玄學者為玄學鬼，抽象思維常常要被嘲笑和批評，倘若康德也必須受到這種牽制，他能產生「純粹理性」的卓越思辨嗎？想到這一些，心裏自然就有些不平，但也輕鬆得很多，因為自己的思維缺乏活性而太多死性，全是環境不好，可以心安理得。

沒有生存空間，每日都為一間小房子而操勞，確實足以窒息思想的活力。然而，像我這樣一些知識者，生存空間已不成問題了，但也覺得贏得思維的活性是非常難的，即使「落實知識分子」的政策，落實到像康德那樣，可以自由地吃飯、散步，也決不可能就成為康德。例如儘管同樣坐在幽靜的寫作室裏，康德在對經典提出質疑，我們偏偏在給經典注疏；康德認定對已有的經典進行挑戰乃是本份，我們卻偏偏認為對經典挑戰乃是反動；康德追求原創力，我們卻偏偏做螺絲釘；康德不斷地尋求新的角度，新的邏輯和新的語言，我們卻偏偏天天講、月月講、年年講階級鬥爭。這樣，我們固然吃得飽、睡得好，但仍然沒有思維的活性。這樣說來，缺少思維的活性，也有自己的責任。至於那些吃得飽、睡得好的，並以撲滅思維活性為職業的文化指揮員，自然也有責任。

就一個人來說，在人生的有效時間裏，能保持思維活性的期限其實很短。兒童、少年時代尚未成熟，老年時代又容易癡呆，所以具有思維活性的時代乃是生命最燦爛的時代。這對於一個民族也是如此，倘若一個民族只有一個人在思維，只有一個頭腦和一張嘴巴，其他人的頭腦均是一片死性，那麼，這個社會一定也是一片死相。所以，民族要活起來，首先還是思維應當活潑起來。

思我思

出國已經兩年了。朋友們問，這兩年你在做甚麼？我總是感到慚愧，只能勉強地告訴他們：我在「思我思」。過去幾年裏，我對一些社會現象和文學現象作了些「反思」，現在又對這些「反思」再想一想，這便是「思我思」。

「我思，故我在」，在學生時代的課堂裏，笛卡爾的這一命題總是被指責為唯心論。但我喜歡這一命題，因為倘若去掉「我思」，我真的覺得自己並不存在，頂多是肉的存在。我的生命本體與「我思」息息相連，快樂、痛苦、創造、災難，都因為這個萬惡的「我思」。

置身海外的校園，思考可以平靜一些，自由一些。所謂平靜，就是少受騷擾。我最不能忍受的就是思考時受到騷擾。在國內時，我就對政府提過一條意見：少擾民。其實，這個「民」就是我自己。因為民眾神聖，個人不值錢，所以我只好打着「民」的旗號。不過，擾民最厲害的還是政治運動。我之所以討厭政治運動，與其說是政治原因，不如說是美學原因。政治運動中那種千篇一律的大嗓門、忠字舞和紙糊的高帽，完全破壞了我的音樂的耳朵和審美的眼睛。

自由一些，並不是嚮往自由化。而是說，可以隨便一些，用不着老是繃着一根弦想到寫出來後會遭到怎樣的批判。想到苦苦「思」出來的東西將被別人的牙齒弄得髒兮兮的，靈感就頓然消失。前兩、三年，我就覺得從上到下說話都太呆板，缺乏幽默感和自己的語言，有一個共同性的舌頭硬化和筆頭硬化的問題，於是，我就寫了一篇〈論八十年代文學批評的文體革命〉，題目好大，而且涉及到「革命」，其實就是希望舌頭和筆頭都活潑些，隨便些，別那麼重，那麼硬，並無惡意。

由於平靜一些，隨便一些，我便想到過去的「我思」有許多可以繼續深思的，而且可深下去好多層；例如，對於「你死我活」、「你輸我贏」、「你得零分我得一百分」的二元對立方式，我本來就想過，現在就把這種想法伸延到現代文學史、文化史，這就更覺得此種思維方式怎樣危害了二十世紀的中國。「思我思」也想到以往「我思」中未曾涉及到的「偽命題」，例如「藝術進化」的命題，「徹底唯物與徹底革命」的命題，「社會主義現實主義」命題等。還有一些自己曾努力加以「撥亂反正」的，現在看來，這些「正」其實並不完全「正」，「正」中往往太激烈，太殘忍。就說二十年代末和三十年代的革命文學傳統吧，這個「正」統裏的文統就太多火藥味，讀了之後像吃了硝煙。

「思我思」雖然可以平靜自由一些，但並不痛快，常常陷入困境。例如，前幾年我一再鼓動，現在既然已經拋棄「以階級鬥爭為綱」，大家就應當拆除心中那些互相警惕、互相防範的堡壘。近數十年，人人互相提防，已快耗盡中華民族的生命能量和智慧能量了。我們都感到太累了。由於我的鼓動，確有一些朋友拆除了心中的堡壘，不懂得保護自己，有話直説，因為沒有繃着一根弦而説話走了調，結果又吃了大虧。想到這裏，我就覺得自己有責任。所以今天人們批判之、叱罵之，也是活該。然而，認真想起來，又想不通。如果承認當初自己不該鼓動拆除心理堡壘，那麼，等於確認為了保護自己和防範他人而把真話積壓在堡壘中並等待着噴射是必要的。這樣，不僅太累，還有危險，正如魯迅所説的，要麼在沉默中死亡，要麼在沉默中爆發。這等於説，社會只剩下兩條出路：一是無聲的死相；一是有聲的慘相。這兩者都很乏味。想來想去，又覺得應當拆掉心中的堡壘，但這樣一來，「思我思」等於白費，一點進步也沒有。

想到這一層，就覺得毫無希望。於是就絕望，然後又在屈服於絕望和反抗絕望的兩種選擇中掙扎。幸而，我的「思我思」並不限於此。兩年來，打開我的思路的，或者説，迫使我改變許多思路的，倒是我眼前直接可感受到的大陸，位於西方的陌生又豐富的物質大陸與精神大陸。這一片大陸和我原先所預想的很不相同，它既令人興奮，也令人困惑。它的具有兩條海岸線和只有兩百年歷史的土地，兼容了世界各國的各種文化，並展示着中心文化與邊緣文化的衝突，印刷文化與影視文化的衝突，物質文化與精神文化的衝突，以及追尋自由的文化精神與逃避自由的文化精神的衝突。在這裏，人類的生存前景與人類的生存困境一起暴露在我的面前，所有這一切，都使我意識到，「我思」不能僅僅面對東方自己的那一片大陸，還應當面對眼前的滄海這一邊的大陸，思路應當伸延到東西方所有的文化田野和文化山脈。

昨天的「我思」，其實有限得很，千萬別把它變成自己的圍牆。

想到這裏，才覺得昨天的「我思」和此時的「我在」有些距離，並覺得應當有新的「我思」，應當對昨天的「我思」而作出新的批判和新的解說；於是，「思我思」真的成了超越自我之路，而我相信，這條路並非是一條死路。

逃避自由

我生性喜歡自由，不喜歡別人管轄，所以總是批評過份的權力滲透，總是在逃避專制。至今，還逃避着。

然而，到國外之後，我才發現自己還有另一面，就是害怕自由，時時想逃避自由。逃避自由最簡單的表現，就是害怕孤獨。孤獨的恐懼使我經歷了一次嚴重的精神危機，幾乎要被孤獨所擊倒。

其實，孤獨是最自由的，沒有人管，沒有人干預，愛想甚麼就想甚麼，愛幹甚麼就幹甚麼，完全可以自己安排自己的生活，不必生活在他人的掌握之中。孤獨的王國正是自由的王國，自己就是這個王國中唯一的主宰者，自己可作選擇，自己可以決定自己。然而，我卻害怕孤獨。

我發現有許多朋友出國後同樣也在逃避孤獨，逃避自由。李澤厚到新加坡時，在《人民日報》上發表了一首《孤獨》的短詩，他極少寫詩，竟不得不用詩表達一下孤獨之感；當時，我曾嘲笑他太脆弱，現在，才知道自己對孤獨的恐懼比他還甚。

異國真是一面巨大的鏡子，它把我照得很清楚，使我更加認識自己。說認識自我需要「他者」，恐怕沒有錯，倘若沒有來到異國的「他者」群中，我真不知道自己是一個老想逃避自由的人，也不會承認自己其實是一個依賴性非常強的人。中國的俗語說，在家靠父母，在外靠朋友。這種舊時的觀念到了新時代，變成了「一切聽從黨安排」，時時事事依靠「組織」、依賴「組織」，因此，儘管老是批評「組織」，其實是一點也離不開「組織」，衣食住行全靠黨照顧，過去、現在、將來全靠黨培養。黨就是母親，黨不會老，而我們也長不大。到了國外，沒有甚麼可依賴的了，一切全靠自己來安排，自由得很，甚麼都由自己作主，自己選擇，選擇後還得自己去做。直到此時，我才發現選擇的麻煩和甚麼都得自己做的麻煩，而且還發現自己的生活機能早已退化，選擇能力和個人承受能力早已喪失。由於選擇的艱難和獨立承受生活重擔的艱難，反而感到在國內事事有人管真好、真舒服，「一切聽從黨安排」也真好、真幸福。「自由」實在沉重，實在苦得很，於是「逃避自由」的念頭便油然而生了。也是在此時，我才感到自己真沒出息，既受不了專制，也受不了自由。然而，人類社會卻沒有一種既可以逃避專制而又不必自己獨立承擔責任的理想國，也沒有一種只有自由而沒有規範的樂園，純粹逍遙的世界也許有，但我們畢竟是現實的存在。

在國內時，就知道西方馬克思主義者們有「逃避自由」的觀念，他們講的是西方社會的自由帶給人類許多困境，也帶來無窮選擇的艱難，這回我算是對此真理有點領悟了。然而，我又覺得，企圖「逃離自由」也有自己荒謬的一面，這就是我實在是太缺少個體承擔力，一旦讓自己獨自支撐生活，就慌了手腳，這手腳其實是大有問題的。這種問題就是手腳嬌嫩慣了，到現在仍然太嬌嫩，沒有獨立支撐的經驗和能力。想想自己有點懂事之後，就滿耳朵是批判「個人主義」和「單幹戶」的聲音，結果，長大了之後，真是甚麼「單幹」能力也沒有了。講社會責任感本並沒有錯，然而，一旦忘記個人責任承擔力乃是實現社會責任的前提和基礎，則講社會責任感就可能變成空談。這樣，時間一久，個人作為一個社會細胞，就缺乏獨立存活的本領。這與西方國家迫使每一個人都獨當一面的情況完全不同。我想，如果時間再長一下，我們的個體承擔力還繼續嬌嫩下去，那麼，我們的社會也就很成問題了。那時，即使專制沒有了，這個社會有沒有前途也是可慮的。所以，企圖「逃離自由」，最好還是先怪自己。

執着於一種態度

我不僅喜歡卡夫卡的小說，而且喜歡他對待文學藝術的一種態度。

一九八七年，我在與李澤厚作文學對話時曾說，卡夫卡是真正獻身於文學事業的。他對文學事業極其真誠，他從事文學創作的內在氣魄很大。為了文學事業，他犧牲了健康，犧牲了愛情，犧牲了許多人生的歡樂。他的內心有一種不可摧毀的東西。他以堅韌的意志力量抗拒悲劇性的命運和悲劇式的環境。他認為可憂慮的社會是難以駕馭的，但每個人的自身是可駕馭的，自己可以決定自己。他正是以這種非凡的內在氣魄，獻身於他所選擇的事業。他是別一種意義上的英雄。

最近又讀了他的朋友古斯塔夫・亞努赫（Gustav Janonch）所寫的《卡夫卡的故事》，才知道卡夫卡乃是非常自覺地執着於一種態度。他認為，想依藉外在的手段獲取自由的那種幻覺，乃是一種謬誤，一種迷失，一種只是恐懼與絕望孳生的荒漠。因為任何具有真實價值而且永恆的東西都是發自內在的——人不是自下而上硬生的，而是自內往外成長的；人終生奮鬥，鍥而不捨，所執着的只是一種態度，一種對自己以及對世界的態度，而非刻意營造社會環境。這就是人的自由條件。

卡夫卡以為人生最重要的是執着一種態度，而這種態度乃是發自內心、發自天性的非常自然的態度，而不是去刻意營造環境，追求一種外在的、完全是人工性的目標。卡夫卡這一見解，真可以幫助我們獲得精神自由。

人常常在成功與失敗、光榮與恥辱之中煎熬，常常為不能達到某種預期的目標而非常痛苦，甚至在一時失敗的打擊下便灰心氣餒，沉淪下去。世間少有失敗的英雄，少有落後而能堅韌地行走下去的志士，原因就是人們常着眼於刻意營造自己的目標卻未能執着於一種自然的態度。所以魯迅非常佩服那些在競賽場上雖然落後和失敗、但仍然堅韌地跑到終點的運動員。他們不怕失敗與嘲笑而堅韌地跑到終點，這就是態度。但是，世俗的掌聲只能獻給第一個跑到終點的人，不會獻給最後一個堅持到終點的人。其實最後一個跑到終點的人是非常值得尊敬的，因為他雖不是勝利者，卻是一個剛毅者，他為世界提供一種態度。這種態度，不是「氣」，而是理性——執着的理性。我覺得，我們居住着的這個星球，能夠飽受各種風暴而不滅亡，就因為這地上的人群，還保存着這種態度，這種執着的理性。

我一直覺得，我們中國人在近、現代歷史上，確實是很努力，很想趕上世界潮流的，但是，至今我們還很窮，很落後；這其中的一條教訓，就是「氣」太多，情緒化的東西太多，而理性太少，缺乏一種執着的、自然的態度。不管是革命黨還是改良黨，不管是義和團還是紅衛兵，不管是現代主義派，都是「氣」太旺而政治智慧和藝術智慧不足。氣易聚也易散，所以就得老換招牌和口號，但因為缺少深沉的理性，總是未能獲得太大的成功。現在我們的國土上大話、廢話太多，社會老是震盪，也是與「氣」太多而扎實的功夫太少有關。

由於迷信「氣」的力量，於是，就迷信灌輸，刻意營造人和營造環境。我覺得我接受的教育方式，最根本的弊病就在於迷信灌輸，並通過灌輸刻意地「轉變學生的思想」，見到效果不好，又通過政治運動強行灌輸。但是，事實證明，這種灌輸往往是一種「反向努力」，愈是努力，離追求的目標就愈遠，結果反而扭曲了我們這一代人自然的、美好的天性。我和許多同齡朋友談起人生經歷時，都感到這種刻意的灌輸恰恰使我們喪失了自發性、創造性，最後喪失了自身。如果我們不是這樣做，而是像卡夫卡所說的那樣，不是刻意追求，而是執着一種對待人生、對待社會、對待藝術的態度，那情況一定會好得多，至少不會有那麼多莫名其妙的病態和那麼多莫名其妙的滿口説着妄語的妄人。

愛因斯坦説過，他只管追求真理，不管佔有真理。這種重視「過程」，拒絕刻意追求某種目的的哲學，可貴的就是執着於一種態度。奮鬥的目標可能窮盡一生都無法企及，然而，奮鬥的過程本身卻是偉大的，因為在這一過程中，人的本體意義不斷地獲得實現，不管成功與否，我們都能在過程中領悟到生命本體的脈搏，哪怕是領悟到痛苦和弱點，也是一種幸福。因為鍥而不捨的態度本身就是光明，就是人的存在力量和存在意義的證明。

時間的暗示

對於難知甚至不可知的未來，我們總是願意作些猜想。想不清楚的時候，就寄希望於時間。時間確實太要緊了，時間確實可以改變一切，包括可以毀滅一切和創造一切。

時間屬於誰，特別重要。夏日裏，我獨自坐在密歇根湖畔，看着不同膚色的孩子在縱情嬉鬧，真是羨慕他們。想想羨慕些甚麼，就是時間屬於他們。時間的歸屬決定一切，這真是無可奈何的事。

時間涵蓋着生與死，涵蓋着一切生命與非生命。人們常說「無」與「空」，其實「無」中有一種看不見的「有」，「空」中有一種看不見的巨大的存在，這就是時間。

我常感到時間實實在在的彈性，而且覺得人類的眼光不僅與空間相連，而且與時間的彈性緊緊相連。人們常互相告誡：「看得遠一點」。這個「遠」，包含着空間距離，也包含着時間距離。我也常有這種領悟，當自己的眼光投向一年的距離時，心境充滿焦慮；投向五年時，心境開始平和；而投向十年時，則十分從容。時間的距離愈長，暗示的東西愈多，對社會人生也看得愈透。

然而，時間的距離一旦拉得太遠，也會被時間所愚弄，甚至被彈入可怕的陷阱。我就曾受過時間的騙。有一些人玩着時間的把戲，說在時間的遙遠的一端，有一個未知的天堂，歷史就是通往這個天堂的長鏈，並且在長鏈中「進步」。於是，為了進步，一切大荒謬，包括殺戮，包括戰爭，包括物質剝奪與精神剝奪，包括肉體奴役與心靈奴役，全都認為是合理的。就這樣，時間把屠伯的行為神聖化，把人間的殘忍罩上耀眼的光環。到了此時，我才感到時間的陰險。它的騙局沒有任何形體，沒有聲息。

人會成為時間的奴隸還不僅於此。時間還有另一種可怕的力量，就是它會對人的生命造成一種難以發現的慣性與惰性，使得我們在不知不覺中成為它的奴隸和附屬物。每一天，吃飯，工作，睡覺；每一天，讀兩個小時的報紙，看兩個小時的電視；一年一年地過去，一年一年地衰竭。等到白髮叢生，發現自己老了，才突然想到，為甚麼過去要把寶貴的生命消耗在習慣性的讀報和看電視之中，為甚麼要把金子般的歲月注入這種無邊的黑洞。此刻，你才發現你原來被時間所掌握，而不是你掌握了時間。可惜，已經太晚。歌德所以會取得那麼大的成就，有一個原因就是他很早就發現了時間慣性對人類智慧的剝奪，所以他反抗這種剝奪。當人們每天都用兩個小時讀報時，他就懷疑，為甚麼一個人一定要用一個小時關心國家大事，然後又用另一個小時去操心這大事呢？如果用這些時間去積累和發揮你的特殊才能，充份地創造別人創造不了的東西，又會怎樣呢？歌德因為掌握了時間，所以也掌握自己的才能和智慧。

意識到時間的陰險，便能意識到把握住自己的重要。近一兩年來，我覺得自己駕馭了時間，不再把屬於自己的時間消耗在無謂的忙碌之中，於是我便覺得，我固然被時間所塑造，但也塑造了時間。我打破了以往被別人規定的時間表，創造了自己的時間表，於是，我真的聽見時間的足音和自己的足音。我不再受時間的欺騙，然而，我仍然不斷地得到時間的暗示和啟示，絕不會奢望「不朽」，不死，自以為可抗拒時間的吞沒。

欣賞敵人

漂流到海外之後，因為環境的巨大變動，我曾經產生過巨大的寂寞，精神幾乎要被寂寞所壓垮。在極端寂寞之時，我產生種種古怪的情感，這些情感裏，有懷鄉，有懷友，有懷舊，甚至還懷念自己的敵人。只是我沒有政治敵人，只有學術上的論敵。

當寂寞要把自己窒息時，我真的「懷舊」起來了。覺得昨天的繁忙、抗爭和搏鬥都很有意思，連那些企圖置我於死地的論敵也很可愛。以往自己所以不寂寞不就是因為有他們的存在嗎？往昔的生命所以不會感到虛空，和他們的批判、喊叫和聲討難道沒有關係嗎？我的許多本想沉睡、本想滿足的神經，不正是因為他們的攻擊而激活了嗎？據說在無邊的夜的荒野中，有些極端寂寞的旅人希望聽到狼嚎，其心境大約與我相似，有另一種生物的威脅，總比死一樣的虛空好。

現在想想生活，覺得人生中有對立本不是壞事。有對立，有抗爭，才有密切。像莊子那樣，其思想完全抹掉對立，便沒有密切，也沒有足夠的關懷。難怪妻子死的時候，他照樣鼓盆而歌，照樣很高興。社會也是如此，那些喜歡批評社會的人，實際上是最關切社會的人。批評，正是一種參與社會的熱情，有批評，社會才有熱力與活力。那種拒絕批評的社會，一定是脆弱的社會，而且一定是不明事理的社會。拒絕的結果，將會帶來全社會的大冷漠，使精神處於大荒野之中，這才是真正可怕的。

胸襟博大富有自信的人，常常愛敵人，但他們不是像我這樣，僅僅從可以排遣寂寞這一層意思上去愛，這一層意思有點消極。他們是從一種積極的超越的層次去欣賞敵人。他們在政治立場上與敵人對立，但他們把政治鬥爭中表現出來的智慧、情操、精神、人格等看作一種超乎政治功利的獨立的東西。智慧、情操、精神、人格常常可表現得十分精彩，他們就欣賞這種精彩，並在欣賞中讓人感到欣賞者的力量和自信心。武則天當了女皇之後，面對很多敵人，但是當她讀了駱賓王討伐她的檄文時，卻讚嘆不已，十分欣賞駱賓王的才華。她欣賞的是敵人在和她進行搏鬥時表現出來的美，而她能在生死較量中表現出一種從容的欣賞敵人的氣魄，這種氣魄，本身又是一種美。武則天欣賞敵人的故事，至今還是一段歷史佳話。還有項羽，他也是一個了不起的英雄，當時他在鴻門設宴時，讓項莊舞劍，試圖一舉殺死劉邦，在危急中，劉邦的部將樊噲持劍擁盾進入宴會之中，此時，《史記》描寫道：

> 噲遂入，披帷西向立，瞋目視項王，頭髮上指，目眥盡裂。項王按劍而跽曰：「客何為者？」張良曰：「沛公之參乘樊噲者也。」項王曰：「壯士，賜之卮酒。」則與斗卮酒。噲拜謝，起，立而飲之。項王曰：「賜之彘肩。」則與一生彘肩。樊噲覆其盾於地，加彘肩上，拔劍切而啗之。項王曰：「壯士，能復飲乎？」樊噲曰：「臣死且不避，卮酒安足辭！……」

這之後，樊噲對項王講了一番聯合攻秦的道理，項羽聽了他的教訓之後，不但不生氣，而且賜座。項羽在與劉邦生死的較量中，卻欣賞起對着自己怒目而視的樊噲。樊噲的非凡氣概使得項羽默默敬服，以至於淡化了心中的殺機，忘記剷除眼前的大敵。歷史學家自然要批評項羽在鴻門宴中鑄成的大錯，但是，我們卻從中感受到項羽這位失敗英雄的精神世界，當中有一種與樊噲相似甚至高於樊噲的欣賞敵人的氣宇，而這種氣宇本身，又使後人激賞不已。

欣賞敵人當然必須有前提，這就是敵人確有可欣賞之處：或是他們的氣宇，或是他們的智慧，或是他們的格調。像諸葛亮所擁有的那種智慧，本身就有欣賞價值，所以他不僅被劉備所知遇和欣賞，也被敵人司馬懿所欣賞。中外古今戰爭史上，有許多英雄在殺死強大的敵手之後，又以隆重的葬禮安葬敵手，都包含着欣賞敵人的意思。人類在生存較量中，為某種現實的功利而較量而搏鬥，但共同都有一種對智慧、對英雄氣概的景仰，這說明人類還沒有墮落，如果人類只會欣賞金錢、權力和地位，那麼人類就太卑劣了。

雄偉的政治家與卑微的政客自然是不同的，其中的區別，恐怕主要是在於精神境界的差別。政客為了達到目的，不惜使用卑微或卑鄙的手段，這些手段絕無欣賞價值，倘若敵人都是政客，較量起來一定是很乏味的。正如動物界，癩皮狗的扭打一定不好看，而獅子與老虎的搏鬥卻很壯觀。當然，卑微的小政客決沒有欣賞敵人的氣魄，因為他們只需要小伎倆，而不需要智慧。在政治舞台上，固然有是非，甚至有所謂大是大非，然而，在是非之外的另一層面，論辯者的美醜其實也很要緊，擁有真理而行為方式卻極其醜陋，一定也會損害真理本身。真正的政治家，其目標是光明的，其手段應當也是光明的。

在極端寂寞時愛上敵人，是因為敵人能夠幫助自己排遣虛空，倘若這些敵人還有欣賞價值，其意義自然就不止於此了。所以，我讀論敵的文章時，總是留心其中是否有值得品味的思想與文采，說不定還可從中發現一點智慧。但是，說句實話，四、五年來，批判我的文章不下百篇，可欣賞的東西幾乎沒有。這絕不是我不欣賞敵人，而是這些文章太缺少智慧，太缺少屬於自己的見識與屬於自己的語言，大話與空話太多。這些大話、空話雖然也能提醒我的神經，但卻很難激起我的靈感，所以只有排遣虛空的意義，而無提升精神的意義。這大約是出場的論敵都太心急，只想壓倒對方，並不注意自己的文采和精神境界，所以均顯得萎瑣和浮躁，其實，在對立中彼此若從容一點，注意文章的審美意義，嬉笑怒罵皆成文章，也許在對立中也會有傑作產生。在文化大革命中，我痛斥戚本禹批判劉少奇的文章的立場，但其文章的氣勢卻給我留下很深的印象；現在，似乎大批判的黃金時代已過去了，戚本禹似的氣魄已成歷史陳蹟，世界變化如此之快，真令人感慨。

沒有嬰兒階段的人生

陳寅恪先生曾說，人生時間，大約可分為兩節：一為中歲之前，一為中歲之後。他說，人生本體之施受於外物者，亦可別為情感及事功之二部，若古代之士大夫階級，關於社會政治者言之，則中歲以前情感之部為婚姻，中歲以後事功之部為仕宦。陳寅恪先生這一觀念出自於他的〈元微之悼亡詩及艷詩箋證（元白詩箋證稿之一）〉一文。我喜愛這篇文章，但總是不甘心接受這一觀念，因為我希望「中歲」之後能有一個人生階段不再碌碌於「事功」，可以逍遙一些，懶散一些。

正在胡想時，讀到尼采關於人生階段的劃分意見，精神不禁為之一振。尼采在《查拉圖斯特拉如是說》中指出，人生將經歷精神的三變，也就是人生應有三個階段：一是駱駝階段；二是獅子階段；三是嬰兒階段。駱駝階段是人生的奠基期和準備期，處於堅忍的苦學苦修苦煉之中，正如駱駝負重於荒漠，異常艱辛。獅子階段則已完成了必要的人生準備，進入創業時期。在險惡的社會中，為攫取自由和爭取做荒漠之主而進行大決鬥，真如勇猛的獅子。為了建立「事功」，必須以獅子般的精神拚搏一番，這才能贏得人生的意義。但是，如果人生一直處於獅子般的格鬥狀態，未免太累了。我就不願意總是過着獅子般的生活。尼采畢竟是個思想家，他想出了人生還應當有第三個階段，這就是嬰兒階段。在這個階段中，人生結束了拚搏，揚棄一切破壞的衝動，泯滅一切舊日的恩仇，重新回到天真爛漫的時期，在猛獅的殘骸邊上，變成一個綻開無邪微笑的嬰兒，從容地面對未來的時日，安靜、從容、和諧，同時也在創造。

尼采的這一劃分，使我恍然大悟，覺得人生必須有第三階段才是完整的人生。從這時候起，我便開始嚮往第三人生，並希望早日進入這一人生階段。可是，近年來，我又對此悲觀起來，覺得寅恪先生的劃分並非沒有道理，因為中國人本就太勤勞，至死不願意休息：近幾十年來，又太好鬥，崇仰鬥爭哲學，因此都喜歡活到老，幹到老，改造到老，像獅子那樣戰鬥到老。我看到許多八十乃至九十高齡的老先生、老同志，垂垂老矣，雖然早已沒有獅子般的英姿與氣概，但還是像獅子那樣日夜勞碌。看到這一現象，想到自己的將來可能也得如此辛苦到死，真是不寒而慄。

還有一個例子也使我悲觀。前些年，大陸改革時曾提出退休制度，規定年滿六十五歲應當退休，退休後不必工作而且有退休金。本就懶散的我，知道有這一制度後暗自高興，覺得這等於為第三人生創造條件，真是求之不得。但是想不到這一改革方案遭到強烈反對，誰也不願意退休。這才使我悟到，中國人的性格確實喜歡一直當獅子，一息尚存，格鬥不止，一點也不喜歡嬰兒的安寧與微笑，我終於明白，為甚麼梁啟超在本世紀頭一年所呼喚的「少年之中國」最終會變成一種妄想，到今天，中國還是「老年之中國」，同時也使我明白：第三人生之夢恐怕也要成為泡影，我恐怕也擺脫不了沒完沒了的勞碌命。

第二視力

最近讀了俄國著名思想家列夫·舍斯托夫（Lev Isaakovich Shestov）的名著《在約伯的天秤上》，特別喜歡他提出的「第二視力」這一個概念。

舍斯托夫是在評述陀斯妥耶夫斯基時提出這個概念的。這一概念使我感悟到一些道理。其中的一點，就是作家的眼力問題。他認為，作家應具備一種與普通視力不同的特殊視力，這就是「第二視力」。陀斯妥耶夫斯基的特別，就是他具有這種視力。

在舍斯托夫的話語系統中，第一視力是指「一般」的天然視力，第二視力則是超一般的非天然視力。以一般的天然視力看，生就是生，死就是死，把生與死混同，就是瘋子；而以超一般的非天然視力着眼，則完全不同了。陀斯妥耶夫斯基恰恰看到，生與死絕不是那樣對立的，他能於生中看到死，於死中看到生，因此，他對人生的把握便顯得特別、深邃而且精彩。陀斯妥耶夫斯基曾經被判死刑，但在臨刑前改為流放。他因此經歷了一次接近死亡的非常特殊的人生體驗。這種體驗對於作家來說是極端寶貴的。一個智者，可以在這種特殊的瞬間與無窮的時空相遇，可以想得很多很多，想到平時需要很多年月才能想到或者永遠無法想到的東西。人生往往在這種瞬間實現精彩的超越。我相信，在這種瞬間，人的感覺器官也急遽地發生奇妙的變化。陀斯妥耶夫斯基的第二視力可能正是在這種瞬間中誕生的。

特殊的第二視力使陀斯妥耶夫斯基看到死亡天使的降臨點和地獄的真正處所。在一般的天然視力（即第一視力）看來，死亡天使降臨到陀斯妥耶夫斯基的時候，是他被推上斷頭台和在監獄中等待死亡的時候，而他的第二視力則看到，真正的死亡天使降臨在監獄以外的廣闊現實土地上。他發現在現實的地上，是無所不在的牢獄，是無所不在的奴役形式。在監獄的牆內他還能從縫隙中看見天堂，還有對於未來的嚮往，但是，當他的苦役結束，走出監獄牆外過着「自由生活」時，他卻發現自己反而進入一種真正的苦役，他開始發覺：「自由生活越來越像苦役生活，他在監獄生活中的『整個天堂』未來是無限的，就其無限性而言，是有許多許諾的，可是如今卻像他牢房的矮小棚頂一樣，令人感到憋悶和窒息……天空令人窒息，理想遭到禁錮——整個人類生活，如同死屋囚犯生活一樣，正在變成一場噩夢……」這樣，在第一視力視為死的地方，第二視力則見到生；而在第一視力視為「生」（自由）的地方，第二視力則見到死，見到「不自由」，見到籠罩一切的無所不在的牢房，見到死亡天使盤踞得沒有任何光明的天空。陀斯妥耶夫斯基正是通過他的特殊眼睛看到：天空和監獄高牆，理想與鐐銬，絕不像他和常人從前想像的那樣是對立的，他看到的恰恰是一致的：「任何地方都沒有天空，有的只是狹小受限制的視野（即警察捕獵的眼睛），任何地方也都沒有被推崇備至的理想，有的只是鎖鏈，儘管看不見，但比監獄的鐐銬連結得更加牢固。」

跟着舍斯托夫進行靈魂漫遊的時候，我又想到蘇聯的文學理論家巴赫金，想到這位提出「複調」、「對話」、「多聲部性」等精彩概念和理論的學者是否受到舍斯托夫的影響。舍斯托夫出生於上一世紀的一八六六年，死於本世紀的一九三八年。而巴赫金生於一八九五年，死於一九七五年，相差大約四十年。巴赫金對陀斯妥耶夫斯基的見解，正是舍斯托夫所發現的「第二視力」這種觀念的深化和發展。巴赫金緊緊地把握住陀斯妥耶夫斯基有一種與常人不同的另一種視覺和另一種聽覺。他說：「在別人只看到一種或千篇一律的地方，他卻能看到眾多而且豐富多彩的事物，在別人只看到一種思想的地方，他卻能發現、能感到兩種思想。別人只看到一種品格的地方，他卻能揭示出另一種相反品格的存在。……在每一種聲音裏，他能聽出互相爭論的聲音；在每一種表情裏，他能看到消沉的神情，並立刻準備變成另一種表情。」一九八四年前後，我在寫作《性格組合論》的時候，引證巴赫金的這段話，當時我從巴赫金那裏才充份意識到，陀斯妥耶夫斯基的深刻，就是發現了人性世界原來是個雙音世界，每一個人的身上都同時存在着兩種對立的深淵，而且可以發出兩種完全對立的聲音，而兩種聲音又都是符合充份理由律的。但是，我當時尚未注意到作家的主體結構，即未注意到作家能發現人性的雙音世界，能聽到常人聽不到的另一種，乃是他主體結構具有一種特殊的「第二視力」和「第二聽覺」。在世界文學史上，陀斯妥耶夫斯基能夠「奇峰突起」，就因為他多了這種視力和聽覺。這是一種奇妙的內感覺，真令人驚嘆。難怪有一位批評家甚至懷疑有一種超自然的力量抓住了陀斯妥耶夫斯基，使他顯示出特殊的天才。

說到這裏，又使我想到卡夫卡，想到他的奇特的視力。這種視力穿越了人的軀殼，看到人的存在之中還有另一種「甲蟲」存在，於是，他寫出了《變形記》。《變形記》傳到東方，被中國當代作家閱讀之後，產生了一種巨大的「震撼」，使很多年輕中國作家認識了自己：發現自己過去少了一種眼睛，這就是作家必具的常人所沒有的非自然的眼睛，如卡夫卡那種能在人體中看到甲蟲的眼睛。從此以後，他們才開始懷疑「文學理論家」們關於現實主義乃是唯一合理的創作途徑的「教導」。這是中國當代作家精神上的一次非常重要的飛升。此後，中國作家逐步生長出不僅是常人也是前三、四十年的作家所欠缺的眼睛。這種眼睛的產生，對於中國文學的未來是很要緊的，但願它不要再度「夭折」。我所以說「再度」，是因為在中國現代文學史的第一頁上，魯迅的《狂人日記》就已證明中國作家已具有一種在別人看到「瘋狂」而他卻看到「清醒」的眼睛。可惜，這種眼睛沒有被文學接受者「讀」出來，反而被描述為一般的「反映論」的眼睛。如果一個作家只具備一般的只能「反映」的自然眼睛，而沒有另一種特殊的超越的審美的眼睛，那麼，他的作品怎麼能不「一般化」呢？中國當代文學中一般化的作品充斥文壇，平庸者居多，究其原因，與眼睛太俗，太平常，缺乏「第二視力」是很有關係的。

嗜好形而上

我有許多朋友，他們各有各的嗜好，有的嗜好抽煙，有的嗜好喝酒，有的嗜好讀紅樓，有的嗜好唱京戲，有的嗜好不斷談戀愛，有的嗜好慢慢玩考證，還有的嗜好工作與革命，可稱為工作狂與革命狂。不過，在我的朋友中，沒有嗜殺、嗜賭、嗜盜的。我喜歡與各種不同的朋友交往，包括革命狂，儘管我不喜歡老是侈談革命，但是，覺得充當革命狂的朋友，往往也具有生命的激情，和陰人不一樣，所以還能作為友人。不過，我最喜歡的，還是那些嗜好形而上思考的朋友。

嗜好形而上的朋友，通常是一些理論不怎麼聯繫實際的人。其實，他們不是真正脱離實際，脱離的只是實用性、實惠性的瑣碎的實際，而對於宇宙、社會、人生中那些生與死、時間與空間，存在與虛無等大實際，卻連得很緊。就像中國的宋明理學家們，他們其實也是關懷實際即關懷改變當時的人文秩序的，但是，他們的思索語言，不是柴米油鹽、刀槍火劍，而是理、氣、心、物、天、地、良知等一套概念系統。他們對實際的關懷，不是實用性的更不是實惠性的關懷，而是終極性的關懷。張載曾説，他們的學問是為天地立心，為生民立命。口氣雖然大，但思考的確實是一些帶超越性的天地人生大問題。我在許多觀念上不能接受理學家的思想教誨，但很欣賞他們的形而上的智慧。我的朋友中也有這種智者，可惜太少。

有形而上嗜好的朋友總是有些特別，也可以説是有點古怪。他們常常沉浸於內心，沉浸於玄想。因為喜歡玄，就不喜歡俗，所以在世俗社會裏總是格格不入，顯得很孤獨。他們也有許多煩惱，但不是世俗意義的煩惱，如政治上的失敗，經濟上的虧空，婚姻上的不滿等等，而是一種抽象意義的困惑，即一種追問宇宙、社會、人生問題中解不開難點的痛苦。這種痛苦是智慧的痛苦。它不僅屬於思辨者個人，而且屬於人類。它是一種普遍性的煩惱。這種人不是沒有生命的激情，而是不願意把激情消耗在形而下的層面上。這種朋友有很豐富的內心世界，與他們交談，會發現另一種宇宙的存在，一種其他生物永遠無法企及的智慧。我珍惜這種朋友，所以，不是把他們當作一般的朋友，而是當作心靈的朋友。

我自己也嗜好形而上的思考，也常陷入莫名的煩惱。形而上的煩惱與形而下的煩惱不同，這種對於宇宙人生之謎的永恆的猜想，其實是靈魂的娛樂。我常常獨自享受這種煩惱。在煩惱之後，甚至意識到，能有這種形而上的痛苦和煩惱，實在是一種幸福。古詩人「無故尋愁覓恨」，沒有煩惱時還着意去找些煩惱，大約也是領悟到在煩惱中思索的樂趣。

在中國文化中，也有善於形而上思考的。比宋明理學家更早一些的，如王弼對《老子》的註解，真是玄得很。魏晉南北朝的一群著名的玄學家，都是善於形而上思索的怪才。玄學就是關於純粹形而上思索的學問。他們很關心知識者的做人態度，但講的道理玄而有趣。在藝術中不重寫實而重寫意，也是形而上精神在起作用，因此，籠統地說中國沒有形而上思考是不合適的。然而，我總覺得中國形而上的思考還不夠發達，「明心見性」的直接感悟較多，形而上的邏輯推演太少。特別是在近二、三百年中，西方形而上的思考不斷發展，而我們則缺乏真正有形而上水平的社會科學著作。而作家詩人也太少形而上的焦慮，煎熬他們的心靈的還是一些太實際的東西，例如「致君堯舜上」一類政治理想不得實現的痛苦，而缺少如叔本華所描述的那種帶有人類普遍性的「慾」的痛苦思索，也缺少艾略特的《荒原》和加繆的《異鄉人》一類的思索。

形而上的玄想，往往會產生一種精神上的苦果，它蘊含着一些不合時宜的痛苦的真理，當它展示於社會的時候，社會常常不滿。所以玄想最好是獨享，如果訴諸於社會就要小心。否則人們用形而下的眼光來對待，會覺得你的作品乃是怪物，你自己乃是瘋子。形而上的思考往往被放到形而下的法庭中去，其罪名有「理論脫離實際」、「空談誤國」等等，其實，這種譴責的標準太狹窄，也太急切，譴責的背後想的還是「實用」和「實惠」。沒想到，形而上思考雖不能提供實惠性的國策，但能夠豐富「國家」的文化寶庫和發展國民的思索能力，於國家的面子絕對無害。知識者的精神類型千差萬別，社會需要考證家也需要思想家，人們大約不必要求康德去作考證或去從事企業管理，而康德自然也不應當譴責管理家和考證家。三教九流，各有各的存身之所，這才叫做社會。

逃避「文人」之名

在中國，「文人」一詞常帶有貶意。至少是沒有甚麼敬意。我自己也有點害怕被稱為「文人」。如果不得不要說明自己的身份時，我寧可說自己是「學人」，而不是文人。

最初聽到文人一詞時，就連着「文人相輕」的概念，知道文人之間因為「文」的評價尺度難以掌握，因此都覺得自己的文章比別人好，見解比別人高。詩文確實不像機器那樣實在，它太富於彈性，所以文人總是互相輕蔑，互相攻擊，互相詆毀，這樣，就使社會覺得文人皆有巧舌利齒，又尖又酸，並不可愛。後來讀了魯迅數論「文人相輕」的文章，才注意到不能籠統看文人，而應當分清是非，於是，我就開始有了革命文人與反革命文人，革命作家與反動作家之分，這真是個思想飛躍。從此，我便開始對革命文人格外尊敬，自己也想當革命文人。然而，後來又發現革命文人的火藥味特別濃，戰士氣特別重，批判別人的牙齒特別犀利，所以慢慢也不喜歡革命文人。這樣一來，等於既不愛反動文人也不愛革命文人，所以就涉及到對整個文人階層的討厭。儘管革命文人中有些是自己的好朋友，但也總是相勸，雖不幸當了文人，但最好盡可能少一點文人壞脾氣或者叫做文人習氣。

雖然對「文人」不喜歡，但對於真正的文學家，我還是很尊重的。我覺得兩者不同。文人是懂得一點文學藝術，能寫一些詩文的人，但文學家則不僅能寫寫，而且對文學對社會人生確實有一些真知灼見，具有一般文人所沒有的洞察力和表現力。他們不是以某些機靈在世界上混日子，而是以智慧創造一個獨特世界。

一旦創造出這個世界，這個世界就成為自在之物。這種文學家除了有文采之外，還有靈魂，有信念，有屬於自己的語言。王國維說，一百個政治家的價值也不如一個文學家，指的就是這種人，我相信，王國維指的文學家不是那種只會講究一點文采的文人。

我熟悉的作家中就有很典型的文人。留心一下就會發現他們的一個主要的特點是任何時候都需要別人欣賞。要讓人欣賞，就要寫得有文采，這自然是優點，但是，因為追求過甚，往往人工的痕跡太多。

着意追求讓人欣賞本來也沒有甚麼可非議的，然而，問題卻出在他們渴求「任何時間、任何地點」都讓人欣賞，一時沒有人欣賞，缺少捧場者，就按捺不住。這樣，就不管甚麼具體的歷史情景，他們都要尋找表現自己的機會，該沉默時不能沉默。倘若這種機會被暴君暴臣所控制，他們也就會委屈求全，獻媚於暴君暴臣，賣掉一點靈魂，捧上一點文采，照樣甜滋滋地當作家，照樣甜滋滋地讓人欣賞。此時，他們已不是革命文人也不是反動文人，而是一點信念也沒有的幫忙文人或幫閒文人，但還是樂滋滋地唱着，而且說自己緊跟時代的步伐，從不掉隊。但是，明眼人就看不起他們，輕者說一句「文人無行」，重者則罵一句「文人無恥」。文人的壞名聲常常就是因為追求時時、處處讓人欣賞的結果。

真誠的文學家和學者，他們恰恰不求任何時候任何區域都讓人欣賞，包括不求社會理解。他們不僅有人格力量，而且有對歷史現實和未來的洞察力，因此，他們不會去迎合社會，自然也不會着意損害自己獻身的事業而去適應悲劇的環境。有人欣賞和沒有人欣賞，對他們來說並不重要。一個有真知灼見的朋友的肯定，比全社會的轟動效應還寶貴。他們寧願讓一人之嘖嘖，也不需要萬人之愕愕。這樣，他們就贏得了自由，既不必去拍賣良心，也不必去拍賣藝術，完全經得起寂寞，甚至可以十年面壁地潛心創造。文人的致命傷是沒有洞察力，他們是環境的奴隸、時代的奴隸、他人的奴隸，也是自己的奴隸。

這樣說來，文人要成為真正的文學家，還是要作出很大的努力。僅是能寫寫、能出名還不夠，重要的是掌握自己的「筆桿子」的命運，不必緊跟着時代車輪跑，也不必跟着空頭批評家和讀者跑。倘若時代一時不欣賞，或者讀者中一時沒有知音，也不必煩惱。許多大文學家，生前並沒有被人欣賞，死後才被欣賞。有的作家，他的作品不僅不被欣賞，而且被憎恨、被禁止，本人還被監禁或被放逐國外。他們就像汪洋中的巨鯨一樣，自己擁有大海，不在乎小魚欣賞與否。小魚在他們的身邊，一定以為他們是一堵阻擋潮流前進的高牆。在人類社會中，世俗的眼光是無法穿透劃時代的巨著的，那種追求世俗眼光欣賞自己的人，就只能成為文人。

家：唯一的避難所

不論是「國家」還是「家國」一詞，在我的故土中，都包含着兩個大概念：一是「國」，一是「家」。

中國歷史上的君臣，便利用這兩個大概念，「腳踩兩隻船」。有時在「國」字上踩得重一點，有時在「家」字上踩得重一點。在「家」字上踩得重一點時，是在說，一個國應當像一個大家庭一樣，父父子子，長幼有序，而我就是家長，君臣當如父子，國民則是子民。子民們應當像在家裏孝敬父親一樣，對君主盡忠。中國的老百姓常常處於難以成熟的「未成年」狀態，而一些成熟的世故的老官僚，為了鑽入皇帝的心，又故作「小兒態」，在比自己年輕的君王面前撒嬌。這是腳在「家」字上面踩得太重之後的表現。

但是賢君賢臣們有時又在「國」上踩得重一些，此時的解說是：沒有國就沒有家，「大河有水小河滿」，小局要服從大局，家可以犧牲，國一定要保住。這個意思我是贊成的。但這個意思發展到後來，卻變得有點古怪，即認為可以以「國」的名義搗毀「家」，倘若有犯上作亂者，皇帝一定不僅處置作亂者個人，而一定要「株連九族」，即搗毀他的狹義的家和廣義的家。這種傳統在現代也有流毒，我就親眼見到六十年代中期，革命戰士們以「國」的名義（即國可能要變色）大肆「抄家」。此次不是抄一家半戶，而是抄了「千家萬戶」。那時，幾乎所有著名的知識分子都「被抄」，燒信者有之，燒書者有之，燒字畫者有之，燒外幣者有之，燒家族的父輩祖輩的照片者有之。這回是「國」對「家」的無情掃蕩，真是可怖而可憐。

就在抄家的高潮中，我第一次從文學所裏的老作家陳翔鶴先生口中聽到一句話：「家是唯一的避難所，不能抄呵！」陳翔鶴先生在二十年代就是「沉鐘社」的作家，這句話真像沉鐘似地在我心裏敲響了二十多年，至今還在響着。陳先生不僅很有才能，而且為人極為正直。六十年代因為他寫了古代題材的現代小說《杜子美還家》和《廣陵散》，屢受批判。文化大革命一開始自然就更得遭殃，但他沒想到遭到的是「抄家」的殃，所以才發出呼籲。唯一避難所不能抄呵，但還是抄。抄的結果是剝奪他的最後的避難之所、存活之所，剩下的只有死路一條。於是，他自殺了。當他得知文學所就要「批鬥」他時，他決心一死，在會前吃了大量的安眠藥。一切都按照他的安排發生，在鬥爭會上，他徐徐倒下，在準確的時間和準確的地點上倒下。由於陳翔鶴先生生前的呼籲，我才意識到「家」的重要。一個愛國者如果面臨的是「國不破」而「家破」的情況，他就沒有一個存身之所去愛國。

使我奇怪的是，把「家」看作避難所的不僅是中國，德國的赫赫有名的作家卡夫卡早也這麼認為。他說，所謂家：「那不是家，只是一個隱藏我內心不安的避難所。」大約社會的險惡到處都有，人在艱難的社會中要有所喘息，確實需要有一個家，一個小窩。有這個小窩，辛苦疲憊的內心才能恢復過來。常常被生活的風浪打擊得七傾八倒的心靈是需要家庭的調節和撫慰的。有一次，我到冰心的家，她告訴過我，她的丈夫吳文藻教授當了右派之後，每次從學校被批鬥回來，心情均極壞，但她總是寬慰他，使他的內心很快地恢復平靜。我想，如果不是冰心的至情至性，吳先生早就像陳翔鶴先生那樣倒下了。

這樣看來，國要安寧，還是讓老百姓的家也安寧為好。國的事業自然是悲壯的，但如果以「國」的名義任意搗毀老百姓的家，這個國恐怕也難以平安，所以，無論革命如何緊迫，主義如何重要，首先還是要給人們，包括那些不懂得如何革命甚至於不理解革命的人們，留一個避難所為好。

偷火與偷皮之分

中國人自從認識了普羅米修斯這位從天帝那裏偷火的英雄之後，都喜歡他，並改變了偷火的觀念。以前中國曾有人認為，「偷書不算偷」，現在又增加了一項：偷火不算偷。

偷火不僅不算偷，而且偷火者還是英雄。所以，現代文學史上不少文章都把譯介外國革命文學或革命理論的行為喻為「竊火」的神聖行為。

但是這種「偷火」行為，到了後來卻逐步變質，即變成「偷皮」。也就是中國老百姓直說的，叫做偷了別的皮來裝潢自己的「臉」，而且認為文化大革命中那些「假馬克思主義者」就是偷皮以裝潢門面的典型。他們有時從德國偷，有時從俄國偷。

我覺得「偷火」和「偷皮」大不一樣。因為火不僅包藏着光明，而且就是光明本身，它除了照亮別人之外，絕沒有騙人的東西。而「皮」包藏着的卻不是皮，而是其他東西，而且往往包藏着的是僵硬的屍體和險惡的靈魂。

還有一層不同的是偷火者除了想偷得光明之外，還想用火「煮自己的肉」，更換自己的靈魂，因此，他們確實是真誠的。而偷皮者絕沒有想到這一層，他們大半只想到用神聖的皮掩蓋自己的虛空和險惡，並用這張皮嚇唬老百姓。而老百姓又不是傻瓜，常常發現他們的假面。因此，他們又頻頻換皮，貼上一張又一張，於是，他們的臉皮就愈來愈厚。

從以上這兩層看來，偷火者可稱為戰士，而偷皮者則可稱為「騙子」。所以人們都不喜歡偷皮者。

我也是極端鄙視偷皮者，往往連眼珠也不願意轉過去，更何況寫文章與偷皮者辯論。

近日讀了《卡夫卡的故事》一書，才知道卡夫卡也極端鄙視偷皮者。他說：「你沒有資格戴着你的那張臉，你不是你所扮演的那個人，我們要把你那張偷來的皮剝下來。」（見《卡夫卡的故事》第三十八頁，台北自華書店出版）這句話說得很好，但我連剝這張皮的興趣都沒有，因為我連眼珠也不願意轉過去。

耳德眼德與耳才眼才

人的聰明才智，離不開眼睛耳朵，所以中國人用「耳聰目明」形容聰明的人。但是，在孔子眼裏，他更重視人的「德」，因此，講到眼睛耳朵時，他提醒人們注意的是「目不邪視」和「耳順」。眼睛的確是有進攻性和侵略性的，一旦「邪視」，便是以眼光掃射和侵犯別人，自然就不道德。比「目不邪視」更難的是「耳順」，所謂「耳順」就是甚麼話都聽得進去，特別是刺激自己、批評自己的難聽的話。所以他老人家特別重視「耳德」，把「耳順」看成是人完全成熟的表現——他說，「三十而立，四十而不惑，五十而知天命，六十而耳順」。把「耳順」看成比「不惑」和「知天命」更成熟的人生境界。從道德的意義上說，這並不是沒有道理的，一個人要能容納各種不同聲音，包括刺激自己的難聽的聲音，確實不容易。孔子是很有修養的人，但也必須年屆六十才能辦得到，而一般人就不容易辦到，有些人，年已七十、八十，一聽到批評的聲音就暴跳如雷，說明在六十歲要達到「耳順」絕非易事。

中國重視「耳德」、「眼德」，但似乎不重視「耳才」、「眼才」。馬克思所說的「音樂的耳朵」和「審美的眼睛」，就是屬於「耳才」、「眼才」的範圍。「才」與「德」是有關係的。有了「審美的眼睛」和「音樂的耳朵」，就可以吸收最精緻的精神養份，這些養份便可以調節自己的心理節奏，使自己生活在高尚的精神生活之中，並逐步形成寬容的精神氣質和博大的文化情懷。有了這種氣質和情懷，自然就心胸開闊，能容納萬物萬有，自然也就能容納批評的聲音，不易暴跳如雷。

可惜，我們這一代人，培養「眼才」、「耳才」的機會太少，而鍛煉「口才」的機會卻太多。中國當代的學人作家出國訪問，異邦的朋友常驚嘆他們的「口才」好，孰不知，這是久經鍛煉的結果。文化大革命的「十年」，可以說是全民大練「口才」的十年，天天大辯論，天天大批判，天天講階級鬥爭。那個時候，人才就是「口才」，戰士就是口槍舌劍之士。大約是鬥爭太激烈，環境太嚴酷，彼此都不太講理，所以爭辯時都必須盡力地提高嗓門，大聲嚷嚷。這樣一來，「口才」常常不是因為表達得好，而是聲音大，這樣，中國人的嗓門就慢慢變粗了。這種情況持續多年，便發生大問題：社會上誇誇其談者多，孜孜以求者少；善於辭令者多，善於深思者少；口腔文化特別發達，精神文化極不發達。這樣，就形成精神氣脈衰竭的新「文化偏至」病。

在現代中國，孔子所喜歡的那種有學問的「剛毅木訥」者已快絕種。孔老先生似乎不太重視口才，他所喜愛的這種「木訥」者，就是口才很差的人。有真才實學的人，把智慧投入內心，反而不善於表達，甚至常口吃。這種「木訥者」其實是可愛的。與此相反，有巧舌而無實心，口齒伶俐而言之無物，倒是可怕。但最可怕是有些「口才」，在修煉出「巧舌」之外還修煉出一排大批判的「牙齒」。我曾說中國文學批評家有三種類型：一是靠腦子生活的；二是靠鼻子生活的（看氣候而轉向）；三是靠牙齒生活的。

第三類特別富有進攻性，他們用「牙齒」廝殺別人，成為文化虐待狂，但因為「口才」好，廝殺時還是滿口的大話、謊話和革命話。十年大練「口才」的災難之一，就是使中國增加了無數愛講大話謊話並善於殺戮別人的人。

話還需說回來，一般地講，口才好，並不是壞事。如果能有大群的真才實學而善於表達的人，自然是幸事。但真正的口才，不僅要口齒清晰流利，而且要言之有物。這就需要借助於「耳才」、「眼才」的基礎。如果把時間都投入「口才」的訓練，而忽視「耳才」、「眼才」的培養，始終沒有「審美的眼睛」和「音樂的耳朵」，以至成為音盲和畫盲，口才就必定浮泛。中國古代作家中像嵇康這種具有「音樂的耳朵」的人，不但極少，而且常常為社會所不容。在中國現代社會中，仍然少有嵇康似的作家。就我個人的經驗來說，我出國之後面臨的恐懼，就是發現自己幾乎是一個音盲和畫盲。近幾個月來，我不斷地到藝術展覽館，和不斷地看電影聽音樂，其實不僅僅是玩玩，還有一項別人不能了解的目的，就是補課：摘掉音盲和樂盲的帽子。

遠離家園，也許是一種不幸，但如果能贏得一種環境和時間，使我重新培育「審美的眼睛」和「音樂的耳朵」，以求得十年之後，在「耳順」之年，不僅能有「耳德」，也能有些「耳才」和「眼才」，倒是一種大幸。我常常激勵自己，文化大革命中，我們竟捨得用十年時間修煉「口才」，為甚麼捨不得用十年時間修煉「眼才」和「耳才」呢？當然應該捨得，不僅要用十年，而且要用此後人生的整個過程。

良知麻痺症

我知道我的脾氣愈來愈壞了。但我的脾氣之所以壞，大半是因為社會的脾氣變得很壞，我無力防範而受到污染。

社會的壞脾氣隨時都可以感到，最好是不出門，倘若出門，不管是上公共汽車，還是逛商店、找旅館，總是見到服務員一肚子氣，一臉的不高興。我們本來是去買東西的，變成好像是去偷東西的，總是提心吊膽，生怕服務員們發火。透過處處發火的表層，我們看到的則是社會的大冷漠，冷漠得有點怪誕。然而，服務員無端發過火後總是心安理得。

這也難怪，一個售貨員或售票員，一個月的工資只有幾十塊人民幣，報酬實在太低。沒有充份的權利，怎能有充份的責任意識呢？何況經過歷次政治運動的沖洗，人情早就冷漠了。為了一個政治觀念，兒子可以打老子，學生可以打老師，朋友可以互相揭發，夫妻可以隨時翻臉。反正一切關係都是階級關係，我打你，乃是無產階級打資產階級；我揭發你，乃是無產階級揭發資產階級；我和你離婚，乃是無產階級和資產階級離婚，一切都可以心安理得。

到了八十年代，階級鬥爭理論暫時放下，把精力集中於經濟鬥爭，於是，社會又變成一部金錢開動的機器。只要能撈到錢，甚麼都可以賣，自然也可以賣掉良心。於是，賣假藥、假煙、假酒的好漢到處都有，手段也愈來愈離奇。自然也有些不是為了錢，而是為了保住自己的烏紗帽。為了「保位」，甚麼都點頭，甚麼都表態，甚麼都「堅決擁護」，連開槍殺害無辜，也「堅決擁護」。這也是為了權力，甚麼良心都可以拍賣。

想到這些無所不在的大事小事，就覺得悲觀。本想當補天派，但天到處都是大裂縫，不知道怎麼補法。

不久前曾和朋友閒聊，想從他身上得到一點鼓舞力量，沒想到他竟然說：「中國事難辦，就是解決不隨地吐痰的問題，也得五十年。」聽他這麼一說，我的心更涼了。

不過，冷靜想想，覺得這位朋友說的五十年，也不見得就是誇張。因為隨地吐痰的現象，與上述諸現象是同一病症。對於這種病症，我想來想去，最後覺得它乃是一種良知麻痺症。得了這種病症，一切都會變得古怪：一切該不安的再也不會感到不安，一切該感到焦慮的再也不會感到焦慮，一切該感到羞恥的再也不會感到羞恥，一切該感到犯罪的再也不會感到犯罪了。自尊感、恥感、罪感、職業道德感、公民義務感，全都麻痺了。

一切都麻痺，唯一不麻痺的，就是對於權力和金錢的感覺神經。非但不麻痺，而且還處於亢奮狀態。這種良知麻痺症，正是中國普遍的社會病症。

因為犯的是麻痺症，所以要自我發現和自我拯救就很難。我提出要有點「懺悔意識」，其實就是企圖使良知系統從麻痺中甦醒。

然而，製造麻痺症的人們又批判我是「唯心論」。其實，這是良心論，不是唯心論。我知道，良知不能代替法律，但法律必須有良知的基礎，何況良知也是一種存在，而批判良知的「徹底唯物論者」總是看不見。中國的良知系統已經瀕臨崩潰，人們的良心已經麻痺到接近死亡，他們還在批判殘存的良心，這些人實在是太沒良心了。

我的這篇短文只是指出病症，不是在開藥方。但是，倘若有良知未滅的醫生診斷這種症狀，我覺得其痊癒必須有兩個標準：一是恢復良知關懷的力量；二是恢復良知拒絕的力量。兩者相通，但前者側重於職業道德感，即人必須盡自己的義務去關懷社會；後者側重於拒絕接受一切邪惡行為，包括拒絕一切危害人類基本道義原則的命令，不可甚麼都「堅決擁護」。倘若能參與治好洪水氾濫般的良知麻痺症，其功德將真的不在於大禹之下。

「戰士」的苦惱

「戰士」本來是一個好名詞。「五四」運動發生之後中國知識分子的整體角色，從名士、紳士變成戰士，從此渾身充滿戰鬥氣和自豪氣。當戰士，既可區別於屬地主階級範疇的紳士，沒有「剝削」的惡名，又可區別凡夫俗子，得到「解放者」的美名，所以七十年來，人人都自稱「戰士」，既謙遜又勇猛。我自然也是自稱戰士的一個。

自稱「戰士」後，自然不甘心落伍。因此，戰士意識愈來愈強，不僅認定政治是戰鬥的，經濟是戰鬥的，也認定文學是戰鬥的，音樂是戰鬥的，繪畫是戰鬥的。一切非戰鬥的作品，如無標題音樂，山水詩，山水畫等，全是資產階級貨色，封建主義鴉片，至少是小資產階級情調。到了六、七十年代，天天講階級鬥爭，人人講階級鬥爭，事事講階級鬥爭，戰士意識就更強了。此時有一位老作家出來説話：「現在火藥味太濃了。」可是馬上受到批判，罪名是「反火藥味」，屬於文藝黑八論之一。批判之後，我們身上的「火藥味」自然又有新的發展，「人味」也相應地大大削弱，而且根本就不該想到甚麼「人味」，想到「人味」就是地主資產階級人性論。

老是想到自己是「戰士」，自然就老是想到戰士的使命、戰士的立場和戰士應有的姿態。戰士就要有戰士的樣子和架子：除了千萬不要忘記階級鬥爭之外，還應當千萬不要隨便看花草；千萬不要隨便看月亮；千萬不要讀李商隱的靡靡之詩和李後主的靡靡之詞；千萬不要欣賞海倫、維納斯和蒙娜麗莎；千萬要嚴防精神污染。戰士就是戰士，戰士的眼睛只看着敵人的堡壘，決不可轉來轉去。戰士的耳朵一定要緊繃一根弦，決不可聽來聽去。最後，戰士的衣着也千萬要注意，一律的藍制服和黃軍裝。我雖然自願當戰士，但一直沒想到當戰士這麼難、這麼累。

除了需要戰士的樣子和架子之外，還要有戰士的脾氣。要時時記住戰士的天職就是戰鬥，普通老百姓尚須「千萬不要忘記階級鬥爭」，戰士更須「萬萬不要忘記階級鬥爭」。六十年代後半期，我和我的戰友們一天不戰鬥、不廝殺，就覺得虛空。當時社會提供廝殺的對象是劉少奇，大家便向劉少奇開火。但是，幾億戰士都打劉少奇，打久了也沒趣，於是，就找自己的特殊戰鬥目標，這樣，層層都有自己的廝殺對象。倘若找不到戰鬥——廝殺對象，就找自己的老師，自己的兄弟，甚至自己的父母，以大義滅親。倘若連老師、兄弟、父母親這類對象也找不到，就找戰友——堡壘最容易從內部攻破，蘇修比美帝還壞，內奸從來是最危險的。倘若戰友也找不到，就找自己，對自己廝殺辱殺一番，「狠鬥私字一閃念」，靈魂深處鬧革命，自己革自己的命，自己痛打自己，自己奴役自己。我就屬於最末的這種自己痛打自己的戰士和追捕最弱小的對象——麻雀的戰士，因此也是最沒有出息的最不爭氣的戰士。

一切都是非常悲壯的，唯有一點使我和無數戰友們感到沮喪的是：儘管全心全意投入戰鬥，戰士的總領導人仍然不承認有知識的戰士是戰士，更不許自稱「無產階級革命戰士」。他們認為，無產階級革命戰士是很少的，大部份知識戰士只能算知識分子，知識分子一般都是動搖的、軟弱的，只能算是屬於小資產階級範疇的革命同路人，甚至可以說是屬於資產階級範疇，只有繼續努力改造，才有希望成為戰士。直到此時，我和我的戰友才明白，認為自己是戰士，只是「自稱」，只是做戰士夢，決不能認為做戰士夢的人就是戰士，因此，還需要長期改造，活到老，改造到老。不過這麼一來，直到現在，我們誰也搞不清自己是不是一個戰士，真是苦惱得很。

死刑的緩期

七十年代末，當我面對電視屏幕觀看毛澤東的夫人江青受審並聽到宣判她的死刑緩期執行的時候，並不像有些朋友那樣，覺得非常「痛快」！照理我是應當「痛快」的。對於「四人幫」的極左行為，我真是痛恨，所以從一九七六年底到一九七七年，我日夜地寫作批判他們的文章，這些文章散發於各大報刊，最後竟集成一本十多萬字的書。然而，很奇怪，當宣佈判處江青死刑的時候，心情異常複雜。這也許是因為我不是政治家，所以也不把江青視為政治家。我是一個人，所以也願意把江青視為一個人。當我把她作為一個人來看待時，便感受到人的悲劇。面對悲劇，心境自然就不那麼簡單了。

於是，我便想得許多，想到昨天的「偉大的旗手」瞬息間變成了「渺小的死囚」；想到革命統帥的夫人瞬息間變成「反革命黑手」；想到作為一個演員她演了那麼多戲，最後竟演出這樣的一幕悲慘劇。儘管當時我恨她，但想到她的一生也在掙扎、追求、奮鬥，而且走進了最高權力的塔尖，然後又從塔尖摔到現實的地面，以至地獄的牢房，便感到人生真是飄動無定，充滿偶然。瞬間可以超越，可以飛升；瞬間也可以崩潰，可以死亡。所以人真不該得意忘形，縱橫捭闔，隨便宣佈別人為「黑幫」、「反革命」，以口殺人。佛家所說的「報應」，終於也落到這個跋扈的女人頭上。

在文化大革命中，她和她的左派戰友康生等人，實在作孽太多，現在以死刑回報也屬「罪有應得」。然而，她畢竟是領袖夫人，殺她的頭總有些「不忍」，而不殺又不足以平民憤，所以取乎其中，便得了一個「死緩」，這真是好辦法。而老百姓也知道，這麼一「緩」，她就不會再被殺頭了。

由這「死緩」，我又想到人類實際上都被判定死刑而緩期執行，只是所延緩的時間不同而已。人生下來既是生的開始，也是死的開始。也就是說，一生下來，就被判處必定死，只是甚麼時候死，各人被判定的期限不同。嬰兒的第一聲啼哭包含着將生將死的雙重意義，也許孩子知道自己的「必死」，所以哭得那麼狠。人就是這樣的悲劇，人生剛剛被肯定就包含着永恆的否定。由於人注定要死，而且絕沒有死的代替物，因此，就努力創造各種事業，以延緩自己的死期。延緩不了肉體的死期，就延續靈魂的死期，所以就拚命寫作，相信「文章千古事」，人的精神本體可以超越死亡而進入永恆。從這裏想開去，我們與江青的區別只有兩點：一點是她的死緩期較短，只有一年；但我們的法官說話往往不算數，過了十多年了，也不了了之，所以這點區別已不存在。另一點是判處江青死刑的是法院，而判處其他人死刑的是冥冥之中的造物主。但又想開去，這點差別也只是一時的面子問題。江青算是丟了面子，然而，沒有被法院判死刑的偉人們和我們這些非偉人們，如果利用政權而害人殺人，雖未被政治法庭審判，豈知就能逃過人類的道義法庭和歷史法庭的審判呢？後一種法庭設在永恆的大心靈之中，其力量之強大，其「不給面子」之無情和久遠，往往是一些暴民暴君所想不到的。

因為每一個人都有死期，而且在死期未到之前都可能作惡，因此，每一個人都要受到不同形式的審判，包括自我審判。這樣看來，人生唯一的辦法就是避免作孽，無論是江青式的孽，還是非江青式的孽都不要做，否則，在法庭審判的那一天，人們將可以看到偉人們和凡人們頃刻之間的崩塌！

人如果能意識到自己的必死而人生期恰如「死緩期」，就能相應地意識到生的價值並對自己的「生」有所設計。這種意識可能會減少一些人的跋扈，屬虐待狂的，可能可以減少一點兇狠；屬被虐待狂的，可能可以少一點卑微。更積極地說，這種意識還會產生許多奇妙的人生觀念，例如：既然人必有死期，就不要講假話，不要老是欺騙自己和背叛自己。可惜，意識到「死緩」的人太少，許多人都以為自己可能是例外可以長生不老，可以萬歲萬萬歲，所以世上的荒唐事自然就愈來愈多。

語狂

我一進入大學中文系，就上馬克思主義語言學課程，而必讀的教材是斯大林的《馬克思主義語言學問題》。革命家一旦成其領袖，甚麼都懂，連語言學也是專家。這很像中國的狀元，本來只善於作八股，而一旦中了狀元當了大官，則無所不知、無所不能，修路、治河、辦案、財政管理、教育管理，從作詩到打仗，樣樣都行。斯大林懂得語言學也真使人佩服。當時我很喜歡這位鋼鐵般的大元帥竟會說出「語言沒有階級性」的話。後來，我們中文系裏的老師就這一問題召開學術討論會，有些老師不同意斯大林的觀點，認定語言是有階級性的。我覺得，我的老師們比斯大林還要「革命」得多。

但是，斯大林只看到語言是「人類思維的工具」，也就是語言的被動性，而沒有看到語言對人類思維的主動性。二十世紀語言學的成果則強調後一方面，認為只知道「我說語言」是不行的，還要知道「語言說我」。話語系統一旦成為獨立的存在，它就反過來影響人、掌握人、駕馭人。這樣，人們就有意無意地生活在某種語言的控制和壓迫之中，也就是無所不在的語言的牢房之中。然而，人們常常沒有意識到。

沈從文的中篇小說《鳳子》，寫一個具有酋長風範的寨主把一個工程師接到自己的寨裏作客，並對這位工程師講「美麗的往往是有毒的」的故事。他指着路邊一種帶有虎斑花紋的草（我乾脆把它命名為「虎斑草」）對工程師說：「這個就將告給你野蠻地方的意義。這顏色值得稱讚的草，它就從不許人用手去摸它折它。它的毒會咬爛一個人的手掌，卻美麗到那個樣子。」這位寨主還告訴工程師說：「言語實在就是一種有毒的東西！你那麼年青，一到了那裏，就不免為一些女孩子口裏唱出來的歌說出來的話中毒發狂。」這位寨主所說「言語有毒」的意思，就是言語的主動性的一面，它不僅被人所掌握，而且也能掌握人、毒死人。這種毒就像寨主所比喻的帶有虎斑花紋的草，十分美麗，人們中毒了，仍沒有發覺。

沈從文說言語之毒，不是一般的毒，而是劇毒，人們會因為中此種毒而「發狂」，這真使我嚇了一跳。但認真想來，真會發狂。我和我的同一代的朋友，其實都有這種中毒而發狂發神經的體驗。文化大革命中，我們一聽到「最高指示」，也就是新語錄，全像着了魔，連滾帶爬地從床上翻起，然後湧上大街，發瘋似地喊一陣千篇一律的口號，又發瘋似地跳一陣千篇一律的忠字舞，胡亂地革命一通，事過之後，我們就承認當時是狂人。不過，這是特殊的狂人，可稱為「語狂」。

「語狂」常常會因為一句話而狂。例如：林彪說「我們的哲學是鬥爭的哲學」。這言語一進入我們的神經，如果有分析能力的人還能抵禦一陣，如果沒有，便會變成精神病狂。小說《傷痕》的作者盧新華，寫了一部名為《魔》的中篇小說（人們不太注意），就是寫一個基層幹部因為信仰「鬥爭的哲學」而把「鬥爭」泛化到人生的各個領域，於是，從外到內，從國到家，一路「鬥」過來鬥過去，最後他自己也完全變形了：人變成魔，這種魔，又不是一般的魔，而是語魔：滿口「革命」、「主義」、「鬥爭」，滿口大話、套話、狂話、謊話。沈從文小說裏的寨主說「言語是有毒的」，實在是一個真理。

我和我的同代人還曾經中了許多神聖言語的毒，例如「階級鬥爭一抓就靈」。因為我們都是無神論者，不信任何神，徹底唯物。而這句話又使我們把「徹底唯物」具體化為「徹底地唯階級鬥爭」，形成我們對階級鬥爭的極端崇拜。以為階級鬥爭真的非常神奇、非常靈驗，以為在農村一抓階級鬥爭就會豐衣足食，就能拋畝產萬斤的衛星；在工廠一抓階級鬥爭就會在十年八年內趕美超英；在文化界，以為一抓階級鬥爭不僅可以防修反修，而且還會有創作靈感，甚至可以創造出空前絕後的偉大作品；而在醫院，則以為階級鬥爭可以起死回生，可以治癌症、治肝腫、治糖尿病，階級鬥爭成了我們新的拜物教。

於是，人人都爭當階級鬥爭戰士，爭走階級鬥爭捷徑，真信階級鬥爭可以創造人間奇蹟，直到農村因抓階級鬥爭鬧得沒飯吃了，還相信「一抓就靈」，那時，全中國都着了魔，語狂變成空想狂、誇大狂，地球東方真的犯了一場巨大的狂熱病。

在發病狂的年頭，笑話真多。例如，因為彼此都中了「一切關係都是階級關係」這句話的毒，個個都神經兮兮的，個個都緊繃一根弦、緊繃一張臉。特別是中了「赫魯曉夫式的人物就睡在我們身旁」這一句話的毒，更是神經質得很，疑神疑鬼，覺得身邊就有定時炸彈，就有一個將要使江山變色的大修正主義者。有的人找不到這種人物，就疑心身邊的丈夫就是這種人物：第一，他明明睡在身旁；第二，他反對以階級鬥爭為綱，豈不是「赫魯曉夫式的人物」嗎？於是，就揭發自己的丈夫，鬧得家破人亡，這也是語言的病毒起了作用。可見，這種病毒是多麼可怕。

二十世紀下半世紀的中國，產生了千千萬萬個中了語言病毒的「語狂」，這種現象在中國文化史上是沒有前例的，因此，研究這一現象，可能是一個很有意思的題目。

關於舌頭革命

上一個世紀末，中國知識分子發現自己的國家不如外國，為了「偷」外國的知識，拚命學外語，魯迅先生說，那時為了圖強，四十、五十多歲的人，還硬着舌頭學外語。

沒料及，到了這個世紀末，在大陸的許多四、五十歲的同齡人又是硬着舌頭學外語。我就是屬於這種硬舌黨的一員，現在每天都在提着硬硬的舌頭嘟嘟囔囔，自得其樂。

不過，這個世紀末和上個世紀末很不一樣，現在的中國，無論是大陸還是台灣，硬着舌頭學外語的人已屬末流。在這些硬舌黨人的背後，至少有幾十萬留學生和各種不同職業的年輕人，講着很漂亮的外國語言。他們的舌頭自然是又活又靈，屬於軟舌黨。軟舌黨又多又年輕，而且遍及國內外，可見，中國一百年來，還是有進步。

可惜，中國還是進步得太慢，特別是和一些發達的國家相比，現在的情況還是讓人搖頭。這自然有許多原因，但其中有一條就是不懂得軟舌頭黨的重要。特別是在外國深造過的軟舌頭黨。我認為，留學生是中華民族的「質」，而農民則是我們民族的「量」。我是農家子，而且硬舌頭，自然屬於量的範圍。就我的本行（文學）而言，二十世紀的中國現代文學，上半部（二十年代）基本上是日本留學生造成，就是魯迅、周作人、郁達夫、郭沫若等（自然也有歐美留學生如胡適），而下半部（三十年代）則基本上是歐美留學生造的，就是老舍、巴金、徐志摩等（自然也有日本留學生和其他「土」知識分子）。那時留學生極少，但起的作用之大，令人驚訝。現在的留學生如此之多，這是怎樣巨大的能量呢？而沒有機會留學的尚在國內的青年知識分子，也是今非昔比。總之，軟舌黨是最強大的有生力量，但常常被遺忘。這種遺忘（當然也許不是遺忘），如繼續下去，我們的民族不可能有太大的起色。

但我們這些硬舌頭黨也不甘落後，在國內時，就知道中國近代史的一切改革和革命都是從舌頭開始的，這就是學外語和改變本國語言模式（並由此改變文體），所以，在八十年代學外語又釀成風氣。除了學外語之外，舌頭革命還有一個要點，就是開始學說屬於自己的話。不知道從甚麼時候開始，我們突然發現自己不會說屬於自己的話，講的都是領袖們和導師們講過的話。領袖的話原是屬於他們自己的，但經過我們不動腦筋地天天講、反覆講，慢慢就把他們的話變成套話、空話甚至廢話。這樣，就把顯學變成俗學，把聖人之言變成俗人之言，真是罪過。然而，聖人雖有損失，我們的損失更大——舌頭不僅硬，而且硬化，僵化。從上到下，說的是千篇一律的八股調，使老百姓非常厭惡，一聽就頭痛，或者乾脆就捂着耳朵去聽馬叫牛叫雞叫。舌頭的硬化又導致筆頭的硬化，寫千篇一律的文章，生活在他人的語言陰影中。直到此時，我們才發現了君臨一切、籠罩一切的語言牢房，也才覺得舌頭非革命不可。可以說，八十年代的大陸文化史，就是舌頭革命和筆頭革命的歷史，即硬舌頭黨被革命和革自己的命的歷史。我在去年發表的〈論八十年代文學批評的文體革命〉，講的就是一個意思：要對革命舌頭進行舌頭革命。

然而，如我這樣的硬舌頭和比我年紀更大舌頭也更硬的革命舌頭，往往不僅舌頭硬而且脾氣也很硬，他們總是不服老，不認輸，不承認自己的舌頭硬，這種精神雖然可嘉，但一直硬下去，慢慢就硬化僵化，說話就沒人聽。然而，這些硬舌頭黨的中堅派，偏偏身居「重要領導崗位」，掌握和指揮大陸文化命脈，因此，他們自然就和軟舌頭黨發生衝突，因為我屬於硬舌頭黨的非中堅派，常替軟舌頭黨說話，所以，他們就不高興，也被列入討伐之列。

舌頭改革與舌頭革命，除了針對「硬舌黨」之外，還針對「巧舌黨」。硬舌黨裏的許多人說外國話時結結巴巴，但說起中國話時卻巧舌如簧。硬舌頭派的許多人在中青年時代，特別是在政治運動中，是非常活躍的。儘管他們沒有屬於自己的語言，但他們使用導師的語言（即批判的武器）批起別人來，卻是非常厲害的，而且私下又善於用這套語言臧否人物，撥弄是非。因此，這個時候，他們的舌頭既不是硬，也不是軟，而是「巧」。這種「巧」，並非如巧媳婦嘰嘰喳喳，而是善於詭辯的一種巧。例如，一畝田可產一萬斤乃至幾萬斤糧食，明明不可能，但他們會說出一大套「科學」道理證明是可能的。當然，這種「巧」中也有「硬」。硬中有巧，巧中有硬，所以舌頭革命時往往要把硬舌頭和巧舌頭連在一起革，即把謊話、鬼話和套話、空話連在一起革。這樣，革起來就更疼痛，難怪硬舌頭黨的朋友們一肚子氣，個個表現出苦大仇深的樣子。

其實，我是很同情硬舌黨的苦衷的。兩年來硬着舌頭學英語真不容易，前些時常常被女兒嘲笑：「這個單詞告訴你二十遍了，還講不好。」真是朽木不可雕矣。可見，硬舌頭要改變自己是很痛苦的。他們憤憤不平而且要整整軟舌頭黨也是可以理解的。

俄語身價的跌落

我們這些五十歲上下的大陸讀書人，除了外語學院和大專外語系畢業生和留學生之外，其他的大約是外語的聾子和啞巴。我們現在又硬着舌頭嘟嘟囔囔重新學英語，只覺得自己在「煉獄」，而願意到「煉獄」的人也不多，多數人已甘心一輩子當聾子和啞巴了。

想到成了聾子和啞巴，實在有點不服氣，總想怪天怪地。因為，天公地爺確實有責任，它老是變動政治氣候，而中國是突出政治的國家，課堂自然也是突出政治的課堂，因此，大小政治氣候總是不斷侵入，結果弄得我們得了「知識殘缺症」。

就我自己來說吧，在一九五七年之前，儘管國家朝着蘇聯老大哥「一邊倒」，但俄文教師有限，所以上初中時還是學英文，苦苦學了一年多，每次星期天回家，總是拿着小樹枝在鄉村的打穀場上劃「ABC」，對着還在放牛的伙伴顯耀一番。可是剛剛學了幾句英國話，就進高中了。進去不久就反「右派」，而「右派」的罪行之一是破壞中蘇偉大的友誼，於是，我們必須和右派分子對着幹，加強和老大哥的關係，外語課統統改學俄語。我的俄語老師是福建師範大學俄語系畢業的，講課講得很不錯，我便死心塌地和政府一起倒向「蘇聯老大哥」一邊，拚命學俄語。這一回，正在年青力壯之時，記性又好，真學進去了，回回考一百分，大學入學考試時，我的俄文接近滿分。可是，沒想到進了大學之後，我們的黨和政府卻和蘇聯老大哥翻了臉，蘇聯「老大哥」也被我們改了一個名字，叫做「老修」、「蘇修」。既然已經「修」了，還修「修」的語言嗎？於是，俄語身價一落千丈，俄文老師既沒有光彩也沒有勁。而同學們本就不愛學，自然比老師更沒有勁。那時的我，很想學英文，可是和蘇聯老大哥翻了臉不等於就和英國佬、美國佬連親，我們還是沒有機會學英語。因此，只好繼續沒勁地學俄文。這樣算起來，從高中到大學一共泡了七年，最後泡了一個「半桶水」，拿着字典也可以看點政治理論文章。大學畢業後分配到中國社會科學院這個「知識分子成堆」的地方，自然需要懂得外語，就繼續讀，可是，沒想到屁股還沒有坐定，就下鄉「勞動實習」，接下去又是參加「社會主義教育」運動，接着又是參加沒完沒了的文化大革命，經過十幾年政治大風大浪的洗禮，固然洗了腦子，但也把原先背誦的幾千個俄文單詞洗得乾乾淨淨。沒想到政府和蘇聯老大哥翻了臉，我們也和俄語決了裂。

八十年代後，中國的大門開放了，電視上放了《跟我學》節目，全國人民一下子從緊跟毛主席變成緊跟電視台的一位中國教授和一位英國小姐，掀起了學英語的新高潮，與當年合作化運動的大高潮的熱度差不多。可是，這個時候我的舌頭已經發硬，比不過自己的小娃娃們，而且想追回失去的時間，趕着寫點東西，所以沒有進入高潮中去。不過，我卻因此又緬懷起俄文，因為蘇聯雖然不再是「老大哥」，但已摘了「老修」的反革命帽子，落實了政策。於是，我又重新打開過去的俄文書，一打開就嚇一跳，眼下的文字一個個那麼陌生，這才悟到，學外語不像「翻臉」那麼容易。政治的「臉」可以翻來翻去，像翻燒餅，外語單詞可一點也不像燒餅。倘若想再學，還必須再下死功夫。但一是因為舌頭硬；二是擔心政府的「臉」又會翻過去，所以，還是沒有下決心好好學。這回蘇聯政變被粉碎之後，蘇聯共產黨也不存在了，那麼，蘇聯既不是「老大哥」，也不是「老修」，不知道算甚麼，我的「俄語」自然更無着落，乾脆就認倒霉，從此就當俄語的聾子與啞巴好了。

陰性虐待狂

上大學中文系時，因為「中國古代文學史」課程的要求，讀了《醒世姻緣傳》，被其中的兩位女主人公素姐和寄姐嚇得幾乎讀不下去。八十年代，在改革開放的潮流中，此書又重印了，我又為了「研究需要」買了一套，但始終沒有勇氣再讀一遍。

素姐、寄姐這兩個悍婦，是一對虐待丈夫的虐待狂，儘管作者設計了一個兩世惡姻緣果報的結構，但我始終無法接受這種虐待。她們虐待丈夫（狄希陳）的手段太離奇了，有時把丈夫綁在床腳下，用大針刺他；有時把他關在房裏，讓他餓得發昏；有時不許他上床，還把他綁在小板櫈上打；有時甚至把炭火倒在她丈夫的衣領上，把她丈夫的背部燒得個焦爛。此外，她們還用各種難聽話刺激公婆，硬是把他們氣死。這種虐待狂的特點是持續不斷，「零敲碎受」，雖也使用細針、炭火，但畢竟是小技巧，和那種油炸、剝皮、砍殺、五馬分屍、株連九族的大氣魄很不相同。而且執行虐待的人是女子，所以，我稱之為「陰性虐待狂」。

《醒世姻緣傳》書中的「引起」裏也分清兩類不同性質的虐待方式，它說：

> 大怨大仇，勢不能報，今世皆配為夫妻。……那夫妻之中，就如脖項上癭袋一樣，去了愈要傷命，留着大是苦人。日間無處可逃，夜間更是難受。……將一把累世不磨的鈍刀在你頸上鋸來鋸去，教你零敲碎受。這等報復，豈不勝如那閻王的刀山、劍樹、碓搗、磨挨，十八重阿鼻地獄？

這段「引起」告訴人們，人世間被命運所安排的一種虐待，它與一般鋼刀子不同，是一種鈍刀子割肉似的痛苦。它是無所不在的折磨，日夜緊追着你，在你的脖了上鋸來鋸去，讓你零敲碎受，這種折磨不僅是肉體的折磨，而且是精神的折磨。按作者西周生（作者問題尚有爭論，我們暫時用原題書的署名）的意思，這種折磨比閻王殿中刀山劍樹的十八層地獄還「勝」一籌。我也贊成他這種看法。倘若我必須受虐待，而且必須在這兩類不同性質的虐待中選擇一種，那麼，我寧可入閻王的地獄，接受那種雖在陰間卻屬陽性的利刀砍殺（雖也疼痛，但乾脆），而不願意接受雖在陽間卻屬陰性的鈍刀鈍劍的折磨。

然而，我的「寧可」只是一種願望，如果真的大難降臨，那是由不得你選擇的。而且執法者深知鈍刀子的厲害，他一旦恨你而且要你死，決不會給你那麼痛快地死。他要你成為死人，但又要你先成為「苦人」。中國近代的慈禧太后，就是一個陰性虐待狂，她對參與戊戌政變的譚嗣同等六君子恨之入骨，所以在菜市口砍他們的頭時，就讓劊子手特意用鈍刀，砍了好久才砍斷。最後這幾分鐘或者幾十分鐘的鈍刀子砍殺才真正是可怕。

然而，如果鈍刀子「鋸來鋸去」的痛苦延續一生一世，活到老，鋸到老，折磨到老，那該是怎樣的災難呢？素姐、寄姐以及慈禧的「鈍刀子」到了現代已經落後了，隨着文明的發展，鈍刀子愈來愈精緻，甚至可以使鈍刀子隱其形，只使你覺得被「鋸來鋸去」，卻不自知。比如「鋸」你的精神，逼着交心、洗心、攻心，只覺得苦，但不知有「鋸」。六、七十年代，中國發明的無休止的批鬥會，其實也是一種鈍刀子，比較脆弱的知識分子，如老舍、傅雷、翦伯贊等都受不了，因此，他們自己趕快拿起利刀子，一下子把自己結束掉，以避免成為老砍不斷的苦人。現在有些革命家又在批評知識分子軟弱，但他們不知道包括這種軟弱的自殺，其中也有許多苦楚。他們面對的不是一個慈禧，而是無所不在的陰性虐待狂，所以很難辦。現在的革命家如果不知道一點，說不定革命的結果，是他自己也會創造一套新的虐待方法，自己也成為這種虐待狂的首領。

「吃」向大自然

中國人好吃，所以有人說中國文化是吃的文化。東西方文化比較研究興起之後，又有人說，中國文化是「吃的文化」，而西方文化則是「性的文化」。中國文學藝術中的很多範疇確實與吃相關，例如說，我們認為這首詩寫得好，就說「這首詩很有味道」。「味道」就是吃文化。假如因為這首詩有「味」而應當反覆欣賞一下，就會說，讓我們多「咀嚼」一下，這個「咀嚼」，自然也屬「吃文化」的範疇。我們的祖宗發明表意文字時，用「羊大」組成「美」字，顯然是因為羊肥大可以吃，可吃便是美，這也很能說明我們祖宗美的觀念和吃的觀念是緊緊連在一起的。而西方的吃文化雖然也發達，但其位置不如中國如此重要。相對地說，它的「性文化」更發達，所以弗洛依德只能產生在西方，不可能產生在中國。而豬八戒這類吃的能手，則只能產生在中國，而不會產生在西方。

這種比較雖然粗略，但也說明，中國的吃文化在整個中國文化中的比重非同尋常。所以許多作家詩人都要描寫吃和表現吃，吃的故事永遠講不完。在現代小說中，描寫吃文化的能手不少，四川的李劼人就是一個。他寫四川人吃豆腐就很有趣。他的長篇《大波》的豆腐店掌櫃對進城來的鄧么姑講起自己的豆腐時說：「我媽懂得那些（車夫）大哥是出氣力的人，吃得辣，吃得麻，吃得鹹，也吃得燙。因此，做起豆腐來，總是紅冬冬幾大碗，又燙，又麻，又辣，味道又大。」西方人自然也很能吃，也吃辣椒，但是，像四川人這種講究在「吃得辣」之後又「吃得麻」，「吃得鹹，吃得燙」可能不多。我非常佩服這種吃的氣魄。李劼人所以着意表現「中國人好吃的整個性格」，是因為他認定吃文化之發達是中國現實文化的一大特點，他說：「中國人對於吃，幾乎看得同性命一樣重。」（《漫談中國人之衣食住行·飲食篇（三十）》）

中國人「好吃」是無可非議的。西方人難道就不好吃、不嘴饞嗎？他們常常稱讚中國飯菜好，說明他們也好吃。不過中國的吃文化有兩種非常可怕的東西：

一、把吃文化推向人界；

二、把吃文化推向自然界。

前者，「五四」新文化運動的先驅者魯迅、吳虞、周作人等已作了充份的揭露。他們發現中國的東方文明原來是「吃人的筵席」，這是大家所熟知的。儘管對這種論斷是否精當還可爭論，但中國從古到今以各種神聖的名義吃人的現象，確實是太多了。直到六十年代，還有「現代聖賢」把人與人的關係歸結為「一個吃掉一個」的你死我活的階級關係，這其實就是人吃人的關係。

令人驚異的是把「吃文化」推向人界之後又推向自然界。中國有名的俗話叫做「靠山吃山，靠海吃海」，就是描述人與山海這種大自然的關係乃是吃的關係。這裏的「吃」字，大有深意。

然而，只想到「吃」，而沒想到保護，就會出問題。比如我的家鄉的山脈就被吃得一片悽慘：山草幾乎先被吃光，之後是樹林幾乎被吃光，之後是山中的動物幾乎被吃光。在我的童年時代，我的家鄉不僅有野豬、野兔、野鴨子，而且有老虎，然而後來全被吃光了。一九五八年差一點把麻雀也吃光。我相信，過幾十年或幾百年，蛇和老鼠也會吃光的。

我到美國後，見到這裏的動物，從麻雀鴿子到野鹿松鼠都不怕人，非常羨慕，我想，牠們是知道人和牠們的關係不是吃與被吃的關係。今年春天，我和一位朋友到華盛頓公園散步，看到一群野鴨子也在湖邊散步，這位朋友突然說：「這些野鴨子這麼肥美，吃起來特別鮮。」對着這麼美的動物，我的朋友無意中也想到牠們的「可吃」。可見，我們中國人把吃文化推向動物界的意識已進入潛意識的層次了。

一旦把吃文化推向大自然，大自然就遭殃。不僅老虎野豬被掃蕩，樹林被砍光，甚至連那些本來非常美麗供人玩賞休息的公園也因為不可吃而被改造成可吃的。我家鄉福建省的西湖（在福州），在文化大革命中一部份被改造為「良田」以供吃用，就是一例。吃文化一旦推向江河湖泊，就會認為魚蝦也不夠吃，必須在湖裏種糧食才能吃得更直接。這真是吃文化的新發展。

這樣看來，對於故國的吃文化也不能只是讚頌。對於那些吃得天昏地暗的現象，讚揚的結果恐怕將是天崩地裂，這決不是危言聳聽。

愛全人類易，愛一個人難

我常常記起蘇聯的教育家蘇霍姆林斯基感慨而發的一句話：「愛全人類容易，愛一個人難。」這句話包含着他個人很深的體驗。

我從小就喜歡喊「解放全人類」的口號，並自以為這就是愛全人類。在我的周圍以此口號為座右銘的朋友也很多。在世界還充滿着自私的動物時，喊這一口號確實很悲壯，而且可獲得一種優越感，覺得自己乃是他人的解放者和救世主。因為可以優越，所以喊的人就愈來愈多，而且也愈來愈輕鬆。但是，後來愛全人類似乎要難一點，必須具體落實到拯救地球上三分之二尚處於水深火熱之中的人們。只是這些人們均遠隔重洋，我們往往苦於不知如何拯救，而處於水火之中的人們似乎也沒有像我們這樣多情善感，並不要求我們去拯救。在五十年代末和六十年代初，國家正處於災荒時期，那時我在大學讀書，口糧不夠，我和同學們着實感到肚子很餓，而且餓得全都犯水腫病，這是一種飢餓病，渾身無力，甚麼都不想幹，儘管這樣，我們照樣想到地球上還有三分之二的人們尚在水深火熱之中，他們必定比我們還餓。此時，我們覺得「解放全人類」只要有個心意就可以了，實在是愛莫能助。自然也有人批評我們缺乏行動。恰巧，幾年後，美國發生了黑人運動，我們的「解放全人類」的口號便可以落實到行動中了，於是，便上街遊行，非常熱鬧，這又使我們感到救苦救難也不難，拯救黑人才用了一個小時三十分鐘，又不必上班、上課，等於上街玩玩。

愛全人類這麼容易，愛一個人還會難嗎？「愛一個人根本不成問題！」但是，講這種大話的人也越來越少了。開始覺得愛一個人不容易，也是在得水腫病的時候，那時，自己很餓，就拿不出一斤糧票支援更餓的同學。一斤重的愛就是拿不出來。不過，那時不斷地憶苦思甜，使我們覺得比解放前吃野菜的日子好多了，吃不飽的同學畢竟還有飯吃，也就無所謂了。到了文化大革命，更是體會到愛一個人真難。例如，看到自己尊敬的老師和革命家科學家們，一個一個地被「揪」出來。明明知道他們不是「黑幫」，不是「反革命」，應當為他們說一句公道話，此時，說一句公道話，就是愛，就是具體的愛。但總是說不出來。我知道一說，以「解放全人類」為使命的無數戰士就會說我「跳出來」，就會把我打成「保皇派」、「黑走卒」，說不定還得受一頓皮肉之苦，絕不像上街支援黑人革命那麼好玩。

文革後，讀了劉心武的小說《如意》，又有一番感嘆。這篇小說寫一個被定為「小業主」成份的小店主（在當時這算是小資本家），在文化大革命中被打死而且遺屍於街頭，對這麼一個死了的「階級敵人」，要不要給他的遺體蓋上一塊塑料布呢？這是個大問題。人人都怕和「階級敵人」沾邊，人人都覺得他不是「人類」，「愛全人類」自然不必包括他。然而，平心而論，他確實是一個人，此時，給一塊塑料布的愛是需要的，然而，「愛」就得冒風險和付出代價，可是誰都難以付出這一代價。最後，還是那位不會講「解放全人類」的老校工，悄悄地給蓋上一塊塑料布。我想，如果我是那條街上的居民，也未必有力量和勇氣拿一塊塑料布去表示自己的同情。

想想過去的這一切，才感到具體地愛一個人確實不容易，具體地愛一個人，就必須具體地為一個人分擔痛苦，分擔麻煩，甚至分擔災難和「罪惡」，難怪這種愛愈來愈少。不過，也因此我才感到我們的以天下為己任的社會有一個很大的問題，就是缺少以援助一個具體人為己任的實際精神，也就是雄偉有餘，而實際不足，或者說，是抽象的社會良心過剩而具體的個人良知不足。也因為這樣，所以我今天再也不佩服老發「愛全人類」宣言的戰士，反而佩服在危難中敢於向個人伸出正義之手的朋友，我相信在他們的心中，倒是有一種真正美好而可靠的東西。

牛之夢

沈從文的小說《牛》，寫了一個牛之夢，常常使我聯想到人的夢。

《牛》中的那頭牛，既勤勞又忠誠，牠被主人打傷了還毫無怨怒地愛着主人，而且還做了一個作為牛可能達到的「最光榮的夢」：主人穿上新衣，牠的角上則纏上鮮艷的紅布，快活地在山寨裏走來走去。

我不是動物心理學家，不知道牛是不是真會做夢，倘若會做夢，牠又該會做甚麼夢呢？如果能了解牛和其他動物的潛意識層面，那該是多麼有趣的事。

不過，如果牛真的有夢有「理想」，那麼，大約也只能是沈從文所猜想的這一招，即主人穿上新衣而自己的角纏上紅布，是一種很簡單的夢，很實際的夢。我之所以沒有研究牛的心理而敢斷言沈從文猜想的夢是很實際的夢，是因為我曾有過「牛之夢」的體驗。

我和我的許多同齡人都決心當「人民的黃牛」。只要查一下六、七十年代的大陸書刊，就會發現那上面載有無數的「甘當老黃牛」的誓言。我自然也是如此，不但有誓言，而且很快就變成自己的精神目標。一旦把當「牛」作為自己的人生目標，心態上就發生變化，夢的內涵也隨之發生變化。在童年時代和少年時代，曾讀了一些童話和小說，而且也常常聽到老師講述關於金髮公主的故事和白馬王子的故事，以及未來的天堂的故事，所以夢中總連着天堂連着金髮白馬，連着藍天星月。而到了決心當牛的時候，心態就大不相同。做起夢來，也和少年時代大不一樣。這時的夢總是緊密地聯繫實際，例如只是夢見自己當了「勞動模範」、「學習模範」、「活學活用模範」，領導人穿上新衣，而自己胸前戴上紅花。因為高興，也總是在自己的屋子裏走來走去。很簡單，也很實際。那時當模範沒有獎金，只有紅花紅布和獎狀，雖然沒錢，卻有一番喜氣。回想自己做過的夢，就覺得沈從文所寫的「牛之夢」相當真切，甚至可以說相當「親切」。

如果把牛的夢描述得太輝煌燦爛，就不實事求是。例如，倘若寫牛夢見坐小汽車或住小洋樓，或寫牛夢見自己變成駿馬變成蒼鷹或變成會思想會說自己的話的動物，甚至敢於反抗主人的打罵或對主人的妻子發脾氣等，就很不實際，因為我當「孺子牛」時，從來不敢這樣非份地想過，難道牛能想到嗎？

我很喜歡沈從文的作品，但是今天這篇評論卻沒有甚麼獨到之處，完全是經驗主義。

許給神靈一隻雞

我很喜歡沈從文小說中那些清新單純而蘊含着人生意味的故事。他的《山鬼》中，那位多才多藝而具有人的真性情的山村青年——「癲子」，愛花、愛月、愛唱山歌，為了觀賞傳聞中的盛開的桃花，他徒步數十里，來去無踪地在高山深洞裏四、五天。他為他所愛的美而癲狂，而癡迷，常常無端地悲，無端地樂，所以人們叫他「癲子」。癲子善良的母親牽掛着他，祈求神靈保祐他，並許下了心願和諾言：如果保祐兒子回來，她將獻給土地神夫婦一隻雞，許給儺神一頭豬。

這位老實的母親，那麼愛兒子，求助於神明，但她又是那麼貧窮，能報答救主的最隆重的獻禮只是一隻雞和一頭豬。人一貧窮，連真誠的心願也顯得那麼輕，那麼卑微。然而，認為是輕，是卑微，只是我的判斷，而對於這位山村的女人，她除了自己餵養的雞和豬，沒有甚麼更有價值的了，她的許願，可以說是最高的許願。

幸而神沒有勢利眼，不懂得平等交易，否則，他就會提出問題：我救了你一個人，你才報我一隻雞和一頭豬，難道一個人的生命只值得一隻雞和一頭豬嗎？善良的母親一定會被問得瞠目結舌。

然而，倘若有中國歷史知識的人，就會回答，在某朝代有法律規定，打死一個人得賠一頭牛，生命價值與牛馬差不多。牛雖然比豬值錢，也相去不多，許了一隻雞和一頭豬，也說得過去，別苛求可憐的母親了。

也許癲子家鄉的神根本不會這麼想，他們也許已感到很滿足了。窮山溝裏的信男信女，拿出一隻雞和一頭豬是多麼艱難呵。甚至他們還知道：在人不值錢的地方，神也不值錢，人貶值之處神也貶值。人許給一隻雞和一頭豬，神就該滿足了。

想到這裏，雖能理解這位老媽媽，但總還是覺得我們的同胞常常信仰不真切。一切都成了實利關係，連人與自己所信仰的神之間的關係，也是「吃」的關係，實利的關係。許給神靈一隻雞，就是說，神如果幫我的忙，我就給神一點好處。而且把神理解為好吃的傢伙，可以為一隻雞或一頭豬而奔走。這就把信仰庸俗化了。其實，神的愛恰恰是一種超功利的神聖價值。神的愛是神的自我完成，他無須報償，決不在乎一隻雞或一頭豬。

我這麼說，也不是怪罪癲子的母親。她沒有文化，哪能知道這麼多？她能有個心願，能對神有所「畏懼」，就很了不起，總比那些自稱「無所畏懼的徹底唯物主義者」好，唯物者幹了壞事也不怕報應。

理解「許給神靈一隻雞」這麼一個心願不容易，說它輕也好，說它重也好，說它真誠也好，說它實利也好，都可爭論。但有一點，我是很喜歡這位許願的母親的，因為她不會講大話。她相信神不會騙她，所以她也不會騙神。也由此，她沒有給神許下一套四合院或年產萬斤糧的一畝地。她只有許給神一隻雞和一頭豬，實實在在的宰了之後就可以嚐到肉味的一隻雞和一頭豬。

關於「肉人」

我第一次注意到「肉人」這一概念，是在閱讀錢鍾書先生的《管錐編》第二冊的時候。錢先生列舉了中國古代一些談「肉人」的詩文，並告訴讀者，「肉人」這一概念始見於《文子．微明》篇中。該篇論述天地之間有二十五種人時，把最「下」的五等確定為「眾人、奴人、愚人、肉人、小人」。「肉人」屬於倒數第二，僅略勝於「小人」，但在「愚人」之下，顯然是屬於最末的，也最受鄙視的人。

所謂「肉人」，就是沒有靈魂但肉卻發達的人。愚人雖愚，可能還有微弱的靈魂，但肉人的靈魂可能被發達的肉壓扁了，所以被放在愚人之下，但「肉人」不一定卑鄙，所以又強於小人。文子給二十五等人排座次，很花費了一番心機。

一九八九年，我從中國到美國，又從美國到中國，再從中國到美國，認真地看了看，竟發現了一個可怕的、東西方共有的事實，這就是地球上的「肉人」在不斷增加，而且是大群大群地增加。

首先是在美國看到這種現象。美國的科學技術確實非常發達，市場非常繁榮，物質豐富得使我嫉妒。但是，我也看到大群的人正在成為技術的奴隸和廣告的奴隸，電視上到處都有「肉」的廣告和「肉人」的表演。前不久，我讀了斯賓格勒的《西方的沒落》，才知道他早就看到西方對金錢、暴力、性的崇拜，正在摧毀許多靈魂的形式，使人變形和肉化。後來又有許多作家發現這一點，以自己的懇切之筆忠告人類在肉的豐富之時須警惕靈的消亡。其中艾略特所作的詩篇《空洞的人》（*The Hollow Men*），讀了真令人感慨。他寫道：「我們是空洞的人／我們是塞滿的人／大家倚靠在一起／腦袋裏盡是草包／……失落了淬厲的靈魂／只是一些空洞的人，塞滿的人。」艾略特所描寫的人，其實也正是「肉人」：塞滿了「肉」卻淘空了靈。西方二十世紀的作家詩人和學者們，所表達的大憂慮並不是多餘的，我每每打開電視，竟同時也想起沈德潛的詩句：「不須更責鷗波法，世上紛紛畫肉人。」

看到西方的「肉人」，便想到東方的「肉人」，我的故土上的「肉人」。先是想到《水滸傳》中石秀、李逵等英雄式的肉人和開人肉店的張青夫婦，覺得可怕，不去想他們。卻又想到魯迅先生筆下的賣人肉饅頭的康大叔，又覺得可怕，便想到王禎和筆下的賣肉體的妓女，於是便悲哀起來，覺得我的祖國的肉人，竟有許多是吃肉的強肉人和供別人吃的弱肉人。難怪魯迅要說所謂東方的文明原來是「人肉的筵席」。

不過，值得安慰的是全世界都有許多肉人。而且更早一些果戈理所寫的「死魂靈」，其實就是一些死了魂靈的「肉人」。可見俄國的肉人資格更老。魯迅只不過是發現在中國英明君主治下具有自身特色的無數死魂靈和活肉人而已。

一面自我安慰，一面卻又悲觀起來。想到許多年以來，故土上大群的肉人確實層出不窮。不必說有兩億五千萬失落了靈魂形式的文盲，就以最有靈性的知識分子來說，數十年在無休止的政治運動中不斷地自我批判，不斷地交心，最後的確把心上交了，把靈魂淘空了。淘空了心靈的人其實也就是「肉人」。但「肉人」這個概念確實令人討厭，最好迴避一下。迴避之後，冷靜想一想，也必須承認，在政治運動頻繁的歲月裏，我們的內心生活確實窒息了，本是無邊無際的生命內宇宙變成了一片沙漠，不必說甚麼美感，也不必說甚麼罪感，就是傷感也幾乎滅絕，眼淚變得很少，因為一流淚就會被說成是「小資產階級溫情主義」。質言之，是精神生活貧困到極點，這樣，即使不算「肉人」，也近乎「肉人」。

近來我又發現一大批高級的「肉人」，這種高級「肉人」，說他們高級，是他們也有點心機，甚至還有統治技術和所謂「謀略」，但卻沒有靈性，沒有同情心，沒有罪感，沒有羞恥感，沒有內心生活，沒有眼淚，甚至沒有自己的語言。他們長得肥肥胖胖的，架子大大的，滿身官肉。不過，把高級肉人放在眾人、奴人、愚人之下是不公平的，因為他們乃是眾人、奴人、愚人的指揮官和主宰者，而且他們絕對不承認自己也是「肉人」。

總之，人類的內在精神生活正在走向沙漠化，生活結構正在發生大規模的傾斜，「肉人」迅速繁殖現象已不能不注意了。

吃得辣、麻、鹹、燙

讀李劼人的《大波》，忘不了四川人「吃」的氣魄。書中的人物講起吃來，渾身是勁。說會吃就得「吃得辣，吃得麻，吃得鹹，也吃得燙」。辣、麻、鹹、燙，四者皆備，才叫做「氣派」。我很羨慕這種吃的氣魄，但始終堅持不了這四條標準。

使人吃驚的是在文化大革命中，有一位朋友告訴我，說要在政治運動中過關，就是要頭皮硬，任別人去揭發批判，也要堅持吃得燙、鹹、麻、辣。我很佩服這位朋友能活學活用李劼人的小說，對政治運動的洞察如此深刻，可是，我在被人們批判時怎麼也無法做到這四條。一聽到火辣辣的批判，臉皮就發燒，不符合「吃得辣」；一聽到肉麻的大話謊話就生氣，不符合「吃得麻」；一聽到烈火般或熱水般滾燙的極左詞句，就沉不住氣，不符合「吃得燙」；最後又喜歡聽一些有人情味的話，而討厭老講階級鬥爭，屬於好甜的、不耐鹹的，也大有問題。不過，那位朋友的經驗之談，實在是很寶貴的。說真的，一個在大陸的讀書人，不必說做到這四條，哪怕做到一條，就會安全得多，例如，吃得辣就很重要。因為政治運動不斷發生，沒有運動也總是有不斷的批評批判，而讀書人作為「名士」、「紳士」的時代早已過去，如今人人是戰士，個個幹革命，而革命又不是請客吃飯，繪畫繡花，說話總不能溫良恭儉讓，文質彬彬。戰士就要有戰士的樣子，就要雄赳赳、火辣辣的。曾記得一九五七年的《詩刊》，有一期是「反右」特輯，頭一篇就是臧克家的文章，題目叫做：〈讓我們用火辣辣的語言發言吧〉。詩人原來是比較含蓄、文雅的，但如今都用「火辣辣的語言」發言，文雅的詩人尚且如此，更何況本來就是大嗓門的平民百姓。那時候，我還是個中學生，還沒有嚐到「火辣辣的語言」的滋味。這種火辣辣的語言指責你為反革命、反動派、內奸、工賊、叛徒，這種「火辣辣的語言」以革命和人民的名義要你跪下，要你認罪，要你說自己是「蟲豸」，是「豬狗」，是「牛鬼蛇神」。那麼，要「吃得辣」，就得承認自己是反動派，是豬狗，是蟲豸，這是多麼不容易呵。四川人雖然能吃得燙、麻、鹹、辣的麵條，可是他們能吃得了這種火辣辣、火麻麻、火燙燙、火鹹鹹的語言嗎?

鄧小平也是四川人，我就不知道一九七五年批鄧反擊右傾翻案風時能否吃得這種「辣」。以老詩人臧克家的批鄧詩為例，他的詩的大題目是《八億人民齊怒吼》，小題是「聲討鄧小平」，不必說詩的內容，就是這個題目，要接受「八億人民齊怒吼」和「聲討」這個事實，就很不容易，就得經得起又辣、又燙、又麻、又鹹。能經得起，吃得下，自然是一種氣魄。

也不知道為甚麼，我後來發現大陸到處都是火辣辣的語言和火辣辣的性格，各種文章都充滿火藥味、辣椒味。大約問題太嚴重，所以連夏衍這樣的老革命作家也受不了。他批評電影火藥味太濃。然而，文化大革命開始後，這種批評又受到批判，罪名是「反火藥味」。反火藥味便是反對革命戰鬥精神，乃是「黑八論」的一論。於是，火藥味又進一步發展，火辣辣的語言其辣度又增加好幾成。這個時候，要吃得辣，就更難，四川人能吃得了這種有硝煙味的辣椒嗎？

我不是說，一概不需要火辣辣的語言，就像我不否認需要有火辣辣的辣椒一樣，但是，天天講，月月講，年年講階級鬥爭時，等於天天要吃火辣辣的語言，實在吃不消。像我們這種生來就喜歡藝術的人，本來就希望響應馬克思的號召，培育音樂的耳朵和審美的眼睛，可是老聽見火辣辣的語言，耳朵豈不成了辣椒的耳朵，而且，老看辣椒式的詩文，眼睛就會被辣得老掉淚，怎麼審美？我想，倘若馬克思還在世，他也許要說，這種火辣辣的馬克思主義，只是一種商標，我在《資本論》裏論證商品時，忘了好好說說這種騙人的紅辣椒。

麻雀和知識分子

最近有個流亡在海外的學生批評中國大陸當代的知識分子們膽子很小，幾位朋友有點不平。我卻認為，這如果不是具體地苛求某幾個人，而是就知識者的整體而言，應當承認，二十世紀下半葉大陸知識分子的膽子確實是小的。但為甚麼會小，我還未想清楚。

不過，我讀了索爾仁尼琴的《古拉格群島》之後，發現知識者膽子變小不僅是中國獨有現象，我們的蘇聯老大哥也曾如此。在沙皇時代，當時造反的十二月黨人，許多是知識分子，但膽子都相當大。更使人感動的是他們的妻子，這些革命者的伴侶，多半出身貴族，血統高貴，也是知識分子，但是，當丈夫被捕並被判刑，發配到荒涼的西伯利亞時，她們都義無反顧地跟着到西伯利亞，決不拋棄成為「罪犯」的丈夫。然而，到了斯大林時代，情形就大不相同，知識分子的膽子變得相當小，如果有朋友（自然也包括丈夫、妻子）被打成「反革命」，他們就趕緊劃清界線，甚至宣佈脱離朋友關係和夫妻關係，或者乾脆説原來就不是朋友。當時如果能偷偷地塞一個麵包給「反革命」朋友，就算是大反潮流、大仁大勇的「義舉」。

中國和這種情況非常相同。一九五七年大規模的「反右鬥爭」開始後，中國知識者的男男女女，因朋友、丈夫被打成右派或反革命而宣佈劃清界線和離婚的，簡直難以計數。男人害怕當右派的妻子，女人害怕當右派的丈夫，膽大而不宣佈劃清敵我界線的當然也有，但不太多。我記不得「五四」時代還是「五四」以前的時代，是否也有丈夫妻子因政治問題而大量離婚的事例，便去詢問了幾位老前輩，但他們都很不高興，常常眼睛發直地對我説：那時的膽子決不像現在這麼小。

如果承認膽子小，那麼，就該考察一下為甚麼膽子變小的原因了。按照我的脾氣，就得作些社會學、歷史學和心理學的分析，恐怕可以寫出一部專著。但我目前愛讀書不愛寫作，就打消這個念頭。不過，我還是要告訴朋友們，我到海外之後發現無論是歐洲還是美洲，西方麻雀的膽子確實都比中國的麻雀膽子大，這是事實，決無那種「西方的月亮比中國圓」的意思。在密歇根湖畔，已經有好幾回了，麻雀和鴿子一起飛到我身邊爭着餅乾吃，一副老油子的樣子，膽子確實大。而中國的麻雀一見到人的影子或者一聽到人的聲音就狼狽逃竄。對於中國的麻雀膽子為甚麼這麼小，我想起一九五八年為了保護農田裏的糧食而發動的全民追捕麻雀的群眾運動。當時我正在讀中學，我們全校師生聽了縣委書記的總動員後便和全國人民一起，拿着臉盆與其他破銅爛鐵器去佔領所有的屋頂和山頭，然後使勁地敲響，把麻雀嚇得四處亂飛。麻雀飛累了，一旦想停下來歇歇，我們就瘋狂地大喊大叫，高呼革命口號，使麻雀無歇腳之機，最後均疲憊而死。而機靈的幸存者經過此次浩劫，膽子就變得更小了。於是，我想起麻雀這種小動物的動物性，也有基因的積澱問題，倘若老是被追捕、被殺害、被圍剿，老是處於大喊大叫無立身之所的不安全境地，膽子是一定要變小的。西方人與麻雀關係極好，麻雀知道人類不想吃牠們的肉，所以膽子就大。中國知識分子膽小的原因是否與此相通呢？我尚無定論。

不過，關於索爾仁尼琴所描述的俄國知識分子，特別是沙皇時代十二月黨人的知識分子之妻跟着流放的事，除了膽子問題之外，還有一個良知問題。很奇怪，那個時代的知識者和知識者的妻子們都有一種堅定的良知。把良知看成是大於生命大於面子的東西，而到了斯大林時代則完全不同了。保命第一，其他的就顧不上了。中國知識分子和他們的妻子們，也有類似的問題。但是，這又涉及到良知和膽子的關係，細考起來就麻煩，還是留給研究兩者關係的專家去描述吧。

當螺絲釘也不易

現在大陸的朋友們已不喜歡螺絲釘精神，也不太願意再當螺絲釘了。其實，任何機器都需要有螺絲釘，如果螺絲釘被說得一無是處並因此而滅絕，那麼，歷史巨輪怎麼開得動呢。

我當過螺絲釘，並真的以此作為自己的人生志願，也因此，才知道當螺絲釘並非易事。發覺這種艱難，是在六十年代中期。那時我的螺絲釘志願所附麗的革命機器，發生了你死我活的兩條路線鬥爭。一鬥就亂套了。原來我只要表明自己願意當一顆釘子即可，這回可沒有那麼簡單了。革命機器分裂成兩部，即兩個司令部和兩條路線：一是無產階級司令部及其革命路線；一是資產階級司令部及其反動路線。我自然是要緊跟革命路線，但是，兩條路線均自稱是真正的無產階級，誰也不承認自己是資產階級，而且用的牌子、旗幟、口號、語言全都一樣，都說自己是擁護列寧和毛澤東，沒有人說自己擁護考茨基和劉少奇，這就難辨了。螺絲釘本來就只有鋼鐵的性格而沒有頭腦，此時又很需要動腦子，辨方向，到了這種時候，日子就不好過了。非常想革命又不知道怎麼革，只能惶惶不可終日。如果勉強選上一條路線，而另一路線必定指責你為修正主義派或其他反動派，必定扣上大帽子。螺絲釘本來都有自己合適的螺絲帽，不習慣亂戴其他帽子，這回被扣上了反動大帽子，就心慌意亂，於是趕快從這一機器跳到另一機器，而原來的那一機器又同樣罵你是修正主義派或其他反動派，照樣扣大帽子。這樣，革命螺絲釘突然變成反動的螺絲釘，而且是跳來跳去的螺絲釘，這才感到當螺絲釘的不易。

說實在話，要求螺絲釘辨別走不同路線也是應該的。有的雖屬革命機器但路線不對，炮打了無產階級司令部，在這種情況下，如果還緊緊地擰在這種機器上，其結果只有兩條：一條是機器被摧毀，自己也當了炮灰同歸於盡；一條是機器尚存，但被視為篡黨奪權，於是，小小螺絲釘頃刻間就變成想顛覆政府的大野心家，這還了得！其實，螺絲釘就是螺絲釘，根本就沒有心，哪來的野心呢？

說到這裏，螺絲釘還有一層苦衷，就是儘管自己宣稱自己為馴服工具，為小小釘子，聲明革命指向哪裏就擰在哪裏，但還是需要不斷改造思想。而螺絲釘的長處是簡單，確實沒有多少思想可改造，而領導同志總是不理解，總是以為我們頭腦不開竅，改造不積極，這實在是冤枉。在改造運動中受表揚的總是那些吊兒郎當的不願意當螺絲釘的革命風派和革命油子，他們善變又善編，一檢討，總是一套又一套，這自然是「誠懇」，是「積極」，而像我們這種願意當螺絲釘的人總是臉上沒有光，老是被劃入「後進」甚至被稱作「死角」。

沒有當過螺絲釘的人不知道我們這些當過之人的苦衷，因此講起小小螺絲釘總是很輕蔑，其實，大有大的難處，小有小的難處，都不容易。那些在數十次路線鬥爭的大轉彎、大動盪中，能夠識別各種氣候和方向，不斷選擇好機器又能緊緊地把自己擰上正確機器的螺絲釘，難道不值得佩服嗎？

「知識即罪惡」兩例

數十年中，我所感到的生存困惑，有很多，其中有一困境是一面在追求知識，另一面又感到知識的罪惡。於是，一面覺得「知識就是力量」的說法有道理，另一面又感到「知識愈多愈反動」也有道理。在困境中，我往往不得不「裝瘋賣傻」。兒時的老師教導說，千萬不要「不懂裝懂」，這對於我已不成問題；然而，後來我發生的問題，卻是「懂裝不懂」，而且非如此便難以生存，這大約是我的老師始料所未及的。例如說，在文化大革命中，全國人民都唱「抬頭望見北斗星，心中想念毛澤東」，我也誠心地唱。但心中總是覺得把「偉大領袖」比成「北斗星」大有問題。因為「知識」使我知道，北斗星並不是好東西。中國人看風水、造房子、造墳墓等都不選北向，北面總是缺乏陽光而多陰暗之象，並非好兆頭。所以中國人稱失敗為「敗北」。《後漢書．臧宮傳》中有「乘勝追北」一句，章懷曾作了註釋：「人好陽而惡陰，北方幽陰之地，故軍敗者謂之『北』」。說明中國人早已把「北」與「幽陰」相連結。所以管輅才告訴趙顏說：「南斗注生，北斗注死」，這就是說，北斗星乃是注死之星。想到這裏，便不寒而慄，甚至懷疑最初寫這一頌歌的作者是不是有政治問題。但是，又覺得事關重大，不可輕易地討論此項，否則後果不堪設想，所以還是「懂裝不懂」為妙。

文化大革命之後，又讀了一些書，才知道當時自己關於北斗之怪想沒有錯，而且獲得關於北向的比較集中的知識，了解除《漢書》之外，中外均把北向視為不祥之向。如《真誥．闡幽微》謂文王為「北斗師」、「官鬼」；武王為「北斗君」、「鬼官」；羅酆山在「北方癸地」，為「鬼王決斷罪人住處」。

而在西方舊俗中，也把北面視為魔鬼所主宰的處所，稱之為「鬼方」，教堂的北門，稱為「鬼門」（The Devil's Door）；認為靈魂入南門即入天堂，而入北門即入地獄。這又進一步證明，把北斗星和「偉大領袖」相連結之不妥。讀了這些書，才慶幸在「文革」中自己知道關於北斗的知識還不多，否則說不定憋不住「放」了出來，可能會獲得「誣衊」「北斗星」的大罪。

但要完全憋住也不容易，有一次我就差點出問題。大約是一九七四年的一天，那時，工宣隊傳達康生、陳伯達等理論家闡釋毛澤東發展馬克思主義的講話，他們說，毛主席對馬列最大的發展就是提出農村包圍城市的革命戰略，這是中外革命史上所沒有，也就是史無前例的貢獻。那時，我對毛澤東很崇拜，但不同意這種說法，心裏嘀咕着：農村包圍城市的路線，我們中國早已有之，中國的農民革命，從黃巢起義到李自成起義到洪秀全起義，哪一個不是農村包圍城市?!李自成從陝西河南鄉村打到北京，洪秀全從廣西金田村打到南京，都是農村包圍城市，這怎能說是對馬克思主義的發展呢?!我因為憋不住，就對坐在身邊的一位好朋友輕輕地說起自己的想法，他頓時臉色刷白，把我叫到門外，然後以從未有過的嚴肅對我說：「你這種想法真是罪孽，一定到此為止，不可再對別人說，更不可發言，千萬，千萬。」看到他那種大難臨頭的緊張神色，我才意識到這是非同小可的大是大非問題，差些當上反革命。

長尾巴的悲哀

人類與獸類的區別，就其外在特徵而言，恐怕可以說，獸與畜是有尾巴的，而人是沒有尾巴的。所以，沒有尾巴乃是人區別於獸與畜的一種標誌。

當代著名作家馬爾克斯（García Márquez）大約也這麼想。所以他在《百年孤獨》中描寫布恩迪亞（Buendía）上校家族一代不如一代時，到了第六代生下的男嬰，竟然長出一條豬尾巴。這個怪嬰沒有得到妥善照顧，生下來不久就被螞蟻吃掉，而其父也釘死門窗坐斃於自己家中。馬爾克斯以這條豬尾巴，象徵人性的退化，而且是退化到畜類和獸類的行列。

讀了馬爾克斯的小說之後，我竟然有點心慌。因為不知是甚麼原因，總覺得自己似乎也曾經長過一條尾巴。想了想，才記起自己的青年時代，曾經和其他知識者朋友一樣，接受一個重要觀念，叫做「夾着尾巴做人」。而且以此觀念為座右銘之一。認真想起，以這一觀念為人生信條，事實上就確認了一個前提，即自己是有尾巴的生物，倘若沒有「尾巴」，哪有甚麼可「夾」的問題呢？由於有了這前提和座右銘，人生狀態便大不同，例如，一旦「路見不平」想站出來「仗義執言」，就會想起這信條，接着便想到尾巴，緊跟着便想起「夾着尾巴」，再接着便是張口結舌，顯出一副馴良的模樣。記得有幾位善良的朋友也以此信條相激勵，其用意乃是為了保護朋友，因為他們深知只有馴良才有安全。至今我還感激他們的苦心，但我覺得他們也長出了一條尾巴。

使我苦惱的是確認「夾着尾巴做人」這個命題不符合邏輯上的排中律。因為做人就不可以有尾巴，而夾着尾巴就是有尾巴，有尾巴便不是人。何況中國人都知道夾着尾巴者，乃是狗。在中國人眼中，狗的形象是很不妙的。想到這一層，心裏就不舒服。覺得必須除去潛意識層中已長出的一條動物尾巴，決意拋棄「夾着尾巴做人」的信條。割掉這條尾巴後，我發現自己的心靈世界產生了奇異的變化，心胸不斷地擴展，精神不斷地上升，我重新感到人的驕傲，開始說人應當說的話。但是，割掉尾巴後做人也不容易，我開始聽到攻擊：此人又翹尾巴了，知識分子就容易翹尾巴。開始時我很生氣，後來才發現他們有一個錯誤，就是他們不知道我的尾巴已經割掉，已無尾巴可翹。而他們還存有一條尾巴，所以看不慣也是自然的。我不僅理解他們，而且同情他們。

我其實是不喜歡一切尾巴的。不僅不喜歡「夾」着的，也不喜歡「翹」着的。例如羅曼．羅蘭筆下的約翰．克里斯朵夫（Jean-Christophe）初學音樂時流於平庸，他的舅舅一語道破地指出他總是像狗一樣的豎起尾巴，然後又繞着自己的尾巴打轉。這一批評使他大徹大悟，從而飛向新的境界，可見豎起尾巴也是不好的，更令人討厭的是豎起之後又把自己尾巴當做旗幟。我很喜歡孫悟空和他的非凡本事，但他被楊戩逼得走頭無路時，竟想出一個怪招：把自己變成一座小廟，而把無處藏匿的尾巴變成一支旗杆。這便是我見到的第一個把尾巴當作旗幟的英雄。但孫悟空畢竟是猴子變的，有尾巴可以理解，況且，他只把尾巴變作旗杆而沒有旗幟。他也許是來不及把「齊天大聖」的旗子升上去，如果把「齊天大聖」的旗子升上去，就會馬上被敵人認出來。我曾想，孫悟空畢竟不夠聰明，如果他換一面「替天行道」的旗幟，可能就會一手遮天，騙過天神的眼睛。

我在非魔幻世界中看到把自己的尾巴當作旗幟的現象實在太多，而且不僅僅當作旗幟，還以此旗幟發號施令，使人們嚇得發抖。這種強者，全都是一副嚴肅的樣子，旗下又有強兵強將，大刀小刀，決不像孫行者那麼天真好玩。在他的旗幟和號令下，即使夾着尾巴做人也是很難的，一定有不少人經歷過想夾着尾巴做人而夾不得的時代。非魔幻世界中的這種現象，使我覺得孫行者把自己的尾巴化做旗杆，的確是老實得多。我喜歡老實的英雄，不得不變時，也沒有變出殘忍、虛偽的假旗號。

看了很多尾巴和讀了許多尾巴的故事之後，我想回到簡單的出發點上：人就是人，人不應當有尾巴，包括不應當有多彩善變的尾巴。

大糞與「大同」理想

我大學畢業後到農村、工廠（包括幹校）勞動也就是思想改造的時間將近六年。我一直支持「改造」的命題。不管是老知識分子還是新知識分子都必須改造，像我們這種「紅旗下長大」的新知識分子雖不屬於資產階級，但屬於小資產階級。小資產階級與資產階級只能有大小之別，沒有本質之分，小資產階級屬於資產階級的範疇，資產階級不改造不得了。

我心悅誠服地覺得自己需要改造的主要理由，是自己確實有「個人主義」，讀了書固然想為國家服務，但也想到個人事業的成功。於是，我在改造中寫了許多自我批判的體會，到最後確實也幾乎撲滅了「私字一閃念」。因此，可以說，改造是有成效的。

儘管我拚命地自我批判，拚命地幹活，但總是緊跟不上改造的先進步伐。其中最麻煩的是，一些改造榜樣在談改造體會時，説自己不僅改造了立場，而且改造了心理、情感，這是可以跟上的，然而他們還説改造了生理感覺，就使我覺得難辦。例如，有一位研究哲學史的著名教授就説，他剛下幹校時，覺得大糞很臭，然而，經過一年多的改造，感覺全變了：不僅覺得各種大糞（包括豬糞、牛糞、狗糞以及人糞）均不臭了，而且還每次見到大糞，就有一種香感，覺得應當把它拾起來。他這麼説也並非沒有道理，因為他作了些心理推論，即大糞可以養莊稼，莊稼豐收了可以支援國家建設，國家建設好了可以支援世界革命，革命成功了人類就可以實現大同理想。這樣，大糞與「大同」就聯繫起來了，而「大同」自然是香的。不過，我聽完之後雖然也感動，但改造到「大糞變香」的程度，確實需要經過一個比較艱苦的過程。我在幹校改造了三年多，直到最後寫改造體會時，才覺得大糞可愛，可以支援世界革命，與「大同」理想掛上鈎了，但始終不覺得大糞是香的，因此，改造還是缺少「深度」。

改造到大糞變香，只是解決了嗅覺的革命化問題，這並不能代替聽覺、視覺、觸覺的革命化問題。例如，改造到聽大話、謊話、廢話而不生氣，就屬於聽覺；改造到見揪人、打人、殺人，眼皮不跳，就屬於視覺；而改造到自己撒謊而不臉紅，就屬於觸覺。要做到説謊不臉紅也不容易。例如明知形勢大大不好，革命已發展到經濟崩潰，社會亂成一團，甚至動用火箭炮、坦克武鬥殺人，還要説形勢大好，不是小好，而且越來越好，這就挺難。開始我實在説不出來，記得第一次説的時候，還有點臉紅，但後來經過鍛煉之後，即便看到炸彈掛在街頭，飯店裏買不到東西吃，老師被活活打死，也滿懷信心地説，形勢大好，不是小好，而且也決不臉紅。

前些年，我讀了白先勇的《金大班的最後一夜》，寫風流幾十年的舞女班頭金兆麗，在舞廳的最後一夜，和一個初次尋歡的大學生跳舞，她發現這個年青人有點臉紅，也因此，她心有所動，感到在這個臉皮很厚的世界上會臉紅的人真是難得。讀了這小説，我又懷疑起自己辛辛苦苦鍛煉到不臉紅是不是好事，而且覺得故土上講假話講大話而臉不改色的人千千萬萬，倘若有人講了大話謊話會臉紅倒屬於難得。

改造到生理變化，固然深刻，但這麼一來，「改造」命題的哲學意味就大大降低，這和我們原來的「改造世界」的抱負又有距離。可是，「改造」的標準如果不具體，不接觸到大糞和臉紅一類細節，又容易使「改造者」大而化之「蒙混過關」，因此，有個生理標準也不錯。這真是兩難，我也不知道怎麼辦好。最近幾年，大規模的「改造」運動已經結束，但仍然有些知識者呼籲要重新提出知識分子的改造問題，那麼，他們在呼籲的同時，如果考慮到改造尺度時，對於是否需要一個生理標準，倒是得認真研究一下。

《祝酒歌》作者一點酒也不喝

七、八十年代之交，在大陸唱得最響的歌恐怕要算《祝酒歌》，作曲者施光南是我的好友，可是他一點酒也不會喝。每年春節，他和他的夫人洪如丁必到我家。可是，即使在春節那麼高興的時候，他也喝不了酒。因為他不會喝酒而作《祝酒歌》，我多次嘲笑他。然而，他非常幸運，一直沒有被扣上「理論脫離實際」的罪名，為此我又常常羡慕他。

我常由此想到自己揹了幾十年的「理論脫離實際」的黑鍋和「四肢不勤、五穀不分」的罪名，為此，也不知道作了多少次的自我批判。我確實常常分不清高粱和玉米、小麥和韮菜，也確實常常分不清山羊和綿羊，蠶豆與豌豆，但是，能由此就說我一點也不懂得中國文化和文學史嗎？並且由此認為我最無知識嗎？想到施光南不懂得喝酒，我就覺得分不清小麥和韮菜固然是缺點，但不必因此抬不起頭來。

由此，我便愈想愈多，從酒想到麥子高粱，又由麥子高粱想到各種生命，由生命又想到「性」，由「性」又想到弗洛依德，由弗洛依德又想到愛因斯坦。由於不服氣作祟，便愈想愈荒唐，竟想到，弗洛依德創造了性心理學說體系，難道他本人也必是性交的專家嗎？愛因斯坦創造相對論和量子力學等，難道他就一定會造宇宙飛船嗎？馬克思創立階級鬥爭和無產階級專政學說，他就一定能像我們那樣給老先生戴高帽嗎？工人階級的導師能煉鋼鐵嗎？能分得清蠶豆和豌豆嗎？如果馬克思和恩格斯也下「五七幹校」，割麥子能比得上我們嗎？

這樣一想，又覺得自己可能有「腹誹聖人」之嫌，趕緊又換了一個思路，又回到喝酒上來，但仍然不服氣，覺得像施光南這種「理論脫離實際」固然是知識分子常有的毛病，但是，社會上其他職業的人，他們豈不是「實際脫離理論」？武松那麼能喝酒，他能寫《祝酒歌》嗎？李逵那麼能殺人，他懂得階級鬥爭學說嗎？阮氏兄弟那麼能游泳，他們能設計潛水艇嗎？還有某某老闆能夠開妓院，他們能創造出弗洛依德的性心理學嗎？《水滸》一百零八個好漢，有力氣，但現在否認「知識就是力量」，難道能說「力量就是知識」嗎？

想來想去，總是接受不了「高貴者最愚蠢」的命題，更不能接受「知識分子最無知識」的說法，然而，我也並非反對「理論和實際相結合」，能有理論水平又有實際能力當然更好，例如李白、蘇東坡，既能喝酒又能作喝酒的詩，自然比施光南更完美。但倘若不能理論聯繫實際，如有些知識者，只能從事抽象思維，嗜好形而上的玄學，我想，也應當說是一種智慧，稱喜歡「玄學」的人為玄學鬼，恐怕不公平。

施光南英年早逝，令我久久悲傷。懷念他的時候，恕我藉此為只會寫《祝酒歌》而不會喝酒的人說幾句話，我想光南是一定會覺得不辱他的名字的。

一九九零年十月三日於芝加哥大學

好事好人變形記

「知識分子應該到農村去，到工廠去」，本來這種主意是很好的。知識者應當走出書齋，去認識社會，讀好社會這一部活書，這無論如何是必要的，至今，我還這麼想。而且，工人農民確實有很多美德，值得知識者去學，去研究。

但是，我下鄉和工農結合兩、三年之後，有點覺得負擔了。當時說不清甚麼原因，最初只是覺得老是不讀書，光讀「活書」，這固然使人愈來愈活，但也愈來愈空，最後真的「乃不知有漢，無論魏晉」，讀社會讀成沒有學問的知識者怎麼行呢？此外，上山下鄉勞動鍛煉制度化之後，又變成一種懲罰手段也就是「洗心革面」的策略。這樣，在與農民相結合時，就得把農民當作鏡子反覆地照出自己的瘡疤和反覆地罵自己「髒」。我本是農家子，了解自己和自己的父老兄弟，我不相信，因為進了幾年學校就會變髒變醜。還有一層負擔就是，「洗心革面」還不能停留於照鏡子和罵「髒」，而且還得沒完沒了地寫書面體會，這樣，慢慢就覺得下放勞動不僅缺少「詩意」，而且缺少「人味」。這種感覺愈來愈強烈，最後只覺得有一種無邊無際無形的鈍刀子在割着自己的靈與肉，於是，便開始想「當逃兵」，想快點回城市過平安日子。

學習雷鋒也有這種感覺。我在大學裏不僅自己學，還帶領全班同學學，我覺得雷鋒真是「好同志」「乖孩子」，死時還比我小好多歲。但是，後來我又覺得不妙，原因也是把學雷鋒強制化，一律化；不學就被視為異端，就當不了又紅又專的優秀生，而且班與班、組與組、個人與個人之間要比賽，每個人、每個班都得想辦法多做好事，然後一筆一筆地記清楚，好去彙報和奪紅旗。這樣一來，有的同學到海邊撿貝殼玩玩，也說成是打掃海灘衛生，有的同學到南普陀寺去吃素炒米粉卻說成是向和尚宣傳唯物主義和反對唯心論。後來聽說全國到處都有假雷鋒，到處都有假雷鋒日記，我一聽就相信。

更麻煩的事還在後頭。因為雷鋒是一個符號，每一個人都可以賦予他意義。當時中央諸位領袖已賦予他不同的意義，例如林彪賦予雷鋒的意義是「聽話」。而層層抓學習，各層領導又均賦予新的意義。有一中學，那裏的領導賦予雷鋒的意義就是對一個女教師（被打成「右派」的所謂階級敵人）「要像冬天一樣冷酷」，結果把女教師的衣服剝光並放在雪地裏凍。這樣，雷鋒就全變形了。每一個人腦子裏的雷鋒都不一樣，有的是乖乖的，有的是傻傻的，有的是狠狠的。只有老實人，堅持學習他的螺絲釘精神，即正統的、真正的、未被篡改的精神，但又學得太死，竟然以為學習這種精神，就是把自己變成黨支部書記或副書記的一顆螺絲釘，他叫你往哪裏鑽就往哪裏鑽。倘若書記是正派人還好，如果是個流氓就很糟。

以上所述只是說明好事一旦制度化、強行化和一律化之後，常常會變出許多古怪的事來。說的都是實事，可供社會學家作研究資料參考。

新精神放債法

一九二七年，魯迅寫過一篇雜文，叫做〈新時代的放債法〉，現在已經過去六十多年了，時代不斷進步，放債法也不斷翻新，所以覺得需要寫一篇〈新精神放債法〉，以記錄新債主們的新發明。

魯迅在這篇雜文中說，世界上有一種精神資本家，認為自己就是噴泉、熱、太陽，倘說中國是沙漠，他就是泉；倘說中國是冷酷的，他就是熱；倘若中國是黑暗，他就是太陽。他可以把你擁有的一切都解釋成是他的給予和他的恩典。所以你在精神上總是欠着他的債。

魯迅大約沒想到，當年他所說的精神放債法，發展到本世紀的下半葉，已經無所不在，無人不欠債。

這種放債的機器是政治運動。在政治運動中，一批人成了「反革命分子」、「右派分子」、「走資派」和「反動權威」等，這些人自然是欠了債的。而據說群眾運動天然是合理的，並且一定會「矯枉過正」，按照這規律，本來所有的知識分子都可能被打成「右派」，但由於掌握運動的人政策水平高，才使右派僅止於五十萬，所以未打成右派的人乃是受到恩典。還有，一個政治運動過去十年、二十年之後，運動的主人覺得應當大度些，應當給冤案假案平反，應當給那些在政治運動中被戴上帽子的人摘下帽子或恢復工作，恢復名譽，補發工資，落實政策，即給這些人以「第二次解放」。於是，被落實政策的人感到又一次接受了陽光雨露。於是，感激不盡，覺得精神上又欠了一筆債。

這種放債法還很多，例如，你說過「斯大林太霸道」，或者說「一九五八年大煉鋼鐵運動勞民傷財」，或說過不能講「偉大的空話」，此乃是「反動言論」，本來是屬於敵我矛盾的，現在作為人民內部矛盾處理，就是對你的寬大和對你的恩典，你如果不老老實實，就可能還會轉化為敵我矛盾。帽子就在手上，竟然沒有給你扣下，怎麼能不感激涕零呢？

政治運動實在是放債的好機器，發明者大約沒有想到這種機器如此神奇，可以捕獲這麼多的精神錢財。

然而，政治運動之外，還有一種無所不在的放債法，更使我口服心服。債主們對所有的知識分子說，你們這些人四肢不勤，五穀不分，連玉米和高粱、黃瓜和白瓜、公豬和母豬、甜菜和苦菜都分不清，本來是要餓死的，現在所以沒有餓死，是因為農民和工人（特別是宰豬的工人）以及領導工農的廣大革命幹部給糧吃。聽這麼一說，豁然開朗，每吃一個饅頭，心就發顫，連忙想到債主的恩情比天高，比海深。

因為債主多而且放債法也多，結果我輩常感到負債纍纍，抬不起頭，直不起腰，所以就喜歡「夾着尾巴做人」的格言，喜歡唱讚歌，甚至愛上那些宣佈我輩為「人民內部矛盾」的大約屬於五品官或七品官的債主們，覺得他們並非債主乃是救主。

「小兒態」種種

最近讀了一些雜書，才知道陸象山說過一句話：「大世界不享，卻要佔個小蹊小徑子；大人不做，卻要為小兒態，可惜。」

大人不做，偏作「小兒態」，這句話使我想得很多。

我首先想到的是二十四孝圖中的「老萊子」娛親。老萊子雖是六、七十歲的老頭了，對他的更老的雙親表示孝敬，這本來也無可非議，但是，他孝敬的辦法卻是故作「小兒態」，給老父母搖貨郎鼓，還佯裝跌倒在地。為了博得雙親一笑，想出這一招，確實不怎麼高明，難怪魯迅對此非常反感，說這是把肉麻當有趣。

老萊子作「小兒態」固然肉麻，可是，他們是為了「娛親」，屬純粹的盡孝，為孝而孝，並無政治功利之心。而且，他們乃是出於自願，忸怩作態的「假」中還有一點「真」。而在中國宮廷的政治生活中，我們卻看到另一種「小兒態」，他們作態與老萊子不同，其重要的區別是他們的「小兒態」被制度化。他們在皇帝面前作「小兒態」不是願意不願意的問題，而是「必須」的問題。即作為一種必須天天作、月月作、年年作的問題，和我們在文化大革命中的「早請示」、「晚彙報」一樣，必須天天做，成了一種制度和秩序。把國君視為「君父」，即使國君比自己年輕得多也要稱「君父」，這一點確實讓人有點難為情。但習慣了也就好了。既然稱「君父」，自己就是「兒」，精神上就自然「兒化」，因此，就必須有一套相應的「小兒態」，例如，必須跪着和皇帝說話，必須接受「廷杖」的教訓；倘若皇帝生了氣，要打屁股，就得乖乖地脱下衣服，在金鑾殿的眾目之下，接受杖責，挨打之後，還得說「臣子謝恩」。這與我們小時候被父母命令脱下褲子打屁股完全一樣。其實，中國的「君父」與「臣子」這兩個概念，本身就包括着臣必須「兒化」的意思，所以作為「大臣」和作為「小兒」，這一「大」一「小」乃是辯證的統一，基本上符合辯證法。

這樣看來，宮廷中大臣們自稱「臣子」和作「小兒態」，並沒有老萊子那麼輕鬆。宋朝以後大臣跪着説話的制度，使很多老臣太累而昏倒在地。作小兒態這麼苦，如果不是與政治功利有關，恐怕是支持不住的。因此，老臣願意稱皇帝為「老子」，是否真的孝順皇帝，我是懷疑的。我想，他們都知道，在皇上面前委屈一點，當了兒子和孫子，但一出宮廷大門則是大王、大人了，其時便另有許多人願意跪倒在自己面前作另一番的小兒態，他們便可恢復尊嚴和威嚴。在中國，一旦有錢有勢，面前自然就有人願意作小兒態。就連賈寶玉這樣一個年紀輕輕的小貴族，也有比他大好幾歲的賈芸表示願意做他的兒子。這實在是因為做小兒態可以得到許多好處。

七十年代，我們稱毛澤東為「老人家」時，並不覺得彆扭，因為，作這種稱呼的都是一些年輕的紅衛兵，頂多是年紀稍大但也不超過三十歲的「赤衛隊」。但後來許多六、七十歲的老同志，也稱毛澤東為「他老人家」就讓人不太好受，還有唱「爹親娘親不如毛主席親」，六、七十歲的人也這麼唱，就讓人覺得彆扭。再説，像雷鋒那樣的年輕輕的乖孩子，對黨有感情，唱唱對黨的頌歌也很自然；我們常跟着他唱一首叫做《唱支山歌給黨聽》的歌，唱起來也天真自然，但聽到六、七十歲的老作家唱的時候，不知道怎麼搞的，也使人覺得很酸，有點作態，似乎他們不是在唱山歌，而是在唱酸歌，變成了「唱支酸歌給黨聽」。還有一點最麻煩的是自己從事文學研究工作，必須讀文學作品，於是，讀了很多頌體詩文，實在難受；例如讀到臧克家的詩《在毛主席那裏作客》，他説因為和領袖握了手而渾身顫抖，幾乎像小孩大哭起來，總覺得味道不對，這大約與他的年齡已六、七十歲不宜如此作小兒態有關。這種小兒態實在太多，讀了這些作品，真會使人覺得中國當代某些詩歌處於未成年狀態。

作「小兒態」，乃是縮小自己和矮化自己，可是，人間的勢利之門是很小的，非縮小自己便不能鑽入，作小兒態和故作小兒態的人們，也常常是因為生存之難而不得不自我縮小，因此，也值得同情。這樣看來，那位搖貨郎鼓的有空閒的老萊子實在還是單純幸福得多。

萬歲和九千歲

到美國後，開始有許多地方不習慣，包括英語裏的量詞沒有「萬」字，必須說「十千」，這也不習慣。我數學特別差，對數字反應很遲鈍，就覺得還是有「萬」字好。

然而，最近已不太敢堅持這個意見了。這不在於我已習慣說「ten thousand」，而是突然想到「萬」字的麻煩，想到在文化大革命中被「萬」字弄得精疲力盡的情境。那時天天講階級鬥爭，「萬」字也成了最能表現階級立場和階級感情的詞。感情的兩極都離不開「萬」字：一極是無比熱愛，喊的是領袖「萬壽無疆」和「萬歲、萬歲、萬萬歲」，革命高潮中，一天要喊幾十次到幾百次；另一極是無比仇恨，對反動學術權威和「走資派」表示萬分氣憤，喊的是「罪該萬死」和「遺臭萬年」，還威脅要把他們「碎屍萬段」，再踩上一萬隻腳，叫他們永世不得翻身。在六、七十年代的大陸各種牆壁上，到處都是大標語，而標語的內容，以「萬歲」和「罪該萬死」最多。當時人人都害怕被打入「罪該萬死」之列，所以就拚命喊「萬歲」。「萬歲」和「萬死」可相輔相成，這也符合辯證法。我們這些知識分子愛名聲，特別害怕「遺臭萬年」，所以喊萬歲就特別用力。革命狂熱的年代，真是量詞「萬」字統治天下的年代。

如果去掉具體歷史情境下「萬」字的問題，純粹就這個數詞表情達意的效果來說，我又覺得萬字不錯，讓我們仍然以兩端的感情為例，如果沒有萬字，「毛主席萬歲、萬歲、萬萬歲」就得喊成「毛主席千歲、千歲、十千歲、一百千歲！」這就太囉嗦、太沒勁了。先前讀史書，聽說太平天國的洪秀全稱「萬歲」，而楊秀清稱「九千歲」，我就覺得彆扭。倘若楊秀清觀察民情，老百姓向他呼起口號就是：「九千歲，九千歲，九九千千歲！」這樣，舌頭巧的年青人還好辦，像我們這種舌頭有點硬的就轉不過來了。楊秀清之前，明代的著名宦官魏忠賢也自稱「九千歲」，自然也有這個麻煩。頌揚一極難，聲討的一極也難。沒有萬字，如果把「罪該萬死」改成「罪該千死」，其罪不僅減輕很多，而且也不足以表達我們心中對於地主資產階級的無比仇恨。不過，這也許是語言習慣的問題，一旦習慣了，能夠把「罪該萬死」改成「罪該千死」，而且也能喊得很動人，恐怕也算是一種了不起的文字改革。

想到自己和「萬」字糾纏的歲月實在太累，所以還是羨慕英語中沒有萬字，可免於「碎屍萬段」、「遺臭萬年」的威脅與恐嚇。那麼，剩下來的問題就是翻譯家如何把這些帶有「萬」字的中文成語譯成英文了。要達意而且達情，並不容易。張承志有一篇短文叫做〈美文不可譯〉，說的是漂亮文章翻譯之艱難，那麼，像「罪該萬死」、「碎屍萬段」、「遺臭萬年」這種雖不算美文但卻很有力量的口號，好像也不可譯。我剛剛學英語，沒有多大發言權，只是向翻譯家們表示自己的擔憂而已，我真擔心外國文字難以表達我們的革命氣概和強烈的階級感情。

「小腿疼」的升級

我寫過趙樹理小說的評論，直到現在，我還很喜歡這位誕生於黃土高原的帶有黃土味的作家。評論作家不應當隨着政治氣候的變遷而改變尺度。如果把趙樹理的小說真正作為小說讀（而不是作為反映革命時代的革命教科書讀），我們就會發現趙樹理是一位具有獨特的小說文體的作家。他的敍事方式與他以前的現代小說家相比，更富有幽默感和生動感，小說的語言完全自成一格。現在山西省又出現諸如李銳、鄭義這樣一些很優秀的青年作家，也許與他誕生在前有關。

他一直被視為革命作家，但五十年代後他的日子也不好過，所寫的小說常常受批評。這大約是因為他沒有以謳歌代替寫作，常常嘲諷現實中的落後現象。他在鞭撻落後人物時，喜歡給這些人物取綽號。這些綽號人物有兩位常使我發生聯想，一位是《鍛煉鍛煉》中的「小腿疼」，一位是《三里灣》中的「常有理」。《鍛煉鍛煉》寫了兩個在大躍進時代跟不上形勢的農村勞動婦女，一個叫做「吃不飽」一個叫做「小腿疼」。這兩個婦女其實是值得同情的。在五十年代和六十年代之交，大陸的大片地方確實處於飢餓狀態，餓着肚子從事繁重的農業體力勞動，即使是男人也受不了，更何況婦女。所以，她們老老實實地說自己「吃不飽」是無可非議的。假裝「小腿疼」也是可以理解的。中國鄉村的勞動婦女一般沒讀過書，不太動腦筋，不像知識者那樣老愛頭疼，所以她們如果說「頭疼」自然沒有人信，說肚子疼，人們又要取笑她拉稀，有傷面子，說手疼則請不了假，唯獨說「小腿疼」最合適，既不傷大雅又不必幹活。可見，鄉村婦女也是聰明的，她在艱難的時世中為了保護自己，很會尋找最合適的理由。

使我印象很深的，除了「小腿疼」之外，還有「常有理」。顧名思義，這個人的脾氣是容易明白的。因為五、六十年代裏，政治風雲變幻太快，農村中一會兒是單幹，一會兒是互助組，一會兒是合作社，一會兒是人民公社，一會兒是革命，一會兒是建設，一會兒是半革命半建設。一會兒說養豬是發展生產、建設社會主義，一會兒又說養豬是個人發財，搞資本主義。在這種環境中，人要生存只有兩種法子：一是「善變」；一是「善辯」。「常有理」者，屬於善辯。善辯者，就是隨着政治風雲的變幻而不斷地改變自己的理論和腔調而均合乎公律、公理，不管怎麼說均頭頭是道。

我對「小腿疼」和「常有理」都懷有憐憫之情。當時這兩類人物多得很，而且決不僅限於農村。在城市，在政治文化領域也有這兩種人物，只是表現形式不一樣。「常有理」者，有各級官員，也有平民百姓。不管政治風雲如何變動，也不管自己的行為如何荒唐，總能說明自己的一切合乎「主義」，合乎「革命路線」，合乎「政策」。以前我把你打成右派有理，之後摘了你的帽子也有理，今天重新給你戴上右派帽子也有理，如因有理而論功，則前天把你打成右派是革命有功，昨天為你摘下帽子是改革有功，今天給你重新戴上帽子是反自由化有功。

「小腿疼」也有普遍性，而且愈來愈升級。在政治風波中，住醫院的官員總是特別多，而且級別也愈來愈高。政治東風強，西邊的官員就是「小腿疼」，政治西風強，東邊的官員也是「小腿疼」。原來疼的只是科長、處長，後來則有司局長、副部長、部長。而醫生多數心地善良，他們知道時事艱難，風雲多變，幹部難當，也只好睜一眼閉一眼，保護各種各樣的政治避難者，證明官員們確實「小腿疼」。至於因腿疼而走不了「革命路線」還是「反動路線」，醫生是管不了的。

趙樹理筆下還有許多帶綽號的人物，如「彎彎繞」「鐵算盤」等，也都很有意思，如果細細琢磨，可知道為了適應多變的社會而生存的人們，真有許多苦辛和苦心。

對付「腹誹」的新法

《史記．平準書》中曾記載敢於直言的顏異被強加「腹誹」罪一事。漢武帝為了增加國庫收入而準備選印紙幣，此事徵求了顏異的意見。顏異向來心直口快，就直言不諱地批評這種作法。這之後，又有人在顏異面前非難此事，顏異並未附和，只是略有嘲弄的意思，但由於當時兇惡的權臣張湯本就對顏異嫉恨在心，便乘機陷害顏異，說顏異「腹誹」聖上，因此，漢武帝便接受張湯所發明的這種莫須有的罪名，把顏異判處死刑。從此，「腹誹」便成為一種可怕的罪名。

這種殺頭罪的可怕，就在於無須任何文字、言語的根據或實物的根據，便可以定罪。「腹誹」乃是主觀猜想的心理活動，一個人到底是不是在腹誹，只有鬼才知道。現代最先進的心理學家，也無法測定和把握一個人的具體的心理語言。然而，一旦皇帝認為你在「腹誹」，你便是「罪惡滔天」，而且無法申辯。

這真是莫名其妙的罪名，但它說明，中國帝王制度的專政刺刀，已直指無形無邊無底的心理世界。不知道外國的帝王是否也如此精明，會想到「腹誹」這一層，即統治的深度達到這一層。

中國古諺告訴人們要「慎言」，因為「禍從口出」，為了不惹禍，最好不說話。但有了「腹誹」罪之後，這句古諺就不能成立，因為即使不開口，大禍也會「自天而降」。

然而，對皇帝確實是不可以「腹誹」的。有「腹誹」存在，將來就可能造反，這也是必須加以解決的。現代人畢竟比古人文明，一是不會隨便說人「腹誹」，二是如果給「腹誹」的人定死罪也會被社會所指責；因此，他們的辦法是讓那些「腹誹」的可疑分子自己交代，洗心洗腹。這種辦法實在是一大發明。在文化大革命中，我們不斷地「鬥私批修」，而且不斷深入，最後提了一個口號（也是某一榜樣日記上寫下的經驗），叫做「狠鬥私字一閃念」，這種「一閃念」自然沒有文字，屬於沒有說出口的話語，只是腦子中的「一閃」，肚子裏的「一軲轆」而已。

「私字一閃念」其實很容易發生，例如，整天拿着小本子喊「萬壽無疆」和「永遠健康」，頭幾天還新鮮，可是一連幾年喊個不停，就會覺得疲勞，難免就會在腹中暗生埋怨：「天天祝願，真的會永遠健康嗎？」「天天早請示晚彙報，豈不是個人崇拜」等等。這種一閃念，其實並不涉及到對領袖的態度，只是因為懶惰，不願意在清晨睡得正香的時候爬起來「早請示」。然而，如果把這一閃念「鬥」出來，問題就極為嚴重，所以人們大多不老實，隱瞞「腹誹」，愈是「鬥私批修」，就愈多「私」字和「修」字。

我的同伴們大約也不老實，所以常常鬥了幾年鬥不出「腹誹」。於是，我曾懷疑「鬥私批修」靈不靈。但懷疑不久，卻有一事實教育了我，有一位比我大二十多歲的老實人，他鬥出自己在青年時代做過一個可怕的詆毀領袖的夢。儘管是夢，但絕對屬腹誹性質。因為他是自己交代的，最後得到「從寬處理」，即敵我矛盾作為人民內部矛盾處理。這才使我佩服發明「狠鬥私字一閃念」，比漢武帝、張湯之流那種簡單殘暴的辦法文明得多，現代化得多。這種辦法至少有兩點是文明的：一是自己交代的，肯定是事實；二是自己交代後，等於洗心革面，可以從寬處理，不必殺頭。通過這一事實，使我感到中國社會和人類文明真的在進步。

思想改造經驗小評

我和我的同齡人以及比我們年紀更大一些的老同志，在幹校時，常常交流思想改造的經驗，因為改造運動非常頻繁，我們都成了運動老手。因此，要拿出改造的新經驗也不容易。

有一位同伴介紹說，自我批判成功的關鍵是「三不怕」，即「不怕疼，不怕醜，不怕累。」前兩條好理解，就是不怕揭自己的癩瘡疤和父母的癩瘡疤，敢於臭罵自己。但是「不怕累」卻有點費解。對於這一點，我始終存疑，因為我能舉出許多累得半死累得死去活來甚至已經累死但仍然過不了關的例子。

還有一位朋友介紹經驗說，關鍵是要深。所謂深，就是要追根溯源。先要挖階級根源，父輩挖完挖祖輩，祖輩挖完就挖曾祖輩。他說挖得深還得罵得狠才行。但罵自己的祖宗就不是罵「他媽的」，而是罵「我媽的」「我爺的」，要狠也不容易。不過即使不怕狠，但如果祖宗三代皆沒有問題怎麼辦？他介紹說，沒有階級根源就挖思想根源，你如果沒有受到劉少奇的影響，就找一找是不是受了布哈林的影響，如果沒受布哈林影響，就挖一挖是否受考茨基或伯恩斯坦的影響。但他的這一經驗很有限，像我們這些人，根本看不到考茨基、布哈林、伯恩斯坦的書。這些赫赫有名的修正主義者的書都屬於內部控制，哪能輪到我們讀，既然沒讀過怎能受影響？

還有一位朋友對上述兩條經驗也不以為然。他說，關鍵是要善於上綱上線，綱舉目張，一上綱上線就有高度，有高度就有深度，有高度深度就是好態度。他舉例說，例如你喜歡讀書吧，這說明你想成名成家，知道書中自有黃金屋，書中自有顏如玉，這就是個人主義，而個人主義就是資產階級的獨立王國，一鬧獨立就會導致亡黨亡國。然而，這一意見雖有道理，卻算不得經驗，因為我們個個都是上綱能手、上線老手。上綱上線已屬本能，連小學生也懂得遲到早退是兩條道路的鬥爭，在飯桌上掉了飯粒沒有撿起來吃，是百分之百的剝削階級思想。因此，上綱算不得經驗。

還有一位朋友則談了一個可以真的稱為經驗的經驗。他說，自我批判實際上是自我作踐和自我糟蹋，因此糟蹋得愈徹底愈好。按照這一標準，檢查者不可認為自己等於零就滿足，還應當等於負數！例如說，檢查自己不革命，那只是沒有革命要求，這是「零」。但這還不夠，還應當檢查自己反革命，這就是負數。沒有事實不要緊，只要上綱到負數的高度即可。他還說，關於這一點，阿Q就值得我們學習，他被人揪住耳朵打時連忙求饒，並說了一句幾乎是經典性的話：「打蟲豸，好不好？我是蟲豸——還不放麼？」這位朋友認為這點是最重要的：阿Q不止於承認自己等於零——不是人，而且等於負數——是害人的蟲豸。所以有經驗的老同志在紅衛兵逼問他們是不是「牛鬼蛇神」時，就趕快回答「是」。他們早已悟到承認負數乃是歷史的必然。這位朋友的經驗帶有文化哲學的意味，很使我佩服。但也有問題，阿Q既然早已承認自己是蟲豸，是賊，為甚麼還把他槍斃？

想來想去覺得走投無路之時，也有人會出壞點子。因為社科院有一位女性受審查對象長得漂亮，被工宣隊隊員看中後在田野裏鬧了一場風波，因此，便啟發尋求經驗的一位同志說，沒辦法就和工宣隊員談戀愛去。但這就近乎有意去和平演變工人階級，而且具有戀愛條件的人也不多。說到這裏，大家才覺得這樣豈不是愈改造愈壞，便趕緊剎住交流會，各人碰各人的命運去。

地動與人動

一九七六年夏天，唐山的大地震把北京震驚了。我們這些首都市民全被嚇得搬出自己的房屋，住在露天的塑料帳篷裏。北京一時成了龐大的難民營。更可恨的是地震的餘波不斷，加上暴雨不停，雷鳴電閃，真有一種世界末日即將來臨的感覺。

我們一家就在塑料棚裏和末日的氣氛中度過了一個多月。

在地震棚裏，開始時有點恐怖，慢慢則覺得悶極無聊，最後從恐懼中清醒過來時，我們社科院這個知識分子成堆的地方的「分子們」竟產生一種壞心眼，聊起天來，有的人竟然説，這次大地震把唐山幾十萬人坑了，固然太慘，但是，地震運動把清查天安門「四五」事件的政治運動沖垮了，倒是震得很及時。如果不是大地震，我們還得挨整哩！講到這裏時，他喜形於色，臉上流露出心中的「竊喜」。我不敢附和，只半真半假地跟他開玩笑：「你真是怪心眼！」他卻回答説：「何止怪心眼，還可説是壞心眼。」

一九八七年，「反資產階級自由化」運動處於高潮中，大北方的大興安嶺出現空前的火災，火勢連綿不斷，狠燒了幾十天，也震驚了全國。當時我在廣州，有一次在街頭買報紙時竟然聽到那裏的人在議論：這把火燒得好！政治運動可能又搞不下去了。我聽了又是一愣，並想起一九七六年大地震時那位同事的竊喜。此時，才意識到，人心真是變壞了。

唐山大地震之後不久，「四人幫」垮台了，那時，北京人個個滿臉春風，如逢盛大節日，脾氣也變得很好，而且愛唱愛笑愛説話愛開會。街頭上罵「四人幫」的話，又髒又有趣，批判會上的發言篇篇義憤填膺，報上好幾篇文章把「四人幫」的垮台和大地震連起來，說是因為他們窮兇極惡才搞得天怒人怨，地震乃是天意人意。這些文章的意思，似乎又和地震棚裏的那一位朋友的心眼差不多，但奇怪的是，沒有人覺得他們的心眼壞，也沒有人覺得他們宣傳唯心論，反而覺得他們說得極「是」。偏偏又在一次會上遇見那位怪心眼的朋友，他意氣昂昂地對我說：「你瞧，要是我的心眼壞，老天爺能幫這麼大的忙嗎？不僅把他們嚇一跳，還把他們抓起來了。你這個秀才哪知天下事，現在人們痛恨政治運動大大地超過痛恨地震運動。」

愈認識人，愈喜歡狗

還在國內的時候，一位朋友在他的書中引用了西班牙詩人的一句話：「我愈是認識人，愈是喜歡狗。」這句話出自西班牙某一狗的墓地，是主人悼念狗時的傷心之論。

我因為一向不相信人性那麼壞，所以總覺得這句話太偏激。因為假如認同這句話的意思，就等於承認有一些人還不如狗，或者說，還不如家畜。所以我還是願意「假定」這句話是詩人一時的激憤之辭。

不過，到了美國之後，我倒是越來越理解為甚麼美國人那麼喜歡狗。許多人的喜歡確實只是因為喜歡，玩玩而已，增加一點生活的情趣，並無深意。但有的人喜歡，確實與社會「人情」的淡漠有關。美國的「物質文明」高度發展之後，錢勢的確變得至關重要，一切都處於金錢的掌握與覆蓋之中。錢勢吞沒一切，包括吞沒各種「人情」。於是，一座一座漂亮的房子成了一座座「老死不相往來」的堡壘，互不相通。在這種社會中，處於身強力壯的忙人還好，如果是老人、殘廢人和「閒人」真是難受。這樣，閒一點的人或忙了之後也有閒的人，既然沒有可靠的朋友，就找貓狗作伴，確實可以減少許多寂寞和孤獨。這樣，小狗小貓就成了寵物，叫「pet」。至於這個社會還有更凶險的一面，我尚沒有踏進去看看，只是從書本裏得知美國的一些有才華的人也常常驚嘆人性的險惡。例如，美國實業界的鉅子、曾任福特公司總裁的李．雅科卡（Lee Iacocca），他在自傳中就說：當他和董事長發生矛盾而被解僱之後，整個生命存在完全變了。一個可以支配億萬金錢的總裁變成了失業者，隨之而來的是整個社會關係的可怕變動。他說：「在我這一輩子，頭一次懂得了，解僱是多麼可怕。」「我被解僱之後，就似乎不再存在了。曾經在我手下工作過的人，我的同事和朋友們都害怕見我。昨天我還是一名英雄，而今天我就成了人們無論如何要予以迴避的人物了。」「這是因為亨利準備要對我上下的支持者作一番大清洗。未能與我完全斷絕關係的人都有遭到解僱的危險。」讀了這樣的文字，我便能理解，處於嚴重打擊下的雅科卡，一定會喜歡西班牙狗的墓地裏的那一句詩。那些在他失業後唯恐避之不及的人們，哪有狗的可愛呢？狗在這個時候，絕對還忠誠於他。

我這兩年多來也有一種類似雅科卡被解僱後的人生體驗，然而，我很高興地發現，從國內到國外，都有一些大義大勇的朋友，他們不僅不怕我，而且全力幫助我，所以我才寫了〈時時心存感激〉的文章，以資銘記。然而也有個別的「朋友」，趕快和我劃清界線，作種種微妙的聲明。幸而，這種朋友不多，否則我也會喜歡西班牙狗的墓地上的那句話。

但是，去年以來，說實在話，我對人性已不如從前那麼樂觀了。我發現人性有一種可怕的匯集力量，能把各種動物性，如狼性、蛇性、熊性、豬性、老鼠性及狐狸性集於一身，兇惡、毒辣、蠢笨、醜陋、狡猾、馴良等全都具備，真是「萬物皆備於我」。錢鍾書先生在《管錐編》裏講到這一點。如果就這種集獸性、家畜性於一身的人而言，狗自然比人可愛得多。這就是說，我對人的認識愈來愈接近西班牙的那位詩人。但這是否屬於被西方文化腐蝕的結果，我尚不清楚。

「床下都督」的自知

辛亥革命史上發生過許多有趣的故事。其中有一則是傳說後來當了大總統的黎元洪曾經扮演過「床下都督」的角色：革命軍在武昌起義之後，為了從張之洞的湖北新軍裏找一個可當招牌用的「權威」任都督，就想到當時身為新軍混成協「協統」（相當於旅長）的黎元洪，於是，便派兵前往恭請。據說，黎元洪得知這一消息後，嚇得鑽入床底。然而，革命軍們還是硬把他從床下拖出來。黎元洪此時連忙求饒：毋害我，毋害我。於是，他便有了「床下都督」的美稱。此事係屬傳說，不一定確鑿，至今史學家們還有爭論。不過，革命軍請黎元洪當都督而黎元洪嚇得臉色蒼白的事可能是有的，所以我們姑且權作真故事來談論。

中國近代史很有戲劇性，論者們常嘲笑其中的許多人物，也常常嘲笑此事，但是，我卻想到另一面。

黎元洪不敢當都督，本來可以想出一些比較高明的辦法來辭謝，不必鑽到床下。大丈夫鑽入床下，確實有失風度。然而，我們卻據此了解，黎元洪這個人還有一點可貴的精神，這就是有點自知之明。他還有認識自己的能力，知道自己不行，沒有足夠的力量挑起這副「革命重擔」。沒有人研究過黎元洪的心理，我相信，他當時的心理一定很複雜。不過，有一點不需要心理專家剖析也可以了解的，就是他知道自己的頭顱不足以支撐「革命都督」的高帽，這頂沉重的帽子最後可能會壓碎他的腦袋。

「人貴自知之明」。能否「自知」乃是區分貴與賤的基本尺度。那麼，黎元洪鑽到床下就不能說他完全是「賤」——雖然趴倒在地上有點賤樣，但應該承認，這是「賤中有貴」——他具有一種政治文化素養提醒自己不該去扮演不恰當的歷史角色，這就是自卑中的自知。

中國人常常挖苦缺乏自知之明的人還硬要充當總統、總理、部長、市長時說：阿貓阿狗也可以當總統總理。老百姓稱一些愚蠢的政客為阿貓阿狗，既親切又貼切。貓狗無知，自然也沒有自知之明，也無所謂道德感和尊嚴感，所以讓牠們坐上總統總理的寶座，牠們就坦然地坐在那裏，樂滋滋地執政，煞有介事地管理國家，天天裝着個日理萬機的忙碌狀；人類世界的嬉笑怒罵，牠們既不在乎也根本聽不懂，無窮無盡鄙夷的目光投射到身上，還自以為渾身明亮，燦爛輝煌，甚至唾沫已灌滿寶座，牠們還沉醉於烏紗帽的榮耀之中。這是怎樣的「賤」，怎樣的「蠢」呢？與這種阿貓阿狗相比，黎元洪鑽到床下，確實表現出人的氣味和人的自尊。

歷史學家筆下的審判比政治家刀下的審判還要嚴酷，在現實中生活的人往往不知道這種厲害。可惜歷史學家管的是大事，往往無暇顧及臉皮厚薄這等小事。否則，對於黎元洪總統這種尚存薄臉皮的自知精神，倘若屬實，還是應該寫下一筆的，這對於政治舞台上臉皮愈來愈厚的絕症，可能會有些療治作用。

搞錯了時代的憶苦思甜

一九六三年秋天，我和中國社會科學院的八十多位剛大學畢業的同伴到山東省黃縣白馬公社去「勞動實習」一年。

我們選擇的村落是個老解放區，雖然貧窮，但老百姓的覺悟高，這對我們這些未上過階級鬥爭教育課的青年學生，實在是極好的課堂。村子裏的黨支部書記「陸書記」，是一個很好的老人，也可以說是很老的好人。他早就得到上級的指示，要好好幫助這些未來的革命接班人改造世界觀，防修反修。所以我們一到達村子不久，他就安排我們上一次憶苦思甜的階級教育課。

聽到這個消息，大家都很激動。我們這些在「蜜糖裏泡大」的青年，總是生在福中不知福，上好這一課太重要了。不知舊社會的苦和新社會的甜，就容易立場不穩，被資產階級拉過去。可是，我們剛到山東，實在聽不清楚山東老鄉們的話。但我們對貧下中農太敬重了，誰也不敢說聽不懂。而且我們想，即使聽不懂，看着苦大仇深的老貧下中農臉上的眼淚和情感變化，也將受到巨大的教育。於是，我們都帶着虔誠的心情去聽大學畢業後的第一課。

憶苦思甜的老大娘正是我的老房東。她沒有名字，人們都叫她為馬遲氏。這是因為她的丈夫姓馬，而她姓遲。陸書記介紹說，她是苦大仇深的老貧農，解放前要過飯，當過地主的童養媳，後來她嫁給一個窮小子，窮小子參加了八路軍，革命成功後在北京當了官，又另娶了親，把馬遲氏遺忘在家裏了。老支書的介紹有點不對頭，但我們也不宜多問。我們只是對馬遲氏老大娘非常尊敬，急着聽她的故事，不過，一下子還聽不懂她那很濃的山東口音，真遺憾。

那天，她面對這麼多的從首都北京來的大學生，真是激動極了，滿腹的苦水往外倒。她愈講愈不平靜，最後竟失聲痛哭。直到她哭的時候，我才發現自己沒聽懂她的話，但是，看她哭得那麼傷心，自然是受壓迫很深，這使我回憶起在電影裏看過的地主殘酷壓迫農民的情景，因此，一下子同情心和階級仇恨全上來了。我和我的同學們開始喊革命口號，喊得震動全村莊。喊完後，馬大娘又大哭，大家也跟着陷入極度的悲痛之中。我發現勞動實習的同學都掉眼淚了，尤其是女同學，她們拿起手帕擦了又擦。我因為聽不懂，非常着急，便想起自己大學剛畢業，就遠離慈愛的母親，到了這個白雪飄飄的大北方，人地生疏，不僅嚥不下窩窩頭，還聽不懂這種莊嚴的社會主義教育課。想了想，頓覺孤獨，竟也流了淚。

馬大娘憶苦思甜之後因為太傷感，由兩位小姑娘扶着她回家去，而我們留下來談心得體會。我怕自己說不出體會，便先發言，說明我是南方人，許多話都聽不太清楚。沒想到，這麼一說，好幾位實習同學也表示同感，但他們為甚麼也流淚，我就不清楚了。正在這個時候，很老的好人陸書記走過來對我們說：今天馬大娘的憶苦思甜不對勁，不必討論了。聽了這話大家都愕然。他繼續說：「馬大娘老糊塗了，她憶的不是舊社會的苦，而是一九五九年的苦，那時是自然災害，還有蘇修坑了我們，當然苦了，我們村裏好多人又帶着大隊的證明書去要飯了，她確實也苦得怪可憐的，而她的丈夫革命成功後就不要她了，孤苦零丁，自然就更苦。可是，我們的憶苦思甜不能這樣憶法。沒憶舊社會的苦而憶新社會的苦，怎能教育革命接班人。她真是老糊塗了。以後請她再補憶一次吧。」黨支書這些話真使我們都愣住了。他老人家說完就走，留下我們這些實習生，都怪自己聽不懂山東話。至於為甚麼每個人都流了淚，各有各的原因，不必細查。不過，最後我們都感到貧下中農確實值得學習，馬暹氏老大娘就是一個老實人。舊社會固然苦，但是一九五九年、六零年、六一年也夠苦的，大家都講了一番那時忍飢挨餓的故事。可是，我們都不如貧下中農那麼老實，都沒有勇氣說出自己挨過餓，而馬大娘就實實在在地說了，這就是高貴的品質。因此，大家覺得，大學畢業後在社會大學裏所上的第一課，也沒有白上，淚也沒有白流。

二十年之後，在北京聽到馬遲氏老大娘去世的消息時，我感到一陣悲痛，覺得世界上又少了一個老實人。在充滿不老實的世界裏，老實人是多麼寶貴，做一個老實人是多麼不容易呵。

幫老局長「過關」

文化大革命後期，大陸正在忙於「落實幹部政策」，想解放一批幹部出來做事。老是講階級鬥爭不幹活確實不行，而一些老幹部沒事做已近十年，（人生有幾個十年呢？）再不幹活，「壽已老矣」，也很成問題，所以也很着急。官員老沒事做，也像運動員老是沒球打，鴉片鬼老沒鴉片抽一樣，真悶得慌。

我的朋友，原社會科學院行政局局長老田，是三八式的老革命，也是悶得慌的一個，極想站出來把自己狠批一頓然後得到「工作」。可是，他已檢查了好幾次，還是沒「過關」。

我屬「職工」，不屬「幹部」，不在「落實政策」範圍。所以當幹部們在落實政策的過程中，也就是在不斷檢討——接受批判——再檢討——再接受批判——直到大家滿意的過程中，我倒成了閒人。我記得，那是文化大革命中最美好的歲月。

一天早晨，我還在睡懶覺。田局長突然來找我，老同志找到我們的又亂又擠的單身漢宿舍真不容易。我和田局長因為在河南五七幹校混熟了，所以可算是老戰友和老朋友。不過，他只承認是朋友，不承認是戰友，他說，我們的八路軍才算戰友，勞動改造算甚麼戰友?!他提了一小籃子東西放在我的床邊，我一看，籃子裏有花生、雞蛋和若干蘋果，這在當時都是很貴重的東西。我到北京近十年，恐怕還吃不上十個蘋果。至於花生，我更是喜歡得不得了，每次想吃的時候，只能買一兩，但局長這一送足有兩斤。至於雞蛋之貴重就更不必說了，我的一個月工資才能買三十斤雞蛋。不言而喻，這自然是給我的禮物，老局長兼老戰友這麼關心我，使我感動得趕緊從床上爬起來。

田局長是個爽快人，對我很信任，開門就見山地說：「這些東西讓你增加營養。今天有一事要求你幫忙。我已經檢查了三回，到現在還通不過，他們說第四回還通不過，就得以『夾生飯幹部』處理，我就不能進入『三結合』的領導班子，而且還有危險當『還在走的走資派』，這可是關鍵時刻。你是秀才，這回可得幫幫忙了。」我一聽就着急，恨不得為老領導兼老戰友兩肋插刀，這於黨於國家於人民於他於我都有好處。

「那麼，他們對你的檢查為甚麼不滿意?」我問。

「唉，要大家滿意，首先就得大哭一場，那天鄭副局長通過了，還不是大哭一場，哭得死去活來，人家就說他深刻。我在老鄭前面作了檢查，就沒想到這一點，下一回我一定大哭，沒問題。但是，他們還說我對自己的錯誤批得不狠，還是怕醜怕疼。其實，再醜再疼我也不怕，就是水平不夠，哭得不夠。」他說。

「那麼，你的主要錯誤是甚麼?」我問。

「他們說主要是勢利眼，對上級領導溜鬚拍馬，對下級群眾漠不關心。他們說我有兩副臉孔，一副是對上級的，這是笑嘿嘿的菩薩臉；一副是對下級的，是冷冰冰的惡煞臉、閻王臉！」

「這已經批得夠狠的了。」我說。

「他們說不狠，狠就得挖階級根源。可是老鄭出身地主，一挖就對頭，一掛就掛上，當然是受地主階級思想的影響，當然深刻。可我出身城市貧民，是個窮光蛋。窮光蛋沒勢沒利，怎麼和勢利眼掛上鈎。」他委屈地說。

「雖然出身於被剝削階級，但也可能受剝削階級思想的影響，你再想一想，有沒有甚麼親屬關係和其他社會關係是剝削階級？」我啟發老局長。

「哦！我的老婆出身有點問題，她家是小土地出租者，出租土地就是剝削，可她好像沒怎麼影響我，倒是我常常影響她，還打過她。」老局長感到有點麻煩。

「她做甚麼工作？」

「她一直在我們這個小胡同裏的街道委員會工作。」

「在街委會工作等於沒有工作，一個家庭婦女怎麼會影響你這樣的老革命，這恐怕說不清也通不過。你還是再想想別的關係，包括遠一點的關係，例如表叔表舅表姑表姨甚至表弟表妹表姪之類，應當站得高看得遠一點。」我又啟發老局長。

「說得對。我的表舅公當過一年警察，雖然就管兩個小胡同，一家小店舖，但也屬於舊職員，上綱起來也算偽官僚。警察可以說就是勢利眼，對了，就算是受他的階級影響！」他興奮地說。

「算找到根了。」我也興奮地說。

「不過我記不得他說過甚麼話。他好像對我說過，我們這種窮警察，沒甚麼地位，只能看上級的臉色辨事。」

「這句話就很能說明問題，就可以上綱上線了。」我更興奮了。

「對，我還可以把自己的想法當作他說的。例如，我常想，一按上級的眼色辨事，喝香的吃辣的，甚麼都有了！」他說。

我們都為找到階級根源而興奮得不得了。田局長激動得抓起一把花生使勁地往我手上塞。「快記下來，明天幫我把檢查寫出來。你放心，我講到表舅公的階級根源時，一定放聲大哭！」

第二天，我終於為他寫出一份檢查。說實在的，我們這一代人都是寫檢查流眼淚的能手，再加上我們已共同找到要害，分析得很透徹，自然是成功的。果然，老局長自己把我寫的檢查謄抄了一遍，要求工宣隊安排個時間，作了第四回的檢查，據反映說，他此次檢查有「質的飛躍」，非常深刻。而且在痛罵他的表舅公時嚎啕大哭，使在座的工宣隊、軍宣隊也拿出手帕擦淚。田局長終於「過關」了。在大約一個月之後，他被宣佈「解放了」，並當上了社會科學院臨時領導小組行政組的副組長，院部恢復行政局之後他自然地轉為局長。

為此事，我一直內疚。一是接受田局長的花生、雞蛋和蘋果而替他辦事，帶有受賄性質。說實在的，我如此受賄還是第一次。二是覺得自己做了一件對不起工宣隊和軍宣隊的事，也就是對不起工人階級和人民解放軍，不僅蒙蔽了他們，還讓他們掉了寶貴的眼淚；三是對不起田局長的那位我不認識的老表舅公，我在為田局長寫的檢查裏，着實狠狠地無緣無故地把這位老實人臭罵了一頓，給他戴上好幾頂反動帽子。

酸論

《紅樓夢》中有一個賈寶玉，還有一個甄寶玉。甄寶玉的父親甄應嘉，是與賈府有老關係的金陵官僚。甄、賈寶玉兩個人長得一模一樣。甄寶玉在賈府出現時，賈家上上下下都非常驚訝：兩人的身材相貌竟會如此相像。虧得當時賈寶玉身穿孝服，若是一樣的衣服穿着，恐怕就分不出來了。見了這一對寶玉，紫鵑還因此一時癡意發作，想起黛玉來，心裏說道：「可惜林姑娘死了，若不死時，就將那甄寶玉配了她，只怕也是願意的。」

甄寶玉與賈寶玉長得一個模樣，可是心事卻完全不能溝通。甄寶玉未到賈府之前，賈寶玉就聽說有一個和他長得一樣的甄寶玉，他還為此念念在心。那天一見面，果然竟如舊相識一般，賈寶玉便以為這個與他同名同貌的少年必定也是與他同心的朋友，也許可引為知己。然而，一旦談起來，賈寶玉便很快地發現甄寶玉說的話味道不對，《紅樓夢》描寫他們倆人談到要緊處，甄寶玉說：「……世兄是錦衣玉食，無不遂心的，必是文章經濟高出人上，所以老伯鍾愛，將為席上之珍。弟所以才說尊名方稱。」一聽了這席話後，賈寶玉很不以為然：

> 賈寶玉聽這話頭又近了祿蠹的舊套，想話回答。賈環見未與他說話，心中早不自在，倒是賈蘭聽了這話甚覺合意，便說道：「世叔所言固是太謙，若論到文章經濟，實在從歷練中出來的，方為真才實學……」甄寶玉未及答言，賈寶玉聽了蘭兒的話，心裏越發不合，想道：這孩子從

賈寶玉稱甄寶玉和賈蘭說的「文章經濟」這一番話為「酸論」，真是妙極了。他不敢相信年紀輕輕的甄寶玉和賈蘭也被「酸論」所掌握，以為甄寶玉在說應酬話，所以又請甄寶玉不要客氣，朋友之間還是說些有別於「酸論」的性情中話為好。可是，甄寶玉卻連忙說明自己的心思正是在「文章經濟」之上：「弟小時也深惡那些舊套陳言，只是一年長似一年，家君致仕在家，懶於應酬，委弟接待。後來見過那些大人先生盡都是顯親揚名的人，便是著書立說，無非言忠言孝，自有一番立德立言的事業，方不枉生在聖明之時，也不致負了父親師長養育教誨之恩，所以把少時那一派迂想癡情漸漸的淘汰了些。……」到了這個時候，賈寶玉才感到深深的失望，把甄寶玉引為知己的夢想終於破滅。

甄、賈寶玉相見而相失的故事，除了說明友之道不在相貌而在心靈的淺近道理之外，更為重要的是，它使我們看到那個時代的價值觀念確實已發生深刻的變動。原來被視為正道乃至神聖之道的教條，到了寶玉這一代人的心目中，已成為失去任何新鮮感的「酸論」。賈寶玉會產生酸感，說明他對那一套陳腐的說教已厭惡之極。

賈寶玉畢竟有靈氣，會想到「酸論」二字，既精彩又恰切。老一套說教，開始時並不酸，但在時間推移和歲月泡浸之後，拒絕變化，便會發酸發臭。人世間有很多顯學，一旦落入俗套，便會變成俗學，而不知俗學為俗學，還煞有介事地把它當成神聖的東西酸溜溜地鼓吹，就會變成酸學。甄寶玉的言論落俗而又一本正經地向賈寶玉宣講，賈寶玉就產生「酸」的感覺。

賈寶玉和甄寶玉心靈上的「隔膜」，在於對待「酸論」的態度。賈寶玉是性情中人，心靈早已拒絕「酸論」，所有的已經發酸的套話、廢話、昏話，他都討厭。不管這些話出自哪些人，哪怕出自美麗的薛寶釵之口，他也不能接受。正因為他的心靈不被酸論所腐蝕，所以他才保持着人的真性情。而甄寶玉津津樂道，被酸論剝奪了靈性而不自知，還把「酸論」作為敲門磚，其俗氣酸氣和他那如珍如玉的相貌實在是極不相宜的。

賈寶玉幸而沒有活到今天，否則他更受不了當代的酸論。一代有一代的酸論。當代的酸論比他生活着的十八世紀的酸論更多而且更酸。當代的酸論自然很多，例如事事都要「以階級鬥爭為綱」，「文學藝術就是要講究黨性階級性」，還有「革命現實主義」，「講人道主義就是極端個人主義」，等等。這些論調雖有現代標籤，但酸得很。文化大革命時，酸論必須天天講，天天聽，天天背，像賈寶玉這種一聽就不耐煩的少爺脾氣，是不行的。即使他接受改造，鍛煉十年八年，也未必就能全接受。

我和我的同齡人經過大半輩子的改造，早已鍛煉得頭皮硬心皮也硬，承受能力極強，決非賈寶玉可比，但也常常受不了。而且，現代之甄寶玉決沒有當年甄寶玉的清雅，連外形都常常粗鄙得很，談吐時往往氣壯如牛，形如打手，這種粗人酸論的轟炸，滿身嬌氣的賈寶玉一定會被炸垮或憋死。

大約因為我輩見到宣講酸論時氣壯如牛的現象太多，所以對甄寶玉並不反感，至少覺得他的清雅風度可嘉，有一副款款講理的樣子。所以我喜歡賈寶玉但也不討厭甄寶玉，只是不太喜歡酸論而已。

我最喜歡傻大姐

《紅樓夢》問世之後，大觀園女兒國裏哪一位女性最可愛常常引起爭論，有時甚至爭論得非常激烈，以至發生為林黛玉可愛還是薛寶釵可愛「遂相齟齬，幾揮老拳」。這種有趣的爭辯到了五十年代批判俞平伯先生之後就被平息下去了。社會穩定，學術也穩定，人們按照階級分析方法，斷定「薛寶釵之流」屬於維持「封建階級」的孝子賢孫，林黛玉、晴雯等屬於小資產階級或貴族階級「革命派」，已沒有甚麼可爭論的了。如有爭論，就是在私下悄悄地辯護幾句，已不帶辯論性質。然而在民間，女孩子還是會問，你猜，我最喜歡哪一位？我最像哪一位？

當少女們問自己最像哪一位時，自然都希望人們說她像黛玉、寶釵、史湘雲，至少得像晴雯、鴛鴦、平兒等，決不會希望人們說她像劉姥姥。然而，有一回聶紺弩和蕭紅談話時，蕭紅問：「你猜，我是《紅樓夢》裏的誰？」時，聶紺弩卻開玩笑地對她說：「你是誰，你是傻大姐。」而蕭紅卻也含笑接受了。聶紺弩後來為《蕭紅選集》作序時，還寫進這次談話。

很奇怪，我老想到他們的這次談話。而且，在思考「我是誰」的問題時，總是想起自己和自己同齡的一代人也像傻大姐。

傻大姐自然是好人。她是賈母的三等丫環，生得肥肥胖胖，但人卻也老老實實，長着兩隻大腳，做起粗活來很爽利簡捷，這些都無可挑剔；只是沒有知識，心性愚頑，一說話就露出傻樣，總是讓人笑。

她最有名的事蹟就是到大觀園去玩耍時，忽然在山石背後拾到了一個五彩繡香囊，上面繡的是兩個人赤條條地相抱，她不認得這「春意兒」，還以為是兩個妖精打架。正要去回賈母，恰好邢夫人來了，她便獻了上去，邢夫人一看，了不得！便恐嚇了她一陣，並要她絕不能告訴別人，她也因此嚇得黃了臉，便磕了頭呆呆地回去。除了這事，還有一件就是把決定寶玉娶寶釵的秘密事，傻乎乎地在黛玉面前洩露了，使得黛玉一時急火燒心，陷入了癡迷。

我說我和我的同齡人像傻大姐，首先是我們在學習英雄模範時，就一直在學習「傻子精神」。由於對英雄的高貴品格領悟得不好，所以常常聽信甘當傻子的說教，以不會動腦袋的傻子自榮，這種愚頑勁和傻大姐一個樣。二是缺少知識，特別是個人的情感知識，雖然沒有貧乏得像傻大姐那麼嚴重，但認為夫妻就是要「一對紅」，認為弗洛依德就是「反動權威」，認為安娜·卡列尼娜的情人渥倫斯基是「流氓」，此類事還是常常發生。還有一點十分像傻大姐的是，一發現「春意兒」，尚不知道是怎麼回事，就作為發現妖精似的「階級鬥爭新動向」去向「組織」彙報。傻大姐想的是「回賈母」，我們想的是「回組織」，僅此不同而已。我在大學任班長時，就接到好幾封女同學告發男同學的普通愛慕信。我自己是不是告發過別人，一時想不起來。不過，如果有幸遇到，也許會告發。

自認是傻大姐，決不是甚麼羞恥事。想想當年，我的姐妹們說像誰都不好。說像王熙鳳，那是「毒蛇」；說像秦可卿，那是個「淫婦」；說像薛寶釵，那是封建制度的維護者；說像林黛玉，那是哭哭啼啼的「小資產階級」；說像妙玉，那是在製造「精神鴉片」的教徒；說像晴雯，她出身貧下中農而愛封建貴族的公子哥兒，屬立場不穩……一個一個都經不起「階級分析」，一個一個都像不得。所以說自己像傻大姐，也並非沒有道理。

我是男性，自然不好說像哪位小姐，但可以說喜歡誰。然而想到批判俞平伯的可怕，想到賈府乃是階級鬥爭之地，該用「階級分析」方法，也只能說：我最愛的是傻大姐，只有她，才算是貧下中農的階級姐妹。

賈府的「斷後」現象

《紅樓夢》賈府中的榮寧二府，落得被抄家，當然是悲慘的。而最悲慘的，還是它的「斷後」。所謂「斷後」，用現代時髦的話説，就是沒有「接班人」或叫做「後繼無人」。這就是説，這個大家族沒有產生出可以伸延其貴族生命的優秀的後代，更沒有產生出足以支撐和光耀這個家族門面的棟樑之才。

這個大家族到了賈寶玉的父輩，還產生了如他父親賈政這樣的符合家國需求的人才。賈政雖然已近平庸，無傑出之處，但他幹練、規矩、明白，畢竟是可靠的人。正是他，清楚地感受到他的家族面臨着「斷後」的危機。這種危機，一是「後」代人丁不旺；二是雖有人丁但不是人才。更嚴重的是第二條。以榮國府來説，他的子輩就沒有他這樣的勤勤懇懇之才。他的兄長賈赦之子賈璉，是一個好色之徒，不堪培養也不成氣候。他自己的三個兒子，最有希望的是大兒子賈珠，卻不幸夭折（這是榮國府「斷後」危機的一個嚴重信號）；二兒子賈寶玉，乃是「混世魔王」，雖有才情但無實際能力，不能有所指望；三兒子賈環，則不僅獐頭鼠腦而且生性夯劣，完全是個敗家子相。其他的均是女流之輩，都不能作為接班人。寧國府比榮國府還糟：與他同輩的、尚在支撐寧國府的賈珍及兒子賈蓉均是賈璉一類的酒色之徒，只知享受而不知創業，偷雞摸狗的本事有一套，持家治國之事卻全是外行，其祖輩的雄風豪氣早已喪盡。到了最後，榮國府的賈赦一支，只剩下一個「巧姐」，賈政一支則只剩下一個「賈蘭」。賈蘭和他的叔叔寶玉去考試，得了個第三十七名。這可以算是榮國府唯一的「好苗子」，但是，這條好苗子是否能夠存活，存活了之後，是否能走「正路」和重振祖輩基業還是一個問題。即使有出息，那也是很遙遠的事。總之，賈府的「後」，到了賈蘭一代，已像將殘的燭火，奄奄一息。

賈政是賈府裏最富有家族責任感的人。簡單地說他是封建衛道者決不公平。正因為他有責任感，所以也就和他的家族命運息息相通。他常常悶悶不樂，而且對賈寶玉特別「看不上眼」和特別嚴酷，這種嚴酷，反映出他的很深的「慮後」。他痛打賈寶玉，完全是「怒其不爭」。因為他知道「斷後」的嚴重，所以他最迫切地希望賈寶玉能像他那樣支撐起賈家的大廈。然而，賈寶玉偏偏是那樣一種氣質，那樣一種不足以支撐大廈的材料，這就不能不使賈政失去了快樂之源。我們可以感到，「斷後」的陰影一直籠罩於賈政的心中。

賈政的憂慮和他對賈寶玉的憤怒，是很有道理的。因為中國是「人治」的國家，人存政舉，人亡政息，國如此，家也如此，一家一族一國的興衰，最重要的確實是在於是否「後繼有人」。中國喜歡講「得人」，「得人」就是贏得了延續和發展家國生命的優秀人才。像得了賈璉、賈環那樣的人，不能算「得人」，所以「得人」主要的意思還是要得人才。賈政憂慮的「斷後」，乃是斷了足以支撐王府大廈的「家族精英」。

中國清朝最後的衰亡，其中很主要的原因，也是發生了愛新覺羅王族的「斷後」現象。清初順治、康熙都是非常強有力的皇帝；中經雍正、乾隆、嘉慶、道光也還不錯；到了咸豐就不太行了。咸豐是一位倒霉的皇帝，一上台就碰到太平天國革命，治亂治國的本事又不大，僅在位十一年就死了，死時還不到四十歲。咸豐之後，皇門便開始發生「斷」的危險。咸豐的兒子同治皇帝很不成器，在內憂外患之際，還不顧社稷大業，老是出宮嫖妓女，最後死於花柳病。同治即位十三年，死後更是後繼無人。慈禧太后只好找了一個孫子輩的光緒來充當皇帝，由恭親王輔政，自己垂簾聽政。光緒死後，繼承皇位的溥儀（宣統）只是一個小娃娃，靠這樣的尚不知事的小孩怎能支撐一個巨大的政權呢？所以，清朝便很快地宣告滅亡。清朝後期的迅速衰落，「斷後」顯然是一個內在原因。

無論是家還是國，形成「斷後」現象有三種情況：一種是自然中斷，這是老天爺不幫忙，產生不了「後」；二是有了「後」之後，不能對「後」進行有效地培育，即教育荒疏，使得「後」不能成才；三是產生了「後」尤其是優秀之「後」而不懂得保護與珍惜，人為地加以摧殘和撲滅。對一個現代國家來說，後兩種情況更為可怕。一個國家在滅亡之前，總是要為自己打掃通向死亡的道路，這就是撲滅自己知識分子和其他的各種優秀人才。一個有見識、有政治理性的政治家，至少會有賈政似的敏感，知道「斷後」意味着怎樣的危險。不過，我要替賈政說句公道話，賈府的「斷後」，完全屬於老天爺不幫忙和賈家子弟不爭氣，而不是受了老一輩的摧殘，其實，賈政是愛子如命，愛才如命。他為賈珠的夭折痛惜又痛惜，就是明證。

賈雨村心態

《紅樓夢》中的賈雨村，是一個很值得玩味的官場人物，他的心態符合「典型」的要求，即這種心態既有個性又帶普遍性。

讀過《紅樓夢》的人都熟知，賈雨村在得到甄士隱的鼎力推薦之後，得到賈政的賞識，並和賈家連了宗。由於得到賈氏這一豪門的照應，加上他自己熟知官場技巧，便官運亨通，很快地由知府擢陞轉入御史，之後，又陞為吏部侍郎、兵部尚書，後來因為出了事而降了三級，但不久又因賈府幫忙補授京兆府尹，兼管稅務。他因賈家而發達，因賈家而輝煌；他帶着甄士隱的推薦信而和賈政見了面，這一見面是他的命運的轉折點，從此以後，他便在仕途上飛黃騰達。但是，當寧榮二府被抄時，他深知自己和賈家的關係非同一般，如果不趕快撇清關係，就難保烏紗帽，甚至還要殃及更多的東西，因此，他便「反戈一擊」，給賈府狠狠地「踢了一腳」。他的這一行為，《紅樓夢》的一〇七回通過賈府奴人包勇之口作了揭露。包勇忿忿不平地說：

別人猶可，獨是那個賈大人（即賈雨村——引者註）更了不得！我常見他在兩府來往，前兒御史雖參了，主子還叫府尹查明實跡再辦。你道他怎樣？他本沾過兩府的好處，怕人家說他迴護一家，他便狠狠的踢了一腳，所以兩府是才到底抄了，你道如今的世情還了得嗎？

包勇罵的時候，見到賈雨村坐着轎子過來，便趁了酒興繼續大聲罵道：「沒良心的男女！怎麼忘了我們賈家的恩了！」賈雨村在轎內，聽得一個「賈」府，便留心觀看，見是一個醉漢，便不理會過去了。

包勇雖然是一個醉漢，卻道破了賈雨村的心態。包勇的一段話用了三個很準確的動詞，一是「沾」——沾過兩府的好處；二是「怕」——怕人家說他迴護一家；三是「踢」——狠狠地踢了一腳。這三個動詞中關鍵是「怕」字，賈雨村「怕人家說他……」，這個「人家說他」，可能就會要他的命，毀了他的前程。而他所以這樣「怕」，是因為他確實「沾」了好處，並且不是一般的好處，而是當了高官的好處。這樣，要人家不說話，不揭他的老底，不受牽連，就只有選擇「踢一腳」的路了。而且，不僅是一般地踢一腳，而是「狠狠的」踢了一腳。「狠狠」二字用得好。不狠，就不足以撇清關係，不狠，就不足以保住自己。只有腳上狠狠地踢，頭上的桂冠才能牢牢地保住，這就是賈雨村的一種心態。

包勇罵賈雨村是「沒良心的男女」，曹雪芹寫道，他聽得一個「賈」字，這是很妙的。如果說他全聽到而不發怒恐不合適，寫他聽到了又裝着沒全聽到，姑且當他是醉漢胡說，這又是賈雨村心態的另一部份。他不敢發怒，是因為良心在牽制着，但面子畢竟比良心更重要，讓人詛罵「沒良心」雖然難受，但丟了官失去了面子更難受，所以只好嚥下被一個小奴才罵的氣。中國官員這種面子大於良心的心態是包含着不少苦衷的。

《紅樓夢》寫賈雨村的反踢一腳，並不是正面鋪開地寫，而是側面地借別人之口說出。曹雪芹並沒有把賈雨村寫成一個簡單的負義之徒。他踢了一腳，也是暗中行事，聽到包勇的辱罵，也只能裝聾作啞，這比現代某些不斷公開聲明「反戈一擊」的官員來，面皮似乎薄一些，心態也複雜一些。現代人如果沾了某大官的好處，而大官一旦倒塌，他們為了表示立場，往往慷慨激昂，咬牙切齒，不僅踢一腳，而是要踩上兩隻腳，如果有一萬隻腳，恐怕還要踩上一萬隻腳，這是不是反映現代人面皮愈來愈厚，良心愈來愈薄的傾向，我不太清楚。如果這種趨向屬實，那麼，幾十年之後，賈雨村那種僅僅「踢了一下」而且踢了之後還有點惻隱之心的形象，倒是很可愛的了。

賈環執政

出身於趙姨娘的賈環，恐怕是賈府公子群裏最不爭氣也最令人討厭的。此人不僅長得鼠頭獐目，沒有半點貴族氣，而且生性粗夯、刁頑、偏狹，完全是個「潑皮」。皇親國戚府中也會生長出這樣的「潑皮」，可見人類社會之麻煩。趙姨娘在《紅樓夢》中，可以說是唯一沒有長處的女性，曹雪芹抒寫人性均有「複性」的特點，也就是「人物性格的二重組合」，唯獨趙姨娘沒有。王夫人罵賈環時說：「趙姨娘這樣混賬的東西，留的種子也是這混賬的！」這雖近乎「血統論」，但賈環確實是混賬東西。

我曾想，賈府的接班人如果選定賈環，也就是說，賈府如果由賈環這樣的混賬執政，將會怎樣？想來想去，覺得很不妙。

其實，《紅樓夢》已預演過一次賈環執政的情景了。那是在賈府被抄之後。賈府被抄，本已大傷元氣，再加上賈母、王熙鳳一死，更是陷入一片混亂。在榮國府裏，賈赦坐牢，賈政扶賈母靈柩南行，賈璉到配所看望病在牢中的父親。賈寶玉、賈蘭又前去赴考，這時，偌大的榮國府就數賈環是男性主子了。真是「山中無老虎，猴子成大王」，賈環真的佔府為王了。《紅樓夢》第一一九回寫了賈環當時的得意：

> ……不言寶玉賈蘭出門赴考。且說賈環見他們考去，自己又氣又恨，便自大為王說：「我可要給母親報仇了。家裏一個男人沒有，上頭大太太依了我，還怕誰！」

這段話把賈環執政時的心境透露得很清楚。賈環「自大為王」後第一個念頭是「報仇」雪恨。他一為王，腦子就膨脹，不承認自己和自己的母親作了孽，只記得被人瞧不起，要進行秋後算賬。像他這種兇狠刁頑的痞子，復仇起來決不是好玩的，肯定會來個鎮壓反革命，在他眼裏，頭號反動派和壓迫者是王熙鳳，二號反動派則是寶玉。寶玉可能從輕處理，王熙鳳則一定從嚴，如果不斷首恐怕也得坐牢，如果逃跑，那就得發通緝令。

賈環雖屬混賬，但也刁鑽，他知道賈府的精英死的死，坐牢的坐牢，出走的出走，「家裏一個男人也沒有！」老虎全都沒了，他這猴兒自然是王，雖還有上頭的大太太在，但府中無人，也不能不依他了。這真是時勢造英雄，變動的時代使得一個鼠頭鼠腦、未完成人的進化的賈環突然高大起來，而且氣壯如牛：「還怕誰！」

「還怕誰！」這是賈環執政意識剛剛萌動、尚未拿到權柄時的想法，一旦執政，這個念頭和權力結合起來可了不得。既然是誰也不怕，那自然就可以無法無天，胡作非為，「無所畏懼」地「胡來」，要甚麼是甚麼，要誰就是誰，當然，要宰割誰就宰割誰。

《紅樓夢》除了透露出賈環「自大為王」時的念頭之外，還寫了他的行動。小說寫道，賈政、賈璉走後，賈環就趁家政失控之機，偷典偷賣府裏的東西，甚至還「宿娼濫賭，無所不為」。更嚴重的是在寶玉和賈蘭赴考之後，他又趁機去挑唆邢夫人，策劃把自己的親姪女——僅十三、四歲的巧姐兒送外藩王爺作妾。而且用心極毒，要在三天內把巧姐送走，以在賈璉回來之前做成生米熟飯。此事真令人吃驚，原來不被人看在眼裏的潑皮，一旦為王，竟如此機敏，幹練，有主意，而且六親不認，完全以利益原則為重。真不可小看這類小痞子。

這樣看來，賈環一旦當權，賈府祖輩的遺風就蕩然無存，原先還有的虎氣、貴族氣和體現於賈寶玉和女兒國中的才氣、人間氣也一掃而光，剩下就只有猴子氣、潑皮氣和烏煙瘴氣。幸而賈府在衰敗之際，還留下一條根子賈蘭，賈政大約會選定孫子輩的賈蘭當接班人，否則賈府的未來將不堪設想。

賈環訴苦和賈環主義

賈環自己不爭氣，但總是怪別人，老憋着一肚子氣，覺得這個世界對他不公平。到了後來，他不僅有一肚子氣，而且還有一肚子的苦水，直想往外倒，往外潑。趙姨娘和王熙鳳死後，本該了結他母親生前的恩怨，何況她母親在臨終前也覺得魔鬼纏身，坦白了自己加害王熙鳳和賈寶玉的罪孽。但賈環還是不平，還是一肚子苦水，於是，在與王仁喝酒時，便乘酒興，又大訴了一場苦，控訴王熙鳳怎麼踏他母子的頭，怎麼苛刻他們。這個刁頑的貴族子弟，也變得苦大仇深。

趙姨娘是賈政之妾，而他是妾之子，地位自然比寶玉低。寶玉得到那麼多人的寵愛，而他卻那麼討人嫌，這確實令他生氣。王熙鳳確實也看不起他母子倆，但王熙鳳有一句對賈環評價的話確實很準確，她說「環兒更是個燎毛的小凍貓子，只等有熱灶火坑讓他鑽」。這句話並無惡意，只是怪賈環不成材，不能幫她挑起治家重擔。王熙鳳講這話的時候，一面正在誇賈環的姐姐探春。要說出身地位，探春和賈環一樣，而且又是個女性，但她就不遭人討厭，所以賈環讓人厭惡，有他自身的責任。

總想往「熱灶火坑」裏鑽的人，用我們現代的話説，就是總想造反總想革命總想惹是生非的人。革命不是鬧着玩的，不是繪畫繡花，不是請客吃飯，而是火與劍，仇與恨，熱灶與火坑，但無數人總想往裏鑽，本世紀的中國，自願鑽熱灶火坑的人很多，所以革命革得熱火朝天。而想往裏鑽的理由，就是因為自己「苦大仇深」，想擺脱無邊苦海，這絕對是一個神聖的理由。

如果受了壓迫，自然就要反抗，就要革命，這也是人之常情。問題是把「苦大仇深」叫得最響的人往往不一定是真的受了壓迫，更不一定是正經人。像賈環這樣的潑皮就很多。他大吐苦水，其實喝的大半是甜水，他説人家踏在他母子的頭上，其實，他常常是自己作孽，欺負別人。這種裝着苦大仇深的樣子，其實是一種流氓無產者的「主義」。

賈環雖屬官家子弟，但已入了這一流，我們不妨稱這種主義為賈環主義。賈環主義即潑皮主義，其特點是喜歡惹是生非，造一點反，得一點便宜，而且善於隨機應變，見到比他窮的人，就擺出闊樣，施捨一點，支援人家一點；見到比他闊的人，就擺出窮樣，彷彿明天就要斷炊絕糧，要闊人緊急援助；要在窮人面前要點威風，就「財大氣粗」，而要革闊人的命，自然就是「苦大仇深」了。

在六十年代中期的「四清」運動中，我當了工作隊員。那時，見到一些積極分子，也表現得特別勇敢，所以也有人稱他們為「勇敢分子」。他們控訴「四不清幹部」如何苛刻他們，乍聽起來怪嚇人的，但一調查，才知道多半是誇張和虛構。可是，我那時年輕沒經驗，一聽到訴苦就激動，就想掉淚，結果常犯錯誤。那時，確實沒有想到，好些革命的先鋒，其實是賈環式的潑皮。

大陸在中國革命史的研究中，也發現，鄉村的流氓無產者在革命中起了很大作用，他們這些人很有革命性。因為他們貧窮，社會地位低，有點像「凍貓」，但他們又不像本份的農民那麼呆，知道一往熱灶火坑裏跳就可「解凍」，可翻身，可坐皇帝交椅，所以他們總是首先揭竿而起。因此，在平常的日子裏，賈環式的人物讓人瞧不上眼，但到了革命緊要關頭，他們都耀眼得很。

近兩年來又常聽到大陸一些人訴胡耀邦時代的苦，訴自由化氾濫之時他們這些堅持「主義」的正牌革命者如何受排擠受壓制的苦，說他們因為堅持「主義」，稿子被退，兒子不被重用，房子又被擠到小胡同裏，訴苦時情緒非常激烈，非常悲壯。他們這一控訴，我才知道他們前十年度過了苦大仇深的黑暗歲月，也才知道原先胡耀邦天真的忙忙碌碌也屬苛刻他們和踏他們的頭。不過我仔細地看看這些人，發現他們其實是一些甚麼「主義」也沒有而唯獨有賈環主義的痞子。

彩雲姐妹

滿身猴氣的賈環，自然是不討人喜歡的，但他畢竟是公子哥兒，因此還是有小女子愛他。彩霞和彩雲倆姐妹就是這種小女子。尤其是彩雲，情意相當真。

彩霞是姐姐，彩雲是妹妹。彩雲是王夫人的丫環，為了討賈環的喜歡，還常常偷王夫人房裏的小東西（如茯苓霜、玫瑰露等）給賈環，算是私贈之物。彩雲其實是正經人，但玫瑰露失竊的事被發覺之後，她卻沒有勇氣承認，還擠着玉釧兒，窩裏發炮，吵了一架，弄得賈府皆知。幸而寶玉出面保護她們，把這事兜攬起來，說玫瑰露是他偷的，這只是為了嚇唬她們倆，玩玩而已。此事賈環知道之後，不僅不感激，還無端起了疑心，認定彩雲與寶玉一定有私情，便大發其狂，將彩雲的私贈之物，照着彩雲的臉上摔了去，還罵道：「這兩面三刀的東西，我不稀罕。你不和寶玉好，他如何肯替你應！」彩雲見到賈環這個樣子，急得發身賭誓地哭了。但賈環不僅不信，還用無賴口吻對彩雲說，如果不看素日之情，他就要去告訴二嫂子（指王熙鳳），說是「你偷來給我，我不敢要」。見到賈環如此不講理，連很昏聵的趙姨娘都覺得自己的兒子太混賬，罵了賈環一句實在話：「你這蛆心孽障！」彩雲見到自己的意中人如此混賬，一時生氣，便趁人不見之時，把那些私物拋到河裏，自己又躲在被窩裏哭了一夜。賈環對彩霞也是如此，老懷疑她與寶玉相好。這個彩霞和她的妹妹彩雲相比，對寶玉雖在感情上有點小瓜葛，但對賈環確實很好。但賈環也總是疑心，因此當他見到寶玉和彩霞有點糾纏，便妬意大發，假裝失手，把一盞油汪汪的蠟燭，向寶玉臉上推了去，造了一個轟動賈府的事件。後來，賈環還是把彩霞丟開了。

賈環對彩霞和彩雲兩姐妹老是懷疑，任憑人家怎麼交心發誓，怎麼違背良心（偷東西）作貢獻，他就是不信任。這種病態性的疑心實際上是他自卑心理在作祟。他生得粗夯，知道自己無論是長相還是心思、地位，都遠不如寶玉，因此，他總是疑心兩姐妹嚮往寶玉而對他不忠。這種心理，也是人性中常有的共同弱點，例如，莎士比亞筆下的那個奧賽羅也是如此。奧賽羅可不像賈環那樣渾身猴氣，他可是英勇善戰有虎氣的將帥。但他是一個摩爾人，一身黑色的皮膚，不僅沒有貴族的身份和血統，連一般白種人的瀟灑風貌也沒有，這一點使他自卑。因此，當他得到苔絲狄蒙娜這個血統高貴、聰慧美麗的貴族女子之後，心中的自卑就進一步加深，以至使他也疑心這個非常純潔的妻子。結果，他犯了致命的錯誤，殺死了對他絕對真誠的無辜，最後，他又懲罰自己，拔劍自刎而死。

每想起這兩個故事時，我就胡思亂想，覺得大陸的一些高級知識分子，其實很像彩雲與苔絲狄蒙娜。類似彩雲的，自然俗氣一些；類似苔絲狄蒙娜的，自然是高貴一些。但她們有一個共同點，就是十分忠誠於自己「服務」的對象。可是，他們所忠誠的對象，是確實有點「土」氣的自稱是無產階級的政治集團。「土」氣其實也沒甚麼不好，但容易自卑。這個集團中的有些傑出人物也確實開朗、開明、開放，對知識者決不懷疑，但不少人則不然，他們總有奧賽羅心理與賈環心理，對知識分子總有一種由自卑引起的古怪的疑心症。像奧賽羅還好，因為他確實自有一番氣魄，也知道苔絲狄蒙娜氣質非凡，只是覺得自己不配當苔絲狄蒙娜的丈夫，而沒有賈環那種流氓氣。不過，由於自卑，他也總是捕風捉影，為了丟失一條手帕，就小題大作，要苔絲狄蒙娜交心還不行，非追查得個水落石出不可。不過，奧賽羅還好，遇到賈環就倒霉了。賈環固然有地位，但本身確實醜陋，只想彩雲當他的忠心不二的妻子兼奴才，而且總是無事生非地胡鬧。彩雲對他那麼好，甚至不惜冒險去偷東西來討他的歡心，但他還是不信任。其實，中國知識分子為了對賈環式的領導人表示忠誠也偷過東西，如偷外國的技術和知識。但賈環式的領導人，卻以為他們嚮往資本主義，崇洋媚外，而知識分子無論怎麼哭訴，他們也不聽，這種彩雲似的命運，真夠使人寒心的。所以，倘若政治集團不去掉賈環似的心理，彩雲們是沒辦法的，好則躲到被窩裏哭，壞則恐怕只能和私贈物一起投河了。

賈環無端恨妙玉

賈環與妙玉素不來往，但是，一聽到妙玉遭劫的消息，他不但幸災樂禍，還狠狠地「損」了妙玉幾句：「妙玉這個東西是最討人嫌的。他一日家捏酸，見了寶玉就眉開眼笑了。我若見了他，他從不拿正眼瞧我一瞧。真要是他，我才趁願呢！」

賈環如此忌恨妙玉，除了妙玉對寶玉和他採取「兩種態度」而引起的醋意之外，其實還有更重要的原因，這就是賈環和妙玉的精神氣質差別太大了。一屬仙氣，一屬猴氣，這種差別，真可用上「天淵之別」、「霄壤之別」一詞。説人與人之差別比人與動物之差別還要大，這也許是個例證。

如果借用尼采的概念來描述，妙玉屬超乎一般人的精神水平的「超人」，即超越世俗之檻的「檻外人」；而賈環則在一般人的世俗水平之下，似乎是未完成人的進化的人，接近尼采所説的「末人」。

妙玉自稱「檻外人」，她所以超世俗，不僅因為她是一個修行的女尼，更重要的是她的精神氣質。曹雪芹讚美她「氣質美如蘭，才華馥比仙」。確實，她的氣質與才華特異，與俗人有很大的距離，帶有一種超常性。這種超常既反映在她的「潔癖」等外在行為方式，同時（更要緊）也反映在她的內在世界。連大觀園裏最美麗、最有才華的林黛玉、薛寶釵，在她面前都顯得俗。她們兩人在她的特異的光彩下總是不太自在。黛玉在別人面前鋒芒畢露，咄咄逼人，在妙玉面前卻顯得小心拘謹，她和寶釵到庵裏作客時，剛開口問了一句話，就被妙玉譏笑為「大俗人」，再也不敢多説，坐了一會，便起身告辭。她的才華和她的氣質一樣，也有一種壓倒一切俗人的力量：《紅樓夢》第七十六回，寫她在中秋之夜論詩寫詩，均不同凡響，為林黛玉和史湘雲的長篇聯句作詩時，竟不假思索，十三韻一揮而就，使林、史驚嘆不已，連連稱讚她為「詩仙」。中國小說中寫超凡的女子形象如此精彩，既不是神，又高高地超越於俗人，幾乎找不到第二個。

妙玉是脫俗超俗的人，而賈環則比俗人還俗，人是從猴子進化而來的，賈環便是一個猴氣有餘而人氣不足的俗物。《紅樓夢》寫賈政所看到的自己的兒子的形象：「見寶玉站在眼前，神彩飄逸，秀色奪人；看賈環，人物委瑣，舉止荒疏。」委瑣和荒疏，都是缺少人樣，缺乏人的起碼的文明水平。最有意思的要數公眾對他的印象竟然是一隻猴子。第一一〇回中寫了眾人對李紈訴說他們對賈環的印象：

眾人道：「這一個更不像樣兒了。兩個眼睛倒像個活猴兒似的，東溜溜，西看看，雖在那裏嚎喪，見了奶奶姑娘來了，他在孝幔子裏頭淨偷着眼兒瞧人呢。」

眾人的眼光和眾人的評論不僅有趣得很，而且一下子就抓住賈環的要害——他的眼睛。眼睛最能反映人的精神氣質，而眾人竟看出他的眼睛「像活猴兒似的，東溜溜，西看看」。在眾人——也就是在普通的世俗人眼裏，賈環竟像猴子，可見他並未達到普通人的水平——未完成人的進化。

所以他的哭，眾人稱為「嚎喪」。但他畢竟不是猴子，因此又有人的食慾性慾之要求，所以一面嚎喪，一面又在孝幔子裏偷看女人。這種精神氣質上尚未從猴子境界中脫胎出來的人物，和妙玉正好形成兩極。兩極離正常人都很遠。宇宙間的三界：天堂、地獄、人間，妙玉該是身居天堂，而賈環該是落入地獄。所以賈環這種人一旦當政，就會用其野性——猴性與獸性來改造一切，給人間造成極大的麻煩和不幸。人間要安寧，注意限制賈環這類未完成人的進化的種類進入權力中心，恐怕是非常必要的。

有仙氣的妙玉與有猴氣的賈環，處於常人的兩極，可是還得共存於一個社會，可見社會的管理之難。可惜，現在的社會，末人繁殖得很快又很活躍，而且不少末人還成了常人與超人的「領導」，我常想：如果讓賈環領導妙玉、黛玉和寶玉們，這個世界將會是甚麼樣子？

賈寶玉性情

聶紺弩在八十歲前後，一直病臥在床。他寫了許多讀《紅樓夢》的文章，最後，他想寫一篇〈賈寶玉論〉，可是，正要着筆時，卻發了高燒。當時，他的夫人周穎和我都勸說他上醫院，但他堅決不肯，並對我說一句讓我永遠難以忘懷的話：「你們讓我寫下這篇賈寶玉論，要我到哪兒去都行。」那時，我才知道，這位具有高潔心靈的作家最後的眷戀竟是這樣的眷戀。

聶老沒有寫下〈賈寶玉論〉就去世了。然而，他給我留下一種精神，還留下一個需要我思考的題目，這就是關於賈寶玉的題目。我不想寫論文，但願意常常想想這個題目，想想聶老該會想些甚麼。聶老思考了很久，仍然沒有寫出來，因為賈寶玉這個文學形象可談的太多了，他的心理內涵、哲學內涵、文學文化內涵太豐富了。許多研究學者從典型的角度來描述他，想用幾句話來概括他，但都很難使自己滿意和使別人滿意，因為賈寶玉是很難用幾個概念把握的一個文學存在，是一種很豐富的精神類型，一種永遠說不完的氣質和性情。

就自己而言，我喜歡賈寶玉，是因為他有一種很難得的特點，就是他的「超勢利」。在賈府內外那個等級森嚴的世界裏，唯獨他能超拔於各種等級之上，愛一切人，同情和理解一切人。不管是官居極品的北靜王，還是毫無社會地位的下層戲子、丫環，他都可以作為朋友。他與人交往時，總是記不得他們的地位差別。他能和一切人相處，包括被人們視為霸王孽障的薛蟠，也可以成為朋友。薛蟠請戲子們喝酒時，不敢請賈府裏的其他公子小姐，唯獨請了寶玉，而且在寶玉面前也不避諱自己的粗鄙硬唱出那種可笑的酒令，而寶玉也決不會取笑他的粗鄙，連薛蟠都知道寶玉是一個絕對「無須防」的人。

賈寶玉對待女性世界也是如此，在他眼裏，不管是至尊的賈母還是至卑的丫環，他都一律對待。賈母逝世和鴛鴦自盡而死，寶玉痛哭的竟是鴛鴦。人們都以為他在哭奶奶，其實是在哭鴛鴦。在賈寶玉心目中，不僅寶釵、黛玉和他的皇妃姐姐同樣高貴，就是晴雯這樣的丫環也和他的姐姐同樣高貴。寶玉唯一作孽的事是調弄金釧兒，但他為此事深深地懺悔，決不認為金釧兒出身卑微就可以賴掉這筆債。

以往有些文章，以階級分析方法，說他對其父母的反抗乃是他的反封建的表現。其實，賈寶玉反的是名教和仕途經濟這一套東西，而他對待父母則是敬畏的，包括對差些把他打死的父親，他也決沒有心存任何怨恨。他理解他的父親，從不在賈母面前告狀和訴苦。《紅樓夢》的最後，寶玉已經出家，但在賈政的歸途中，寶玉仍然不忘父親的養育之情和父親最後見了一面，還向父親深深地鞠了躬。在激進論者看來，寶玉是不是有問題——向封建衛道者鞠躬。

即使對於趙姨娘和賈環這種無緣由而忌恨他甚至用薩滿教的咒法想把他致於死地的人，他也不曾說過他們一句不好的話，賈環那樣害他，他還口口聲聲地稱賈環為「好兄弟」，一點也不記仇。

因為他超勢利，所以他就有真性情。寶玉的可愛之處就是他乃是性情中人。他和襲人初試雲雨之情是真性情；他既愛黛玉也愛寶釵也愛許多美麗的女子是真性情；他討厭名教、討厭那一套文章經濟的說教是真性情；他初會黛玉時知道黛玉身上沒有像他那樣的一塊通靈寶玉就把這塊靈玉摔到地上是真性情；他為黛玉發癡發呆以至黛玉死後滿口瘋話也是真性情，所謂真性情，就是無功利要求的至情至性。賈寶玉把從心中流出來的真誠之情，視為最寶貴的東西，其他的都不在乎。

賈寶玉一聽到文章經濟的套話，就反感頭疼，哪怕這話是出自美麗的、他所喜歡的寶釵之口，他也不能接受。他天然地拒絕那些撲滅人的天性的僵化教條。他讀不下四書五經，但對《西廂記》卻如癡如醉，這也是他的真性情。他對名教倫理的反抗乃是一種天然的、出自真情真性的反抗，因此，他的反抗包含着美包含着真。這種反抗和那種人為的、激進的、刻意的革命和故作姿態的反聖賢很不相同。他不想通過這種反抗，贏得一種革命家和戰士的美名。因此，這種反抗也是超功利的，他決沒想到「我在反封建」。

中國十七世紀的晚明時期，真是一個禮崩樂壞的很有意思的時代。在這個時代裏，人們那麼厭棄名教，那麼希望天賦的性情能夠得到抒發。袁氏兄弟的性靈說，李贄的童心說，都為真性情的解放而開拓道路，他們的思想影響了後人，大約也影響了曹雪芹。賈寶玉除了有人的真性情之外也許還有一種佛性，這種佛性又使他的性情帶上寬容與慈悲，使他的「色」能昇華為「情」，並變成了一個博愛主義者。他那樣平等地對待一切人，自然與他的佛性相關。但佛性最後也導致他由色入空，由情入空，一切皆了。這一「了」，才是「好」，才是藝術上的成功。《紅樓夢》好就好在它是精神悲劇，最後的「了」，在現實層面上是塵緣恩怨的「了」，在藝術層面上，則是真性情的「了」。只有「了」和「空」，才看透了一切，超越了一切。對流行社會的種種價值的懷疑，就在這一「了」一「空」中。賈寶玉的超勢利的極致，也就在最後的「了」中。大陸的電視劇，結尾令人遺憾，就在於它把賈寶玉的精神困頓變成皮肉之苦，把「了」變成「未了」，這樣就從形而上的境界降為形而下的境界，真是可惜。

賈寶玉將使人們說不盡，我更不可能在這一篇短文說盡。

多餘人與多餘的石頭

讀過俄羅斯的小説，總是想起「多餘人」，而讀了《紅樓夢》，則老是想起「多餘的石頭」。賈寶玉就是一塊多餘的石頭，或者説，是一塊因為藴含着人間情性而多餘的石頭。《紅樓夢》一開始就介紹這塊石頭的來歷：

> 原來女媧氏煉石補天之時，於大荒山無稽崖煉成高經十二丈，方經二十四丈，頑石三萬六千五百零一塊。媧皇氏只用了三萬六千五百塊，只單單剩下一塊未用，便棄在此山青埂峰下。誰知此石自經鍛煉之後，靈性已通，因見眾石俱得補天，獨自己無材不堪入選，遂自怨自嘆，日夜悲號慚愧。

我曾同情這塊未被採用去「補天」的石頭。但向來又覺得媧皇氏拋棄這塊多餘的石頭是有道理的。因為她既然是補天之神，便知道「天」的特性和這塊頑石的特性難以相容。天是冷的，無情的，李賀早已説過：「天若有情天亦老。」作為補天之石，自然也應當是冰冷的，無情的。而這塊被拋棄的頑石卻和其他「眾石」不一樣，內含太多的人的情性與靈性。而情性與靈性則是熱烈的，溫柔的。這樣，一旦情性與靈性顯現，就會影響眾石，誤了她的「補天」大業。

媧皇氏不愧是一個偉大的補天者，她辛辛苦苦地挑選了三萬六千五百塊石頭，唯獨淘汰這塊異樣的富有情性的石頭。她深知情性的禍害。時光遠去，我們已無法訪問媧皇氏，否則，我們將會進一步了解她的選擇絕不是隨隨便便的，一定有很嚴格的標準，例如德性標準、道性標準、佛性標準等等。我想她絕不會像後來的曹雪芹一樣，企圖為天補情，為天補愛，埋怨人間缺乏人性和人道。

至於這塊多餘的石頭通了靈性之後，羡慕眾石都去補天，自怨自嘆自己沒有「補天」的資格，則是「蠢物」的表現。他不知道「天若有情天亦老」乃是客觀規律，既然要去補天，就將被天所改造，並成為天的一部份。這就意味着，將和天一樣無情，也和天一樣無言、無聲、無息、無怨、無艾。而他卻企圖以自己的情性和靈性去改造天，這就不能不被「客觀的必然規律」所粉碎。事實證明，當這一多餘的石頭有了人的形體和情性並進入人間之後，雖想為人間補愛，但結果是，凡一切和他沾邊的人都倒了楣，那些愛他的或被他所愛的美麗女子，從秦可卿、晴雯到林黛玉、薛寶釵……沒有一個不倒霉的，而且大部份落入悲慘而死的命運。質言之，這塊「多餘的石頭」告訴我們，倘若真有「補天」的壯志，就必須有「眾石」那樣的品性，即沒有心思，沒有靈魂，沒有情感，但有磚石、螺絲釘的精神和死寂般的冰冷。倘若沒有「眾石」這種種特點，切不要以自作多情的補天者自居，這是應當有自知之明的，絕不可像賈寶玉那樣傻。

賈代儒論詩不可作於「發達」之前

賈政狠狠地打了賈寶玉一頓，差些讓寶玉喪命。之後，賈政也有些不忍，大約他知道暴力不是個好辦法，還是循循誘導為妥。於是，他便從本家族中選擇出一個有年紀也有點學問的賈代儒來掌私塾，以嚴格地彈壓和教導寶玉。寶玉能否走正路而不走歪門斜道，關係到賈府的命運即大家族是否「後繼有人」的大問題，所以賈政格外重視。在寶玉上學之前，他一片苦心，對賈寶玉作了一番分析，這些教導和分析的關鍵點，就是把甚麼放在「第一位」的問題：是把「八股」（相當於我們現在所說的「主義」）放在第一位，還是把詩詞放在第一位。在他們看來，這不僅是程序的先後之分，而且是人生道路的邪正之分。

賈政先教導寶玉說：「……做得幾句詩詞，也並不怎麼樣，有甚麼稀罕處！比如應試選舉，到底以文章為主，你這上頭倒沒有一點兒工夫。我可囑咐你：自今日起，再不許做詩做對的了，單要習學八股文章。限你一年，若毫無長進，你也不用念書了，我也不願有你這樣的兒子了。」之後，賈政又把這一意思和賈代儒商量，說：「雖懂得幾句詩詞，也是胡謅亂道的；就是好了，也不過是風雲月露，與一生的正事毫無關涉。」聽了賈政的話之後，賈代儒這位老學究便很冷靜地說出一個很重要的道理：

> 我看他相貌也還體面，靈性也還去得，為甚麼不念書，只是心野貪頑。詩詞一道，不是學不得的，只要發達了以後，再學也不遲呢。

賈代儒不像賈政那麼衝動和偏激，以為詩詞都是胡謅亂道，做好了也不過風雲月露。他老先生比較客觀，說詩詞不是學不得，關鍵是要在「發達」之後再學再寫。所謂「發達」，用現代的話說，就是飛黃騰達，即中了科舉並當了大官有錢有勢有地位之後。而為了「發達」，首先自然是要學好八股，寫好文章。賈政聽了賈代儒的話，也有所領悟，連忙說：「原來如此。」的確，在「發達」之前，如果把精力用於詩詞，沒有掌握好通向仕途之門的敲門磚，就會永遠處於貧窮之中，然而，如果飛黃騰達之後，再讀點寫點詩詞，以附庸風雅，錦上添花，有甚麼不好呢？所以賈代儒先生說「並不是不可以」，只是一定要掌握好先後主次，就像我們現代人「突出政治」一樣，一定要突出「八股」，把「八股」放在第一位，而吟詩弄詞，一定要在「發達之後」。

我不想對賈政和賈代儒給寶玉的人生導引作評價，但要對賈代儒老先生的觀點提出一點質疑，即詩詞是否應在「發達」之後才作。如果不加以質疑，詩詞藝術家都接受賈先生的觀念，那麼，詩詞的命運將是岌岌可危也。

我和賈老先生的主張正相反，覺得詩詞要寫得好，一定要寫在「發達」之前，不可在發達之後。詩詞要寫得好，詩人必定要有真切的人生體驗，必定要有各種情感上的波動與折磨。發達之前和發達之後，詩人所處的社會地位和人文環境極不相同，精神、心境、性情也會有很大的不同。因為不「發達」，詩人就容易與人間的痛苦相通，人生的體驗就會真切而豐富，作為詩人的真性情也會得到充份地表現。詩「窮而後工」，我贊成這種說法。詩人不窮而發達，進入宦門、權門、宮門，自然就與最廣闊的人間隔起一堵高牆，「一入宦門深似海」，能不被各種桂冠所誘惑而繼續保持自己的真性情並與人間的痛苦相通的人極少。魯迅先生的《詩歌之敵》一文，講的正是這個道理，他的意思也恰恰是認為「發達」乃是詩歌之敵。他認為，博大的詩人之所以博大，就在於他有一種特殊的感覺，可以感到全人間的情緒，能與天國之極樂及地獄之大苦惱的精神相通。而這種「相通」，必定是在發達之前。發達之後，則不是相通，而是相隔。通的只是豪門權門，詩也就沒有了。他說宋玉、司馬相如之流的教訓，就在於一入權門，就變成了如聲色犬馬一樣的皇帝的玩物。魯迅先生說，連英國皇帝查理九世都知道詩人如馬一樣，不可被養得「太肥」，太肥就跑不動了。「太肥」也就是太「發達」。正如太肥時「肉」就壓掉「靈」一樣，太發達的桂冠就會壓碎詩人的真情實感。這幾乎是一條「規律」。我們的前人說，文章憎命達，這是很對的，其實，詩詞更是「憎命達」。狀元宰相一般都寫不出好詩詞，就是因為他們已經命「達」了。中國的皇帝寫好詩詞的，最傑出的是李後主，但他的好詩詞不是寫在「命達」之時，而是寫在當了亡國之君即「命不達」之時。

在中國明代「發達」以至成為「台閣重臣」的詩人楊士奇、楊榮、楊傅，他們的詩寫了不少，並形成一種台閣體。但是，這些頌揚皇帝權威的詩，均屬二、三流作品，沒有一首可稱為中國詩史上的傑作。我們如果作一假設，即屈原、李白、杜甫、蘇東坡、李清照、柳永等中國最有代表性的詩人，均是楊士奇一樣的台閣重臣，而且進入宮廷之後也不曾被流放過，那麼，中國的詩史將是面目全非，失去巨大的光彩。

中國的現代新詩的一批詩人，有的經歷了「發達」，有的從未經歷過「發達」。經歷過「發達」的如郭沫若、馮至等，其變化十分明顯。他們在發達之前的詩寫得不錯，發達之後則寫得很糟。本世紀下半葉，他們都發達了，但都沒有寫出可以與他們自己發達之前的詩媲美的任何一首詩。我所作的〈中國當代詩文中的「新台閣體」〉一文，就是感慨郭沫若「發達」之後寫的詩乃是一種新台閣體，與他「五四」的《女神》真有霄壤之別。可見，「發達」對詩人決不是好事。

賈代儒先生的教導還有一個問題是發達之前只能學八股做八股，如果必須做十年二十年，那麼，腦子就得被八股佔據十年二十年。一個人的真性情被束縛被折磨了十年二十年之後，再做詩詞，其詩才詞才是否還存在，也是很值得懷疑的。把八股背得滾瓜爛熟的狀元宰相，有幾個是傑出的詩人呢？

幸而賈寶玉在聽到賈代儒的教導之前已寫了不少詩詞，也盡了一點詩興。否則，等到他像他的父親賈政那樣發達之後，就很難做出好詩詞了。大觀園女才子們如林黛玉、薛寶釵等更沒有想到「發達」，所以她們的詩詞都寫得好。我們當代的一些年青詩人，幸而也沒注意到賈代儒老先生的教導，所以也沒有先攻八股或先讀許多文學理論，也沒想到「發達」和「發達」之後再寫，否則，他們就不是詩人了。

賈元春論「頌詩」可以不作

賈府的興盛氣象，在賈元妃省親的時刻，達到了極點。那種豪華富貴的局面，真令當時人心動，也令人想歌吟一番，寫一點頌詩。連平常只看重文章經濟、瞧不起詩詞的賈政也提筆作詩，進了《歸省頌》。

賈元春進大觀園之後，見園中香煙繚繞、花彩繽紛的一派風流氣象，甚為感動，也想作一篇叫做《燈月賦》和《省親頌》的頌歌。然而，她畢竟聰明之極，一轉念頭，覺得寫這種頌體詩，純屬多餘，與其白費力，還不如觀賞美景。曹雪芹這樣描寫她的心思：

……本欲作一篇《燈月賦》、《省親頌》，以志今日之事，但又恐入別書的俗套。按此時之景，即作一賦一贊，也不能形容得盡其妙；即不作賦贊，其豪華富麗，觀者諸君亦可想而知矣。所以倒是省了這工夫紙墨，且說正經的為是。

賈元春在富貴風流中，頭腦是冷靜的。她有相當高的詩詞修養，也能寫頌詩，她所以不寫，是她知道寫頌詩難以擺脫俗套，而詩詞一落入他人窠臼便無價值。何況眼前這繁榮局面，不寫人家也知道，寫了純屬白費「功夫紙墨」。一個皇妃，能有這種藝術理性，真是難得。

想到五十至七十年代大陸的頌體文學那樣發達，頌詩到處都是，實在是白費了無數心思，不能不感嘆我們這些現代人遠不如賈元妃清醒。如果我們也有她那樣的理性就不會白白消耗掉那麼多生命的能量。在五、六、七十年代中，幾乎所有的作家都寫頌詩，作頌體文學。僅歌頌領袖的詩詞，就難以計數。我所以稱中國當代的頌詩為「新台閣體」，就是有感於頌歌的氾濫已造成中國文學嚴重的災難。事實也是如此，想起過去數十年，儘管頌詩汗牛充棟，但能稱得上藝術品留下來的詩詞有哪幾首呢？無論是把領袖比成紅太陽、比成大海、比成東風、比成北斗星，現在讀起來，都覺得乏味。賈政的《省親頌》不知道是怎麼寫的，曹雪芹沒有公佈，我想，一定也是很乏味的，不知道他會不會把自己的女兒也比作太陽或星星來歌頌一番？這決不是玩笑，頌歌的目的一般都是為了「媚上」，歌者為了取媚歌頌對象，總是一面矮化自己，一面誇大對象。為了討好皇帝，把皇妃女兒比作太陽完全是可能的。不過，不一定比作紅太陽，也可能比作黃太陽或金太陽。

賈元妃看穿頌詩無價值，但她沒有說出太充份的理由。她不是文學理論家，我們自然也不必這樣要求她。不過，我們這些從事文學研究的人，倒需要想一想為甚麼頌詩總是寫不好。在大觀園裏從賈寶玉到林黛玉這些才子才女，在元妃省親那天寫的詩，都屬頌詩的範圍，儘管其水平有差別，但都不如平常他們作的詩那麼有意思。從這裏想開去，就知道作頌詩時詩人總是離開自己的人生體驗，缺乏真切的感受。歌頌對象的偉大畢竟不是自己的偉大，歌頌對象的經驗，畢竟不是自己的經驗。可是，詩歌這種東西，就是那麼奇怪，離開真切的感受就寫不好。藝術貴在它是一種自由而獨特的存在，每一首詩都是不可替代和不可重複的個性，然而，寫頌詩，要作出個性來，實在不容易。不易而要硬寫，寫出來的自然是千篇一律，於是，也就白費氣力。

我不喜歡讀歌頌毛澤東的詩，卻喜歡讀毛澤東自己寫的詩。他的詩詞是他自己的體驗和自己的感受，所以在詩詞中我們可感到一種真實存在。然而他的體驗和感受，不等於我們的體驗和感受，這是不能替代的。沒有他的體驗和感受，又硬是設身處地想像他，塑造他，歌頌他，結果是愈歌頌愈乏味，詩人成了蠢物，詩歌成了廢物。我曾經納悶，為甚麼歌頌的對象是閃閃的太陽，而歌頌的作品卻黯然無光，今天想起來，是非如此不可的。

這麼説來，如果有真切的感受，頌詩也可以寫好，但是，很可惜，寫頌歌的人大多動機不純，總想取悦歌頌對象，説得難聽一點，就是想鑽入對象的心。但是，被頌揚的對象，包括皇帝皇妃，其心地的寬廣度都很有限，所以歌者就得拚命縮小自己，只有縮小了，才能鑽入被頌揚者有限的心口。這樣一來，寫出來的頌歌，境界總是不高，甚至很肉麻，離開文學本性自然也很遠，所以，凡是有一點文學尊嚴感的人，一般都不作頌歌，特別是給皇帝作頌歌。賈元春如果不是皇妃，而是個作家，她大約也不願意老是為皇帝歌功頌德，為宮廷放聲歌唱。

王熙鳳兼得三才

幫忙，幫閒，幫兇，三者往往不可兼得。在《紅樓夢》裏，兼而得之的唯有王熙鳳一個人。能幫忙的人，至少得肯幹，不懶，而且還得有組織能力或社會活動能力。像賈寶玉這種人，也很忙，但他只能算林黛玉所說的那種「無事忙」，而不能真正「幫忙」。

能幫閒的人，則需要有點才氣，而且還得有湊趣的本事。像賈環這種粗痞子，就不能幫閒。然而，像賈政這樣的人，又太嚴肅，也幫不了閒。

能幫兇的人，就更不容易。這除了性格中需要有殘忍的素質之外，還得有點才幹。像賈環這種幫不了閒的人，似乎可以幫點兇。但從他出賣「巧姐」很快就露出破綻一事看來，也缺少幫兇的才能。至於寶玉，他頂多可幫點閒，絕對幫不了兇。

王熙鳳不識一個字，一生僅作過一句詩（即「一夜北風緊」），卻能三者兼得，真是奇蹟。一提起王熙鳳，就想起她的毒辣、兇狠，直接死於她手下或死與她有關的就有賈瑞、尤二姐、張金哥夫婦、「鮑二家的」。賈瑞、尤二姐之死，不是她幫兇的結果，而是她直接行兇的結果。能直接行兇的，自然更能幫兇。張金哥夫婦的自盡，可算是她幫兇的一例。賈珍說她：「從小兒大妹妹玩笑時，就有殺伐決斷，如今出了閣，在那府裏辦事，越發歷練老成了。」

對於王熙鳳的「幫忙」，也無須多論證，只要看她應賈珍之請去協理寧國府的秦可卿之喪，就足以說明她幫忙的能力是何等高超。

人們也許只記得她善於幫忙、幫兇，往往忘記她善於幫閒。她的幫閒能在賈母面前表現得特別出色。賈母是賈府的真正權威，又是一個大閒人，很需要有人陪着她說說笑笑，即幫她的「閒」。她喜歡王熙鳳，就是喜歡她能湊趣。幫閒很不容易，要頌揚被幫的權威又要讓權威不覺得太俗氣。像賈政那樣只能在賈母面前表忠心就不行了。但像賈政帶去給大觀園題匾額的那些酸秀才，只會說奉承話也不行。因為王熙鳳有幫閒的本事，所以總是討得賈母的歡心。

我所以佩服王熙鳳是覺得我見到的現世的幫忙、幫閒、幫兇三者兼得的人固然也有，但本事與王熙鳳相比實在相去太遠。就說現在這批掌管文壇的人來說吧，他們也忙，但一幫忙就講「偉大的革命空話」，不辦實事，結果是愈幫愈忙。他們也努力幫閒，寫了很多頌詩，以至於「放聲歌唱」，但大多是一些如賈政那種直接表忠心的奉承話，缺乏幽默感。幫閒就怕乏味，而他們的幫閒恰恰乏味之極，更糟的是還常帶有奴才味。他們的幫兇，就更拙劣，例如把某些人打成「右派」、「反革命」時，他們就慷慨激昂，總是赤裸裸，連羅列罪名也缺少新意，很髒又很笨拙。

王熙鳳雖狠毒，但不容易讓人噁心，而現在的幫兇、幫忙與幫閒者卻令人噁心。在這裏，我對今日的文明真是感到一種失望。我自然不是在頌揚王熙鳳充當幫閒或幫兇，也決無欣賞幫兇文人或幫閒文人的意思，只是說，人的能力是有獨立性的。它固能常常與道義相連，但並不等於就是道義。有的人有道義精神，但能力極差，這種人是好人，而不是能人。有的人則缺乏道義，但有很高的能力，王熙鳳就屬於這一種人。所以人們稱王熙鳳是「能人」，而不會稱她為好人。最糟的是沒有道義，又沒有能力的人，做起壞事也顯得特別醜陋。許多無賴、痞子、潑皮，都屬這一類，他們不像王熙鳳那樣，有一種可供人欣賞的才幹和智慧，只有一肚子的髒水。對王熙鳳的爭論，大約也因為有人從道義上看得多一些，有人從才幹上看得多一些。我在兩年前寫的一篇文章中，曾說王熙鳳也屬賈府中的「新生代」，指的就是她作為「能人」的一面，包括她會放高利貸，就像現在一些官員學會作生意，也是新現象。我欣賞王熙鳳的才幹，自然不是欣賞她的殺人，只是感慨我們當代的殺人者和幫殺人者，常常缺乏王熙鳳的才幹，所以顯得既兇殘又醜陋，惡醜兼備，特別讓人難受。言下之意是說，無論標榜甚麼立場主義，都應當增長才幹，都應當有本事和智慧，決不可因為自己是革命者便安於愚蠢和無能，並無太深的意思。

瀟湘館鬧鬼之後

《紅樓夢》寫道，林黛玉死後，瀟湘館裏一直有哭聲。人們都認為館裏在鬧鬼，非常害怕。但寶玉知道後，一定要去看看，他相信這是他的林妹妹的委屈的鬼魂在哭泣。

提起這件事的時候，王熙鳳嚇得毛骨悚然，並驚嘆寶玉「膽子真大」。而在旁的史湘雲立即修正說，這「不是膽大，而是心實」。史湘雲說得非常準確。

這裏有意思的是，王熙鳳本來是賈府裏膽子最大的人，她宣稱自己是從不信甚麼「陰司報應」，也就是我們當代人所說的「徹底唯物主義」。她真的無所畏懼地叱咤了好一陣子風雲，可是此時，一說起瀟湘館鬧鬼，她卻變得異常膽小，渾身打顫。王熙鳳所以會這樣，如果要讓史湘雲也作個評價，那她一定要說，這不是膽小，而是心虛。

心虛就怕鬼，這彷彿也是一條「規律」，看來，膽子的大小與心的虛實確實有關。心實才能膽大，心虛自然膽小。「生平不做虧心事，半夜不怕鬼敲門」，也是這個意思。

王熙鳳不相信報應，便放膽地做了許多壞事，並製造了好幾條人命。然而，作孽作得多了，被害的屍體不斷地在自己面前堆積起來，也會使作孽的人心慌。這些堆積的屍首不以王熙鳳的意志為轉移，沉沉地壓住她的靈魂，使她感到有點喘不過氣。這似乎正是一種報應，只是被報應的人未必意識得到。我常常喜歡與朋友說：我相信報應。這並不是我相信線性因果關係，而是認為作孽往往會對自己的心理產生微妙的影響。作孽作多了，就會有惡夢，惡夢也是一種心理報應形式。聽說瀟湘館鬧鬼，王熙鳳竟會嚇得發抖。好好的一個貴婦人，竟也發抖，這發抖就是一種報應形式。不作孽的人心理坦蕩蕩，不會發顫發抖，睡得比較安穩。坦蕩蕩，安穩，就是幸福，這也是對其不作孽的報應。

當然，王熙鳳的「唯物主義」還不夠「徹底」，如果「徹底」，大約就不會害怕報應。但要做到「徹底」，恐怕要修煉很久，一直修煉到眾鬼臨門而無動於衷的功夫。王熙鳳自稱不怕陰司報應，其實還是害怕的，她的唯一的女兒「巧姐」讓劉姥姥取名，也是為了避災，顯然也是怕報應。可見她還修煉不到家。王熙鳳雖然狠毒，但不會使人討厭，這除了她的才幹、風趣等性格特點之外，可能還因為她這種「狠毒」不到家，即殘存着一些良知。作了壞事還會有所畏懼，就是殘存的良心在起作用。這一點，王熙鳳的功夫，大大不如現代的徹底唯物主義者。現代的徹底唯物主義者，真的做到「無所畏懼」，殺了成千上萬的人，屍首在面前堆積，仍然臉不改色，照樣充滿豪氣地講大話，教導芸芸眾生，這一點就是王熙鳳絕對不能比的。

現代社會的革命運動，提倡勇敢無畏，這是好的。勇敢自然需要「膽大」。膽大成了人的價值標準也成了衡量知識分子的標準，我就常被認為是膽小懦弱。一直到了海外，還被某些勇猛的「學生領袖」

說成是怯弱。不過，我倒希望這些勇敢的批評家最好是要求人們「心實」，而不要總是要求「膽大」，倘若心不實而膽子大，理性不足而情緒性有餘，就會胡來，胡作非為。胡來的人，其實未必敢像賈寶玉那樣走進瀟湘館。

十幾年前，我去江西參加「四清」時，聽領導人報告說，現在農村百分之九十的黨組織變修變質，階級鬥爭非常嚴重，到處有鬼，然而，我一到農村，完全不是這麼回事。從那時起，我一直有個疑問，為甚麼我們的政權明明像鐵桶一樣堅固，而意識形態卻老是提心吊膽？老是覺得到處鬧鬼，老是虛構階級鬥爭？這與「徹底唯物」的哲學是極不相宜的，現在，從王熙鳳怕鬼的故事才意識到，這完全是因為心虛。至於為甚麼心虛，是不是也是因為像王熙鳳那樣作孽作得太多有關，我就不知道了。

賈赦的讀書經

《紅樓夢》中的賈赦，是一個官場的老油子。他沒有甚麼本事，官位是靠世襲得來的（榮國公的世職由他襲着），但非常圓滑，很有些人生技巧。他已有幾個小老婆了，仍然不滿足，還想要賈母跟前的丫頭鴛鴦。

這個乏味的老官僚，還有一套關於讀書的老油子哲學。他說：「咱們的子弟都原該讀些書，不過比

人略明白些，可以做得官時就跑不了一個官的。何必多費了工夫，反弄出書呆子來？」（七十五回）

賈赦的「油」，一面是認為書不可一點不讀，但讀一點是為了捕住當官的機會，以免讓「官」帽兒跑掉，一面又認為不可太用功太認真讀書，以避免讀得入迷反而不懂得當官。反正，書的用處就是為了當官，書是「官」的敲門磚和「官」的捕獲器。賈赦講的道理比我們現代的「讀書做官」論更透徹。許多書呆子不懂得賈赦這些道理，所以總是當不了官或當了官又丟官。

中國的大官僚家族，往往敗落得很快，其原因就是有了世襲制之後，很容易出現賈赦這種官油子。官油子既要享受祖輩父輩的光榮和財產，又沒有祖輩父輩的真才實學和其他本事，更不想像祖輩父輩那樣奮鬥創業。襲個官位，只想混日子，坐着蠶食祖輩的遺產。西方一些大企業家的後裔，三百年後還使自己的家族保持為「旺族」，而中國的大世族則往往敗落得很快，所以才發生「君子之澤、五世而斬」的現象。其實，澤及五世的現象並不多，往往兩三世就完了，我們讀一讀《紅樓夢》，想一想賈赦的讀書經，就知道世襲貴族的迅速破落就因為官油子愈來愈多，人生只靠技巧和遺產，不再靠真才實學了。

像賈赦這種官油子，生活的目的就是求安逸，享受壓倒一切，其他的均為手段。讀書自然也是享樂的手段，不讀不能享受安逸，但讀得太苦，也沒有安逸可言，要掌握好分寸，這就是人生技巧。賈赦安逸了數十年，悟出這一讀書的道理，也不容易。但因為他的讀書是騙人的，所以常常露出馬腳。例如中秋家宴行擊鼓催花令，他說的那個「偏心」的笑話，不僅很乏味，使人一聽就知道他缺乏文化素養，而且還無意中冒犯了賈母，討得個沒趣。可見，官場上的老油子並不是總是那麼「順溜」開心，在某些需要知識的場合，也是很尷尬的。像賈母這種聰明的人，就很不喜歡他的油味和俗味，偶而給他碰一點釘子，他也毫無辦法。

可惜，賈赦這套讀書經，很容易被巧人所欣賞。中國當代生活中流行的讀書要「活學活用」、「急用先學」、「立竿見影」的這套辦法，也和賈赦的想法相通，其效果也相同。所謂活學，其實也就是賈赦所說的既要學又不要學得太呆；所謂活用，也像賈赦所說的，做得官時，別讓官兒跑掉。總之，賈赦和林彪都在告誡人們不要當書呆子，而要當「立竿見影」的書油子和官油子。可見英雄所見略同，古人和今人的心智常能相通。不過，我擔心，長此以往，人們讀書將愈讀愈油，愈讀愈滑，最後都變成大大小小的賈赦——大大小小的官油子，這種充滿官油子的社會也夠乏味的。

為賈政說句話

以往不少紅學評論，都把賈政稱為「封建主義衛道者」，把他描述成與賈寶玉、林黛玉對立的另一營壘的代表。

然而，我總是為賈政抱不平。不知道為甚麼，也許是立場問題，我儘管很喜歡寶玉、黛玉這些人物，但也並不討厭賈政。儘管那麼多人批判他，但我對他並不產生惡感。這種讀書體驗，已有許多年了，至今還是如此。我總覺得自己的藝術感受比理論更為可靠。

所以不討厭，是覺得賈政乃是那個歷史時代的一個真實的生命存在，而不覺得他是一個偽君子。

說他偽，那就應當說他的所思所為是假的，造作的，但是我一直看不出來。他雖然也因私情而推薦賈雨村，但總的來說，他確實為人清廉嚴正，在那一個時代裏，他算是一個清官，一個不走斜門歪道的人。不能說，這種人就不好，非得像他的哥哥賈赦，到了老邁之年還想討鴛鴦當小老婆才算不偽。他教人盡忠盡孝，在那個時代裏，也無可非議，而且，他又不是只要求別人「盡」，自己不「盡」。他確實是個孝子，在事業和情感等各個方面上都盡孝。賈府這座大廈，其實是他支撐着的。他對於母親的任何教導和責罵，都真誠而惶恐地接受，一點也不摻假。

說他是封建維護者，最重要的根據是說他總是逼迫寶玉注重文章經濟，走仕途之路。但是，這也是賈政親子之情的一種表現形式。他只有三個兒子：大兒子賈珠二十多歲時就夭折，剩下寶玉和庶出的賈環。賈環天生一副痞子相，因此，他自然對賈寶玉寄以希望，但寶玉又偏恨透了仕途經濟，這就不能不成為賈政揪心的遺憾。賈政是一個很有家族責任感的人，他嚴格地要求寶玉，甚至嚴酷地鞭撻寶玉，其實不是自覺地在維護某種制度，只是在盡他的責任，維護其家族的利益。

以往評價賈政，常常太政治意識形態化。用意識形態的尺度來衡量賈政，自然就會給他戴上種種政治帽子。例如，給他一頂「封建衛道者」的帽子。其實所謂「封建衛道」，完全是評論者把先驗的概念強加給賈政，賈政本人並不知道甚麼叫做封建之道。他打賈寶玉時，決不會認為寶玉的屁股是小資產階級的屁股，而他的棍子是封建主義棍子。他的痛打，完全來源於他的痛切之愛。寶玉的不爭氣所造成的賈氏家族的「斷後」危機，只有他才有痛切之感。痛打時他想的是家，決不是國，也決不是「堅持封建主義」或「痛打自由主義」這一類意識形態。

在文化大革命中，林彪有一句名言，說一切關係乃是階級與階級的關係。按照這一觀念，兄弟、夫妻、師生、父子的關係也是階級關係。某些紅學評論，也是把賈政與寶玉的關係視為一種階級關係。

其實，這種關係說，完全是一種虛構的觀念。把這種種虛構的觀念強加給賈政，只會愈說愈糊塗。

著名的紅學家俞平伯先生，逝世前兩年，不顧年近九十的高齡到香港，並對紅學研究發表了一個意見，這就是：《紅樓夢》是一部小說，不是政治，應當真正地把它當作小說來研究，多從美學的角度去領悟。俞先生晚年能說出這種意見，實在是寶貴得很。這一意見的要義，就是希望《紅樓夢》的研究應當從意識形態的偏見中解脫出來，真正地把《紅樓夢》作為一部小說，對其語言、人物、情節及其哲學、心理學種種內涵，不斷地領悟。我想，這一意思，如用於賈政，賈政將會洗去他身上的許多不白之冤。

《紅樓夢》，不是政治，賈政也不是政治或政治符號，他是一個活生生的人，一個真實的生命存在。一個真實的生命存在，既有政治主場，也有道德品格，也有精神氣質，也有情感，而每一方面都有獨立的價值。在政治泛化的時代，把政治尺度變成評價人的唯一尺度，一個人只要突出政治，則無論他怎樣兇惡、殘忍、無恥也無所謂，反之，被認為是反動階級的人物如賈政者，則無論他如何廉潔盡職如何兢兢業業，也是壞人，這樣，便培育一群大唱政治高調而品格極其惡劣的怪物，我覺得現在這種怪物已很多，而且大片土地已成了這種怪物的天堂。

潑皮

讀了《水滸傳》，既忘不了其中的英雄，但也忘不了其中的「潑皮」。特別是忘不了英雄遇到潑皮時的情景，這種情景比秀才遇到兵還麻煩。

「潑皮」這個詞語不知道是哪一個天才發明的，懂得漢語的中國人，大約能意會到它的精妙。流氓、無賴、痞子也就是「潑皮」，但都難以像「潑皮」這個詞能夠把一種「社會相」如此響亮地傳達出來。

魯智深、楊志等赫赫有名的英雄，都遇到潑皮。魯智深的故事我們暫且「按下不表」，先回想一下楊志遇到潑皮牛二的故事（第十一回）。

牛二是當時「京師」有名的潑皮，人們都叫他為「沒毛大蟲」，專在街上撒潑、行兇、撞鬧。京師百姓，一見到牛二，都知道惹不得，連忙避開：「快躲了，大蟲來也。」

楊志當時因為花石綱失陷，逃奔於江湖之中，後來雖然遇赦，但又被高俅拒絕重新起用，因此又再次流落江湖。英雄失意，連盤纏也都用盡。英雄的缺點，也是和普通人一樣，需要吃飯，於是，楊志只好到市上去賣祖傳的寶刀。偏偏就在這個時候遇到了牛二。牛二搶到楊志面前問價，楊志告訴他，這是「祖上留下寶刀，要賣三千貫」。牛二喝道：「甚麼鳥刀，要賣許多錢！」楊志解釋這不是店裏賣的普通的白鐵刀，而是寶刀。牛二就要楊志把「寶刀」的「好處」說明白，楊志沒二話，就說明了寶刀的三件長處：第一件是「砍銅剁鐵，刀口不捲」；第二件是「吹毛得過」；第三件是「殺人刀上沒血」。牛二聽了之後，便纏住不放，要楊志把這三件好處一一證明。楊志也依了他，就當眾剁了銅錢，果然靈驗。牛二又要吹毛過刀，而且在自己的頭上拔下一把頭髮遞給楊志：「你且吹與我看！」楊志接過頭髮，照着刀口上一吹，那些頭髮都斷成兩段。到了此時，牛二不僅不放，而且繼續要賴皮。《水滸傳》接着描寫道：

> 牛二又問：「第三件是甚麼？」楊志道：「殺人刀上沒血。」牛二道：「怎地殺人刀上沒血？」楊志道：「把人一刀砍了，並無血痕，只是個快。」牛二道：「我不信，你把刀來剁一個人我看。」楊志道：「禁城之中，如何敢殺人？你不信時，取一隻狗來，殺與你看。」牛二道：「你説殺人，不曾説殺狗。」楊志道：「你不買便罷，只管纏人做甚麼！」牛二道：「你將來我看。」楊志道：「你只顧沒了當，洒家又不是你撩撥的。」牛二道：「你敢殺我？」楊志道：「和你往日無冤，昔日無讎，一物不成，兩物見在。沒來由殺你做甚麼？」牛二緊揪住楊志説道：「我偏要買你這口刀。」楊志道：「你要買，將錢來。」牛二道：「我沒錢。」楊志道：「你沒錢，揪住洒家怎地？」牛二道：「我要你這口刀。」楊志道：「俺不與你。」牛二道：「你好男子，剁我一刀。」楊志大怒，把牛二推了一交。牛二爬將起來，鑽入楊志懷裏。楊志叫道：「街坊鄰舍都是證見。楊志無盤纏，自賣這口刀。這個潑皮強奪洒家的刀，又把俺打。」街坊人都怕這牛二，誰敢向前來勸。牛二喝道：「你説我打你，便打殺，直甚麼！」口裏説，一面揮起右手，一拳打來。楊志霍地躲過，拿着刀搶入來。一時性起，望牛二顙根上搠個着，撲地倒了。楊志趕入去，把牛二胸脯上又連搠了兩刀，血流滿地，死在地上。

《水滸傳》這段描述真是把潑皮的無賴勁頭和英雄的無可奈何寫得淋漓盡致。牛二這種潑皮的特點是不講理，胡攪蠻纏，把無賴當作武器。你説殺人刀上沒血，請你殺一個人給我看。英雄退讓，要殺狗給他看，他又偏說不行。胡攪蠻纏的目的就是死皮賴臉地要楊志的寶刀。楊志要他給錢，他又來個「錢沒有，只有命一條」，不顧死活地搶寶刀，端着「死皮賴臉」往楊志懷裏衝，直逼得一個堂堂英雄進退無路，只好動起刀來。人們知道苛政和貧窮可以把人逼上梁山，不知道潑皮無賴也會把英雄逼得以身試法，不顧一切。

這個故事常使人感慨英雄的悲哀。如楊志這樣的英雄，可悲哀之處就很多：滿身勇武卻無用武之地；酷愛寶刀卻不得不為了餬口而拍賣寶刀；小心謹慎卻惹得種種罪名。但最可悲哀的地方還是他遇到癩皮狗似的潑皮。這不僅使他陷入被戲弄的困境，而且被癩皮狗撞得一身髒。最後，還被潑皮逼得做出自己不願意做的事。魯迅先生說，我願意自己的敵手是獅子、老虎、雄鷹，而不是癩皮狗，其道理恐怕也在於此。

秀才遇到兵，其麻煩也是無理可講，即所謂「有理說不清」。秀才也有自己的「寶刀」，不過，他們的寶刀，也許是詩，也許是小說，也許是文學。他們遇到的「兵」，常常自稱「戰士」，其實也是潑皮。這種潑皮，比牛二高明一點的是會耍點筆墨，但其胡攪蠻纏的勁頭和牛二完全一樣。秀才遇到這種潑皮時，也往往是英雄氣悶，步步退讓。但也常常退讓不得。例如「潑皮兵」批判「秀才」時，秀才本想沉默，但潑皮決不會答應，他一定會如牛二那樣挑釁說：「你好男子，剁我一刀。」秀才知道倘若回「潑皮」一刀，事情就會「沒完沒了」，別想再過安靜日子，因此還是沉默。但潑皮又會如牛二那樣直鑽入懷中，來個「生死存亡」的「階級搏鬥」，至少把秀才弄得一身不舒服。當代秀才難當，就因為文壇上牛二式的潑皮實在太多。

常聽說，英雄身上既有虎氣還有猴氣。而潑皮身上決無虎氣，他們只有猴氣和比猴氣還低劣的狗氣。英雄與潑皮較量時，英雄的虎氣全然被壓抑住，就會感到特別痛苦。楊志如果遇到的對手是獅子、老虎，或者是李逵、武松，不管是打贏打輸，總是可以試試自己的身手，讓自己的虎氣迸發出來，即使失敗或戰死，也不辱英雄豪氣，並可證明自己乃是一種真實而強大的生命存在。唯獨遇到牛二式的潑皮，一點辦法也沒有，只能自認晦氣。我常為楊志和楊志似的英雄感到難過，並為他們着想，凡是遇到潑皮式的對手，應當趕快避開為妙，就像聰明的京師百姓一樣：「快躲了！大蟲來也！」

水滸英雄上山後便無個性論

《水滸傳》描寫了一些富有個性的英雄，如李逵、武松、林沖、魯智深等，但他們的個性都表現在上梁山之前。一旦上了梁山，從個體英雄變作集體英雄，便沒有甚麼個性，也沒有甚麼故事了。因為他們都在「忠義堂」的統一旗號下，聽從宋江統一的指揮，一切行動都納入「替天行道」的軌道。在宋江準備接受招安時，最有個性的李逵武松也只能埋怨一句，「招甚麼鳥安」，至於其他英雄，則連這點性格殘跡也看不見了。特別是排座次之後，英雄們更是幾乎成了啞吧，不知道他們在想甚麼，其個性完全淹沒在統一的意志和統一的行動中。難怪金聖歎要「腰斬」《水滸》，他實在接受不了只有共性而沒有個性的英雄形象。

這使我想起許多有個性的人物加入「革命隊伍」之後泯滅了個性的現象。這種現象在中國非常普遍。一些革命英雄，在青年時代是傳奇性的人物，很有思想又很有個性，但在「排座次」之後，卻變成了一樣的臉孔，一樣的架式，講一樣的話，扮演一樣的角色，全然沒有自己的語言和笑影，不但失去傳奇性，而且失去普通人常有的幽默，使人只感到人生的乏味和酸味。

我又想到在知識界也發生同樣的現象。不知道怎麼搞的，知識分子一旦成了「革命知識分子」，個人的故事也就沒有了。例如北京大學，在蔡元培時代，許多教授都是很有個性的「怪人」，人們可以講出他們許多生動的故事，但是，到了五十、六十年代後，教授們成了革命學者和革命幹部，再也沒有「怪人」，也沒有生動的故事了。因為他們已經有了統一的意志和步調，而這種統一，是缺少故事性的。文化大革命後，偶爾也聽到他們的故事，但只是被改造時的故事，如楊絳所寫的《幹校六記》中那種可悲的故事，故事裏雖有笑，但笑裏全是辛酸。

我因為感到統一臉孔的乏味，曾多次鼓吹應當允許「怪人」的存在，其理由是一個社會如果不允許怪人的存在，這個社會就沒有生氣，而且，就只能產生庸才和奴才，而無法產生人才和天才。這對文學創作尤其重要。巴赫金在他的文藝學論著中說：「在陀斯妥耶夫斯基的藝術見解中，人沒有一點怪僻（各種表現形式的）就毫無價值。」我很贊成這種見解。

我的意思不是怪罪梁山及其革命，而是怪罪英雄們的英雄品格不徹底，個性不強大，如果個性是強大的，那麼無論在甚麼環境下，都會有自己的主張，自己的語言，就是在統一的「替天行道」的旗幟下，也可以思索「天」是否存在，「道」是否寬闊，「行」是否可以多樣，只有「天」的名義而沒有自己的名義是否恰當等等。總之，應當有自己的腦袋和嘴巴。即使不懷疑，自己也仍然是一個人，如魯迅所說的，即使是戰士，也不光只會戰爭，他們也吃飯，也性交，也有豐富多彩的生命。自然，要求有梁山泊的統一意志，又有個性的自由意志，確實不容易。自由意志一旦忽略統一意志，便是自由主義。詩人們屢屢犯自由主義的錯誤，就是這兩者的關係掌握不好。既然掌握不好，最好不要輕易進入「忠義堂」。

倘若已進入，我覺得作為一個作家，從事文學活動，無須以「忠義堂」成員的身份，寫一律的「替天行道」的文章，而應以獨立的人格參加文學活動，即使在現實層面上「替天行道」，在藝術層面上也應當超越於「天」與「道」之上，這才可能保存自己的藝術個性和藝術創造力。

《鏡花緣》的「針鋒相對」

作為文學作品，《鏡花緣》讀了一遍就差不多了。但是，如果作為思想文化史的材料來讀，其中卻有許多值得玩味之處。

李汝珍在《鏡花緣》中提出以往被輕視的婦女問題，抗議對婦女的壓迫，為婦女請命，並為婦女展示一些自由平等的理想國，如君子國、女兒國、黑齒國等。周作人曾說，五四運動有三大發現，即發現了人、婦女和兒童，而我認為，這只能說是「重新發現」，因為在「五四」之前，從文學上說，《紅樓夢》早就真正地發現了婦女，而繼《紅樓夢》之後，《鏡花緣》又是另一部發現婦女的長篇。

《鏡花緣》為婦女請命的精神是值得佩服的，但是，它那種針鋒相對的兩項對立的思維方式，我卻不贊成。當然這種男女兩項對立的思維，在《紅樓夢》裏也有。曹雪芹讓賈寶玉說出的那個觀念：男人是泥做的，女人是水做的。過去說男人乾淨女人髒，現在反其道而行之，就說男人髒女人乾淨（尤其是未沾男人的女子），都屬針鋒相對。這種思維特點在《鏡花緣》裏就更明顯。例如，「兩面國」反對男女貞操問題的不公平的兩面標準（即對男人的標準「可納妾」，對女人則是另一種標準「不可多夫」）是可理解的。然而，為了達到一個標準的理想，那些婦女使用的「針鋒相對」的手段和語言卻有點使人納悶。例如《鏡花緣》第五十一回中，那位「兩面國」的盜王想收唐閨臣等作妾，而這位盜王的押寨夫人便勃然大怒，不僅把丈夫打了四十大板，而且「針鋒相對」地威脅他的丈夫說，你如果討幾個「女妾」，我就討幾個「男妾」了。她說：

> 今日打過，嗣後我也不來管你。總而言之，你不討妾則已，若要討妾，必須替我先討男妾，我才依哩。我這男妾，古人叫做「面首」，面哩，取其貌美，首哩，取其髮美。這個故典，並非我杜撰，自古就有了。

這位押寨夫人的勇敢、潑辣自然是可嘉的，但是，她這種「你娶女妾，我便娶面首」的針鋒相對的辦法，卻只能說出於無奈，若真的當成婦女解放的原則，那也很麻煩。試想，如果這樣循環下去，一個家庭中，一面是多妻，一面是多夫，形成兩個陣營，你嫉我妒，勢不兩立，不是東風壓倒西風，就是西風壓倒東風，還有安寧的日子嗎？倘若連安寧日子也沒有，天天鬥，月月鬥，烽煙四起，還有甚麼幸福和解放可言？

奇怪的是這種針鋒相對的婦女解放法還一直延伸下來。「五四」新文學運動的思維方式也是兩項對立的：新文學與舊文學；活文學與死文學；平民文學與貴族文學；山林文學與社會文學；廟堂文學與社會文學；都是針鋒相對，你死我活，一個吃掉一個。所以陳獨秀在提倡國民文學的時候，也同時提出「打倒貴族文學」。其實，貴族文學作為另一個時代的文學，是永遠有它的價值的，是不該「打倒」的，而且也絕對打不倒，而平民文學如果沒有一點貴族文學精神的洗禮，也會太俗太粗。這種針鋒相對的精神反映在婦女解放的問題上，就是娜拉精神。娜拉不願意當丈夫的傀儡，要獨立，這是非常好的，但她的辦法是和丈夫決裂，走出家庭。當時的改革者都覺得痛快，唯其魯迅提出一個問題，即「娜拉走後怎麼辦？」細想起來，娜拉走後的問題實在是一大堆。

中國的娜拉走了幾十年的路之後，到了下半個世紀，她們發現自己是「半邊天」，而且提出一個針鋒相對的口號：「男人能做到的，我們也能做到。」然而，這種口號一提出，許多懶惰的男人又竊喜，因為他們本來撐着整個天，現在只要撐着半邊天就夠了，本來只能是男人做的粗活重活，包括扛大石頭，挑大糞，開山築壩等，女人也得幹了。之後，又派生出一大堆問題，即她們既然要幹，就得有好立場好思想，於是，就得改造，於是，就得下鄉，於是，就得和男人在風裏雨裏搞競賽洗腦子。這樣，又生出一個問題，即婦女的精神氣質逐步男性化，除了力氣增大之外，嗓門也增大，不僅開批判會時嗓門大，而且在家裏嗓門也大。小說和電影裏的李雙雙性格，就是中國當代婦女男性化之後的一種天不怕地不怕膽子大嗓門也大的性格。這樣的結果，是女子愈來愈累，「五四」之前，中國婦女沒解放，肩上只要挑家庭的擔子，現在解放了，則必須同時挑社會上的政治擔子、經濟擔子，變成了雙肩挑。而男人們呢，有的暗暗竊喜，有的暗暗擔憂，而更糟的是男人在辣椒般的女子面前，為了自己的安寧，只好甘拜下風，低聲下氣，於是，懼內病不斷蔓延，不少男人竟因此女性化，男人變成男旦，陰盛陽衰。到了這個時候，男人們和女人們才逐步意識到，無論男人解放還是女人解放，用「你娶女妾，我偏娶男妾」，「男人能做到我也能做到」的辦法未必精當。總之，女子解放是必要的，但為解放而鬥爭的對象恐怕不是男人，而是其他比男人要麻煩得多的一些問題，但男人的專制自然也是其中的一個問題。

「刑天」的誤讀

古代諸神中有一名叫做「刑天」的，雖然沒有頭，但仍然揮動着武器繼續戰鬥。所以詩人陶潛對他十分崇拜，有詩讚曰：「刑天舞干戚，猛志固常在。」

直到今天，刑天的英雄形象仍然是勇於鬥爭的人們的榜樣。

然而，我以前與許多勇於鬥爭的朋友談論刑天時，發現他們對刑天有一種奇怪的但似乎又合乎邏輯的誤讀，即認為這個榜樣說明：沒有頭腦也可以當英雄。只要猛志（即戰鬥意志）在，有沒有知識都無所謂。

這種誤讀真使我驚嘆不已。並使我發現原來我們都曾經是沒有頭顱的鬥士。例如在文化大革命中，我們事實上沒有自己的腦袋，甚麼都按照「最高指示」辦。今天「最高指示」叫革命，我們就革命；明天最高指示叫「革革命」，我們就「革革命」；後天最高指示叫「革革革命」，我們就「革革革命」。那時我們的基本口號是：「頭可斷，血可流，革命路線不能丟。」雖然悲壯，其實是輕鬆的。因為我們在精神上，本來就沒有頭，因此，斷不斷頭實在是無所謂的。儘管沒有自己的頭腦，但猛志確實還是有的。

這使我想起各種英雄模式中，是可以增添一種具有中國特色的刑天模式的。這種英雄或許可以叫做不知道自己在幹甚麼和為甚麼幹而幹得非常悲壯和勇猛的英雄。這種英雄，實在是非常可愛的，他勇敢，有鬥志，有毅力，又不會鬧獨立性，鬧個人主義，是一極非常堅定又非常聽話的英雄。如果從作戰的效果來看，是非常理想的戰士。

當然，由於這種英雄沒有頭顱，就不會思想，也就會產生另一些麻煩。例如，他是否分清甚麼是正義戰爭和甚麼是正義戰爭？是否會想到許多戰鬥是犯罪的，是否能想到自己的「上司」也是一個沒有腦袋的大蠢物，根本就不值得為他赴湯蹈火等等。據說刑天的眼睛長在乳頭上，但是，在這個位置上是不是會因為看不到遠處而受騙等等，也都是個問題。這些問題又使我想起陶潛的話，並且懷疑一個英雄在沒有頭腦的情況下，光有「猛志」好不好。

最近，我正在告別諸神，開始不喜歡以頭觸天的「革命」派共工，也不喜歡老是補不好天的並把我當作「多餘的石頭」的女媧，現在又有點懷疑機器人似的「刑天」，也許，也得告別這位猛神。

庖丁進入現代社會之後

從小就知道莊子筆下的「庖丁解牛」的故事，並因此崇拜庖丁。在我的潛意識裏，早已有了庖丁的名字和他那種「游刃有餘」的功夫。我不把庖丁視為屠夫，而是視為中國古代具有運作能力的技術專家。按照現在中國的標準，他也屬於知識分子的範圍。雖然他不可能「持有相當於大專」的文憑，但他的技術如此高超，只要識字，是可以「破格提拔」的。即使不提拔，在文盲很多的鄉村，他也肯定屬於知識分子階層，無論是清算知識分子還是推崇知識分子的時候，必定都要牽涉到他。

因為崇拜他，我常替他着想。而且曾假設他進入現代社會，如我輩一般，可能遇到種種困境。

首先，庖丁是不是能跟得上形勢，走「又紅又專」的道路。如果他恃才傲物，走純技術的道路，不問政治，那麼，他就等於走「白專道路」。一九五八年他便是「白旗」，屬「拔」之列，如果此次他蒙混過關，到了文化大革命，可能也屬「反動技術權威」。

與此態度相反，如果他積極參加政治活動，成為革命的知識分子和革命技術專家，那也有許多問題，例如，他會不會因政治掛帥而鄙薄技術，熱衷於用「刀」解人（主要解人的思相」）失去「解牛」的專家本色。

如果他運氣更好一些，成了技術幹部，當上一官半職，是否會以對付牲口的習慣對待人，忘記宰牛與管人及管企業是極不相同的。人比牛嬌嫩得多複雜得多，又會說話，因此便愛發牢騷和要求言論自由，對付人需要另一套學問。面對新情況，他是否肯放下架子讀書重新學習，也不是沒有問題的。

還有一點是庖丁可能發生的特殊問題。這就是他適應了現代社會，一切都很好，上述諸問題均不成問題，既不走白專道路或被打成右派或反動權威，也沒有拋棄本行當上技術官僚更沒有欺負老百姓，作為一個老老實實的知識分子，既不忘本職工作，又老老實實地改造自己。但是，由於老實，他終於真的把自己改造成「一條革命的老黃牛」，「俯首甘為孺子牛」，非常溫和馴服，沒有任何脾氣。到了這裏，就發生一個特殊問題——即宰牛者變成「牛」，如「牛」一般馴良，精神氣質被牛所同化，那麼，牛化了的庖丁是否還有力氣和勇氣去解「牛」，或覺得解牛有罪，下不了手。如許多知識者認為「知識愈多愈反動」，他是否也會認為「技術愈好愈反動」。這個心理問題也很麻煩。不過，也可以給他安排一個出路：讓他停止宰牛而當一個技術「顧問」。這樣自然兩全其美，但庖丁是否安於寂寞，也尚待研究。

如果他還硬是要作些貢獻，那就涉及到要不要辦個技術學校，讓他掛名當校長，倘若安排得當也不錯，一可賺錢，二可使他安心度過晚年。總之，都是很費腦筋的事。我不能再想下去了。再想下去就要打破我腦子中所崇拜的「游刃有餘」的光輝形象。

項羽的壞榜樣

對於項羽和劉邦這兩個人，我更喜歡項羽。我的喜歡不是理性地分析他身上有哪些值得喜歡的因素，而是喜歡他整個人，是他的生命所展示出來的（我幾乎說不清）全部精神氣質。包括處於四面楚歌中與情人的訣別，包括失敗後而昇華的恥感和自刎烏江的氣魄。

但是，我不滿意他的一點則是在推翻秦王朝的時候，也燒掉阿房宮。他分不清政治與藝術，不懂得阿房宮雖然被秦朝帝王所利用，但它本身是極珍貴的藝術存在。這一龐大的藝術建築傾注了那個時代的藝術智慧，不能僅僅視為暴君的巢穴。然而，項羽一進城，就放了一把沖天大火，把阿房宮化為一片廢墟。

商朝滅亡前夕，姜尚統帥的周師直搗朝歌。紂王自知大勢已去，決定自殺，便命人把他儲藏的全部珠寶堆在一起，自己躺在上面引火自焚。自己毀了，也要把珍品一起燒毀，這和項羽的荒唐相近。然而，那把大火燒死了暴君，卻沒有毀掉珠玉寶器，而項羽的大火卻把比珠寶珍貴千萬倍的阿房宮毀滅了，真讓人痛惜。

項羽放火燒阿房宮，不僅毀了一座殿堂，還創立了一個徹底革命的榜樣，即在革命的時候，把革命對象所處時代的藝術也一起毀滅。這個傳統不斷蔓延，直到六十年代大陸的紅衛兵革命，還在「破四舊」的口號下，到處毀寺院，毀遊覽地，毀藝術品，其破壞性之大，永遠也無法說清。

一九八七年我和一些作家朋友到法國訪問，參觀了羅浮宮、凡爾賽宮，走進那裏的藝術世界，真是驚呆了。我那時才感到，法國不僅善於創造藝術，而且極善於保護藝術。法國經歷了多少次政治動盪和革命風暴，但是，他們始終確認藝術的超拔品格，把藝術看成是高於政治並超越於政治的一種特殊文化，不管政治如何變遷，藝術文化總是保持自己的獨立性和延續性，因此，它總是隨着時間的推移而不斷積累、不斷豐富。沒有任何一個革命者會想到燒宮殿和「砸爛舊藝術」。幸而項羽不是生在法國，否則，法國人決不會因為他是一個蓋世英雄而原諒他。

想到項羽放火燒宮殿這件事，便可深信歷史上許多英雄人物是非常愚昧和野蠻的。想到紅衛兵砸四舊，便深知這種愚昧和野蠻是非常強大的，要讓這些愚昧人接受一個真理，即藝術具有超越政治和超越各種制度的文化品格，不知道還得費多少世紀的口舌。想到這點，我真是悲觀得很。

阿Q蒙混過關的藝術

大陸的政治運動連綿不斷，知識分子的思想改造運動也連綿不斷。開始改造時，知識分子都很認真，後來，運動越來越頻繁，而且越來越古怪，許多知識分子便覺得認真太累，因此，慢慢成了運動油子。一成了運動油子，就不再講認真，而是講究運動技巧和運動藝術了。這種藝術的要義，就是在思想改造中如何「蒙混」過關。

我雖然因為年輕，當不上思想改造的重點對象，但也必須經常「鬥私批修」，經常作檢查，於是，也有過關的問題，因此，也曾參加「五七」幹校的戰友們探討如何藝術過關的會。這種會，都是私下開的，每個人都各抒己見，有的認為最重要的是態度要誠懇，而內容要空洞；有的則認為態度固然重要，但還是要說出一些人所共知的問題，例如想成名成家，想走白專道路等；也有人認為，最好是給自己扣一頂不輕不重、構不成大罪但也不是小問題的帽子，例如自由主義和個人主義等帽子。這些意見均有一定道理，但還不算精彩。給我印象最深的是一位「老同志」的經驗，他說我們不妨以阿Q為榜樣，學習他的過關藝術。阿Q被人揪住辮子打的時候，就立即徹底地否定自己，不僅承認「我不是人」，而且更乾脆地說自己是「蟲豸」。也就是說，要過關，就不能停留在說自己等於○（不是人），而且要說自己等於負數（是獸類、蟲類）。這在阿Q，是蟲豸，而在知識分子，就是要承認是「牛鬼蛇神」，是「魑魅魍魎」，是「害人蟲」，是「白骨精」，是「披着羊皮的狼」。他說，自己一說到底就深刻，人家就不好再批判，就可以一下子過關，這叫做「徹底革命」和「一次革命」。

對於這位朋友的經驗介紹，人人都佩服，而且大家都覺得可以接受，因為我們都飽受過鬥私批修要「不怕疼、不怕醜」的教育，都敢於「狠鬥」、「猛鬥」、「窮鬥」，一針見血，只要能過關，臉皮完全可以不要，罵自己是蟲豸或牛鬼蛇神也無所謂。反正革命元帥和學術權威都是「牛鬼蛇神」，我們也當當牛鬼蛇神，算不了甚麼。所以，我和其他朋友都很佩服那位老朋友的經驗，很欣賞阿Q的過關藝術，於是，在鬥私批修之前，總是想起被揪住辮子的阿Q求饒的話：「打蟲豸，好不好？我是蟲豸——還不放麼？」

阿Q從生存本能出發，竟能了解只要徹底踐踏自己以至把自己劃入非人的蟲豸範圍，就能保住性命，實在是一種奇觀。今天想起來，如果知識分子早一點悟到自己不是等於〇，而是等於負數，可能就會少受許多罪。

然而，魔高一尺，道高一丈，一方面是「過關者」的「蒙混」藝術越來越精，另一方面則是「把關者」的專政藝術也越來越精。他們已不再相信空洞的「無限上綱」，而是要求理論聯繫實際，接觸要害。到了後來，他們已規定檢查交代材料不可只上綱上線，要寫一種叫「紀實性的檢查」，例如甚麼時間甚麼地點說過甚麼「惡毒攻擊」話等等。當年，阿Q的對手絕對不會想到這一層。可見，阿Q的過關經驗，也只是在有限的範圍內才有效，難以成為普遍經驗。當今知識者要過關，恐怕還要動動腦子，不能簡單地學習阿Q就自以為得計，倘不是如此，還要吃虧。

重兵圍捕阿Q的苦心

讀過《阿Q正傳》的人都知道，阿Q糊裏糊塗地宣佈自己革命之後，唯一的革命行動就是去革靜修庵的老尼姑的命。可是，在阿Q之前，趙秀才和假洋鬼子已搶先到這裏革過命了，因此，阿Q的二次革命算不算革命還是一個問題。在革命動亂期間，有一夥人打劫趙太爺的家，卻不讓阿Q入伙，阿Q為此忿忿不平。可是，這個打劫的罪名卻落到阿Q的頭上。

阿Q所在的那個縣，革命之後並無異樣，知縣大老爺還是原官，不過改稱了甚麼，阿Q也記不清。另外，帶兵的還是先前的老把總。他們為了建立革命的秩序開始處理打劫趙家的大事。於是，他們決定逮捕阿Q。他們為甚麼選擇這個逮捕對象先不論，我讀小說時，驚訝的是老把總為了抓住阿Q，竟用重兵。《阿Q正傳》記載了圍捕阿Q時的實況：

> 那時恰是暗夜，一隊兵、一隊團丁、一隊警察、五個偵探，悄悄地到了未莊，乘昏暗圍住土穀祠，正對門架好機關槍；然而阿Q不衝出。許多時沒有動靜，把總焦急起來了，懸了二十千的賞，才有兩個團丁冒了險，踰垣進去，裏應外合，一擁而入，將阿Q抓出來……

此次逮捕阿Q的軍事行動，實在非同小可：一是縣裏的「老把總」，也就是縣武裝部隊的總司令，親自帶兵直奔第一線；二是動用了步兵、團丁、警察、偵探隊等四類兵種，值得注意的是，還使用了「步兵」，也就是正規軍；三是除了偵探隊只有五個人之外，其他兵種都有一「隊」，如果一隊是一個排的話，那麼，圍捕阿Q的軍隊就有一個連之多。此外，還裝備有當時最現代化的武器——機關槍。在一個縣城裏，動用這麼多的軍隊和武器，真可以說是舉重兵的重大軍事行動。

我在當中學生時就讀過《阿Q正傳》，從那時起就不明白為甚麼逮捕阿Q這麼一個乾瘦的無產者要動用到麼多的軍隊。阿Q手無寸鐵，而且老是吃不飽，和別人打架時總是「敗北」，總是被揪住辮子撞牆，所以他才有「小子打老子」的名言。對付這麼一個阿Q，也需要動用大軍嗎？在一個縣城裏用了一連的軍隊數量相當大，按此比例，一國就得動用幾十萬軍隊。我總覺得此舉乃是絕對荒唐、絕對荒謬的事。但是不知怎麼搞的，現在我反而能夠理解「老把總」動用重兵的苦心。

我替「老把總」想想，他也真不容易。革命時期，社會不穩，人心浮動，在這種大氣候下，甚麼事都可能發生，阿Q打劫（儘管是冤案）如不及時制止，星火燎原，天下必定大亂。而且，阿Q早有造反的表現，在老把總看來，阿Q的行動絕不是個人的行動，而是有計劃有組織有密謀的造反行動。逮捕他時，萬一遇到集體的反抗，將有一場血戰，不用重兵，豈不危險。此外，阿Q佔據了土穀祠，地形對他有利，一旦負隅頑抗，是少數軍隊解決不了的。最後，也是最重要的，「老把總」手下的軍隊受革命黨的影響，很不可靠，因此必須用多種兵種，互相牽制，萬一團丁倒戈，步兵可以制衡，萬一警察不靈，還有偵探。在社會動亂之際，軍心也極難測。事實也是如此，阿Q雖已被包圍了，竟沒有人敢衝進去抓他，還得懸賞二千獎金才有兩個團丁「冒死」前驅。想想以上這些，覺得還是老把總考慮得周到。三十年前，我當中學生時不能理解，完全是因為自己頭腦簡單，不懂得政治和軍事。

魯迅先生是注重寫實的作家，他把當時發生的歷史場面如實地展示出來，使我知道一個乾瘦的阿Q

就帶給社會治安和維持社會治安的老把總這麼多麻煩，可見治國治民真不容易。現在我能理解「老把總」舉重兵於阿Q之必要性，也證明自己三十年來讀書有所長進，並非書讀得越多越愚蠢。

阿Q為甚麼愛講大話

人們都知道阿Q愛講大話，明明窮得要死，還說自己先前如何如何「闊」，直到被判處死刑，還想出風頭，講了最後一句大話：二十年後還是一條好漢。幸而阿Q沒有活到現在，自然也無法當現代的國家領導人，否則，他對於提出「十五年超英國」的口號一定不滿意，可能要提出「五年內超過美國」的口號。因為他從來不認輸：你講「十五年」，我偏要講「五年」；你講超英國，我偏講超美國。倘若他活到一九五八年全民「拋衛星」的時候，他一定更不服輸：你們河南、湖北水稻畝產超萬斤，我們浙江未莊水稻畝產偏要超過十萬斤。可以斷定，阿Q要是活到「大躍進」時期，肯定是極左派。到了五十年代，反正趙太爺已屬四類分子，早被專了政，阿Q可能已當上了未莊的大隊長或黨支部書記，他愛怎麼說，就怎麼說，誰也管不着。

然而，這只是主觀推斷。本文倒是要替阿Q說幾句公道話。首先，阿Q愛講大話，這實在不能怪他。因為阿Q當時的地位太低，人格太卑微，所以骨子裏總是自卑。一自卑，心理就不平衡，就要以自尊、自大來調節，也就是必須以大話來掩蓋自己的渺小和貧窮。而阿Q的自卑不是一般的自卑，而是極度的自卑。一到「極」處，就形成心理變態，極度的自卑需要極度的自大來調節，就形成病態的自我膨脹。這種心理外化到腦子裏，便是以幻想代替現實，外化到嘴巴上，便是無窮無盡地講大話。所以，阿Q講大話，乃屬於不得已。

其次，阿Q所說的諸如「二十年後還是一條好漢」乃是純粹的大話，甚至可以說是「豪言壯語」，並無傷害作用，絕不會影響國計民生，而五、六十年代，大喊「人有多大膽，地有多大產」雖也屬豪言壯語，卻使農民放棄辛勤勞動的品格，企圖以膽量代替產量，結果造成農村的嚴重破壞，而胡吹「畝產超萬斤」更麻煩了，因為當時實行糧食配給，你那裏的水稻畝產本來只有五百斤，現在說成一萬斤，就得把五百斤充當一萬斤吃。這樣，除了交公糧及統購糧之外，全村人就沒飯吃了。一九五八年大躍進「拋衛星」之後，全國各地餓死了許多人，就是被大話所害。而老阿Q的大話並未出現這種害人的現象。

為甚麼阿Q之後講大話現象連綿不斷，而且有所創造和發展，這個問題我尚未想通。但是，有一點我是想到了：對於講大話的人的政策不明，甚至出現獎罰顛倒的現象。雖然沒有明說講大話應該受到鼓勵或設立「大話獎金」，但講了大話的人常常不僅不必受到懲罰，而且可以升官。因此，既然中央領導人已說了「畝產超萬斤」和「十五年超英國」的大話，你如果也跟着說，自然屬於「緊跟中央」並和「中央保持一致」，如果你說畝產只能一千斤，或者說五十年才能超過英國，那麼就是對中央的指示打折扣，這自然是要倒霉的。於是，講大話的人自然就越來越多，越來越兇，越來越奇。時至今日，我的許多同胞均有講大話的本領，大話已滲透一切，不知如何是好。我想，除了給大話打折扣之外，是否還應當制定一個對待大話獎罰分明的政策。

新舊阿Q之比較

我所說的舊阿Q，是指《阿Q正傳》中那個頭上長着癩瘡疤的阿Q。我所說的新阿Q，是指我的同一代人中不一定長瘡疤但脾氣及人生哲學與舊阿Q差不多的新人物。舊阿Q處世非常艱難，而且窮得叮噹響，沒有田產，只能打短工維持生計；沒有房屋，只能住土穀祠；沒有老婆，只能跪下向吳媽求愛；甚麼也沒有，最後還參與了偷竊。但是，他在精神上總是處於優勝地位，而支持他的優勝精神地位的哲學，是這麼一句：

「我們先前——比你闊的多啦。」

這麼一說，精神地位馬上由劣轉優，由敗轉勝，不僅忘掉貧窮的煎熬，而且臉上還有光彩，實在是很好的辦法。可見，在物質極端匱乏的情況下，精神文明的優勢確實是極為重要的。

而新阿Q（我也當過新阿Q）的精神哲學與舊阿Q卻有方向上的差別。新阿Q也非常貧窮，特別是在五十年代盲目「大躍進」之後又遭遇到自然之害及蘇聯老大哥之害，實在窮得叮噹響。然而，即使是在這個時候，我們仍然保持着精神上的優勢。而保持優勢的辦法是「憶苦思甜」，即以事實說明現在雖窮，但想想舊社會的苦，現在的日子還是很甜蜜，很幸福，不應當「身在福中不知福」。真的，想想過去，不必想到山頂洞人鑽木取火的遠古時代，就近一點說，我們比起阿Q住土穀祠就要幸福得多，也就是說：

「我們現在——比你先前闊多了。」

一者是我們先前比你們現在闊多了；一者是我們現在比你們先前闊多了。這就是舊阿Q和新阿Q的精神哲學的根本區別。這是兩種哲學、兩種精神武器的區別，是根本方向上的區別，其性質是很不同的。

我的新阿Q伙伴們，和舊阿Q自然也有共同點，那就是都不承認窮，都以為自己「闊」。只是舊阿Q強調以前的闊而我們強調現在的闊。我和我的伙伴們，有了這種「闊」意識之後，精神上確實好多了。吃得不好時，就想到前輩們根本吃不飽；如果自己也吃不飽，就想到前輩們根本沒飯吃；如果吃地瓜葉和白菜幫，就想到前輩們常常吃樹皮、吃草根；如果住房擠得受不了，就想到前輩們住山洞、住窰洞；如果穿不起皮鞋布鞋，就想起前輩們穿着草鞋爬雪山、過草地，一直走到天安門。總之，我們覺得時時處處都比先前闊得多，覺得很滿足，很幸福，覺得一切怨言都是不知足。但後來我們的意識也出了一點毛病，就是不知道哪一位啟蒙家告訴我們：不能僅僅作縱向比較（即老是與前輩比較），還應當作橫向比較，即與現代化國家比較。他們的意思是說，從縱向看，我們今天固然比昨天闊，但從橫向看，和發達國家相比，還是不闊。經啟蒙家一說，我的同伴們都有點愕然，然而，我們早就想到老阿Q的辦法：「我們原先——比你們闊得多了。」可見，新老阿Q的精神哲學各有各的長處，各有各的用途，不能褒此抑彼。我作本文，也沒有給新舊阿Q比高低的意思。

阿Q畫圓和知識者畫紅心

讀《阿Q正傳》，最使我感到悲哀的是阿Q在死刑判決書上畫押時的情景。死神已等在身邊，馬上就要上斷頭台，可是他還那麼認真地跪伏在地，竭盡平生氣力立志要把圓圈畫得圓，但他的手卻只是抖，怎麼也畫不圓，結果把圓圈畫成瓜子模樣。阿Q為此感到羞愧，認為自己在「行狀」上又多了一個「污點」。幸而阿Q有特殊本領，轉而想到：孫子才畫得很圓的圓圈呢。

不知怎麼搞的，在文化大革命中，老是想起阿Q畫圓的情節。大約是因為一些著名的知識分子在自殺之前還留下遺囑和其他條子，上面寫着領袖萬歲萬萬歲，還在表忠心，這就相當於阿Q臨終前畫圓。我在感動之餘，想到他們和阿Q一樣，在死前畫着寫着，但總是畫不圓。阿Q畫得不圓是把圓圈畫成瓜子狀，而這些知識分子畫得不圓，則是一顆蘋果似的紅心被歪曲、被冤枉、被看「扁」了。因此，不甘心，還寫遺囑表明自己的心是忠誠的，是「圓」的。

我聽到知識分子自戕前還表示忠心的消息時，感到的悲哀比讀到阿Q畫圓的情節時所感到的悲哀還甚，還強烈。阿Q儘管在死前還要畫圓，但他未必知道馬上就要死，他畫圓大半是由於無知。而知識分子自殺，則是自覺赴死。這種赴死，雖然自覺，卻不是自願。在那種全面專政的日子裏，他們日夜受到各種難以想像的折磨，實在無法生存下去了，也就是說，當生已比死還痛苦的時候，就不得不選擇死了。然而，在這種情況下去死，死前還表明自己是忠誠於領袖，還硬是要畫出一顆紅心，真讓我難過。

對於知識分子死前的畫圓，我有兩點困惑：一是上文所說的，為甚麼被迫而死還要說死而無怨？另一個是，對於這樣一些至死忠誠的知識分子，為甚麼總是「批鬥」個沒完沒了，為甚麼不讓他們好好地活下去？總之，知識分子自殺之前的「畫圓」，是很值得品賞的，儘管裏頭全是苦味。

阿Q之死和膝蓋骨之軟關係小考

阿Q被定為參與打家劫舍的要犯，並因此被判處死刑繼而被砍了頭，這一冤案自然是那個一團糟的政權的產物。濫殺無辜，對於殘暴的專制政治來説是一件很平常的事，絕不像知識者看得那麼嚴重。然而，阿Q會被定死罪，也有他自己的原因。腐敗政權再腐敗，判處一個人的死刑時還是需要犯人的口供。當時定阿Q死罪的理由是他在某夜參與了打劫趙太爺的家，其實，這完全是冤枉。阿Q固然傾向革命，也想參加革命黨，但假洋鬼子不許他參加革命。他也想造趙太爺的反，但那群打劫的好漢們不准他入伙。他本是無辜者，可是一到法庭，卻馬上顯露出一種「罪相」。而這，首先是他的膝蓋骨太軟造成問題。由於他的膝蓋骨太軟，便造成膝關節一有小刺激就寬鬆，一寬鬆就跪下，而一跪下，就立即被人認定「一定是心裏有鬼」。關於這一點，魯迅寫得很明白：

> 他下半天便又被抓出柵欄門去了，到得大堂，上面坐着一個滿頭剃得精光的老頭子。阿Q

疑心他是和尚，但看見下面站着一排兵，兩旁又站着十幾個長衫人物，也有滿頭剃得精光像這老頭子的，也有將一尺來長的頭髮披在背後像那假洋鬼子的，都是一臉橫肉，怒目而視的看他；他便知道這人一定有些來歷，膝關節立刻自然而然的寬鬆，便跪了下去了。

「站着說！不要跪！」長衫人物都吆喝說。

阿Q雖然似乎懂得，但總覺得站不住，身不由己的蹲了下去，而且終於趁勢改為跪下了。

「奴隸性……！」長衫人物又鄙夷似的說，但也沒有叫他起來。

阿Q一到公堂，膝關節就立刻寬鬆跪下。負責審判的長衫人叫他站着說，不要跪，他又因為膝蓋骨太軟而站不住，這種狀況一方面影響到昏官的心理，讓他斷定眼前這個連站都站不住的人肯定是「畏罪」；另一方面又影響到阿Q自己，他本來沒有罪，但因骨頭太軟而跪下使人以為他已經「認罪」。前者因阿Q膝蓋骨軟而認定他是作賊「心虛」，後者因為膝蓋骨軟而被誤為承認有罪的「虛心」。這樣，就自然被定為「賊」繼而被砍了頭。

阿Q此次膝蓋骨軟使他吃了大虧，在這之前，他就因膝蓋骨軟而吃了許多小虧。他動不動就跪下，很使人瞧不起，例如他向吳媽求愛本來是天經地義的，然而，他卻一求愛就跪到吳媽面前，把吳媽嚇哭了，結果狠遭一頓打。當然，吳媽也不對，她自己是奴隸，卻瞧不起比她地位更低的奴隸，於是，就像趙太爺那樣以為阿Q不配姓趙一樣，她也覺得阿Q「不配」向她求愛。然而阿Q自己實在不爭氣，在吳媽面前，一下子就膝關節寬鬆，就跪下，這還有個人樣嗎？

公堂裏那位穿長衫的判官一見阿Q跪下就鄙棄地說：「奴隸性……！」我們不能因人廢言，儘管這是昏官說的話，但還是對的。奴隸因為膝蓋骨太軟而使自己永遠處於奴隸地位，甚至連奴隸也做不穩，被送上斷頭台或送上地獄，這真是一個教訓。

十年前我曾深信「有壓迫就有反抗」的經典命題，後來閱世深了，才覺得這個命題大有問題。我看到的世界往往是有壓迫而沒有反抗。而且也像阿Q，一有壓迫，膝關節就寬鬆，接着就是跪下。這樣，甚至可以形成另一個相反的命題，即「有壓迫就有跪下」的反題。所以，是否是奴才，要看其在被壓迫時是反抗還是跪下。為主為奴，責任於我，阿Q為奴進而為死犯，昏聵的政府有責任，而他自己也有一份責任。

阿Q之前有郭禿

像阿Q這種怕被揭癩瘡疤的人，中國早就有了。《顏氏家訓》中的〈書證第十七〉篇寫了一個姓郭諱禿的事：

或問：「俗名傀儡子為郭禿，有故實乎？」答曰：「《風俗通》云：『諸郭皆諱禿。』當是前代人有姓郭而病禿者，滑稽調戲，故後人為其像，呼為郭禿，猶《文康》像庾亮耳。」

現在無從稽考俗名為傀儡子的郭某為甚麼會「禿」，是因生來就缺少毛，還是得病脫了毛，還是長了癲瘡疤而「喪了毛」，已難斷定。據抱朴子說，他是病禿者，那麼可能是屬於後兩種，因為長癲瘡疤也屬病患。

不管是怎麼禿的，禿自然不美麗。既然禿了，本來也無須「諱」，越是「諱」，越是害臊、自卑，人們就越是想揭其遮羞的帽子。郭禿肯定是忌諱別人說他禿，所以人們才故意開他的玩笑。

後來姓郭的人因為他的祖先曾是個禿子，便迴避「禿」字。這種諱，屬於為尊者諱，為祖宗諱，即怕揭祖宗的瘡疤。可見中國人早就不僅怕揭自己的癲瘡疤，還怕揭祖宗的癲瘡疤。

對於古代的阿Q和近代的阿Q這種諱禿諱瘡疤的行為，我開始覺得可笑，但後來想到中國的著名皇帝朱元璋因為自己當過和尚，剃過光頭（這比禿頭體面，但也有損聖上尊嚴），也要臣子們諱「光」字，就不想笑了。因為我想到諱瘡疤的小人物並不可怕，可怕的是這種小人物突然變成大人物，掌了大權甚至當了皇帝，接着便利用強大的政權力量掩蓋自己的癲瘡疤，給有意甚至完全無意觸動他的瘡疤的人定重罪以至於定死罪。

把朱元璋和郭禿、阿Q並論實在是對皇帝不太尊重，但我所以不得不指出這一事實是想說明，中國人從上到下均愛面子，皇帝更愛面子，面子往往大於良知，大於真理，大於友情和其他的一切。中國知識者如果不了解這一點，以為憑着真理和良知，就可以批評大小皇帝們的缺點，即揭他們的大大小小的瘡疤，那就大錯特錯，結果一定要吃虧。

幾十年來我學習了許多好榜樣，如雷鋒、王杰等，但他們都太純潔，找不到一絲一毫的瘡疤，而我自己倒需要另一種模範，就是有瘡疤而不怕揭的模範，因為多數中國人都有郭禿、阿Q、朱元璋的弱點，所以特別需要這種對症下藥的模範。我也是一個怕人家揭瘡疤的人，也特別需要這種英雄模範來拯救自己的靈魂，以避免作郭禿、阿Q的種子。

阿Q的烏托邦

中國的烏托邦不少。從古代的「大同」、「尚同」理想，到中世紀農民戰爭中提出來的「等貴賤、均貧富」的平均主義空想，到近代洪秀全的「太平天國」以及康有為的「大同」烏托邦社會主義，都很有趣味。侯外廬先生主編的《中國歷代大同理想》（科學出版社，一九五九年版）一書曾對中國歷代的種種烏托邦進行過批評。這本書注意到中世紀的「異端」烏托邦，給我留下一些印象。但侯先生是歷史學家，所以不太注意文學家們關心的烏托邦，如古代陶淵明先生的〈桃花源記〉和近代的阿Q先生的皇帝夢。

陶淵明先生的桃花源是一個寧靜的與世俗離得較遠的世界，是知識分子嚮往的理想國。我就很嚮往這種不受騷擾的安靜地方，可以擺下一張平靜的書桌。

而阿Q的烏托邦則是完全世俗性的，他設想自己一旦當了皇帝，那就要進入理想社會，這個社會的特點，就是要甚麼有甚麼，要誰就是誰。魯迅在《阿Q正傳》中描寫阿Q想像的走入烏托邦後的情景：

> ……直走進去打開箱子來：元寶，洋錢，洋紗衫，……秀才娘子的一張寧式床先搬到土穀祠，此外便擺了錢家的桌椅，——或者也就用趙家的罷。自己是不動手的了，叫小D來搬，要搬得快，搬得不快打嘴巴。……
>
> 趙司晨的妹子真醜。鄒七嫂的女兒過幾年再說。假洋鬼子的老婆會和沒有辮子的男人睡覺，

嚇，不是好東西！秀才的老婆是眼胞上有疤的。……吳媽長久不見了。不知道在哪裏，——可惜腳太大。

阿Q這個烏托邦的特點是理想與慾望相結合。它既包括食慾的滿足，也包括性慾的滿足。對於未莊的女人，他的原則是「取我所需」，與「各取所需」相近。

這種烏托邦其實是比較低級的。凡理想的社會圖式均有兩個層次，一個是比較高級的「形而上」的層次，帶有信仰的性質，也比較神秘，康有為的大同世界有一部份「秘而不宣」，可能屬於這一層。另一個是比較低級的形而下層次，就是屬於慾望滿足的層次。

第一層次，可以帶給人類一種期待，使生活不至於太乏味，這種世界倘若描繪得好，確實可以提高人類的幹勁。可惜它總是可望而不可即，對於像阿Q一類的人物，自然就缺乏吸引力。因此，烏托邦的設計者總是還要描繪出吸引阿Q們的另一層面，這就是與慾望緊密相結合的層次。

這兩個層次本來是合而為一的東西。但是，掌握不好也會發生衝突。強調信仰者往往落入講空話和大話，甚至主張以「天理」滅人慾。而強調慾望者往往落入講蠢話和俗話，以慾望取代理性。於是，常常發生鬥爭，甚至是兩條路線的決戰，弄得你死我活。鑑於這種教訓，對烏托邦的描述就必須格外小心，一句之差就可能導致社會混亂。例如「按需分配」與「各取所需」就大不相同。前者是理性原則，後者則是慾望原則。阿Q們自然不贊成理性原則，這種烏托邦太不夠味了。他必定贊成「各取所需」的原則。然而，人類將永遠無法達到「各取所需」的時代。因為人類自身其實是很不爭氣的，人性惡永遠存在，慾望也將永遠不會滿足。例如阿Q，他在未莊想到的「所需」是吳媽及假洋鬼子的老婆等，然而，一旦他走進資本主義城市的大千世界，慾望必定會大大膨脹，「所需」的就不是吳媽這種「小孤孀」了。

不過，阿Q把烏托邦和慾望緊緊相連，也並非杜撰。中國十六世紀的啟蒙家何心穩（一五一七—一五七九年）所設計的烏托邦就強調重視「貨」、「色」之慾，他的「實驗室」準備試行「育慾」和「與百姓同慾」的原則。何心穩的烏托邦對那種把天堂抽象為天理的說法自然是一個打擊。但是，他的烏托邦畢竟還是烏托邦。不過他雖然講「慾」，但不像阿Q企圖獨佔其「慾」，而是「與百姓同慾」，這就大不相同。不過何先生與阿Q也有一點相通，這就是在展望理想社會時，只想到「慾」的滿足和分配（這自然是必要的），而沒有考慮到「慾」的來源與生產。只想到「需」，沒想到「需」膨脹後的「需」之源，即只想到「出」，沒想到「入」。其實，麻煩的還是「生產」，這是需之源。試想，哪有那麼多可供阿Q們滿足慾望「各取所需」的吳媽和比吳媽更漂亮的新吳媽們。進入烏托邦社會肯定不只阿Q，而是無數阿Q。這勢必產生矛盾，產生爭鬥，而一爭鬥，互相殘殺，還有理想社會嗎？陶淵明先生大約想到這一層，所以他的桃花源絕對不講慾望和「分配」問題。

幸而阿Q的革命沒有成功，一成功，他實行起自己的「烏托邦」，別人就得遭殃了。就是其他的「大同世界」的天堂圖式，我也懷疑會不會被阿Q們所利用，倘若他們利用「大同世界」的神聖名義，要大家忍受現時的折磨和苦難，那也不是好事。總之，我對烏托邦越來越沒有興趣，只覺得現在比將來更重要。

阿Q非說他姓趙怎麼辦？

讀過《阿Q正傳》的人都知道，阿Q無家譜、族譜可查，所以他屬於哪一譜系，哪一貴姓，均不清楚。後來他認為自己姓趙，屬當時未莊社會中佔統治地位的一姓一族。沒想到，這個消息傳到趙太爺耳邊，使得趙太爺大為惱火，給阿Q重重的一記耳光。

此事使我一直為阿Q不平。但是，細想起來，又有一個問題：如果阿Q真的不是姓趙，而他又非說自己姓趙該怎麼辦？

我想了一想，不外乎有三種辦法或叫做三種態度吧。

一是趙太爺的辦法，即不問青紅皂白，狠狠地給他一巴掌：「你也配姓趙嗎？」一巴掌一句話定乾坤。這雖然乾脆，但未免太霸道。趙太爺雖田多地多，有錢有勢，但並沒有任何法律賦與他壟斷趙姓的權利。他不准阿Q姓趙而且還打阿Q，實在太專制。我接受不了這種專制者的辦法。

第二種態度是聽了阿Q說姓趙，便認真地去查家譜、族譜。如果未莊查不到，可以進城去查縣志、省志，甚至可以去查國史或國家檔案資料。如果「正史」查不到還可以去查「野史」。如果無文字可查，可以向有關方面和有關人員調查。按有關文件規定，如果有兩個人的口供一致，便基本上可以成立，倘若經內查外調的「過細」工作，仍然不能確認阿Q姓趙，就可以斷定阿Q自稱姓趙實屬妄說。但也應當允許阿Q申辯，如果他確有材料證明自己姓趙，而且也有二人以上的一致口供，也應當認真對待。這種態度比專制派的態度要好得多，屬於學院派的態度。

第三種態度是隨阿Q的便：阿Q愛姓甚麼就姓甚麼，無論叫做趙Q，還是叫做錢Q，還是叫做孫Q或李Q，均有他選擇的自由。現代人常常打破傳統習慣，偏不隨父姓而隨母姓的人有的是。許多人因為父親是國家領導人，所以為了避免壞人下毒手，就取母親的姓。誰也不能進行姓氏壟斷，包打一姓天下，這是開明的態度。

我原先是反對專制者的態度而贊成學院派的態度，但據一位反學院派的朋友說，現在偽造的家譜、族譜和偽造的正史、野史太多了，到處是騙子和痞子，而且名叫老Q的人遍及全國各地，根本難以查實，將來各取一據，各執一端，爭辯起來沒完沒了，不僅浪費生命，還影響安定團結。這才使我知道當學院派如此艱難，實在是始所未及料到的。

後來我只好傾向於開明派或叫做隨便黨的——隨阿Q去吧，他愛姓甚麼就姓甚麼，他不僅配姓趙而且配姓天底下一切最高的、最有權威的「貴姓」。自然，如果他願意，也可以選擇姓「豬」（朱）、姓「猴」（侯）、姓「狗」（苟）等等，此種自由，大約不屬資產階級自由化範疇。然而，反對開明派的朋友又告訴我：你這種自由化態度不得了，這樣下去，非使宗族變色，民族變形，江山變質不可。我聽了大吃一驚，以為又犯了政治大錯誤。但過後又無所謂，覺得這種無限上綱、扣大帽子的嚇人伎倆早已不靈了。所以我仍然不在乎，還是堅持主張阿Q愛姓甚麼就姓甚麼，如果他願意同當代的大人物，如毛澤東、蔣介石、鄧小平同姓也可以，只是最好不要和列寧、斯大林、布什、戈爾巴喬夫同姓，以免失去中國特色。

然而，在我執着於這種偏見不放的時候，有一位本屬學院派現在甚麼派也不屬的朋友提醒我，如果大家都承認阿Q姓趙，阿Q很快就會變成趙太爺，那時，他必定一闊臉就變，可能比趙太爺還兇狠，可能不僅給新阿Q們一個巴掌，還可能會把新阿Q們踩上一萬隻腳，叫他們永世不得翻身，甚至會把新阿

Q們定成反革命分子、「暴亂分子」或其他「四類分子」、「五類分子」，類稱肯定比趙太爺時代還多。

這一回，真使我完全絕望了。我真的無法可想，只好承認自己無能，不自量力，根本不配去想「阿Q非說他姓趙怎麼辦？」這種關係到宗族命運、民族命運和整個江山社稷命運的大問題。

後記

一九八九年夏天，我漂流到海外，至今已兩年又三個月。這段日子，彷彿是過着隱居的生活，不過，這不是隱居於山林寺廟，而是隱居於自己的生命之中和朋友的道義護愛之中。

儘管是隱居，但並沒有空閒。除了做些學術講座和學術研究之外，還要硬着舌頭學外語，而且做到天天讀，「雷打不動」，其勁頭和當年學習領袖的「老三篇」差不多。好幾回認定自己已是「朽木不可雕」，但又好幾回不服朽，硬學硬說，因此花去不少時間。然而，不管怎麼忙，總是寫些散文，兩年多不斷寫，現在彙集起來竟然有一百多篇，大約一個星期一篇。

寫散文，完全是為了自救。在國內時，我就因鄉情太重而常被朋友取笑。每次出國，雖只有兩個星期左右，但總覺得很漫長，老想快點回國；已故的朋友施光南多次說，瞧你，一點也離不開自己的小窩。真是這樣，故園故國對於我，太重太重了。而這一回，卻遠遠地離開小窩和故國，一別千里萬里，而且不知歸程何日。想到這裏，便陷入了深不可測的時間的深淵與空間的深淵。這種深淵使人恐懼，造成我精神上的一次危機。所以，除了讀書之外，就想到應當繼續寫點散文，以便用一個一個真實的文字，填補這無底的淵壑。

渡過精神危機之後，心理開始平衡，並意識到必須療治自己。數十年來，我中了一種病毒，這是語言的病毒和概念的病毒。在〈語狂〉一文中，我借用沈從文的話，說言語之毒可以使人發狂。我過去確實中毒發狂過，發狂時完全陷入一種無所不在的言語魔圈之中。如今，冷靜下來了，真該想想，思他思，也該思我思。想想他人，他人固然是自我的地獄；但想想自己，覺得自我也是自我的地獄，而且是最後的最不容易衝破的地獄。這個地獄，被無數荒謬的磚石所砌成，這些磚石就是堅固的概念、命題和矯情。意識到必須從自我的地獄中拯救出來，便面對過去自己的愚蠢、荒誕和瘋狂，並和這一切告別。然而，這是理性的告別。過去那些真誠的東西，我不會拋棄，而那些病毒，我不會留情。

面對昨天，我產生的不是幻滅感，而是荒謬感。我覺得自己曾經生活在巨大的荒謬之中。過去，過去真是一個龐大而荒謬的謎，令人亢奮又令人墮落的謎。這個謎太龐大了，龐大得使我無可奈何，以至於產生無力感。然而，這種無力感卻使我清醒，不再焦急，並超越荒謬，對着荒謬笑笑，寫一點領略它的文字。拯救荒誕世界沒有力量，但調侃自我之獄的力量還是有的。

我的書在大陸屬於禁書，這些散文自然也無法在大陸發表，因而，就陸續在《新地》、《廣場》、《今天》、《九十年代》、《明報月刊》、《中時晚報》發表。我已不在乎誰看到或看到後會怎樣，我沒有任何假設的讀者，也不想刺激任何人，只是面對自己而已。但年輕的孩子們在未來的時日裏看到這些散文時，也許會因此了解有一種古怪的心靈在一個古怪的時代裏怎樣於難以生存的隙縫中滾爬、掙扎、超死、超生，這種心靈中的古拉格群島，比地面上那種設置着高牆鐵網的古拉格群島，真是有趣得多，到處掛滿鮮艷的旗幟，所有的鞭痕都沒有踪跡，所有的殘暴都符合公理，所有的戕命鬼都是革命家，所有的精神奴役與自我精神奴役都很快活，然而，所有的心聲都不流暢。這才是二十世紀真正的人類心靈的魔幻故事。

最後，我要感謝我的朋友李歐梵，他是我的散文的知音。這部集子和另一部集子《人論二十五種》，從開始着筆到最後完成，都得到他的鼓勵和欣賞。兩年來，他不僅以道義而且以藝術鑒賞才能真誠地幫助我，使我更豐富地度過海外漂流的歲月。此外，我還要感謝天地圖書出版有限公司陳松齡等先生決定出版這部散文集，感謝他們和其他一切在我精神浪跡之時不計利害而支持我作心靈拯救的朋友們。

一九九一年十一月二十八日感恩節於科羅拉多大學

《遠遊歲月——漂流手記之二》

《遠遊歲月——漂流手記之二》目錄

第二輯——西行散記

第三輯——秋日凝思

第四輯——故國往事

小序

李歐梵

劉再復先生的《漂流手記》，是一部心靈的自傳。我的這個提法，應該先作一個聲明和解釋。中國知識分子的自傳，五四以來，在文學史上留名的不少：譬如胡適的《四十自述》、郭沫若的《革命春秋》和沈從文的《從文自傳》等等。然而四九年以後的知識分子，受整肅寫「坦白交待」的文章不少，但能夠從個人自主的觀點而作心靈探討的幾乎絕無僅有。五四以降的知識分子的自傳，基本的形式還是「外向」的——面對的是家庭、社會和國家，而把「小我」的經歷放在一個「大我」的範疇中（當然有少數的例外），所以很難展現一種個人心靈的「主體性」。

劉再復的《漂流手記》之可貴之處，正在於他以散文的形式完成了他的心靈上的懺悔，「主體性」十分鮮明。它的「自傳性」不是對外的（雖然寫的大多是外在的事物），而是一種「內省」的文體，它不把自我固定在歷史的大範疇中，而是把「自我」從過去的歷史陰影中解脱出來，這才是「漂流」的正面意義。本書中對於往事的回憶和批評，我認為就是自我解脱的明證。此外，書中關於人生哲理的探討，甚至在各地漫遊的心得，處處都在映照再復的「自我」反思，換言之，我認為再復借了「外」力——在外國的生活和閱歷——來逐漸解構他心靈中的那個「大我」——祖國——牢籠，這個「牢籠」的意義非常複雜，而從中掙脱更不容易，這是《漂流手記》最可貴之處。

再復這幾年來在海外的「漂流」心態和經驗，和其他的知識分子不同：他並不認為是放逐或流亡，在文章中毫無失落感。恰好相反，他覺得這是一段重拾自我的經驗，它更豐富了再復的人生和思想。來美之初，他曾親自對我說：這是他第二個生命的開始，希望在海外能夠獲得較多的空間和時間，可以多讀點書，多作思考。《漂流手記》可以說是他這兩三年來思考和感受的成果。

我是再復的朋友，也是他的忠實讀者，我最喜歡讀的不是他備受推崇的文學理論，而是他的雜文和散文，我認為《漂流手記》中不少文章，必會收入將來的新文學大系，並作為大中學校的中文教材，因之而不朽。

這篇小序，不能算「序」，只能作為一種「見證」：我「目睹」再復這幾年來的心路歷程，並從他的這本手記中看到一個生生不息、不斷求索的高貴的靈魂，讀這段心靈的記錄，我感到一種人性的溫暖和安慰，實在應該在此——也代表海內外廣大的讀者群——向劉再復致謝和致敬。

第一輯　第二人生札記

第二人生之初

在一九八九年那個怪誕的夏天裏，一顆子彈穿過我的心，然後把我的人生劈成兩半：一半留在大陸，一半被拋入海中。於是，作為漂流的海客，我在大洋的另一岸開始了另一人生，這就是第二人生。

很奇怪，第二人生之初，竟然酷似第一人生。

第一人生的開始，自然是從母腹中誕生的那一瞬間。母親告訴我：那一瞬間，你和別的孩子一樣，一墜地就哇哇大哭，哭得眼淚流進屁股。我相信，在切斷和母體相連的臍帶的一剎那，我哭得很兇很醜。為甚麼所有的孩子一降生就大哭？難道孩子們都天然地預感到此後將走進充滿荒謬的必須廝殺才能生存的人間嗎？難道在混沌中他們也明白人生的起點正是通向死亡的起點嗎？

我不想作無謂的猜測，只想說，我的第二人生也是從切斷和母親相連的臍帶開始的，而且，在斬斷臍帶的那一瞬間，又是一場痛哭。此次丟棄在海裏的臍帶是故國巨大的臍帶，沒有形體，沒有顏色，但我看得清清楚楚，它分明緊連着我的恐懼悲傷的姐妹。此時我還記得，在切斷臍帶的那一刻，我踏上陌生的土地，突然忘記母腹中那個曲腸百結的令人窒息的世界，只感到眼前高樓壓頂，所有的道路只是一條裂縫。於是，焦慮，不安，惶惑，眼淚簌簌而下。然而，在這一次痛哭之後，我很快就大徹大悟：應當接受劫難，接受大寂寞，接受為了靈魂清白的殘酷代價。一旦徹悟，我就不再哭了。整整三年，我不再流淚，「只有冷靜的思索」，不像第一人生之初，哭得沒完沒了，總是期待着母親的撫慰和憐憫。

我至今還記得處於第一人生時不斷哭泣的情景，記得母親總是用乳房堵住我的嘴，倘若繼續哭，母親就打我的屁股，打了之後，我哭得更兇。最原始最弱小的抗議就是哭泣。直到長大之後，我才知道，人間並沒有哭泣的自由。假如在那個炎熱的夏日裏，允許我為死者哭泣，我是不會辭別故鄉故國的。而今天，我身處天涯海角，沒有人可堵住我的嘴，我卻不願意哭了。我擁有比哭泣強大得多的聲音。

第二人生之初真的很像第一人生。這三年，我又經歷了一次兒童蹣跚學步的時期：學自立，學走路，學說話。新生活伊始，甚麼都不會，甚麼都需要他人扶持，為了自立，真跌了許多跤，鬧了許多笑話。為了會走路，從買車票到買飛機票，一樣一樣從頭學。最難的還是學說話，天天嘟嘟囔囔地學外語，跟着老師把一個單詞唸上十遍二十遍。第二人生的舌頭可沒有第一人生之初的舌頭那麼軟那麼靈巧，真是有點硬化僵化了。幸而第二人生的臉皮比第一人生的臉皮厚得多，錯了也不害羞，老是被女兒嘲笑，先是被當博士生的大女兒笑，後又被當中學生的小女兒笑。可是，兩、三年後她們就不再笑了，她們發現硬舌頭也會變軟，而且發現，在電話裏用英語談情說愛，全被裝傻的爸爸聽懂了。真的，我用笑報復了女兒的笑。

第二人生之初，我已從哭進入笑，但此去的人生還很長。和第一人生一樣，渡過兒時的哭笑，一定還會有漫長的跋涉。不過，我既然已經學會直立和走路，就不怕山高水遠了。

一九九二年九月

二度童年

我在〈第二人生之初〉中說，一九八九年之後，我進入了第二人生。而第二人生的開始又酷似第一人生：離開母體，混沌初開，大哭，尋求乳汁，牙牙學語，蹣跚學步，總之，是重新開始了一個童年時代，這就是二度童年。

說是二度童年，並非矯情。這幾年，我真覺得又進入一個童年時節。新降落在一片陌生的土地上，我用童年的心境和眼光重新看世界，一切都感到新奇、新鮮，從鱷魚、獅子、犀牛群、熊國到大峽谷、賭城、迪士尼樂園，從活着的羅浮宮到死了的列寧格勒，甚麼都覺得有趣，甚麼都想看看。即使是紅燈區，也想看看，不過也只限於用兒童的好奇的眼光，絕不是肉人的貪婪的眼睛。

女兒劍梅有回對着我的朋友說：這幾年我爸爸的屁股變得輕了，一說到外頭玩，就站起來了，山川草木沒一樣不喜歡的。要是在北京，怎麼也叫不動。真是這樣，我變得喜歡玩了，很像四、五十年前故鄉原野裏的那個光腳丫子的小孩，一心就想江中擊水，河裏摸魚。

童年的記憶總是明晰的。我記得我的童年時代很漫長又很簡單，面對的外部世界是無言的青山碧樹和唱着輕歌的小河，而自己的身上呢？則是赤條條的，除了頭頂上的小斗笠和身上的小褲衩，還有臉上的小泥巴，甚麼也沒有。而身內有甚麼呢？那時不知道，現在才明白這是和高山流水一樣純淨的一片天真與天籟。

這種天真與天籟，就是童年的圖騰。我的故鄉的山野原來只會生產這種圖騰。後來故鄉土地生病了，道路上流着膿，才生產老鼠和毒菌，那完全是因為一次一次的政治運動。政治運動只繁殖着蛇與野獸，並不繁殖人。而且還毀了故鄉的大森林和父老兄弟們誠實與憨厚的天性。可是，我的童年時代所附麗的故鄉是純真的，我的童年時代的圖騰是乾淨的。

童年的圖騰雖然簡單，但也有美麗的故事，還有絕對的命令，這是我長大之後才知道的天籟的命令。它命令我愛鄰人，愛朋友，愛老師，愛殘廢的兄弟姐妹，它命令我不要嘲笑窮人，也不要嫉妒富人。如果看到一個陌生的老奶奶問路，我和童年朋友們都爭着當嚮導，帶着她走過崎嶇的山路。如果見到有人掉進河裏，我們就會一起像青蛙似地撲向水中，七手八腳把他扶起來，倘若水太深，我們就會在河岸上大喊大叫，急得亂揮脱下的小褲衩。至今，我還記得那些帶着泥土芳香的天籟的故事。

然而，長大之後這一切都消失了。長大後進了學校，課堂是嚴正的，我是個乖孩子，從小就喜歡傾聽天上的道理和地上的道理。豎起兩隻兔子般的耳朵，讓老師們把階級鬥爭理論灌進自己的血液。於是，我知道人是劃分為階級的，掉進水裏的人也是劃分為階級的。如果掉到水裏的人是工人和貧下中農，是階級弟兄，自然是要去救的；如果掉下去的是地主或資本家，是階級敵人，難道也要跳下去救嗎？救人成了難題，天真成了錯誤。於是，必須改造天真。學校畢業之後我們就到工廠、農村改造，童年少年時代的天真天籟以一個「幼稚」的罪名被審判。當老師們把心交給國家的時候，我們也把自己的天真天籟交給國家。於是，我們變得成熟也變得複雜。老師們稱讚説，你成熟了。因為我已學會了世故，學會了見死不救的神聖理由。一個本來見到落水的老人而急得大喊大叫的孩子，這會兒變得慢悠悠，儼然是個洞察人間真理的戰士。就這樣，我失去了母親賦予的那一片青山綠水般的天籟。

所以說二度童年，除了牙牙學語和蹣跚學步外，就是又記起童年的圖騰，而且發現我的課堂既生長着知識，但也生長着蟲豸，它也吞食着我的乾淨的心靈。因為製造蟲豸的政治運動和理念也走進課室，並佈滿牆壁、黑板與天花板，連很美麗很年青的女老師，口裏也詛咒愛與善良。許多同窗從課堂裏走出來後變成一顆炸彈和一隻革命的甲蟲絕不是沒有緣由的。當我省悟到這一切的時候，我便感覺到那個遙遠的故鄉和遙遠的圖騰又回到我的身邊，我又一次地進入童年時代。

最近我常對朋友説，很奇怪，我發現過去的自己，那個在課堂裏和在政治運動中曾被染上病毒的自己已經離我很遠，而在故鄉泥土中那個赤條條的簡單的自己，倒離我很近。這幾年我真的常常反顧過去那個已經成熟的自己。然而，反顧的結果竟常常模糊起來，這個自己只是一個可憐的身影。是不是一個「成熟」的、背熟了教條的自己死了呢？如果這個自己死了，而另一個戴着小斗笠的自己再生了，這該是多麼值得慶幸。是真是假，我自己也常常恍如夢中。而且，我覺得那個戴着小斗笠的赤條條的自己和另一個成熟的自己也常常爭論。在睡夢中，我常聽到他們的對話，那些天性與黨性、幼稚與成熟、簡單與複雜、淺顯與深奧、愛與革命的對話。然而，一聽到這對話，我總是站在戴着小斗笠的孩子一邊，這又分明是童年的徵象。我真的覺得我不需要知道得那麼多，在我知道的知識裏確有寶石般的光明，但也有太多的毒霧與迷霧。當天真與天籟重新回到我心中的時候，我覺得自己對世界的認識，反而比以前明白得多，比擁有「真理體系」的年月明白得多。這有點像安徒生童話《皇帝的新衣》裏的小孩，只有這個保持着天籟的小孩才會説出皇帝身上其實甚麼也沒有的真話，而那些懂得太多的君君臣臣們卻只會謳歌帝王的權威和那件本屬虛無的新衣。童年的力量是強大的，它竟能拒絕至高無上的權威和戰勝那麼堅固的滑稽性的環境和悲劇性的環境。

我知道人是難以返老還童的，但那只是自然生命，而精神生命則可以返回童年。許多詩人的一生都保持着兒童的天籟，這正是詩人值得引為自豪的地方。在齷齪的社會泥沼中，他們的天性竟不被污染，任何精神的病毒都無法腐蝕其高貴的心靈。從他們身上，我便覺得，二度童年並非虛幻。而今天，自己確實覺得身軀已不再沉重，總想出去玩玩，明明有一副不符合聖人聖言之要求的好奇的眼睛，也明明有在成熟年月時那麼多名聲和地位的牽掛。

轉世難

從故國到異國，真像「轉世投胎」，其夢幻般的變動，連自己想起來也難以置信。至今，我仍然有很濃的轉世之感。從東方到西方，從熟悉的彼岸到陌生的此岸，從黃皮膚黑頭髮的大社群到黃頭髮白皮膚的大社群，這是怎樣的變遷？眼前的土地不是我走過的土地，眼前的大街不是我走過的大街，連野草、野花與野鴨子也很異樣。這分明是另一世界的本體，我真的轉世了。

然而，我又懷疑我的轉世，因為轉世是連着「投胎」的，可是我一直投不了新胎。我原是故國母體中的一個「胎兒」，本來好端端的，只是受不了母體肝膽中的火藥味，又喜歡揭母體中的瘡疤，還喜歡說實在話不愛聽廢話謊話，而變成了「怪胎」。一旦被視為怪胎，就要被批判、被放逐或被禁止說話，我自然也不能幸免。

被放逐的胎兒本該重新投胎，可總是投不進去。新的母體有如銅牆鐵壁，並不溫柔。一些來自台灣並完成了投胎的朋友説，想投胎就不怕撞牆碰壁，當初我們全碰撞得頭破血流。可我不能和他們相比，我知道，他們投胎時還很年輕，屬於「靈童」。靈童轉世，正合神意，自然方便。而我已是五十老生，不僅非「童」，而且不「靈」，舌頭、手腦都已開始僵化，實在難以進入另一母體的語言世界和文化心理世界。此外，新的母體中有一股濃烈的銅臭味，也讓我噁心，如果真的投進去了，恐怕要大叫「受不了」，又要成為怪胎。

這樣一來，我便成了一種特殊的生命，既脱離了東方的母體，又未進入西方的母體，於是，就在兩個母體的隙縫之間徘徊、漂泊、遊蕩。「投胎」變成「投荒」，生命就在兩個母體之間的荒野地裏存活，本來就怪的胎兒變得更怪，思想與文字大約都帶着隙縫中的怪味與荒草味。

既然投不進新的母體，就想回到舊的母體中去，於是，時時就有鄉愁產生：故鄉的月亮分明比較圓，以前居然看不見；故國的掌聲分明比較響，以前居然聽不見。然而，又知道舊的母體難容「怪胎」，還是那股火藥味，因此，就把「鄉愁」壓下，在隙縫裏繼續呆下去，繼續徘徊於兩間。魯迅當年曾感嘆「兩間餘一卒，荷戟獨徬徨」，他的兩間是兩個戰陣之間，而我的兩間，則是兩個母體之間。

徘徊徬徨並非墮落。在隙縫裏也很忙，就像隙縫中的老居民——螞蟻一樣，一天也沒閒着。被原母體拋出來之後，身上還是濕漉漉的，帶着許多母腹中的污水，這是需要洗一洗的。我記得，在五十年前第一次投胎之後，也洗過一回，那一回的水真燙，把我嚇得直叫喚。這一回，我則自己慢慢洗滌，反省往昔，抹掉身上的硝煙味也抹掉心中的陰影。麻煩的只是，此次身上還掛着母腹中留下的血痕，不知道怎麼回事，老洗不掉，而且還常感到疼痛，也許是受傷，只好在靜夜裏自己伸出舌頭舔一舔。在隙縫裏，一邊洗滌，一邊也走走看看，母體兩間的野地裏也有許多花卉與果子，還有許多不知道時間與空間的小鹿與小松鼠，牠們常常心無牽掛地跑來和我作伴。於無掛礙之中，我從隙縫裏看看兩邊世界的荒謬，看得格外清楚。真的，我看清了，承受胎兒的世界並不美麗，母體中是一團爛泥，眼睛是勢利的，腸子像一條蛇。幸而還有許多胎兒與生命處於爛泥而乾淨，像潔白的蓮荷，又像我旅程中的明燈。

靈魂的身姿

在國內時，我曾讀到北京師範學院呂俊華教授的〈審美三態〉。這篇文章講述審美者以站着、坐着、臥着三種不同姿態觀賞大自然其感覺很不相同。經這一啟迪，我真悄悄地試了好幾回，果然，不同的姿態造成的審美心理極為不同。觀滄海時，不可臥着，臥着宜於靜聽濤聲，卻不宜觀賞大海的壯闊。坐着站着觀滄海也常有不同感受，坐着易隨大海陷入沉思，而站着則想和大海一起呼喚。而看天空，站着坐着只能觀覽其一角，唯有臥着最有意思，不僅能把握全盤，而且最能牽動情思。到海外之後，我常常獨自躺在草地上面對天空凝思。凝思中，宇宙的浩渺，歷史的深遠，時間的神秘全都通過眼睛進入身內。在這種時候，才真的享受天地丰彩，覺得身心皆屬我有，品嘗到人生最真純的美酒。而且，如果思想乾枯，此時也會重新被天內天外的奇觀所激活，讓想像重新翺翔於四方八極。

我在海外寫漂流散文時則有另一種體驗，覺得文字與靈魂確實息息相關。人的靈魂的姿態的確影響到文字的命運。跪着的靈魂、坐着的靈魂和站立着的靈魂思考世界，其思索心理和思索結果完全兩樣。我曾批評大陸的謳歌詩人，並發現他們坐着唱頌歌和跪着唱頌歌其味很不相同，坐唱的歌還有點甜味，而跪唱的歌則全是酸味。

而我自己也有切身的體驗。自己的靈魂也曾跪過，也曾彎曲過。跪着的時候，寫出來的是無休止的檢查材料，彎曲着的時候寫的是給聖人注疏的文字和半吞半吐的文字。在文化大革命中一代知識者被迫下跪，而一代「革命小將」其實也是跪着造反，並非真的英雄。那時其實沒有自己的靈魂，倘若算有，那也是跪着的靈魂。跪着的靈魂深處還鬧革命，自然就鬧成一團：渾水。但因為跪着，看紅太陽就特別高大，高到讓自己心悸手軟，所以寫的自然只是檢討文章和遵命文章，不是奴役自己就是奴役別人。而彎曲着靈魂的時候更多，即使到了八十年代中期還不能不如此。記得一九八五年我為俞平伯先生作「平反」文章，這除了要列舉俞先生的成就之外，自然要對一九五三年那場把俞平伯先生置於文字獄之中的革命說幾句話。可是，一說紀念俞先生的學術活動，立即就有來自各方的壓力，自然包括在那場革命中贏得紅學家桂冠的投機者的壓力，壓力一多，我竟讓了步，彎了筆，寬恕了那些專門以吞食靈魂為職業的欽定紅學家。

而近幾年來，我感到自慰的是我的所思所寫，是站立的靈魂所看到的世界和胸中欲吐的文字。很奇怪，靈魂一直立，下筆時就沒有想得那麼多，除了面對自己的良心之外，似乎甚麼都不存在，此時，我贏得的是良知和敍述的雙重自由，也許因為這樣，寫作便成了我生活中的快樂事，一着筆便可舒展一下久曲的靈魂與脊樑。每次攤開稿紙，內心總是暗暗激動，因為我知道，我將寫下的文字已不是彎曲的文字，而是靈魂直立後真率的文字，這些文字將直面世界，也將直面自身。

十幾年前，文化大革命結束的時候，我高興得很久，竟寫了整整一本書批判野心家們用馬克思主義偽裝起來的文字獄。那個時候，朋友們的靈魂開始抬起頭來，跪着的靈魂也開始抬起頭來歌唱。可是，我聽到的全是傷口的歌唱。當我戴着紅領巾走進新社會的時候，我絕對沒想到自己酷愛的故土竟會佈滿帶血的傷口，所有的原野都充滿病毒和骯髒的泥沼。從那時候起我就有一個甜蜜的夢：以站立的靈魂和語言自由地抒寫，自由地清掃故鄉大地的病毒與膿包。但是我的夢在一九八九年夏天的那一個昏黃的早晨破滅了。我為這種破滅傷感了許久，然而，我很快就覺悟到我在另一片土地上的靈魂可以站立起來，可以用站立的靈魂看過去，看未來，看故國，看大千世界。這一次站立之後，一切都看得格外分明，無論是東方還是西方，而且一切該說的我便直說，無論是對着東邊的權威還是西邊的權威。

站立的靈魂看自己也不一樣。彎曲着的靈魂看自己時只能顧影自憐，自艾自怨，而站立的靈魂卻可以直面自身，直面自己走過的道路，包括直面自己的黑暗面。這才悟到不能躺着看自己，一旦躺臥着看，就會覺得自己還挺高大，即使自己的已經被扭曲的靈魂，彷佛也挨着天空與天空中的雲彩。

此時我坐着，和以前一樣坐着，但是，因為靈魂直立了，覺得坐着又和以前不同。坐着也變得有力量，不徬徨，不東張西望，靈魂一健康，筆頭也康健。相應的，筆下的世界也不同以往，絕沒有酸味。

谷底

一九八九年夏天，我獲得許多特殊的人生經驗，其中有一種經驗是意識到自己被推入了谷底，無邊的黑暗的谷底。

在這之前，我對生活充滿着浪漫的期待，激勵我前行的自然意象是與「谷底」相對應的「山頂」。我寫過一篇題目叫做《山頂》的散文詩，表明自己只知道有山頂，不知道山頂上有甚麼，不管山頂上是鮮花，還是前輩攀登者的屍體，我還是要攀登，人生的快樂就在攀登的旅程中。這種體驗儘管也包含着艱辛，但畢竟滿懷希望與激情。至今，這種意象在我心中仍然沒有消失，哪怕明知道山頂上有蜿蜒的毒蛇，我還是要往前尋求。

但是，在一九八九年夏天之後，充塞於我腦中的意象再也不是「山頂」，而是「谷底」，深深的佈滿恐怖的谷底。當我意識到自己的處境正是谷底的時候，一陣大黑暗掠過我的心間。我意識到自己被黑暗所包圍，四壁都是濃重的鬼影，沒有光，沒有色彩，沒有窗戶與門。

在大黑暗中，我面對着四壁，開始焦慮：四壁都不是路，也不是攀登之路。頭上沒有可追求的山頂，腳下沒有可退卻的山坡，眼前只有一個深井般的彷彿是倒懸着的天空，天空中只有灰色的死神的臉。假如死神翻臉，呈現出冰冷的漆黑色，那麼，瞬息間深谷就會變成墳墓，我便是墳中之鬼，想到這裏，我感到恐懼。以前一千遍一萬遍背誦的「一不怕苦，二不怕死」的聖者之言，此時一點也不起作用，不僅一句頂不上一萬句，甚至一萬句也頂不上一句。

在黑暗與焦慮中，給我力量的倒不是理念，而是生命。我想起在深谷外還有活着的與我息息相關的生命。既有期待着我活着走出谷底的生命，也有期望我化作谷底泥沙的生命。前者此刻也正在焦慮，正在祈求蒼天幫助我成功地走出深谷；而後者則渴望着深谷就此把我埋葬，他們可以更快活地馳騁於山中與山外的世界。想到這些生命，我突然從大黑暗中看到一點斑駁的亮光，而且產生一種壓倒焦慮的慾望：我必須征服黑暗的四壁，在四壁中踏出一條本不是路的路。

想到這裏，我冷靜下來了。而且想到古老的祖先早就教導説，人可以絕處逢生。谷底就是絕處，我可以在絕處中生存下去，只有弱者才會在絕處中完全絕望。我要在絕處中反叛絕望，我確信四壁的頂端就是太陽與月亮，就是佈滿光明的原野，不僅是死神的陰沉的臉。意識到沒有退路之時就有路，意識到自己站立於絕處時就已接近了生處。

四年前，我的生存處境發生突變後產生了感慨，覺得人生真是充滿偶然和命運的神秘。山頂與谷底的交替只在瞬間，天堂與地獄只隔着一道門坎。人間的荒謬比人間的正義強大得多。然而，我並不止於感慨。我獲得了一種於谷底而產生的力量，一種於絕處而穿越絕望的力量。於是，走出谷底之後，我發現自己以往的許多東西留在谷底了，這是一些正常人多餘的東西。而且，我知道我該怎樣對待谷外的生活了。深谷之外的世界也還有深谷，也佈滿黑暗與溝壑，但畢竟不是絕處。在絕處能生，在非絕處就更能生。走出谷底的我，精神似乎強健得多，很難垮掉。恨我者倘若要剿滅我，恐怕要費更多的氣力，而愛我者，恐怕可以少一些憂慮了。

被死神掌握的時刻

幾年前的一個夏日，我經歷了一個特殊的時刻，這是被死神掌握的時刻。我充份意識到，自己就在死神得意的掌心裏。

那時候的船，是一片致命的大黑暗。隔着船板就是洶湧的海水，但我看不見，只看見黑暗。死神確實只有在黑暗中才能建立它的權威。

在死神掌握的那一刻，我突然變得寧靜，沒有恐慌，沒有焦慮，只想到世界的滄桑太快。偶然，偶然太強大了，強大到在一個瞬間可以改變天上、人間、地獄的位置。昨天還在天上做着彩色的夢，此刻卻只剩下一個黑暗的實在。天上人間的顛倒，只因為一聲懷愛孩子的吶喊。世界真的太殘忍了。

這之前，我就討厭的「本質」概念，此時又閃進腦際，在大滄桑中我倒看到「本質」了。往昔令人眼花繚亂的一切，光榮、繁榮、笑容，解放、開放、心花怒放，此時全顯現出它的本質，這本質就是實實在在的黑暗。黑暗，才是最後的實在。假如死神放我一條生路，我的最後的記憶，只有黑暗。我能告知世界的只有這唯一的實在。在死神掌握的那一刻，我發現自己真是一個無可救藥的形而上嗜好者，至死也愛思索。沒有光明時，思索黑暗也是一種樂趣。

然而，我也想到形而下，想到身邊的妻子和遠方的母親和女兒。在被死神掌握的時刻，牽掛也變得很簡單、很具體，決沒有浪漫。但我已沒有力量去關懷遠方，只求不要給她們致命的打擊，然而，如果死神真的把我帶走，對她們的打擊就太殘酷了。想到母親和女兒，我立即變得非常軟弱。人真是歷史的人質和命運的人質，人質掌握在死神手裏，強大也會變得弱小。此時，我想到向死神投降。可是，死神不知道在哪裏，死神彷彿也是虛無的，唯一的實在還是周遭的大黑暗。黑暗中我才明白自己是多麼懦弱，遠不如一匹狼，狼在危險的時候，一定會挺身去拚搏，去和敵手廝咬一番，而我卻只是龜縮在大黑暗中。

然而，撫摸一下眼前的黑暗，我又對自己滿意起來。奇怪，一個很愛面子的書生竟然不怕踏入黑暗，不怕斯文掃地。在往昔年富力強的歲月中，生命那麼害怕黑暗和黑暗的動物，那麼少知識者的風骨，靈魂動不動就跪下，此次竟然挺起靈魂的脊樑，做着穿越黑暗的冒險。前些時候靈魂已被子彈打成碎片，但還是沒有跪下，碎片是真的，擲地可發出響聲。此時，我彷彿聽到這些響聲。而且想到，如果死神並不隨即給自己的生命畫上句號，那麼，沒有跪下的靈魂是應當發出不同以往的響聲的。這些聲音，該是對世界無所需求，對心靈無所背叛，對人類無所欺騙，對名利無所嚮往。這種響聲，是結實的，新鮮的，連死神也無法撲滅。

在死神掌握的時刻，每一分鐘都那麼長，每一分鐘都那麼重要，幾個小時，好像幾十年。穿過這幾個小時之後，我好像老得很多，又好像年青得很多。過去的自己，好像被拋得很遠，我看到他在滄海那邊，朦朧地向我招手，我們又一次告別。

第三種忠誠

在國內的時候，常聽到朋友們議論第一種忠誠與第二種忠誠。第一種忠誠是對國家無條件的服從，而第二種忠誠則是為了國家不得不批評國家，在不服從的背後則是對國家更深的忠誠。屈原式的忠誠大約就屬於第二種忠誠。

在大陸，連第二種忠誠也不受歡迎。像劉賓雁這種人，就是第二種忠誠者，但也不讓人喜歡。其實，在中國這片遼闊的大森林裏，是需要一種名字叫做「劉賓雁」的啄木鳥的。龐大的森林倘若要保持生態平衡，防止腐敗，至少需要一千隻這樣的啄木鳥。可是，現在只有一隻，而且，等待這一隻啄木鳥的，至少有十萬枝槍。

我是不配當第二種忠誠者的。我太隨便，太喜歡自由自在地遊思，對國家沒有劉賓雁那麼關切，到了國外之後更是如此。但我也有一種忠誠，無論過去還是現在，我始終保持這種忠誠。這種忠誠，就是忠誠於我自己——忠誠於我自己的信念，忠誠於我自己的簡單的、純樸的、孩提時代就知道的做人的最起碼的道理和品格，從不隨地吐痰到不撒謊。這種忠誠，我自己把它稱作「第三種忠誠」。

在大陸，我始終不敢這樣宣告自己的第三種忠誠。這還得了，這不明明是極端個人主義嗎？這不明明是自由化的鐵證嗎？

但是，我今天要發表心靈告示，要準備承受極端個人主義甚至更重的罪名，而且要回答譴責者們說：如果一個連自己的良知和品格都不忠誠的人，一個只會自己欺騙自己的人，一個對自己不負責的人，他能忠誠於值得忠誠的國家嗎？他能忠誠於維繫人類生存發展的起碼道義嗎？

要當第一種忠誠者是很容易的，只要一切都「緊跟」，當個傀儡人或庸俗的謳歌者就行了。而要當第二種忠誠者就比較難。然而，要當第三種忠誠者也是極不容易的。說自己願意說而且應該說的話，拒絕說自己不情願說也不應該說的話，這就是忠誠於自己，但這是多麼不容易。十幾年前，當時的生活準則是對領袖的指示要絕對執行：「理解的要執行，不理解的也要執行。」不理解也要執行，就是背叛自己。然而，在那樣的年月裏，不理解的如果不執行，即不背叛自己而忠誠於自己，就很危險，可能要付出當「反革命」甚至當囚犯的代價。在大陸歷次政治運動中，多少人背叛過自己，說假話，承認別人的誣陷，接受各種可怕的遠離自我本質的罪名，寫了一本又一本的出賣自己人格的檢查揭發檢舉材料，承認自己是黑幫是反革命。在「同志」、朋友、子女背叛自己之後，最後一個叛徒，不是別人，正是自己。

到國外來之後，要忠誠於自己雖也難，但畢竟比在國內容易。該說的話就說，不情願說的話就不說，不願意表的態就不表，不必作的檢討就不作。僅僅這一點，我就覺得幸運，覺得愉快，覺得靈魂比以往真實得多，健康新鮮得多；也覺得對得住自己和誠實的朋友，最後，還覺得，也只有這樣，才對得住國家、社會，因為我給社會的一切都不摻假，我沒有加深虛偽、撒謊的災難，沒有加速人類社會的墮落與腐敗。

伴我遠遊的早晨

《漂流手記》第一集出版後我又繼續漂流，愈漂愈遠，從美國的科羅拉多漂到瑞典的斯德哥爾摩，又從斯德哥爾摩漂到太平洋岸邊的溫哥華。向北歐流去，又朝北美漂回。這期間，我還到歐洲的其他國家，特別是到了那個與自己的靈魂糾纏得很久的俄羅斯，那個被歷史拋棄了的列寧格勒。

我的第二人生是飄動無定的人生，東西南北，到處遊覽、遊學與遊思，像一個精神界的游擊者，出入於廣漠的雲空、滄海與大陸，也蟄居於靜悄悄的課堂和不知春夏秋冬的一統小樓。

第二人生的起點用不着尋找，它就是四年前夏天那一個慘烈的早晨。那個早晨，我在電話筒裏聽到朋友的令人心悸的哭聲後，帶着迷惘的眼睛最後地看了看我酷愛的城市和正在燃燒的烽煙，便無言地告別自己的母親與女兒，匆匆起程。從那一個早晨出發，我開始了新一輪的生命。

沒想到，這個早晨竟是漫長道路的起點。當我走到挪威那個裸露着巨大岩石的岬灣時，朋友告訴我，這裏已接近北極圈，海那邊的極晝一片白茫茫。而我則告訴朋友：我的終點還在白茫茫的彼岸，在無窮的遠方。真沒想到，一個東方的時間點，一個佈滿火光與暗影的早晨，會這樣影響一個人的命運，它恆久地佇立於歷史的深處，也恆久地佇立於我生命的深處。幾年之中，這個早晨總是陪伴着我，和我一起穿越大西洋的萬里雲空，然後又穿越波羅的海的蔚藍色波濤，和我一起度過天地蒼茫和心事浩茫的遠遊歲月。我常對朋友說，有一個早晨，像山巒似地蘊藏在我的記憶裏，同我一起飄蕩，我稱它為「遠遊的早晨」。

因為這個早晨，我的靈魂吮吸了火光的慘影與鐵的腥味，生命開始斷裂。斷裂了的生命，一部份消逝在心底，一部份則像一棵新的植物從廢墟中生長，如不屈的野百合，不怕大寂寞的泡浸，在我踏出的雪地上開出倔強的花朵，這就是我的文字。

因為這個早晨，我的生命感覺變了。生命更緊地擁抱生命，生命之愛再次成了我的主題歌。對於生命，特別是對孩子的生命變得非常敏感。於是，我在遠遊中常常注視那些父愛與母愛的照片。在奧斯陸的威格朗雕塑公園裏，當我看到那些全身赤裸着的父親與母親像舉起星斗似地高高舉起嬰兒時，我竟激動得不知所措，一簇埋藏的火苗又重新燃燒起來，只覺得這些高舉孩子的父母，也高舉着我的慘烈的早晨。我也要高高地高高地舉起孩子。孩子就是我的旗幟。

因為那個早晨，我更明白自己。自己的心靈太脆弱，太沒有力量，過去承受不了那些革命的黃昏，今天又承受不了這個慘烈的早晨。文化大革命中，那一頂頂籠罩在老師們頭上的高帽都承受不住，難道能承受住子彈和坦克的履帶嗎？可是，這個早晨到處是坦克履帶下淋漓的鮮血。

揹着慘烈的早晨，畢竟太累，因此，我總想把它放下。人生的路途那麼遙遠，總不能老肩托着那些慘烈的火影。然而，這個早晨卻又是那麼頑固地駐紮於我的靈魂之中。我在白天把它壓下，它竟在夜裏浮了起來；如果在夜裏把它抹掉，白天又鑽入我的思索，而且依舊唱起慘烈的血腥的歌聲。這時，我才明白，這個早晨，緊連着我的尚未麻木的良心，唯有這個早晨從歷史的深處獲得解脱，我的良心才能獲得解脱。

就讓這一個早晨繼續伴我遠遊。有這個早晨相隨，總記住那些已經消失的生命與自己相關，記得自己也有一份責任，腳步雖沉重一些，但畢竟不容易變得冰冷，此後的生活該輕鬆一些了，但有這個早晨，大約就不會變得輕狂。然而，我也不願意因為這個早晨又產生另一個慘烈的早晨。我希望這個沉重的早晨能從我的祖國肩上和我的肩上放下。那天看到《秋菊打官司》，突然覺得自己也像秋菊那樣，老揹着一個沉重的難解的心思流浪，需要討個「說法」才能把這個早晨放下。我願意在放下的那一天，抹掉心中的陰影，祝福我的祖國此後擁有溫柔而清新的早晨，所有的花朵與草樹都含着晶瑩的露珠，一瓣一葉都預告着晴朗的白天與夜晚。

幻滅

年輕的時候，喜歡說「幻滅」，其實並不知道「幻滅」的滋味。待到成熟的年齡，經歷了真正的世事滄桑，才知道「幻滅」的份量。

一九八九年夏天，我就經歷了一次精神上的大幻滅。幻滅像一場大雪崩，金光銀彩的神話世界突然崩塌了，眼前只剩下一片荒原。以往的一切，在頃刻間化作輕煙，化作遙遠的夢，記憶裏只留下似有似無的幻影與幻象，好像是一些碎了的鱗片。

以往讀《紅樓夢》，不解為甚麼一開卷就說「色——空」，就說「好——了」。經歷了這場精神雪崩之後，才悟到「色空」中蘊含着怎樣的幻滅。《好了歌》，原來正是二百年前令人刻骨銘心的大幻滅之歌。

幻滅之後總是迷惘。千里筵席突然散盡，萬里長城突然倒塌，舊的紅樓已經瓦解，新的本體和新的路又看不到，只有迷惘了。於是，幻滅者總是惆悵者與徬徨者，總是睜着一雙迷惘四顧的眼睛。賈寶玉幻滅後作了一次巨大的告別，不僅告別父母、妻子，而且告別了塵緣。告別後的寶玉生活在哪裏？本用不着猜測，但倘若非要我回答，我相信他一定生活在一個比原來的溫柔之鄉乾淨得多也安靜得多的精神家園裏。精神碎片的重新凝聚，需要有安靜的家園。

人們都以為幻滅是不幸的，消沉的，然而，我卻悟到幻滅的超越與飛升。唯有幻滅，才有大徹大悟。人們常常在幻滅的一刹那之中，實現人生最深刻的感悟。有如在雪崩之後，升起一輪鮮明的太陽。

「了」就「好」，一旦幻滅，就會看透。在幻滅的時候，以往執迷不悟的一切就明白了。幻滅的一瞬，也是結束執迷不悟的一瞬。雲障霧罩，被假想蒙騙得很久，老是生活在紅樓夢幻的包圍之中，一旦幻滅，就掙脫了假象，擁抱了生之本體。賈寶玉在幻滅之後，悟到一切色者皆空，才開始了靈魂的自我救贖。紅樓夢斷時，他才贏得自由的第二生命，創造出不朽的千古絕唱。

過去的我，常承受不住寂寞。而經歷了一次幻滅之後，便領悟到這寂寞正是人類無可迴避的命運，接受這種命運，生活在自己構築的精神園林裏，倒也自在。而且，有了一次幻滅，就不那麼容易自作多情了，身外的種種潮流洶湧澎湃，故園故國突然又到處閃射着光輝，據說又是金滿箱銀滿箱。然而，我只是感悟到更深的一層寂寞而已，決無羨慕，也決無鄙視，更無所謂憤慨，只是寂寞得更深而已。

故國一角的焦味

這一兩年，我從劫難的打擊中甦醒過來之後，自己竟有一點「返璞歸真」的感覺，喜歡説笑，雖然沒有小女兒那一片天真的格格的笑，但也是衷心的笑。

然而，有一件事還總是在心裏隱隱作痛。在一九八九年夏天辭別家園後的那些烽煙瀰漫的日子，我的大女兒劍梅，覺得大難來臨，歷史肯定又要「複製」往昔的荒唐遊戲，重演「抄家」的悲喜劇。因此，她一反懦弱的女兒性，決然把許多朋友給我的信件都燒了。燒了整整一天，連她自己也差點被煙霧熏倒。

女兒的舉動是善意的，她怕信件會株連朋友，怕文字會帶來更沉重的不幸，儘管朋友的文字那麼乾淨。劍梅是文化大革命的第二年誕生的，但歷史的劫難仍然深深地鑄在她的心底，使她從小就懂得警惕人間的殘暴。

善意的舉動是不能責怪的，但我心疼。許多事心疼一陣就過去了，只有這些信件使我心疼了很久，常常疼入夢境。現在一想起故國，就想起這些信件，覺得這些信件正是故國的一部份。故國是具體的，具體到母親額頭上的每一道皺紋，家鄉山林裏的每一聲鷓鴣，也具體到信中的每一行文字，每一個標點。然而，信被燒燬了，故國的一角被火吞沒了。

我之所以心疼，多半也是想到自己，覺得這些信件是自己生命的延伸，每一封信都與自己相關，都證明生命曾經溫馨過，癲狂過，荒謬過，也就是真實地存在過。朋友的信件可以為我作證，證明我曾是蹦蹦跳跳的生命，也與蹦蹦跳跳的生命相關。

那位精彩地扮演過孫悟空的演員六小齡童，曾以活潑的演出感染過億萬生命，他就曾寫信給我，說他喜歡我的文字。這證明我的文字與活潑可愛的血肉之間沒有溝壑。又有一位朋友批評我的生命過於沉重，許多靈魂的活水都被吸進神聖的黑洞。然而這些信全被燒了，就像燒自己的肉，肉連着神經，所以覺得疼。

燒燬的已難以挽回，信件已成了灰燼。灰燼堆積在心裏，至今還常常聞到餘燼的焦味。這是故國一角的焦味，也是我生命一角的焦味。正是這種焦味，使得我不得不寫下一段書信的輓歌。

感謝莫札特與傅雷

西方的音樂家，我最喜歡的就是莫札特了。他的音樂，無論是歌劇，還是交響樂、奏鳴曲，我都喜歡。每次聽了之後心裏就平靜，就從容，就會為自己的浮躁、激烈而羞愧。

有一回我靜靜地坐在科羅拉多大學校園裏的教堂門前，對着天空與草地凝思，突然從教堂裏傳出一陣樂聲，仔細一聽，是莫札特的《微風輕輕吹拂的時光》，這時，我屏住呼吸傾聽着，用整個身心去迎接這一彷彿來自天外的歌音，此時，我有一種奇異的感覺，覺得自己離神很近，從來沒有過這麼近。樂聲停止之後，一群穿着潔白衣服的少年從教堂裏走出來，看着這些少年歌者，竟自慚形穢起來，覺得自己像個野蠻人，而且心裏讚嘆說，你們是幸福的，因為你們有信仰，而我卻是一個喪魂失魄的人，一個被魔鬼剝奪了一大片靈魂的人。

為甚麼喜歡莫札特，我也説不清，只覺得無論是他的咏嘆調還是小夜曲都和自己心靈深處的一種渴望渴求相通。在令人焦慮的世界裏，從他的音樂中可以獲得一種壓倒焦慮的平靜。到了國外之後這種感覺更明顯，並明白自己所以特別喜歡他，就因為他的音樂揚棄了仇恨，甚至揚棄了貝多芬的那種內心的騷動。而我是需要這種揚棄的。過去的自己，固然時時在反抗仇恨和騷動，但畢竟生活在崇拜仇恨和製造騷動的土地上。數十年裏，崇拜仇恨的狂潮席捲故土，危害了我的兩三代同胞兄弟，也危害過我，使我丟失了腳步的從容和心性的柔和。

我讀過好幾遍《傅雷家書》。一個如此純潔溫柔的心靈無端地被摧殘，被蹂躪，是有理由憤怒和仇恨的。然而，面對強大的悲劇性環境，憤怒只能燒焦自己和燒焦自己心愛的藝術感覺。因此，傅雷選擇的是聆聽莫札特的音樂，揚棄憤怒與仇恨，從莫札特的天才樂曲中贏得了超越與平靜，繼續自己的工作。他用最溫馨的善去擁抱社會，可是社會卻報以他刻毒的恨，然而，他對仇恨仍然報以最溫柔的善意。人世間的仇恨循環，難以遏止，卻無法通過他的純潔的血脈。他以至輕至柔的心性去反抗至兇至殘的世界，一直反抗到死。可是，他能承受住仇恨，卻承受不了瘋狂的虐待與污辱，當社會強迫他和他的妻子跪下而撕毀他的最後尊嚴時，他和妻子自殺了，他們對社會的最後反抗，仍然不是以仇恨，而是以死亡的潔白的平靜。他的死，沒有給社會增加仇恨，但提示社會，提示良心，提示人們了解人性會變得怎樣的兇殘。因為他的提示，我決心仿效他，絕不會把靈魂賣給魔鬼，也不讓魔鬼煽動出邪惡的火焰。

我從未見到傅雷先生，但很奇怪，每次撫摸《傅雷家書》都有一種痛惜感，這可能與我少年時代沉浸於他翻譯的無比優美的文字裏有關，但更重要的則是我愛他的那種拒絕仇恨的心靈。每當我發覺自己的周圍佈滿了炸彈式的戰士，就更感到痛惜。痛惜之後便是感激，正如感激莫札特一樣，一想到他的聲音，就自覺慚愧，趕緊遠離瘋狂與野蠻。

揹着曹雪芹和聶紺弩浪跡天涯

三、四年來浪跡四方，在東西大陸裏來回往返，逼迫我必須輕裝前行，把喜愛的書籍留在原處。書籍實在太重，一部《史記》，就比一件大皮襖還重。可是，此次我要去的地方是瑞典，名副其實的雪國，書固然重要，皮襖也很重要。

誰陪我去浪跡天涯呢？從孔夫子到王國維，從柏拉圖到海德歌爾，從屈原到馬奎斯，拿起又放下，放下又撿起，和妻子女兒爭奪幾個箱子的地盤。妻子重視的是形而下，民以食為天，以穿為地，書本再重要，也得先求生存。而我崇尚形而上，以文字為天為地，於是，總是爭吵，朱熹、尼采就被她從皮箱裏驅逐過好幾回。沒有爭論的只有那些我愛女兒也愛的詩集，屈原、李白、李煜、蘇東坡等，在皮箱裏，總有他們的位置。

明知前去的學校圖書館很容易找到，但還是一定要他們陪我飄泊的古人是司馬遷和曹雪芹。《紅樓夢》中那一群天真而乾淨的少男少女是我朝夕相處的朋友，生活在社會的爛泥中是需要一群乾淨的朋友的。大觀園的少男少女，無論是林黛玉、薛寶釵，還是賈寶玉，我都喜歡。我真恨那些把他們劃分為不同階級的紅學家，厭惡他們給這些充滿天籟的人類花朵戴上骯髒的政治帽子，這比「佛頭點糞」還讓我難受。而不會戴帽子的俞平伯先生還挨了他們一陣亂棍。可是，這些棍子們很快就會化為塵芥，而我喜歡的天真朋友，卻在世界八方的精神土地裏笑着、鬧着、相思着。

除了《紅樓夢》，就願意揹着《史記》。當朋友把《史記》從大陸寄到芝加哥時，我高興了好久。我真喜歡這部又是歷史又是文學的奇書，而且喜歡司馬遷的精神，在嚴酷的命運面前絕不屈服的精神。一部龐大而殘暴的政治機器，只能閹割肉體，卻無法閹割掉這種精神。

現代作家中我所敬愛的聶紺弩，也是一個司馬遷似的任何力量都無法閹割其精神的人。無論是惡鬼似的罪名，還是山嶽一樣沉重的監獄，都不能壓彎他那一支正直的筆桿。比罪名和監獄更沉重的打擊的，是他唯一的女兒在難以忍受的牽連中自殺了。他的夫人周穎老太太告訴我，他出獄後唯一的心思就是想見女兒，怎麼向他交代呢？然而，最後還是告訴了他。這一致命的消息本來足以使他喪失理智，可是，他卻支撐住命運最殘酷的打擊，把本該滴落的眼淚吞嚥下去，注入筆桿，繼續寫作。他知道，唯有吐出積壓了幾十年的正直之聲，才能告慰一切自己的所愛和一切受難的靈魂。我不管走到哪一個天涯海角，都揹着他的書和他的一些珍貴的字跡。這些書與字跡，支撐着我的脊樑，幫助我度過艱難與心事浩茫的歲月。四年過去了，我沒有一天忘記他的名字。因為他的名字，我一天也不敢偷懶，更不敢說一句背叛人類良知的話。

自然，我還得揹其他書，俄羅斯的《卡拉瑪佐夫兄弟》，美利堅的《熊》與《白鯨》，故國的龔自珍、嚴復、梁啟超、魯迅等思想者，雖沉重，但我已揹着他們跨越多次的天空與海洋了。還有李澤厚的《批判哲學的批判》、余英時的《士與中國文化》、李歐梵的《鐵屋子的吶喊》、劉小楓的《拯救與逍遙》等，也和我一起辛苦輾轉了好幾片蒼茫的大地了。但是妻子從來不驅逐他們，皮箱裏總有他們的地盤。這回遠行，我把故國的這些學者的書和康德、福柯們的書放在一起，奔赴地球北角的雪原，結果行李超了重，被罰了一百多美元。

一被罰，就想到被罰的日子何時終了，真想有一天能結束漂泊生活，可以面對四壁的藏書，在一張平靜的書桌前和古人今人從容對話，既領悟人類的卓越，也領悟其說不盡的大荒謬。

生命本該盡興

渡過一次臨近死亡的生命危機之後，我曾想，如果那一回真的死了，那麼，這次人生最遺憾該是甚麼？

想了又想，覺得自己是一個以讀書、寫作為職業的人，也可以說是以文字說話的人；倘若那一回死了，最遺憾恐怕還是自己未能在自己選擇的職業生涯中盡興。所謂未能盡興，就是應當說的話不敢說，而不情願說的話，卻說了不少。這些不情願說的話，有的記錄在文字中，有的早已成了廢話。

文化大革命中，社會科學院一位比較正直的領導人在被批鬥無數次之後「解放」了。雖然解放仍然感到痛苦，於是，在一次談心會上他說：「現在我的痛苦是『由衷之言不能說，非由衷之言則必須說』。」講了這話之後，他又被認為是資本主義復辟思潮的反映，又被批鬥了一番。十幾年過去了，我始終沒有忘記他的這句話。他的痛苦是大陸知識分子的共同性痛苦。這種痛苦是雙重的，一種是不應當說的不情願說的話必須說，這就是說違心的話。一個知識者，每一年每一月每一天都必須背叛自己的心靈說假話，這是怎樣的生活？我雖然比他年輕得多，但也蒙受過這種痛苦，硬說自己不情願說的話。我覺得最不堪的就是這種自我背叛和自我歪曲。我常與朋友說，這正是心靈的自戕。另一種痛苦是應當說也願意說的由衷之言則不能說，一說就可能導致災難。該說的不能說，憋在心裏，也很痛苦。要做到這一點，就要裝作聾子裝作啞巴。感受過這雙重痛苦的中國人，大約都知道，在中國，最好是不要有思想，倘若有思想，就不能不承受這種痛苦。

我雖比這位長者年輕得多，但也因為「必須說」而說了許多年諸如「階級鬥爭一抓就靈」的廢話，雖然性質屬於鸚鵡學舌，但自己畢竟不是鸚鵡，說話的時候還有心靈與腦袋，所以也痛苦。不過，我比長者幸運的是在八十年代說一些應當說的由衷之言。我聲討過黑暗無邊的文字獄，譴責過四人幫這些嗜血的豺狼和他們的幫兇，還嘲弄過那些戴着馬列主義假面具、嘴裏好像咀嚼着許多東西而肚子裏卻甚麼也沒有的紅色白痴。然而，我僅僅是在文字檢查官允許的範圍內說話。其實，我還有許多由衷的話要說，我要面對一百年來的歷史說出自己的思考，要對無休止的革命和它所帶來的後遺症說話，不願意再「欲說還休」，吞吞吐吐。

出國後這幾年，我說了許多自己願意說的而過去不能說的話。我為此感到快樂。我常享受這種以前享受不到的內心的快樂。當我在說這些話的時候，我感到自己天性中的許多美好的東西復活了，曾經失去的天籟又回到自己的身上。在這個瞬間，我突然會自言自語，會和過去的自己對話或與面前的一棵樹一條河一座山對話：你知道甚麼是快樂嗎？你知道身心分裂的痛苦與身心和諧的快樂嗎？你知道意識深處最隱秘的快樂是自我感受而沒有外部效應的快樂嗎？

如果在那一次大浩劫中被剿滅，我最遺憾的正是在我的人生中缺少這種快樂，這種區別於啞巴區別於動物區別於木偶區別於騙子區別於官僚機器的特有的快樂。

難過

在漫長的冬季裏，瑞典到處是燭光。瑞典的蠟燭不流淚。我的屋裏也有不流淚的光明。蠟燭雖不流淚，而我卻常獨自難過。如果在三、四年前，我一定要迴避「難過」二字，因為朋友們一定會以為我在為漂流而難過。但是，今天，我卻只能用「難過」二字。

有一天夜裏，在燈影的搖曳中，我心裏感到一種莫名的難過，便隨意翻着顧頡剛先生的論文集，竟發現他也用「難過」二字，而且「難過」的正和我相通。他說，回想過去，想到自己做了一些完全不適合於自己做的事，浪費了太寶貴的時間，感到份外難過。這種最尋常的反省卻使我激動不已，他的心緒更加劇了我的心緒。我難過的正是因為丟失了時間。那麼多身體健強而思維活潑的日子，被用在最無意義的名為革命實為互相廝殺的政治運動中，在自己最不情願做的事情上恰恰消耗了最值得珍惜的生命。不必說在文化大革命中，即使前幾年，當了研究所所長，不知白白地丟失了多少難再的時光。為了履行所長職務，還要去講自己不願意講的話，寫不願意寫的報告，報告完了還有那麼多無休止的糾纏，真令人氣悶。時間流走了，逝者永遠不再回來，但沒有人為我惋惜，只能自己難過。在燭光下，想到往昔的日子讓人擺佈得那麼久，生命失落了那麼多，竟憐憫起自己來。

除了為失落時間而難過之外，就是為失落了朋友而難過。無論在北京還是在外地，我都有心靈默契的朋友。這些朋友並不多，但很寶貴。我不能用文字來敍述，因為能夠作深廣的精神交流的朋友，是永遠無法說清的。如果能說得清，也許就不是真正的朋友。到了海外之後，天長地遠，各守一方，我才意識到遠離這些朋友是多大的損失和多大的不幸。生活的殘酷，需要朋友的幫助；天性的懦弱，需要朋友的慰藉；思索的心得，需要朋友的切磋。然而朋友卻在遙迢的遠方。那個地方我不能去，那個地方我的書不能出版，投寄到那個地方的信，話不能直說，打到那個地方去的電話，有人竊聽。世界對我的隔絕與監禁，並不是高山大海，而是人類生產的遠比野獸高明的網結。我的同類製造的武器、權力、理念這麼強大，連友情也承受專制。甚麼時候能再見到這些朋友呢？甚麼時候能在故土上共此燭光呢？再見時我們的雙鬢是不是全都花白了呢？是不是會在燭光下彼此感到陌生呢？想到這裏，不免「念天地之悠悠，獨愴然而涕下」。此時此刻，我更喜歡會落淚的蠟燭。

朋友活着還好，倘若朋友死了，像時間一樣流失之後，永無歸程，那更是致命的難過。施光南的死，就是給我這樣的打擊。我已難過得很久了，而且還將難過很久很久。我知道，這是永遠無法抹掉的憂傷，直到我在地底和他見面的那一天，我還會難過。

不落淚的蠟燭安靜地發着亮光，時間，空間，生者，死者，都在亮光中閃動，夜半之中，我常對着閃動的燈光踟躕：應當點着蠟燭回想？還是應當吹滅蠟燭睡下？每想到此，總是自己激勵自己，快吹滅它吧，甚麼事都遺忘掉的好。

「骷髏」的領悟

在駛向彼得堡的船上，我和幾位朋友與李澤厚聊天。他說四年前曾在自己的書架上擺設了一具骷髏。我忘記這是他買的還是朋友送的，但記得決非是他自己製造的。思想者常常有點怪，這種擺設也怪。但李澤厚沒有給朋友解釋自己的怪想。聊天後的那個夜晚我曾想，如果我也作這樣的擺設，在漆黑的夜裏面對着佈滿空洞的白骨，可能不會覺得怎麼有趣，而且一定會遭到妻子和女兒的抗議。不過，如果在白天的書櫃裏，放置一個骷髏，常常對着它想想，倒確實是有意思的。特別是像我這種已經跨過五十年齡界限的人。

能與骷髏對視與對話，至少會想到，人生必須面對一個鐵鑄一樣的事實：總有一天要變成骷髏。誰也逃不了這個結局，誰也無法擺脱這種命運。那些把自己裝在紀念堂與水晶棺裏的偉人們，以為可以擺脱這個命運，其實，他們也只是包裝起來的骷髏，而且總有一天，連這一層包裝的皮囊也要化作塵土。

歷史並不公平，但有一點是平等的：無論甚麼人，最後都要化為骷髏，不管現在他是怎樣的飛黃騰達，聲名赫赫，也不管他今天是何等的躊躇滿志，金銀滿箱，即使此刻他手持佈滿寶石的御杖，頭頂不朽的珍珠王冠，到頭來，也要變成一具骷髏，一具甚麼光彩也沒有的、醜陋的乾癟的骷髏。

想起今天如花似玉的美人，名尊位顯的帝王將相和一切擁有無窮財富與無窮權力的大小猛人們都將以骷髏為最後的歸依，真覺得人生如夢，大自然的法則真是絕對的無情與殘酷。

然而，常常想到這最後的結局卻可以產生力量，甚至也可以產生自愛、自尊、自信，從內心中洶湧起生命的激情：未成為骷髏的生命多麼美，多麼值得珍惜。趁生命尚存，趕快學，趕快做。肉體的會變成骷髏，生命智慧則未必，它確實可以凝聚成一種比肉體更長久的東西。多少偉大的生命，他們在監牢裏還在思索，還在寫作，殘酷的命運並不能把他們擊倒。這些精神的強者也許正因為他們想到：壓迫算不了甚麼，頂多是把我早一點變成骷髏，但我的信念和文字卻仍然與活着的生命同在。

還有更多的思想者悟到，此去的生命將化為一具骷髏，那麼此身尚在時，為甚麼要背叛自己和奴役自己呢？於是，他們反抗自我背叛與自我奴役，拒絕說假話、說謊話、說為了鑽入權勢者之心的獻媚話。一個敢於面對骷髏的人，心理總是比較健康和強大的，那麼容易為了活命而賣掉尊嚴而扭曲自己的天性與靈魂嗎？我記得一位詩人說過，因為人生有限，所以不要說假話。這種判斷，邏輯似乎簡單，但其意義絕非膚淺。

我雖然以前沒有想到擺設一具骷髏，但是也想到人一定要死的事實。人生總有一了，身外沒有不散的筵席。一切華貴的生的盛宴，總有一天要散作輕煙，散作塵芥，這一「總了」是難以迴避的。想到這一點，也有如面對骷髏。我喜歡《紅樓夢》中的《好了歌》，也與此感悟相關。有這種感悟，對身外之物就自然看得淡，看得輕了。一切好景都會過去，一切「好」終歸要「了」；既然一切都會「了」，生時就該知道甚麼才是「好」。那些真正好的東西，並不是顯耀一時的峨冠博帶，金彩銀光，而是那些聯繫着自己的天真天籟的純樸天性，還有那顆與人類道義的絕對命令緊連着的心靈。這些最為簡單平常的東西是不能丟失的。其他的，在俗眼裏迷醉的一切，都讓它去吧，許多人們羨慕與追求的東西並不一定珍貴。那一切，那一切才是骷髏的洞穴。寫到這裏的時候，大女兒劍梅走了過來，俯首看着稿子，驚訝地說：你怎麼寫這樣的題目。我問倘若你見到桌上有一個骷髏，你想到的是甚麼？回答說：「我想到他活着時美麗的瞬間。」孩子的心是純正的，但她知道人生中有一美麗的不被社會病毒污染的瞬間就夠了。數十年的歲月，不過是一個瞬間，如何安排這個瞬間，骷髏確實能給人以啟迪，其啟迪的力量也許並不遜於革命導師們獅子般的呼喚。

曾是類猿人

讀中學的時候就從進化論和唯物史觀中得到兩種知識，一是知道人是猴子變來的，猴子的最後角色是類人猿；二是知道猴子、類人猿變成人，是因為勞動，勞動把猿變成人。前者得知於達爾文，後者得知於馬克思。

也因此，從小就崇拜勞動，喜歡勞動，相信勞動把猿變成人的真理。可是，後來下鄉勞動改造思想，不僅消耗了太多的生命，而且折騰得不像個人樣，便對這種強制性的勞動反感，覺得勞動固然神聖，但也常常把人變成另一種東西。至於變成甚麼東西，也未曾想個明白。

最近讀了上海的女作家竹林所寫的長篇小說《嗚咽的瀾滄江》，才想到是變成猿——勞動可以把猿變成人，也可以把人變成猿。小說中有一段寫了兩個知識分子關於勞動價值的對話：

「……把知識分子趕到農村，叫他們拔秧。一個農民一上午可以拔六十把秧，一個知識分子六把也拔不到，而他們的工資，卻比農民高十倍。為了改造他們，國家寧肯出高價要這六把秧，而不要他們的聰明才智。再看我們這裏，貧瘠的大紅山，連水也沒有，土也沒有，硬要造梯田，弄得一次次坍方、滑坡，把人累死、砸死，勞動的價值在哪裏？」

「不，價值是有的。」何士隱拍拍龔獻的背，好像在故意跟他抬槓，「價值就在於你累得半死，跟集中營裏的犯人一樣，沒空想別的了。」

「說得對。」龔獻突然壓低了聲音：「資產階級叫人拚命幹活，是為了剝削他們的剩餘價值，可我們不要剩餘價值，我們不惜讓人幹無效勞動來對付人的腦袋，窒息人的思想。」

「照你們這麼說，勞動……勞動的意義改變了？」一片陰影中傳來一個懵懵懂懂的聲音。

「不，」何士隱一本正經地否定，「根據人類學觀點，勞動把猿變成人。」李凱元嘻嘻一笑：「可現在，是勞動把人變成猿。」

小說的主人公「我」聽了這席對話之後立即悟到自己也是一隻猿，「一隻穿着紅背心的小小的猴子」，此時「正在主人的牽引指揮下，向人們打躬作揖，諂媚取巧，在場上作種種表演。」小說的這段描寫，道破了我們這一代人對勞動的一種刻骨銘心的體驗，這就是強制性勞動——以強制改造思想為目的的勞動，可以把人變成一種只會幹活但沒有思想沒有獨立人格的猿猴似的怪物。這種怪物，類屬人科，但近似猴子，可在別人的牽引下打躬作揖作種種表演，但絕對沒有屬於自己的見解也絕對沒有屬於人應有的精神和語言，人生行為不過是一種猢猻把戲。這種怪物，倘若算人，也只能算「類猿人」。

讀了這篇小説後，我特地查了查《辭海》的「類人猿」條目。想借此了解一下從類人猿→人→類猿人的變遷。此條目解釋説：「類人猿（Anthropoid）也稱『猿類』，靈長目猩猩科和長臂科動物的總稱。包括大猩猩、黑猩猩、猩猩和長臂猿等……因其與人類的親緣關係最為接近，形態結構也與人相似，故名。為靈長目中除人類以外最高等的動物。與猴類的主要區別是，無尾、無頰囊和無臂疣（除長臂猴外）。與人類最為相近的體質特徵為：複雜的大腦，牙齒的數目與結構，眼的位置，外耳的形狀，盲腸蚓突，寬闊的胸廓和扁平的胸骨，血型，懷孕時間和壽命等。但類人猿前肢長於後肢，半直立行走及善於臂行等特點，又與人類有顯著區別，化石類人猿通稱『古猿』。」這段「類人猿」的定義又使我感慨，覺得人與猿本來最大的區別之一是類人猿「半直立行走」，可是我們在勞動改造中日以繼夜總是埋頭除草耕地，總是累得直不起腰，總是被認為是臭老九抬不起頭而低首走路，與猿的「半直立行走」已沒有多大區別。而且我們的前臂雖沒有猿那麼長但在幹校中手不離鋤，手臂也變得和猿一樣長。這不明明是「類猿」的特徵嗎？《辭海》這一條目中本來應當説明：人與猿雖都有複雜的頭腦，但最大的區別是人的頭腦中有思想有靈魂而猿的頭腦中卻沒有。不過未作區別也罷，因為經過政治運動與勞動改造，這一區別已不存在。莫非辭條作者有先見之明，早就意識到人與猿在勞動改造之後再也不存在甚麼本質區別，倘若説人的腦子有思想有靈魂，反而不科學了。

我自己在幹校裏的切身體驗是比較可靠的，那時我的確不太像人而更像猿。前臂倒是鍛煉得相當發達而靈巧，靈巧到隨時可以縱身躍上卡車去送公糧，運化肥，其敏捷絕不遜於猴子。只是思想窒息停滯呆板，只能在「工宣隊」指揮下唸語錄，其智力水平大約與猿相去不遠。此時的我，自然還屬人類不屬猿類，因此，不能算「類人猿」，但算作「類猿人」，即類似猿猴的人，倒是恰當的。這種自我界定，絕不是自虐。

「類猿人」是類人猿進化為人之後又產生的一種退化現象。這種現象恐怕尚未引起人類學家們的注意。如果他們注意之後可能會給這種「類猿人」作種種研究和定義。他們可能不同意我這個外行所下的定義。例如，他們早已稱「類人猿」為「古猿」，也許會稱「類猿人」為「今猿」。倘若寬容一點，也許會命名為「今猿人」或「革命猿人」。

我做「類猿人」的時期已經過去了。當我意識到自己主體性失落並呼喚主體性回歸的時候，就告別了「類猿人」。至於後來引起強烈批判，我是能理解的，因為沒有靈魂沒有思想地玩玩猢猻把戲，實在也是一種快活的遊戲，而且做「革命猿人」也的確比作真正的人安全輕鬆。

海悟

從住處出發，只要走過一條山邊幽靜的小路，就可見到海灣。這是波羅的海的海灣。海水和海灘都很清潔明麗，讓人喜歡。

來到瑞典之後，除了冰凍的季節，我幾乎天天都要到海邊散步。在山與海之間的小路上，不知走過多少回。每一次都感到新鮮、快活。我感到，在這一年裏，我的脾氣變好了。溫柔的藍海水沉澱了我的許多煩躁。

在海邊走了很久，常常見不到一個人，籠罩於天地間的只有大自然的寂靜。在寂靜中，我望着海波。海波輕漾，緩緩地撫摸着海岸，幾乎聽不到響聲。一群小魚在清澈的水中浮游，但不跳躍，魚也害怕打破世界的寂靜。偶而遇到一兩個瑞典人帶着小狗從小路走過，小狗見到陌生人，就跑過來聞聞我的腳，舔舔我的鞋，寂寞中見到小狗，也和見到小魚一樣歡喜。

我和海真是有緣。故鄉離海很近，我從小就在心裏積澱着海。長大了，又把海當作大自然的經典一遍一遍地閱讀。我曾告訴朋友，我已寫了《讀滄海》和《再讀滄海》，還將寫《三讀滄海》，但是至今沒有寫出來。因為近年來的海，再也不是我的欣賞對象，而是我的生命本身。海與我完全融合為一，一見到海，我就充滿喜悅，擁抱大海就如擁抱自己。我已忘記「讀」了，只顧在海裏享受生活與生命。一九九一年我到夏威夷和洛杉磯參加學術會，都在海灘上滾爬了一陣，高興得有點瘋癲。海的印象至今還壓倒會議的印象。生活與生命本來就比學術豐富，我為甚麼要遺忘更豐富的世界呢？

其實，把海當作生命本身的人並不只是我。同鄉詩人舒婷去年告訴我，她聽説台灣的王永慶要去廈門附近的海滄建造化工企業，簡直難以忍受。如果連唯一可慰藉自己的大海也被污染了，她真想自焚。我能理解她的話，能理解如果失去明淨的大海對她意味着甚麼，海對於她不僅是詩之源，而且是生之所。然而，現在的世界是金錢主宰的世界，為了錢，可以賣陸地，也可以賣大海。賣海的人，決不會想到海與詩人如此息息相關。

住在北京，最感到難受的是沒有大海。一九八八年春節，我想回家鄉——福建去看望九十高齡的外祖母，但要不要帶小女兒蓮蓮去，還在猶豫。此時正好劉心武來了，他一知道我猶豫，就說：「還想甚麼呀，小蓮已經九歲了，還沒有見過海，憑這一點你就該帶她回去。」他這句話倒提醒了我：是呀，怎麼忘記了看海，怎麼忘記了海的積澱對於孩子的生命是多麼要緊。記得帶她上幼兒園、上小學，怎麼忘記了帶她去看海。北京沒有海，這對於孩子不僅是一種不足，也許還是一種不幸。

如今，小蓮也和我一起浪跡四方，也常常見到海。海的遼闊已走進她的生命，這就可放心了。在波羅的海岸邊的岩石上，我想起她第一次在廈門見到海的情景，想到這些年她面對滄海的大喜悅，心裏真感到欣慰。我確信，海已成為她生命的一部份，她的人生將不會缺少萬里碧波。

為了一條假項鏈

每次到巴黎，總是和朋友們談論法國的作家與畫家。最近一次談起了莫泊桑，於是，又想起他的小說《項鏈》。

小說的主人公，那位具有虛榮心的小職員的太太，為了參加一次舞會，向一位貴婦借了一條鑽石項鏈。然而，這一條項鏈只帶給她一夜的虛榮，卻帶給她一生的不幸。她在舞會的興奮中把項鏈丟失了。這其實是一條假項鏈，然而她不知道。從此，這條項鏈就改變了她的整個命運，使她的人生變得非常怪誕：為了一條假項鏈，為了一種莫名其妙的目標，莫名其妙地忙碌着，煎熬着。虛假的項鏈像一條金黃色的蛇，盤踞在她的靈魂裏，緊緊地纏住她，吸進她的全部快樂，吞食了她的全部人生意義。待到她從那位貴婦朋友得知這是一條假項鏈時，她已經憔悴不堪，白髮已飄忽在遲暮的頭頂。

二三十年前，我在大學課程裏讀到這篇小說時，嘲笑和憐憫這位虛榮而誠實的女主角。而今天，卻不敢嘲笑了。因為我發覺自己和自己的許多同時代人，其實正像這個不幸的女人：為了一個莫名其妙的目標，為了一條並非真實的鑽石項鏈而消耗了生命中最寶貴的歲月。

我們的鑽石項鏈是從北方的貴婦——前蘇聯那裏借鑒來的烏托邦。我們佩戴着這條項鏈，借用它的光輝，希望和她一起走進輕歌曼舞的極樂園。

於是，我們的人生便像那位小職員的太太，為了一種自己也說不清的只是和金光寶玉有關的目標，進行各種莫名其妙的奮鬥，忍受各種煎熬。不僅省吃儉用，不放過飯桌上的任何一顆米粒，而且在「為了鑽石項鏈」的名義下和複雜情結中，把互相廝殺作為生的綱領。最後為了這條鑽石項鏈而犧牲了全部快樂。直到人老珠黃、心身俱倦的時候，才發現北方的富婆玩的是一條假項鏈，而且已經破產。

當然，這也應當怪我們自己嚮往虛榮，總覺得脖子上需要一條貼着「主義」標籤的鑽石項鏈才光彩。沒想到「光彩」的代價是一種可怕的人生倒置：不是項鏈為生命服務，而且生命為項鏈服役。其實，即使是真的鑽石項鏈，也不應當成了脖子上永恆的繩索。

夜半鐘聲

我已謳歌過好幾回幽深的夜晚了。今晚，我聽到科羅拉多大學子夜的鐘聲時，突然又有謳歌的衝動。

我真喜歡深夜，喜歡人們都進入睡眠之後的深夜。最美的時光大約是午夜的一兩點鐘。此時，我有一種絕對的安寧感。既沒有恨的打擾，也沒有愛的打擾。妻子和女兒都在安睡，她們不會來關懷我。在思索時，不僅害怕喧囂，也害怕關懷，恨與愛都會打斷我的心理節奏。

我在深夜裏，享受着人類祖先創造的文字，有如巴爾扎克筆下的那位吝嗇鬼葛朗台品賞私藏的黃金。吝嗇鬼對世界是不信任的，他害怕人們的嫉妒和搶劫，只有在深夜裏，他才放心地打開箱子。獨自享受寶物是需要安寧感的，享受時間與文字也是如此。

我對世界也是不信任的。因為我經歷的白天，大部份都是喧嘩與騷動，甚至還有殘酷的厮殺。尤其是在六、七十年代的故國，從早到晚總是提心吊膽。只有到了深夜一兩點鐘時，才能放下心來。這個時候，沒有危險，沒有人檢查你是不是在讀馬列。這個時候，即使是最革命的政治運動的積極分子，也睡着了。人類真沒出息，再積極，眼皮也會沉重。沒有危險感，即使讀非馬列的書也沒有危險，這對於一個中國知識者，是多麼幸福呀。然而，唯有在深夜裏才擁有這種幸福。幸福，總是深藏在漆黑的寧靜裏。

在六、七十年代，我真害怕天亮。天亮之後就是緊張的戰鬥，「早請示」後就進入階級鬥爭戰場，然後就是一天命運的顛簸。那時候的白天，我看到的是密密集集的咆哮、呼喊、批判、檢舉、揭發，是密密集集的殘暴、虛偽、冷酷，那時，我真恨白天。

大約是對於白天的恐懼已進入我的血脈，所以到了海外仍然心有餘悸，仍然不信任白天。事實上，這不僅是心有餘悸，而且還看到異國的白天也有許多冷酷，許多骯髒，許多沿街討乞的窮人，我不喜歡看到這些。這裏儘管沒有階級惡鬥，但也缺少同類關懷。在陽光曝曬的夏日的中午，我看到滿街的冷漠。只有在深夜裏，我才能忘記這些冷漠而進入我的世界。所以，我至今還只信任深夜。

四年前，一次不幸的殺戮與流血，曾經打破我對深夜的信賴，並逼得我詛咒騙人的夜晚。然而，後來我想到，這只是一種大瘋狂。人類往往會發生退入獸類的大反常。但人類畢竟不是獸類，不會總是瘋狂。何況，在那個夜晚之後，瘋狂者的眼皮又沉重了，在深夜裏又打呼嚕，又去擁抱他們的女人。深夜裏已好久沒有槍聲，我還是可以繼續享受深夜的。此時此刻，我在燈光下讀書，已想不到還會有坦克來輾碎書上的文字，夜真好。

艱辛的適者

我的小學老師劉通會先生，是一個非常正直並且非常喜歡進化論的學究，在我離開故園到城裏去讀書的時候，他曾對我說：「你要記住適者生存之理。在中國，只要你能適應貧窮，就能存活，就能安心做學問。」這句話對我產生了影響，並給了我力量。離開故鄉的中學之後，我立即遇到罕見的饑荒歲月，當時國窮民也窮，但我想起老師的話，就覺得糠餅很香，地瓜葉很甜，怎麼也餓不倒我。到了北京之後，貧窮狀況並未改變，但是，無論怎麼貧窮，我都能適應，一家人住在十二平方米的房子裏我照樣能讀馬列的書。即使窮到「囊無一錢守」，連買一支鋼筆的錢都沒有，我仍然能用鉛筆不斷地作讀書筆記，不斷寫作，從來也沒有被貧窮吞沒過。

我的老師說對了，有了對於貧窮的適應力，在中國就能生存，我的確在中國存活得很好。然而，很了解生存道理的通會老師，對我說這句話後不到十年卻自殺了。這不是他對貧窮失去適應能力，而是他沒有想到，在中國，還需要有一種更強大的適應力，這就是對於精神污辱、精神奴役的適應能力。在文化大革命中，我的安於貧窮的老師，終於承受不住別人戴在他頭上的高帽，受不了莫須有的「歷史反革命」的罪名，適應不了野獸咆哮似的污辱。

而我，從老師身上學會適應貧窮的能力之後，也和他一樣，沒有學會適應精神折磨的能力。我覺得我的胃是強大的，能消化地瓜葉甚至能消化野菜與苦菜，能抗拒殘酷的飢餓。但是我的心卻是弱小的。一看見人間的不平與暴力就顫抖，就滿心恐懼。天天講階級鬥爭的時候，我總是覺得日子難過，每一個小時都很漫長。在批鬥會上，我尊敬的學者頭頂高帽，這些高帽是紙糊的，很輕很輕，然而，我受不了。我承受不了任何一頂高帽，接受不了任何一次批鬥會。我的心弱小到甚至連廢話、空話、套話都承受不住，更不用說謊話。一聽就心煩，就難受得坐立不安。可是，我生活的國度，又是一個喜歡撒謊的國度。

我的老師不懂，在中國，最難得的不是適應貧窮的能力，而是適應殘暴的能力。階級鬥爭其實就是崇高包裹着的殘暴，它不是請客吃飯、繪畫繡花，而是相互殘殺，彼此折磨，正如雷鋒所說的需要的是冬天般的冷酷。一顆柔和的心靈，沒有經過艱難的改造，是很難適應這種冷酷的。

有一位朋友知道我的脆弱，於是誠懇地告訴我：要「修煉」，要修煉到「心如古井」。看到暴力，聽到咆哮，發現謊言，都要做到「心如古井」。猶如古井的心是平靜的，也是堅固的，唯有古井般的心，才能適應一個充滿硝煙和充滿謊言的土地，才能生存。我記住朋友的話之後，曾經努力修煉過。然而修煉的功夫一直有限。心仍然是脆弱的。所以在一九八九年的春夏之交，一聽說三千個學生絕食就受不了，以後又看到殺人，更受不了。因此，四年來，我一直覺得心裏中了子彈，老覺得疼。我知道許多適應力強大的朋友，早就遺忘過去的事，日子過得很快活，也知道修煉功夫很深的朋友早已看透人間的一切把戲也生活得很平靜，唯有我還老是發疼。可見，心靈的適應力太弱是多麼不幸。

我對自己一直不滿。常自怨自己的懦弱，竟做不了故土上一個合格的適者。但我也知道既能適應貧窮又能適應殘暴與欺騙的能力不是那麼容易培養的。因為我自知，所以我將會繼續在一些平和的地方盤桓，繼續作沒有目標但也沒有恐懼的浪跡。

慶幸

在海外，有時不免感傷，但是，也常自我慶幸。所幸之事也很微小，只是暗喜自己在前幾年新一輪的政治風雨中，免於再次自我奴役，也免於再次陷入用兩副面孔生活。

在過去的幾十年裏，我覺得最不堪的是自我奴役。這不是自願的自我解剖，而是被迫的自我虐待。

虐待的方式就是檢查、交代、無邊際地痛罵自己。你不理睬孩子，我理睬了；你殺了人，我說不該殺人，於是，我便犯了罪，便需要檢查、交代、痛罵自己。這一回，我避免了這種厄運。

我看到許多朋友的自我糟蹋已成習慣，強大的政治運動一來，他們就意識到大難臨頭，想到如何「過關」。然而，政治運動的「關」卡之門總是非常低矮的，昂着頭挺着胸是絕對走不過去的，夾着尾巴才能過去，甚至必須跪下去才行。還聽人說，大丈夫能屈能伸，為了過關，暫時像狗一樣爬過去也無妨。政治關塞之門不僅低矮，而且很堅硬。倘若拒絕低下頭，就會碰得頭破血流。我暗自慶幸，這幾年不必低下頭，靈魂也沒有跪下。我對自己常常不滿，但此次因為靈魂沒有跪下，我對自己很滿意。我彷彿從來沒有這樣對自己如此滿意過。

政治運動對知識分子靈魂的摧毀是粉碎性的。幾場運動之後，靈魂便面目全非，難以成形，多半只剩下粉末，連碎片都不如。領袖說，在知識分子成堆的地方應當摻些沙子，即派些工人農民摻和進去。粉末正好摻沙子。沙子帶着水，和粉末一結合就成了麵團，軟綿綿且鬆垮垮，自然直不起腰桿和脊樑。我慶幸自己此次沒有成為粉末和沙子麵團，不再軟綿綿。一生一世這麼短，老是充當任人揉捏的麵團，真沒意思。

一九九一年夏天，一位從北京來到紐約訪問的朋友打電話對我說：這回你真幸運，不必表態、檢查、交代，不必用兩副面孔生活，我們這兩年又是會下一副面孔，會上一副面孔，真難受。我經歷過兩副面孔生活的歲月，知道這種生活是怎樣糟蹋自己的心靈和怎樣扼殺自己的天真天籟以及做人應有的誠實。真正的戰鬥需要戴上盔甲，盔甲再重，心裏也舒坦；而虛假的戰鬥戴的全是面具，面具再輕，也覺得沉重。它總是把靈魂壓迫得不像樣子。我慶幸這幾年自己可以用一副面孔生活，不必說假話，不必編織欺騙別人也欺騙自己的謊言。

我是可以慶幸的。因為我知道要用一副面孔生活和不說假話決不是一件簡單的事。我聽到一位也漂流海外的老共產黨員和歷史學家說，他在一九八九年夏天所作的選擇——在一個莊嚴的場合上站立起來說一句真話，幾乎「練習」了四十年的時間。四十年的浮沉、思索、反省，終於在年過六十之後的一個瞬間，放下一切身外之物，站立起來，說出一句和人的高貴靈魂相宜的真話，然後才開始一段新的真實的人生故事。這位老學者的話，也說出我慶幸的理由。

初戀的輓歌

《紅樓夢》是中國輓歌文學中的傑作。它「輓」的內涵非常深廣，這裏我只說它是一曲初戀的輓歌。初戀是人生中最純潔的部份。人處於初戀之中，一切都會變得明媚、溫馨、可愛。天性中一切最美好的部份都會被調動於對象的面前，天空，大地，田野、海洋，都會在初戀的眼睛中變得格外清新、柔和、明亮，充滿溫煦的日光。

初戀的選擇是人的第一印象的選擇。瞬間的、直覺的第一印象，是沒有被社會所污染的印象。第一印象，可能幼稚、可笑，但它卻凝聚着不知算計的天性、天籟、天真。初戀總是超勢利的。初戀時的人最美。初戀之後的各種成熟的情愛和婚姻，就不那麼純粹了。此時的情感可能已被社會所介入、所污染，社會必定要用偏斜和算盤珠子似的眼睛審視他們，教訓他們初戀的無知。

然而，初戀之後能化為成功的婚姻的，並不多。為甚麼？我也說不清。這是有趣的題目。此刻我只知道被稱作「現實」的東西太強大，它常常要戰勝人的天性或扭曲人的天性。沒有柴米油鹽，怎麼結婚？連小提琴都買不起，怎麼演奏浪漫曲。社會是實際的，它總是擁有充份的理由。而初戀者卻太多幻想，沒有理由，只是為愛而愛。於是社會的一個很簡單的問題就足以摧毀天性中所有的天堂。

賈寶玉少年時代和黛玉、寶釵、晴雯、襲人都包含着初戀。在初戀裏，沒有貴賤，沒有尊卑，沒有迷眼的灰塵，只有天賦的真性情。在寶玉的眼裏，寶釵和晴雯是平等的。認為晴雯是奴婢、是下人，不是寶玉而是社會。少年的寶玉未被社會所污染，所以，他與晴雯的初戀故事是美麗純真的，它凝聚着人性中那些真正如珍似玉的美好的顆粒。晴雯讓他撕扇子，他立即就撕，絕對不會想到扇子的貴重，也不會想到自己的尊貴。晴雯的命令，是天籟的命令。寶玉的心靈，就願意接受天籟的絕對命令。因為寶玉的心靈本身就是天籟。說心有靈犀一點通，這靈犀，就是情感的天籟。天籟的命令，正是發自生命最深處的純情的命令。初戀者總是願意接受這種命令。

可惜人到成年而頭腦複雜之後，卻往往不能接受天籟的命令，倒是願意接受另一種命令：金錢和指揮刀的命令，包括女子也願意接受這種命令。所以賈寶玉仰慕的只是未結婚的清澈如水的少女，而不是所有女子。曹雪芹唱的只是少女的輓歌和少男少女初戀的至情至性的輓歌，也可以說是天真、天籟和沒有化作泥土的原初天性的輓歌。人失去這種美好的天性，是多麼值得哀傷多麼值得哭泣呵。

被斬斷的隊歌

讀小學三年級的時候，我就參加了中國少年兒童隊，後來又改名為中國少年先鋒隊。從那時起，胸前天天佩戴着紅領巾，天天唱着由郭沫若作詞、馬思聰作曲的少先隊隊歌。

我是一個乖孩子，從九歲到十五歲，從早到晚，天天都戴紅領巾。按規定，如果佩戴着紅領巾，在路上遇見也戴着紅領巾的隊友或老師就要舉手行隊禮。我因為老是佩戴着，所以在路上行走的時候，手總是舉個不停。因為太乖太積極，並不覺得累。隊歌更是天天唱，月月唱。我背誦詩詞的記性還行，奇怪的是詩詞一譜上曲子，就背不好，所以唱不了幾首完整的歌。好些歌，頭兩句唱起來意氣風發，到了第三句就風發不起來，唱到後來就只能在嘴上哼哼，連自己也不知道哼些甚麼。可是，這首隊歌，我卻唱得很熟很熟，一句不漏，我覺得曲子好聽，歌詞也表達我的志向，在少年時代，隊歌就是我的生命之歌和志向之歌，它連着我兒時天真的夢想，也連着青春萌動歲月裏的驕傲。

開頭的一段歌詞，我至今還會背：

我們新中國的兒童，
我們新少年的先鋒，
團結起來繼承革命的父兄，
不怕艱難，不怕擔子重。

因為天天唱，所以就特別熟悉馬思聰的名字。我這個生長在鄉村裏的少年先鋒，從小就和黃牛水牛作伴，卻崇敬兩個姓馬的，一個是馬克思，一個是馬思聰。一唱隊歌，就想起他們的名字，一想睡懶覺，就想起「不怕艱難，不怕擔子重」。

一九六六年下半年的一天清晨，那時文化大革命剛剛開始不久，我突然聽到中央廣播電台報道，說郭沫若宣佈他過去出版的書都不好，應當全部燒掉，當時我想，是不是也包括燒掉「不怕艱難，不怕擔子重」。幾個月後，又是一天清晨，又聽到一個消息，說中央音樂學院院長馬思聰是個「大黑幫」，而且「叛逃出國」了。之後，北京長安街的馬路燈柱子上，全貼着聲討馬思聰的油印傳單。見到這些討伐的文字，我渾身戰慄起來，這是我自己能夠意識到的心靈的大震顫。戰慄之後，就感到有一種與生命緊緊相連的東西突然斷裂了。那一刻，我彷佛聽到自己身上有一種骨折的聲音，很清脆。

大約是因為自己的少年時代與馬思聰的名字和他所寫的那首曲子連得太久太緊，所以我於恐慌中又格外細心地重讀那些傳單。從傳單裏，我知道呼喚過千百萬孩子們熱愛新中國的作曲家跑到「美帝國主義」那兒去了。幾個月之後，外國文學研究所的一位朋友拿着美國出版的《生活》雜誌給我看，那裏刊登着馬思聰敍述他如何被迫離開故土的文章。這位朋友一句一句地翻譯，時時搖頭感嘆。此時，我才知道這位音樂家已被抄家抄到走投無路，心愛的小提琴藏到屋頂上，如果不逃跑，小提琴就要被沒收或被粉碎。他需要保護生命的琴弦。而且，因為他不幸姓馬，揪鬥他的紅衛兵就認定他應當吃草，把雜草硬塞到他的嘴裏，儘管革命導師馬克思也姓馬，但紅衛兵們似乎忘記這一點。他們還拿着運動員穿過的釘鞋打他，把釘子硬釘進音樂家的肉裏。聽了朋友的翻譯，心裏亂極了，無論如何也接受不了這個事實。只覺得釘子也釘進我的生命之歌，雜草全塞滿我的歌喉。我的心開始時感到恐懼，之後又變成虛空。一種巨大的空缺出現在靈魂裏，好久好久，我感到自己喪魂失魄。後來，才明白，我的少年時代的靈魂被一種東西所灌滿，而這種東西已經被斬斷、被驅逐，它已消失在看不見的遠方。繚繞於胸中的歌，已化入靈魂的歌，被埋進瘋狂的歲月，而於歲月的瘋狂中還苟活的我，則只有徬徨與虛空，隨着這首歌的死亡，少年時代的夢、抱負、驕傲，也死了。

一九八七年，我在北京的電視上看到演奏馬思聰曲子的音樂會。當馬思聰的弟弟也是著名的音樂家馬思宏拉着小提琴的時候，我只想起了馬思聰那無所藏匿的小提琴，不願意想到別的。我知道馬思聰已在海外逝世了，一位拒絕心靈被奴役的高貴者已走進地母的懷裏，而我少年時代的生命之歌再也復活不了了。曾經連着無數孩子純潔之愛的曲調還在，但曲調中沾上作曲家的血、淚，還有戀土的悲傷。倘若重新唱起，這一切，就會堵住歌喉，讓人想起一個偉大的歌者與逃亡者和牛馬一樣吃草的故事，所以還是不要再唱為好。

哭鴛鴦

賈母死後，鴛鴦接着也自殺身亡。在哀悼賈母時，賈寶玉傷心痛哭，人們都以為他是為賈母哭，實際上他是為鴛鴦哭。

這似乎有點可笑。過去我讀到這一節，也忍不住笑，但在四年前經受一次歷史慘劇之後，再也笑不出來了。

假如寶玉為賈母哭，那麼，這種哭的意蘊僅僅在於孝道，在於對於仁慈的追懷，這種哭自然也是真實的，但這種哭雖有哀傷，卻很難說是痛惜。而寶玉的哭鴛鴦，則是一種大痛惜。一種對美和年輕生命突然消失的大痛惜。他的哭，才真正是痛哭。

最不應當死的死了，最不應當毀滅的毀滅了，而最應當留在世間的卻不容於世間。這是怎麼回事？寶玉想不通。他對生命有一種敏感，知道最可愛的生命一去不會再回來了。她們的聲音，她們的笑貌，她們的充滿愛意的挖苦與嘲笑，她們對世界充滿純真的批評，都一去不復返了。每一位少女少婦之死，寶玉都大哭，秦可卿死，晴雯死，黛玉死，鴛鴦死，他都大哭，或在臉上哭，或在心裏哭。至真至柔至美的生命，就要被葬入黃土，化作塵泥，有甚麼比這更值得哀傷？祖母的死，也值得悲痛，但她畢竟年老了，到了本該消失的季節了。該消失的時候消失了，這是自然死。而年青生命的毀滅，則是人造的死。他沒有力量阻止人造的死亡。他太懦弱。他一定也為自己的懦弱而哀傷。

我這幾年，老是想到寶玉哭鴛鴦這一情節，心裏也總是悄悄為過早消失的年青生命而難過。最美麗的生命也最脆弱，最容易凋殘，鴛鴦之死和她之前的林黛玉之死都是證明。而強悍得像獅虎的世界偏又摧殘這些易逝的生命。尤其使我難過的是現在連曹雪芹和賈寶玉這種能夠痛惜年青生命的心靈也快消失了。世界謳歌和崇奉的是權力、金錢和掌握權力的年老生命，而年青生命之死，人們已不再痛惜。

一九八九年秋天，在許多年青生命死亡之後，我看到那麼多快樂、慶功、慰勞、歌吟，看到政治明星那麼舒坦，藝術歌星又那麼歡暢，心裏真是難過。想到往日的痛惜與今日的痛快，我便在輕歌曼舞中看到屍首，在激昂慷慨中觸到冷冰。人間的心腸硬化得真快，我為死者悲哀，也為生者悲哀。

秋天的凝思

在瑞典，我常呆呆地凝望着秋葉，時間悄悄地流進秋色裏。我不覺得自己在消耗生命，只是在尋找生命。

人間其實也像秋江秋海，而我自己，只是秋江秋海中的一片葉子。然而，我並不是為此傷感，雖然傷感常常是很美的。不過，我在秋色中卻明明看到，儘管秋花秋葉這麼濃這麼燦爛，但它很快就會消逝，沒有一種力量可挽回這種消失，美的生命其實只擁有片刻。

我剛到瑞典的九月份，秋色還在蓬勃燃燒，可是僅僅一個半月，幾陣秋風，一場小雪，就熄滅了枝椏上的火焰，並以無數落葉給大地鋪設了一層寂寥。飄落的葉子提示我：最美麗的生命是最脆弱的，最容易消逝的。美麗的生命只顧追尋和證明自己的美，沒有包藏美的甲殼，最容易受傷。這些很美的秋葉，很像人類中那些有智慧的頭腦，它只顧展示星辰般的思想與文字，缺乏烏龜般的自我保護的硬殼，因此，總是最先受到暴力的打擊和傷害。

《紅樓夢》中林黛玉的葬花故事，我讀後就嘆息，最美的生命總是最難持久，最難把握，無論是自然界還是人間，都是如此。林黛玉的悲劇正是意識到這一點。如果不是意識到，她就不會寫出哀惋動人的《葬花詞》。她知道自己的生命注定和飄散的秋花一樣，是最脆弱的，注定要很快地化作塵土，生存的時間只是片刻。她固然如此傷感，但沒有奢侈的期待，只求「質本潔來還潔去」，在片刻中不要被骯髒的社會泥沼所污染，埋葬自己的但願是乾淨的朋友之手，而不是齷齪的沾滿鮮血的罪惡之手。

可是，為了那燃燒得宛如星辰的片刻，美麗的生命經受了辛苦的歷程，從孕育、誕生到發展、成熟，每一季節都是步履艱難。而當步履走到最輝煌的時刻，緊接着便是無可避免的死亡。然而，明知死亡無可逃躲，生命還要繼續生長，還要重複以往生命的悲劇，最美的生命也難迴避這種不幸。

為了片刻，人們不怕重複悲劇性的命運，可見這片刻畢竟寶貴。於是，我在凝思秋色時便想到應當保護和珍愛這片刻，不要用謊言與廢話去把片刻化作煙塵，也不要把片刻賣給魔鬼。當人生宿命似地重複孕育、降臨、發展、成熟的艱辛時，不應當也宿命似地重複已有的荒唐與荒謬。在生命的圓圈悲劇中，似乎也可用片刻的力量去反抗這悲劇，贏得一頁屬於自己的故事。

祖母的墓塋

我七歲那年，祖母死了。她的死比父親的死對我的刺激還大。在送葬的那一刻，我放聲大哭，並且第一次恨世界。這個世界太殘忍了，奪走了最愛我的人。

但我的恨很快就消失了。因為世界立即安慰我：祖母就安葬在離家很近的山崗上。站在家門口，就可以看到那個長滿青草的渾圓小山崗和祖母的渾圓的墳墓。祖母長睡的地方，修整得很乾淨，周圍又有我喜歡的許多小茶樹。樹上常常開滿潔白的小茶花。祖母就睡在我的眼睛裏和小茶樹叢裏。祖母臨終前就囑咐說，墳墓要朝向家門，她要時時看着我們，我們也要時時看着她。

祖母的墳墓離家這麼近，使我少流了許多眼淚。每次想念祖母，我就坐在門坎上，望着小山坡，望着小茶樹。或者和弟弟一起，爬上山崗，到祖母的墳邊，撫摸一下潔淨的墓碑和墓碑上祖母的名字。祖母雖然死了，但覺得祖母還在我們身邊，她只是去睡，只是不會醒，其他的都一樣。祖母的墳墓就在自己的村莊裏，使我的心裏暖和得很多。

後來，我遠離祖母，到了繁華的廈門、北京，現在，又來到更繁華的西方。每次在城郊看到一大片墓地，看到墓地上一大片的碑石，就想起遙遠的祖母。我不喜歡這種密密麻麻的集體墓地。我想，如果祖母去世時，也被埋在陌生的地方，也在難以找尋的城市的郊外，而且和千萬死者混在一起，我會多麼寂寞。

我真喜歡兒時的故鄉，那個群山環繞着的平靜的村莊。那些小溪、小路，那些走在小路上的小鴨、小羊，都和我貼得那麼近，連祖母的墳塋，也和我貼得很近。故鄉的天空那麼遼闊，整個都屬於我。故鄉的原野這麼清新，也整個都屬於我。故鄉不僅有生者的馳騁之地，還有死者的安靜之所。決不像這些繁華的城市，天空只是高樓之間的一條裂縫，生者已經擁擠不堪，哪有死者的安息之地。走過許許多多的大街小巷，倒覺得兒時故鄉的自然村落可愛。

祖母去世四十年之後，我才意識到祖母是幸運的，她生前離大自然那麼近，死後也離大自然那麼近。她擁有最廣闊的天空和原野。雖然貧窮，雖然只是一個普通的農家女子，但她的生命存在是真實與富足的。我愛仁慈的祖母，我希望我的生與死，能和祖母一樣，不會遠離青山綠水和飄動的樹葉，不會遠離清新的空氣。

母親的駁難

一九八九年六月初告別母親之後，轉眼又兩年多，此次見到了她，已不是兩年前的她了。她變得那麼瘦，那麼蒼白，而且手還不斷地顫動，只是眼睛仍然還閃射着仁慈的亮光。一看到她這個樣子，我馬上有一種罪感，我知道她是為我提心吊膽而衰老的。

那一天早晨在北京分別時，她剛從故鄉回來還不到十個小時。聽説我馬上就要遠走，她連忙把從家鄉帶來的一袋蝦煮熟，顫巍巍地端到我的面前。沒想到，就在此刻，朋友不容分説地把我帶走，他們認為，此時這種近乎綁架的強制帶走，是比母愛更清醒的愛，所以我只好服從。在離開家門的那一瞬間，我看到母親呆呆地把一隻發紅的大蝦提在手上，不知所措。

她本來就很少説話，到了北京之後，她因為只會講閩南話，話就更少了。四十五年前，她才二十六歲的時候，我父親就得了急性盲腸炎去世了。此後她就守寡，數十年如一日地守着她對我父親的情意和守着對三個兒子的責任，歲月的艱辛與寂寞從未剝奪過她的堅貞。為了讓我和我的弟弟活下去，她知道需要靠辛勤的雙手，而不是靠靈巧的嘴巴，因此，她總是沉默寡言，埋頭做工，從種地、砍柴到替人洗衣服。也是從那時起，她的全部神經都和兒子連得緊緊，母子四人擠在家裏唯一的床上，夜間，如果有一隻蚊子降落在我們三個兄弟之間的任何一個身上，她都會感覺到，並會本能地翻過身來，輕輕地拍掉吸血的魔鬼。好幾回了，當她拍着我的臉時，我張開眼睛，見到她微微笑着，把手掌示給我看，那裏有一隻流血的蚊子。

因為她的生命和兒子的生命連得太緊，所以她的人生除了伴隨着勞苦與貧窮之外，還一直伴隨着恐懼。我讀小學時，她害怕我被人欺負；我讀大學時，她又害怕大躍進後的大災荒會把我餓死；到北京工作後，她又害怕我在文化大革命中被人揪鬥或揪鬥別人。最近這十年，她看到我不斷地發表文章，也仍然充滿不安。當朋友們為我高興的時候，她除了偷偷藏下我的幾本書之外，照樣地埋頭洗衣服、做飯、拖地板。她從一個母親捍衛孩子的本能感到，這些書籍既是兒子的榮譽之源，但也是災難之源。她看到寫書的人一個一個蒙受冤屈和落入黑暗的文字獄，也預感到這種災難會降臨到兒子身上。因此，當《紅旗》雜誌批判我的時候，所有的朋友都感到批判者的可笑，唯有她，感到兇險可怕。這兩年，她所有的預感都得到證實。本能的感覺往往更加可靠。

儘管她的生活一直伴隨着恐懼，但恐懼並沒有把她的正直壓倒。和她同時代的人和後一代人，包括像我這樣的人，在很長的歲月裏也伴隨着恐懼，許多人被恐懼壓得變形了，一副臉孔變成兩副臉孔，不會撒謊的學會撒謊，但我的媽媽一直沒有說過謊話。好幾回了，我正在緊張地寫作，就交代她，如果有電話來通知我開會時，你就告訴他們說我不在家裏。但她每次接電話時，手就微微發抖，支支吾吾說不出口，彷彿在犯罪，痛苦得很。文化大革命中，她和我的妻子、大女兒住在閩西連城第一中學裏，我回家探親時，大女兒正在按照老師的佈置寫批判劉少奇的作文，因她年紀小，只是照抄報紙，當抄到劉少奇是「叛徒、內奸、工賊」時，母親卻生氣了，並說：別跟着「瞎說」，劉少奇明明是人，怎樣會是賊呢。這是我在文化大革命中唯一聽到的一句替劉少奇辯護的公道話，真是空谷足音。

一九八九年天安門事件之後，恐懼結結實實地降臨了。她開始看電視，注意着我的消息，有一天，終於在電視上看到一部記錄片，解說詞抄引陳希同「平亂報告」的話，非難我和李澤厚等幾位學者，其中有一句話說，這些人「從後台跳到前台，搧風點火，赤膊上陣」，母親聽了這句話之後，禁不住對我的朋友說：「這個市長真會瞎說，再復從來都不赤膊的，大熱天裏他的衣服也是穿得好好的。」她淡淡地反駁之後，再也不看中央電視台的新聞節目了。她知道，那是撒謊的機器。

我的母親不看電視之後，就整天看着窗戶。我和我的妻子、大女兒都到海外了：只留下年邁的母親和年幼的小女兒，她只能和小孫女相依為命了。小孫女早晨去上學，她就從窗口目送着她過馬路，然後就坐在沙發上呆呆地望着窗戶，等待着小孫女回來。儘管小孫女告訴她，不會有甚麼危險，但她總是不相信。她已當了我父親的奴隸和我兄弟兩代人的奴隸，現在又當了我的女兒——第三代的奴隸。雖然她沒有被恐懼所壓垮，但畢竟被恐懼剝奪了青春、健康和精神，只是沒有剝奪她的堅貞與誠實。很奇怪，歲月再殘酷，都不能把她的正直變成彎曲。我相信，她至今一定還在計較，為甚麼那位市長要說自己的兒子「赤膊上陣」，她怎麼就從來也沒見到過自己的兒子赤膊過。

故國

你在我兒時的心目中，曾經是一張地圖，像隻老母雞。你下了顆金蛋，那是台灣。一位作家尋根尋到勢不兩立的雞頭塞和雞尾塞，眼裏的故園也是一隻雞。

你在我少年時代的心目中，是一座長城，雄偉，崇高，豪壯，所以我寫了《長城賦》，作你的歌者。

你在我青年時代的心目中，是一張領袖的畫像，夾着雨傘去安源，風塵僕僕，是一枚胸前的徽章，戴着軍帽，金光閃閃。

你在我中年時代的心目中，是一片復甦的原野，是一扇開着的窗戶，是一群追捕老鼠的白貓、黑貓與紅貓。

此時，你，我的故國，是遙遠的夢，是天安門廣場的坦克和那個提着小包站在坦克面前的同胞，是北京的油條、深圳的高樓股票和家鄉泉州的傀儡戲，是那幾個總是溫暖着我心靈的朋友的名字。

故人

往年的春節想念故人，今年的春節還想念故人。

往年想念的故人，有的已經死亡，正在青草下的墳裏沉睡，但我的想念沒有死亡。

往年想念的故人，有的今年已不再想念。往年想念錯了，以為想念的值得想念，以為愛的值得愛。

往年想念的故人，有的已經陌生。當年他們高舉我的名字，今天卻害怕我的名字，像逃避江洋大盜和魔鬼，因為在那個動盪的夏天，我祈求過關懷飢餓的孩子，還因為心靈脆弱，負載不了山脈似的坦克。

往年想念的故人，有的還在想念，痴呆對着痴呆，想念只為想念，不知世事滄桑，不知天闊地遠。故人與罪人一片混沌，天使與魔鬼一片混沌，春天的節日與冬天的節日一片混沌。春節裏到處是漫天的大雪，還有蒼蠅和灰老鼠，我只見到混沌的白茫茫。然而，在混沌中我仍然想念故人，因為對於我，故國只剩下幾個故人溫馨的思想和溫馨的微笑。

一九九三年二月於瑞典

物外情

今年九月，有一位從北京到美國的朋友帶了一斤茶葉送我。他知道我喜歡故土上的新茶。可是，在他到達美國的前一個月，我已到了瑞典。於是，這包茶葉又增加了新的歷程。

北京沒有新茶。這一斤新茶是另一位朋友從也很遙遠的外地寄給他的。到了美國之後，他帶着茶葉到哈佛大學、康乃爾大學、耶魯大學，最後又帶到紐約的哥倫比亞大學交給我的大女兒劍梅，然後又由我的小女兒小蓮帶到斯德哥爾摩。

這一包茶葉，此刻就在我的面前。我知道，它只有一斤重，然而，它穿越了故國的南方和北方，穿越了亞洲和太平洋，之後又穿越北美最後還穿越了大西洋的上空。它環繞了地球一周。這一斤茶葉之外的情誼，就是物外情。這種物外情有多重？誰能說得清呢？

人世間有許多物外情是無法計量也永遠償還不清的。我欠了許多朋友的物外情，然而，欠得最多的是對於我的母親。她生我不難但養我實在太難了。因為在我七歲的時候，我父親就去世了，而我的小弟賢賢當時才剛生下兩個月，二弟尊獻也僅兩歲。父親沒有留下甚麼遺產，只留下三個必須養活的孩子。為了讓我們活下去，母親把許多衣服、首飾都拿去換了鹽、柴火和大米。然而，因為貧窮，她給我的東西很少，沒有汽車、房屋田地，只有鉛筆、斗笠和粗布衣裳。如果必須償還她的「物」，那就太容易了。可是，我永遠還不清她的物外情，她的物外情太重了。二十七歲時開始守寡，守寡並非為了一塊貞節牌坊，而完全是為了我和我的兩個弟弟。為了實現母愛，她埋葬了其他情愛之可能，付出她的整個人生。這種物外情，無邊無際，像大海一樣深廣。

現在的世界是利益和金錢支配的世界，物的交換早已代替情感的交換。我曾聽到一位留學生對我說，出國時媽媽給我一千美元，將來我一定會還她。聽了之後，我就有一種淒涼感，感慨他們竟不知道比一千美元重得很多很多的錢外情是永遠還不清的。於是，我對他講述我的故事，當我還在搖籃的時候，常常生病、發燒、哭泣，為了我，母親焦慮、痛苦，也暗暗哭泣。好幾次，她穿過黑夜覆蓋着的山崖去請醫生。母愛使她勇敢，她竟不怕山上的虎嘯和傳説中的山鬼，憑着一盞小燈，夜行數十里，然後帶回一包草藥。這包草藥只值得幾角錢，然而，今天我用一包黃金也報償不了當時母親的焦慮、恐懼和刻骨銘心的至情至愛。

如果人類的悟性與情性未被金錢所吞沒，他們一定還會悟到物外之情是金錢難以估量的，世界之美，並不在物中，而在物外。

世界只剩下一張小床

太疲倦了，疲倦到忘記時間與空間，忘記是春眠還是冬眠。

世界常常變得很小，此時小到只剩下一張小床。

睡着，做着夢。然而，又忘記是在甚麼地方做夢，忘記是白天的夢或夜間的夢。

不知道自己處在時間的哪個點上，也不知道處在空間的哪個點上。剛剛目睹了許多「死」，為「死」而傷感。此刻又懷疑自己也已死亡，然而，摸一摸眼睛，眼睛還有熱氣。明明還活着，只是模糊了晝與夜的界限，生與死的界限。

連生界與死界都混成一片濃霧，還能記得他人的生生死死嗎？世界只剩下這張小床，只記得在小床上生，在小床上睡，也將在小床上死，此時只有小床是天堂，床外的世界我不喜歡，那裏的神聖的把戲我已看夠。何況，此刻世界又很圓滿，血跡早已洗淨，屍首早已埋好，兵車早已凱旋。彩綢飛揚在繁榮的大街，柳樹又抽了三次芽，鮮花在陽光下閃爍，比往年更加妖嬈。

此時重要的是睡一會。這回的疲倦不是身倦，而是心倦，要從疲倦中解脱是需要心睡的。好久沒有心睡了。好幾十年了，心老是睡不着。連夢裏也瀰漫着紅旗與硝煙。尋找一張平靜的小床，與尋找一張平靜的書桌同樣艱難。平靜的小床與平靜的書桌，就是我的奢侈品，我的烏托邦，我的太平天國。今天可以放心睡了，唯有倦旅者知道心睡是多麼甜美。

該好好「心睡」一下，反正已忘記時間與空間。黎明與黃昏對於倦旅者沒有意義，如同成功與失敗於厭戰者的眼中。心睡該像進入冬眠吧，洞外雖是冰霜雨雪，一覺醒來，說不定已是明媚的春天。倘若春天不來，也要好好睡。只要不再倦旅就好，只要不像此時此刻的床上生涯就好。

心倦

前兩年，和一位朋友談起，倘若能寫出二十世紀的中國精神現象史，一定很有趣。這個世紀中國的精神現象實在是太豐富了：政治上的大浪漫，經濟上的大冒進，精神上的大亢奮和緊接着的大疲倦，都是奇異的景觀。

就說精神大疲倦吧，到了八十年代末，幾乎人人都有所感。強打精神繼續大批判的不倦者已寥寥，所做的文章調門雖高，其實已「有氣無力」，而且氣也屬於惡氣。強打精神寫檢查交代材料的不幸者更是懶得提筆，所做的文章不僅沒力，連氣也沒有。「路線鬥爭」的雙方都感到累，中華民族已變成大疲倦的民族。

我個人更是覺得疲倦。每一次革命之後都覺得累，一九八九年後則特別累。出國之初還會悲傷和迷惘，後來連悲傷和迷惘的力量也沒有，只想睡。那時國內外都在探討救國治國的藥方，而我則認定最好的藥方就是讓個人和民族都「好好睡一覺」。

我相信我的藥方是「對症」的，無論是個人還是整體民族都確實太疲倦了。而這種疲倦，不僅是身倦，而且是心倦。因此，「好好睡一覺」就不僅要身睡，還要心睡。

心倦病雖帶有「疲勞」的普遍形式，但表現形態很不相同。有的表現為老想睡和老愛打呼嚕；有的表現為「甚麼也記不得」，而且甚麼也不想記；有的表現為甚麼也不想讀不想寫不想幹；更多的則表現為麻木，一切都處於麻木狀態：心理麻木，良知麻木，思維麻木。我們的祖先發明「麻木不仁」一詞，實在是天才的創造。麻木常常連着「不仁」，一旦麻木，對不仁不義的野蠻行為，也懶着去理會，更不用說去抗爭了。至於抱負理想，更成為笑談。

我的心倦病，主要表現是想睡，嚮往動物的冬眠，在嚴寒中美美地睡一覺，醒來已是春天。

我知道，我的心倦病與整個民族的心倦病，是長期「積勞」的結果，病得很重。我第一次感到疲倦是在一九五八年大煉鋼鐵期間，那時我日以繼夜上山砍樹和下窰燒炭，迷狂似地給土高爐拉風箱。幾個月之後，瘦得皮包骨，確實感到累了。但這只是身倦，並非心倦，雄心還是「勃勃」的，信心還是「足足」的。

第一次感到心倦是在七十年代初期，那時已被文化大革命折騰得沒有多少力氣了，又到河南「五七」幹校。在幹校裏白天要幹重活，晚上又要搞「清查運動」，每天都要唸幾遍〈敦促杜聿明投降書〉和幾十遍「最高指示」，向清查對象「攻心」。被攻心的人自然疲憊不堪，而攻別人的心，自己的心處於亢奮狀態，也疲憊不堪。「攻心」的間隙還要「鬥私批修」，硬是在心裏找「敵人」，把心攪得翻來覆去。在那個時候，才知道年高的知識者真不容易，他們經歷了那麼多次的「交心」運動，不斷洗心革面，改心造面，還能挺過來。人心是最嬌嫩的，這樣數十年把心交上交下，掏進掏出，洗來洗去，老處於革命與被革命、攻擊與被攻擊之中，的確太累了。這種累，正是「心累」。然而，他們卻沒有累死。生命真堅韌。

中國人很聰明，在文化大革命中發明了一種戰術，叫做「疲勞戰術」，就是把揪出來的「走資派」和「反動學術權威」一連幾星期、幾個月地輪番追問審訊，把審查對象折磨到疲倦之極，連呻吟的力氣都沒有，更不必說伸冤。這種極度的疲倦比死亡還痛苦，於是倦極變成倦生，就不再維護生的尊嚴，於是就低頭認罪，就承認別人的誣告和譭謗，於是戰鬥就奏效，革命就勝利了。這種「疲勞戰術」的要點，就是造成心勞心疲心倦。人一旦心倦到極點，就失去自尊和自衛能力，任人宰割了。

心勞累得太久了，就不想再勞累，也沒有氣力勞累。所以同胞們再也承受不住說教，包括太沉重的詩歌、小說，更承受不住直着脖子的「放聲歌唱」和亢奮的進行曲，倒是喜歡「痞子文學」和「痞子音樂」。管它甚麼痞子還是騙子，能逗樂就好。連先前歌頌偉大統帥的歌曲也改成痞子腔來逗逗樂。《東方紅》和「迪斯科」結合，紅歌黃唱，能解乏解困就好。不管紅鳥還是黃鳥，能抓瞌睡蟲能提提勁提提氣提提神的就是好鳥。誰要是在此時還來點「深沉」、「崇高」的東西，注定要倒霉。

唱唱跳跳樂樂，確實也能解乏解困。但不會唱不會跳的人很多，而且，如果明天戰鬥又打響，還怎麼唱怎麼跳，所以還得治本。要治本，就是得讓中華民族好好睡一覺。沒有階級鬥爭的喧囂，沒有政治運動的騷擾，安靜地休養生息，積累一點精神，恢復一點理性，滋養一點文化教育。否則中華民族將永遠是疲倦而脾氣不好的民族。

不再打扮

一九八七年夏天，我到廣東時，買了一本中文譯本的小冊子，書名叫做《人性的弱點》，五年過去了，我忘了著者和譯者的名字，但記得其中一個觀點，說人喜歡打扮也是人性的弱點，因為喜歡打扮，恰恰證明打扮者不能接受自己。

由此，我又想到林語堂的雜文：〈論晴雯的頭髮〉，說他喜歡晴雯的頭髮，就因為她的頭髮沒有着意裝扮，任其自然，也就是說，晴雯樂意接受本色的自己，對自己的天生麗質充滿自信。

每次想起《人性的弱點》和〈論晴雯的頭髮〉，我就聯想到自己屬於哪一類？想來想去，覺得此時我倒有點喜歡晴雯，願意接受自己，包括接受自己的失敗、挫折和漂流。但在十年二十年前，我則屬於另一類，即屬於本願意接受自己但社會要我打扮自己，結果變成不能接受自己的知識者。

我曾經有過美好的天性，喜歡故鄉青山綠水間的那一片天籟，喜歡自由自在、無憂無慮的生活，喜歡日光下和月華下的和平和安靜。我覺得自己靈犀中有一點神秘的光波始終和故鄉的小鹿、小兔和鴿子相通。我願意接受一個天真的自己，所以喜歡詩，喜歡泰戈爾，喜歡莫札特，喜歡冰心。

然而，進入青年時代之後，我發覺社會不允許我接受這個「自己」。學校以轉變學生思想為宗旨，我開始聽到對自由與和平的批判；走入社會之後，社會又以改造思想為宗旨，日日月月聽到的是階級鬥爭的呼聲，哲學是鬥爭的哲學，文學是鬥爭的文學，戲劇是鬥爭的戲劇，於是，我開始了改造自己的過程，也就是改裝自己、打扮自己的過程。用鬥爭的哲學和鬥爭的「主義」改裝自己，一直改裝到舌頭和筆頭，所以眼睛戴上「主義」眼鏡，文章貼着革命標籤，身上開始擺起「戰士」的架子。到了三十歲那年，我照了一張相：穿的竟是黃色的軍棉襖，除了缺一個紅領章之外，完全像個紅軍戰士了。但是，又和「紅軍戰士」不一樣，所以女兒看了這照片就譏笑說，你這是「假紅軍」。到了此時，我已完全不能接受以前的「小資產階級」的自己和比這更早的天真的自己。

七十年代末，社會滄桑，我悟到不能再繼續改裝改造自己了，改裝改造的結果是丟失了故鄉賦予的全部天籟。正當這麼想的時候，我所在的研究室的負責人嚴肅地說，我們應當堅持改造自己，活到老，改造到老。當時我抑制不住自己的反感，就告訴他，「王主任，我恐怕不能再改造了。現在對於我，重要的是恢復好端端的農家子天真的天性，絕對沒有矯情與火藥味的天性。我的這些美好天性已快被改造完了。愈改造愈糟，原想改造成無產階級，結果改造成無知無識階級，差些變成無聊無恥階級，所以不能再改造、再打扮了。」聽了我的話，主任的臉脹得通紅通紅，他嘟囔了好久，但我沒聽見，只為自己竟能公開宣佈停止打扮和改造而興奮不已。

從那天之後，我又開始接受自己，不再打扮，說話決不再用革命詞句裝飾自己，作文章也不再用主義的標籤打扮，慢慢抹去矯情，明知自己並不美麗高明，也任其自然。從那一天到現在已十年有餘，我只覺得，這十年的生活輕鬆多了，即使在身居異鄉，也比十年前那種不斷改裝自己的生活輕鬆多了，因為此時，我乃是一個自然的真實的生命存在。

只想到跨越自己

辭別故國，本來是不幸的，然而，它卻帶給我一種幸運：簡化各種人際關係，結束時間被支解被切割的困境，贏得全身心投入文學創作與文學研究的機會。整整三年，我真正生活在文學裏。而且感到：只有生活在文學裏，心才踏實，生命才是一種真實的存在。

我知道前兩年我的書被批判，然而，我並不關心這種無價值的批判。倘若關心，就會成為悲劇性的環境的奴僕，繼續拿他人的錯誤來消耗非常有限的生命。我知道外部世界常常是荒謬的，又知道人生的意義正是在於反抗荒謬之中。對於我，反抗荒謬的唯一途徑就是繼續我的工作，坐下來孜孜不倦地讀和寫，把我的母親和我的故鄉賦予我的靈性更自由地展示於人間。沒有甚麼力量能毀掉我，即使死亡，也不能阻止我的生命顆粒繼續在作品中燃燒。

在國內時，我常記起福克納說的一句話：藝術家的背後總有一群惡鬼在追逐。幾年前，我也需要魔鬼的逼迫，以「逼迫」為創作動力。就像浮士德一樣，需要在和魔鬼的「賭博」中才能不斷前行。與此相關，我便相信「憤怒出詩人」。而現在，我卻不需要魔鬼的推動就有讓血液流貫於著述中的渴求。毋須魔鬼的跟踪，就有平靜、從容和幽默，就能在寫作中揚棄憤怒而打開廣闊的思路，「解放」藝術感覺。我相信，憤怒固然可以出詩人，但不憤怒可以出更好的詩人。

也許因為生活在文學裏，所以對外部世界的氣候就不太敏感。「形勢」對於創作來說，太不重要了。作家大約都總有點天馬行空的精神，有獨立的力量得「大自在」，不被「形勢」所籠罩。我覺得最重要的事只有一件，就是不斷跨越自己，不斷踩在自己的肩膀上尋求，拒絕滿足，拒絕停頓。我對自己總是不滿意，但確信今天可以寫得比昨天更好，因此，我着意對自己昨天的作品進行冷峻的反觀，用西方文論家喜歡用的字眼說，就是進行自我「解構」，即把過去的作品拆開，看看它的缺陷，然後找出新的生長點與發展點。我不需要他人肯定，也不忙於自我肯定，但需要自我跨越和創造真正屬於自己的文字。在自己穿越自己已有的水平線的那一瞬間，我才感悟到與永恆相通的那種神秘的快樂。

我說的雖是自身的「個體」，但沒有個體的豐富就很難有集體的豐富。本世紀下半葉的前三十年，雖然也有好作品，但總的說來，中國現代文學在這個時期經歷了一個集體亢奮又集體失望的時代，因為它缺少強大的藝術個性，每一創作個性都擺脫不了集體的政治氛圍。七十年代末和八十年代初，個體重獲生機，集體也有了新氣象，但時間畢竟太短，創作規模還不夠宏大。今天，如果每一個體都能不為身外之物和身外之「勢」所左右，不斷超越自身與豐富自身。那麼，集體的繁榮之夢，也許不會落入空想。

一九九二年十一月七日於瑞典斯德哥爾摩大學

生命的交換

和朋友交往的時候，自然應當以真誠交換真誠。而在寫作時，我則感到，這是生命交換生命。

我相信，我在寫作的時候，是在投入生命。也許是投入喜笑，也許是投入歌哭，但都是生命。一個一個的文字，皆是生命的本體。年輕的時候，一提起筆，就像演員走上舞台，進入表演，所以寫下的並不是生命。年高之後，揚棄了表演慾，生命注入筆底，文字也變成真實的存在。

我在許多卓越的繪畫裏，在達．芬奇、米開朗基羅、梵高、塞尚的作品中，總是看到活着的生命。活得很具體，生命就在彩色與筆觸中。站在他們的畫前，我常常着意要尋找這些天才的生命碎片和生命顆粒。我相信，他們有一部份看不見的生命顆粒，像看不見的微塵，就凝聚在筆墨裏。甚至畫布上就有微跳的脈搏，倘若允許我像中醫那樣按着畫布，一定能聽到一種世俗世界所沒有的發自不朽的大心靈的神奇的聲音。

在作品中投入整個生命還是半個生命，還是四分之一的生命，還是完全與自己的生命無關，是可以看出來的。我喜歡梵高，就是因為他的作品燃燒着的是他的全部生命，特別是他最後三年的作品，每一粗厲的線條都融進他生命的火焰，那種和太陽的光芒混和在一起的火焰。不論是顫抖的房屋還是騷動的田野，無論是開放的葵花還是凝固着的小床與窗戶，都流淌着畫家的血液。每次看到他那狂狷的色彩和那種獨異的半弧形的筆觸，我就產生一種撫摸它一下的衝動，這不是好奇，而是真的相信那是梵高生命自我淩遲後的印記，是人類天才的生命的碎片，碎片裏一定還有溫熱。他畫完《麥地上的烏鴉》後，就死在麥地上。但我一直不相信他死在沉默的田野裏，只相信他死在負載着金黃色麥地的畫裏。

梵高把百分之百的生命化解在藝術裏，藝術也報以他百分之百的生命。僅僅一個世紀的時間，他的藝術就像太陽似地照耀人類一切熱愛美的心靈。這是神秘而偉大的生命交換。時間是這種交換的證人。

無限無極的空間與時間，還將繼續證明，這是一種不等價的交換，活在畫中的梵高生命將比活在世俗世界裏的梵高的生命強大和久遠，強大得很多，也久遠得很多。

梵高因為把生命的全部精華——靈的精華與肉的精華投入了畫面，因此，他的藝術變得很重，而現實的軀體卻變得很輕，變成藝術的剩餘物。剩餘物隨時都可以扔掉。他為一個姑娘割下自己的耳朵，其感覺一定很輕，和我們的感覺一定不一樣。在他的畫裏，早已注入耳朵的內感覺，聽覺的靈性早已化入彩色中，耳朵也是多餘物。耳朵掉下的時候，也許只像飄下一片落葉。每次看梵高的畫，我總覺得世界上確有藝術之神在，在冥冥之中，她讓藝術品報償着藝術家，一點也不摻假。

福克納曾經說過，他從事小說創作時，需要百分之九十九的才能，百分之九十九的自律和百分之九十九的工作。開始時，我讀不懂，為甚麼百分之九十九，後來才明白，這是說他必須投入九十九的生命，只能用百分之一的生命去做別的事。大約偉大的作家和藝術家都需要這樣一種比例：一比九十九，即在百分之九十九的時間裏，魂牽夢繞的是他的詩、散文、小說和繪畫，而不是別的。我常聽到有人批評某個作家藝術家政治上幼稚，聽了之後，我總是辯護說，他把百分之九十九的生命投入藝術，只有百分之一的時間對付政治和日常生活，他的政治怎能不幼稚？他的日常生活怎能不像一團亂草？難道還應當對他苛求些甚麼嗎？難道我們可以因為他在政治上的幼稚而蔑視他的藝術甚至把他送進地獄嗎？藝術家需要聰明才智，但也不能太聰明。一旦太聰明，就想打破這種比例，以為可以以一當十，以一當百，然後可以用百分之九十的生命去謀取金錢和政治權力，以百分之十或百分之一的生命寫點小說與詩歌，然後借助權力贏得百分之百的詩名與文名，這種聰明的作家藝術家一多，藝術就會衰落。可惜，當今大陸這種聰明人太多。這些人一多，更覺得政治上幼稚一些傻一些的作家藝術家可愛，但願他們傻下去，甘心生活於寂寞與寧靜之中，甘心像梵高那樣，為了燃燒的色彩，面對炎熱太陽取出火光，然後把自己的生命也熔化在裏面，化作灰燼，也化作永恆的向日葵。

一九九三年四月十三日於瑞典

宿命

在國內時，有一位朋友問我：如果你生活在古希臘的神話世界裏，你是屬於哪一種人。我竟然不假思索地回答：我是被上帝罰為不斷跑步的人。

被罰為不斷跑步，就沒有停頓的權利，這是一種很嚴酷的懲罰，它使你總是不得安生，不得休息，不得享受生活，把整個人生過程變成追求的過程，常常連假日、節日也要跑步，變得很辛苦。

出國以後，我想這回總可以停下來好好休息了。但是，沒想到，靈魂依舊不安，內心那神秘的深處依然有噴泉洶湧，而且仍然聽到遙遠的難以拒絕的呼喚。於是，又日以繼夜地奔跑，讀書，研究，寫作學英語，雖然精神上比在國內時輕鬆些，但跑得更加辛苦。這回，我才發現被罰為不斷跑步仍是我的無可轉移的宿命。

不斷跑步，一旦成為宿命，就變成了勞碌命。總是勞碌着，不勞碌反而不踏實，不做事就覺得虛空，而且也和被罰的一樣，知道上帝的眼睛總是看着自己，無邊的慧眼無時不在，無所不在。倘若偷懶，躲到大樹下乘涼，也會被發現，而且會聽見那遙遠的絕對的命令與絕對的呼喚。中國古人就說「天藏巨眼」，意思竟和西方的神話啟示完全相通。

跑步自然也有快樂，但快樂也得在跑步中體驗，跑得愈快，心裏愈踏實，踏實才有快樂。如果能找到一些同此宿命的朋友，並肩而跑，邊跑邊說宇宙、歷史、人生，還可和懲罰自己的上帝對話，這就會感受到生的樂趣。

然而，被罰為不斷跑步者，還是痛苦時刻居多，這是因為除了跑的重罰之外，還有另一種懲罰是更可怕的。這不是上帝給的，而是俗人給的。俗人們像看客似地看着我的跑步，把我當作純粹的戲子甚至是純粹的呆子，他們站在路邊袖手旁觀本也無妨，偏又要發着不着邊際的評論，而且評論大部份是廢話與套話。例如他們品頭論足時總是說兩隻腳怎麼配得不好，頭和腳怎麼不成比例，速度快時他們就說這是急性病，速度慢時他們就說這是慢性病，不快不慢時他們說是中庸病。倘若太熱，脫了衣服跑，他們就說這是自由化；倘若喘口氣，他們又說這是精神污染；倘若跑得比較「完美」，他們又要嫉妒，說是搶了老先生的權威，完全是風頭主義者。反正所有的看客都比跑步者高明。

我曾在看客們評頭品腳的時候，灰心過，覺得世界太荒謬，不值得認真，可以停下來不跑了。但因為宿命力量的主宰又停不下來，所以最後只剩下一個辦法，即找一個沒有看客的人間隙縫，在那裏悄悄跑，反正上帝的眼睛很好，看得見我確實在跑，沒有騙他，而看客們則全是俗眼和近視眼，再也看不見，只能靠打聽，議論起來不僅無關緊要，且我也聽不見，所以就繼續跑着，而且還跑得很有意思。

心想平靜的書桌

大陸的知識分子對社會的要求很低。這幾年，我想了想，覺得這種要求除了需要吃飽飯之外，就是要求一要有良知的自由，二要有平靜的書桌。

先不說吃飽飯之難和良知自由之難，僅僅平靜的書桌，就夠難的了。

這個世紀中國的頭腦總是太熱，辛亥革命，軍閥混戰，北伐戰爭，國內戰爭，戰火連綿不斷。在戰爭中自然是沒有平靜的書桌，所以當時的教授感慨：偌大的中國，擺不下一張平靜的書桌。

一九四九年後，知識者對新政權充滿浪漫的期待，並堅信此後該有一張平靜的書桌了，於是，歡天喜地，連老教授也跳扭秧歌。他們知道，有一張平靜的書桌意味着甚麼，讀書、思索、創造、人生的快樂全在書桌裏。思想者的整個世界，其實都在一張小小的書桌上。從那以後，他們就期待一張平靜的書桌。而對於我，人類的大同理想，就是書桌的平靜。

然而，四十年過去了，大家才發現偌大的中國仍然沒有平靜的書桌。給書桌震盪得最厲害的是政治運動。運動層出不窮，口號不斷翻新，大地老是搖晃着。每次政治運動都是一場大地震，常常震得讓人抱頭鼠竄，以至竄進了牛棚和地獄。二十世紀上半葉的地震和下半葉的地震震源不同，上半葉是戰爭，下半葉是政治運動。一搞政治運動，就要離開書桌參加批判別人或被別人批判，反正不是挨整就是整人。倘若被打成反動文人、右派、反動學術權威，那麼書桌就成為法庭裏囚犯寫自供狀的台子，檢查交代材料寫個沒完沒了，此時，不僅書桌是顫抖的，而且身心也是顫抖的。

政治運動表面上只損害了少數人，例如，反右鬥爭打擊了五十五萬「階級敵人」，只佔全國人口的千分之一。好像其他知識分子還有一張平靜的書桌，其實不然。政治運動一發生，知識者感受到的雖不是戰爭中那種炸彈，但比炸彈還厲害，這就是林彪所說的「精神原子彈」。原子彈的威力確實大，其衝擊波，可以波及任何一個地方，任何一個角落，任何一個人。要說「轟動效應」，精神原子彈才真正算得上，其效應達到無處不轟，無人不動，整個社會失去平衡，更不用說知識分子的書桌了。

說起精神原子彈，自然要怪罪林彪們，但是，怪了幾年之後，就想怪自己了，覺得自己既是原子彈的受害者，也是原子彈的製造者，只是參與製造原子彈時自己並不明白，糊裏糊塗地進入「轟動」而已。如果不算製造者的話，至少，也曾經是精神原子彈的崇拜者與謳歌者。我講懺悔意識，正是我發現自己曾經和精神原子彈有關，雖然不是原子核，也不一定夠得上做彈片的資格，但至少歌頌過衝擊波「光芒萬丈」和「光焰無際」，這也是「推波助瀾」，責任是不可推卸的。

我此刻仍不死心，仍期待在自己的國土上有一張平靜的、至少平靜三、五十年的書桌，希望精神原子彈能凍結一下，至少凍結五十年，這樣，我們就可免於地震之慮，安居樂業。這個理想不算太大，但也不算太小。

恨也難

我寫的〈愛全人類易，愛一個人難〉一文在《明報月刊》上發表後，一位朋友來信說，這是蘇聯教育家的命題，而你的命題應當改一個字，叫做：「恨全人類難，恨一個人更難」。他知道我沒有敵人，太不善於仇恨，要真的恨一個具體的人，實在太難了。

這位朋友對我是了解的。在過去數十年中，我經歷過許多悲歡離合，熱愛過，傾慕過，埋怨過，但很奇怪，確實沒有仇恨過，至少仇恨一直無法在我心中扎根和蔓延，尤其是對某一個具體的人。對一個人，我會不喜歡，會迴避，甚至會厭煩，但很難產生深刻的仇恨。大約是因為我的天性中缺少一種膠住仇恨的黏液。該恨的事黏不住，記不住。

由此，我又想到八十年代之前所受的教育，最多的要算是「恨的教育」。憶苦思甜教育，階級鬥爭展覽教育，白毛女似的苦肉計教育，都是恨的教育。這種教育的目的就是呼喚仇恨，調動仇恨記憶。我雖然也呼喊「不忘階級苦，牢記血淚仇」，但總是很快就忘記。不善於仇恨，是我的致命傷。在一個呼喚仇恨崇拜仇恨的時代裏，這種致命傷，使我的日子非常難過。我發覺，文化大革命的十年，儘管天天月月年年大批判，但我一天也沒有恨過劉少奇，也沒有恨過任何一個走資派和反動學術權威。今天我可以說，恨的教育在我身上完全失敗了。

與此相反，自從我進入校門之後，幾乎沒有受到「愛的教育」，而且「愛」這個字眼總是被批判。可是很奇怪，我讀了夏丏尊先生翻譯的《愛的教育》後竟忘不了，僅僅讀了一遍，它就在我的腦子裏膠住了。記不住憶苦思甜中那些血淚的故事，倒記得《愛的教育》中那些沒有血淚但有血性的故事。這才發現自己生理上的黏液確實有問題，它只能膠住一些東西，而膠不住另一些東西。所以我的病症乃是生理問題，而不是心理問題，更不是立場問題。

近三、四年來，儘管在我生活發生轉折之後，國內仇恨我的人興高采烈，乘機群起而攻之，明槍暗箭四處呼嘯而來，嫉妒我的人或明或暗用各種文字攻擊或嘲諷，有些先前自稱是朋友的，也紛紛落井下石，劃清界線。照理，我應當恨。然而，我只有失望和絕望而沒有恨。腦子裏老是記不住他們說些甚麼，只記得他們的單調，老重複幾個「主義」和「鏘鏘鏘」作響，全是「恰恰舞」的拍節，恰恰恰，恰恰恰。可見我腦子裏的黏液實在太成問題、太不中用了。

本來我對自己的仇恨記憶太差很不滿，後來又發現這種生理毛病也有好處，例如心裏比較平和，不易被仇恨燒得很浮躁，更不會被燒焦，這樣，心理空間倒可騰出位置容納別的東西，也因此，覺得腦子裏缺少仇恨黏液倒不壞。只是有點內疚，覺得對不起那些對我進行仇恨教育的老師們，包括那些認真憶苦思甜的老大娘，她們白白地流了那麼多眼淚。

自己，並不那麼重要

四、五年來，東西奔走，從飛機上一次又一次看滄海，看冰山，看大漠，看白色的雲與藍色的天空，也一次次想遠古，想洪荒，想宇宙，想無色的時間與無垠的空間。看看想想，便覺得自己其實不過是宇宙中的一粒塵埃。塵埃在廣漠的大千世界中，無所謂有，也無所謂無。所謂有，是確實在歷史的瞬間裏存在過；所謂無，是因為一粒塵埃消失之後，宇宙並沒有感覺，一切依舊，冰山還在，滄海還在，大漠還在，時間也照樣向前伸延。想想這些，就覺得自己並不重要。

想到自己並不重要，正是我這幾年的一點長進。在過去的一段人生歲月裏，難得想到這一點，偶而想到，也不敢正視。想得多的倒是立功、立德、立言等先賢的教導。覺得倘不能在戰場上立功，在文壇上立言也是極重要的，雖不贊成一言可以興邦可以喪邦，但也覺得自己的言論「關係重大」，自己這麼認為，論敵也這麼認為。於是，精神上總有一種卸不掉的沉重，對身外之物說放下卻總是沒有真正放下，原因大約就在於此。為了使自己更重要一些，也只好去作些無謂的忙碌與敷衍，甚至還要去理會狼似的嗥叫，真浪費了不少珍貴的時間。有時還更荒謬，計較起人們是否把自己看得重要，於是悶悶不樂或鬱鬱寡歡，本不複雜的心懷也複雜起來，腦子裏堵塞起許多古怪的無物之物，使文章的思路也不順暢。

這些年浪跡四方，才知道在國內許多赫赫有名的人物在國外幾乎沒有人認識也沒有人關注，許多被我所崇拜過的猛人，在西方的另一文化世界中，也不過是一顆沙粒。至於曾經威震一時的無上重要的中國帝王將相，在地球的另一方，更是早已灰飛煙滅，與人們的記憶絕不相關。這也難怪，在美國人眼裏，連現存的總統都不那麼重要，諷刺調侃總統一番，也很平常。我接觸到的西方學者與作家，也不像中國的學人與作家那麼關注別人對自己的評價和反應。中國學人和作家把自己看得很重要的居多，因此，常常犯名聲過敏症，在詩外下的功夫也太多。女作家太看重自己的也有，但似乎好一些，她們多數沒有男作家那麼浮躁，那麼喜歡「破」他人和「立」自己，生活與寫作的態度都從容一些，和緩一些。能寫出來就寫，寫不出來也沒有男士作家們那麼焦慮。林黛玉、薛寶釵的詩詞寫得最好，正是她們天然地贏得一種寫作的從容，不像世俗世界中汲汲於仕途經濟的名利之徒。

這幾年，意識到自己並不那麼重要，使自己輕鬆得很多。這種意識不僅幫助我從「中心」轉向「邊緣」，而且還從「邊緣」轉向「隙縫」，一切都很自然，絕沒有甚麼「委屈」。我發現有些朋友到國外後太痛苦，並不是衣食不足，而是沒有完成從「中心」到「邊緣」的轉化，還想充當歷史主角，也就是仍然把自己看得太重要。其實現代社會恰恰是沒有歷史主角的社會，在這種社會裏，雖有個人自由，但並沒有英雄效應。所以，如果還期望人們把自己當作「英雄」、當作「主角」，勢必會很痛苦。幸而療治這種痛苦也不難，只要不把自己看得太重要就行了。

喪魂失魄的歲月

這幾年，和朋友在一起的時候，總不免要談大陸。而我對大陸精神狀態的看法，則常用「喪魂失魄」四個字來描述。

中國本來是有自己的魂魄的。儒、道、釋都曾是自己的魂，特別是孔夫子的思想，更是無可爭議。不管此時我們對儒家觀念看法如何，但它曾是中華之魂這一歷史事實則是難以否認的。然而，五四新文化運動致命性地打擊了這個靈魂。當時的啟蒙者們希望在摧毀故有之魂後，能以西方的科學民主作為新的靈魂，所以《新青年》一開卷就講〈法蘭西人與近世文明〉。可是，法蘭西文明並沒有化作中國之魂，倒是馬克思主義和列寧主義隨着暴力革命的勝利而在本世紀的下半葉真的成為中國大陸的精神支柱。一個德國人和一個俄國人所製造的靈魂圖式要佔領中國的全民族的精神之所，並不容易。於是，又需要再革命。一次一次慘烈的政治運動，其真諦就是「靈魂深處鬧革命」，即以新魂換舊魂的革命。但經過幾十年的新陳代謝，仍然沒有成功。特別沒想到的是，列寧主義的故鄉天翻地覆，自己也丟了魂。而在中國則因為發生文化大革命與「六四」大悲劇，使中國人失去更換靈魂的熱情與要求，也拒絕繼續再交心。身心均太疲倦了，心已掏不出來了，中國大陸人似乎無須再接受德國人與俄國人製造的神明。

可是，這樣一來，就變成本位文化之靈，西方文化之靈，馬列主義文化之靈皆不靈了。於是，便出現了「喪魂失魄」的民族性的大徬徨。當然，有的鄉村小鎮並不徬徨，他們今天拜關太爺，明天拜趙元帥，也能過日子。還有些司機，在車上掛着毛澤東的照片馳騁於大街小巷，也很快活，例外的事總是有。

大徬徨的特點就是突然發現自己的魂丟了，到處找不到一個精神支撐點，靈魂無所歸依。就像在空中盤旋的鷹，飛來飛去，到處尋找，但總是找不到一個落腳點。

落在本位文化上，有人要攻擊是「復古」；落在西方文化上，有人要攻擊是「復辟」；落在馬列文化上，有人要攻擊是「落伍」。別人的攻擊暫且不論，但自己該如何選擇，也確實沒有主意，好像落在哪裏都不自在。既然無處可以落腳，就只好繼續在空中胡飛，飛得累了，就隨便找個地方苟活。算了吧，要它甚麼鬼靈魂，末日的黑夜就要來臨，乘着此刻還有陽光，能喝就喝，能醉就醉，能撈就撈，能騙就騙，既然當不了孔子孟子，就當騙子痞子；既然無力改天換地，那就花天酒地。吃它個天昏地黑，天旋地轉。甚麼愛國主義，愛國主義就是吃國主義，一餐吃上幾萬元幾十萬元就是最大的愛國者。誰敢說這是腐敗，誰就是自由化分子。

大約因為都痛切地感到喪魂失魄的危險，所以有責任感的學人們便憂心憂國，想方設法尋找新的「精神資源」。我在海外參加了多次學術討論會，都發現杜維明教授和其他一些教授，認真地探討新的「精神資源」。他們的心是熱的，並且知道倘若不能在本位文化中找到新的精神源泉，中國人的靈魂恐怕要乾枯了。也有一些朋友，希望仁慈博大的基督的十字架能給中國人以精神支撐，他們認為一個離基督很遠的民族是不可能接近自由與民主的。還有一些更年輕的朋友則嘲笑這些尋找者：為甚麼要有靈魂，為甚麼要有意義，拯救的時代既已破滅就該進入逍遙的時代。一切都是做戲，一切都看你怎麼說，嘴皮子決定一切，靈魂全繫在抹了一層油的舌尖上，再神聖的東西經我解構也是放屁，再臭的屁經我闡釋也是香的。要說喪魂失魄，那是你自己，我們可是有魂有魄，這魂就是錢，這魄就是酒和女人。

我因和這些年輕人不同，倒是承認自己確實喪魂失魄，所以常常不知如何是好，常常徘徊於今古之間，東西之間，輕重之間，於是自由化、儒家化、西方化等種種罪名都有。罪名我不管，只是自己真的像一隻無所依歸的鷹，至今還找不到落點，還在半是晴朗半是昏黑的天空中飛翔，不知甚麼時候可以結束這種盤旋和尋找。也許根本就沒有結束的時日，只有在空中飛到累極的時候，突然摔碎在現實的地面，從而讓肉體與靈魂同歸於虛無，連徬徨也沒有。

第二輯　西行散記

初見溫哥華（加拿大散記）

一

從紐約到溫哥華，印象非常不同。紐約給我的感覺是龐大與嚴峻，而溫哥華給我的印象則是溫暖與親切。

紐約到處是高牆絕壁，從地上仰望天空，便發現天空只是一條裂縫。藍天和彩雲全被割切成碎片。我是農家子，從小就擁有遼闊無垠的天空，不太習慣這種裂縫與碎片。紐約是繁華的，但是，它離大自然太遠。在時代廣場的霓虹燈下，我暗自呆想，要是有一個城市既繁華而又離大自然很近，這個城市該是多麼可愛。

僅僅一個月，我就到了溫哥華。這裏正是一個繁華而離大自然很近的城市。在我遠遊的歲月中，每漂流一站，總要向關懷自己的異地朋友報報平安。在幾十封短箋中，首先報告的都是：「溫哥華真是個好地方。有山有海，還有掛滿大地的楓葉，天空是完整的，地上是潔淨的，到處都有草香和海香，從白石城的海橋上俯瞰，還可以看到淺海裏游弋的螃蟹。」

我無意貶低紐約。然而，在紐約生活的確不容易。要在那裏生存下去，必須做一個善於攀登高牆絕壁而不怕被摩天大樓所異化的人；年青或年富力強的創業者都想在紐約感受競爭的風天雨天，一賭神秘莫測的命運。他們相信，能在紐約站得住，就能在全世界的其他地方站得住；於是，他們奮鬥，如天地征鴻，充滿生命的激情與抱負。我的大女兒劍梅和她的男朋友就在那裏奮鬥。每當他們從熱騰騰的地鐵裏鑽出來就詛咒紐約，但是，他們又留戀紐約，覺得自己的生命力可以在這個大都市裏得到證明，潛藏於身內的血性可以在無數機會面前碰撞出火焰。他們天天感到精疲力盡，又天天感受到精疲力盡後的滿足和活力的自我發現。我羨慕他們，又同情他們。

而我是一個絕對不適宜在紐約生活的人。我知道紐約有巨大的音樂廳和無數的大戲院，但我踏不進去，因為，通向大戲院的道路也是高牆絕壁。我害怕這種比懸崖還要陡峭的牆壁，害怕裂縫般的天空。

也許因為帶着紐約的印象來到溫哥華，因此，立即就感到溫哥華的輕鬆、親近和廣闊。一到這裏，就覺時間的長河流經這裏的時候，顯得從容而和緩，潺潺有序，在紐約的那一種緊張感，頓時鬆弛下來。這一兩個月的經歷，竟像跨過喧囂的急流險灘然後進入了安靜的海灣。

二

這幾年我東西行走，經歷了更換生命的遠遊歲月，在時間與空間的洗禮中放下了許多浪漫的期待和慾望。有力量放下慾望，是值得欣慰的。此時此刻，我別無所求，只求心的安寧，能夠從容地想想過去，想想自己走過的路。我有許多文字要寫，要拷問時代也要拷問自己，兼有法官與罪人的忙碌，並不偷懶。

然而，我已無須緊張，無須在心中再緊繃一根防範他人的弓弦。在以往的歲月裏，我曾着意地追求過，也苦心孤詣地攀登過高牆絕壁，總忘不了那個高高的若有若無的「險峰」，孜孜於毀譽榮辱，汲汲於成功與失敗，偉大與平凡的世俗判斷。倘若自己的文字引起「轟動效應」，心裏竟然美滋滋的，以為桂冠和掌聲真有甚麼價值。而今天，這種人生趣味已經過去，此時，我只想把幸存的生命放到實在處，以生的全部真誠去感受人間那些被濃霧遮住的陽光，時時親吻大自然和大宇宙的無盡之美與無窮的精英，把身外之物抛得遠遠。我相信，擁抱山嶽擁抱滄海擁抱星空比擁抱名聲地位重要得多。

這幾年，我像負笈的行者到處漂流，登覽另一世間的興亡悲笑，眼界逐漸放寬，不再把一國一鄉一里當作自己的歸宿，而把遙遠的另一未知的彼岸作為真正的故鄉。有人說：你走得太遠了。不錯，過去的自己真的離我很遠。也因此，我已拒絕了一切自我標榜的偽愛和一切外在的誘惑，而重新領悟真正的愛義。我這些年喜歡寫些散文，就是因為我的心思已脱樊籠，所有的文字都出自己身的天性情思和再生的愛義。我覺得必須把自己陷於煉獄後的灰燼，心靈中的苦汁掏出來給今人與後人看。我在冥冥之中感到有一種力量指示我這樣做，我不該拒絕這個絕對的命令。

我相信溫哥華能夠給我自由地遊思和領悟，相信這裏的無數楓葉能幫助我抹掉心靈中最後的陰影，為我沉澱血氣中最後的浮躁。

三

我真喜歡加拿大秋天的楓葉。把楓葉作為自己的旗幟真是天真而精彩的構思。我相信加拿大國旗的設計者一定如痴如醉地愛過楓葉，一定傾心於這個國度如夢如畫的山巒與原野。我漂流到溫哥華，一大半是為楓葉而來的。我相信一個以楓葉為旗幟的國家一定很少火藥味。我早已從內心深處厭倦人間的戰火硝煙，並已拒絕任何暴力的遊戲。

當六十年代北京處於文化大革命硝煙瀰漫的年月，我和一位好友曾悄悄地騎着自行車到百里之外的香山去觀賞秋光，並採集了幾片楓葉夾在筆記本裏。而這位朋友正處在熱戀之中，他還把楓葉作為珍貴的贈品送給當時的戀人，把情感交付給赤誠的紅葉。很奇怪，在階級鬥爭那麼嚴酷的歲月裏，我和朋友的心靈被殘酷的理念浸泡得那麼久，但仍然充滿着對楓葉的渴念，可見楓葉所暗示和負載的情思與人類的天性緊緊相連，而天性深處那一點美好的東西又是那麼難以消滅。

今天，我真的來到楓葉國了。眼前到處是楓樹林。上一個星期天林達光教授和他的夫人陳恕大姐帶我們一家到 Queen Elizabeth 公園觀賞秋色，我一見到滿園的楓葉，就恍如走進了夢境。每一片葉子都那麼純，那麼乾淨，紅的紅得那麼透，黃的也黃得那麼透。園谷中的一棵掛滿紅葉的楓樹，竟像掛滿紅荔枝，陽光一照，閃閃爍爍，又像童話世界中的紅寶石。我不僅喜歡這裏的楓葉，而且還喜歡被楓葉過濾過的空氣，這是絕對沒有硝煙味的空氣。我的思考需要這種空氣。

我知道楓葉國不是理想國，並不完美。它不是地獄，但也絕不就是天堂，它是一個實實在在的人的社會：有美境，也有困境；有豪華，也有豪華包裹着的冰冷與腐惡。但我知道它是一個寬容的社會，它的文化正像楓葉上所暗示的那樣，乃是多角多脈胳的文化，它不會把來自異國的知識者當作「外人」和「異端」。我在楓葉下的思索絕對沒有人來干預和侵犯，我有躲進小樓成一統的自由，還有一張平靜的書桌。我可以説自己應該説的話，拒絕不情願説的話，讓心靈像楓葉似地保持着大自然賜予的一片天籟。

四

溫哥華使我感到親切，除了飄着清香的楓葉之外，還有在歲月的風塵中依然保持着正直與真誠的朋友。溫城有這麼多中國的朋友，真使我高興。小女兒曾問我：世界的眼睛是甚麼顏色的？我愣了一下說：我不知道世界眼睛的顏色，但我知道世界的眼睛是勢利的。儘管世界是勢利的，但總有一些超勢利的保持着真純眼睛的朋友。沒想到，在溫哥華，這樣的朋友很多。無論他們是在大學的研究室還是在個人的寫作間，無論他們是身居鬧市還是隱居山林。

前些天加華作協的盧因先生、葉嘉瑩教授和其他朋友們歡迎我，讓我說幾句話，我就講了一個四年前的小故事。在芝加哥中國城的一次夜餐上，最後抽到的紙籤上寫着：「你將被一群真誠的朋友包圍着。」果然應驗，這些年我從美國到瑞典到加拿大都是如此。真誠的朋友給我很多生活上的關注、知識上的啟迪、精神上的慰藉。對於這一切，我報以的只是甚麼也沒有的沉默，「心存感激」是沒有聲音的。

然而，我今天想打破沉默，告訴這些朋友說，你們給我一種連你們也未必知道的東西，這就是信念，對於生活的信念，人類的信念。如果不是友情在我心中注入力量，我也許會在歷史的滄桑中失去對生活的興趣，讓精神像燃盡的火把一樣熄滅。一九八九年夏天之後，我對生活真是絕望，然而，朋友的懷愛打破我的絕望，它告訴我：山長水闊的人間不是幾個權勢者所能壟斷的，到處都有生活的土地，到處都有良知的家園，到處都有滋潤人與歲月的青天、碧海和暖流。

有了對生活的信念，精神就不會垮掉。這幾年，我自覺得是精神上的強者與心理上的強者，擁有良知的清白和道義的清白。清白，就是力量。只要是強者，再艱難的路也可以走下去，再硬的木板櫈，也可以坐下來寫作。何況此時我坐着的明明是沙發椅，而且路雖艱難，但也明明是路了。

一九九三年九月三十日

悟巴黎（法國散記）

一

一九八八年我第一次隨「中國作家代表團」到了巴黎，至今，已五進巴黎了。在世界上的所有城市裏，我和巴黎最有緣份。

我喜歡巴黎，是因為它的靈魂。我常對朋友説，巴黎是座有靈魂的城市。它的靈魂連着巴黎聖母院的拱頂，連着盧梭、孟德斯鳩、雨果、巴爾扎克的文章，連着達·芬奇、米開朗基羅、羅丹、梵高、莫奈們天才的名字。巴黎的靈魂還有厚實的軀殼，這就是羅浮宮、凡爾賽宮、奥賽宮和讀不完的博物館，每一座藝術之宮，都是我心中的太陽城。

世界上有許多城市只有軀殼而沒有靈魂。例如美國的 Las Vegas，就只有軀殼和軀殼裏燃燒的野心和狂瀉的慾望。還有許多城市，靈魂或被權力所壓碎，或被金錢所吞沒，在顯耀着無上權威的帝國王座與帝國銀座裏，只有肉的膨脹，而靈魂已像荒原似地空空蕩蕩。然而，巴黎的靈魂卻還健在，而且像星空一樣燦爛。只要你心中還有一點美的「靈犀」，一種人類擺脱獸類之後而積澱下來的基因，你就能與巴黎的靈魂相通，並注定無法抗拒它的魅力而傾倒於維納斯與蒙娜麗莎之前。我就是一個痴迷的傾心者，並在傾心中感嘆：人類的創造物，竟然如此精彩。

人類誕生之後，經受過無數次殘酷劫難的打擊，神經所以不會斷裂，就因為有這些溫柔而精彩的靈魂的安慰。一九八九年夏天，當我穿越悲劇性的風暴，第二次走到維納斯與蒙娜麗莎之前的時候，突然感到一滴一滴的星光落進我的心坎，渾身滾過一股暖流，而且立即悟到：我已遠離恐懼，遠離滄海那邊的顛倒夢想，一切都會成為過去，唯有眼前的美是永恆永在的。

五十年前，當納粹的強大鐵蹄踏進巴黎的時候，巴黎人也相信，一切都會過去，只有維納斯與蒙娜麗莎是無敵的，她們的光彩不會熄滅，時間屬於至真至善至美的至情至性者。「天下之至柔可以馳騁天下之至堅」，中國的古哲人老子早就這樣說。這是真的，沒有甚麼力量可以摧毀藝術，最有力量的不是揮舞着鋼鐵手臂的暴君暴臣，而是斷臂的維納斯，她才真的是不落的太陽。

在動盪的一九八九，我確實得到古希臘女神和其他古典女神們的拯救。我從她們身上得到的生命提示有如得到火把的照明。當我看到她們那雙黎明般的清亮而安寧的眼睛，就知道自己已穿過暗夜並戰勝死神的追逐，又回到人類母親的偉大懷抱，用不着繼續驚慌。我在漂泊路上的滿身塵土是維納斯的眼波洗淨的，我的已經臨近絕望的對於人類的信念是在蒙娜麗莎的微笑裏復活的。

就在拂去風塵和復活生活信念的那一瞬間，我想到，如果地球上沒有巴黎，這個星球將會何等減色。而如果人類社會沒有至美至柔的維納斯與蒙娜麗莎，假如連她們也沒有存身之所，那麼，這個世界該會何等荒涼與空疏。我相信，沒有她們，歷史將走進廢墟，世界將陷入比戰爭和瘟疫更加可怕更加悲慘的境地。

我愛拯救過我的維納斯與蒙娜麗莎，愛拯救過我的溫暖的巴黎。對於她們，我將永懷敬意和永存感激。

二

巴黎屬於法蘭西，又不僅屬於法蘭西。倘若要推舉世界的藝術之都，只有巴黎才當之無愧。巴黎是開放的，它總是敞開溫馨的懷抱歡迎人類群體中的精英去加入它的創造。

羅浮宮坐落在巴黎，但宮中的許多天才藝術品並不都是法國人創造的。維納斯出自古希臘的藝術家之手，蒙娜麗莎出自意大利的達·芬奇之手。巴黎珍藏了那麼多畢加索和梵高的無價傑作，而畢加索是西班牙人，梵高是荷蘭人。世界各個角落的人類大智慧都在這裏匯聚，成其靈魂的一角。法蘭西的文化情懷是博大的，她不善於嫉妒，不善於説「不」，而善於伸出手臂去接受一切人類的驕傲，不怕異國的天才會掩蓋它的光輝。

中國血統的大建築設計師貝聿銘所設計的透明的金字塔，就坐落在羅浮宮之中。這是一個充滿詩意的奇蹟。貝聿銘的膽子真大，他竟然敢在人類心目中最神聖的藝術殿堂之中構築另一殿堂。然而，他成功了。他的透明的金字塔是一種真正的後現代主義藝術建築，最現代和最古典的美和諧並置，遙遠的時間凝聚在此時此刻透明的空間中。古埃及的文化靈魂在二十世紀重現時，竟是水晶般的明亮。金字塔的尖頂可以把人們的視線引向無盡的天空，不會讓人覺得它佔據了羅浮宮門前那一片有限的珍貴的地面。而且，塔一透明，就不會影響遊覽者的視線，使人們仍然可以看到原有的藝術宮的全貌。何況透過玻璃之牆觀賞羅浮宮的舊建築，朦朦朧朧，又增加了一層歷史感與神秘感。金字塔下又別有一番天地，這樣配置，使本來只是坐落於地平面上的羅浮宮，增加兩個層面：地下的層面與天上的層面，變成一個立體的、引人浮想聯翩的藝術大樓閣，使巴黎的靈魂散發出新的靈氣與奇氣。貝聿銘的名字，成了巴黎靈魂的一部份。由此，我在羅浮宮的噴泉下遊思，不僅聽到遠古文明與當代文明的對話，而且總是想到貝聿銘和我共同的故國，想到東方智慧與西方智慧結合時，人間的確更美。

三

巴黎是天才之地，也是凡人之所。它有靈，也有肉。它固然神奇，但不是神話裏的王國。巴黎的靈躲藏在羅浮宮和數不清的書籍裏，當然也在法蘭西人的精神裏。而巴黎的肉則顯露在金碧輝煌的紅燈區，巨大的燈光「水輪」轉動着另一世界的故事。巴黎的靈與肉都有磁力，都能吸引萬里之外的遊客。遊客裏有的是靈的崇拜者，有的是肉的尋覓者。夢巴黎者，有酷愛藝術以至愛到顛狂的痴人，也有嚮往「肉術」嚮往到變態的「肉人」。社會總是不純粹，有各種顏色的共生，有高雅與鄙俗的共存，才叫做社會。在塞納河畔，在埃菲爾鐵塔下，男男女女，都在說笑，白人、黑人和黃種人都在承受今天和追求明天。到處都有生活，到處都有期待。巴黎尊重各種存在方式，並不想用一種存在方式統一其他的存在方式，因此，各種人都尋找慰藉、宣洩，展示靈與肉的處所。社會本來就是這樣，似乎無須太看破，用不着刻意的謳歌，也用不着蓄意的詛咒，溢美和溢惡都無濟於事。

當一九一五年陳獨秀在《新青年》創刊號發表〈法蘭西人與近世文明〉時，當他發出法蘭西式的啟蒙呼喚時，是否想到法蘭西也是一個社會？是否想到在豪華的大街裏也有乞丐、娼妓和失業者呢？是否想到法蘭西在推翻巴士底監獄的革命之後並沒有同時建立人間的極樂園？鮮血曾經流了一百年。而當浪漫主義詩人們在大夢破滅之後，是否也想到巴黎也是一個社會，這裏雖有乞丐、娼妓和失業者，但卻有看不完讀不盡的藝術太陽城呢？還有為人類苦難一直感到焦慮和不安的法蘭西精神呢？

可惜，好些夢巴黎者，竟遺忘維納斯與蒙娜麗莎。他們不喜歡巴黎的靈，只喜歡巴黎的肉。但是，紅燈區的大門是需要黃金的鑰匙開啟的。這一點，浪漫者們常常忘記。因此，他們總是充滿粉紅色的夢幻，以為巴黎乃是肉的天堂，他們可以像騎士那樣任意馳騁。可是，他們很快就絕望，因為那裏的「天使」只服從金錢的權威，並不優待革命的詩人。在空中旋轉的、流光溢彩的紅燈巨輪，只管刺激慾望，並不管慾望的滿足。於是，浪漫者感到絕望，由迷狂轉入頹廢。頹廢與革命本是兩兄弟，心路息息相通。於是，頹廢者立即又變成革命者，詛咒巴黎，宣佈夢的破碎，然而，所有夢的碎片，都只有肉的腥味。

四

一個有靈有慾的社會，一個有羅浮宮也有紅燈區的社會，這種文明是真實的，但並不完美。在羅丹的《思想者》雕塑面前，我想到世界最後的歸宿。世界最後是歸宿於羅浮宮還是歸宿於紅燈區呢？在靈與慾的搏鬥中，誰是最後的勝利者呢？我曾把自己的這一思索與憂慮告訴一位法國朋友。但他不能接受我的擔憂。法國朋友的浪漫氣息是很濃的，他指着新建的凱旋門說，那才是我們的歸宿。法蘭西在拿破崙時代建立了第一個凱旋門，紀念戰爭的勝利，而現在他們又建立起第二個更大的凱旋門。友人說，這是維納斯和蒙娜麗莎的凱旋門。世界上到處是坦克和原子彈，但至今沒有把她們摧毀，這難道不值得慶賀嗎？法蘭西人是樂觀的，他們的藍眼睛能看到各種凱旋，從不動搖對於人類的信念。我雖然悲觀一些，但在新凱旋門下也被法蘭西精神所感染，也願意人類文明真如他們所期待的那樣，最後將佈滿美的星辰和愛的星辰。這種凱旋的預言也將支持我不斷前行，不激烈，也不頹廢，只是不斷前行。

獨處密歇根湖畔（美國散記）

一九八九年秋天，我獨自坐在密歇根湖畔。這是我經歷了整整一個夏天的動盪與奔波之後，第一次安靜地面對蔚藍的天空和碧藍的秋水。我特地選擇的一個晴朗的秋日，一個無人打擾的角落來享受大自然的安詳，讓湖風與秋色為我洗滌一下身上的塵土。我知道，這之後，我將要開始一段和往昔很不相同的生活。此去依然道路漫漫，應當坐下來想想。

然而，剛坐下眺望遠方的時候，突然感到自己精疲力盡，連眼皮都覺得沉重。那一瞬間，我才意識到自己已完成了一次艱辛而危險的跋涉，而這個湖畔正是終點。穿越風險和魔鬼的掌心，此刻我真的置身於離故土很遙遠很遙遠的海外了。眼前的湖泊不是故鄉的湖泊，湖邊上的青翠不是家園的鳳凰木與甘蔗林。這個湖畔，是我人生的一個終點，又是一個起點。明天，我還要踏着湖海的煙波去作新的跋涉與輾轉，路途同樣很長很辛苦。

然而，此時我已精疲力盡。疲倦的感覺壓倒一切。以往的日子太累了，革命，鬥爭，運動，勞動，吶喊，呼籲，貧窮，恐懼，亢奮，焦慮，時代老是發狂，自己又緊跟着時代的步伐，生命消耗得太多了。再強大的身軀也會疲乏。疲乏了，在這個湖畔，只能自己對自己説，應當承認累了，應當結束一種生活方式，結束一種無休止的精神折磨的方式，一種注定會讓人精疲力盡、讓人騷動不安的方式。

靠在岩石上，秋日的陽光很柔和。白色的湖鷗掠過水面，天真的鴿子就在身邊覓食，秋雁在天空中告別雲彩，大自然仍然生氣勃勃，並不和我一起疲倦。我想，我的明天也許能和湖鷗秋雁們一樣自由翱翔。我不能帶着精疲力盡的身軀迎接明天，更不能空手迎接明天。必須結束疲倦，必須吸收新的空氣，必須暢飲密歇根湖上清新的風和鋪滿草地的陽光。此去五湖四海，到處都有新鮮的風和陽光，到處都有讓思想自由散步的原野與山谷。

經過一次大疲倦之後，也許從此就睡下去，也許睡了一會之後贏得大清醒。我得好好睡一覺。精疲力盡並不等於死亡。我還要生活，而且知道該怎麼生活。因為我已明白那些使我身心疲倦的是些甚麼。

我不僅遠離了製造疲倦的機器與瘋狂，而且也遠離了過去的自己。過去的，儘管奪目耀眼，但我已把它拋入密歇根湖的湖底，大約不會再浮現起來了。

世界上其實並沒有安靜的坐處，好容易找到了密歇根湖畔這點安靜的坐處與安靜的片刻，然而，這岩石，這安靜的坐處，只是汪洋大海中的一葉孤島，孤島之外便是風浪與喧囂。人間的思想者，大致都只能處於孤島中。這也許是無可挽回的宿命。明白了這一宿命，倒可安心於孤島上。從孤島上去眺望世界，可以看到另一番景象，比起弄潮兒，也許還有一雙更特別更明亮的眼睛。

雪國的領悟（瑞典散記之一）

冬季的瑞典，真是一個名符其實的雪國。

雪花滾動着，世界只有無邊的潔白。

這裏本來就很安靜。下了雪之後，更加安靜。我喜歡安靜。對於我來說，安靜是一種空氣，一種權利。

一九七一年冬天，我曾到過黑龍江省的「北大荒」。那裏也是漫天的大雪，也是滾動的雪花。然而，我只顧在雪地上尋找車站、食物和訪問的目標，心內騷動不安，無暇欣賞北國風光。雖然腳踩着雪，但離大自然仍然很遠。

今天可以從容地欣賞一下大雪。樹上的雪，草上的雪、地上的雪，屋脊上與山脊上的雪，都應當好好品賞。小女兒劉蓮一邊做作業，一邊說，爸爸，雪停後你陪我去玩雪人。我立即答應，決不會想到沒有時間。欣賞大雪，享受雪的奇妙，也是生活。我遺忘了這部份生活已經太久，使人生變得有點殘缺。

老是在充滿火藥味的空氣中生長，身上總是留下火藥味，應當用雪把它洗淨。在這裏玩雪，決不會變得冰冷，在雪國裏長大的瑞典人，心腸就很熱。

我知道大雪將延續下去，一直綿延到明年的四月間。但我能接受連綿的大雪，而且還會在雪的白色帷幕下，從容地讀着自己喜歡讀的書，寫着自己喜歡寫的文字，不會感到雪飄落得太久。

經過一次大滄桑之後，我對生命、生活，明白了許多，沒有經歷過大滄桑，不可能贏得對生命真切的理解。劫難，是一部大書，吞噬劫難之後，我便覺得成熟得多。覺得心靈的孤本上又添上應當珍惜的一頁。然而瑞典這個國家的知識者絕對不能接受一個觀念：成功一定是苦難所誕生的，成功者必然要承受命運的災難。他們的國家幾個世紀中沒有戰爭也沒有政治浩劫，但依然人才輩出。未經災難，人也可以成熟。可惜，我卻沒有這樣幸運。

然而，在瑞典，我確實進一步從劫難的陰影中超越出來了，恬靜的快樂幫助了我，於恬靜中，我放下了一種慾望，只是說不清那是一種怎樣的慾望。在龐大的故國，名聲、地位、權力都富有魅力，它吸引着無數人去追逐，現在還吸引着無數人去追逐。可是，我終於放下了慾望。放下慾望是需要力量的。有力量放下慾望才能享受平靜。記得加繆告訴人們，生活幸福的秘訣在於沒有野心。放下野心，生活就會贏得自如與從容。

瑞典人早就明白這個道理，這也許與它所處的位置有關。瑞典雖處於地球的邊緣，但沒有一種慾望使他們為此而感到不滿足。相反，他們意識到這樣一種位置之後，便沒有充當歷史主角的慾望。他們對人類社會一點一滴地盡自己的責任，但沒有解放全人類的抱負，甚至聽不到任何關於「為人類作出偉大貢獻」的口號和相應的激昂慷慨。沒有充當歷史主角的慾望，使瑞典把精力和智慧放在民族的自我調節上。大約因為這樣，所以它才贏得如此的安靜、從容。瑞典人的話很少，但腦子是有智慧的，一個善於用腦而不善於用嘴巴的民族，才能贏得持久的安靜與平和。

我的故國是個泱泱大國，大國自然容易有大抱負，希望充當歷史的主角，這裏雖然包含着生命的激情，但也使自己遺忘生命乃是目的本身，遺忘生命的自我調整實在是比生命的自我擴張重要得多。倘若放棄一種充當歷史主角和世界中心的慾望，不再老想當人類的解放者，而且多想着十幾億同胞生活的平靜、從容、愉快，我們的國家一定會可愛得多。

純粹的呆坐（瑞典散記之二）

好幾個星期天，我和小女兒靜靜地坐在斯德哥爾摩市中心的音樂廳門口，就坐在台階上。純粹呆坐着，沒有一句話，只是呆呆地看着眼前的人群，看着他們在台階下的小廣場買鮮花、買葡萄、買桔子、買蔬菜。

幾位來自大陸的朋友，我帶他們逛街後也帶他們到這裏歇腳，也坐在這台階上，也呆呆地看着走動的人群，看着他們買鮮花、買葡萄、買桔子、買蔬菜。

這些朋友和我一樣喜歡這些乾淨的台階，喜歡在這裏純粹呆坐着與呆想着。沒有説話，只是張開眼睛看着陌生的、走動着的男人與女人，這裏沒有表演，沒有故事，甚至沒有甚麼聲音。一切都是瑞典最平常的人與生活。時間從我們身邊悄悄流過，行人從我們面前緩緩走過。沒有東方大陸裏的喧囂，也沒有北美大陸的匆忙。一個小時過去了，我們坐着，兩個小時過去了，我們還坐着，直到買完菜的妻子來招呼回家，才醒悟到已經坐了很久。

要走了，才與朋友相視而笑，奇怪彼此沉默得那麼久，但都明白，我們不約而同地欣賞一種和音樂廳裏的藝術完全不同的似乎沒有欣賞價值的東西。

因為愛想事，有時也突然想起，為甚麼喜歡在這裏呆坐，呆坐着欣賞、享受些甚麼。想想，便悟出自己是在享受一種氣氛，一種過去生活中缺少的氣氛，這就是和平、從容、安寧的氣氛。瑞典也有緊張，也有失業，也有煩惱。但他們生活裏總是擁有一種牢靠的安全感。他們用不着擔心明天會有戰爭發生，會有政治運動發生，用不着擔心突然會被拋入一種神聖名義下的殘酷的互相厮殺的生活，用不着擔心今天說了一句錯話，明天就會受到滅頂之災。這是值得羨慕的。在純樸的瑞典人看來，這是最簡單、最平常、最起碼的人生空氣，是用不着操心的。而我和我的同胞，卻為此操了許多心，直到今天，還不能放心。

前兩年在芝加哥大學時，聽阿城說：「在大陸生活時，總覺得有種味道不對，而且揮之不去。」一這種味道也就是瀰漫於生活的每一角落的人生空氣，到處都有的、怎麼也逃脫不了的社會氛圍。這種氛圍正與我們在音樂廳門口所感受的空氣完全不一樣。我和朋友久久地坐在那裏，其實就因為自己喜歡那裏的空氣，平靜的、和諧的空氣，沒有硝煙味也沒有硝煙餘燼味的空氣，更沒有血腥或血腥遺留下的氣味，瑞典已經好幾個世紀沒有戰爭了，也沒有對自己的同胞與兒女的殺戮。

在離開瑞典的最後一個星期，我還和女兒一起在那排台階上作最後的一次呆坐，此次呆坐時，我心中竟萌升一種期待，期待我和女兒還有女兒的同一代人，有一天也能像北歐人群那樣生活，能把握住今天與明天，能深信明天一定也是和平與安寧，用不着老是高呼口號和高舉戰旗，也用不着老看着批判、鬥爭與殺戮。我期待我有一天也能坐在故國禮堂前的台階上，靜靜地呆坐，看着流動的人群，欣賞着他們買鮮花、買葡萄、買桔子、買蔬菜。

「寧靜」的對話（瑞典散記之三）

到瑞典之後，給我最深的印象是它的寧靜。寧靜像白雪一樣默默地覆蓋着森林、草地和海洋，也覆蓋着學校、街道和商場。寧靜壓倒一切，包括壓倒鬧市的喧囂。

在斯德哥爾摩大學的校園裏，更是寧靜。我窗外就是學生的紅磚宿舍群樓，三、四個月來，它給我的印象就像遙遠的古堡，既凝聚着歷史，也凝聚着寧靜。住在這裏的年青人，長期生活在寧靜中，常感到寧靜太重、太濃，重得有些寂寞，濃得有點冷清。於是，他們於冷清中生出一計：相約在星期二晚上的十點鐘，大家都朝窗外呼喊，一舒胸中的寂寥。這一時刻到來時，就能聽見四面八方潮湧般的聲音，劃破夜空，尋找心靈的回響。我的小女兒蓮蓮一聽到這聲音就衝開門窗，拽掉平素的羞澀，朝着朦朧中的樓群長叫幾聲，然後自己高興得連蹦帶跳。而我，在一片渾然的雜鳴中驚奇地感到，在夜色籠罩下的土地上，竟潛伏着這麼多渴望吶喊、渴望傾吐、渴望交流的生命。人類的生存畢竟是相關的。太不相關，就會寂寞，就會有對寂寞的反抗。

我開始只是好奇。最近幾個星期二的夜晚，在女兒開窗之後，竟然也不由自主地跟着女兒長喊幾聲，喊完之後和女兒相對大笑。女兒笑甚麼，我不知道。而我，則是笑自己曾被寂寞壓迫得不知所措，惶惶不可終日，就像剛剛走出軀殼的鬼魂。笑完之後感到一陣輕鬆，並悟到自己已經戰勝多年來的大寂寞，反而喜歡寧靜，喜歡和寂寞開個舒心的玩笑。於是，我和渴望吶喊、渴望衝破寧靜的生命展開關於寧靜的對話。

「太寧靜了！我們需要聲音！」

「我愛寧靜！我被喧囂折磨得太久了！」

「喧囂裏有騷動！喧囂裏沒有寂寞！」

「喧囂裏有大寂寞！你們不了解大寂寞！」

「反正我們要享受聲音！」

「反正我要享受寧靜！」

每一次相互呼喊都是對話。我喜歡寧靜中那些年青生命的聲音，也喜歡寧靜本身。為了一張寧靜的書桌，我曾經喊破了嗓門。寧靜是我的奢侈品，一到瑞典，我就充滿喜悅地意識到，我要好好地享受寧靜。在寧靜中，讓思緒潺潺流動；在寧靜中，討回往昔大喧囂消耗的生命，而且領悟難以化入喧囂的大寂寞和離開喧囂後的大孤獨。喧囂後需要寧靜，孤獨後也需要寧靜。被喧囂撕毀的生命碎片需要在寧靜中重新聚合。假如有一天，我也像瑞典的年青朋友覺得寧靜過於沉重，那也不要緊，我也可以再朝着夜空吶喊，反正沒有人干預，反正都是人的聲音而不是狼的嗥叫。

一九九二年十二月二十五日於瑞典

失明的眼睛更明亮（瑞典散記之四）

去年十一月間，我到瑞典歌劇院去觀看根據易卜生的戲劇《培爾．金特》（*Peer Gynt*）改編的芭蕾舞劇。舞劇的劇情和原著有些不同，但帶有哲理意味的細節卻表現得十分感人。

《培爾．金特》是易卜生早期的作品。中國資深的作家蕭乾曾把它譯成中文並在中國演出。張欣辛扮演過劇中的山鬼的角色。「五四」時期，中國作家心目中的易卜生是個社會問題戲劇家。他的劇作成為中國家庭革命與社會革命的動力源之一。看了《培爾．金特》之後，才知道易卜生的戲劇有着很濃的哲學意蘊，形而上的氣氛浸透劇中。《培爾．金特》芭蕾舞劇用獨特的舞蹈語言把易卜生關於自我的思索展開得非常精彩，真令人佩服。

其中有一個情節又涉及到眼睛。培爾．金特年青時代的戀人索爾維格（Solveig），在培爾．金特浪跡海外之後，經歷了無數白天與夜晚的思念，又經歷了生活上的種種磨難，眼睛不幸失明了。而培爾．金特在外鄉的流浪生活以貧窮如洗而結束，並帶着悔恨的心情返回故鄉。可是，歲月滄桑，故土的父老兄弟對他已經陌生，沒有人能認得出他。真正的培爾．金特被淹沒在人群中。此時，唯有一個人認出了真正的培爾．金特，這就是雙目失明的索爾維格。

索爾維格在培爾．金特浪跡異鄉的日子裏，一直等待着他。她坐在門口紡線，紡了不知多少個日夜，等待了不知多少個早晨與黃昏。在挪威演出的詩劇裏，著名的挪威民族音樂奠基人格里格曾為《培爾．金特》配樂，作出了動人的《索爾維格之歌》，歌詞上寫道：

冬天早已過去，
春天不再回來，
夏天也將消逝，
一年年地等待，
但我始終如一；
你一定能夠回來。
我曾答應你，
我要忠誠地等待，
等待你回來。

索爾維格已經等到眼睛失明了。但是，她在心中深藏多年的深摯的情感卻像長明的火把，永恆地保持着光芒。當她走近真正的培爾·金特時，這一光芒立即就照出青年時代的培爾·金特。所有飄落在培爾·金特身上的海外的塵埃，所有的異鄉異國的駁雜的氣息，都不能使她的心靈混亂。她憑着真誠的愛戀之心，憑着未被殘酷的歲月所剝奪的最後一點「靈犀」，終於發現了潛藏在另一身軀上的「靈犀」。於是，她穿透了迷霧，擁抱了那個被故鄉遺忘的失敗的漂泊者。她比一切眼睛都明亮。

在索爾維格認出培爾·金特的那一瞬間，我似乎看到索爾維格胸中藏着的巨大的內在的眼睛。這種眼睛就是生命的全部脈搏，全部情感，它就像內在的日月，能夠看到俗眼難以看到的一切。在詩劇《培爾·金特》裏，本來還有這樣一段情節，即魔鬼想把培爾·金特充滿罪惡的靈魂收去鑄成一粒鈕扣，可是，因為培爾·金特身上蘊含着一個女人的永恆之愛，所以魔法未能奏效。舞劇的語言很難表現這一情節，但我們仍看到，索爾維格的永恆之愛確實使培爾．金特從魔鬼的地獄中擺脱出來而回到天堂之中。這個天堂，就是索爾維格愛的懷抱。

人真是一種怪物，他太豐富太複雜了。人無論認識自己還是認識他人都非常難。憑着一雙肉眼是很難認識一個人的。索爾維格認出培爾．金特，就不是憑藉肉眼，而是憑藉她那一顆永遠酷愛與信賴培爾．金特的心靈。這種信賴使她可能抹掉世俗眼睛中的雜質和透過世界在培爾．金特身上塗上的污泥濁水而辨別出他本來的靈魂。揚棄世界瞳孔中的勢利，就看到在龐大遮攔背後的那一點真正的生命的原素。

自戕眼睛之後（瑞典散記之五）

著名的希臘悲劇《俄狄浦斯王》（*Oedipus*）描寫了這個國王因為不認識自己的母親（娶母為妻）而恨極自己，自戕了自己的眼睛。後來的戲劇導演在舞台上設計這一慘劇時，總是展示了自戕後的眼睛一片血淋淋，令人感到恐怖而慘烈。

這種表現自然無可非議，然而去年十一月間馬悦然教授請我去參觀瑞典的木偶戲社時，卻看到這個劇團用木偶戲演出這部悲劇時完全別開了生面。它在表現俄狄浦斯王自戕眼睛之後，不是沿襲以往的血淋淋，而是讓俄狄浦斯王自戕後戴上雪白的面紗，而面紗底下卻張着自戕後的雪亮的眼睛。他用這一受傷的眼睛冷靜地看着世界，一切都看得很清楚，包括自己眼前自我放逐的道路。

導演通過這一創造性的細節向觀眾顯示：經過一場大悔恨和自我大懲罰之後，他的眼睛不是瞎了，而是真正明亮起來了。他看清了一切，包括看清了自己。

富有創造性的處理還包含着導演一種很有意思的思想。在他看來，人類明亮的眼睛是需要錯誤的洗禮的，甚至是血的洗禮。認識自己和認識自己的母親是需要代價的，甚至是殘酷的代價。俄狄浦斯王因為發現自己罪孽性的錯誤而痛苦悔恨到極點，他不能接受自己那雙連母親也不認識的眼睛，因此，他摧毀了雙眼。然而，他摧毀了外在的眼睛卻保衛住內在的眼睛，這就是良知的眼睛，這才是最明亮的眼睛，只有它能正視淋漓的鮮血，正視身外與身內的黑暗，並透過面紗看清荒廢、頹敗、虛偽、醜陋、殘忍和遍身大光輝的魔鬼。

導演給自戕眼睛後的俄狄浦斯王掛着面紗也很有意思。它一方面暗示悲恨者已經自戕，一方面又暗示着從血泊中生長出來的內眼睛能穿透眼前的帷幕。人與世界之間，總是隔着厚重的帷幕，我們的眼睛和靈魂總是被拒絕於真實的世界之外。能拉開帷幕的意志才是強大的意志，能穿透帷幕的眼睛才是明亮的眼睛。這種帷幕，有神聖的謊言，有鍍金的理念，有漫長歲月的歷史文化烽煙在人類心靈中的積澱，然而，明亮的內眼睛可以穿越一切帷幕。

俄狄浦斯王自我放逐兩千多年了，我想，他用那雙受傷後的眼睛，一定閱盡真實的世界和這個世界中說不盡的大荒謬。

鮮花與子彈（瑞典散記之六）

瑞典的首相帕爾梅（Olof Palme）被暗殺的事件震驚了世界，聽到這個消息時，我還在北京，真為這個政治家惋惜。

因為往日的印象，我到了瑞典之後，便去拜謁帕爾梅的墳墓。他的墳墓坐落在教堂的東邊。和普通的瑞典人一樣，墓很簡單，除了一塊立着的石碑和一塊鋪在地上的石板外，甚麼也沒有。石碑上刻着他的名字，石板上刻上他的生死年月。

但是，墳前卻放着鮮花，點着蠟燭。一看就知道花是新鮮的，剛剛敬獻上的。同去的朋友高建平、李明告訴我，帕爾梅的墓有一種別的墳墓所沒有的奇觀，就是自從他安息在這裏之後，墳前始終有人們獻上的鮮花。不管春夏秋冬，不管陰晴寒暑，總有鮮花。清香長年不斷。

聽到這個故事，我將信將疑。但為求證懷疑，我和妻子幾次路過教堂都悄悄地到了帕爾梅墓前，果然見到鮮花不斷，清香連綿。只是有一次，因為細雨，有一個陌生的瑞典人在那裏點着蠟燭，但總是點不上，心裏焦急，我們也跟着焦慮，真想幫他劃一劃火柴。見到瑞典人這麼有心，我真是感動。而且知道一位政治家在人們的心中也可以像長年不敗的鮮花，受到人們如此敬愛。政治，固然有骯髒的政治，但也有正直的政治。政治家的命運也不同，有生時被人唾棄的政治家，也有死後被人們拒絕遺忘的政治家。

瑞典人和中國人相比，顯得寧靜、平和得多，話也很少。瑞典人的口裏絕對沒有硝煙味。我喜歡瑞典，大約正是因為它是一個不喜歡講廢話和沒有硝煙味的國家。瑞典人雖然話不多，但心裏卻有一種很執着的感情。對人的懷念，也很執着。首相墳前四季不衰的鮮花，正是一種執着的明證。懷念一旦執着，也很感人。

我因好奇，就想到怎麼可能有長年的鮮花，難道獻花者真是像接力運動員那樣一個接一個嗎？是不是有人在組織呢？我曾把疑問告訴瑞典朋友，他回答説，這些鮮花之所以寶貴就在於沒有人組織，沒有人號召，卻源源不絕，好像冥冥中有一種力量在安排。也許，許多瑞典人都覺得，殺害首相帕爾梅的暴力是應當抗議的，但他們選擇的方式，不是以暴抗暴，以牙還牙。他們覺得以暴力報復暴力，世界將永遠陷入怨怨相報的惡性循環之中，那麼，這將是一種萬劫不復的循環。大約因為這麼想，所以他們回答卑鄙的子彈的，是純美的鮮花。在剛與柔、子彈與鮮花的較量中，一是至柔至美，一是至堅至硬，世界好像注定要被堅硬的子彈所戰勝，可是，瑞典人不這麼想，他們相信鮮花的力量。鮮花不像子彈，需要從陰暗的角落裏發射。兇手，也只配作人類心靈搜捕的對象。而鮮花卻日夜不敗，早晨迎着露水，夜晚迎着月光與星光，它長在地上，也長在人的心裏。鮮花是易脆的，然而，鮮花又是最久堅的。

採蘑菇（瑞典散記之七）

到了秋天，瑞典滿山遍野都是蘑菇。草地上，山坡上，樹蔭下，到處都有。一見到這麼多蘑菇，我和妻子一下子就着迷了。採蘑菇簡直太好玩了，比打網球、野餐、釣魚都好玩。我好些天顧不得讀書寫作，天天去採蘑菇，幾乎成了採蘑專業戶。

我們居住的屋前就是一座小山林，山林裏到處藏着蘑菇。我們愈採愈有味，愈走愈遠，山林的深處，靜悄悄，我們一點也不怕。

蘑菇有許多種，有的有毒，有的沒毒，我分不清。但妻子興致濃得不許我懷疑。她說，「怕甚麼，小時候我在家鄉也採過蘑菇。你看，這種蘑菇就是蟲吃過的，蟲吃了都不會死，我們吃了就會死嗎？」「那麼，這些蟲不吃的呢？」「蟲不吃的你可以聞一聞，有土香味的就可以採，有土臭味的而且外表很美麗的就有毒，就不要採。」她那麼自信，好像採蘑專家，我也就放手採了。每一回總是採有二、三公斤重，滿滿的一塑料袋。

採來的蘑菇鋪滿陽台，吃了一個星期，也沒出甚麼事，照樣很健康，於是，膽子更大，採得更多。朋友來了，還請蘑菇宴。從日本遠道而來的高橋信幸先生到我家時，我們也請他吃蘑菇，他連連叫好。告訴他這是自己採的鮮蘑菇，他更高興，走的時候，一直說這一餐太有味道了。前年我到日本訪問時認識了高橋先生，他是高筒光義先生的朋友，並協助高筒先生做基金會的工作，他們資助辦了《學人》雜誌，還想資助辦一所私立大學。我到日本時，他們讓我吃的東西實在太好，我幸而有新鮮蘑菇相報，心裏實在高興。

因為蘑菇採得入迷，常常不在家，有朋友來訪，小女兒就說：「爸媽都去採蘑菇了。」於是，採蘑菇的名聲就傳出去，一傳出去，可把馬悦然教授和陳寧祖大姐驚動了。見面時，悦然說：「你們應當馬上停止採蘑菇，萬一吃到有毒的可不得了。」我剛想要說我妻子是個採蘑專家，具有分辨鮮花毒草的能力，他卻根本不容分辯地說，絕對不能再去採了。見到他那麼認真，我只好領受他的勸告，勉強地點點頭。寧祖大姐猜中我仍不死心，就說，前年楊煉到這裏也採得入迷了，悦然就讓他搬家了，搬到遠離山林的地方。這麼一說，我才知道入迷的不僅是我和我的妻子。馬悦然教授當時正在全神貫注地翻譯《西遊記》，這是他譯了《水滸傳》之後的第二大工程。每天都盯在電腦機面前，滿腦子是孫悟空的故事，可是，放下孫悟空和妖魔，竟又想到我在採蘑菇。讓老先生這麼擔心，我們也還是克制一下自己，暫時停止了兩個星期的採蘑活動。

兩個星期後又憋不住，又和妻子往山林裏鑽。我們想，馬教授又忙着孫悟空「打魔」，不會知道我們又在「採蘑」。不過，為了讓他放心，這回我們「只採不吃」，其實，採蘑的樂趣全在尋找與採集的過程中。在這一過程中，我倒發現自己心中也有一個孫悟空，總是好奇好動，總是想跳出來「攪亂世界」。這回碰到一座花果山似的蘑菇山，能不好好玩它一陣嗎？

太陽崇拜（瑞典散記之八）

此時，瑞典漫長的冬季剛剛結束。

冬季的白天很短。上午九點鐘天才蒙蒙亮，下午三點鐘左右就黑下來了，彷彿見不到早晨與黃昏。而且常常下雪，北歐真是名符其實的雪國。難怪在女兒的記憶裏，白雪公主的故鄉就在瑞典和它的鄰邦丹麥。

雪國裏的陽光十分稀少，一出太陽，就立即帶給人們新鮮和喜悅。家家連忙打開窗簾，讓陽光灑進屋裏。我也第一次感到陽光如此珍貴，如此柔和，如此需要它。倘若我正在寫作，突然有陽光射進，就會立即移坐到陽光下，沐浴那從天上剛剛降臨的光明與暖意。這個時候，我覺得陽光比甚麼都重要，也比寫作更重要，於是，我常常放下筆，以全部身心去接受陽光。在寫作緊張的時候，總是不願意讓思緒中斷，唯有兩樣東西能命令我停下筆：一是天上的太陽，一是地上的小女兒。

在北歐，常常感到太陽離自己很遠，但此時又覺得離我特別近。到瑞典後，才知道瑞典人崇拜太陽。為甚麼崇拜，就因為陽光太稀少。因此，在度過漫長的冬季而初夏來臨的時候，就可以看到許多瑞典人袒胸露腿地躺臥在草地上曬太陽，盡情地享受太陽的暖熱。我在瑞典經歷了一個冬天之後，也成了太陽的崇拜者，並在對面的向陽山坡上找了個好地方，脱下外衣，狠狠地抓住夏日的陽光。那時候，我感到自己從冬眠中覺醒，生命又有一個新的開始。

這是我人生中的第二次太陽崇拜。在我的第一人生中，也曾經狂熱地崇拜過太陽，但那不是天空中的太陽，而是地面上人造的紅太陽。那時全中國都在膜拜，我也不例外。然而，崇拜了幾年之後，就從崇拜的狂熱進入崇拜的恐懼。因為到處是紅太陽，書上，牆上，街上，報刊上，胸脯上，額頭上，床頭上，灶台上，門窗上，全是紅太陽，陽光不僅僅白日照，晚上也照，太多太耀眼，就變得太俗了。那時，陽光顯然過剩。陽光本就過剩，還整天唱太陽的讚歌，說紅太陽光芒萬丈還不夠，又要說它光焰無際。唱歌只能唱紅太陽的歌，跳舞只能跳紅太陽的舞。億萬人一起製造東方的太陽神。不知有多少人，被指責為反對太陽神的罪人。保衛紅太陽的口號震天動地。很奇怪，這麼一來，太陽反而離我愈來愈遠了。如今，這一輪太陽，已成了往日的惡夢與傳說。

此次到了瑞典，彷彿又見到一次日落之後的日出，然而，這不是日落與日出的輪迴。新的日出擁戴的是很普通很平常的陽光，就像很普通很平常的水、空氣和田野，它不是人工製造的偶像。然而，給人間以溫暖的卻是它。在我穿過紛飛的大雪之後，只有天上這一輪屬於宇宙也屬於整個人類社會的太陽，我才會用全部身心去接受它，我對它的崇拜，其實並非崇拜，只是接受，我接受給我生命以暖意而又平常的光熱之源，連穿在自己身上的衣服，也不許它擋住這光熱。

在風景獨好的科羅拉多（美國散記）

在美國的第三年，我有幸在科羅拉多大學度過。

科羅拉多之美已使我高興，後來李澤厚也到了科羅拉多，更使我高興。我在Boulder，他在Spring，相距只有百里之遠。他也非常喜歡這個地方，我開玩笑說，倘若無家可歸，倒是可在這裏創造一個乾淨的家園。

科羅拉多的豬肉和芝加哥的豬肉一樣，沒有中國的好吃，但它的風景特別好。天特別藍，常常藍得像故國江南的湖泊；水又特別清，小溪裏都是山泉水；陽光又特別明亮，春夏秋冬一片燦爛。也許因為陽光充沛，所以科羅拉多的樹葉子紅時特別紅，青時特別青，黃時特別黃。我尤其喜歡科羅拉多的山，這是洛磯山脈的一部份，不險峻，也不低矮，雄渾厚重，顯得成熟。我走訪過許多山川，高聳巍峨的總是顯得單薄，一看就知道它太年青，而平緩無棱角的則顯得憔悴，一看就知道它太老。而科羅拉多的山，脈絡寬廣，山中有山，谷中有谷，層層疊疊，錯落有致，山谷裏還有許多湛藍的湖泊，冬天可在山谷裏滑雪，夏天可在湖泊裏泛舟，如此渾厚而豐富的山，正好與成熟但尚未老化的人生即中年歲月相通。所以在此山中，我常常得到鼓舞。在這裏，我常常和妻子菲亞沿着小河散步，逆河而走，一直走到山腳下。本想去尋訪小河的源頭，然而，源頭在深山的遠處，總是找不到。可是，我們沿着河岸找了許多與故鄉一樣的樹木。在這裏，我感到離故鄉很近，離童年也很近。兒時，我曾經和家鄉的山野貼得緊緊，一天不在草圃裏滾爬就不舒服，那時，大自然是我的啟蒙老師，故鄉的榕樹告訴我：生命可以如此強大；故鄉的山茶花告訴我：生命可以如此純潔；故鄉的小草告訴我：生命可以如此充滿青春氣息。

如今，科羅拉多的山水又對我進行新的啟蒙：生活確實很豐富，啟迪生命的不僅僅是那些刻在書本上的文字。只要自己感到自己是一種真實的生命存在，只要活得像人，正如山像山，水像水，那就不妨坦然地存在着。

科羅拉多的山水這麼美，難怪吸引了「新月派」的那兩位健將。李澤厚居住的 Spring 城，就是當年梁實秋去過的地方，那時，迷人的風景使梁實秋興奮不已，並告訴還在芝加哥的摯友聞一多。聞一多一聽說科羅拉多的美景異常，立即就捲了鋪蓋直奔梁實秋。這段故事，梁實秋先生已寫得很詳細，我因為身臨此景，總是常常提起它。

邀請我到科羅拉多大學的是葛浩文教授和系主任柯保羅（Paul Krool）教授，自然還有校長支持。柯教授專攻莊子。我的女兒劍梅也選修莊子課，其細讀的程度真令人驚訝。葛浩文則是現代文學的教授，除教書之外，他又是美國的譯林高手，中國現代文學與當代文學的許多譯作都出自他的手筆，莫言的《紅高粱家族》、張潔的《沉重的翅膀》、賈平凹的《浮躁》、白先勇的《孽子》等都出自他的譯筆。他特別喜歡蕭紅，常和我開玩笑說：「我愛蕭紅，和她談了好久的戀愛。」他對蕭紅真是傾心，翻譯蕭紅作品、著寫研究蕭紅的書籍，到大陸尋遍蕭紅的足跡。一個美國籍的猶太人，能對一個死了的中國作家如此傾慕，實在難得。我到科羅拉多的這一年，他則愛上莫言了，所有莫言的作品他都想譯，每次到我家，總是言必稱莫言，這回把《紅高粱家族》譯成英文，《紐約時報》給以很高的評價，認為譯者和著者「旗鼓相當」。他自己也很滿意，告訴我說：這回莫言可真的走向「世界」了。

在國外，我見到的異族漢學家，在對中國文學研究上不僅投入了理性，而且投入了自己的全部感情的有兩位。除了洛磯山下這位「老葛」外，還有一位則是波羅的海岸邊上的馬悅然教授。馬悅然對中國文學如痴如醉，不僅一片傾心甚至一片天籟，當他談論起正在翻譯的《西遊記》時，持重高雅的他，竟然像一個孫悟空似的小孩。

受他們的「戀情」所感動，我自己也覺得必須堅持一種被年青朋友所嘲弄的「責無旁貸」，也應當再做當代中國文學的鼓吹者。一九八八年，我首次到瑞典時，馬悅然教授正着手翻譯高行健的《靈山》，原稿字跡細小，辨讀起來十分困難，我便把手稿揹回北京，打印好，然後再寄回瑞典，有了打印稿，馬悅然很快就譯成瑞典文。而今年在瑞典，當我接到台灣洪範書店寄給我的《酒國》（莫言著）時，我很快就讀完，並很快複印了二本，一本給羅多弼教授，一本給丹麥的 Stephan 教授，供他們作翻譯用。我的文學評論，也願意包含一點體力性的勞動，因為我也有馬悅然和葛浩文那種對中國文學的傾心，如同我傾心於科羅拉多的山山水水。

高原上重逢的黃蜻蜓（美國散記）

我真喜歡科羅拉多。

我的小樓前面就是小溪，它清澈得如同我兒時見過的故鄉的碧水。走過小溪上的小木橋，就是小山。山坡上的小路和我故鄉的小路一樣曲折蜿蜒，還一樣地躲藏在小灌木叢裏。到了科城後，我總覺得是在他鄉遇故鄉。

尤其讓我喜歡的，是在科羅拉多還見到三種兒時的朋友：蜻蜓、蝴蝶和天牛。自從進入城市之後，我就遠遠地離開牠們了，沒想到，在遙迢的異邦卻又能相見，這又是「他鄉遇故知」。

蝴蝶是在小山的花叢裏見到的。天牛是在小溪邊的樹林裏見到的。我認識牠們，牠們不認識我，但也不陌生，不害怕，我走近牠們時，天牛仍然從容地在樹枝上戲耍，蝴蝶則自在地翔舞。

蜻蜓則是一個夏日的早上，突然飛入我的家，停泊在書桌上的陽光中。那一刻，我真是又驚又喜，那模樣和故鄉遇到的完全一樣：美麗、痴呆、鼓着圓滾滾的大眼睛。那一瞬間，我真覺得故鄉和童年一起飛入我的屋子。我久久地看着她，愈看愈奇。開始覺得「似曾相識」，細看後覺得她正是我童年時代在楓樹上抓住又放走的那一隻黃蜻蜓。我認得她的深藍色的大眼睛和紫金色的翅膀。分明是她。她是甚麼時候告別故鄉飛越滄海而來到這裏的。此刻她是不是也認出故鄉的故人呢？想到這裏，我又像兒時那樣，緩緩地伸出手，輕輕地夾着她的長尾巴。她竟一點不動，只用圓滾滾的藍眼睛看着我。我鬆開手指，過了大約一刻鐘，她才從容地飛出窗外，徘徊了幾圈之後便直撲雲空。此時，我心裏非常激動：這個世界多麼神奇，美麗的生命到處都可相逢，連蜻蜓也有一點靈氣與我相通。天地很廣，生命到處都能生長，雙翼到處都能飛翔。我不也可以像兒時的朋友那樣，展開翅膀，盡情地享受晴朗的天空和彩色的森林嗎？為甚麼要那麼焦慮，為甚麼有那麼多甩不掉的慾望？

自從那一天和故鄉的黃蜻蜓重逢之後，我似乎輕鬆得多。是的，蜻蜓到處飛翔，人們到處生活，我也可以在漂泊中到處思索。說世界上沒有路是對的，說世界上到處都是路也對。蜻蜓飛進屋裏好像沒有路，飛出窗外又到處都是路。我相信，童年時代的朋友飛來告訴我的正是這個道理。她有路，我也有路。山山水水屬於她，山山水水也屬於我。

怪傑之鄉（挪威散記）

離開瑞典的前夕，我和妻子、小女兒到挪威作北歐最後一站的旅行。乘火車從斯德哥爾摩到奧斯陸只用了六個小時。挪威人口僅四百萬，但人才卻不斷出現，僅僅這個世紀，就出現了幾個世界性的怪傑，例如戲劇家易卜生、畫家孟克、音樂家格里格，都很傑出，也都很怪。我此次到挪威的心理動力，就是想去尋找這些怪傑的故鄉和他們的踪跡。

因此，到了奧斯陸之後，就請來自大陸的留學生陳鎖芬和她的Rune先生幫助，馳車六個小時，直奔易卜生的故鄉。在車上，我一邊觀賞挪威的海、山巒和在微風中泛着碧波的草地，一面想着易卜生：這個宣稱「獨戰多數」和「世界上最孤獨者乃是最有力量者」的怪傑，原來就在我腳下這塊土地上誕生，他那古怪的叫喊就從這裏發出，然後傳到遙遠的我的故國，然後又進入《新青年》而煽動了整整一代中國知識分子。他的《傀儡家庭》也從這裏的舞台進入中國的舞台，並引起中國發生一場戲劇革命和家庭革命。一個北歐人的腦袋，從這個地球的北角放了一槍，竟影響了我的億萬同胞的命運，不能不說真是神奇。世界如此小，思想的力量如此大，人類又如此相關，大約連易卜生自己都沒有想到。

易卜生的故鄉有兩處展室，一處坐落在一個公園裏，這是他的寫作處；另一處則在易卜生童年的故居。兩處都很簡單，與中國的魯迅博物館相比，實在是太小了。兩處都只有幾間小屋，其簡陋完全出乎我的意料之外。全世界出版各種文字的易卜生著作難計其數，可是，在展室裏只見到《培爾．金特》等幾種英文本，非常可憐。到這裏，才知道挪威對名人的崇拜決不像中國具有那麼大的規模。中國對於名人，無論是摧殘、扼殺還是崇奉、膜拜，氣魄都很驚人。

展品雖小，倒也可以見到易卜生的個性。童年時代的易卜生雖出身地主之家，溫文爾雅，但內在思緒已有怪氣，不同凡響。他給他的兩個弟弟畫的肖像，竟然一個是狼，一個是狐狸。這兩幅少作，現在還掛在牆壁上，實在珍貴得很，他記錄了這位大作家從小就善於寫人的第二現實，即人的精神意識，而且一寫就帶上幽默與怪異，思路絕不尋常。

怪就是不流於一般，不做多數的俘虜。其實，多數的力量是最可怕又是最能扼殺人的天才的。天才要生長，就得獨戰多數，保衛內在的奇氣，於是，在多數人的眼裏，他就不免古怪。可是社會倘若不允許怪人的存在，社會就只能產生庸才，而不能產生傑出人才，更不必說天才。

易卜生到老都拒絕抹掉自己的怪脾氣，只任自己的個性不斷發展。作家與科學家不同，他們無須太多全面的理性，倒是絕對需要筆下的奇氣和奇性情。能把個性推向極致的作家才能戰勝多數。因為大作家都明白這一點，所以總是拒絕背叛自己的個性，這就難免發生文士之間的互貶相輕。易卜生和瑞典的大作家斯特林堡就是著名的互不相容的一對。在易卜生的寫作室裏，掛着克里斯田．克勞格畫的、他的「頭號敵人」斯特林堡的像，這一古怪的擺設，有兩層意義，一是激勵自己的寫作，記住敵人的存在確實是防止偷懶的最有效的辦法。穿着掛滿勳章的袍子的易卜生如果沒有強大對手，恐怕也難免偷懶。二是易卜生自己說明過的：我總是擺脱不掉「這個瘋子」的眼睛。好吧，讓這雙眼睛天天看着「我寫得比他好」。北歐這兩位天才的爭論是很有名的，他們的許多見解正好相反，然而，這不影響他們都成為人類文化星座中的一顆奇特的星斗。

參觀故居之後，幾乎買不到甚麼紀念品。倒是小女兒蓮蓮買了一本英文本的《培爾．金特》。她看到故居展室裏有中國青年藝術劇院演出《培爾．金特》的劇照，對這本書就更有興趣。然而，她並不知道，她能到西方求學，也與這個怪人相關。易卜生的名字在五四時期像春雷一樣響亮，他打的雷和閃的電，一直射到長江黃河邊上，把許多還在睡夢中的類似林黛玉、薛寶釵這樣的知識才女都驚醒了，並從此紛紛走出家庭的圍牆而走入社會最後還走向世界各方。那個時代，沒有一個中國大作家不談易卜生，誰都覺得他確實幫助中國人走出黑暗的鐵屋子。

那一天的旅行，我們都很累，一早就從奧斯陸出發，直到晚上七、八點鐘才回到城裏，鎖芬與 Rune 輪流駕車，一路飛馳不斷，也找不到餐館，全靠早晨從一家越南店裏買的二十根油條支撐着。雖然疲倦，但心裏卻很充實，我相信，這個世紀談論易卜生的中國知識者很多，但真正走到他的童年的故居去撫摸他那些平常的桌椅、小床及他讀過的書籍的，恐怕只有我和很少的一些中國的留學生，為此，我真引以為榮幸。

尋找舊夢的碎片（彼得堡散記）

今年六月中旬，瑞典的「國家、社會、個人」學術會議之後，我和與會的部份朋友一起乘船到彼得堡旅遊。這些朋友包括：李澤厚、李歐梵、李陀、葛浩文、北島、高行健、萬之、陳方正、金觀濤、劉青峰、劉禾、汪暉、高建平、李明等，除了葛浩文及其兩個女兒之外，都是中國人。

中國人特別是中國詩人與學人，對俄國都有一種特殊的情感。歐梵一踏上海輪就感慨：我研究俄國思想史，愛俄國甚於愛中國。與歐梵相比，我們這些生活在大陸的學人，對俄國更是有一種特殊的精神聯繫與命運聯繫：俄國，曾經是我們的夢，曾經是我們的追求與期待。而屹立在波羅的海岸邊的彼得堡，死了的列寧格勒，更是我們的夢中之夢。

在輪船的甲板上，望着滾滾流逝的波浪，一種尋找舊夢的感覺便驟然升起。我知道列寧的名字已被海那一邊的城市與國家拋棄了，往昔的君王彼得大帝的名字又重新飄揚在那裏的高樓與大街。在還沒有尋找到舊夢的時候，夢已破碎了一半。歷史的滄桑如此迅猛與殘酷，幾乎使我難以置信。我的人生一直連着馬克思的宣言和列寧的革命帝國，當列寧的塑像被絞刑架似的起重機高高吊起的時候，我的心複雜地顫抖着，而當列寧的名字被彼得大帝取代的時候，我的靈魂又再一次震動。然而，我必須面對事實，面對我的舊夢被撕碎的事實。儘管被撕碎了，但我還是要去看看，至少我可以尋找到一些夢的碎片。

踏上彼得堡海岸的那一瞬間，我一眼就看到海埠的樓頂上寫着「列寧格勒」，非常粗陋的字牌，沒有任何裝飾。城市變動了，但作為歷史陳跡的名字還保留着。大部份俄國人是厚道的，當他們告別列寧時代的時候，並沒有把列寧的名字放到腳下踐踏或高喊「踏上一萬隻腳」，社會大變遷時並沒有太多瘋狂。只是「列寧格勒」字牌下一片蕭條，海關像殘破的舊廟，海關人員像疲倦到極點而懶得翻經書的老和尚，有氣沒力地打開我們的護照。

過了海關，就是兑換貨幣的小窗口，那裏標着當天的外匯兑換價格。一美元可以換一千一百三十四盧布。我記得當年戈爾巴喬夫總書記每月工資是四千盧布，還記得我的俄語老師告訴過我：你大學畢業後領到月薪五十六元人民幣相當於三十盧布。兑換外幣後，我們這些東方漂泊者頓時意識到自己乃是「百萬富翁」。

一美元（即一千一百多盧布）在俄國可以購買不少東西。我和李澤厚參觀冬宮之後去逛百貨商店，商店裏沒甚麼食品，卻有各種非常便宜的商品。我們各自用一千盧布買了一個袋子繁多的大背包，還用三千多盧布買了一個足有二尺高的且非常精緻的俄羅斯布娃娃。布娃娃的大眼睛轉動時非常迷人。這麼便宜的（相當於二點五美元）布娃娃擺滿了櫃台，可是沒看到當地人去碰碰她，買這種布娃娃，大約太奢侈了。我真是愛不釋手，而且想到當年報刊上的一句話：「蘇聯老大哥的今天就是我們的明天。」明天，明天中國的布娃娃能這麼美這麼便宜嗎？

逛了商店後，我們又去逛涅瓦大街。我記得列寧說過，革命不是涅瓦大街。因此，一站在涅瓦大街就有一種熟悉感。正在想着列寧的名言時，一位俄國人走到我們身邊。一眼就可看出他是一位知識分子，果然，他用英語與我們交談，他說他是一位英語教師。沒想到，他竟然請求："Can you give me one dollar?"（「你能給我一美元嗎？」）說得明明白白。我們自然不會拒絕，然而我幾乎抑制不住內心的震動。一個我往日夢中的先行者，一個我憧憬半生的列寧之城的「靈魂工程師」，竟開口要一美元，這是真的嗎？這是真的，他明明站在我們面前。我們問他：「你對俄國的未來有甚麼想法？」他搖搖頭說：「我們太疲倦了，已經沒有力量考慮未來了！」「那麼，你贊成這兩年的變化嗎？」「當然，倘若不變，我們還得永遠苦下去！」俄國的知識分子大約真的感到沒有力量思考未來了。從上一個世紀十二月黨人開始，俄國的知識分子就為自己的國家的新生而奮鬥，而坐牢，而被流放，而被殺頭。革命，失敗，革命，成功，但是，到頭來，還是一片蕭疏，一片貧窮的大曠野，一片令人迷惘的破爛不堪。為了一美元而操心的知識者還有甚麼力量去操心一個龐大國家的未來嗎？

然而，一美元對於今天俄國的普通公民是要緊的，他們的每個月工資大約才相當於六美元。一美元他們可以看十五次芭蕾舞表演，可以參觀二十五次冬宮。無論怎麼動盪與貧窮，舉世矚目的俄羅斯芭蕾舞和其他藝術還活着，還照樣像太陽天天從山邊升起，還照樣在燈光下作着牽動人心的精彩表演。我們到達彼得堡的第一天晚上就去觀賞芭蕾舞，正巧趕上年青芭蕾舞演員的會演，那精湛的藝術，讓我們傾倒。俄國文化的根柢畢竟雄厚，擁有這種文化的國度必定擁有明天，這位英語教師暫時還看不到或者不願意去想的明天。

不管彼得堡給我們籠罩的氣氛如何使人迷惘，但我們遊玩的興致都很高。坐着旅遊車，聽着俄國小姐介紹每一座古老而著名的建築，看到舊俄時代留下來的建築依然厚實地屹立着，像恐龍的骨架。彼得大帝為俄羅斯創造的恐龍時代，至今還到處留下值得驕傲的痕跡。導遊小姐介紹着，我們靜靜地傾聽着，欣賞着。唯獨見到一座華麗的大廈時，導遊小姐指着它說：「這是彼得堡最好的大飯店，裏面非常漂亮而且非常舒適！」整車人才哈哈大笑。因為正是昨天晚上，我們就在這個飯店領教過晚餐，除了吃到二片硬得幾乎啃不動的麵包之外，絕對感受不到舒適。從餐館回到船上，大家仍然覺得很餓。幸而我的妻子菲亞早就聽說俄國缺少食物，她從瑞典帶來了兩條大香腸，此時可算是雪中送炭。大家用小刀一片一片切着，還小飲葡萄酒。北島吃得特別香，並喃喃地說：「幸而吃了這兩片香腸，否則晚上就睡不好了。」這是我們在彼得堡度過的一次真正的半古典半現代的共產主義生活。

我們這次旅行的高潮不是在冬宮博物院，而是在阿芙樂爾號炮艦前。看到阿芙樂爾號，我們幾乎都「哦」了一聲。「十月革命的一聲炮響，給我們送來了馬克思主義！」原來就是它。炮艦大約刷新過許多回，比我們在電影《列寧在十月》裏見到的要漂亮得多。對着炮艦，大家都很激動，是高興？是悲哀？是驕傲？是懊喪？是歷史壯劇的開始？是歷史悲劇的起點？我一下子全模糊了。此時，我才發現自己丟失了阿芙樂爾號的意義。意義消失了，但它畢竟是歷史。它不僅改變了俄國的命運，也改變了中國這個世紀的命運。中國在這個世紀的壯烈與荒謬，戰爭與貧窮，革命與革革命，甚至連我的老師們戴着高帽掛着牌子遊街示眾，然後走進豬欄與牛棚，都與阿芙樂爾相關。現在，俄國人對阿芙樂爾已失去敬意，中國人的敬意也在消失，然而，我們還是樂意以它為背景合個影，因為對於我們，這才是完整的故事。

嫁錯了對象的國家（拉脫維亞散記）

四月底，正是春夏交接之際，我和斯德哥爾摩大學東方語言文學系主任羅多弼教授，飛越波羅的海，到 Riga（里加）的拉脫維亞大學訪問。

此次我的訪問興趣特別濃，因為我渴望了解拉脫維亞。這個生活在蘇聯大家庭中數十年而剛剛獨立的國家，走過了一段社會主義路程之後正在尋找新的路。我也是來自社會主義國家，身上長滿着看不見的社會主義細胞，大約正是這種細胞，使我很想去看看這片前社會主義的土地。四年前，一位剛從蘇聯訪問回來的朋友告訴我：你應當到蘇聯看看，你到過北美、西歐、日本，還應當看一看俄國和他的加盟國，這樣對世界的認識就比較完整。

到了拉脫維亞首府里加之後，迎接我們的是拉脫維亞大學東方系的依博里斯教授，他把我們送上公共汽車。一進公共汽車，我就有一種「似曾相識」的感覺。車身破舊，好些座位只剩下銹跡斑斑的骨架，整個車子彷彿就要散開，很像十幾年前我在中國小城鎮中見到的那種身經百戰的交通怪物。車子一路顛簸着，時時發出怪響。我站在車上，緊緊抓住橫杆，但仍然貪婪地看着每一座房屋，每一條街道。當車子駛過一條大街時，依博里斯教授介紹說：這是一條歷史性的大街。這條大街在十八世紀拉脱維亞併入俄國時，便以沙皇的名字命名，稱做亞歷山大路。沙皇垮台之後，一九一九年拉脱維亞獨立了，這條路便改為自由路。一九四零年拉國又併入蘇聯。不久後卻被德軍佔領，而這條路又改為希特勒路。德軍敗退後則改為列寧路。一九九一年她再次獨立後，這條街又改為自由路。我很能理解大街名字的不斷變遷，中國在文化大革命時期也一直忙着改名，北京和全國其他大小城市到處都有東方紅大街、反帝路、反修路等輝煌名稱。政治強者們總是希望自己不朽。

依博里斯教授說，這次大街又命名為自由路了，拉脱維亞人希望能在自由路上一步一步走下去，但是他們仍然擔心，將來有一天又會有新的強悍者的名字來取代自由的名字。自由路是拉脱維亞人自己選擇的，而亞歷山大路、希特勒路、列寧路是他人強加給他們的。拉脱維亞是一個只有二百六十萬人口的小國家，他們渴望自由，但是一代又一代的強悍者總是要剷除他們的自由之路。此次選擇後，他們仍然心有餘悸。

然而，我在拉脱維亞訪問三天之後深信：拉脱維亞的列寧路確實走不下去了，自由路是他們唯一的選擇。如果不是親自來看一看，怎麼也想不到，一個社會主義國家竟如此貧窮，如此破舊。我雖然僅僅逗留三天，但我可以列舉出一百個例子來證明我的感受。然而，我不想把我的散記變成流水賬般的遊記，只想說，我看到的每一樣東西，從銀行裏商店裏到處都擺着的粗陋的算盤到知識分子扛着上六層樓的自行車，從電視機的開關到廁所的水龍頭，從飯店的麵包片到學校課堂的桌椅，都讓我傷感。生活的質量是那麼低，那麼粗糙。不是一角一部份的低劣和粗糙，而是整個的低劣和粗糙。粗糙得像我這樣一個在貧窮的中國浸泡大的知識分子都受不了。不說別的，就說我們居住的大學招待所吧，那個又大又笨重的電視機，按了開關之後至少等了兩分鐘之後才顯像，我就按捺不住性子。而且，那個轉動調台的按鈕，更是古怪，我使盡氣力竟沒法打開，虧得羅教授年青，力氣比我足，才硬是把它轉開。據服務員說，這是個彩色電視機，可是我怎麼看也看不出彩色。我懷疑自己的眼睛已經老花，便問羅多弼，他說他也看不出彩色。那兩天俄國獨聯正在民意投票，我在電視上看到葉利欽的臉竟是黑漆漆的，而且變形，幾乎認不得了。

住宿之所質量差，吃的更差。我們到達的那一天，依博里斯教授帶我們到大學屬下的一家飯店用晚餐。這頓晚餐是自從我離開河南幹校之後吃得最粗糙的晚餐。一碗甚麼味道也沒有的紅蘿蔔菜湯，兩顆土豆，一塊名為豬排但絕對沒有任何肉味的東西。晚餐後不到兩個小時，我便覺得又渴又餓了。於是，我便建議出去找點飲料喝。可是走了好幾條街也找不到飲食店或咖啡店，好不容易才在市中心裏找到一家大旅館，這是唯一有夜宵的旅館。服務員告訴我們，在第四層有個小酒吧。我們一起進去，馬上覺得味道不對，燈光昏暗，天花板上的兩盞燈，只有一盞亮着，另一盞只剩下一個燈架。櫃台邊左側坐着兩個打扮得相當妖艷但絕對不得體的女人，還有兩個年青的男人，右側則有一扇神秘的小門，常有女人出入。羅教授説，這些女人説不定是妓女。我們看了看，頓時心慌起來，匆匆喝了一杯水拔腿就走。夜晚的里加，整個城市靜悄悄。這天晚上，我躺在床上，想到昨天看到的瑞典，也想到今天看到的拉脱維亞，覺得歷史真不公平，給這只有一海之隔的兩個國家這麼不同的生活。這裏的一切都那麼蕭條，那麼不景氣。

最使我受不了的是連大自然的質量也變得粗糙。里加是個海港城市，依博里斯教授建議我們到海邊玩玩，而且讓他的學生茵娜小姐陪同我們。茵娜小姐是我在拉脱維亞見到的最漂亮的年青女子。拉國雖是窮國，但人們注意穿戴打扮，不失人的尊嚴，茵娜的穿戴更是一派清脱之氣。她會講英語、漢語，前年還到北京師範大學深造一年。

到了海灘上，踏着一片平沙真是舒服。可是，這裏的海留給我的印象卻是很深的失望。這是我在西方第一次見到的如此混濁的海水，海面上覆蓋着烏黑的一層油。油跡在陽光下閃着鐵色的光，像充滿皺褶的皮膚。稀少的遊客在沙灘上一邊觀看一邊躲閃着，生怕鞋子被帶油的海水污染。我是一個對海非常敏感的人，沒有海，我簡直無法生活。去年舒婷到美國時，在電話裏告訴我，聽說王永慶要到廈門市附近建化工基地，她簡直受不了。海是她的生命之源和詩歌之源，如果海被污染了，她就想自焚。對於海，我和舒婷的感覺是一樣的。見到被污染的海，我竟閃過煮海的念頭——想放一把火燒掉海面上那一片可恨的烏黑。

站在海灘往西邊望去，在海的那一邊就是瑞典和丹麥。在哥本哈根的海岸上，我曾久久地凝視着美人魚雕像，至今，我還記得海水的清澈與碧藍。在斯德哥爾摩的皇后島上，我也曾經久久地凝視着游弋於海面的白天鵝，每一隻天鵝都被海水洗得潔潔白白。想到這些，我突然想到拉脱維亞本來也是一位很美的姑娘，就像海邊的魚美人。可惜，她嫁錯人了。嫁給了一個名字叫做「蘇聯」的泥足巨人，和他聯了婚，成為他的一個加盟共和國。如果不是嫁錯，也像魚美人那樣獨立地站在波羅的海海邊，她一定比今天美得多。不過，我很能理解錯嫁的心理，五十年代初，中國選擇「一邊倒」，也是錯嫁給蘇聯。「一邊」倒向這位老大哥的懷抱之後，真吃了不少苦頭。一九六零年左右，我們全都得水腫病，瘦得皮包骨。幸而，這段「婚姻」早就破裂，我們沒有和老大哥「白頭偕老」，因此也沒有貧窮到老。

在海灘上唯一使我感到安慰的是茵娜小姐告訴我們，拉脱維亞政府已開始清理海灘。這是多麼好的消息，歷史已開始清理強權者留下的垃圾。拉脱維亞明天的海灘一定是明麗的。正如現任拉脱維亞大學的校長對我們説的：現在拉脱維亞的政府總理、教育部長、銀行行長，還有他自己，都是學物理學出身的，拉脱維亞已從政治強權時代走進物理時代。在物理的時代裏，人們總可以活得輕鬆一些，符合常理一些，大海也一定會乾淨一些，明亮一些，符合天理一些。我相信走在自由路上的拉脱維亞，明天一定會擁有蔚藍色的大海，擁有赤橙黃綠的海灘與潔白的天鵝。

嚴峻的自由城（美國散記）

我第一次到紐約是在一九八九年春天。這是為了到哥倫比亞大學作學術講演而去的。飛機到達紐約上空是夜裏十點鐘。當晚，我從窗口往下俯視，真是激動不已。要説燈火的海洋，這才是真的。飛機在燈海的上空飛行了很久。這一時刻，我第一次感到自己被夾在兩個燦爛的星座之間，如果不是紐約城裏的星光更加密集，我真是分不清天上與人間。

這時候，我心裏升起一種對人類由衷的敬佩。無論如何，人類是偉大的。他竟能創造出這種星空般的龐大的城市。在一千年，一萬年或者一百萬年之前，這是一片怎樣的荒野呢？荒野上盤踞着甚麼樣的野獸呢？可是，眼前卻是這種難以置信的大輝煌。

這之後，我又三次到達紐約。第三次是送大女兒劍梅上哥倫比亞大學東亞系讀書，我在紐約居住了十幾天，這一次，又見到了另一種紐約。

紐約還是那麼龐大。摩天大樓一座連着一座。和第一次在飛機上俯瞰不同，此次我是在地上不斷仰望，朝着高樓的頂端和頂端上的天空仰望。我似乎只有通過兩排大樓之間的天空才能呼吸，像海裏的魚，需要浮上海平面去吸收新鮮的空氣。

因為不斷地朝上看，這才發現，紐約的天空只是一條裂縫。天空被高樓割切了，只留下裂縫。這一發現，使我突然增加了一種壓迫感。而且就在這個時候，我意識到，紐約的天空並不屬於我，甚至不屬於我的同類。它只屬於龐大而無機的建築物。天空離我很遠，山脈離我很遠，青翠的樹林和清澈的小溪離我很遠。我到底站在甚麼地方呢？是現代文明的傑作之中還是現代牢獄的高牆之下？

我從未像在紐約這樣感到離大自然這麼遙遠。習慣在紐約生存的朋友笑着說，紐約有許多透氣孔，有海灣，有小島，有許多博物館。於是，朋友就帶我去透氣，並真的在自由女神的巨像下見到藍色的海浪和白色的海鷗，還見到小島上的草地和碧樹上的嫩葉。在輪渡船上，面對海空，我深深地吸氣，很深很深，幾乎要吸進整個海洋。在清新的空氣中，我拷問着高舉火把的自由女神：你是自由的，然而，你覺得紐約城也是自由的嗎？那些生活在高聳的四壁之間的人群也是自由的嗎？他們的心中固然沒有專制的陰影，但是，四壁的籠罩不也是一種壓迫嗎？女神無言。我相信如果她也有心，一定和我同感：人類在手造巨大文明的同時也手造自己的牢籠，每走一步路，都揹着巨大的沉重的硬殼。每一個居住在紐約的人都被高樓與高牆所異化。

幸而我在紐約的時間不長，而且，深知我脾氣的朋友很快就把我接到長島的家裏住。這是遠離紐約市中心的地方，一座一座的住宅乾淨而明亮，而且屋前屋後全是一片綠色，天空就在眼前。一見到雲彩藍天，我就感到輕鬆，但是，我很快就知道，住在這裏是不容易的，每座房屋都需要數十萬美元。在紐約，天空與雲彩也是需要金錢去買的。遠不如故鄉古人那種「清風明月不用一錢買」的境界。

紐約固然處處是嚴峻的，但是，它卻歡迎一切不怕嚴峻的人們。它把地盤一塊塊地賜予不怕高牆所異化的人們。這些人們得到一套住房之後覬覦着一座小樓，得到小樓之後又攻佔高樓。有了樓房還得有汽車，得了汽車之後又追求小艇，坐上小艇之後又嚮往飛機，人生永遠被無窮的慾望煽動着、牽制着。難怪叔本華要說慾望乃是痛苦之源。人一陷入慾望循環，則萬劫不復。但紐約接受這種忘我的奮鬥者，為他們提供了最高級的戲院、音樂廳和豪華的餐館。我相信紐約的人群可以分為一萬個等級。有的人永生進不了一次歌舞廳，有的人卻坐着飛機專程從洛杉磯到紐約觀賞一場戲劇。一切豪華的大建築都與窮人無關，但它誘惑着窮人，並像中國的科舉制度那樣允許窮人也爬上金字塔的尖頂，只要他能拚搏出來。在機會面前，人們是平等的。於是，進入紐約的人都想一賭自己的命運。而害怕被高樓異化的人，只好盡快逃離紐約，退出競爭的戰場。但也有一些不求豪華只求精神滿足的中產者，他們也從學校、博物館、報刊上享受了紐約，僅僅星期天的《紐約時報》，就夠他們沉醉。這份報紙的星期日版，真是豐富得驚人。能夠享受這份報紙的既不是窮人，也不是富人，而是一些傾聽時代脈搏的人。這些人是紐約王國中的稀有動物。我在紐約的時候，也仿效稀有動物們，幾乎天天都在報亭裏買一份《紐約時報》，然後走進哥倫比亞大學的校園硬讀。那裏的天空不是一條裂縫，草地也很青，我就在台階上或石板櫈上享受着來自世界各地的信息。領受了各種信息，不能不感慨：紐約，真是個大都市。大都市大約就是這樣冷酷，也這樣豐富。令人拒絕，又令人難以拒絕。

萊茵河畔的天樂（德國散記）

在德國科隆的時候，我佇立於陌生的廣場，久久地仰望着聳立雲霄的名聞全球的大教堂。此次訪問，除了須在魯爾大學作一次講演之外，只想看看這座從第七世紀就開始建造到了十八世紀才完成的教堂。我意識到，享受萊茵河畔這一教堂的奇彩，領悟凝聚在這一大建築中的時間、空間和生命奧秘正是內心深處的渴望。一顆在東方被階級鬥爭的煙埃泡浸得很久的心靈，渴望平靜，能在這座地球上最大的教堂之前接受精神的慰藉，真是幸運。

我不是神之子，感受不到洗滌，然而，我感受到休息。身心疲倦得太久了，應當休息一下。在教堂之前，放下世俗的重負，喘一口氣，多麼難得。世事紛擾，人間太多黑暗及鬥爭，而這建築，這廣場，該是一個安靜的、沒有人侵犯的坐處。想到這裏，我竟坐了下來，又獨自細讀一遍大教堂的神采。這個教堂，好像是我人生之路的一個站口，在這之前，我走過許多許多路，辛苦輾轉，作了許多無謂的奔波，滿身風塵，也滿身硝煙。今天在這安靜的坐處，我是需要抖落身上的一些負累的。萊茵河就在身邊，滄滄流水，該為我帶走一些無價值的煙埃。

教堂的所有拱頂都把我的精神引向無限，我知道，無限是屬於另一世界的本體，另一偉大的存在。而我是有限的，我可以去接近那偉大的存在，但永遠達不到那偉大的存在。我應當正視自己的有限和內心那些無可辯駁的黑暗面。我太累了，在很長的時間裏失去了從容與安靜，大約正因為我忘記了正視這一點。

那一天萬里無雲，我注視着雲中教堂的尖頂。那一柱一柱直指蒼天的尖頂。蒼天那麼遙遠，那裏是我永遠無法企及的遼闊與深邃，我可以去接近蒼天，但我也永遠達不到蒼天的遼闊與深邃。故國的古聖賢所說的「天人合一」，對我來說，永遠是一種縹緲難及的夢幻。我相信過天人可以合一，然而，當我相信並求諸己時，心思總是過於膨脹。膨脹就傷害身體的健康與靈魂的健康，就很累。此時，我已不喜歡這種膨脹。拋棄這種膨脹，在遼遠的蒼天下看到自己的弱小，正視自身無可隱諱的有限，倒贏得輕鬆。

在教堂仰望之後，我又走到教堂邊那如茵的草地上，在那裏靜靜地坐着。此時，又聽到從教堂裏傳出的樂聲。樂聲那麼純，那麼清新而悠遠。聽到這種聲音，我激動得難以自禁，也許是剛剛被教堂所感染的心靈正在渴求這種聲音，這種絕對和平、絕對安寧和絕對慈祥的聲音。聽過太多的吶喊和太多的咆哮之後，心靈渴求的正是這種聲音。這種聲音我彷佛聽過，彷佛在幾百年前聽過。如今，我又在這裏傾聽，只感到它就是天樂，就是神曲，就是發自另一偉大本體的永恆之音。很奇怪，聽到這種聲音，就想放下世俗的慾望，人類的慾望和這種聲音相比，顯得多麼齷齪。離開德國之後，萊茵河畔的這種聲音還一直繚繞着我的夢境，我覺得我是幸運的，竟能在無意中聽到一種絕對是和人類的善良本性相通的聲音，一種能幫助我保持一個人的天籟與天真而且不會在黑暗潮流裏淪喪的聲音。

丟失的銅孩子（挪威散記）

離開奧斯陸已經三個多月，但腦際中還是不斷地浮現着維格朗雕塑公園（Vigelandsparken）。沒想到，挪威之行，這個公園留給我如此難以磨滅的印象。

也許因為在我的第一人生中，對現實的生命感受得太多，看到太多的生命被奴役和被摧殘，又聽到太多生命的申訴與呼喊，自己又因為一場生命的悲慘劇而遠走天涯海角，因此見到一個全是生命雕像和生命讚歌的公園，便份外感動。

公園裏的一百二十一座雕塑全是出自維格朗（Gustav Vigeland）之手。他真是大手筆，竟能通過雕塑的語言把生命的孕育、誕生、壯大、成熟的過程，表現得如此動人，竟能在冰冷的青銅和花崗岩石上譜寫出這種洋溢着生命激流的交響樂。

人的全部生命都是從一個最簡單的事實派生的，這就是男女的交媾。於是，這個公園就以此為中心點形成它的結構。在公園的中心最高處矗立着一座高達六十英尺的「生命之柱」，這是男性的象徵。生命之柱下是由三十六組群雕組成的生命之輪，這是女性的象徵。生命之柱的石雕，我在別的國家也看過，但因表現得太一般而無法留在記憶裏，而這裏的生命之柱則別具風格，它是由無數生命意象緊貼成的大集合體，柱子上佈滿着渴望生活與思索生活的人體浮雕。每個人體都像生命之柱上強勁的筋絡。而生命之輪則是托着生命之柱的圓台，這是生產着生命和轉動着歷史的輪子，其建築形狀類似北京天壇的祭台。人類生命的槓桿正是這一柱一輪神秘的轉動，圍繞着這一槓桿的雕塑群展示的正是生的奇觀與神秘，這些陷入生之慾望中的男男女女，有的擁抱，有的歡悅，有的憂傷，有的瘋狂，有的直抒胸臆，有的委婉低訴。而從生命之柱通向公園門口的路上，又有兩排長達百米的雕塑線，這是生命的伸延，伸延到公園之外的無邊的歲月。

我在如此精彩的雕塑群中幾乎不知所措。時間有限，不知道該選擇哪一傑作細細品賞。不過，當我走到一個男孩的雕塑前，便自然地停了下來。這個小孩彷彿正在生氣，彷彿正在與世界展開最初的對話，但是，他又表達不清，於是，他着急，雙肩拱起，還跺着小腳。看到這畫面，我好像重新見到自己童年時代的倔強、頑皮以及母親賦予的全部天性，還有那種尚未進入虛假世界之前所擁有的野氣和真純之氣。正看得入神，當嚮導的留學生姚小玲告訴我們：這座銅孩子雕像曾經被偷過，後來又找回來了。這個消息更增加了我的興趣，盜者是為美而偷還是為錢而偷呢？人間的卑鄙的竊賊也知道孩子的天真天籟價值無量嗎？而真正牽動我情思的是酷愛孩子的挪威人。當他們知道這個銅孩子丟失之後，舉城震動，彷彿丟失了魂魄，整個奧斯陸陷入困惑與焦急的追尋之中。他們不能接受丟失銅孩子的事實。只有找回銅孩子，他們才能安穩入睡，才能重新得到靈魂的安寧。聽了這個故事後我在想：假如他們突然丟失一大群活生生的孩子的生命，將會怎樣？我相信，他們一定會發瘋，一定會舉國陷入「救救孩子」的狂喊與啼哭之中。

在銅孩子邊上是表現父愛與母愛的作品。看到飽經風霜並已過中年的裸體男子高高地托起他的幼兒，看到這舉得高高的愛，我感到自己的眼睛濕了，能夠自由地高舉生命之愛是多麼幸運呀！如果有人粉碎這高高托起的愛，而我能自由地抗議，不會因為這抗議而漂流異國，又是多麼幸福。在見到的那一瞬間，我這麼想。出國後，我就喜歡搜集表現父愛的藝術照片，喜歡像挾着小豬一樣地挾着孩子的年壯的父親，也喜歡像拋着皮球一樣地把孩子拋向空中又輕輕接下的年青的父親，也喜歡眼前這群裸體的像托着星斗般托着孩子的成熟的父親。

父愛作品的另一極，是母愛。我曾經寫過《慈母頌》及另外幾篇懷念母親的作品，說我母親當過三代人的奴隸：我的父親；我和我的兄弟；我的女兒。我歌頌「為奴隸的母親」，不是希望天下的母親去做牛馬，而是禮讚那些甘當牛馬的母親胸懷中的那一種可憐而偉大的至情至愛。沒想到，地球北角的一個藝術家的心靈竟然和我如此相通，他表現的母愛，也是俯首甘當牛馬的母親。我看到一座極為動人的雕像：一個長得胖胖的年青母親，像牛馬匍伏在地，馱着自己幼小的男孩和女孩，她梳着兩條長辮，一條自己咬在口裏，一條被孩子牽拉着，就像牛馬的韁繩。孩子們天真地笑着，盡情地享受着小腿下溫暖的母性的山脈。這座石雕女人多麼像我的母親：以前馱着我和我的弟弟，現在馱着我的兩個女兒。然而，我絕對想不到刻畫兩條長辮子這一神來之筆只屬於挪威的天才，這又粗又長的辮子讓人感到，年青的母親身上躍動着的生命活力和把全部活力奉獻給孩子的深長之愛，其份量真如山高海闊。生命之美化作孩子的韁繩，拉着韁繩的孩子從牛馬似的母親中得到無知無邪的快樂，這母親之愛無論如何是不能忘記的，從地球的東方到西方相隔萬里之遙，而母愛卻如此相似，可見人類的天性本就相通。我的母親的長辮子早已消失，如今只有滿頭的白髮，但是，我仍然記住她拖着長辮子的歲月，把青春和生命獻給我的歲月。

威格朗雕塑公園裏還有一些人與自然互相哺育的塑像，這些也令我震撼。至今，我還記得一個母親伸出乳房正餵養着一隻小羊。這個世界，無論是人或自然，都是母親的乳汁滋潤的。母親的乳汁不僅哺育着自己的孩子，還哺育着大自然。我看到這幅年青母親餵養小羊的塑像，使我感到母親具有佛性，她愛着所有的生命。這裏的一切母親的形象，都使我確信，唯有生命之輪才永遠轉動着愛，轉動着新的誕生，轉動着偉大的天才和新的歷史，連雕塑家本身也是母親所誕生的。

甜蜜的哥本哈根（丹麥散記）

哥本哈根距離斯德哥爾摩很近，但城市的性格卻很不相同，斯城顯得很重，哥城卻顯得很輕。今年六月底，我和李澤厚、汪暉、高建平、李明等幾位朋友遊玩了哥本哈根回來之後，竟情不自禁地說，沒想到哥本哈根這麼浪漫。

汪暉在返回的路上巧遇到一位漂亮而有思想的波蘭姑娘，她也剛離開丹麥。汪暉問她：「你喜歡哥本哈根嗎？」她不作判斷，只是說：「哥本哈根太甜了。」這位波蘭姑娘的印象真有意思，她用一個「甜」字來描述哥本哈根確實十分恰當。可惜未婚的汪暉沒有抓住這位聰慧的姑娘，短暫相逢之後就讓她遠走了，而且從此恐怕難再相逢。人生瞬息的失落有時會留下永恆的心靈的孤獨。

哥本哈根如何甜，我的體驗並不深，因為逗留的時間太短，只是在城市的表面滑動。不過，我們也看到斯德哥爾摩所沒有的甜蜜的白天與夜晚。夜間隨處可見霓虹燈下歡騰的酒吧，舞場與性商店及性表演場，在我們旅館附近的一條小街上，就有紅燈區。可是，小女兒劉蓮步步尾隨着，我們只能沿街一瞥便匆匆走開了。在白天，則有位於市中心的大遊樂園，在此處，我們倒讓小蓮盡興地玩了一天，連李澤厚也坐不住了，他事先吃下預防心臟病的藥丸，然後也和蓮蓮坐上數十米高的航天器在空中飛旋了幾十圈，讓我們在地面上看得發呆。這時我才發現，李澤厚的膽子比我還大。

與浪漫有關的還有一個性史展覽館。哥本哈根辦這樣一個展覽館，可謂別出心裁，這裏展出的圖片、文字和錄像，有人類對性的認識的發展輪廓，有性與權力、性與文明的糾葛線索，我因為生怕尾隨的小女兒受精神污染，一直陪着她，不讓她去看錄像，因此，我們就在世界名人的性觀念展室停留了好久，欣賞從馬丁·路德、尼采到馬克思、諾貝爾，一直到希特勒、斯大林、瑪莉蓮·夢露等名人對性的見解。沒想到馬丁·路德完全同情婚外之戀，他認為婚約不應當成為人性的鎖鏈，如果丈夫或妻子成為對方的折磨時，他（她）有權利尋找另一情侶作為磨難的撫慰。這位宗教改革大師顯然是情愛多元論的支持者。

哥本哈根最甜的其實應當數聞名北歐的啤酒街。各國的遊客都到這裏求醉，不習慣太浪漫的瑞典人也常到這裏度過開懷暢飲的週末。啤酒街真像酒街。這是一條屹立於河邊的長達數百米的街道，沿街而立的是一小間一小間的掛着老牌號的啤酒店，酒店前豎立着有如古堡大啤酒桶，桶上安裝着黃金色的水龍頭，灌酒時嘩嘩作響，有如瀑布。酒花噴得滿街都是酒香，令人未飲先醉。我們坐在一張太陽傘下，舉着碩大的酒杯開懷痛飲。酒街乃是純粹的酒街，不許有其他食品進入，也不許有其他種酒雜混。只讓大杯的啤酒一統天下，來到酒街的浪漫者與浪跡者們自然是「一醉方休」，絕不留情。因此常常一飲就是幾個小時，甚至從早到晚。暢飲之時常有好友或情侶相伴，因此酒興極濃，不斷有即興表演或舞或歌或彈吉他，時間在酒裏流逝得特別快，假如中午到了酒街，轉眼就是黃昏。到酒街暢飲過幾回的友人告訴我，人生一旦開懷，真有無窮樂趣。本想自殺的一定會因此怕死，本想獨身的一定會想到應該戀愛一陣，酒中之悟非常特別。聽了朋友的酒話，頓時也領悟到放下世俗的慾望，作一片刻的開懷，確實要緊。人生之路已走了這麼久，甚麼時候大開懷過呢？甚麼時候放下世事的種種憂慮高高地舉起大酒杯而讓啤酒一洩胸中的塊壘呢？好像沒有過。怎麼到了「不惑」之年還不懂「開懷」的意義？怎麼到了「知天命」之年還不知生命乃是屬於自己、該揮灑一點真情真性？有抱負的人生常常十分可憐。

如果那位波蘭姑娘所說的「甜」，是指啤酒街中的開懷，我倒是很喜歡這種「甜」的，因為這種甜，絕不是酸甜，而是人類天性對自由的擁抱和體驗，我相信，那滿街的酒香，是能療治人間的虛偽與陰暗的，它不是外交場合那種溢滿着酸味的烈酒，愈喝愈使人走樣。

慾望之城（美國散記）

到美國之後不久，就有朋友鼓動，應當到拉斯維加斯（Las Vegas）看看，那是另一種文化，氣魄非凡的賭博文化。

其實，用不着別人慫恿，我自己也很想去看看。人好像都有點好賭的天性。小時候，我家鄉貧窮得要命，但在過年過節之際，總得想點辦法玩玩。想來想去，實在沒有甚麼玩的手段，只有賭博一路。可是因為太窮，賭起來也是一派窮相。記得那時候，我們賭的工具是銅板，兩個銅板正反面可打出無窮樂趣。只是打的資本太可憐，只能打火柴，賭注一般只有兩根火柴或五根火柴，最大的賭注也就是一盒火柴。倘若一次賭一盒火柴，那就好像要拚出全部家當，充滿悲壯感。每次赴賭之前，我就向媽媽求點賭本，她算慷慨，常拿出半盒火柴，而且是真材實料，不像其他家的火柴，不知是何年何月積存下來的，全被捏得油膩膩的，絕對劃不出火光。也許是童年時代留下的人性惡未除，所以，聽說有個賭城，心裏就癢癢個不停。

去年寒假，大女兒和她的男朋友，開着小汽車把我們一家帶到拉斯維加斯。小車從清晨出發，急馳十幾個小時，直到夜幕降臨，小車還在黑壓壓的路上奔馳。傍晚時分，車子翻過一個山坡後，突然，在我們面前展現出一片燈海，光芒四射，好像無數的金項鏈在狂奔，我們一看就猜中了，這就是拉斯維加斯！

還沒進入她的懷抱就感到她的瘋狂的慾望之光。

一進城，各種奇特廣告和霓虹燈一下子就把我們的魂魄勾住了。燈光「輝煌」得令人難以置信。我到過紐約、巴黎、東京、香港，但都沒有見過燈火燦爛到這個地步。我相信，不管是到這裏賭博還是到這裏遊覽的，一見到這瘋狂的燈光，慾望一定會被煽動起來。潛藏於心中的金錢夢一定會隨着霓虹燈在空中大旋轉一番。

進了旅館，又是一片霓虹燈浪，而且，大廳中賭博機器的音響馬上就傾入耳中，讓人感到戰鬥已經開始，沙場正等着你去投入。你的所有的關於命運的理性早已被輝煌的光焰所吞沒，剩下的就是赤裸的發財的慾望和對於自己的運氣毫無懷疑的信任；既然已踏入沙場，自然必須拚搏一番。人生有幾回搏，這個機會可不能失去。人類的心理結構中屬於賭徒心理的那一部份，此時已膨脹到壓倒一切的地步，不賭一下決不罷休。只有傻瓜和笨蛋，才會呆在旅館裏睡大覺。我們自然不是傻瓜，因此一放下行李就迫不及待地跑到城市中心去觀賞和碰碰運氣。此時，我才感到慾望力量之大，人類一旦有了慾望，真的不怕累，不怕餓，不怕死。倘若有一個國家的臣民，其赴戰場也有如這種奔赴賭場的熱忱，這個國家一定戰無不勝。

從旅館到市中心，我突然對自己感慨起來：一個賭火柴棍的農家子居然來到世界第一大賭城，人類的賭博心理可以如此無限制地膨脹，對於慾望，真的要小心。

城市中心的燈火更是瘋狂，瘋狂到讓你無所措手足，以致使我再次感到自己像個進大觀園的劉姥姥。跟着匆匆進出的人流，我們把紙幣換成硬幣，然後一個一個地投入無底的深淵。每一台賭博機器都是黑洞，不把你吸收到囊空如洗，不肯罷休。賭本雖然很少，但比起先前賭火柴的年代，實在闊多了。一輸就不甘心，總想再賭，愈輸愈想賭。幸而在瘋狂的城市中卻有理性，每個賭場都嚴格地規定十六歲以下的孩子不能賭，小女兒也沒有賭的資格，因此，我們只好陪着她到另一個玩樂的世界，那是賭場的二樓，全是投壺一類的遊戲，投中了有獎品，這些獎品大半是寫着「中國製造」的布娃娃、大熊貓、小狗熊、小白兔等，我們竟然得到十幾隻，像去狩獵似的，回家時，我們揹了一大堆獵物。

人的慾望是硬壓制着，還是讓它自由奔流？這是令哲學家們頭疼的事。放任慾望，讓慾望結出有毒的曼陀羅花和有毒的亮光，固然可怕，但它畢竟有光亮，比原來的不毛之地，似乎有趣得多。我想不清這個問題，只感慨慾望的力量真是強大，一個小小的賭城，它可以把世界各洲的人群吸引到這裏，而人要戰勝慾望或放下慾望，卻非常難。有力量放下慾望的人，才是值得佩服的。像我順從慾望到賭城一搏的人，自然是沒有出息的。

世界最後的歸宿（荷蘭散記）

四、五年前，我和幾位中國作家朋友第一次到巴黎時，確實不知道甚麼叫做「紅燈區」，為此，張賢亮開了我一陣玩笑：「他竟然不知道紅燈區?!竟然……」是的，我真的不知道，一個在十年歲月中只能聽《紅燈記》的人，為甚麼一定會知道紅燈區呢！

也許是因為不服氣，也許是在世界的上空飛來飛去而飛得油了，我決定去看看紅燈區，觀賞一下繁華世界的肉文化。我並不脆弱，決不會從紅燈區走過就會被資本主義所俘虜。於是，在朋友們的「保護」下，我走過了巴黎的德爾尼大街，走過東京的十番街，最後，又走過阿姆斯特丹的紅燈高掛的說不出名字的小街道。

在巴黎的德爾尼街上，各種膚色的妓女沿街站立在店鋪的門口，有的照着鏡子等待着，有的抽着香煙正在與客人講價錢，有的則在賣弄風姿，扭來扭去。我初次見到這種情境時，真有點「驚心動魄」。走了大約十分鐘，就請求朋友帶我逃離了。後來，我聽到一位會法文的朋友告訴我，說有位妓女接受電視台採訪時不滿中國人。記者問她，你最討厭哪一個國家的客人？她回答說：我最討厭的就是中國人，他們只是看，不做生意。的確，中國遊客到這裏觀光的不少，但敢於進行肉體與靈魂冒險的恐怕不多。

前年到了東京開會，朋友們又帶我到銀座附近的十番街。沿街走了一趟，看不見巴黎的那種情境，只是聽到妓院門口的男人用日語在招呼生意。朋友翻譯說：他們在喊「這裏有好姑娘喲！」這回我已不再「驚心動魄」了。

這之後，我又到了荷蘭去看望少年時代的同學，他帶我到海牙、鹿特丹和阿姆斯特丹觀賞了一個星期。火車馳過荷蘭的鄉村時，見到這片土地上的草地那麼乾淨、青翠，而牛群、風車、鮮花又那麼美，真令人神往。可是，到了阿姆斯特丹之後，「紅燈區」的盛況卻使我大吃一驚，那真是紅光四射的被肉轉動的魔幻世界。妓女們不是站在門口，而是在透明的玻璃櫥窗裏，她們環肥燕瘦，弄姿搔首，坦然地展覽着肉的光輝。聽朋友説，兩、三個世紀之前，阿姆斯特丹就是世界上最大的港口，世界各國的海員遠離家園，搏擊滄海，到了阿姆斯特丹都想快樂一陣，一洗身心的倦意。加上荷蘭法律上允許賣淫，所以色情業就特別繁榮。聽完介紹，我突然想到，阿姆斯特丹的紅燈區也許不僅是四面八方的海員們的落腳地，可能還是世界最後的歸宿。人類社會正在被物慾肉慾潮流所左右，世界正在走向肉人化，而且肉化的速度非常驚人。這樣下去，人類的靈的部份愈來愈小，肉的部份愈來愈大，最後，人類可能就走向紅燈高掛的肉海洋中。

參觀阿姆斯特丹之後，我們又去參觀鹿特丹與海牙。

我早就嚮往鹿特丹，這回在這個巨港裏真是飽覽一下巨大的輪船。人生觀賞大自然的高山大海是一種樂趣，觀賞人造的龐然大物也是一種樂趣。我和朋友在鹿特丹的碼頭上轉來轉去，面對停泊在港灣裏的巨輪讚嘆不已。到海牙，觀賞的則是另一種氣派。一走到王宮背後的大海灘，幾乎嚇了一跳，那是我從未見到的奇特的景觀：數十萬男女裸着身子躺在海灘上沐浴夏日的陽光，女人的乳房有的全裸着，有的半裸着，男人有的赤條條，有的半赤條條，但都在盡情地享受陽光。彷彿陽光是一次性的，彷彿這是世界末日之前最後的沐浴。朋友告訴我，他喜歡這種享受生命的方式：全身心全意志地接受陽光、沙灘和大海，任何遮攔都是褻瀆大自然。

海牙也有紅燈區，也有肉的展示。而且那裏還有一大塑像，這是我們中國同胞膜拜過的斯大林元帥的塑像，他立在那裏，筆直地斜舉着右手，給奔向紅燈區的人們指路和站崗。這奇景真使我愣了好一會。怎麼會想到在這樣的地點，這樣的時刻，讓這樣的偉人來站崗？是不是設計者和採納者覺得這位紅軍元帥與紅燈區在顏色上是相通的，蓄意玩着後現代主義的「並置」遊戲。倘若是「並置」，這也是非常怪誕的並置：偉大與渺小，崇高與邪惡，共產主義與資本主義，革命與不革命甚至反革命。也許他們不是這個意思，而是另一種意思的並置：殘暴與溫柔，貧窮與繁華，無情與有情，極權與自由。怪誕的組合本來就怪誕，一細想，就加倍地怪誕了。幸而朋友知道我又要發書呆病，就提醒說，斯大林你已看得太多了，不必多看了。然而，我還是繼續想，並對朋友說：這位設計者大約覺得斯大林的紅色恐怖和紅燈區的肉慾恐怖，都使世界墮落。朋友聽完笑着說：設計者要是這麼想就好了，但他們決不會認為紅燈區是墮落。

由於斯大林的耽誤，我和朋友只好匆匆離開海牙，趕回阿姆斯特丹。不過，我還想再次到海牙去，那裏的藍波碧浪驕陽，我還沒有好好欣賞。斯大林對我來說，並不那麼重要。

第三輯　秋日凝思

奇異的巨牡丹

這是發生在皖南的一個故事，二三十年前的故事。

不知道是哪一隻強悍的雄鷹，也不知道是在哪一個神秘的瞬間，牠口銜着的兩顆牡丹的種子，落進了高聳峻拔的危崖石縫裏。

過了幾年，就在相對而立的兩座淩雲的石崖中間，長出兩棵連枝的牡丹樹，並開出雪亮雪亮的巨大的牡丹花。危崖絕壁上本來甚麼也沒有，連雜草也沒有。如今，突然在空中展現出如此奇異的巨牡丹，而且那麼新鮮，艷麗，雍容，真像神話故事中自天而降的仙子。

懸崖下的村莊是一個早已被遺忘的奇窮的村莊。村民們突然發現在自己的鄉間山崖上夢幻般的奇觀，全部陷入了驚喜與狂喜。沒有人為第一發現權屬於誰而爭辯，所有的貧窮而質樸的山民都沉浸於奇蹟中，確信這是幸運之神來到自己的家園。

高高懸立於空中的巨大牡丹花，使他們興奮得到處奔走相告。接着，一種奇妙的樂趣和嚮往像河流似地注入這個偏枯的山村。死水般的土地頓時活潑起來，激情在山谷裏洶湧。觀賞、驚嘆、猜測，本份的農民開始萌發出粗糙的想像力，山崖下的世界悄悄發生着變動。

不久，奇蹟傳到山外。慕名而來觀賞的好奇者越來越多，寂寞的野草被踏出一條熱鬧的小路，客人來自附近的村落，也來自數百里外的城鎮。遠道的客人開始在山崖下留宿。山民們雖然貧窮，但不愚蠢，他們建造起粗糙的小客棧、小茶室和其他小商店，生意很好。幾年之後，這個奇窮的小村莊竟芳名遠播，而且變成了一個繁榮的半鄉村半小鎮的風景地，連歌舞也走進這片乾旱的土地。野草間的小路變成了大路。

六十年代中期的一天，文化大革命的風暴也颳進這個村莊。造反派產生了革命的思想：白色的牡丹花改變了紅色江山的顏色，應當革牡丹的命。造反派裏出現了兩位聰明而且登山本事極高強的英雄去完成戰鬥使命。他們在石崖裏找到一條險路，然後用了大約一個星期的工夫，終於爬到白雪環繞的崖頂，並且用鋸子鋸掉這兩棵生命相連的牡丹樹，實現了一場不顧危險的革命。於是，另一個故事又通過紅衛兵小報傳到山外：兩個愚公移山似的英雄以無畏的精神攀登懸崖，砍倒了白色的妖孽，把紅旗插進了險峰。

從此，奇異的巨牡丹就在這個山崖上消失，山莊裏的村民們再也看不見空中高懸的驕傲。開始時他們還習慣地仰望着，後來就不再抬頭了，只是默默地想念着甚麼，然而，也只是絕望地想念。在他們生活中唯一的現實，是乾旱的田野，是重新被野草覆蓋的小路，是已經不再繁榮和熱鬧的黃土地。夢和英雄都消失了，換來的是山村酷似往昔的寂靜、偏枯和魔鬼般的貧窮。

飛旋的黃鼠狼

有一位朋友告訴我一個關於黃鼠狼的故事，講故事之前，他問我，你猜：黃鼠狼最重要的武器是甚麼？我想，可能是牙齒。他自然不需要我回答，只顧講下去。

我的朋友住在山邊，不知道為甚麼，黃鼠狼老是悄悄地溜進他的房屋，並常常打翻他的墨水瓶和撞倒他的小火爐，從而構成了一種威脅。他寫作時，一想起黃鼠狼，就不自在。那裏的山民崇拜黃鼠狼，覺得牠們的本領高強得出奇，近似神物。但我的朋友只覺得牠們影響思維，絕對不能留情。因此，他決心要消滅敢於再前來騷擾的狡猾的野獸。

有一天，他推進門，就發現黃鼠狼正趴在牆角批判他的書籍。他憤怒極了，立即緊鎖房門，堵死所有的窗口和出口，然後拿起木棍，直撲黃鼠狼。黃鼠狼一聽到聲響，就往門口衝去，但已太晚。黃鼠狼敏感極了，意識到大難臨頭，只能作生死一搏。於是，牠縱身飛向書桌，打翻花瓶，然後左衝右撞，尋找別的出口。可是別的出口均已封死，而我的朋友又一鼓作氣窮追猛打。黃鼠狼在絕望之中瘋狂奔突，而我的朋友也因為積恨太久無處宣洩而把棍子亂掄起來。在生死關頭上，黃鼠狼以驚人的速度在房子飛馳，速度之快，令人難以置信。據我的朋友說，最後快到鼠身已看不見，只剩下一道黃色的急轉的圓圈。圓圈在眼前飛旋，木棍在手裏亂舞，這樣相峙足有半個小時，仍然不見分曉。我的朋友此次決心很大，儘管手臂已經痠痛，但仍然窮追不捨，並吶喊起來。黃鼠狼一聽到叫聲，更是瘋狂，變成滿屋的黃練。就在最緊張的時刻，突然一聲巨響，我的朋友以為是黃鼠狼撞破窗門逃跑而去了，但是，他立即就發現自己的判斷不對。因為在一聲巨響之後，飛旋的圓圈馬上散發出一種奇臭。這種臭味，令人驚心動魄。我的朋友活在世上五十年有餘，從來沒有聞到過這種魔鬼般的奇臭。他說到這裏時覺得要形容這種臭味實在太難，然而，他終於作了表達，他說這種臭味相當於一百萬隻臭蟲的總臭味，足以把一個人窒息而死。

在奇臭的突然襲擊下，我的朋友已無心戀戰，他知道繼續下去就會暈死，以慘敗告終。因此，他當機立斷，衝向窗戶，打開窗門，企圖讓空氣沖淡臭氣。然而，就在窗門剛打開的一剎那，黃鼠狼就像飛箭似地射出窗外。這場人與獸的搏鬥，終於以獸的勝利而結束。

聽了朋友的故事之後，我們共同噫嚱甚久，開始相信「臭氣」的力量，並佩服祖先創造「臭氣沖天」一詞的準確，覺得絕不可以輕視骯髒的武器。臭氣的衝擊往往比牙齒的批判更加可怕。

大黑夜中的荒原狼

七十年代初，我還在河南的五七幹校時，獲得一次出差黑龍江省的機會，許多朋友委託我順便到北大荒農場去看望他們的子女。他們的子女在北京的中學畢業之後，就到那個大荒野中安家落戶了。

我不辱使命，真的到了赫赫有名的北大荒，並在那裏住了幾夜。那裏真是一片無邊的大原野。我只看到兩種顏色：白天是白色——漫無邊際的大飛雪覆蓋一切，絕對看不到一片綠葉；晚上則是黑色——漫無邊際的大黑暗籠罩一切，絕對看不到一點燈光。幸而，我和同伴都帶着手電筒，這是我們唯一的光明之源。其實，它不僅是光明之源，而且是我們的鎮定之源。沒有它，我們肯定要被大黑暗的恐怖嚇跑。

　　在大黑暗中，世界寂靜到極點。如果不是還能聽到自己的呼吸和同伴的呼吸，如果不是身邊還有手電筒，我簡直要相信世界已經死亡。寂靜，本來是睡眠的溫床，可是，過份的寂靜卻變成莫名的重壓，使我怎麼也睡不着。那時，我倒出自內心需要讀毛主席語錄，於是趕緊像唸符咒一樣唸着「下定決心，不怕犧牲」，任何恐懼都是怕死，也就是「怕犧牲」，所以反覆聲明不怕犧牲，可能是有用的。對付龐大的黑暗，是需要精神原子彈的。但是，不知道怎麼搞的，那幾個夜晚，精神原子彈也不靈。正是在這個時候，我才悟到自己是一個極端害怕黑暗的人，一個在黑暗中缺少力量的人，而且是一個連精神原子彈也拯救不了的人，完全不可救藥。

　　就在大寂靜中，我卻聽到一種聲音，一種劃破黑暗與寂寥的淒厲之聲。我的同伴馬上敏感到：這是狼嗥。我仔細聽，淒厲的嗥叫愈來愈近。這是群體性的嗥叫。我從來沒有聽過這種合群的大悲鳴，頓時緊張得抓住朋友的手，待稍為鎮定之後，才發現這些聲音並不單調，有的是仰天長嘯，有的則是低首沉吟。憤怒的，淒楚的，傲慢的，瘋狂的各種聲音混雜在一起。總之，這是非常活躍的一群生命。而且，我發現，在我們留住的幾天裏，有一個最黑暗的連一線光明也沒有的夜晚，這群狼活躍到極點。牠們好像在歡度盛大的節日，互相追逐，互相呼喚，在黑暗中奔突，盡情地享受大黑暗中的自由和快樂，每一聲嗥叫都是亢奮的。那時我才意識到，如果說，荒野是狼的故鄉的話，那麼，大黑暗正是牠們展示生命的極樂園。唯有在大黑暗中，牠們才渾身是力，才渾身是音響，才感到大地屬於牠們。

在那個時刻，我想起黑塞（Hermann Hesse）的《荒原狼》（*Der Steppenwolf*），想起他說的那句著名的話：狼體內也有深淵。真的，狼體內確有自己神秘難測的深淵，只是這個深淵需要的是濃重的黑暗。我想，狼體內的世界絕對是一種敵視光明的特殊的世界。

世界真是多彩，竟然有一種生物唯有在黑暗中才活躍。當人們處於大黑暗的恐怖之中的時候，牠們卻走出來品賞大黑暗和黑暗中的無聲無息，並在無聲無息中壟斷了大荒原。我不知道狼的深淵裏是不是也有意識，倘若有，牠們一定會說，唯有黑暗的大荒原才是輝煌的樂土，你們這些鼓吹光明和抨擊黑暗的生物，全是星球上的異端。

東方的鼠難

大陸把老鼠、蒼蠅、蚊子和麻雀列為「四害」。在「除四害」的全民運動中，我對老鼠特別恨，窮追猛打，曾贏得「捕鼠英雄」的稱號。但這是童年的事，光榮早已成為過去，英雄時代早已結束。

到了八十年代，我的住房又大鬧老鼠。每天晚上，燈光一滅，老鼠就紛紛出洞，叫着，跳着，互相追逐，非常活躍。老鼠和狼一樣，只有在黑暗中才活躍，天一亮，就見不到牠們的踪跡。

我的屋裏沒有甚麼可讓老鼠吃的，但牠們卻對我的書籍很有興趣，總是用牙齒批判我的書籍。有一次社會科學院檢查身體，醫生發現我血壓不太正常，其實，我知道，那完全是因為檢查的前夜和老鼠打了一場惡戰。那天夜裏我決心消滅侵犯書籍的鼠幫，像貓一樣地趴在床下窺視着老鼠的通道，可是，我完全失敗了。折騰一個晚上毫無戰果，而且第二天早晨累得被醫生認定是一個病人。

很奇怪，我對老鼠有一種特別的敏感，尤其是對於老鼠批判書籍的聲音，我完全不能接受。這種聲音就像我兒時常聽到的鋸木頭的聲音，但絕對不像鋸木那麼好聽。我一向很好睡，不管窗外汽車的喇叭怎麼怪叫，照樣睡得很好，唯獨一聽到這種聲音就睡不着。這大約是自己太愛書籍，一聽到這種響聲，就想到這一回不知道牠們是在批判誰？是曹雪芹還是海明威？是莎士比亞還是關漢卿？是胡適還是胡風？說不定是王靜安先生，他老先生的遺書印得真漂亮，可別批上一個洞。想到這裏，馬上就一軲轆翻下床來，又像一隻憤怒的夜貓，戰鬥之弦繃得緊緊。然而，有時候實在太累了，雖然是在朦朧中聽到聲響，也不想動彈。這種時候，就只好安慰自己，這回牠們可能是批判林彪，也可能是批判《紅旗》雜誌，「批林批孔」材料和《紅旗》都是清查小組白送的，還來不及送到廢品收購站，由牠們批判去好了。想到這一層，心裏就舒坦一些，便呼呼睡着了。但這種「想像的解決」總是錯誤。有一個晚上我以為牠們在批判《紅旗》，結果卻批判了曹雪芹的《紅樓夢》和霍桑的《紅字》，真讓我心疼死了。還有一天晚上，我想像牠們在批判芭蕾舞劇照《白毛女》，結果卻是梅爾維爾的《白鯨記》，又讓我心疼死了。更想不到的是牠們還批判史坦貝克的《人鼠之間》，此次我不是憤怒，而是驚訝，難道鼠類也認得字，也懂得甚麼是小說，也懂得史坦貝克的小說裏的 Lennie 捏死過一隻老鼠？可是 Lennie 是愛老鼠的呵！鼠類總是混沌一團。

我對老鼠的敏感，還使我發現在東方大陸蔓延着一種精神性的鼠疫，這就是大規模的政治運動。在政治運動中，千百萬人突然老鼠化了。個個用老鼠似的牙齒進行大批判，而被批判的人，又被批得吱吱叫，也像被貓吃的老鼠。老鼠的病毒污染了所有的書籍。我曾説，中國的批評家有三種：一是靠腦子生活；二是靠鼻子生活（聞風而動）；三是靠牙齒生活的。鼠疫流行的時候，全部靠牙齒生活。而且，這些老鼠因身經百戰而老練成精，還會用神聖的主義武裝牙齒，因此，不管是白貓還是黑貓，都抓不住牠們。直到今天，牠們還很活躍。我知道，這不是一般的鼠疫，而是革命老鼠的精神瘟疫。

到了海外之後，聽説老鼠們又在批判我的書籍，但有滄海相隔，我已聽不見那種「沙沙沙」的鋸子聲，因此，無須想像中解決，也睡得很好很香。

士林三客

因為學英語，就硬讀英語小説，而且是西方國家中小學生喜歡讀的俠客小説。於是，就讀大仲馬（Alexandre Dumas）寫的《三劍客》（*The Three Musketeers*），讀了之後，並不老老實實背單詞，倒是一邊欣賞又勇又痴的西方大俠，一邊則浮想聯翩，竟想到中國當代士林裏的三士客，這就是「過客」、「看客」與「嫖客」。

「過客」和「看客」都是魯迅用過的概念。《野草》裏的「過客」，是一個堅韌的、一味往前走的跋涉者，他無須成功的保票，也沒有輝煌的目標，只一味往前走。人們告訴他，前面是長滿野薔薇的荒原，他還是往前走；人們告訴他，前面是埋着死人的墳墓，他還是往前走；決無投機氣味，走的過程就是生命實現的過程，就是目的本身。這種過客，與當代的具有「目的論歷史觀」的戰士們很不一樣。我也曾是這種目的論者，因此，如果不是前邊有未知的天堂或「無限風光」的誘惑，我是不肯往前走的。但是不少中國的知識者和我不一樣，他們仍以過客精神自勉，總是不甘沉淪，總是孜孜不倦，硬是踩着野薔薇與鐵蒺藜不屈地前行。在八十年代裏，過客精神又張揚了一陣，不少知識者踏破各種禁區，不顧得失，硬是去開墾新的精神空間。

可惜，近幾年來許多知識者，包括我的一些朋友和我自己，卻感到當「過客」太累太笨太傻。辛苦且不說，滿身傷痕也無妨，更討厭的是滿身罪名，常被齷齪的道路和齷齪的嘴巴弄得一身泥漿一身髒，於是就不想再當過客了。不想當過客，就想繞過野薔薇和鐵蒺藜，找棵大樹好乘涼，找個小屋好自在，做一個戲劇的「看客」或做一個新過客的「看客」。魯迅早就說過，中國人都是「戲劇的看客」，自己不妨也當當這種角色，品賞一下別人的成功，也品賞一下別人的失敗。看着他者的傷痕、痛苦、災難，大約也很舒服。多數知識者只願意當看客，不願意當過客，可見中國人確實聰明。當看客既沒有危險，又可評論、鑑賞、憐憫過客，自然是比過客高明。這幾年，許多知識者從過客變成看客，在聰明度上升了一級，但人格力度卻降了一級。但因為太聰明，又不承認降了一級，因此就抬出幾位老先生作擋箭牌，說明不當過客而當看客才是人間唯一的正道。於是，看客們變得既輕鬆又富足，既安全又輝煌，而且還老教訓繼續犯傻的新過客。當然，看客們也有不同，有的是用陰人的眼光專看過客們的笑話和兩敗俱傷的戲劇，內心陰冷自私得很。有的看客則心有餘熱，只是不願意和屠伯們同流合污而又無路可走，只好暫時充當看客，一邊看，一邊想，拒絕充當幫兇、幫忙與幫閒，這是無可指責的。我這幾年一直為這種看客辯護，覺得社會的情懷應寬容一些，允許知識者當看客，當隱士，當靜穆的陶淵明。倘若連寺廟似的精神避難所都不給，就未免太嚴酷。但是尊重這類看客並非貶抑過客。倘若過客全都滅絕，只剩下看客，那麼，社會就要變成職業殺手們恣意橫行的天堂。這樣的社會，一定也很乏味。

還有一些知識者，則既仇視過客，又蔑視看客，聲明自己是批判過客與看客的革命劍客和掌握了馬克思主義利箭的箭客。但是，很可惜，他們一是缺少劍術和箭術，無真本事，倘若仔細看看，就會發現他們的劍和箭，乃是掛滿血跡的棍子。二是骨子裏缺少劍氣，只有奴才氣，因此，總是成不了劍客，倒變成了政客。這些混跡於士林中的政客，先是把「主義」當作打人的「器具」和唬人的「面具」，之後，又把主義當作「淫具」，姦污純正的文化精神，從文學到藝術，從哲學到心理學，從俞平伯的「《紅樓夢》研究」到何其芳的「阿Q研究」，一路「嫖」過去，污蔑污辱過去，從而成了政治嫖客。而士林裏還有一種並非政治的士人，因為消沉，而且一沉到底，乾脆下海經商。經商本不壞，但因為消沉得過份而心理變態，因此，經營也走邪路，不顧商業遊戲規則，而且賺了錢就去吃喝嫖賭，也成了「嫖客」。我在國內國外都聽說一些原先激昂慷慨後來消沉得只會逛紅燈區的嫖客的故事。在巴黎，他們就鑽紅磨坊；在北京、上海、深圳，則鑽特區中的特區——有錢可以買到一切包括買到肉體的黑磨坊。上述種種嫖客嘲笑「過客」是呆子，是走得太遠的自由化分子，唯有自己才是順應時代大潮的驕子和「主義」的赤子。這種嫖客，在士林裏已不少，此刻正忙着尋找權力、金錢和女人。當然，有時也寫點反和平演變的文章和大夢初醒的文章。

中國士林的歷史角色發生變遷，從過客變成看客又變成嫖客，這可以反映中國精神界變遷的一角。從這一角看，精神文明好像是一天不如一天，精神淪喪的速度倒是一天勝過一天。

一九九三年十月二十九日於加拿大卑詩大學

棋子人生

「五四」運動時魯迅發現中國乃是「吃人」的國度之後，引起知識者對故國文化的一場深刻的反省。七十多年過去了，我又有一個悲哀的發現，這就是到了六、七十年代，不論是吃人還是被吃又降了一等，因為「五四」時所說的吃人和被吃，其前提都是「人」，即無論是吃的主體還是被吃的對象都應當是人，而不是物。而我卻發現自己和自己的同一代人以往卻常常只是物——一枚統一棋盤上的棋子，即被吃的棋子和吃別人的棋子。這個發現，可算是對棋子人生的發現。

棋子沒有自由意志，沒有自我選擇的權利與能力。它在你死我活的兩軍對壘的棋盤上，其身份雖有區別，但都是下棋者的傀儡：要麼作為傀儡被吃，要麼作為傀儡吃別的棋子。無論吃或被吃，都只是一種中介，一種器具，一種物，其吃與被吃均低「人」一等，屬於「物」層面上的吃與被吃。

先說被吃罷。棋子被吃，其實不是直接被人吃，而是被人指揮下的棋子吃。棋子之死，均不壯烈。因為統統不是死於英雄之手也不是死於真正的人之手，而是死於沒有腦子和心靈的器物或低等生物之手：有時被「車」輾死，有時被「馬」踩死，有時被「大炮」轟死，有時被「仕」整死，有時被「卒子」撞死，其死亡都不如被人吃掉慘烈，更不如被英雄殺死壯烈，死時全無感覺。

「五四」時講「吃人」是象徵意義上的「吃人」，也就是指肉體上、精神上的被奴役、被壓迫和被吞食。我所經歷的所謂「被吃」也就是這種精神象徵意義。而此時我感慨的是自己竟也像一枚棋子，吃我的竟也只是一些被人驅使的棋子，猛人們指尖下的「物」。一九八九年前他們批判我時宣稱自己是「主義的大炮」。一九八九年之後大炮不響了，前赴大批判沙場除了少數是紅學界和美術界的小「仕」之外，其他均是三流卒子。我稱這些卒子為「餖飣小儒」，實在是抬高他們的。這些統一指揮棍下的「棋子」，因為只是一些肉傀儡、肉車馬、肉大炮、肉卒子，所以批判我的時候，渾身都是塑料氣、木頭氣和主人手指上的煙焦味，決無人的靈氣和屬於自己的語言。如果我真的應當被吃，也希望被獅虎般的英雄親自吃，可留下一個慘烈的故事，而現在卻被這些肉棋子吃，留下的只有乏味的滑稽故事，所以一直覺得懊喪。

我也曾「吃」別人，在「鬥私批修」的「火紅」年代裏，我被「幫助」過，也「幫助」過別人。所謂幫別人其實就是摧殘別人吃別人。而吃人時並非真正願意去吃，而是被人當作一枚棋子去吃。有時被當作「車」，有時被當作「馬」，有時被當作「卒」，有時被當作「炮」。而且是絕對馴服的「車」、絕對馴服的「馬」、絕對馴服的「炮」、絕對馴服的「卒」。被當作「仕」、「象」的時候很少，被當作「帥」的時候則從來沒有過。我和許多同輩知識者被當作「卒」子往前衝的時候居多，被當作「大炮」批判「修正主義」的時候也不少。文化大革命時，十億人成了十億門大炮小炮，我也是其中的一門。那時候，革命領袖總是號召要統一步驟，統一指揮，「全國一盤棋」，現在我才知道它的深意，知道我們正是這一盤棋中的一尊炮，一齊對準劉少奇，「炮打資產階級司令部」。這裏的所謂炮打，也不是自己真正掌握大炮，而是充當炮灰而已，正像棋盤上的炮筒子。

回想以往，發現自己只是一枚棋子真有點晦氣。作為棋子，吃與被吃，和真的人並不相干，譬如當「炮」去打「帥」（劉少奇）時，就從來也沒見過這位國家主席的樣子，而把我們當作棋子去「炮打」的統帥（毛澤東），也只是在電視上見過，其實與我們也不相干。吃和被吃，都是別人指揮下的一場傀儡戲。想到這裏，又覺得懊喪。

懊喪之餘，想到魯迅倘若活着，其發現的「中國民族乃是食人民族」的命題應當有所補充，大約要改為「中國民族乃是靠棋子食人的民族」。而我曾經歷過的這一種人生，則可稱為棋子人生。

一九九三年十一月二十五日於溫哥華

社會填充物

我在《人論二十五種》中稱自己是隙縫人，這已經是夠悲哀的了，沒想到，大陸的一位好友讀了之後竟說：你能當隙縫人實在是幸運的，我只能充當社會填充物或叫做社會填空物。

這位朋友在這裏所作的人與物之分，比我感悟更深。我由此突然想到王朔的小說《千萬別把我當人》，想到自己的過去也往往只是物，很難說得上是人，確實連隙縫人也說不上。

隙縫人儘管生活在夾縫裏，但還是人，還可以在隙縫中思想、玄想、冥想，還可以自由地說自己願意說的話，而一旦成為「物」，就只能填塞社會的洞穴溝壑，話可不能隨便說，尤其是實在話。你要是看到殺人，千萬不要說看見，否則就倒霉。

不過，知識者作為「物」，並不是一般的物，也不能說是廢物。它在社會上還是一種可起到重要填充作用的特殊物。社會常常不爭氣，不管怎麼美好圓滿，總還是要出現漏洞、問題、危險，在這個時候，它就會想到知識分子。例如，聽說要地震，就想到地質學家；聽到黃河要決口，就想到水利專家；聽說國庫虛空，就想到經濟學家；聽說青少年一代甚至老年一代都無精打彩，就想到作家、歌唱家和演員；倘若進一步，領袖們感到心中無數，腦子空空蕩蕩，就想到社會學家。自然，如果「首長」們牙齒掉了，牙床上有漏洞，還會想到牙科醫生。社會需要知識分子時，就把知識分子捧得高高的，哄得傻傻的；但也有例外，這就是社會雖出現漏洞深坑，但不許多嘴，也不許干預，如果知識者偏要多嘴多舌，就叫知識分子去填坑以教育廣大臣民，這就是「焚書坑儒」。此時，知識分子不是被捧得高高的，而是被埋得深深的，但也起了社會填充物的作用。

假如社會吃得肥肥胖胖，圓圓滿滿，形勢大好，沒有甚麼空隙可以讓知識者填補，知識者就成了社會多餘物，該倒霉了。不過，也常有例外。例如，在大好形勢之下，首長們講些空話，需要有人作註，以填補空話之空，此時，學者可以幫忙就不會成為多餘物。如果首長們有些空閒，想遊山玩水或吟詩作賦，需要有人作陪，以填補空閒之空，此時知識者可作「幫閒」，更不是多餘物。

知識者如何從人變為物，這個問題研究起來怪有趣的。三、四年來，我把這個問題想了又想，覺得知識者慢慢失去獨立人格並不奇怪。四、五十年代，一場國有化的革命，既要求經濟國有化，也要求心靈的國有化，知識者本是勞心者，心靈國有化之後便成了無心者，只能權作無心的工具，這自然就是物。現在又是一場「化國有」的革命，原先的國有物都要分散給地方與個人，此時，知識者本可以贏得人格獨立的機會，但因為革命太急速，他們又作為「國有」的一部份要被化解為私有物，就像化掉工廠，化掉住房，化掉土地一樣，知識者也要被化掉，從而變成經濟暴發戶的附屬物，即新型的社會填充物。暴發戶發財之後，一定也會感到空虛，發財之後還想發更大的財，一定也有補充需求。人類這種怪物，一填飽了肚子，就想填飽耳朵，填飽眼睛，所以總是需要音樂、繪畫和其他知識。此時，知識者又可充當社會填充物，大約不會失業。但是，何處有空可填，有海可下，則必須自己尋找，這就叫做「創收」。有創收的自由，不僅可填充社會，而且可填飽肚子，的確是好主意。

想來想去，所謂知識者，似乎可作新的界定，即凡是能以知識對社會起到填充物作用的個人或集團，均可稱為知識分子。於是，寫了《人論二十五種》後，似乎可以再作一本《物論二十五種》。

命題的顛倒

中國的二十世紀真是革命的世紀。經過革命，一切都顛倒過來。不僅擁有田園的地主變成了賤民，擁有資產的企業家變成無所事事的無業遊民，而且連一些人們熟知的著名命題，也都倒立過來。

革命前教育界遵循的是孔夫子的「有教無類」的命題，講究的是「言人所在見教，無有種類」（《論語．衛靈公》），即不分貴賤、賢愚、貧富、地區，任何人都可以作為教育對象。這一命題帶有「泛愛眾」的人道主義性質，是一個很不錯的命題。革命後批判了人道主義，講究的是階級論，超階級性的「有教無類」自然行不通，於是，命題發生了顛倒，變成了「有類無教」，即凡屬被命名為「黑四類」（地主、富農、反革命、壞分子），「黑五類」（黑四類再加上右派分子）的子弟均無接受高等教育的權利。文化大革命中的大學生，改稱為「工農兵學員」，就是階級成分一律屬於工農兵，工農兵之外的諸類分子的子弟就不必妄想進入大學之門了。貴賤分得很清楚，大門的內外也很清楚。「有教無類」命題顛倒之後，屬於諸類分子的子弟才意識到自己的類似賤民的命運。個別聰明的子弟為了擺脫這種命運，背叛了家庭，對反動老子反戈一擊，咒罵臭罵爸爸、爺爺、外公等，但能因此而進大學之門的，也極少。中國古代的科舉制度，不分貴賤，能做好八股就有當狀元進士的機會，相比之下，真是「今不如昔」。但八十年代又有人為「今」爭氣，把顛倒的命題又顛倒過去，還原「有教無類」，這就是至今我見到的最純潔、最正直、最熱情的中國共產黨人胡耀邦！

還有一個重大命題即培根提出的「知識就是力量」，這個命題在中國流行甚廣。在這個命題的鼓舞下，不少人努力追求知識，想變成精神界或其他界的大力士。但是革命後，因為接受了「高貴者最愚蠢，卑賤者最聰明」的觀念，相信所謂知識者「最無知識」，而且社會政教不分，誰擁有政治權力，誰就是訓導者、教育者和歷史的闡釋者，因此，人們便意識到，權力擁有者便是知識擁有者和真理的擁有者。到了此時，「知識就是力量」就變成了「力量就是知識」。命題倒立之後，人們信奉新命題，再也不去相信甚麼讀書能「豐富頭腦」，而是削尖腦袋往權力機構裏鑽，鑽進去了，就有力量，而有力量，就有知識，而且還有知識的統治權。外行領導內行，這又正符合革命公理。

與此相關，原先的「學而優則仕」的命題，也變成了「仕而優則學」。一旦官當得大，也自然就有學問。倘若官居極品，就可出版「文集」、「選集」，變成經典著作。本來只是個玩機槍、玩坦克、玩大炮的軍人，這會兒也「論科學」、「論文學」、「論藝術」，而且知識者們還紛紛發表學習的心得體會，闡述其中的「微言大義」。軍人論打仗論戰略戰術自然得體，而論文學藝術，則常常文不對題。然而，他們一旦發表講話，就成了指導文件。正像當年的「斯大林論文藝」，本來是個鋼鐵元帥，講幾句文學觀感，就成了文學藝術的法律，作家學者也得好好學習。還有一種情況正相反，即一旦官居極品，本來只是一個唱戲和玩電影的戲子也會突然變成國家學說、社會學說乃至軍事學說的專家，赫赫有名的江青就是一例。文化大革命中她是領袖夫人兼政治局委員兼中央文革小組副組長，雖名為「組長」，實則比元帥還有權力。官一大也就甚麼都懂，對我們這些科學院的人講科學，讓我們學習她的講話且不說，她還穿軍裝、戴軍帽，訓斥將軍元帥，對全國青年講「文攻武衛」，活像個戰略家，這也屬於「仕而優則學」的範圍。

命題的轉換和倒立，產生了一個人們意想不到的大後果，這就是中國的聰明人愈來愈多，腦袋愈來愈尖，人們紛紛走捷徑，在「仕」字上狠下功夫，而呆頭呆腦奮發讀書繼續報考碩士博士的呆子已快絕跡了。

最近，大陸經濟浪潮席捲一切，也捲走了一切命題。人們唯錢是尊，連知識和學問也瞧不起，更不在乎何者為優何者為強。錢就是力量，錢而優則仕。在時代新風下，雖談不上命題轉換，卻也有許多成語倒立。最近我聽一位朋友說，過去講「財大氣粗」，現在則時行講「氣粗財大」。在一團渾水的浪潮中，就得氣粗氣足，就得敢作敢為敢幹敢冒險敢下賭注敢講大話敢表現出粗獷豪放的大氣魄大氣概大氣象，敢買一百四十元一個的大蘋果，才能壓住投資者競爭者當權者，才能發跡發財發展。聽了這一席話，我頓冒冷汗，又覺得自己再次落伍，過去跟不上精神命題的轉變，現在又跟不上物質命題的轉變，只好權當一隻呆鳥，任時代風雲變換了。

牢獄文化

和朋友談文化時，曾經談到牢房文化，也可以稱作監獄文化，或「鐵屋子」文化。這種文化的特點就是封閉於幾道高牆之內，沒有個人活動空間，每一種言行都在監視之下，並與自然、社會隔絕。由於隔絕得太死，「放風」就成了一種享受，因此，監獄文化最富有特徵性的標誌，一便是牆壁，二便是放風。

不談則已，一談起牢房文化，竟聯想到中國現實文化在許多方面也類似牢房文化。文化大革命後期批判林彪時，才知道這位元帥喜歡在適當的時候，坐小飛機或小汽車出去「兜風」。這種「兜風」，其實和「放風」差不多。因為他平常完全是牢房文化似的生活方式，封閉在自己神秘的住房裏，面對的全是牆壁。他和其他高級的國家領導人一樣，深居簡出，不僅封閉於四壁之內，而且室內還有三道城牆：第一道是褓姆（服務員）；第二道是秘書；第三道是警衛。他們習慣於在三道圍城的守護下生活，沒有意識到，這不過是奢華一些、漂亮一些的牢房。但在潛意識中，他們也常覺得悶，所以也有囚犯「放風」的要求，只是他們放風時用了一個高雅的名稱，叫做「兜風」。

可是，「兜風」也是一出門就鑽入車子裏或飛機裏，仍然在圍牆之內，並不能真正享受大自然。就像「放風」，囚犯在大牆內跑了幾圈撒了一把尿就回到牢裏。而且「兜風」時，還有司機、警衛靠得緊緊，絕對沒有甚麼私人生活空間，倘若「兜風」時帶一個「情人」或某一摩登女子，一定要成為「新聞」，所以，「兜風」其實也是不自由的。

平民百姓雖然沒有領導人這麼不自由，但在過去數十年中，身邊也有幾道圍牆，一道是相當於褓姆的親愛的黨，無所不在地關照着；一道是相當於秘書的親愛的人民群眾，也無時不在地關照着；還有一道是相當於警衛的人事處、保衛處和政治部，自然更是密切地注視着。在圍牆中一言一行都有人關心，有人彙報，有人干預。連談戀愛也是受到多方重視，也得和黨商量，和人民群眾商量，和政治部人事處的同志們商量，結婚更得慎重，必須「組織同意」，多方批准。戀愛結婚過程常常是一個四面碰壁的驚險歷程。戀愛結婚尚且如此，其他方面更沒有一個瞬間屬於自己，也沒有一點私人生活空間是別人不能踏進不能干預的。這種生活文化，這種戀愛文化與結婚文化，其實也是牢房文化。

一旦結了婚，其家庭文化一般也不妙。小家庭的住房大約只有兩居室，即只有二十四平方米，僅比牢房大一些，但也絕對擁擠。而且常常是三代同堂，上有父母，下有子女。父母、妻子、兒女又皆身兼三職，既是褓姆、秘書，又是警衛，倘若有一女子來訪，一定舉家注目，議論紛紛，儘管手提一杯茶，但心中必有一根弦。這種家庭文化其實也帶有毫無私人空間的牢房文化的特點。家庭文化尚且如此，社會文化更不必說了。天天講階級鬥爭，所有的人與人的關係都被規定為階級關係，社會成了人際牢房、思想牢房、語言牢房。革命領導人對此有時也過意不去，便指示應當「放」一下，講講「百花齊放」、「百家爭鳴」，但「放」了之後立即又「收」，又講全面專政。這也很自然，因為所謂「放」，也只是「放風」的意思，並沒有太多深意。

因為常受到牢房文化的壓力，所以大陸人普遍喜歡出差外地或出國，其實這也帶有放風或兜風的性質，只是不那麼純粹，往往放風兜風之後還要帶點東西回家，在國內帶的是外地的土特產，到國外則帶一架免稅的電視機或者照相機等。

潔死

林黛玉的死，可以說是一種「潔死」。她在《葬花詞》中哀悼鮮花「質本潔來還潔去」，正是潔生潔死。黛玉自己就屬於潔生潔死者。

人世間實在太骯髒太黑暗了。人出世之後總要被污染，潔生不容易，潔死也很難。林黛玉死時已把社會的殘忍、黑暗看得很透。她本來就對社會不信任，唯一使她信任的只有一個寶玉，然而，她最後發現寶玉也是不可信任的，於是，她的精神就崩潰了。

她未能和寶玉「終成眷屬」，令人惋惜，然而，她也因此沒有陷入污濁的泥潭。曹雪芹不忍讓自己最心愛的人物「結婚」，在他看來，一旦和「泥作的生命」（男人）結成一團，就不乾淨，而這一點，正是她至死都保持「潔」的最重要的標誌。寶釵也是曹雪芹心愛的人物，但她終於結婚了，因此，倘若她死了，大約就不能算作「潔死」。《紅樓夢》中未婚的晴雯、尤三姐、鴛鴦，她們的死才算潔死。

林黛玉以「死」和骯髒的社會劃清界線，因此，她的潔死，就「潔」得非常徹底，以致不留下任何一點生命痕跡在人世間。她至死也絕對不讓自己的生命痕跡被社會所污染。因此她死前焚毀了自己心愛的詩稿。焚詩稿，是自焚的一種儀式——哀傷而美麗的精神自焚。這正是在死前先打掃可能遺留給人間的痕跡。更為徹底的是她一句遺言也不留下，連「不要管我」的遺言也沒有。她大約知道，任何遺言都會被骯髒的社會所歪曲，哪怕是潔淨的遺言，收穫的一定也是污濁的評論。

「潔死」到此還沒有完結。《紅樓夢》作者還讓她死後的住處也保持「潔淨」。她住的「瀟湘館」

在死後沒有他人進去住宿而荒疏了。傳說是那裏鬧着她的鬼魂，其實，她已回到她真正的故鄉，哪裏還有鬼？曹雪芹所以讓她生前的住房荒疏，只是為了讓她與社會聯繫的那個地方保持乾淨，不會因為死而被社會佔領和污染。如果讓俗人進去，那倒是會使她的潔死蒙上塵埃。

潔死，大約是曹雪芹的一種死的理想境界，如果生時難以和齷齪的社會拉開距離，那麼，死時倒是可以高潔些，乾淨些。屈原的投江，王國維的投湖，大約都與這種死的觀念有關。林黛玉本就把社會看得很髒很輕，所以她絕不會想到離開社會時應當重如泰山。她想到的恰恰是死得愈輕愈好，最好是沒有人知道，悄悄地來，悄悄地去，來去都沒有牽掛。千萬不要死後又被世俗的人群胡評、胡說、胡哭一陣，給潔淨的名字又抹上一層黑。

生命的跨度

生命跨越多少年月多少地方，人的一生能歷經多少時間與空間，這就是生命的跨度。

從時間上說，一個百歲的老人是可以引為自豪的，因為他跨過的生命長度超過曾經比他年輕的一代人。而在空間上，一個浪跡四方的旅行家，也是可以引為自豪的，因為他的生命寬度比起那些永生永世被封閉在一個偏枯的鄉村或一個喧鬧的城市的人，生活廣闊得多。

人的生命跨度真是千差萬別，一個人如果對人生意義有所意識，就會追求某種生命的寬廣度。他們不僅想伸延生命的時間，而且想伸延生命的空間，甚至企圖把生命伸延到永恆，從這一代跨進下一代以至跨越到千秋萬代，於是，他們就努力立言、立功、立德，企圖在生前給自己締造一座永恆的紀念碑與永遠的金字塔。

可是，許多許多人，生命的跨度卻小得可憐。就說我家鄉的父老兄弟吧，他們的時間長度似乎也不短，但是，卻沒有任何寬廣度。他們的一生幾乎走不出自己那狹小的村莊，如果能夠到附近小鎮玩玩，或賣點柴火和雞蛋，換點糧食和日用品，就算是進城了。倘若到了縣城，那就更不得了。我雖是個農家子，但很榮幸，十八歲那年，因為參加大學入學考試，竟有機會到地區首府泉州市。這對於我們村莊的父老來說，簡直是一個「重大突破」：這個憨小子竟然進了大城市了。其實，泉州市離家鄉只有五十公里，我的祖父、祖母一輩的人，其生命的跨度大約沒有超過五十公里。

生命跨度如此小，本該不滿的。但我的祖輩未曾不滿過，因為他們都沒有意識到生命還有甚麼度數。所以他們總是偏安一隅，平靜地生活，安份守己，在貧瘠的山村裏無聲無息地消耗掉自己的一生，和山上的牛羊差不多。

到了我這一輩和比我小的一輩，已開始意識到生命是該有個跨度了，於是，就煩悶、埋怨、不滿、發牢騷，開始尋求突破。遠走四方，拓展眼界，這是新一代人的追求。眼界，也是生命之界。如果能考上大學，甚至留學，生命一下子就可以從南方跨到北方，從東方跨進西方。這種跨越，對於久久地被關在籠子裏的年青人，實在太有吸引力了，所以，各國大使館門口，總是排着長長的準備跨洋過海的隊伍。

然而，有了生命跨度意識的人們，如果沒有找到生命伸延的「出路」，就會焦急不滿，甚至想造反，想革命。總得在有限的生命時間裏讓生命展示一點風采，跨越一些未曾跨越的山山水水。內心的焦慮無處宣洩，生命長期被鎖在狹小的籠子裏和圍牆內，不躍進一番，騰飛一番，心理就難以平衡。中國老是太激進，老想革命，原因自然很多，但有一個原因，就是許多被限制的生命希望尋找它應有的跨度。

其實，不是用革命，而是用建設、旅行、發明創造，也可以伸展生命的跨度。那些足跡已撒向月球、撒向太空的人們，把生命的跨度伸延到這麼遙遠的昨天還屬於神話的世界，並不是靠革命。倘若沒有建設、旅行和創造，又沒有我的祖輩那種安份守己的性情，自然就得鬥爭了，所以，聰明的革命家們把生命哲學最後歸結為鬥爭哲學是很有道理的，為了讓治下的民眾心理平衡，沒有鬥爭，也得製造鬥爭，沒有政治運動也得製造政治運動。只是鬥爭和運動的結果已不是擴展生命，而是摧殘生命，其生命的長度與寬度就再也沒有保障了。

窮鬥

在我的青年時代，耳邊最響亮的口號和誓言，要算「一不怕苦，二不怕死」。因為我們實在太苦太累了，大約偉大領袖也知道，所以才號召我們不要怕。而我們的確怕，所以才自勉與共勉不要怕，更不要叫。老是叫苦叫累，還像革命戰士嗎？

我們的苦和累，除了常常吃不太飽又要「大幹快上」之外，還有一個原因，就是「窮鬥」。

「窮鬥」，充當過革命戰士、五七戰士的一兩代人都知道，其意思一是指窮追猛打，徹底革命，正如領袖詩詞所說的，「宜將剩勇追窮寇」。寇已窮了，還要追擊，敵人已經投降了，還要猛打。另一種意思是本來就很貧窮，但又以為鬥爭可以解決貧窮，因此就在貧窮中鬥，愈窮愈鬥，愈鬥愈窮，窮與鬥成了一個轉不完的怪圈。

第一層意思容易明白，中國人幾乎都懂得「痛打落水狗」。狗已落水還窮打，中國的落水狗偏又太多，文化大革命中的落水狗包括國家元首、元帥、無產階級革命家，還包括作家、詩人和學者。當時的窮打，真叫他們受苦了。以對劉少奇而言，打成走資派就叫人吃驚，還要窮追，進而打成「叛徒、內奸、工賊」；打成「賊」還不夠，還要把他變成鬼，連病在擔架上還要綑綁着四肢，頭髮也不給理，讓他像個「白毛女」。對元首尚且如此窮鬥，更何況對其他人。

窮鬥的另一層意思，我自己則「深有體會」了。像我這樣年紀的人，在六、七十年代，工資一般只有四、五十塊人民幣，個個都窮得很，這麼點錢倘若還要供養父母兒女就更窮了。可是，比起許多同齡的工人農民來，我們還算好得多。當年我們到河南幹校時，見到那裏的農民，吃的簡直像「豬食」，住的用的都是泥土做成的，一家人的財富大約不會超過一百塊人民幣。可是，不管是和我們一樣窮還是比我們更窮的人，個個身上都有一股火藥味，天天搞階級鬥爭，家裏明天就揭不開鍋了，今晚還在講階級鬥爭，私有財產幾乎等於「零」了，還要「鬥私批修」。到了「零」的地步還鬥，豈不是「窮鬥」嗎？

「窮鬥」的另一個特點是鬥得特別狠，特別怪。倘若彼此都富有，雙方還會講究一點富態或貴族氣。例如西方貴族那種決鬥，雙方端着手槍，一步一步往前走，鬥時還講究規則，不失風度。而我們，因為窮，鬥起來總是想起馬克思的話：我們無產者在鬥爭中除了丟掉身上的鎖鏈之外，甚麼也不會失去。於是，鬥起來就無所顧忌，特別狠，而且因為彼此窮，鬥的本錢太少，因此鬥法又特別怪。例如文化大革命，既然說「文化」，本來就應當文明點，可是偏偏把「文化革命」變成「武化革命」，把「文鬥」變成「武鬥」，揪鬥時戴高帽、掛牌子、剃光頭、吊打、罰跪，無所不用其極，真是「窮兇極惡」。更古怪的是窮人都知道窮日子的難熬，於是就想出一種整人的「窮辦法」，凍結銀行裏的私人存款和凍結審查對象的工資，凍結之後每個月發給十二元或二十元的生活費。當時社會科學院的「走資派」和「反動學術權威」，每個月發給二十元，倘若有妻子，再給二十元，算是人道。北京大學更激進，每個月才給十二元。馮友蘭的〈三松堂自序〉寫到他和妻子每月共得二十四元。在那個時候，我才知道這叫做「窮整」，整得教授窮到只能顧肚子而不能動腦子，更無法顧面子。但也是經歷了這一段歲月，我才知道「窮鬥」比「富鬥」殘酷得多，花樣也多得多。

因為「窮鬥」二、三十年而國家並未強大，所以在八十年代就放棄以階級鬥爭為綱，人們也因此鬆了一口氣。沒想到，一些嗜好窮鬥的職業鬥士反而覺得不舒服，又時時製造各種名目的鬥爭，而鬥起來又是一片「窮相」。例如這幾年，這些人又在各種報刊發表數以百計的大批判文章，但是翻來覆去就那幾頂帽子，那幾句話，理窮詞也窮。甚至連身為高級黨校副校長、原哲學所所長邢賁思批判我的《論文學主體性》時，也只扣幾頂帽子，說我的文章是「反對馬克思主義反映論的宣言書」。一看到「宣言書」三個字，我就想笑。在文化大革命中，我每天都在大字報裏看到這三個字，真是「十年世態看爛熟」。沒想到，我認識的「老邢」翻臉對付我時，玩的也是大字報用爛了的語言。如果不是這次大批判，我真看不出邢賁思的「窮相」。而當年林彪的妻子葉群還請他去當教師讀馬列，這位元帥夫人也夠窮極無聊了。

還有一種更古怪的「窮相」，是因為如今大陸知識界都不願意出賣靈魂再搞大批判，而一些熱衷於大批判的人又怕今後歷史滄桑，形勢有變，所以都不敢用真名。於是大批判的組織者就私下制定一種「窮政策」，即凡是敢用真名發表文章的就多給稿酬或每個月多補貼一、二百元生活費。可是響應者寥寥，肯用真名搞大批判的也只是三、五個人，七、八條槍，但都因窮兇極惡而臭名昭著了。

現在中國慢慢富起來，倘若能因此擺脱貧窮，並由此擺脱「窮鬥」，那真是幸事。

被堵塞的思想者

思想者總得思想。

思想者的嗜好就是思想。當一種思想的顆粒像原子核一樣在原子反應堆似的腦子裏不斷反應最後形成熱、形成能、形成力量時，他就感到思想的快樂。

智慧的痛苦不是因為智慧本身，而是智慧被壓抑的痛苦。思想的痛苦也不是思想本身的痛苦，而是思想被扼制的痛苦。蜜蜂吐出來的蜜是甜的，因為大自然並沒有堵塞牠們吞吐的自由。但思想者吐出來的常常是苦汁，因為思想的產生總是要穿越世俗世界的重壓。

一個思想者，當他能正常思想時，他就感到快樂，哪怕這個時候他面臨着飢餓和失業。思想者最痛苦的時候是不能思想。不能思想可能是自身的生理原因——腦子殘廢了。思想者一旦意識到自己思想機器的殘廢，就會陷入恐懼，如同墮入黑暗的深淵。

思想者不能思想更多的是社會原因。社會不許他思想，給他的思想定罪，用強大的政治運動機器迫使他放棄思維，或把他送入牢房，剝奪他的思想的權利。鐵窗下思想者受盡污辱與摧殘，在地獄般的黑暗中忍受飢餓、毒打、窒息等非人的生活，嚴酷的鐵牢確實可以剝奪人的思想。於是，能戰勝這種剝奪的思想者便成了奇蹟。而多數人無法繼續思想。當思想者失去思想所必須的最基本的陽光、空氣和生命能量而變得不能思想時，便是思想者致命的災難。思想者的思想一旦被堵塞，就會驚慌地尋找出口，可是如果所有的出口都佈滿鐵絲網都佈滿高牆，除了堵塞之外還是堵塞，那麼，思想者就會因為思想的淤積而混亂，而發瘋。許多思想者就因為被堵塞而成了瘋子和呆子。中國現代思想者胡風，雖沒有落到發瘋的地步，但神經已失去原先的活力。

而從鐵窗下幸存下來而且思想像冰封下的花草活了下來，一旦走出牢獄之門，他們就會瘋狂地生長。沒有誰能比他們更了解可以思想的寶貴。於是，他們就進入瘋狂般地工作，抓住每一刻每一分鐘地思想，馬不停蹄地記錄自己的思想激流。此時，一切外在的誘惑都沒有力量，任何黃金的桂冠都變得很輕，唯有思想本身才使他的內心充滿光明和使他的生命充滿激情。我看到晚年的聶紺弩就是這樣的人。

他走出牢房之後體重大約只有七十斤，四肢乾瘦細小到令人難以相信他有提筆的力量。然而，他不僅提起筆，而且用他的筆在最後的生命歲月裏寫出無比精彩的詩、詞和文章，在乾瘦的身軀裏磅礴着思想的大波濤。當代中國許多身居高位且身軀魁梧的權貴們和他相比，內在生命顯得多麼蒼白。思想者就是這樣地創造着奇蹟，當我看到從他的粗糙的稿紙上放射着思想的萬丈光波時，我激動得不能自已，然而，他不動聲色，只是默默地一個字一個字地寫，那一行一行的文字，那字裏行間的思想，就是他頭上的星辰，使他自己感到內心燦爛的星辰。他最滿意的是在晚年的時節竟能贏得思想，重放心中的星光。能贏得思想就是幸福，唯一意義上的幸福。至於外在的一切，過去、現在、未來的一切，都沒有此時此刻思想着的重要。

我常常從胡風、聶紺弩這兩個中國傑出的思想者身上獲得珍惜思想的意識，我知道他們兩人都太熱愛思想了，胡風因為太愛卻不能愛而神經失常，而聶紺弩因為太愛而贏得一種最後可以愛的時機，便瘋狂地思想。我知道比起他們，我是何等的幸運，我的思想也在被堵塞、被剝奪、被禁止，然而，我走出了禁區，竟能如此自由地思想，難道我還會感到有甚麼不足和懊喪嗎？還會想到失去思想之外的甚麼嗎？不會的，一個幸存的思想者是知道怎樣珍惜可以思想的時間與空間，珍惜這寶石般的歲月。

讓思想者思想！我將永遠作這樣的呼籲。

「形而上」的沉淪

前年我曾作過〈嗜好形而上〉一文，說自己不嗜煙不嗜酒，只嗜好「形而上」，最好的朋友是一些喜歡形而上思索的人。

最近卻接到一些朋友從大陸寄來的信，感嘆「形而上思索」已奄奄一息，正在經濟改革的大浪潮中沉淪。

聽到朋友的感慨，我才想起前些時報刊上紛紛報道作家教授「下海」的消息。開始還不知道「下海」是甚麼意思，後來才明白說的是下海經商作買賣。這回更明白了，原來是處於形而上思考的人也踏進了形而下的大海之中，和世俗的潮流一起翻滾。當年「下鄉」，今年「下海」，能上能下，本是長處，但一下海，原來腦子中的孔子、莊子、海德格爾和維特根斯坦自然也跟着下海，原來的「天」、「理」、「心性」、「此在」、「彼在」自然也被「公司」、「錢財」、「股票」所代替。如果能一面玩股票，玩公司，一面又能玩「心性」、玩「存在」，本領自然高強，但這種高強者恐怕不多。孔、孟、莊、老以及薩特、海德格爾們恐怕都要在「海」中沉淪，馬克思恐怕也難幸免。

在經濟大潮到來之前的六、七十年代，中國學界的形而上思索已經式微，那時社會處於不斷的政治革命之中，政治革命以神聖的名義要求理論聯繫實際，知識者、思想者必須無條件地參與現實運動，不許旁觀、沉默，也就是不許和政治保持距離。這個時候，形而上的沉淪，是因為失去和政治保持距離的權利。而在這次經濟潮流中，知識者和政治倒可以保持距離，即可以閉着嘴巴做生意和做點與政治無關的學問，可是，他們卻沒有足夠的錢財支撐自己的獨立生活和從事寧靜的思索。「下海」不是失去保持距離的「權利」，而是失去保持距離的力量（財力）。沒有財力，腦子中就必須經常想到「飯碗」問題，想到房子、妻子、兒子等。房子、妻子、兒子問題一多，腦子裏就很難容下孔子、孟子、朱子等。所以在此次大潮中，形而上確有沉淪的危險。

想到形而上即將在故國沉淪，就想到國內的幾個嗜好形而上的朋友。幾年前，我就覺得他們在社會中已屬「稀有動物」，而在這次經濟大潮中，這點「稀有動物」可能就要滅絕。

當今社會，注意保護自然生態，如果獅子、大象、老虎瀕臨滅絕，必定有人出來大聲呼救，如果貓狗即將滅絕，更要引起社會轟動，而「形而上思索」滅絕，社會倒不在乎，絕對無動於衷。在金本社會勢利的眼裏，「形而上」能值幾個錢?甚麼「稀有動物」?全是玄思，誤國的怪物!沉淪活該!

當然，形而上的沉淪，並不會影響社會的熱鬧。中國人革命慣了，喜歡熱火朝天，現在「形而上」雖然不發達，「形而下」則非常發達，學術藝術不景氣，可是其他術卻方興未艾，正在大發展中。順應時代潮流，錢術、財術、賄賂術、江湖騙術非常興旺，與發財相關的形而下諸術，如按摩術、推拿術、房中術等到處都有，還有法術、道術、幻術等也正在崛起，總之，形而下的全盛時代似乎正在到來，世界令人眼花繚亂。在形而下一統天下的時代裏，「形而上思索」能有存身之所嗎?

西方社會是金本社會，形而下諸術固然到處氾濫，但他們保留了形而上思索的堅固保壘，這就是大學，包括國立大學和私立大學。在巨大的金錢潮流中，各種學院是形而上思索唯一的避難所和生長地。西方社會的設計者們知道自然界需要生態平衡，因此，他們想方設法支持學校，通過各種基金會把社會上的金錢引入這個堡壘。中國的社會設計者們不知道有沒有想到這一點?是讓教授走出學校「下海」?還是引入海水灌溉學校?這種思路很不相同。不過，即使社會設計者想到了應當引入海水以支持學校，也並非易事，有的人請他支持體育運動尚可理解，而如果想說服他們支持「形而上思索」，怕要磨破嘴皮。想到這裏，真覺得形而上非沉淪不可。不甘沉淪者，只能自找一點社會隙縫去掙扎了。

天葬

我第一次聽到西藏天葬的故事之後，只感到恐怖。覺得這是一種野蠻。這可能與敍述者的情緒有關。敍述者是我的朋友，七十年代裏他去「支援」西藏的教育事業，在那曲地區的中學當了三年教師。當時他還處於青年時代，充滿好奇心。有一次，他悄悄地躲在大峽谷的對岸，觀看天葬的過程。那一天，正逢天氣晴朗，加上自己視力又好，每一個細節都看得很清楚。天葬師如何像庖丁解牛似地剖開人的屍體，如何在石臼裏搗碎死者的肉與骨骼，之後，又如何撒一把尿洗淨自己的手，又如何唱着神秘的歌招來滿天的魔群，蒼鷹又如何在頃刻間把天葬師拋出的碎肉啣向天空，每一幕他都講得清清楚楚。我聽了之後，不但感到新奇、驚訝，而且感到恐懼。許多年過去了，一想到西南邊那一片雄偉神奇的高原，就想起天葬，還聯想到野蠻。

這些觀念倘若不是出國，可能還要繼續下去。然而，出國後，我的內在生命起了變化，變化之一是似乎多了一雙眼睛。原來的一雙長在自己的身上，而新的一雙則長在對象身上。這一雙眼睛和對象一起體認着世界人生。有了這雙眼睛，看天葬就看到另一面，那便是神聖的特殊的葬禮：一具已經死亡的肉體，化作無數精神的顆粒，被來自山外的雄鷹群帶進廣漠的天邊去作無窮的遨遊，在雄鷹俯衝而下又扶搖直上的那一瞬間，人與大自然融為一體，靈魂化作雲天的一角，進入一種無生無死、無始無終的境界，這不也是一種詩意嗎？藏族的智者正是從中感悟到死亡乃是生命從有限進入無限的中介，因此，他們選擇天葬，而不選擇火葬、土葬或水葬。當我的眼睛和藏族智者疊合一起時，不僅抹掉心中的「野蠻」，而且感悟和欽佩大高原上的一種神奇的想像力，連死亡的儀式也帶着詩與神話的色彩。

用一種眼光和一種坐標看天葬時，只覺得漢文化的優越。多一雙或幾雙眼睛，便覺得這種文化優越感正是文化專橫感。把自己眼光強加於人，用一種儀式和程序取代所有的儀式和程序，這才是真正的野蠻。由此我便想到，人不可獨斷，獨斷他人野蠻時自己往往也野蠻。能悟到這一點，覺得多一雙眼睛，多一種坐標，反而會更接近文明。

十幾年前，朋友看天葬，而我聽天葬；十幾年後，我在異國他鄉，看不到天葬也聽不到天葬，但還在想天葬。想着想着，覺得宇宙、歷史、文明、人生，包括自己，都很奇妙，不了解的事還很多，包括不認識自己。因此，最好還是想下去，不必匆匆作類似「野蠻」的結論。但願東、西方的友人們都如此，不要只看到他方的野蠻和自己的文明，也要看到自己的野蠻和他者的文明，彼此都多一雙眼睛，多一種「第二視力」。

天理

中國人與大自然原是非常親密的，並且把人視為大自然的一部份，所以很早就有天人合一的思想。中國人不僅重視人和自然的和諧，而且把自然看得很神聖，所以稱至高無上的帝王為「天子」。把人之王命名為天之子，是很有意思的。只是天的意思太籠統，不像基督，他的思想均載於聖經。不過，天一面有神聖的意思，一面有自然的意思，還是明白的。

中國人平常要求人們做事要符合天理，也包含着要符合神聖而自然的道理的意思。所謂不要違背天理良心，也就是不要違背維繫人類生存發展的最基本但也最平常的道理，因此，天理，既是至尊至重之理，又是自然而然的「常識」。

人接受常識其實是非常要緊的，有一位禪學弟子問他的老師，甚麼是禪？那位大師說，禪首先是要了解，餓了要吃飯，冷了要穿衣。這位禪師的意思是，禪首先要人們接受生活，接受常識，感悟到那些被人們遺忘的最自然但也是最根本的道理。只有從這裏出發，一切新穎的感悟，才能接近智慧。

餓了要吃飯，冷了要穿衣，這個道理平常到極點，但它卻是一種天理，即無可爭議無須證明但又無可逃避的道理。賈寶玉悟禪時說，無可云證，斯可為證，悟到的也是這種無須證明但卻是宇宙萬物的自然之理。可見，常識也是一種境界。這種境界常常和智慧相隣，或本身正是一種大智慧。

二十世紀中國知識分子辛辛苦苦地到國外取經，尋找龐大的知識體系，特別是政治意識形態體系，這確實豐富了知識者的頭腦，但是，經過知識者和政治家的闡釋，到了文化大革命時期，一切道理都變得非常怪誕，極不自然，就違悖了「天理」。例如，當時提出一個重要口號是「寧要社會主義的草，不要資本主義的苗」，乘火車則寧要社會主義的「晚點」，也不要資本主義的「正點」。倘若去掉抽象字眼，就是說，人餓了，不一定要吃飯，可以吃草；火車的運行，不必遵守時刻表，而要服從社會主義意識形態原則。這些怪誕的道理發展到後來，連農民養豬養雞，也屬資本主義。本是古往今來最平常的天經地義的養豬養雞事，也變成了一個關係到兩條路線鬥爭的大事，這就顯得特別怪誕，這種古怪就是反常識，反自然，反天理。反的結果，就要受到懲罰，整個社會就陷入經濟崩潰的邊緣。

想想過去的事，真令人感慨，翻譯了那麼多經典，建構那麼大的體系，寫了那麼多的文章，就告訴人們寧可吃草，寧可晚點，也要服從大本本。如果不是後來中國人的肚子着實餓了好多年，人死了數千萬，恐怕至今還不能自由地種地和養雞養鴨。

八十年代中國的社會狀況好些了，其實，原因也很簡單，就是回歸常識，重新「發現」和承認「天理」。也就是承認人餓了要吃飯，冷了要穿衣，火車要按時刻表運行。不管甚麼好主義，總得讓人們吃飽飯。改革開放，贊成的人多，就是回到了「常識」，以最平常的「天理」取代了那些深不可測而又怪誕的大道理。有常識才有共識，不忘常識才是聰明的。可惜在一九八九年夏天的時候，政府卻忘了一點常識：人有意見，就要說話，要讓人說話；而學生呢，也忘記，政治也需要妥協，需要給面子。結果釀成悲劇，全都是失敗者。倘若今天大家都老實地接受失敗，接受常識，留心天理，那中國可能還有和諧之日。

時代的圖騰

這兩、三年我真的感到累了。而且，累的不是身軀，而是心靈。

我知道，我的心靈為甚麼疲倦，還知道這完全是自己造成的疲倦。

很奇怪，從小就學會緊跟時代的步伐，可是，我緊跟的時代則像一個急急忙忙的老拐彎的騙子，怎麼跟也跟不上。由於老拐彎，就不免老是碰壁，許多緊跟時代的戰士都已碰得頭破血流，而我的頭雖還在，但也滿頭傷痕了。

一個時代有一個時代的圖騰，緊跟時代必須老盯着圖騰，一不小心，就會落伍，於是，不僅身心累，眼睛也很累。

在文化大革命前，有一個時代的圖騰是土高爐，那是大躍進時代的標誌。能否緊跟上時代，就看對土高爐的態度了。土高爐在大煉鋼鐵，時代圍着高爐轉。為了跟上時代，我們日夜拉風箱、砍樹林、燒木炭，連家裏的秤錘，也偷來投入土高爐裏熔化掉。這之後，時代的圖騰是「衛星」，所有的人民公社都在拋畝產萬斤、十萬斤的衛星。我們不能直接製造衛星，但必須歌頌衛星，當時歌頌衛星的著名詩人有好幾位，我們緊跟時代就是緊跟詩人歌頌畝產萬斤就是好，日夜喊，日夜唱，也夠累人的。

到了文化大革命，這個偉大時代的圖騰，一是領袖的巨手，一是紙糊的戴在走資派和知識分子頭上的高帽。巨手一會兒往左揮，一會兒往右揮，緊跟起來就得左右衝撞。因為盲目衝撞，所以常常犯路線錯誤，於是，一會兒被巨手從左邊打嘴巴，一會兒被巨手從右邊打嘴巴，這不僅累，而且還疼。文化大革命也可以說是老被打嘴巴的又累又疼的革命。另一圖騰是無處不在的高帽，要跟上時代，就得敢於給別人戴高帽和給自己戴高帽。高帽雖是紙糊的，似乎很輕，但如果良知尚存，要把一頂頂高帽戴到自己尊敬的師長頭上，也是很累的。這種累，是扭曲良心摧殘良心的大累。

在八十年代裏，時代的圖騰又發生變化，連《紅旗》也換成《求是》，因為《紅旗》被謊言家蛀空了，不能再舉着被蛀空的旗幟前進。只好讓《紅旗》靠到一邊去。《紅旗》落地後本應以《求是》為圖騰，但《求是》不成氣候，老百姓也不知《求是》所云，而且經濟改革大潮又突然降臨，從上到下人人言錢，於是「紅包」便取代「紅旗」，成了時代最新的圖騰。有紅包就有優先權，就有發言權，過去是紅旗開路，靠紅旗打天下，現在是紅包開路，靠紅包打天下。掌握了紅包，就掌握了時代的命脈，走遍天下都不怕。

時代的步伐跨得真快，總是讓人跟不上。過去跟不上紅旗，現在又跟不上紅包。不過，我已看穿時代的把戲，不願意再跟了，覺得休息一下更重要，緊跟時代還不如觀賞魔術般的時代圖騰更有意思。

嚙箭法

在古代的戰場上，箭是很重要的武器，地位恐怕相當於我們今天的普通火箭，因此，如何防箭，便是武士們的一大本領。

魯迅在小說《奔月》中描寫上古神話時代的英雄、射下九輪太陽的神箭手羿，就留了一手防箭的「嚙箭法」，即暗箭飛來時可用口咬住。這一本事救了他一命。他的學生逢蒙從他身上學到神射的本領後，就想射殺師父而稱雄於天下。野心使他調動起自己人性中最惡毒的一面。但是他射出的暗箭卻被羿咬住，「真是白來了好幾回」，羿說。羿雖然老實，但也知道人心確實變得太壞，所以還留了最後一手。羿這個英雄，氣力無邊，而且襟懷坦蕩，胸中沒有建築防範他人的堡壘，結果連靈藥也被妻子偷走而奔月。但他竟還留下最後這一手護身本領，可見他對世道人心的看法還是清醒的。他真是聰明，說大智若愚，真不假。

這些年我因為老是被批判，明槍暗箭紛紛而來，所以特別羨慕「嚙箭法」，但我不是英雄，怎麼也學不成。這種嚙箭法是怎麼回事，我沒有細考。不過，我想至少要在千鈞一髮的剎那間咬住敵方射來之箭，然後迅速地還其一箭。然而，這應有一個前提，就是射來的必須是真的箭。像逢蒙那樣，儘管毒辣，但有真本事，射的是真箭。而我的敵手則只有逢蒙的狠毒，卻沒有逢蒙的本事，他們給我射來的東西太多，亂成一團，但都只是「東西」而已，實在稱不上「箭」。他們自己聲稱是馬克思主義之「箭」，但我仔細一看，只有馬克思主義標籤，卻無馬克思主義的真諦，完全是「偽箭」，而且偽箭頭上塗滿毒液或掛着一團黑色的髒物，其目的不在於射死，而在於「抹黑」，倘若我咬住他們的箭，一定會中毒而死或被弄得滿嘴髒臭。此時，即使掌握嚙箭法，也難免一死。由此，我竟如保守老先生感慨起「人心不古」，覺得當代的射手們遠不如逢蒙。撲殺對手時，其手段與境界，都在逢蒙之下。

我曾想到，嚙箭法不行，是否可用諸葛亮的「借箭法」，即借些稻草人讓他們射去，又可收穫一批武器。後來朋友提醒說，你怎麼如此健忘，他們並沒有甚麼武器，箭頭全是他們自己的牙齒，有的還被蟲蛀了好些洞，這種箭連打狗也不行，如何打得了人？經他這麼一說，借箭法也不行。

然而，箭還是不斷射來，於是，我便作出最後的選擇。想到和他們來個君子協定，因此，我便聲明為了文藝的繁榮，我願意當「靶子」，由他們射個痛快，但要求他們的箭不能放毒或放其他髒物，也不可用牙齒。沒想到，我這一聲明又使他們更生氣，說想當「靶子」不行，還得承認他們是第一射手，而且他們的箭全是純粹的真正馬克思主義之箭。我自然不能答應這種要求，所以直到今天，我們的戰爭狀態尚未結束。

經歷了一番折騰，我再讀《奔月》，竟覺得逢蒙雖可惡，但比起現代的假馬克思主義逢蒙們，還有點可愛。

公僕

當年馬克思在論巴黎公社時提出一個很出名的概念，這就是「社會公僕」，說的是社會主義國家的官員應當自覺地充當社會的僕人，為社會公眾服務。

我敢說，馬克思主義的原始學說是富有道德感的，而這個概念的確是相當迷人的概念。

六十年代末，這個概念又時髦了一陣，個個都宣稱自己是社會公僕。當然，走資派和反動學術權威是不許自稱社會公僕的，儘管他們都被揪了出來，在社會公共場地包括廁所掃地，完全是一個社會僕人的標準形象。恰巧在這個概念時髦的年月，我到閩西連城縣去探親，妻子在連城一中當教師，自然我就和她的同事常常聊天，他們都是中學教員，談起來容易投機。然而，當時全國都犯政治病，一談就談政治，而且馬上談起最時髦的概念：社會公僕。

提起社會公僕，他們就說，要說公僕，只有鄉村的小學教師才是真正的公僕。現在，從政府到民間，誰都把鄉村的小學教員當僕人。

經他們提醒，我才恍然大悟，並留心起小學教員。果然，他們真真正正是公僕。不必說縣和公社的教育局的官員了，在他們眼裏，小學教員豈止是公僕，簡直就是奴婢，叫幹甚麼就幹甚麼。縣官們把小學教員當僕人，而公社、生產隊的幹部，更是把小學教員當差使，上級領導一有甚麼號召，或者搞甚麼運動，他們就先找小學教員幹活，要他們到處宣傳、刷標語，寫決心書。過年過節，特別是過「五一」、「七一」、「八一」、「十一」這些政治節日，需要借小學的操場用，又要小學教師做好清掃場地的工作。

鄉村小官員把小學教師當作僕人，鄉村的民眾也把小學教師當僕人，自然，這是教育孩子的僕人。政治節之外還有農忙季節，這個時候，小學老師們還得下鄉勞動改造，和學生一起插秧、積肥、搶收麥子等等，相當於無償的短工。最後，他們又成了學生的僕人。本來替學生服務是本份的工作，但教育革命之後，批判了「師道尊嚴」的口號，學生直接參加管理學校，成了孩子王，於是，他們對老師直呼其名，此時，教師在學生眼裏，又是僕人。

小學教員的社會公僕化，還不僅是他們成了甚麼人都可以叫喚甚麼人都可以使喚的服務員，而且其待遇也和低級僕人相等。僕人地位低，工資自然也最低，那時，他們的工資每月只有二、三十塊人民幣，實在維持不了生活，所以下課回家後，還要種點自留地或掙點工分補充，這是最後的身份，算是家庭中的僕人。有的教師，因社會地位低又工資微薄，妻子也瞧不起，也往往成了妻子隨便吆喝的僕人。到了這一層，小學教員算是成了徹底的社會公僕了。

公僕的思想和概念在大陸傳播了幾十年，但真正成為公僕的，彷彿只有鄉村小學教師這個階層，至於其他階層，特別是馬克思所強調的那些掌握權力的高級官員階層，他們雖然自稱「我是社會公僕」，但與小學教員相比，就大不一樣。他們除了當最高領袖或上司的僕人之外，似乎並不是其他人的僕人，最近幾年，「社會公僕」這個迷人的概念不再時行了。因為這些社會公僕都忙於開公司賺錢，互相攀比房子之闊與車子之名貴，竭力使自己成為社會上先富起來的部份。而為了這個目的，他們東指西派，充份利用社會，到了此時，他們雖不是社會公僕，倒是「公僕社會」了。

「救亡」者的悲哀

最近又喜歡翻翻本世紀編寫的各種史書。翻來翻去，更覺得這個世紀的中國的確總是處於「救亡」之中。世紀之初，抗拒列強、拯救中華的聲音不斷；「五四」後救亡的吶喊又壓倒啟蒙之思；到了三、四十年代，又是一片「抗日圖存」的呼籲。本世紀下半葉，國家已被拯救，但「全民運動」的口號卻成了治國者的口頭禪，「動員一切可以動員的力量奪取社會主義革命的勝利」之聲壓倒一切，並覺得如果不是「動員一切」就會被開除球籍，就要「亡黨亡國」，又是一片「救亡」氣氛。

讀了史書，歷史的圖景又一一在眼前閃過，說實在的，我固然敬佩自己的先行者那種救亡精神，但更多的是感到很深的悲哀。我的悲哀是因為我確信這樣一個道理：如果一個民族總是需要動員自己的全部兒女、全部力量維持民族生存的話，這個民族就太悲慘了。

一個有活力的民族，它的生活圖景應當是非常廣闊的。它像一個活潑的青春的生命，固然需要吃飯，有生存的需求，但它還有比生存需求豐富得多、廣闊得多也芳香得多的生活，還需要唱歌、跳舞、繪畫、遊覽，需要友情、戀愛和展示自己的想像力。他們不是日夜處於可能淪亡的焦慮之中，而是相信自己的健康與強大。他們要享受生活，享受自己的青春、才能和創造，可惜，二十世紀的故國，太不像一個年青的自信的生命。

我還特別為知識者悲哀。在一片救亡聲中，在動員一切力量走上革命的時代大潮中，中國知識者別無選擇，只能扮演救國者、愛國者的角色，而不能扮演另一種更重要的角色，這就是人類文化創造者的角色。其實，充當民族文化與人類文化創造者的角色，才是本色。然而在將近一百年之中，知識者倘若要充當人類文化創造者，而忘記首先要充當救國者的角色，就要蒙受巨大的道義壓力，這種壓力幾乎要把文化創造者的角色粉碎。可是人們又無法責怪這種神聖的壓力。於是，大家就在這種崇高的壓力下徬徨、徘徊、變態，知識者本來應有的角色與功能，陷入了一片混亂。倘若在混亂中掙扎着保護自己的職業利益，進行一些文化創造，這種創造品也往往染上「救亡」的塵煙，帶着「危機文化」的特點：急忙，浮躁，缺少永久的品格。

回憶救亡史，本來應有悲壯感，而我卻有悲哀感。這種悲哀感一半為治者，一半為被治者，因為兩者地位雖不同，而心態常常相似。不過，本文首先是希望治國者們去掉「動員一切力量」的口頭禪，不要動不動就「全民動員」，使全民族處於維持生存的救亡狀態和革命狀態。倘若有一天，中華兒女的大部份，特別是知識者，不必充當救國者的角色，而在自己的職業邊界內，潛心地、從容地從事個人的精神價值創造，我將為故國舉杯慶賀。

一九九三年二月一日於瑞典

坐着就是力量

以往用得爛熟的字眼，我常常羞以再用，着意迴避。但有一個字眼，我卻「抓住不放」，這就是「工作」。幾乎每一天，我都想起：必須工作。

工作，並不都是美麗的，但一切尋找意義的人，都必須工作，在工作中實現人生的意義。每次想起工作，我就想起紀伯倫《工作》中的詩句：「你工作就能和大地及大地的靈魂一同前進」，「懶惰的話，就會和歲月疏離，偏離生命的航程。」他還說：「當你工作的時候，你就實現了部份大地最遙遠的夢。那夢剛誕生時就已分配給你。」（《先知．工作》）這些詩句總是幫助着我，特別是在我想偷懶的時候。

工作，對於每一個人都有不同的意味，有的意味着負重上山，有的意味着下海捕魚，有的意味着行軍打仗，而對於思想者與藝術創造者來說，則意味着坐下來研究與寫作。

其實，純粹的思想者和純粹的藝術家並不是純粹到連工作也沒有的人。純粹思想而完全離開工作，只是空想者。一位喜歡作曲的學生問俄國的大音樂家蕭斯塔科維奇說：老師，很奇怪，我的交響曲想了好幾個月，還一直想不出來。蕭斯塔科維奇回答說：你應當坐下來工作，不要光是想，作曲是一項工作。蕭斯塔科維奇的回答一直啟迪着我。因為想到這句話，我不知多寫了多少文字。連最抽象的作曲，也不能只是想，也必須工作，必須在工作中尋找表達的語言。如果一條蠶，牠只記得自己身上有許多絲，但忘記必須作「抽絲」的工作，那麼，牠的滿身絲就沒有意義。忘記必須工作的思想家，和忘記必須抽絲的蠶一樣，是一種聰明的蠶但不是智慧的蠶。

不幸，在藝術世界中忘記必須抽絲的蠶是很多的。許多富有才華而沒有實績的學人和徒有其名的作家，都犯了這種忘卻症。我曾引述福克納遵循的寫作法則只有一條：「百分之九十九的才華加上百分之九十九的自律加上百分之九十九的工作。」福克納成為人類世界中的一條非凡的智慧之蠶，固然具有超常的才能，但他還記得另外兩條法則，一是「自律」以不浪費才能，二是「工作」以把才能像抽絲一樣地外化出來，而且幾乎要用上全部——百分之九十九的心力。我喜歡這條法則，是因為它提示我：一個人的才華怎樣才不會流失。

蕭斯塔科維奇和福克納都可以稱為天才的人物了，但是，即使天才，也得工作，這實在是人類不如神仙之處，然而，一旦人類都成神仙，其才華就沒有可佩服之處。所以我在懶惰時羨慕神仙，但僅僅是羨慕，決不敢採取神仙的生活方式。因此，只好老老實實工作，記得一是要多吃點桑葉，多讀點書；二是記得「抽絲」，坐下來抽絲。坐下來就是力量，坐着就是力量。

自得其樂

我雖然手腳不靈，學生時代的體育成績總是居於最末的幾名，可是，我卻偏偏喜歡觀看體育比賽，羨慕和崇拜運動員。讀初中時我因為家境貧窮而臉黃肌瘦，但交了幾個身強力壯的體育運動員作為自己最好的朋友。到了國外之後，更是喜歡觀賞各種球類比賽，而且和小女兒及其他美國小朋友一起崇拜籃球明星邁克爾．喬丹。

我最喜歡觀賞籃球賽。美國參加奧林匹克運動會的籃球隊，其球員都是最優秀的佼佼者，美國人稱他們是夢之球隊。他們的表演真像夢幻故事，令人難以置信。這夢幻，帶給我許多快樂，甚至為我抹掉許多對於人類社會的失望，覺得人類社會固然有齷齪的一面，但確實也有精彩的一面。人會怕死，大約就是捨不得離開這精彩的一面。

我還很喜歡觀賞美國的橄欖球賽（American football）。在這種球賽中，可欣賞人的勇敢、兇猛、剛毅、速度。看到我的同類像獅子一樣格鬥，可以掃掉許多卑微的心緒。美國人瘋狂地喜歡這種運動，在全國舉行高級競賽時，幾乎所有的美國人都坐在電視機前觀賞，像關注一場涉及國家生死存亡的戰爭，橄欖球比賽時的盛況，超過任何球類。如果要像定國旗、國徽、國花一樣而選定國球，我想，美國的國球，該是橄欖球，而不是籃球，更不是足球。

這不僅因為橄欖球最能體現美國的民族性格：年青、熱情、勇於冒險，崇尚力的美和速度，而且因為這種球僅僅屬於美國。有意思的是這種牽動整個美利堅民族心靈的大球類根本就不參加世界賽。可以說，這是關在美國國門之內的一種大遊戲，美國人並不在乎能不能參加世界比賽。他們瘋狂地投入這種運動，自得其樂，在進行比賽時狂呼，狂叫，狂歡，整個民族全部年青活力都在賽場內外洶湧澎湃。

這種自得其樂的性格，真使我喜歡。比賽不是為了表演給世界看，而是給自己看。運動員們沒想到走向世界，而認為自己就是世界。它歡迎各民族的人們買門票觀賞，歡迎世界走向我。他們把自身的健康、強大、青春活力及快樂看得比在世界競技場上贏得榮譽更加重要，其精彩無須他國肯定，他們自己肯定，自己證明自己，賦予自己以瘋狂般的快樂。

我很欣賞這種精神，覺得這正是一種大自由。有心為自己的民族在國際上爭光或對世界作出貢獻自然無可非議；但是，走向世界作貢獻的心態如果太急切，性格就會變態，遊戲也會變得很沉重。倘若得不到「世界」的肯定，就容易懊喪。中國這麼一個大國，更應當有自己的橄欖球和橄欖球精神，把自我調節、自我肯定和自得其樂看得比甚麼都重要。只要自身精彩，自己快樂，那麼，不管世界的眼睛要不要欣賞，會不會欣賞，都不要緊。

元首女兒的質疑

七、八年前，我讀了斯大林的女兒斯維特拉娜所著的《僅僅一年》時，並不能接受她的立場，但是，她書中提出的問題，卻使我震驚。這是一個時代性的問題——整整一個時代對社會主義提出的最根本的質疑。

這一質疑是：社會主義能不能和人類美好的東西聯繫在一起，即能不能和人道、自由、平等、博愛等價值觀念以及人性中的誠實、正直、善良、同情心等品格聯繫在一起？斯維特拉娜以自己的經歷和著作回答：不能。第一個社會主義國家元首的女兒說自己的父親選擇的「主義」和建造的制度不能和人類美好之物相連，這還不夠令人心驚嗎？而且，她的回答用的全是事實。她以自己的所見所聞說明，她父親領導的國家排斥人類社會數千年所積累下來的美好的一切，而只是和階級鬥爭、專政以及暴力聯繫在一起。她證明，她的父親及其戰友們的社會主義，熱衷的是權力、陰謀、排斥異端，是無休止的對人的尊嚴與人的價值的踐踏。踐踏到尚存人性的最高統帥的女兒也受不了，最後只好逃離故國，逃離政權。她在書中告訴讀者，她退出共產黨而加入東正教，只是想以自己的行為語言向世界表明：我的心靈只和仁慈、善良、誠實這一切人類美好的東西聯繫一起。

我是一個社會科學思想者，無法迴避斯維特拉娜提出的問題，但我的回答與她不同。我相信共產主義的原始學說是富有道德感的，社會主義是可以和人類公認的那一切美好的觀念與品格聯在一起的。儘管當時的社會主義實踐中已出現了蘇聯的古拉格群島和生靈塗炭的文化大革命以及紅色高棉滅絕人性的罪孽，但我仍然沒有放棄我的社會主義信念，並認為，這些時代性的錯誤不應導致在理論上說明社會主義沒有和美好之物聯繫在一起的可能性。因此，我提出「文學主體性」等理論，首先致力於把社會主義和人道主義聯繫一起，重新證明人＝人的公式。我確實認為這個公式在社會主義社會中更有光彩而且更有演釋的自由。儘管我知道人道主義觀念並不高深也不時髦，但我知道，在中國，要證明人＝人的公式，張揚人道精神是異常困難的，能說明清楚這種困難，絕不浮淺。

然而，在我文學主體性的命題和有關社會主義的其他命題提出之後，得到的是瘋狂的批判。出國後，我讀了一部份批判文章，才知道他們對「人道」、「愛」、「自由」、「平等」這些字眼真有一種仇恨。他們給我的罪名也與此相關，說我在張揚資產階級的自由、平等、博愛、人道等「破爛貨」。在我視為美好的維繫人類生存發展的一些最基本的東西，在他們眼裏都是破爛貨。在我看來是人類之不幸的階級鬥爭和人類的互相廝殺，在他們眼裏，卻是永恆的神聖。人的心靈的確難以相通。因此，他們的文章，都在理直氣壯地說明：人是不能等於人的，我們的社會主義豈能和人道、人性、人的尊嚴這種「資產階級貨色」連在一起。這種批判與說明同時也表明：他們熱愛的確只是暴力、階級鬥爭與階級專政，並認為社會主義只能與這些手段連在一起。此次大規模的批判只有一個效果，這就是再次自證：社會主義與人類美好的東西絕緣。

我在他們的批判中不僅感受到語言的暴力，而且感受到這種暴力的無望。一種與人類一切美好之物絕緣的東西，它會有美好的前途嗎？

此次批判中，我總是想起斯維特拉娜的質疑。對於她的質疑，我所致力的回答，已被我的故國同胞所拒絕。他們以自己的批判與實踐正在作出一種和斯維特拉娜一致的結論。也許他們是對的，也許我所憧憬的社會理想並不像我所憧憬的那樣，而像他們在大批判文章中所指過的那樣：唯一的真實就是鋼鐵一樣的專政。

拒絕表演

在大陸的時候，我很害怕聽一些人的演講，這些人包括政治家與作家。因為他們一講話就進入表演，很像上台領奧斯卡獎的演員，在受獎的講話中，每一句話每一個動作都帶着表演性。但他們是演員，所以表演起來不太彆扭，而政治家、作家一表演，則讓人覺得酸溜溜的。

我不喜歡八十年代之前的大陸文學，也是因為它的表演性太強，人物都戴着假面具，內容都塗着主義的脂粉，缺少真性真情。我特別不喜歡那個時代的詩歌和散文，現在重讀起來，幾乎「慘不忍睹」。這時期的詩人、作家總愛故作激烈狀、故作嬰兒狀、故作最最革命狀，無論是放聲歌唱還是細聲吟哦，都是一片矯情，一句一句好像都是着意要寫給領袖看和寫給黨看，很不自然。每次讀這些作品，總覺得詩人寫得太累，而我們這些讀者也讀得太累。我現在身心俱倦，有一大半原因是讀了這些詩文。

記得周作人在一篇文章中說，他寫了幾十年文章，不敢說自己寫得好，但能知道別人的文章寫得好不好，這就是看這些文章是不是在表演。表演的文章總是難以精彩。

文章如此，做人也是如此。做人做得真實才可愛，倘若做人做得像戲子，走套式，講套話，就沒意思了。即使有些非套話的話，一經着意渲染、誇張和作嘩眾取寵之態，也就令人難受。我對許多政治家作家的講話，常常不是從政治學的角度反感，而是從美學的角度上不能接受。我從內心深處拒絕做戲的政治和做戲的人生。

我雖然厭惡表演，但是在一個充滿表演的大人文環境中，自己也難以完全真實，也不得不去敷衍、應酬，甚至也要講點套話。一想起自己講過的套話就臉紅，不知道那些老是表演的戰士們也會臉紅嗎？

我所以感到臉紅，是覺得人一進入表演，生活境界就不高。表演總是為了追求掌聲或追求某種身外之物，至少是想通過表演顯示自己和證明自己是重要的角色。境界高的人，並不需要這種顯耀。他既不必通過表演來自我標榜，也無須要他人的掌聲來證明自己的價值。知識者貴在身內之物，貴在真性情和真知灼見，用不着去塑造外部形象，用不着那麼累。

這幾年在海外奔走，無論是在課堂裏還是在社會生活中，我都覺得輕鬆得多，其中的一個原因是我不必再觀看表演，自己也無須表演。揚棄了表演，就活得真實，活得輕鬆。我相信，我比那些整天拿着架子戴着面具塗着脂粉說着套話想着名聲的人快活多了。我的第一人生並沒有白過，它贏得了真實的認識，此時，它在和第二人生展開對話，並對第二人生說：你要活得自在，就要拒絕表演。

文學四味

讀書固然有趣，但也要看讀甚麼書，有些書讀起來不僅沒有趣味，而且還很痛苦。我在青年時代讀的是大陸出版的詩文小說，就常常覺得味道不對，但它們是甚麼味，我說不出來，直到八十年代，才慢慢悟出它們的「味」來，這些味可用酸、甜、苦、辣四個字加以概括。

關於酸味，我在〈酸論〉與〈酸人〉二文中已談過，那是一些故作嬰兒狀、故作女人狀、故作激烈痛苦狀的文章，讀起來令人覺得酸溜溜的。此次不再重複。

關於辣味，我在另一短文中也已提到，舉的例是臧克家「號召」詩人「讓我們用火辣辣的語言發言吧」，這種辣味文章在政治運動中佈滿所有的報刊，所謂大揭發、大批判，一旦去掉辣味，就甚麼也不剩，變成純粹的垃圾。不過辣味也有許多品種，有潑辣的、老辣的、酸辣的、毒辣的。我比較喜歡潑辣與老辣，甚至也喜歡毒辣，唯獨不喜歡酸辣。酸辣文章，一面兇狠地對人落井下石，安全而雄赳赳地踐踏被圍剿者；另一面又藉此邀功獻媚，在狠話中夾着媚話，心狠手辣而臉帶媚態，動不動就批判別人怎麼違背毛主席他老人家關於念念不忘階級鬥爭的教導，違背他老人家的教導就是反革命，反動！就是叫我們要吃二遍苦，受二茬罪，誰反對毛主席他老人家，我就和他拚了！讀這種基調的文章決不像在飯館裏喝酸辣湯那麼舒服，在大陸文壇上，酸辣味最重的恐怕要數臧克家。

甜味的文章，則是那些甜蜜蜜的田園牧歌和那些甜蜜蜜的頌歌。二十世紀下半葉中國的謳歌文學特別發達。文學有點甜味，本也難免，例如聞捷的《天山牧歌》、《吐魯番情歌》也很甜，但甜中有天籟在，所以也可愛，但許多詩文都甜得太過份，甜得有點發酸。在這裏，分寸感顯得很重要，太甜了，就成了蜜餞。在大陸文壇，最善於作蜜餞文學的恐怕要數劉白羽、賀敬之。前者的《紅瑪瑙集》，後者的《回延安》，簡直就是水果蜜餞了。

最後一味是苦味文學。這種文學的基調是憶苦思甜，而主要是憶苦，其主要人物均苦大仇深，窮得不得了。如賀敬之的《白毛女》的主角喜兒，苦到連一些革命領導人看了都受不了，因此建議刪去被地主強姦的情節。周立波的《暴風驟雨》中主角趙玉林，其外號叫做趙光腚，窮得只剩光屁股。丁玲的《太陽照在桑乾河上》、馮德英的《苦菜花》也是同一類文學。這種文學，也可以稱作「苦肉計」文學。以苦為策略，寫出革命的絕對必然性和必要性。後來江青苦心經營的八個樣板戲，如《紅燈記》、《海港》等，其中的「憶苦」都是關鍵性的情節，也是以「苦肉計」為情節轉變的槓桿。然而，描寫苦大仇深也不容易，也得注意分寸。寫過頭了，革命領導人也不會高興，說這會導致革命恐懼症。因此，六十年代中期，江青在她的部隊文藝座談會《紀要》中提出，不要過份渲染戰爭的「苦難」，使人害怕戰爭。因此，在那之後的文學，寫苦難時便需加點甜味。於是，《白毛女》中的父親楊白勞便拿出扁擔親自打地主，白毛女不僅免去被地主強姦，更無須懷孕，最後還參了軍，和情人大春大團圓。這樣，苦味減去很多，甜味增加了不少，成了不苦不甜、又苦又甜的類似「大蔥」、「胡椒」的一種混雜味。六十年代的大陸文學便以這種混雜味文學為樣板，但要寫出這種味也實在不容易。

不准姓趙

這兩、三年，常在圖書館裏翻翻舊的報刊雜誌。翻久了，才發現自己對以往老學者、老作家的自我批判和批判別人的文章特別感興趣。尤其是五十年代初的文章，篇篇都有一種孩子般的真誠，對新的政權都有一種浪漫主義的信任和期待。

五星紅旗剛剛升上去，朱光潛先生就寫出〈我的文藝思想的反動性〉，真誠地清算自己的「罪惡」。馮友蘭在一九五零年就寫了〈一年學習的總結〉、〈我參加了革命〉，檢討自己「傾向於地主階級的感情」。這之後，在批判胡適、胡風、右派以及文化大革命中，他們又是不斷地自我檢查，自我批判，其間，他們因為學習了馬克思主義，因此，也用新武器批判了別人，這種批判只是「練兵」性質。例如，賀麟先生就批判過朱光潛先生，而朱光潛先生也批判過周谷城先生，馮友蘭先生則批判「劉少奇、林彪一類的反革命修正主義分子」的尊孔思想等。平心而論，他們學習馬克思主義的態度相當認真、真誠。以朱光潛先生而言，他不僅學習，還親自翻譯馬克思的原著，例如《一八四四年經濟學哲學手稿》。

但是，無論他們怎麼努力、誠懇，一些自以為掌握馬克思真傳的馬克思主義者，總是不承認他們的新文章具有馬克思主義觀念。他們這些得「真傳」者，壟斷「主義」的名義，把黨搞成黨家族。覺得唯有家族內的人，才配姓馬，才配談馬列，而朱光潛、馮友蘭先生不配。

五十年代，馮友蘭先生就寫了〈關於中國哲學史研究的兩個問題〉、〈從中國哲學史中的幾個主要問題看中國哲學史中的唯物主義和唯心主義鬥爭〉等文章，完全是站在新的歷史唯物主義立場批判唯心主義。可是，文章發表後，關鋒這些黨家族內的「革命哲學家」，就覺得他的文章味道不對，便在「爭鳴」的名義下，把他批判一頓，其文章的口氣咄咄逼人，不可一世，背後的語言只有一句話：「你也配談唯物、唯心的兩條路線鬥爭嗎？」「你也配講馬克思主義歷史唯物論嗎？」朱光潛先生闡釋馬克思主義美學的文章更認真，可是自認為也屬於黨家族而且擁有馬克思主義美學專利權的蔡儀先生一看就冷笑，也給他一陣悶棍，其文章的口氣也是「你配談馬克思主義美學嗎？」「你也配談存在決定意識嗎？」也是居高臨下，一團霸氣。周谷城先生提出「時代精神匯合論」後被批判，他自己說，這回真把我批得鼻青臉腫了。當時許多人批他，他都不生氣，唯獨對朱光潛先生批評他的文章不服氣，其實，朱先生的文章最講道理，而周先生所以不服，其心理因素也是：黨家族說我反馬克思尚可，你朱光潛屬哪一族？也配批我反馬克思主義嗎？

關鋒、蔡儀、周谷城的這種態度，使我想到《阿Q正傳》中趙太爺與假洋鬼子兩個形象：一個是趙太爺，當阿Q說自己可能姓趙的時候，他就大發雷霆，給阿Q狠狠一巴掌然後指着阿Q說：你也配姓趙嗎？在趙太爺看來，趙家族是不可隨便進入的，不是你想姓趙就可姓趙的。關鋒、蔡儀這些擁有馬列闡釋專利權的理論家對馮友蘭先生和朱光潛先生的態度就是趙太爺對待阿Q的態度：你也配姓馬嗎？

而想到假洋鬼子，是因為他不准阿Q革命。像馮先生、朱先生那樣，不僅擁護革命，而且自己不怕疼地革自己的命，無論如何是應當准許的，但他們都充當假洋鬼子似的人物，手拿「主義」的文明棍，別人一自我批判，他們接着就批判人家的自我批判，硬說人家的自我批判不深刻，不徹底。假洋鬼子，雖然也懂一點德國或俄國的洋道理，但畢竟是「趙氏家族」裏的人，所以他的不准革命，也有趙太爺那種「你配姓趙嗎」的意思。周谷城先生所以不服，也大有假洋鬼子之風，即黨家族革我的命尚可，你朱先生不是黨家族，也配革我的命嗎？

回想這段歷史，感到革命也是很講名份的，在革命中誰代表主流意識形態，誰掌握中心意識形態的語言也是黨家族裏早已分工好的，不可「越位」。馮先生、朱先生等，不明白這一點，老是真誠地想進入主流意識形態語言的範圍之中，結果總是碰壁。在得「真傳」者看來，這是很可笑的「越位」。從馮先生、朱先生的經歷中我才明白了，許多問題不是你說得對不對，而是你配不配說，我的遭殃恐怕正是以前不懂得這個道理。

瞎說「幸福」

講自己「幸福」，似乎輕鬆，但有時也不容易。

就我個人的經歷來說，剛剛進入小學之門，老師就教導說，你們生長在紅旗下，不要「生在福中不知福」，不要忘記自己很幸福。那時，不斷憶苦思甜，動不動就想起舊社會的忍飢挨餓，大人失業，小孩失學，而現在有飯吃，有書讀，的確感到很幸福。此時，講幸福容易。

到了一九六零年前後，我們實實在在地進入了飢餓時期，餓得犯水腫病，餓得暈暈乎乎，糠餅也搶着吃。此時，黨領導依然要我們別忘了「身在福中不知福」，要我們說生活很幸福，這就難一些了，需要一點想像力，即於睡夢中，大吃大喝一頓，在「想像中解決」肚子問題。

到了文化大革命，我們上有老母，下有兒女，靠五十多元工資，肩上的擔子沉重，而且整天開會，既整人又被人整，痛罵別人也痛罵自己，儘管如此，在「早請示晚彙報」中，仍然要說自己很幸福。有時被批判得焦頭爛額，把自己的成名成家的思想說得比希特勒還壞，還要說自己很幸福。到了此時，「想像中解決」的辦法就不太靈了，倒是需要不想像，甚至完全不想，進入麻木狀態。在這種狀態下說幸福，就得有點閉着眼睛說幸福的本事，相當於閉着眼睛說瞎話。這比在「想像中解決」更難也更需要功夫。我讀了許多革命家和知識分子的文章，他們好像都有這種修煉功夫。

說到這裏，我想起了馮友蘭先生發表在《光明日報》的〈對於孔子的批判和對於我過去的尊孔思想的自我批判〉中，把自己從古到今痛罵了一頓，說自己「在解放前，是為大地主、大資產階級和國民黨反動派服務」，解放後又是「為劉少奇一類騙子的反革命修正主義路線服務」，令人不忍卒讀，但他文章的最後卻說自己很幸福。他說：

我年近八十，在過去搞了半個世紀的中國哲學史，現在還能看見這個偉大的革命，這是很大的幸福。不但能看見，而且還能參加，這是更大的幸福。

馮友蘭先生屢遭批判還有這種氣度實在不容易。但也並不奇怪，在思想改造運動中，像馮友蘭先生這樣表態說幸福的相當普遍。那時知識分子對新政權是崇拜景仰多於冷靜分析，在人格上被革命的道義權威所震懾，因此，對革命政權都懷着一種浪漫主義的期待，說自己幸福並不太彆扭。但到了一九五七年之後，一些知識者被打成「階級敵人」，頭上戴着「右派分子」、「反動權威」等各種帽子，在人們眼裏已不是人，而是「害人蟲」和「牛鬼蛇神」，精神也受盡了折磨，在這個時候，我仍然聽到他們表態說，政府與人民挽救了我，使我獲得了新生，我感到很幸福。在這樣的時刻說幸福，我就覺得彆扭，也很同情，知道他們被打擊得精疲力盡腦子已麻木，只能閉着眼睛瞎說幸福。

我比較幸運，從小就受老師寵愛，而且愛面子，所以讓人表揚時就樂滋滋的，有幸福感；而一旦被批評被侮辱，就「幸福」不起來，而且還有恥辱感。因為這一點，我在文化大革命年代裏，白白生氣了許多個白天與晚上。有幾回，在生氣與悲哀中，忽然把受批判被侮辱而有幸福感的人們和妓女聯繫起來想：妓女在被姦污之後，還要說謝謝，倘若得到嫖客的錢財和撫慰，還覺得自己很幸福。政治運動對待知識分子，也如同對待妓女一樣，在姦污之後，還要知識者說謝謝：我真幸福。

嚮往複調的時代

詩人保羅．安格爾在世的時候，我常到愛荷華去玩；有一次，恰好遇到愛荷華大學正在賽龍舟。當時我在屋裏讀書，突然聽到一片歡呼吶喊，往外一看，才知道是賽龍舟。這一回我高興極了，立即衝下山去，擠進河邊的人群。河岸上全是亢奮的學生與教師，他們個個漲紅着臉喊着"Los go! Los go!"有一大群女孩子把脱下的上衣舉到空中拚命揮動，替強健而漂亮的水手們加油，而男孩子們有的吹哨子，有的舞旗子，有的大聲吶喊，有的敲着鑼鼓，各種聲音響成一團。聽到耳邊的雜響，看到河中飛濺的水花和力的旋律，我真是興奮極了。這一天的夜裏，興奮已經止息，我又想起家鄉的端午節，想起前些年我給國家的一個建議。

我建議多設一些文化節，包括恢復一些傳統的文化節，而少一些政治節。現在國內最重要的節日，如「五一」勞動節，「七一」黨節，「八一」軍節，「十一」國慶節都是政治節。數十年中民眾生活之弦已繃得太緊，再加上政治節的社論談話以及節日中加強的值班站崗放哨，就更加緊張了。老是生活在緊張的氛圍中，就會覺得社會的味道不對，想逃離它。

中國原先也有自己的文化節，如端午節，中秋節，春節，但這些傳統的節日也遭了不少殃。大躍進與文化大革命時期，連春節也提出「過一個革命化的春節」，在這一口號下，大家忙着去修水庫，或忙着給軍屬獻禮拜年，幾乎又變成一個政治節。到了八十年代，社會生活正常些，春節的假日有了保證，但主要是忙於大吃大喝，可算是吃文化的文化節。至於端午節，幾乎已經消失了，賽龍舟的場面很難看到。有些地方過節，只是吃「粽子」。與此命運相似的，中秋節也只是吃「月餅」，但北京市的月餅硬得出奇，最好是作「打狗」用，奇怪的是這種硬化的月餅也不願意改革，所以，中秋節也很乏味。我的牙不好，一想到月餅那麼硬，中秋節也在心裏消失了。

我希望端午節還能恢復賽龍舟那類狂歡的場面，希望中秋節、春節也有許多歌舞與狂歡，不僅僅大吃大喝，而且在這些傳統節日恢復之後，還希望增設些文化節、藝術節。記得我當時建議說明的理由是文化節可以使民族生活輕鬆些，多一些人情味，少一些火藥味。好端端的一個國家，快被政治焰火燒焦了。

還有另一條理由，我沒說出來，一說就犯禁了。這條理由，是我讀巴赫金的《陀思妥耶夫斯基》時想到的。巴赫金在這本書裏，用精彩的語言描繪了狂歡節，在狂歡節裏人與人是絕對平等的，皇帝與平民，富豪與窮人，元帥與士兵都放聲對話，這正是「複調」和多聲部。從巴赫金的描述中，我悟到，狂歡節乃是對單一的獨白方式的反抗，也可以說是對專制型的語言方式的反抗。

在我的建議的背後，也許是對一種複調時代的期待。中國歷史是皇帝獨白的時代太多，而複調時代太少。但也出現過三個複調的時代，這就是春秋戰國時代，魏晉時代和五四時代。這三個時期，皇帝失去獨白的能力，軍閥控制不住人們的嘴巴，於是百家爭鳴，社會進入難得的複調時代和對話時代。也許因為我經歷的年月，常常是「最高指示」的獨白，所以就嚮往複調的歲月，就呼喚「多聲部」的狂歡節。

靈犀的誕生

以前讀李商隱的詩句：「心有靈犀一點通」時，只想到情愛。戀人們心中總有一點靈犀相通，才能相愛，這個道理並不難理解。

這幾年，我想李商隱的詩句時卻想得更多更寬，想到一個人倘若要接受自然界和人世間的一種美好的東西，他的肌體內也應當有種相應的接受機制，天性中也一定有種美好的東西，這種東西，恐怕也算靈犀。

大約是因為我這三年太喜歡觀賞藝術，所以愈覺得觀賞者體內的靈犀份外重要。三年前我參觀了不少藝術博物館，聽了不少音樂，但總是看不太懂或聽不太懂，這才感到自己的體內沒有音樂的耳朵就不能與音樂相通，沒有審美的眼睛就不能與藝術相通，音樂之耳，審美之眼，其實，正是靈犀。一個從事文學的人，竟缺少藝術靈犀，這太遺憾了。無論如何，應當自己培育出一點靈犀，也許本來就有，但也應當自己去發現。

藝術有藝術的靈犀，哲學有哲學的靈犀，科學有科學的靈犀。人類已創造出無數偉大的藝術、哲學和科學，倘若我們在某一方面有一點靈犀，可以和藝術、哲學、科學的龐大而神秘的世界相通，我們就可以領悟到其中的萬丈光芒，無窮無盡的奇妙；我們就會有一種大幸福感，這是和人類的大智慧相逢相通的快樂感。不用說整個人類的精神星空，就是一個莎士比亞，一個康德，一個陀思妥也夫斯基，一個莫札特，一個李白，一旦你的靈犀和他們構造的世界相通，那麼，在相通的那一點上，你將會贏得難以言傳的大喜悅，你會突然崇拜起人類，崇拜起天才，後悔這麼晚才了解他，在這之前浪費那麼多時光，竟生活在他們的世界之外。但你還是為自己慶幸，慶祝你自己是世界上有幸能夠踏進天才世界中去享受天才的少數人之一，你儘管不能與天才相比，不能構築一個絢麗的精神殿堂，但你體內畢竟有一種寶貴的靈犀與天才相通，可以和天才作靈魂的對話，把天才作為自己的朋友。

十年前，我看梵高的畫時，非常平靜，那時因為我看不懂。兩年前，我在看梵高的畫時，便有點感動，因為這時，在我的體內已產生一點和梵高相通的靈犀。最近我又看梵高的畫，竟激動得幾乎顫抖。內心跟着梵高那些燃燒的筆觸一起燃燒。我在梵高的畫中分明看到梵高顫抖的生命，起伏的血流，相信他雖然死了，但確確實實把生命的顆粒留在他的天才的畫中。他的全身心都在畫裏躍動，他沒有死。他創造的獨特的繪畫語言，我一看就認出來，無論走到哪裏，無論在東方還是在西方，只要在我眼前閃過，我就能捕住它；就在此時，我才發現，我雖然不是繪畫鑒賞者，但我的心裏已生長出一個過去所沒有的和梵高藝術相通的靈犀。

我相信在我的少年時代和青年時代，體內也可以長出藝術的靈犀的，只是那時體內太多火焰，藝術感覺被政治感覺所壓碎，靈犀一萌動就被燒焦，被堵塞，所以靈犀被埋在生命的深溝裏。今天，靈犀既已獲得解脫，我就要到處去尋找可以相通的美，我將聽到最美的故事和看到最美的生命和藝術。我的幸運就在自己的靈犀中。

第四輯　故國往事

赤條條的盜墓者

六十年代末，我就和社會科學院的其他同事下到河南「五七」幹校。開始在息縣，以後在信陽。我來自鄉村，現在又到鄉村，心情並不壞，沒有城裏的朋友那種種憂心。可是到了第二年，有一件事把我的心境完全破壞了。

有一天早晨，考古研究所傳來一個消息：昨天剛剛安葬的×××被盜墓了！我一聽，立即就愣住了，幹校的同伴也愣住了。昨天夜裏，我們還在一起議論他的自殺事，本就為此悲哀。死者是一個和我大約同齡的考古研究者，他被懷疑是「五一六」反革命分子，下幹校後一直被清查着。日夜被「攻心」，被吆喝，怎麼坦白交代也過不了關。過不了關就被剝奪了一切人的權利，沒有我們這種普通「五七」戰士的自由：可以閒聊，可以在田野裏走走，可以和鄉村姑娘笑笑，有時還可以到村外的小河裏捉泥鰍和捉「王八」（甲魚），甚至還可以到鎮上去偷買一點狗肉解饞。比起審查對象來，我們都覺得自己很幸福。

審查對象被剝奪了這一切生活的權利，更不用説看「國家文件」和聽傳達「中央首長講話」的權利。死者屬於重點審查對象，連與親朋通訊的權利都被剝奪。他死的時候，其實，甚麼都被剝奪光了，就剩下身上一套總是捨不得穿的衣服。夜裏的議論，已令人悲哀，而清晨的死訊，又給我增添新的悲哀：最後穿上的這一套衣服，是死者走向另一個世界的「臉皮」，難道走向地獄時連這一點臉皮也不給麼？在人的世界裏讓人污辱、虐待、欺淩，難道，在鬼的世界裏也該讓鬼竊笑、恥笑嗎？這未免剝奪得太徹底了。儘管我是個唯物論者，明知道死後沒有感覺，任人宰割與任鬼恥笑都無所謂，但是我仍然不能接受這一事實，不能接受一個人赤條條來到這世界又被剝奪得赤條條地走向另一個世界的事實。

此事發生後，我與「五七」幹校的「戰友」們都大罵盜墓者，儘管他可能是我們學習的對象——貧下中農。但是，冷靜下來之後，我們就不罵了，覺得死者固然被剝奪得赤條條，而盜墓者一定也是貧窮得赤條條，兩者都屬於乾乾淨淨的赤條條的絕對無產階級。如果不是窮得乾乾淨淨，何必為了一件死人的衣服於大黑夜中鋌而走險，如果不是窮得連知識和人的正常感覺也乾乾淨淨，盜墓成功後穿上死人的衣服，心理會舒坦嗎？只有一個甚麼都喪失的同樣也徹底的赤條條的人，一個物質上和精神上均一無所有的人，才可能充當這種最卑微最可憐的盜墓者。

因為這麼想，便覺得盜墓者也是自己的階級兄弟，於是，便沒有憎恨，只覺得不管是盜者與被盜者都與自己相關，一個是我的幹校的「戰友」，一個是我在幹校所在地本應學習的「老師」，我就生活在這種赤條條的勞心者與勞力者之間，想到這裏，我已顧不得甚麼同情或憎恨，只是憐憫自己而已，覺得自己離「赤條條」也不遠。

抬政治棺材的老師們

我的中學老師，在文化大革命中幾乎無一例外地被揪出來批鬥，特別是年紀大一些的老師，因為和舊中國有些瓜葛，曾在國民黨治下的學校「服務」過，被批鬥得更慘。

我的母校成功中學的幾位老師還被吊在屋樑上打，被強迫承認自己是「國民黨的殘渣餘孽」。紅衛兵問：「你是不是國民黨的殘渣餘孽？」倘若回答說「不是」，就等於抗拒，於是紅衛兵就根據政策「從嚴」處理——吊起來打；倘若受不了皮肉之苦而供認「是」，「小將們」就根據「從寬」政策，把他們從橫樑上放下來。再問「是不是國民黨的特務？」又回答「不是」，好，再抗拒，就再從嚴，就再往樑上吊打。受不了又供認，就再被「從寬」而使其雙腳落地。如此一上一下反覆循環，直到紅衛兵小將們自己累得連拉繩子的力氣都沒有而老師們也均成了「殘渣餘孽」，戰鬥才告一段落。戰鬥間歇中，小將們總結經驗，均認為這「一上一下」，完全體現「一嚴一寬」的革命政策和革命路線，而且最後敵人都投降了，值得滿意。

在我的家鄉，教師們被吊在樑上打的事，幾乎家喻戶曉，可是老師們都不願意對我說。我知道他們雖有苦水，但被吊打畢竟是斯文掃地的事，說出來並不光彩。再者，黨和政府主張向前看，我們為甚麼要偏偏向後看呢？

然而，老師們卻有一件保不了密的故事，這就是他們在公眾眼皮下戴着高帽抬着棺材遊街。此事轟動我故鄉的幾個村鎮，留在家鄉的老同學告訴我，這是故園歷史上未曾有過的一大「盛舉」，無人不知。

此事發生的動機無可挑剔。紅衛兵們為了響應「活學活用毛澤東思想」，特別是馬克思主義的鬥爭哲學，便想到批鬥階級敵人應當大膽創新，於是就設計抬棺材的一招。誰最先獲得靈感已無從查證，只知道有人建議之後便立即得到響應，並立即找到一具大棺材。棺材一到，小將們的思想便更活躍，馬上就在棺材上貼上「叛徒、工賊、內奸劉少奇」，然後又按照《紅旗》雜誌社論的提法，把這些名為教師實為國民黨殘渣餘孽的階級敵人，定為「劉少奇的孝子賢孫」。既然是孝子賢孫，自然就得披麻戴孝，完全符合邏輯。於是，我的老師們個個穿上孝服胸前掛着「劉少奇的孝子賢孫」的牌子，手裏舉着送葬的紙幡，敲着鑼鼓，開始一場浩浩盪盪的震動我故鄉山河的「革命壯舉」。老師們抬着棺材，從我的母校成功中學出發，沿着鄉間大路，一直把棺材抬到十幾公里外的詩山鎮。不知道是哪一位紅衛兵的主意，棺材裏還裝滿石頭，抬起來特別重，把我的老師壓得個個直喘氣。

這一天，我的老師們雖然特別痛苦，但我的故鄉卻真的經歷了一次盛大的節日。無論是屬於紅色的節日還是屬於黑色的節日，對於一個偏枯的鄉村，畢竟是節日。那個時期，老鄉們除了幹活、開會之外，沒有精神生活。倘若偶爾放電影，也總是《地道戰》、《南征北戰》等老三片。其乏味與背誦〈愚公移山〉等老三篇差不多。而且鄉村的民間節日和遊藝活動早已掃除得乾乾淨淨，被革命化掉了，因此能突然看到這種革命的化裝遊行，倒是激動人心。因此，沿路數十里都有圍觀的人群，他們驚奇、興奮、熱烈評論，竭力辨認龜縮在麻布孝服裏的臉孔。人類的臉皮丟盡之時仍然還要臉，這是人類和野獸的區別。

在所有興奮不已的觀眾中，最興奮的是那些尚未上學的小孩。他們實在太寂寞了，遇到這種盛事，簡直高興極了！又跳又叫。我的最小的內弟就屬於這種小孩。當遊行送葬隊伍路過家門口時，他興奮得連蹦帶跳地鑽進隊伍之中，這時，他才發現，隊伍中有他的爸爸。內弟問：「爸爸，你們在幹甚麼呀？

我要和你們一起玩！」我的岳父此時又急又無可奈何，幸而急中本能地從口袋中掏出一毛錢，「快去買糖吃！」甜的東西還是有誘惑力的，內弟竟抓了一毛錢就跑開了。那時，一毛錢足可以買到十個糖果。

一九八八年春節，我回家鄉看望我的岳父和老師們，談起文化大革命的日子，他們個個平靜得出奇，沒有一句怨言，也沒有一口怨氣。雖說抬棺材一節有傷師道尊嚴，而那副裝滿石頭的棺材也確實太重，但都是過去的事了，老記得過去的臉皮還怎麼活？況且，現在都已平反，而且都光榮地重新回到革命教師隊伍成為工人階級的一員。一切都很好，只是抬棺遊街給鄉親們留下的印象太深，的確影響了學生家長們對教師的敬仰，學校的元氣從此大傷。不過，也有一位被吊打過十幾次的老師悄悄地對我說：「我們一個月才領了五十多元人民幣的薪水，人民就把我們折騰得這個樣子。」這位老師此時一定又想起了抬棺材的故事。

撕裂自己的女兒

文化大革命已經過去許多年了。我真的不願意去回憶它。我們這一代的人生苦味已經嚐夠了，我不願意再回嚼它的苦味。

但是，有些印象已牢牢地鑄入心裏，怎麼也抹不掉，它根本就不需要回憶。例如，我的老師一個一個的死亡，從小學老師到大學老師，他們有的跳井而死，有的被開除後飢餓而死，有的則被造反派們抓住手腳，把他的頭硬往牆上撞碎，最後這種慘劇發生在廈門大學中文系的林鷹教授身上。這些故事，還是留着以後説，我想説的是一個並非我的老師，但仍然使我無法抹掉的印象。

這是另一所大學發生的事。有一位老教授，除辛辛苦苦地教學之外，還精心寫了一部書稿，書稿是他的數十年的心血，也是他生活的唯一寄託，他對自己的作品的愛超過了一切。可是，文化大革命中，他不僅被揪鬥，而且還被抄家。不幸，他的書稿也被「捕獲」住了。抄家者也是知識者，他們知道怎麼最有效地打擊這位老教授。於是，就在教授的面前，他們把他的書稿緩緩舉起，然後一頁一頁地撕碎，一張一張地撕給教授看。他們知道這位教授在書稿中注入了全部心血，像進煉獄一樣在書稿中煎熬過十幾年歲月。教授眼睜睜地看着自己的心靈一頁一頁地化成碎片，目瞪口呆，沒有叫喊，沒有抗議。在革命恐怖中的老教授，沒有任何反抗的力量，只有心內的顫慄。然而，此事過後，他對朋友説：我當時只覺得，他們不是一頁一頁地撕着稿紙，而是一片一片地撕着我的最心愛的女兒。而且，這個感覺久久地抓住他，一直難以消失。

「就像撕裂自己的女兒」，自從聽了這個故事後，我就抹不掉這個意象。這並不在於殘酷，在中國，殘酷的事太多了，被抄檢被燒毀書稿的人也太多了。對於殘酷，我已麻木，麻木到甚麼殘酷的事都可放下，不去想它。然而，我卻常記住這件事和這個慘烈的意象。我覺得老教授的不幸是他終於未能像我能夠完全麻木，而竟然意識到撕毀自己的書稿如同撕裂自己的女兒。如果沒有這種意識，就沒有悲劇。書稿被撕毀固然疼痛，但如果沒有這種意識，疼痛就不會太深，而老教授偏偏意識到了，而且意識得那麼準確，那麼強烈。一旦意識到，內心的疼痛就太深刻了。這些年來，一想起此事，我就怪這位教授太執着，太認真，對事業愛得太切，以至如愛自己的骨肉，不懂得以麻木去對付世界的殘忍和人間的卑鄙。

倘若「麻木」，就可以減少許多痛苦與不幸。

我由此想到「麻木」真是存活於世界的好辦法。不管世界對自己如何踐踏，如何凌辱，包括撕毀自己最心愛的一切，都應以麻木處之。現在很有些朋友主張，甚麼都只是玩玩，文學更只是玩玩，倘若說點黑暗事，他們就要取笑。這就比教授聰明得多，他們不僅麻木，還會在麻木中取樂，在麻木中載歌載舞。倘若有一天，也有一群紅衛兵來抄他的家，撕毀他的書稿，他們一定不會像那位老教授那麼呆，一定會說，你們撕毀我的稿子，等於撕毀我的一個屁，等於幫我放了一個屁，你愈撕我愈高興。現在中國這種聰明的作家很多，而且自我感覺都很好。

世界太殘酷，對付世界的辦法也就多起來。世界不讓人活，而人還得活。適者生存，倘若都像那位老教授那麼執着，活着就太難了。所以，我對作家的聰明靈巧，也能理解。

酸舞

寫了〈酸論〉、〈酸人〉之後，老覺得意猶未盡。

二十世紀中國的酸現象實在太多，除了酸詩、酸文、酸小說、酸論之外，還有酸畫、酸相聲、酸快板、酸歌，特別使我難忘的是酸舞。

這種酸舞就是文化大革命中的忠字舞。倘若忠字舞也算舞蹈，那麼，它恐怕是有史以來規模最大、聲勢最強，參與的人員最多的一種舞蹈。既然這是向「偉大領袖」表忠心的一種形式（後來才知道這叫做身體語言），那麼，誰能不跳？誰敢不舞？而且，這種舞的意義在於表明忠心，而不是表現技藝，重要的是跳本身，能跳就好，跳得美醜絕沒有人計較，計較等於「反動」。所以，那時的北京，一旦有「最高指示」下達，便傾城而動，傾城而跳，機關、學校、醫院、報社、部隊、人民團體以至無業游民等，全都着魔似地湧上大街，唯恐被反對派的「革命群眾組織」說不忠。因此，個個用舞蹈證明自己的無限忠心，一想到無限，情緒就特別亢奮，結果常常跳得手忙腳亂，天昏地暗。

忠字舞非常簡單，實際上是「扭秧歌」舞的簡化。教我們跳忠字舞的女教師說，這種舞是普及性群眾性政治性的舞，所以簡單。只要有一顆不變色的紅心和一雙不殘廢的腳，就一定學得會。她還具體地指導說，兩腳在方塊形的四個點上動彈，身體自然地跟着扭，就行了。關鍵是心、手、腳、身要四結合，並以心掛帥。這位教師說得雖不錯，實際上要「扭」得好並不那麼容易。我在五十年代初，看到跳扭秧歌的都是苗條女子，扭起來自然輕鬆好看，而六十年代的忠字舞，則是男女老幼全上，大胖子老頭子很多，苗條的卻很少。我們科學院的隊伍，更是老弱者居多，扭起來手腳一點也不麻利，有許多乾脆扭不起來只是手腳作動彈狀而已，那些老學者簡直無所措手足，全成了可憐的呆鳥。

有點呆樣，其實還好。還有一些老太太，大約是街道委員會的馬列主義老太太，她們一有忠字舞跳就高興，而且大扭特扭，擺出一副虔誠而嚴肅的模樣，好像從今以後千秋萬代子子孫孫的命運全維繫在忠字舞之上。她們眼裏含着激動的淚，身上沸騰着滾燙的血，忠心可嘉，但肚子卻太大，扭起來實在不好看，特別是當她們把雙手徐徐舉起，佯作捧出「紅太陽」狀時更是彆扭。看到這種情景，才感到這種舞的酸味。

跳忠字舞與唱語錄歌不同。唱歌唱得好不好，均可「濫竽充數」，而跳忠字舞，則全部表露在門面上，一點也混不過去。誰也不能只看不跳。而像我這種實在不會跳舞的人，為了表忠心，也絕不能袖手旁觀。再大的學究也得拂袖而舞，更何況我們這些後生小輩。想到知其不可為而為之，想到為了一個崇高的目的大膽而舞，心裏竟有一種赴湯蹈火的悲壯感。可是扭秧歌和悲壯感一結合起來，跳起舞來便是另一種滋味，大約是酸辣味吧。許多迫切要求「解放」以扔掉「走資派」帽子的幹部，在跳忠字舞時意緒萬千，熱淚盈眶，均有這種悲壯感和酸辣味。

最使我難忘的，是在毛澤東生辰的日子，在天安門廣場上跳一次由當時的文化部革命委員會組織的巨型的忠字舞。在舞蹈之前，天安門廣場畫好一個特別大的忠字。參與舞蹈的團體都被分配好位置，當時我們社會科學院的知識分子分配的地點正好在忠字的心字上，而且是在心字的最末那一點上。當工宣隊軍宣隊宣佈這一消息時大家都很激動。覺得能站在這一點上是很榮幸的。我們是勞心者，因為交心交得好，可能已放在毛主席他老人家的心上了。大約因為太激動，也就太認真，所以那天的舞蹈，我發現不論是走步、甩手，還是扭腰，都特別不自然，尤其是最後那個雙手捧出「紅太陽」的動作，全表現出故作嬰兒狀的神情，個個都憋着一股酸勁，含着一眶酸淚。

到了八十年代，忠字舞幾乎絕跡了，取而代之的是「迪斯科」。我發現，跳迪斯科的有許多退休的老太太，而她們的動作，竟然很像當年的忠字舞，也許是因為當年的忠字舞打下的烙印太深，所以，跳起現代舞也有當年的革命遺風；而且，也有當年留下的一點酸味。這樣看來，酸舞在中國的民間舞蹈史上說不定還有一席重要地位，可能還會被載入史冊，永垂不朽。

福柯與「放屁入樂」問題

寂寞時很愛回憶過去歡樂而豪壯的場面。

最近又想起一九七六年在電視上看到大合唱的場景。我記得那是中央樂團的大演奏。演奏的是剛譜好曲的領袖新發表的詩詞，我所以特別記得這一場景，是因為領袖的詩詞裏有兩句很特別的詩句：

無須放屁
土豆還要加牛肉

「放屁」入詩，本來就很大膽，開始時許多人接受不了，以為這可能有失雍容典雅，但後來經臧克家先生在《人民日報》解釋一番「放屁的妙用」，也就服了，覺得放屁入詩也是一種「偉大的創舉」。「放屁」不僅可以入詩，而且可以入樂，入的又不是一般的樂，而是現代的大型的交響樂，實在令人振奮。七十年代中期，文學藝術只剩下樣板戲，《紅燈記》和《沙家浜》大約已聽過一千遍，所以能聽聽交響樂伴奏下的大合唱，的確是極大的享受。

當然，我也私下擔心，這麼大的樂團，演奏「放屁」時，效果不知道好不好？「放」字和「屁」字皆屬仄聲，不容易暢開歌喉，演唱時不知道能否表現出反帝反修的雄偉氣魄？然而，舞台上的威武雄壯很快就證明我的顧慮是多餘的。至今，我還記得樂團即將唱到「放屁」的那一瞬間，合唱的指揮狠狠地在空中顫抖了一下手中的棍子，隨即數百演員也以顫抖的歌喉，迸出「放屁」之聲。大約導演早已考慮到「放屁」二字不易唱響，所以特別給這個音節配上密集的擊鼓，因此，唱到「放屁」時，突然鼓聲大作，勢同雷鳴，顯得相當動人心魄。

「放屁」二字，本來很拗口，卻唱得這麼響，實在不容易。如果不是個個都懷着一顆紅心，是絕對做不到的。我在電視機前，都感到聲音的震動，更不用說坐在音樂廳裏的那些有幸直接傾聽的聽眾了。

倘若有音樂響度的測量器，一定可以測出，此次合唱「放屁」時的響度恐怕要比常人「放屁」的響度大一萬倍以上。音量擴大一萬倍，其實也應該，這正符合林彪元帥「一句頂一萬句」的教導。

寂寞時愛回憶轟轟烈烈的過去，居然想到「無須放屁」。但是，在美好回憶中也常納悶：倘若「無須放屁」的句子出自於一個普通詩人的筆下，是不是能夠發表？如果不能發表，那麼，這就等於連一個屁也放不出來。對比之下，覺得世界真不公平，權力可以把一個屁的響度放大一萬倍，也可以剝奪放一個屁的權利。難怪權力有那麼大的誘惑力，難怪那麼多作家詩人不再想當作家、詩人而想當政治猛人，日夜追求權力，忙於唱頌歌和忙於給領袖詩詞作註，功夫全放在「詩外」。一旦有了權力，不管是當部長，還是當代部長，放個屁的響度可以擴大千百倍，名聲也可相應地擴大千百倍，怎能不爭不鬥，難怪詩人作家們喜歡強調自己是「戰士」。

近年來和朋友討論福柯的「權力和語言」觀念時，竟然忘記了「放屁入樂」一例，倒是今日寂寞時才記得起當年的壯闊場面。想到這個場面，便覺得福柯先生的觀念甚有道理，權力確實可以主宰語言，也可以主宰藝術；掌握藝術，就是掌握藝術的權力。在語言的背後，不僅有交響樂團，還有更龐大的權力集團。他們作為強者，知道最強者的理由就是最充份的理由，最強者的詩就是最好的詩。他們還知道，不僅可以把屁的響度膨脹一萬倍，還可以把一個屁變成一個「精神原子彈」，轟炸得膽小的人們個個服服貼貼，而且都表態：屁非屁，屁乃是精神原子彈。

移情難

社會生活與藝術生活都是需要「移情」的，特別是在藝術之中。例如演員扮演一個正陷入相思之苦的戀人，為了表現，就會抱着一棵孤獨的樹，撫摸，感嘆，悲泣，這就是移情。演員要有想像力，想像這棵硬梆梆的樹木正是溫馨的情人的胴體，抱着樹木就像抱着情人一樣，這才算進入了角色，移了情。這種移情法，對於藝術家來說是輕車熟路，但對於平常人就不容易。

我自己就有過移情難的體驗。因為整個青年時代都處於思想改造之中，而思想改造的一個要義，就是要「移情」。移情的意思，一是要把本來的小資產階級感情轉變成無產階級感情；二是要把種種感情都移向黨，移向領袖，移向革命路線。後者和演員抱着樹木抒發思戀之情的意思相通，我覺得難的也正是在這裏。

例如，我們接受「憶苦思甜」的教育之後，就得移情。舊社會那麼苦，新社會那麼甜，甜從哪裏來？難道是天上掉下來的嗎？難道是地上冒出來的嗎？難道是娘胎裏帶來的嗎？吃水不忘挖井人，甜蜜不忘毛澤東。這就把情移了。這一層的移情還比較容易，問題是出在這以後的各級組織幾乎都要求對他們移情，因為憶苦思甜後表決心不僅要向着各級黨委表，還要向黨支部表。「情」一直要「移」到最基層。這樣，我們就得像演員那樣展開想像，把黨支部書記等想像成替我們驅除痛苦帶來甜蜜的恩人，這種感情的轉移，就不是那麼容易了。

還有一種移情也是很難的。文化大革命中打倒一切，包括打倒我們平常敬重的老師、革命家、科學家。這本來就想不到，想不通。不通而不反抗就不容易了，還要移情就更難。最高指示說：「因為我們打倒了人民的敵人，人民就擁護我們。」領袖都說「人民就擁護」，你能不擁護嗎？不擁護是人民嗎？領會這一指示需要雙重移情：一是老師們和革命家們已變成「人民的敵人」，我們自然也得從愛移向恨；二是領袖替我們打倒原來未識破的不拿槍的敵人，替我們挖掉身邊的「定時炸彈」，使得我們免於被炸死，自然必須感恩。因此，學習這一最高指示時要表示一百個一千個擁護，擁護打倒劉少奇，擁護打倒走資派和反動權威，擁護打倒我的小學老師、中學老師和大學老師。本來對「打倒」就想不通，這一回不僅要想通，而且要感激，要完成從愛到恨然後又從恨到愛——感激的循環移情，這實在不易。

我在文化大革命中僅二十幾歲，還屬「小字輩」就覺得移情難，那些被打成「右派」、「走資派」、「反動權威」的就更難了。但是他們也需要移情，移情的根據是應當感謝黨的拯救。當了右派、走資派、反動權威，本來是應當坐牢或殺頭的，現在一個不殺、大部不抓，只是批鬥，這就是寬宏大量。批鬥，改造，住牛棚，掃廁所，這是給予重新做人的機會，也就是拯救。既然是拯救，就必須對救主心存感激，就應當移情。這種移情的難處是要拐幾個彎。如果腦子不靈，彎拐不過來，就移不好情，變成花崗岩腦袋。有些幹部和知識分子，被打成「反革命」後就自殺，但自殺之前還留下遺言感謝領袖，感謝領袖的革命路線。這種移情也要拐好幾道彎，要想到被迫自殺不是領袖的意思，是若干壞人陷害忠良，壞人陰一套陽一套違背領袖教導，將來領袖忙完國家大事之後一定會剷除壞人為自己伸冤；但是在將來的那一天自己已經長眠地下不會說話了，所以今日先說在前，留下遺言，三呼萬歲萬歲萬萬歲。人在臨死前夕，還能這樣移情，也屬難能可貴。與此相反，如果不善於拐幾道彎，自戕前還宣稱自己冤枉，那就是拒絕移情，屬於「自絕於人民」或「頑固不化」。當時人們都害怕被說成「頑固不化」或「死不改悔」，所以無論移情如何難，都得學會。

當然，我說難，是因為太認真的緣故。倘若不認真，移情也很容易。六、七十年代，移情成為一種習慣，幾乎事事移情、時時移情、處處移情，甚麼都是毛主席革命路線的勝利，甚至都是毛澤東思想的勝利。乒乓球打贏，原子彈爆炸，是毛澤東思想的勝利自不必說；發現千年女屍和一億年前的古生物化石，也是毛澤東思想的勝利；砸爛教室的門窗，停課鬧革命，也是毛澤東思想的勝利。我聽到許多不讀書到北京鬧革命的學生唱「天大地大不如毛主席的恩情大」的歌，特別響亮，移情移得特別快活，決不像有些教師，老是愁眉苦臉，計較不讀書算不算毛澤東思想的勝利——這些書呆子！

逍遙罪

在文化大革命中，除了「革命派」與「保守派」之外，還有逍遙派。逍遙派是在革命與保守的激烈鬥爭中不知道該如何「站隊」的人。說是逍遙派，其實是惶惶然不可終日、不知如何是好的徬徨派。然而，不管革命派和保守派戰鬥怎麼激烈，他們仍然念念不忘逍遙派，並都能在百忙之中騰出一部份精力和時間來批判逍遙派，或指責他們消極觀望，或指責他們「窺伺方向」，或指責他們「不關心國家大事，違背最高指示」，罪名一個接一個。指責的結果是革命派心理得到滿足，而逍遙派灰溜溜，表面逍遙，心裏也逍遙不得。

從那之後，我便知道逍遙是一種罪過，革命氣太盛的國家，並沒有逍遙的自由。我自己一直沒有逍遙過，也並不認為人生唯有逍遙才好，而且一直敬重以熱情和智慧兼濟天下的朋友。然而，又覺得倘若社會不給逍遙的權利，未免過於嚴酷了。

我們不斷批判古代的「封建專制社會」，那種專制也夠可怕的，但是，在這種社會裏，不願意參與現實政治的人，還可以「放情於山水之間」，也就是可以逍遙一下。統治者並不會想到這是放任自由，不滿現實。那時的統治者似乎沒有今天統治者的精細和精明。中國聖人生活的原則是「進則兼濟天下，退則獨善其身」，也就是在不能參與社會事業的時候，可以退隱，有「獨善其身」的自由。屈原本來積極參與朝政，被排斥後，他就獨善其身，重操詩文舊業，所以他說：「進不入以離尤兮，退將復修吾初服。」許多知識分子看到現實世界的黑暗，但自己又沒有力量去改變黑暗，便選擇獨善其身之路。專制的封建社會尚有獨善其身、逍遙隱逸的權利，我們的現代社會，為甚麼不能有？

既要獨善其身，就得有獨善其身之所，或山水，或書齋，或寺廟，或田園，或江湖，至少得有一間不會老是被查戶口的茅草屋。而更重要的是還要有獨善其身之權利，即獨善其身時不被社會所嘲諷、所排斥、所打擊。也就是有逍遙私人生活空間與逍遙的權利。對於二十世紀下半葉的知識分子，這兩點全成為一種奢望與幻想。因為社會主義革命太深入了，山水已國有化，田園已集體化，江湖已革命化，誰也別想如陶淵明那樣自在。田園山水一國有，想在山水之間找一立足之所就沒那麼容易，至於寺廟，更是早就被革了好幾次命，連和尚尼姑都紛紛還俗，還輪得上知識分子去「高雅」避俗嗎？最後的逍遙之所是自己的書齋，但是，因為人口急增，住房困難，知識者的書齋都太擁擠，一家子熙熙攘攘，很難清靜，何況革命高潮一到，還有抄家的危險。

沒有逍遙之所還可對付，例如陶淵明就說「心遠地自偏」，如果心靜，就可以身居鬧市而心自逍遙。最麻煩的正是沒有「心遠」的權利。從三十年代起，左翼作家就批判企圖充當「隱士」的作家，說他們是假裝退隱，真想做官。今人古人都受到批判，連陶淵明也難幸免。六十、七十年代，要是想逍遙，輕者給一頂「革命意志衰退」的帽子，重者則給「不滿現實」的帽子，不滿現實就是不滿意社會主義。學者作家們因為怕被扣上這頂帽子，即使想逍遙也不敢逍遙，因此，個個變得很激進，甚麼政治運動來了都積極表態寫文章，以示和「逍遙」劃清界線參加革命了。但是，這樣固然去掉了「逍遙」的罪名，卻多了一臉「兇相」。

一有逍遙罪，不僅沒有獨善其身的自由，而且還使學術沒有存身之所，許多逍遙者，實際上是迴避政治而獨愛學術與藝術的人，如果偌大的地平面上能有一塊供他們施展才能的淨土，於學術藝術都很有好處。可惜，革命之深入已深到圍剿逍遙派，學術藝術沒有迴避政治的地方，這實在是學術藝術的大悲哀。

歡樂的暴力

人畢竟不同於獸，所以一遇到行兇施暴事，總是猶豫，有點下不了手。這種猶豫，就是人心中沒有滅絕的良知在起作用。莎士比亞戲劇《麥克白》中那個刺君篡位的野心家麥氏，在行刺的那一時刻，內心進行激烈搏鬥，揮刀時充滿心理障礙，他殺主的困難不在於消滅那位熟睡着的國王，而在於消滅自己的良心。

但也有行兇施暴而毫無心理障礙的。有的人本身就是職業殺手，以殺人為生，頭幾次殺人可能還會遲疑一下，以後日久天長，便嗜殺成性，喪盡良知，自然沒有心理障礙了。還有一種是頭腦簡單，像李逵那樣，以為自己是革命戰士，替天行道，怎麼殺人都有道理，便「排頭砍去」。這種革命者，雖然暴戾，性格上也還可愛。

我最感到困惑的是兩種人：一種是中國的皇帝，不斷濫殺忠良，但行兇施暴時不僅毫無心理障礙，而且還覺得殺人仍是自己的恩賜，美其名曰「賜死」。殺人既然是一種恩賜，砍頭既然也屬「皇恩浩蕩」，那麼，心裏自然是舒坦得很。還有一種人，也是中國人，但不是皇帝，而是官員和平民百姓，他們施暴時也不僅毫無心理障礙，而且覺得有功。皇帝是「施暴有恩」，他們是「施暴有功」。因此，施暴後就向皇帝請功，把「人頭」作為給皇帝的獻禮，皇帝也很滿意，論功行賞。這種施暴有功的心理，後來在當代的社會生活中也常見，例如，在文化大革命中紅衛兵們喊「打倒」、「油炸」、「剝皮」的時候，包括高喊「踩上一萬隻腳」的時候，其聲音都非常清脆，而且有自豪感。從這種順暢而驕傲的聲音裏，完全可以了解其心理，不僅沒有犯罪感，而且充滿功勞感。當時江青發表文章號召「為人民立新功」，所謂「新功」就是「打倒」、「橫掃」的施暴行為。在這之前的一九五七年，把數十萬知識者打成右派並實行專政，本來也是極大的施暴行為，但舉國心理都順暢，各地區在彙報自己的工作成績時，都彙報了自己打了多少右派，認為這是階級鬥爭的成果，並以此向黨獻禮，興高采烈。他們心裏想到領袖的教導，「反革命分子難受之時正是人民開心之日」，所以，給自己的老師、朋友、同事扣上反革命帽子，不僅沒有心理障礙，還很開心很順心很舒心。

由於施暴沒有心理障礙，因此，施暴就愈來愈隨便，連大規模的殺人也滿不在乎。所以滿不在乎，就是因為「有恩」、「有功」的觀念在支撐着。這些觀念背後又有一套理論，使「施暴」變得很神聖。看來，隨着文明的進化，人與獸、屠人與聖人也愈來愈難以分清了，世界的未來真是不妙。

精神吊打法

在中國政治運動中，有一種處理人的辦法，叫做「掛起來」。這自然不是把審查對象懸掛起來欣賞，而是把審查對象當作一個懸而未決的案子擱置一邊，不說有罪，也不說沒罪，不說有錯誤，也不說沒有錯誤，反正有問題，以後調查清楚了再說。

被「掛起來」的人，雖然不像那些被吊在樑上打的人受盡皮肉之苦，但命運被懸掛在空中，腳不着地，自己掌握不了自己的今天和明天，惡夢就在前頭等着，其精神也和被吊打一樣痛苦。所以「掛起來」的辦法，其實正是「精神吊打」法。

這種精神吊打法是大陸相當流行的一種整人法。一九五七年「反右派鬥爭」時就大量被採用過。那時權勢者們對幾十萬右派分子說，你們要好好改造，重新做人，爭取早日摘掉右派帽子，而對一些「鳴放」了右派言論但被寬大而未被定為右派分子的人說：現在帽子就拿在我們無產階級手裏，如果表現不好，我們隨時都可以再給戴上。若干年後，對一批摘帽的四類分子也這麼說。這些被「寬大」的人雖然「幸運」，但在精神上卻實實在在地被吊掛起來。在文化大革命中，則有千百萬被審查的對象被通知說：你本來屬於敵我矛盾，現在我們寬大為懷，作為人民內部矛盾處理，今後如果不老老實實，自然就回到敵我矛盾中來。於是，被警告的人從此戰戰兢兢，生怕有朝一日矛盾轉化，惡夢重來，其精神恐懼可想而知。

我一直覺得中國人聰明，而且一直佩服政治運動的專家們竟能想出這種精神吊打的辦法來整治原是活生生的生命。這種辦法的要義就是使你感到自己處於隨時可以滑進地獄的邊沿，永遠處於精神焦慮之中。讓你整天不舒服，甚麼事也不想做。一個人，靈魂完全不屬於自己，命運絕對地掌握在他人的手中，時時都感到會落入萬丈深淵，這怎能不焦慮呢？而一焦慮，則曾經有過的理想雄心，悟性靈性，全都消失，一切都被埋葬在安全需求之中。

中國古人雖發明過「腰斬」、「車裂」、「油炸」等殘酷的刑法，但都比較簡單笨拙，而且容易讓人非議。而精神吊打，則不僅可使被懲罰的人長期飽受精神折磨，一直處於精神煎熬之中，而且又顯得很文明，一點鞭痕和血痕也沒有，甚至還表現出寬容和大度。這樣，被吊掛起來的人因前途未卜，精神恍惚，往日的鋭氣頓時化作煙埃，變得安份守己；而吊掛別人的人，也心安理得，手裏拿着反革命帽子竟然沒給扣上，這還不夠英明偉大嗎？以前我對章太炎先生的「俱分進化」思想還不太理解，現在倒明白了，的確，人類社會之善進化時，惡也在進化。整人之術進化得如此完美，實在令人佩服。因為精神吊打法效果甚好，所以被用得相當普遍。不僅在政治運動中，就在日常生活中，我也常聽到，這個人「出身四類，根子不正」，「這個人歷史上犯過王明路線錯誤」，「這個人和資產階級自由化思想相關」等。中國的政治罪名特別多，這些罪名使得本來就很疲倦的中國人更多地陷入焦慮之中。

我因為感知到一種無所不在、無時不在的焦慮足以毀掉人生，也知道製造焦慮的心機的險惡，所以在焦慮了十幾年之後就決定不再焦慮了。到海外後我知道我也屬於被「掛起來」的人，但也不焦慮，只管走自己該走的路，說自己該說的話，兩腳着地，跳着，笑着，想着，舒心地呼吸西方大陸和海洋新鮮的空氣，自己掌握自己的未來。我知道我如果再焦慮下去，那就只有一條出路，就是燒焦自己。這就等於自己把頭伸進精神吊打者的繩套裏。然而，我是不會上當的。

接受生活之難

禪師說：人餓了要吃飯，冷了要穿衣。朋友問：你悟出甚麼禪意？我回答說：要接受生活，要生活得自然。

能夠接受生活，就生活得自然，寧靜，從容，少受精神的折磨。大約因為我幼年喪父，失去靠山，所以生性懦弱，即使悟不出禪意，也有很強的接受生活的能力，包括接受孤獨、接受貧窮等等，也因此，在學校裏總是被評為乖孩子和馴服工具，並不覺得接受生活有甚麼難。

然而，在六十年代中期的文化革命中，我便開始覺得接受生活的艱難。那時要接受生活，別的不說，光接受一頂又一頂的高帽和接受一次又一次批判鬥爭大會就很難。高帽雖然不是戴在我頭上（那時我尚年青，無此資格），但是它戴在我的師長、親友和可敬的科學家頭上，總是與自己心靈相關。

在文化大革命開始不久，我被指派去參加了一次批鬥會，回來後便得重病，夢見惡鬼纏身。那個鬼，彷彿是無常鬼，戴着尖尖的高帽，吐着長長的舌頭，但仔細一看，臉是我的老師的臉，眼睛是我的老師的眼睛，這可把我嚇壞了。醒來時，雖然明知道是夢，但總是無法接受。高帽是紙糊的，本來很輕，但在夢中變得很重很重，像一座山，重得把夢全壓碎了。那以後，我又見過千百頂高帽，參加過千百次批鬥會，雖然麻木了，但後來回想這段生活，總覺得自己的心靈深處從來也沒有接受過任何一次批鬥會，也沒有接受過任何一頂高帽。而且每一次批鬥會和每一頂高帽都在心裏積累下驚慌、恐懼、困惑、絕望，於是，我從一個「乖孩子」變成了一個「壞孩子」——一個善於懷疑的壞孩子。我多次告訴朋友，六、七十年代的大野蠻使我這種最馴服的人都覺醒了，醒悟到不能再接受那種把正常人變成無常鬼的生活，不能接受那頂醜化詩人、醜化學人、醜化男人、醜化女人、醜化人間、醜化人類的高帽。

在經歷了文化大革命之後，我才真的明白了接受生活並不容易。對於我，接受貧窮生活並不太難，因為我從小就受過飢餓的折磨，飢餓時我可以沉默。但是，我卻很難接受殘忍，很難接受強加於人身上的凌辱與暴力。每次見到人對人的暴虐、污辱、摧殘，我總是難受。在那個時刻，我也想沉默，像忍受飢餓一樣地忍受沉默，但是，總是做不到：沉默比死亡還痛苦。那個時刻，我只想世界給我說一句公平話的權利，決無別的企求。然而，世界並不答應，它偏要我沉默，或者和他們一起施暴，高呼口號，讚美暴虐「好得很」，「油炸」、「剝皮」他人好得很，在當時，這也是生活，而且是一個時代主流的生活。接受這種生活，難道是一件簡單的事嗎？

當生活殘暴到使人的一切美好天性都要毀滅的時候，反抗生活反而比接受生活更加自然。當時有許多人自殺身亡，大約就覺得死亡比接受虐暴更容易一些，自然一些。由此，我對上述的禪意有點新的領悟，覺得人餓了要吃飯，冷了要穿衣是自然的，但人挨打時要呻吟，被污辱了要反抗也是自然的。生活，應當包括接受，也應當包括拒絕和反抗。

直聲滿學院

——懷念吳世昌先生

吳世昌先生是我尊敬的學者，鮑彤是我尊敬的改革思想家。而吳世昌先生又是鮑彤的舅父，所以，我懷念起吳世昌先生時總是想起鮑彤。而聽到鮑彤的消息時，總是想起吳世昌先生。去年，我從《紐約時報》上知道鮑彤被判刑七年的消息時，突然想到，如果吳世昌先生在世，他會怎樣？我想，他不會是悲傷，而一定會大聲疾呼，為自己的外甥辯護和申訴，我想，他是絕對不會沉默的。

吳世昌先生太不善於沉默了。

這個印象，我在三十年前就很強烈。一九六三年，我剛到中國科學院哲學社會科學部的《新建設》編輯部工作不久，在一次座談會上聽到他的發言，其態度之坦率，其聲音之正直，確實令我驚訝。當時他直呼宣傳部長陸定一的名字提意見說：我尊重陸定一同志，但不同意他的「愈是精華，愈要批判」的觀點，難道連文化精華也要爆破掉嗎？那時還沒有文化大革命，敢如此對宣傳部長提出批評，真屬「空谷足音」。聽到他的發言後，編輯部的一些朋友議論：吳先生剛從英國回來不久，對國內意識形態領域的鬥爭還不了解，而且他是周恩來總理親自請回國的，應當尊重。這以後，我又在幾次座談會上聽到他言他人所不敢言，正直之聲真是佈滿社會科學院。

人們尊重他，也許是他毅然回國投身社會主義事業。他在一九四八年一月就受英國牛津大學的聘請，任該校的高級講師，講授中國文學史、散文史、詩歌史及甲骨文課。到了一九六二年，他已功成名就，擔任了牛津大學東方學學部委員，還曾任牛津和劍橋兩大學的博士學位考試委員，並出版了英文版的《甲骨文研究與中國文化》、《卜辭旁注考》、《紅樓夢探源》等主要著作。這麼一個有成就的學者，在一九六二年經濟極端困難時期（包括教授也很難吃飽肚子的時候）回國參加文化建設，其精神是值得敬重的。即使有尖鋭的批評意見，也屬口快心直，難以計較，所以，每次聽到吳先生替大家講一些早已想説而不敢説的話，都非常痛快。

可是，文化大革命的風浪到來之後，對他可不能不計較了。那時連元首元帥都揪出來，還怕你這麼一個洋學者嗎？他自然是屬於「牛鬼蛇神」之列。吳先生大約也沒想到，回國才四年，就被戴上高高的、尖尖的紙糊的帽子，享受和當年湖南農民運動的土豪劣紳一樣的「待遇」，而且還外加在胸前掛個「反動權威」的牌子，和俞平伯、孫楷第先生一起站在批鬥台上示眾。因為他脾氣太倔強，頭不願意低下去，被紅衛兵們狠狠地按了好幾回。到河南「五七」幹校後，我見到他在細雨中踩着泥濘蹣跚走路，一顛一簸地朝着鍋爐那邊去打開水。看到這位在西方裝滿洋墨水的老學者返回故國後卻在這個淮河邊上的窮鄉僻壤裏迷惘地徘徊，心裏真難過。

文化大革命結束後，社會科學院的領導人胡喬木、于光遠等在歷史研究所的小禮堂召開了一個學者座談會，讓大家暢所欲言，我也在場，又一次聽到吳世昌先生響亮的聲音。至今，我還記得很清楚。他說：下鄉勞動改造，怎麼苦我都不怕，但老是搞政治運動，讓我們講假話，我受不了。我緊跟不上呀，跟不上講假話的潮流。他還說，「封、資、修」「名、洋、古」這六個字，天網恢恢，誰也跑不掉。國民黨統治時，我還能跑掉，現在可跑不掉了，跑了之後，哪裏去要糧票、布票，怎麼活？吳先生這次發言真是激動。在座發言的孫冶方、呂淑湘等學者也非常激昂。可是，吳先生最後又說，我回國之後儘管被戴高帽，但也不後悔，即使我早知道回國會有這樣的遭遇，還是要回國的，我愛這片土地呵。聽到吳先生這幾句話，我又是一陣難過。

我當了文學研究所所長之後，就到他的家裏去拜訪他。他一見到我，第一句話就說：「你膽子真大！」當時我並沒有真正理解他的話。他對文學所太了解了。所長這個職位，真是一個陷阱。一旦陷入，就會落入黑暗之中，弄得滿身爛泥。在學術「文明」的殿堂裏，埋藏着最卑劣的毒蛇與野獸，這是我想不到的。當所長後，我重讀馬克．吐溫的《競選州長》，才了解到其中的一點意味，那位州長在選舉前被視為最純潔的人，而一旦參加競選，便成了十惡不赦的眾矢之的，幾乎要被吃掉。政治，確有正直的乾淨的政治，然而，在政治裏，卻集中了人間最卑鄙的東西。我後悔太晚聽到吳先生的話，竟無知而膽大。否則，我就不會那麼愚蠢地充當那個「所長」，那樣把自己放在「絞肉機」裏被絞了好幾年。我慶幸一九八九年夏天之後，甩掉了「所長」的重擔。

像吳先生如此坦率如此喜歡直言的學人真是少見。所裏有人說，吳先生在政治上總是那麼天真幼稚。聽了這話，我總是辯護説，一個學人和作家，為甚麼一定要在政治上成熟呢？其實，他們幾乎注定是不成熟的。不成熟才可愛。他們的心思和才智無法用到政治上，對於政治，只能憑良知的直覺説話。

吳先生的那一點天真幼稚，正是他不懂得政治算計。我就喜歡他的這種天真，到老還心存清泉嫩葉般的一片天籟。

吳先生逝世前的日子，住在北京的協和醫院，當時常守在他身邊和看護他的，只有兩個人，一個是他的研究生施議對，一個就是他的外甥鮑彤。在吳先生彌留之際，社會科學院沒有領導人去看望他。為此，鮑彤真的生氣了。因此，在八寶山和吳先生的遺體告別時，他向習仲勳告了一狀，為此，習仲勳對着院長胡繩和前來悼念的領導人發了一場脾氣，他説：「連吳世昌先生這樣的學者你們都不關心，還説甚麼關心知識分子。」可是，他不知道，我們研究所的孫楷第先生逝世前後比吳先生冷清得很多很多，如果不是我寫信去請求年輕朋友，即當時《北京晚報》的編輯李輝發了一條火柴盒面積大小的新聞，誰能知道他已告別人世。

吳先生生前從未向我提出甚麼要求，唯有一次，他的夫人對我説：吳先生就想把他的《羅音室文集》繼續出版，現在只出版了第一集，第二集出版社就不接受了，他們要我們貼錢，我們哪來這麼多錢？聽了這話，我立即就和幾個出版社的朋友交涉，希望他們幫幫忙。可是所有的朋友都臉帶難色，支支吾吾，只有文聯出版公司的總編輯答應可幫助出一部份錢，但研究所還得補助每一集的出版費一萬元。可是，這一萬元對於研究所並不容易。文學所有十幾位全國著名的老學者，他們也想出版文集，但如果個個都補貼出版費，工資就發不出來了。然而，我還是不死心，想募點錢給吳先生出書，可是，後來「六四」發生，我自身難保，也顧不得老先生的遺願了。不過，此時我懷念起吳先生時，總覺得還欠了他一筆債。

「殺父」意識與「殺子」意識

陀思妥耶夫斯基在《卡拉瑪佐夫兄弟》裏寫了一個殺父的故事。儘管卡拉瑪佐夫兄弟的父親是一個老淫棍，但畢竟是一個擁有三個兒子和一個私生子的父親。弗洛依德在推崇《俄狄浦斯王》、《哈姆雷特》之外，又特別推崇這部小說，並以它來推斷陀氏對於父親的負罪感。

西方社會是以幼者為本位的社會，長者一旦進入晚年，常受到兒女們的遺忘甚至遺棄，這種遺忘和遺棄所造成的冷漠和孤獨，其實正是一種扼殺。

與西方社會相比，中國文化中倒有一種「殺子」意識。五四新文化運動的一個大發現正是發現了「殺子」意識。魯迅在解剖《二十四孝圖》時，最反感的是「郭巨埋兒」。孝順模範郭巨，因為家貧口糧不足，為了保證老母親能吃飽，便想掘坑埋掉自己的兒子。郭巨這種殺子養母的想法，在西方社會裏，是絕對不能接受的。魯迅因為深感中國「殺子」意識嚴重，所以才在《狂人日記》中呼籲「救救孩子」，又在〈我們現在怎樣做父親〉等雜文中呼籲社會應以「幼者為本位」。

我所以喜歡五四新文化運動，實在與它揭示「殺子」意識有關。有見識的父輩說了「殺子不對」，作為子輩的我就放心得多。自然，我並不會因此就喜歡「殺父」意識。我是不喜歡「殺」本身，天然地拒絕一切殺人的遊戲。無論是殺子還是殺父，我都拒絕。

我懂事之後，一直非常放心，覺得眼前全是玫瑰色的和平景象，現代社會既是老人的天堂，也是孩子的天堂，既有敬老院，又有幼兒園。然而，我的玫瑰夢在二十多年中被狠狠地潑了兩次冷水。

一次是六十年代中期，我看到作為子輩的「紅衛兵」對父輩「走資派」和「反動學術權威」的「橫掃」真是無情之極。那時，凡是老一代的人，無論是「科學家」還是「革命家」，都一律揪出來批鬥絞殺，決不手軟。那時除了崇敬一個「他老人家」之外，其他老人家幾乎都倒透了霉。看到父輩或祖輩一個個頭頂紙糊的高帽遊街示眾，聽到「踩上一萬隻腳」的吶喊響徹雲霄，才意識到中國的「殺父」意識不僅有，而且非常強烈，扼殺起來也瘋狂。這大約是五四文化革命者們沒想到的。倘若他們想到，一定不僅高喊「救救孩子」，也該高喊「救救老人」。

另一盆冷水則是一九八九年夏天。在一個昏黑的夜裏，中國突然演出一場「殺子」的大慘劇。殺得天昏地黑，殺得整個人類社會全都睡不着覺。從此，具有古老文明的中國在世界上又多了一個「殺子」的名聲。我剛出國時，見到一些美國人，他們問：「你從哪裏來？」我答：「中國。」他們立即驚叫：「天安門廣場！」

這個「殺子」的夜晚，給世界的神經留下如此強烈的刺激，更不用說當時身處京城的如我一樣的中國人了。總之，經歷了這個黑夜，我才明白五四的文化革命者們為甚麼要呼籲「救救孩子」。他們擔心自己的同胞有一天會變成郭巨式的埋兒集團或殺子集團，擔心為了老祖父老祖母的臉面而不惜埋葬自己的兒子。這種擔心並非沒有道理。

這個「殺子」的黑夜已夠我驚訝，沒想到黑夜過後還有幾件事使我更加驚訝：

（一）慶功：陀思妥耶夫斯基對俄國文化中的「殺父」意識有負疚感，而我們的父輩對「殺子」不僅沒有負罪感，而且有立功感。於是，他們在「殺子」之後，又有一連串的興高采烈的慶祝評功和慰問活動。慰問中有歌星引吭高歌，有舞星輕揚彩裙，還有一位我認識的書法家舉辦了一場「勞軍書法展」等。看到「殺子」已經受不了，而看到「殺子」後的興高采烈和論功行賞更受不了，而後一層可能正是中國文化的特色。

（二）追殺：儘管已殺了一大群，但還沒有殺完，這不符合「除惡務盡」的原則，於是又發通緝令，繼續追捕，力求斬盡殺絕。我記得在開慶功會的同時，那位給江青寫了四十八封效忠信並給江青頓四十八次首的紅學紅星李希凡也立即在電視台上獻策：「就是要秋後算帳，不僅要算，而且要細細地算！」這「細細地算」中大有文章，大含殺機，其要義就是斬盡殺絕。

親眼見到黑夜的「殺子」和白天的慶功，才了解：在許多中國人心裏，「殺子」毫無心理障礙，說殺就殺，十分順暢。殺時順暢，殺後舒暢，觀看者還十分歡暢。這樣看來，「殺子」意識已經變成潛意識，成為民族精神性格的一部份。想到這裏，就覺得五四時期那些「救救孩子」的吶喊雖然無用，但決非空喊。

餖飣小儒

這兩三年，我和李澤厚被大陸作為大批判的主要對象。李澤厚有許多學生，所以批判他的文章馬上就有學生替他整理出目錄。最近，我有幸一睹，才知道批他的文章已達六十八篇。批判我的文章似乎更多，但沒有人專門為我編出目錄。不過，朋友們陸續寄給我的「贈品」，也有上百個題目。

讀了批判李澤厚的文章目錄和批判我的文章的篇目，我有一點小小的悲哀，就是批判我們的作者，缺少大儒，百分之九十五以上的人都是「餖飣小儒」。

餖飣，是供擺設用的小食品，例如瓜子、花生、土豆片、麻花和小餅乾等。餖飣小儒，自然是這種小食品似的小文人。這種小文人，直到「皓首之年尚死於章句」，也就是說，寫到老還只會玩弄一些小機靈和小技巧，毫無出息。因此，我們可以下個定義，即凡是只會尋章摘句、只有小狡猾而無真見識、以巧言令色顯於人者，皆可謂之餖飣小儒。餖飣小儒中，有名人輩，也有無名之輩；有老人，也有年輕人；但有一點相似，就是文章只有餖飣似的小家子氣，沒有風骨和境界。

我說大批判者們多數是餖飣小儒，是說這些人多年來在中國文壇上混日子，但並無像樣的作品，只會貼一點主義的標籤和玩弄一點嚇人的概念，而且文中夾着許多謊言和許多蠅營狗苟的東西，趣味極低。除了調門高之外，可以說沒甚麼可取之處。

批判李澤厚的文章，除了一兩個學人之外，其他的均屬餖飣小儒。而這一兩個哲學學人，其批判文章也都是滿篇餖飣氣，除了上綱上線、胡用幾個「主義」的概念之外，並沒有甚麼東西。批判我的作者在一九八九年之前還有個姚雪垠，可排除於小文人之外，但這一回他老人家不參戰了，所以我的論敵便一律是餖飣小儒，清一色的渺小，滿盤是麻花和土豆片，這真是比李澤厚還不幸，很讓我氣餒。

如果和當年的批判胡適、俞平伯、胡風及右派分子的陣容相比，就更覺得氣喪了。那時的作者，除了幾個屬於餖飣小儒之外，其他的都是赫赫有名的大人物，如郭沫若、茅盾、艾思奇、侯外廬、范文瀾等，個個有板有眼。雖然批判時都有些失態，但仍不失知識者的架式，用的武器還是頭腦，決不像當今的餖飣小儒，只用牙齒和髒兮兮的嘴巴。

由此看來，受污辱者的運氣也很不同，像我就屬於運氣很糟的人了。倘若可以遇上個虎豹，雖然被吃也覺得舒服一些，決不像現在這樣「窩囊」。在感嘆自己運交餖飣之外，也要為「國無人」而感慨。

一個泱泱大國，迎戰「關係到國家命運」的「自由化」，竟然是一些餖飣小儒，實在很不像樣，甚至可以說有辱國家的臉面。

世紀末的鴉片

被階級鬥爭和政治運動折騰了幾十年的中國人，到了八十年代普遍都感到累。一九八九年經受最後一次折騰之後，更是累得進入麻木狀態，怎樣也提不起勁。

但這一年多來，麻木的中國人，一提及一樣東西，就會從麻木中鼓起眼睛，從疲倦中提起精神，像上一個世紀精神疲憊到極點的一些同胞，抽上一口鴉片，立即就提起精神。這一樣東西，就是股票。

現在中國人談論別的都是懶洋洋的，無精打采，但一談起股票，則興高采烈，精神煥發。不僅在國內，即使在國外的中國人圈子裏，一聽到深圳、上海的股票市場的消息，簡直像聽魔幻故事，不僅全心貫注，而且全身貫注，聽完之後個個都興奮得慷慨激昂一番，有的讚嘆，有的感嘆，有的叫絕，有的詛咒，有的竟情不自禁地說：真是太迷人了。不管採取甚麼態度，總之，是麻木狀態全消，精神全上來了。

股票真是世紀末中國的鴉片。股票的刺激真像鴉片的刺激一樣：解乏，爽快，過癮，在煙霧繚繞中不僅憂慮全忘，而且還有許多好夢：倘若交上好運，託朋友買上一疊股票，然後好好睡上一夜，第二天一覺醒來，突然錢滿天下，成了百萬富翁、千萬富翁。成了富翁後，捐出百分之一甚至百分之二作慈善事業，或建立文學基金，基金一建立，作家就要作謳歌文學，放聲歌唱。此時不僅錢滿天下，而且名滿天下，這個世界真是太迷人了。股票所展示的富貴夢，對貧窮得很久的中國人，確實有吸引力。我雖然和股票無緣，但想起股票的魔術般的力量，竟也精神爽快，心曠神怡，其感覺也如同抽了鴉片一樣。

二十世紀的中國，常出現消沉的疲憊狀態或麻木狀態，但一些救國或治國的英雄豪傑總是可以找到刺激精神的藥方。而最妙的藥方，就是革命，特別是政治運動式的革命。一麻木，就革命；革命之後還麻木，就革革命；革革命後再麻木，就革革革命。十幾年前對付麻木的辦法是革命的政治刺激，反對的是物質刺激；現在對付麻木的辦法則倒轉過來，採取的恰恰是物質刺激。而物質刺激中最富有刺激性的是股票的刺激。過去是階級鬥爭一抓就靈，現在是股票鬥爭一抓就靈，像鴉片鬼一樣，大煙一抽就靈。本來像病鬼殭屍似地癱倒在床上，抽上幾口，竟活蹦亂跳起來，不僅想幹一番事業，而且還想找女人，考慮開闢東方的紅燈區。

看到沒有精神的同胞突然有了精神，而且精神煥發，真是高興。如果林則徐再生並到廣東禁鴉片似地禁股票，我大約不會站在林大人一邊。但是，我也知道，抽了鴉片而提起的精神不太牢靠，缺少「後勁」，易長也易消。一旦消了，就會陷入更深的麻木，需要更強的刺激。因此，高興之餘，就想起要精神長期煥發，一百年不變，恐怕不僅要治標，還得治本，除了物質刺激外，還得有教育文化營養，有精神生活，不應當僅僅在股票上賭博。

王一貼的進化

《紅樓夢》中有一個小人物，只出了一次場，許多讀者已把他忘了。這個人物就是走江湖混日子的王一貼。

王一貼是西門城外天齊廟的當家老道士，專門在江湖上賣膏藥，並常在賈府裏走動。他總是誇口說自己的膏藥靈驗，一貼病除，因此，人們便給他一個諢號，叫做「王一貼」。

有一回賈寶玉到他廟裏燒香還願，就問他的膏藥可否治他的病，王一貼沒聽明白，還以為寶玉向他討春藥。寶玉問他有沒有治女子嫉妒病的藥，王一貼便開出一貼「療妬湯」的方子來。可是，對着實實在在的寶玉，他卻不忍作假，便說了實在話：這些全都是假的，膏藥也是假的，如果有真的，我自己吃了做神仙了，還要在江湖裏混嗎？王一貼這個賣狗皮膏藥的假人，對真人卻不說假話而說真話。

我所以記住這個人物，是因為現代社會中王一貼這種走江湖賣假藥的騙子太多，而且進化得很快。倘若說，生活在賈寶玉時代的王一貼是在十七、十八世紀，那麼，僅二百年，王一貼已進化得令人難以置信。

現代的王一貼雖也屬江湖騙子，但已不能說他們「走江湖」，即他們都已經不走路，而是坐大汽車、小汽車、摩托車，說他們走江湖已不妥，這是進化之一；進化之二，則是他們的膏藥品種已增加了許多，簡直數不清，不僅有物質性膏藥，還有精神性膏藥；進化之三，也是最重要的進化，是各種膏藥都有「主義」、「革命」、「改革」等最時髦的包裝、標籤和招牌。全是真貨！決不姓「資」，全都姓

「社」——全是社會主義膏藥。

王一貼的進化，還不止於此。這些進化還屬表層，有一點則屬根本的，他們不僅對假人說假話，而且對真人也說假話了。當然，王一貼們也有苦衷，因為現代人太聰明，真假難分。我曾聽過若干當代的王一貼私下議論說，現在對真人無法講真話。現代的真人已不真，個個都懂得辯證法，絕不像賈寶玉那麼痴呆。如果真人腦子裏轉了一個辯證法，就會把實話彙報上去，那麼說實話就會挨整挨鬥，搞不好要被戴上「右派」、「反革命」的帽子，弄得妻離子散。不過，這種王一貼只是下層的王一貼，現代有面子的王一貼都已身居要職，他們已天不怕地不怕，對人不僅大講假話，而且大講廢話、套話、大話，曹雪芹時代的王一貼講套話的本領決不如現代的王一貼。現代的王一貼手裏的革命標籤有的是，而且標籤一貼就靈，階級鬥爭草藥一抓就靈，誰要說不靈就是立場問題，馬上就給他扣上「和平演變」的帽子。總之，王一貼的方子已變成萬能藥方，根本不存在靈不靈的問題。

在現代社會中，王一貼已從走江湖的時代進入走紅走運走金光大道的時代。不管是革命的王一貼，還是改革的王一貼，都遠比賈寶玉時代的王一貼有成就，有地位，倘若賈寶玉時代的王一貼還活着的話，那也只能當個今日王一貼集團公司的小職員了。

虛胖

我在青少年時期因為貧窮，一直很瘦，同學們給我起的綽號，都與肌瘦有關。但是，到了一九六零年，我陪着國家經受大飢餓的時候，卻是最胖的時候，可惜當時的胖，不是真胖，而是虛胖，即得了水腫病之後的假胖。

當時醫生判斷我們是否得水腫病（也就是虛胖）時，辦法非常簡單，只要把手指按在被懷疑者的肌肉上，看看按後的肌肉會不會及時反彈上來。倘若能及時彈上來而恢復原狀，就可斷定沒有水腫病；倘若按下去之後留下一個窟窿，久久不能還原，就可斷定是水腫病。我就屬於擁有一個倒霉的、久久還原不了的窟窿的人。那位檢查身體的醫生，按了我的肌肉後，詭秘地對我一笑：看，好深的窟窿，沒彈性，腫了。經過這一次體驗，我就知道虛胖就是外形膨脹而內裏虛空的浮腫。

大約因為自己有過虛胖的經歷，所以，對個人或對國家的虛胖現象也就有所領會了。最先領會的自然是和我同時得水腫病和造成我虛胖的大躍進和人民公社運動。那時表面上轟轟烈烈，風風火火，又是拋鋼鐵衛星、農業衛星，「三面紅旗」漫捲，實際上不僅國庫空空蕩蕩，而且人的肚子和人的腦子也空空蕩蕩。要是明白事理的領導人也像查水腫病的醫生那樣去查一查某個地方，手指一按準是個大窟窿。

七十年代中期，我又見到一次大虛胖。當時所有的報刊都在發致敬電，報告江山一片紅，形勢不是小好，也不是中好，而是大好。其實呢？也是國庫空空蕩蕩，人的肚子和精神也空空蕩蕩，國民經濟已到了崩潰邊緣。不了解中國內情的外國友人，一看到遍地紅旗招展，報刊一片頌聲，就以為中國真的發胖，於是激勵萬分，跟着叫好。直到毛澤東去世，中共自己承認已病得即將死亡，外國友人才清醒過來，方知要幫助中國，最重要的是幫助中國清醒一些，踏實一些，而不是見了虛胖就叫好。

現在中國大陸的市場經濟又有大發展，好像又是一場大躍進。故國倘若真的躍進騰飛，我自然高興，而且高興的真誠決不亞於任何人。但是，鑒於過去的歷史，我又擔心會犯虛胖病。中國的經濟基礎脆弱，而且社會生態極不平衡，缺少可支持經濟發展的法律機制和其他政治文化機制。在這種條件下發展經濟，很容易畸形。許多規則尚未訂好，就開始遊戲，而且大玩特玩。這種玩法固然精彩，但很兇險，也可能是表面轟轟烈烈，內裏空空蕩蕩。我一聽到三、五年超過香港、新加坡的口號，就有點恐懼，就想到過去高喊十年「超英趕美」的熱火朝天時代。我這麼說自然不是不贊成改革開放，而是擔心老病復發，又虛胖一場。

當然，這只是紙上談兵，也許這一回確實今非昔比，肌肉全部富有彈性，手指按下決無窟窿，實實在在，決無浮誇。如果真的這樣，那我就要說：謝天謝地，中國終於從虛胖病中解脱出來，世紀末的東方巨人是真胖子了。

虛脫

人會虛脫，這真是人類的一大缺陷。虛脫時，幾乎要斷氣，全身冒冷汗，臉色突然蒼白得像死人。

我曾經虛脫過一次。那是一九八八年夏天，我在北戴河的淺海裏游泳，因為久未下海，游泳時又用力過度，因此，一上岸就感到天昏地黑，甚麼也看不見，心臟還在跳，但人卻像在死亡的路上飄浮。醒來時，醫生說，剛剛你虛脫了好一會，很險！以後別游得太狠，體力不支，精力不支，就會虛脫。

這次體驗後，才知道虛脫乃是人的精力精神突然支撐不住，從軀殼上脫落。說得難聽一些，就是所謂「魂不附體」，有點喪魂失魄的意思。人真怪，還會喪魂失魄，而且喪魂失魄時，心還在跳，並沒有死。動物本沒有靈魂，所以就少了這一層憂慮。

這幾年，不知道怎麼回事，我又老覺得自己有虛脫症，不過，我知道這不是那種「體力不足」的虛脫，而是「精神不支」的虛脫。主要不是「力」，而是「神」，甚至還覺得不僅自己虛脫，而且整個中國都有點虛脫症。這種虛脫症，也是精神從軀體中脫落，一下子找不到精神支撐點，體內頓覺空了一大片甚麼。「五四」時，我們的文化先行者們提出「刨祖墳」的口號，不僅刨了祖墳，而且刨了祖宗之魂。刨了之後，總得找新的靈魂替換，於是，又找到法蘭西之魂，高舉起科學民主之旗，可是，這種魂剛剛引入就被俄國的十月革命之魂所代替。經過幾十年殘酷的鬥爭，終於找到了馬克思主義的靈魂。此時，中國有了新魂附體，精神確實振作了一陣，但國魂太盛，無處宣洩，便老是革命，階級鬥爭，全民族陷入互相扭打之中，搞得中國人厭倦起來，於是，從厭倦階級鬥爭一直到厭倦各種主義，因此，馬克思主義雖在，但已很難切實地成為中國人的靈魂了。到了這個時候，祖先的舊魂沒有了，祖後輸入的新魂也沒有，就覺得魂不附體，喪魂失魄，於是，就感到一種精神上的大虛脱。

近年來，虛脱症彷彿又加劇。這大約是因為社會焦渴得太久，一旦「下海」，就游得太急太猛。人們唯錢是尊，不顧一切地馳騖追逐，結果在物質膨脹時，精神文化筋脈迅速萎縮，整個社會的精神生活突然崩潰，而道德理想這些古道今道也一律沉淪。於是，社會的心臟雖在急跳，其實已精神不支，因此，又是一場虛脱。

精神虛脱，就手忙腳亂，忙於輸氧，忙於搶救，忙於打氣。今日中國，氣功大盛，各種方術、道術、房中術競相出籠，其原因就在這裏。見到虛脱症，有些知識者，病急亂投醫，一急就從外國引入各種藥方，偏偏多半是庸醫，開的藥方如新保守主義，新權威主義等，主義本身虛得很，以虛治虛，當然不靈。

從長遠計，要根本治虛脱病，光靠吃飽飯還不夠，光靠「主義」也不行，總得滋養文化，滋養教育，注意社會生態平衡。而且，總還得找到一些精神，或祖先留下的精神，或外國輸入的精神，或自己創造的精神，或多元共生的精神，沒有精神，光靠肚子裏的一點稻麥，就容易重犯虛脱症。

偉人與傀儡之間

魯迅研究，對於我，已經成為過去的事了。我對魯迅已談得太多，談得太多就可能危害魯迅，所以到海外後我開始反省自己的研究。在反省中，依然對魯迅充滿敬仰，他真是個偉大的作家，那麼獨特的現代文體，一讀就知道出自他的筆下。他又是那麼有思想，要了解中國社會和中國歷史，不讀魯迅的書恐怕是一大損失。讀魯迅本來應當年紀稍大一些才好，可惜我讀得太早，結果把許多浪漫主義熱情強加給他。直到今天，在我經歷了更殘酷的人生並把中國社會看得更清的時候再讀魯迅，就真的比較明白了。魯迅把中國社會和中國民族性格中壞的方面看得那麼透，寫得那麼透，透進了骨髓。魯迅是一個最愛中國人也最恨中國人的作家。他的愛是不容懷疑的，但他為甚麼這麼恨，現在我也比以前明白了。

然而，我此時也真為魯迅悲哀。我不是為他的生前悲哀，而是為他死後悲哀。他死後被捧到至高無上的地位，然而，捧他的人不過是把他的亡靈作為一個傀儡。權力可以把生者變成傀儡，也可以把死者變成傀儡，魯迅就被變成了歷史的傀儡。一個具有強大創造力的作家，一個軀殼裏躍動着大靈魂的作家，死後卻變成一個工具性面具性的傀儡，這是怎樣的悲哀？一切今日還生存着的富有個性的思想者，想到這一層，該會感到人生是何等的寂寞。

魯迅的亡靈被當作傀儡，首先是他的思想被當代的猛人們的思想所同化。一經同化，魯迅就變成一個毛澤東主義者，一個黨性典範，一個橫掃一切的極左派分子。在文化大革命中，魯迅的思想不僅被毛澤東思想所同化，還被民眾最激烈也最庸俗的思想所同化，民眾半夜裏去揪鬥「四類分子」和「走資派」，也讓魯迅陪着。當紅衛兵的「千鈞棒」狠狠地打到小學老師的頭頂上時，喊的正是魯迅的「痛打落水狗」，那個時期，魯迅變成打手們的木偶，變成了守衛全面專政殿堂的門神，簡直是一個兇殘的惡煞。他人的殘暴思想和行為用魯迅的名字包裝着，而魯迅的思想又被他人改裝着和狠用着，到了此時，魯迅已面目全非。

世界歷史上一些政治集團也利用過哲學家、文學藝術家的名字，但像魯迅這樣被大規模地當作橫掃一切的歷史傀儡，幾乎找不到第二個。在蘇聯，高爾基和同時代的政治集團關係密切，名字也被列寧高舉過，然而，他始終沒有像魯迅這樣被折騰過，死後的亡靈也還平安，雖常被紀念，但不像傀儡，利用高爾基的名字和其他作家辯論的事曾發生過，但用他的名字痛打「落水狗」或痛打尚未落水的狗或痛打「牛鬼蛇神」的現象似乎沒有。亡靈被充份地當作傀儡用的，恐怕只有魯迅，這實在是魯迅的大不幸。

魯迅被狠狠折騰了數十年之後，在八十年代，有些學人開始萌動不忍之心，覺得不該再捧殺魯迅，應該讓魯迅從神壇走向民間，這自然是好意；但今天我想到的是讓魯迅從傀儡戲中解脱出來，對於這種傀儡戲，我已慘不忍睹了。

從苦難記憶到苦難理性

——談《中國知識分子歷程》三卷

此次暑期，我從斯德哥爾摩返回紐約，又從紐約來到溫哥華，行程萬里，但總是揹着牛津大學出版社出版的《中國知識分子歷程》三卷：《這也是歷史》、《告別諸神》、《悲劇的力量》（林道群、吳讚梅編）。也許因為自己也是中國知識群中的一分子，經歷和命運與此書相關，所以就願意一篇一篇讀，而且讀後還想說些甚麼。

擺脱「過去的掌心」

《歷程》三卷，既不是正史，也不是野史，但它確實是歷史的一角。數十年來，大陸編纂的書，政治「立場」往往取代歷史眼光，歷史學人成了仲裁一切的君主，史書成了文化專制的一部份。這種專政形式始於斯大林直接參與的「聯共黨史」。這部史書其實是很殘暴的。它獨斷誰是歷史的英雄誰是歷史的罪人，硬是把持不同「立場」的思想家與政治家釘在所謂「反革命」的罪惡柱上，而編纂主體卻獨佔歷史的光榮。這種「立場」壓倒一切的歷史敍述法，用E．希爾斯（美國當代著名的社會學家，芝加哥大學教授）的話說，就是要把人們緊捏在「過去的掌心中」（參見《論傳統》中譯本第一章，上海人民出版社）。讓被指為異端的人成為永遠的歷史死囚。在大陸，「聯共黨史」似的各種門類的史書很多，它們用「教材」、「教程」、「國家主編」等形式，強化了說史的暴力，形成一種很特殊的精神奴役。反抗這種史書形態的文化專制，除了「重寫」史書之外，就是以個人的特殊遭遇和記憶顯示歷史的真實面貌，給時間留下難以否定的歷史軌跡，讓仲裁者難以仲裁，讓欺騙者難以欺騙。這種記憶，也是歷史。不僅是歷史，而且是歷史的基石。

《歷程》三卷的編者，在第一卷《這也是歷史》的介紹語中說：「本書所選輯的二十多位憑着他們的生命智慧穿越本世紀的老一輩知識分子的事跡，也許有助於理解半世紀來中國政治、文化的變動，在這裏，我們看到了從大災大難中過來而又悄然逝去的一代中國學者的身影，也看到了至今仍孜孜以求、不鬆不懈追尋真理的楷模：翻閱他們的一生，有如翻閱着中國文化的一個個篇章。」確乎如此，書中選輯的周作人、梁漱溟、金岳霖、馮友蘭、朱光潛、宗白華、潘光旦、俞平伯、沈從文、聶紺弩、吳澤霖、梁思成、林徽因、儲安平、洪謙、錢鍾書、楊絳、沈有鼎、蕭乾、楊必、楊菊淑、戈揚、巴金、蕭珊、施光南等二十幾位知識者的人生記錄，是有代表性的。他們的遭遇雖然不過是千千萬萬知識者遭遇的一部份——很普通的一部份——比他們悲慘的有的是，然而，從這一部份記錄中，我們已看到，中國當代知識分子在本世紀下半葉蒙受的苦難，確實不是小災小難，而是人類歷史上罕見的「大災大難」，這種災難的深廣度是史無前例的。從廣度上說，它涉及到數十萬、數百萬、數千萬，從深度上說，它進入人的精神的每一個細節，言語的每一碎片，思想的每「一閃念」，人格污辱不僅進入到思理、心理，甚至進入到「造陰陽頭」這種令人斯文掃地的生理（參見楊絳的《丙午丁未年紀事》）。這種災難通過政治運動不斷重複，已逐步變得「平常」了，人們隨時都可以把它忘卻，更可怕的是人們已把它視為「正常」了：被奴役者欣然接受奴役，奴役者欣然地繼續奴役，心安理得，一切都成了應有之義，一切都是為了達到未來的目標所必須的。大災大難彷彿並沒有發生，即使明明發生，也無可指責。該用文謳歌的照樣謳歌，該用武訓誡的照舊訓誡，歷史不斷地重複着殘酷的圓圈遊戲，災難不斷地在東方大陸循環。我想，《歷程》編者是不喜歡這種重複與循環的，所以他們把那些有關「苦難記憶」的文字精選出來，讓人們記得這段歷史。

《歷程》第二卷中，劉小楓在〈我們這一代人的怕與愛〉文章中說：「近代文化作為封建文化的反動，以一百年邁動一步的艱難步履由西向東漸進：文藝復興，法國啟蒙運動，德國古典文化運動，俄國文化精神運動，一步比一步艱難，命運一個比一個悲慘。只是，精神的犧牲畢竟換來了用血與淚浸泡出來的文化，尤其是十七至十八世紀之交的啟蒙文化，十八至十九世紀之交的德國超驗文化和十九至二十世紀之交的俄國受難文化。」那麼，讀了《這也是歷史》，我們大約可以補充說，除此之外，血與淚還泡浸了二十世紀下半葉中國的精神奴役文化。這段精神奴役文化史，也是歷史。它雖然沒有啟蒙文化那種輝煌，沒有超驗文化的那種深奧，也沒有受難文化的那種厚實，然而，它卻有包含着人類的全部荒謬和精神壓迫的全部技巧的沉重。

苦難角色的另一面

從總體上說，中國知識分子在一九四九年至一九七九年中泡浸出精神奴役文化，但是，中國知識分子所扮演的歷史角色，卻遠比被奴役者複雜得多。在五十年代初，他們是真的滿懷激情地迎接新中國，對新的政權充滿着浪漫主義的期待。他們的確「正心誠意」地接受改造。他們真的掏出心來，如果心被拒絕，他們就再次掏出來。中國當代知識分子的心掏過無數回，呈交過無數次。他們高舉着願意再造和重塑的心緊跟着自己崇拜的領袖，直到他們連舉起心靈的權利也被剝奪的時候。我這幾年讀了馮友蘭、金岳霖、賀麟、朱光潛諸先生的文集，讀了他們五十年代時誠心自我批判、自我污辱的文章，真是感慨不已！這些文章的誠懇，不僅使我感動，而且使我驚訝——驚訝世界上竟有一種力量拒絕這種誠懇。然而，我也從他們過於誠懇的文字中，看到他們自身的一部份責任，看到中國知識分子在本世紀下半葉中所扮演的是一種相當複雜的角色，除了充當受難的角色之外，也充當過加深苦難的角色。可惜《歷程》的編者沒有選輯這一類文章。倘若選輯這一類文章，一定可以看到中國知識者的歷程更加曲折，所起的作用相當複雜。我相信，這一部份也是歷史。

要緊的是精神沒有垮掉

從七十年代末到一九八九年，中國知識分子群體性地進入「告別諸神」的年代。這是對精神奴役文化和牢獄文化的告別。因此，這個時代又是爭取精神自由的年代。這十年，是二十世紀下半葉最好的十年。這種告別的儀式，包括思想解放、文化反思、傳統批判、改革呼求、宗教思索等。這是新一代知識者的共同努力。《歷程》第二卷（《告別諸神》），選輯了北島、魏京生、嚴家其、胡平、蘇紹智、劉賓雁、李澤厚、劉再復、林崗、甘陽、包遵信、金觀濤、韓少功、張志揚、劉小楓、張隆溪等人的文章，大體上可以看到反思、批判和探索的基本思路。

在《告別諸神》中，我們可以看到新一代知識分子兩個寶貴的特點：一是不屈不撓地參與歷史的熱情；二是把西方知識分子幾百年奮鬥的歷史濃縮於十年中，硬是要在短暫的十年時間裏完成西方知識分子數百年的歷史使命。於是，他們激烈、亢奮、滿心憂思，各種不同的主張，各種相反的命題，全並置於同一時代的呼籲之中。傳統與現代，宗教與科學，自由與秩序，一切能使中國重新振作的學說和口號，都在八十年代重新出現。不管觀念如何衝突，但都表現出參與社會、參與歷史的激情。上一代知識者蒙受那麼大的苦難，新一代知識者義無反顧地繼續踏着苦難前行，這不能不說是一種堅忍的精神文化。只收穫到精神奴役文化是不幸的，而收穫到精神堅忍的文化，才是幸運的。可惜，十年時間畢竟太短。十年要負荷幾百年的歷史使命畢竟太難，於是，悲劇發生了。十年的思索以一九八九年的槍聲而告一段落。

然而，悲劇產生了力量。它迫使中國知識分子進一步反省，特別是流亡於海外的一部份知識分子的反省。儘管是悲劇，但是不論是悲劇發生之前的努力，還是悲劇發生之後在漂流途中的繼續努力，都可以看到，中國知識分子的精神並沒有垮掉。經受了歷次殘酷的政治運動，經受了坦克和子彈的打擊，經受了異國生活中另一種嚴酷的規範，一部份知識分子精神已經淪喪，沒有淪喪的，精神也已疲倦到極點。但仍然有一部份知識分子，精神既不淪喪，也不疲倦，他們的精神沒有垮，這是不容易的。精神沒有垮掉，這是最要緊的。沒有垮掉，就會產生新的思索和新的精神文化。這兩年，我特別注視各國知識分子的精神狀態，特別是俄國與東歐知識分子的精神狀況。注視後發覺，捷克知識分子的精神狀態比包括俄國在內的許多國家的知識分子都好，他們的精神沒有垮掉。因此，他們從容地處理歷史留下的各種難題，正在把國家引向新的生路。

從苦難記憶到苦難理性

中國現代知識分子儘管不斷努力，但是，就整體來說，新型的現代知識分子集團並不成熟，即沒有成熟為一個獨立的社會階層。在大約一個世紀的時間裏，沒有長大成「人」，真是一種悲哀。「五四」

時期知識分子把個人主義口號喊得很響，但那是尼采式的個人，而不是真正具有政治理性與文化理性的個人。「六四」民主運動的失敗，再次反映出知識分子的不成熟。當然，「六四」事件並沒有勝利者，無論是政府、學生，還是知識分子，都是失敗者。

「六四」的悲劇產生的力量之一，就是迫使知識分子直面自身，直面失敗，直面自身的不成熟，從而展開新一輪的自我審度。在《悲劇的力量》卷中，編者選擇了李澤厚、嚴家其、戴晴、蘇曉康、劉小楓、甘陽、阿城、胡平、劉賓雁、劉再復等人的文章。這些文章一部份是對流亡生活的感受（即「流亡篇」），在這些感受中，我們可以看到流亡者在繼續尋求，另一種嚴酷的生活法則並沒有把他們壓倒，而且也可以看到他們已從熱烈趨於冷靜，對世界的認識比以前完整。有冷靜才有成熟。另一部份文章則是「反思篇」，《歷程》所選擇的這些篇目都很有價值。「六四」後海內外發表的各種文章很多，但是，具有反省深度的還是有限的。《悲劇的力量》中所輯的文章都有一定深度，而且都有一個共同的長處，這就是揚棄情緒，注重理性。如果說，《這也是歷史》是一種「苦難記憶」，那麼，《悲劇的力量》則是「苦難理性」——從痛苦中昇華的理性思索。理性地反省「六四」，反省本世紀中國知識分子的道路，反省中國在本世紀中的基本選擇，理性地思考革命與改良、民主運動與民主政治、激進與保守、自由與秩序等多重關係。這些思索既抓住根本，又負責任。我相信，它有利於中國未來的良性發展。無論是中國或是整個世界，「革命」問題、「民主運動」問題都屬根本，而直面這些問題的正面與負面，理性而坦率地提出自己的見解，對於大陸的知識者來說，這還是第一次。以「革命」而言，在中國大陸，這不僅一直被視為無可懷疑的「聖物」，而且被認定是無可爭議的解決各種問題的前提。而現在，中國知識者開始懷疑並鮮明地提出「要改良，不要革命」的主張，這裏隱含的思考深度直接觸及到二十世紀的中國歷史和法國大革命以來的世界歷史。而對於民主運動，中國知識者的認識在過去的一段時間裏，其認識是相當浮淺的，常常分不清民主運動與民主政治的區別，也不了解只有憲法而沒有「憲政」的弊端。因此，本世紀中國現代知識分子集團形成之後，儘管一直高呼「革命」與「民主」，但總是被情緒所支配，而缺少政治理性和政治智慧，也缺少對中國未來的負責任的意見。而《歷程》的編者則以選家的識見，採集不同主張，特別是採集一些比較理性的見解。這種選擇，使得《歷程》更有文獻價值，也更富有生命力。

一九九三年九月三日於溫哥華

伸向海外的文化黑手

——揭露大陸文化界的極左派

到海外之後，我有幾條自誡，其中特別嚴格的兩條：一是不走出學術的邊界，不參與任何政治集團活動，和政治保持距離；二是不理會政治攻擊和政治大批判，不以低等的政治生物為對手，以免讓那些骯髒的名字和語言的病毒污染自己安靜的心靈。

回顧出國後的三年多時日，覺得這些自誡自律並非空話。為了實現第一條，我着意疏遠了許多關注政治的朋友，做得有點「不近人情」，但為了保護自身的學術利益和創作心境，不得不如此。為了實現

第二條自誡，對於這幾年大陸報刊上數以百計的批判我的文章，對於其中那麼多懷着卑鄙的動機對我的造謠、誹謗、誣衊和中傷，我均不予理睬。甚至像侯敏澤的下流文章、《求是》雜誌的（署名為「藍硯」）下毒手的文章和陳涌主編的《文藝報》那許多化名以作畜鳴的文章，我也都保持沉默。他們在這些文章中誹謗我到海外之後，「驚魂未定就猖狂地進行反華活動」，欲治我以死罪。如果我要理睬，就得找出許許多多中國籍與外國籍的證人，然後列出我的生活日程表，又得費盡全身氣力為自己辯護，說明在異國校園裏讀書、研究、講課不屬於「反華『活動』」，而他們將從這種無須辯護的辯護中獲得搗鬼的大快樂與大滿足。可是，我知道，低級黑暗動物的戰法就是低級的「抹黑」術，抹黑是為了讓你處於長久的焦慮之中，一焦慮就甚麼也做不成，而「做不成」正是他們的目的，這既可扼殺死敵手，又可反襯出他們的「成就」，所以我不上當。

可是，今天我決定要暫時打破「自誡」，花點時間來揭露大陸這些低等政治生物們對我的一種新戰法，這就是以仍然掌握在他們手裏的一點可憐的權力，阻擾我參加海外的學術和創作活動，想把我困死、悶死。

這種戰法的第一次表現是在前年的日本。而新的一次表現則是今年的新加坡。對於他們前年在日本的卑劣行為，我一直保持沉默。其實，他們的騷擾，在日本早已成了一件很大的醜聞，至今讓人笑談不已。

一九九一年，為了紀念魯迅誕生一百一十週年，日本成立紀念活動籌委會，準備在仙台舉行一次包括文物展覽和學術報告的紀念活動，並正式發函熱情地邀請我參加這一活動。我是一個魯迅研究者，沒有拒絕的理由，所以就答應參加。在籌備期間，因為日本方面需要借用北京魯迅博物館的文物到仙台展出，因此派人到北京與文化部接洽。在接洽中，代文化部長賀某人得知日方邀請了我，就大發雷霆，並指令當時的文化部副部長和中國駐日本的文化參贊章某人全力阻止我到日本，務必促使日本撤消對我的邀請。當即，章氏立即在日本執行這一指示，對日方施加壓力。章氏因立功心切，施壓時只顧羅列我的罪名，竟語無倫次，說不出完整的句子。與章氏出擊的同時，賀的幫派們又以「國家文物局」和「魯迅博物館」的名義給日本紀念活動籌備會致函，說「如果貴方仍邀請劉再復參加這次活動，我方學者礙難與會，展覽礙難赴日。」（七月二十五日函）言下之意是：如果讓劉再復參加，他們就拒絕與日方合作，既不派人參加紀念活動也不借給魯迅文物。既有人質，又有物質。可是，這封公函，除了署兩個單位名之外，沒有任何作為負責者的個人署名，讓人只知道這是出自賀氏之門，但又無從與具體人員商議。然而，在這種壓力下，仙台紀念籌委會辦公室委員長感到非常困難，躊躇再三，他終於從實際利益出發，給我寫了一封非常誠懇的撤消邀請的信。這封信實在讓人感動又感慨，他請我「高抬貴手」（原話），理解他們的苦衷，並說：「我們是千萬想欲實現這次紀念活動，但已碰到了萬分的困難，如果不按照中方文化部的意見辦，就很有困難派遣要員借出文物。」意思是說，如果不理睬北京文化部的干預繼續邀請我，仙台魯迅文物展覽活動就辦不成，請我諒解。但他還是一個懂得國家學術尊嚴的人，因此他接着寫道：「如果聽文化部的話，而仍然召開學術研討會，那麼說是學術，實是欺騙，變成了極其嚴重的腐敗。這是自己容許政治權力蹂躪學術研究的大污染。」讀了這封利益與良心如此痛苦衝突的信之後，我立即決定應該諒解，並準備寫信表示。這時，得知此事的李歐梵教授非常氣憤，決定不去仙台，以示抗議。我在收到李歐梵教授這一信息後不久，日本的伊藤虎丸教授和丸山昇教授就來電來函通知我：當仙台紀念籌委會中的「學術委員會」（由日本各高校著名教授組成，尾上兼英教授任委員長）知道籌委會辦公室給我發出撤消邀請的信件後，已集體表示抗議，在當天宣佈解散「學術委員會」，退出仙台籌備活動，並決定在東京大學另外召開學術報告會。仙台籌備紀念活動組織已分裂成兩半，籌備會辦公室委員長已引咎辭職。在日本教授們這種學術道義精神感召下，我才和李歐梵等幾位朋友赴東京大學參加學術報告會，並作了《魯迅研究的自我反省》的學術報告。在會議期間，對於文化部專橫的學術騷擾，與會的李歐梵、林毓生、蔡源煌諸教授又通過BBC電台表示自己的義憤。

此事發生後，我一直感到內疚：為了我的事，竟讓這麼關懷中國文學的純粹的日本學者和我一起蒙受莫名其妙的政治訛詐而弄得身心俱倦（幾位老教授在會議結束之後都病倒了）。我敬佩日本學者們終於捍衛了自己的學術尊嚴和學術道義，但心裏感到非常慚愧，覺得我酷愛的故國，竟讓一些低等的政治生物擺佈文壇。他們志大才疏，手伸得那麼長，而眼光卻那麼短。一心只想除掉異端，其他的甚麼也不懂，沒有道德又沒有能力，在和別國的文化交往中只會要些小動作、小手腕，而且心緒浮躁，一味要人就範，但連給另一國家的正式公函也不敢簽署個人負責的名字；想建樹一番霸業，又不敢留下一點行為的痕跡。我作為一個魯迅研究者，參加魯迅學術活動本屬平常事，去亦可，不去也無妨，而故國卻興師動眾，文化部的代部長、副部長、文化參贊（駐日）、文物局、魯迅博物館一起出動，竟費了那麼多時間和精力來對付我，企圖一舉剿滅。不必說「剿滅」純屬痴心妄想，即使剿滅成了，對故國的榮譽和文化事業又有甚麼好處！我知道我們的國家經濟上儘管發展得很快，但基礎並不扎實，尤其是在教育、文化上，還有許多嚴重的困難，社會生態極不平衡，文化部和作協可做的事很多，但他們偏不務正業，一心想剷除異己，以建立幫派的文化霸權，這實在讓異國有識之士瞧不起，也讓我這種對故國始終心存摯愛的學人感到深深的悲哀。

儘管身處高位而智屬低等的賀敬之們做得實在不像樣，但因為我時時想到自誡，而且太珍惜時間，所以對他們在日本所幹的荒唐事不予揭露，以避免糾纏之苦，當然，也為了顧全一點「中國文化」界的面子。然而，事過一年半之後，他們又重演故伎，「又向荒唐演大荒」，在今年二月，又一次阻止我到新加坡。

新加坡《聯合報》系，每兩年舉辦一次華文文藝營活動。活動的主持人，在六年前就對我發出第一次邀請，我當時忙於學術，沒有去成。一九八九年他們又第二次邀請我和妻子菲亞，我們已辦好全部出國手續並拿到機票。正準備出發時，「六四」慘劇發生，我們又無法成行。去年我到瑞典斯德哥爾摩大學任客座教授後，新加坡又向我發出第三次正式邀請，等着我去參加今年五月的文藝營活動，並說機票由我自己買或由他們買均可。他們的真誠與盛情真令我感動，並使我覺得，世界並非都長着勢利的渺小眼睛，但是，二月中旬，我突然接到他們的通知，說「由於意想不到的原因」，只能撤消對我的邀請。而這一原因是甚麼呢？原來又是同一幫人的搗鬼和壓力。這一回賀某人鑒於在日本失敗的經驗，讓瑪拉沁夫的「作協」和有關部門嚴格地「保密」，但我終於了解到，原來，他們知道新加坡邀請我後，又一番氣急敗壞，趕緊給新加坡施加政治壓力，其手法和前年在日本的所作所為完全一樣，只是其政治訛詐的法碼有點變化，用的主要不是物質（文物），而是人質（作家）。新加坡在邀請我的同時，也邀請大陸作家張潔和張賢亮參加，於是，賀某人屬下的「瑪拉」們說，如果讓劉再復赴新加坡，他們就不允許「兩張」出國。在這種扣留人質的壓力下，新加坡的文藝營主持人又經歷了一九九一年仙台魯迅紀念活動籌委會負責人那種利益與良心的衝突，有苦難言。不過，鑒於上一回的經驗，我立即向新加坡方面表示，我不去了，請你們不要為此而為難。一個曾經對我發出三次邀請的國家，一個曾經為我和妻子辦好簽證手續和買好機票的國家，一個在我漂流海外期間還繼續關注我的國家，我還能說甚麼？我能忍心再讓他們痛苦嗎？難道可以因為我要「爭一口氣」而影響他們的利益和活動嗎？我太能理解他們了。

然而，我覺得，我必須揭露了，必須把此事連同一九九一年秋天在日本發生的事告知東方與西方的所有朋友，告知全世界一切良知尚存的人們：在今日的中國大陸文壇，是被一群怎樣兇惡的社會幫派統治着和摧殘着，他們踐踏着思想者與寫作者的基本權利，不僅折磨着留在大陸的作家，而且也不放過已經避居海外的作家。我已遠走天涯海角，蟄居於萬里之外的斯德哥爾摩大學課堂，三、四年來不發一句政治言論，在一九九二年五月於美國科羅拉多大學作第一次英文演講時還表達了支持改革的情感，儘管如此，他們還不放過我，還像狼一樣地跟踪我的足跡，把黑手伸向日本，伸向新加坡，伸向我的脖子，硬是要把我扼殺死，硬是不讓我和一些在一九八九年呼籲過「救救孩子」的作家存活下去。一聲「救救孩子」的呼籲，他們何以仇恨以至於此！又何以跟踪追殺以至於此！這是怎樣的靈魂！這是怎樣的黑暗！這是怎樣的人間！這種到海外跟踪扼殺作家的現象，在本世紀的中國現代史上還沒有發生過，而中國作家協會自從成立以來，也沒有像現在的「作協」如此墮落，完全變成專幹跟踪、盯梢、誹謗、迫害作家的職業性組織和幫派性組織。一個作家組織，應當是維護作家的基本權益和為作家寫作詩歌、散文、小說和戲劇創造條件的，而不是專門辦清查組、辦專案組、整黑材料，對寫作進行搗鬼、騷擾和追殺。一切有起碼的人的尊嚴感的作家，都難以容忍這種組織。

當然，我也要對控制文化領域的「極左派」們說，搗鬼有術，也有效，但是有限（魯迅語）。種種搗鬼，不可能阻止我的生存和發展，也不可能幫助你們贏得詩名文名和永久的文化霸權。吃了我的肉，決不可能永生不老。你們能堵住我走向新加坡的路，但堵不住我走向新境界——人類心靈更高境界的道路。人的精神飛升是低等社會生物控制不住的。我將繼續遵循我的自誡，保持我的蔑視，不以低級社會生物為對手，然而，今天你既然已追踪到我的門口，我就不能不揭露。揭露，也只是為了心的平靜。在平靜中，我將離低等政治動物界愈來愈遠。

生命的黏液

我的散文，一面負載着我的第一人生煉獄後的灰燼，一面又記載着我從疲乏中獲得新生的足音。這裏有我對世道人心的感憤，也有對大自然之美和人間之美的傾心。我常念着沈從文的話，生命或靈魂，都已破破碎碎，得重新用一種帶膠性的觀念把它黏合起來，或用另一種人格的光和熱照耀烘炙，方能有一個新生的我（〈潛淵〉）。我經受了煉獄之後，生命不僅成了碎片，而且成了灰燼，更需要有種帶膠性的觀念和別一種人格的光熱的黏合，經歷了一場大滄桑之後，靈魂或聚或散，或自沉於深淵或自救於劫難，是需要選擇的，而我選擇了自救與重新聚合。這些散文，就是我重新凝聚的靈魂。因此，漂流手記，雖說是獻給朋友，但更要緊的還是為了自己，為了自己飄散的生命碎片的黏合。

沈從文感受到生命與靈魂破碎時僅三十五歲。那是三十年代。後來，他歷經了革命大風暴的震盪和摧殘，但並沒有迎合風暴，而是選擇了沉默。這種選擇使他保持了靈魂的清白與完整。而與他同時代的作家有力量保持沉默的極少，因此，靈魂反而又經歷了新的亢奮與新的破碎。

很奇怪，二十世紀下半葉的中國竟會造成一種古怪的時代，讓人一開口就不清白，就不乾淨。一開口不是詛咒愛、人性、自由，就是詛咒胡適、胡風、俞平伯、路翎，詛咒時本是要撕碎別人，結果卻把自己的靈魂撕碎。時代再次變成「黑染缸」，投身時代洪流者，反而被洪流弄得一身髒。想清白的只有緊守自己和埋葬自己。那時候，詩人穆旦的《葬歌》反而乾淨，而那些充滿殺氣的謳歌詩人，卻使大地流膿和發出臭味。

我當時雖然年青，但也經歷過瘋狂，在瘋狂的年代裏也開口過，所以也不乾淨。一九八九年夏天，我遠離了故鄉，就是為了清白，我知道如果還腳踩那一片骯髒的泥沼，是很難乾淨的。為甚麼在中國潔生潔死如此之難，只有在政治運動的黑染缸裏泡浸過的人才會明白。有一天，我看着從牢裏出來之後的聶紺弩，他靠着床架默默地寫，我仔細看着，他身上除了一條條浮雕似的皺紋之外，甚麼也沒有。儘管滿腹詩書，但奇瘦的身體絕對像乾柴，此時我突然悟到，在我生活的土地上，要保持靈的乾淨和正直，就得像他這樣，付出所有的「肉」，而聶老，連唯一的心愛女兒也自殺了，付出的還有自己的至親至愛的骨肉。

過去，真像惡夢。過去的心靈史，其實正是惡夢史。

如今，我在散發清香的楓樹下思索，覺得自己的散文不過也是一片片楓樹葉，轉眼就會飄落與消失，並不重要。然而，我卻用這乾淨的一葉一葉，慢慢地抹掉我心中的硝煙和塵土。只是我自造的楓葉比起頭頂上閃動的紅葉，更有一點膠合性，我相信它可以幫助我黏合破碎的幾乎要變成粉末的靈魂，還可以幫助我告別惡夢般的歷史。

後記

《漂流手記》第一集出版之後，我帶着它穿越大西洋，從美國到瑞典，又從瑞典到加拿大，繼續遠行。《遠遊歲月》作為《漂流手記》二集，記錄了我的新的足跡和新的心緒。只要漂流生活沒有結束，我的《手記》大約也不會停下。我對自己的手記有種期待，希望它不斷寫下去，至少在完成這兩集之後，還要完成第三集。以此三百篇遊思，獻給一切懷愛過我的友人，讓他們知道我並沒辜負人間的正直與溫暖，也沒有放縱世上的邪惡與暴虐。

《遠遊歲月》原想起名為第二人生札記。在已發表的若干篇章中，就用過這一名字。但是，後來為了和《漂流手記》對應，便改了名稱。另一面覺得用「遠遊」也合適，因為我在海外生活漂泊無定，全與「遊」字相關，遊學、遊思、遊覽、遊藝、遊記都包含其中，簡直像個環球游擊隊員。遠遊雖然也遊玩，但並不太輕鬆，大約是在這些散文中畢竟投進了自己的生命。我的文字屬於生命本身的，並非那些學術論文，而是這些手記。

《漂流手記》第一集在美國寫成。而第二集《遠遊歲月》則是在瑞典與加拿大寫成。此次到瑞典，是應斯德哥爾摩大學東亞系馬悦然教授和羅多弼教授的邀請而去的，並被大學校長英格．永森（Inge Jonsson）命名為「馬悦然中國文學研究客座教授」，所以特別優待，住在一座臨近海灣的樓房裏，很適合於寫作。瑞典這個國家真是可愛，一住在那裏，就讓人心思平和，難怪康有為那麼喜歡它。中國的學子告訴我：瑞典有意思，安靜得魚不跳、狗不叫、小孩也不鬧。這種環境本身就像抒情散文，所以也特別適宜於寫散文。而瑞典的朋友也喜歡我的文字，馬悦然的夫人陳寧祖特別給東亞系的學生講授了一個學期的《漂流手記》，羅多弼也講授一些篇目並把〈語狂〉翻譯發表在瑞典的報紙上。因為地靜人和，所以我在瑞典的一年裏就完成了《遠遊歲月》中的八十篇。另外三十篇則是在溫哥華完成。溫哥華又是個好地方，而且有二十多萬中國人和一個正在形成中的中國知識分子社會。這個地方比瑞典熱鬧一些，但自然環境很像斯德哥爾摩，窗外的山海幾乎連着自己的稿子，四季皆滿目蒼翠，也宜於寫作。在這裏，我除了整理出論文集《放逐諸神——文論提綱和文學史重評》和完成《遠遊歲月》之外，還開始寫作《漂流手記》的第三集《西行紀事》。溫哥華的餖飣小食品很多，又有許多中國新茶，在這兩樣東西的幫助下，我的筆下似乎更加順暢。不過，這裏的中國朋友多，相聚時總難免要談中國，於是又常常勾起往日的惡夢，所以在寫作〈酸舞〉開懷嘻笑之後，也寫〈伴我遠遊的早晨〉、〈哭鴛鴦〉等，以緬懷在慘烈的歲月中消逝的年青生命。

臨末，我要感謝歐梵為《漂流手記——遠遊歲月》作序。還感謝積極發表、出版《遠遊歲月》的朋友們。在漂流的日子裏，心事浩茫，幸而得到朋友們的幫助，這些心事才有存放之處，所以是應當感謝的。

一九九四年五月二十一日溫哥華

劉再復簡介

一九四一年農曆九月初七生於福建省南安縣劉林鄉。一九六三年畢業於廈門大學中文系，被分配到中國科學院《新建設》編輯部。一九七八年轉入中國社會科學院文學研究所，先後擔任該所的助理研究員、研究員、所長。一九八九年移居美國，先後在美國芝加哥大學、科羅拉多大學，瑞典斯德哥爾摩大學，加拿大卑詩大學，香港城市大學、科技大學，台灣中央大學、東海大學等高等院校裏擔任客座教授、訪問學者和講座教授。現任香港科技大學人文學部客座教授。著作甚豐，已出版的中文論著和散文集有《讀滄海》、《性格組合論》等六十多部，一百三十多種（包括不同版本）。中文譯為英文出版的有《雙典批判》、《紅樓夢悟》。韓文出版的有《師友紀事》、《人性諸相》、《告別革命》、《傳統與中國人》、《面壁沉思錄》、《雙典批判》等七種。還有許多文章被譯為日、法、德、瑞典、意大利等國文字。由於劉再復的廣泛影響，冰心稱讚他是「我們八閩的一個才子」；錢鍾書稱讚他的文章「有目共賞」；金庸則宣稱與劉「志同道合」。

「劉再復文集」

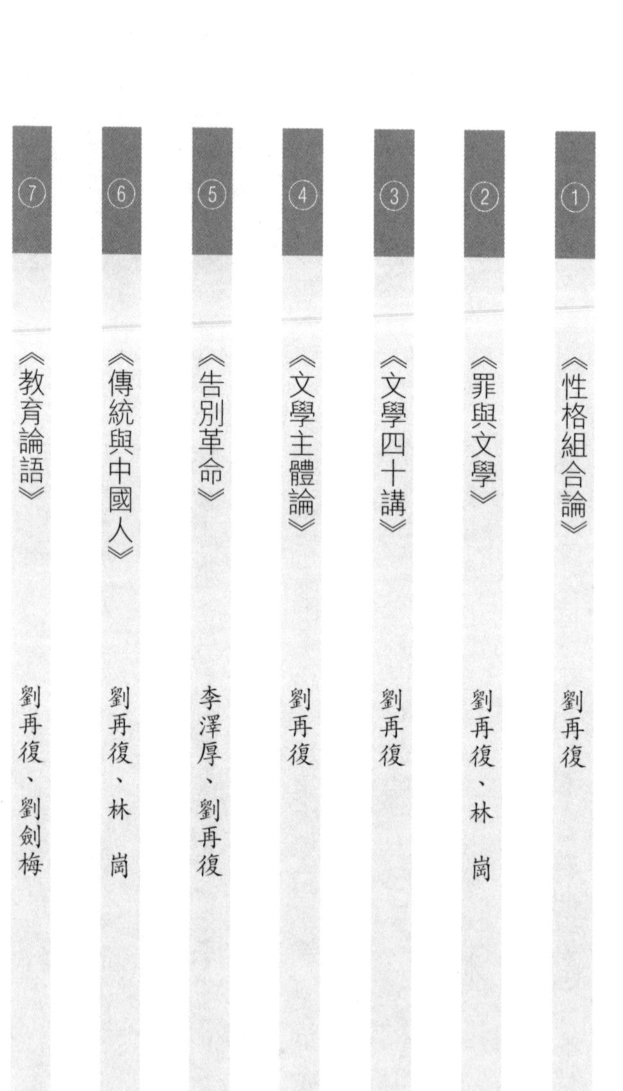

①
《性格組合論》
劉再復
②
《罪與文學》
劉再復、林　崗
③
《文學四十講》
劉再復
④
《文學主體論》
劉再復
⑤
《告別革命》
李澤厚、劉再復
⑥
《傳統與中國人》
劉再復、林　崗
⑦
《教育論語》
劉再復、劉劍梅

⑧ 《思想者十八題》 劉再復

⑨ 《人論二十五種》 劉再復

⑩ 《紅樓夢悟》 劉再復、劉劍梅

⑪ 《紅樓人三十種解讀》 劉再復

⑫ 《賈寶玉論》 劉再復

⑬ 《雙典批判》 劉再復

⑭ 《高行健論》 劉再復

⑮ 《魯迅論》 劉再復

⑯《魯迅美學思想論稿》劉再復

⑰《魯迅和自然科學》劉再復、金秋鵬、汪子春

⑱《共鑒「五四」》劉再復

⑲《現代文學諸子論》劉再復

⑳《走向人生深處》劉再復、吳小攀

㉑《科羅拉多答客問》劉再復

㉒《序跋集》劉再復

㉓《三讀滄海》劉再復

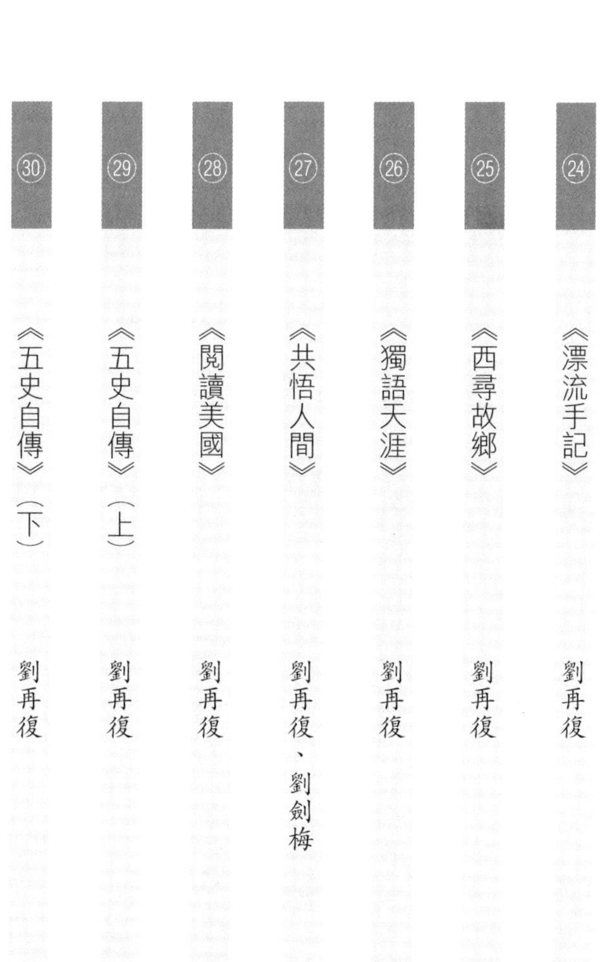

㉔《漂流手記》 劉再復

㉕《西尋故鄉》 劉再復

㉖《獨語天涯》 劉再復

㉗《共悟人間》 劉再復、劉劍梅

㉘《閱讀美國》 劉再復

㉙《五史自傳》（上） 劉再復

㉚《五史自傳》（下） 劉再復

書　　名　漂流手記（「劉再復文集」㉔）

作　　者　劉再復

責任編輯　林苑鶯

封面題字　屠新時

美術編輯　Dawn Kwok

出　　版　天地圖書有限公司
香港黃竹坑道46號
新興工業大廈11樓（總寫字樓）
電話：2528 3671　傳真：2865 2609
香港灣仔莊士敦道30號地庫（門市部）
電話：2865 0708　傳真：2861 1541

印　　刷　亨泰印刷有限公司
香港柴灣利眾街德景工業大廈10字樓
電話：2896 3687　傳真：2558 1902

發　　行　聯合新零售（香港）有限公司
香港新界荃灣德士古道220-248號荃灣工業中心16樓
電話：2150 2100　傳真：2407 3062

出版日期　2023年11月／初版

ISBN：978-988-8550-73-9